ANNE PERRY

# DAS GEHEIMNIS DER MISS BELLWOOD

Roman

Aus dem Englischen
von K. Schatzhauser



WILHELM HEYNE VERLAG
MÜNCHEN

HEYNE ALLGEMEINE REIHE
Band-Nr. 01/13235

Die Originalausgabe
BRUNSWICK GARDENS
erschien bei Fawcett Columbine/Ballantine Books, New York

*Umwelthinweis:*
Dieses Buch wurde auf
chlor- und säurefreiem Papier gedruckt.

Taschenbucherstausgabe 3/2001

Printed in Germany 2001
Umschlaggestaltung: Hauptmann und Kampa Werbeagentur, CH-Zug,
unter Verwendung des Gemäldes »Tree Shadows on the Wall,
Roundhay Park, Leeds« von Atkinson Grimshaw, 1872
Satz: Leingärtner, Nabburg
Druck und Bindung: Ebner, Ulm

ISBN 3-453-17775-4

http://www.heyne.de

*Für Marie Coolman in Freundschaft*

# KAPITEL EINS

Pitt klopfte an und wartete. Wenn ihn der stellvertretende Polizeipräsident Cornwallis telefonisch zu sich bat, konnte es sich nur um eine heikle und dringende Angelegenheit handeln. Seit seiner Ernennung zum Leiter der Polizeiwache in Bow Street trat Pitt lediglich dann persönlich in Aktion, wenn es aus politischen Gründen geboten schien oder es so aussah, als könnten hochstehende Persönlichkeiten in Schwierigkeiten geraten. So beispielsweise im Oktober 1890 beim Mord in Ashworth Hall, einem Fall, in dessen Folge die Bemühungen um eine Lösung der irischen Frage gescheitert waren. Allerdings hatte man angesichts des Skandals um Katie O'Sheas Scheidungsaffäre, in die Charles Stewart Parnell, der Führer der irischen Mehrheit im Unterhaus, verwickelt war, ohnehin mit einem katastrophalen Ausgang der Angelegenheit rechnen müssen. Das lag jetzt fünf Monate zurück.

Cornwallis öffnete ihm selbst. Er war schlank, nicht ganz so groß wie Pitt, und seine geschmeidigen Bewegungen erweckten den Eindruck, als sei er noch ebenso kräftig und beweglich wie in seiner Zeit als Kapitän zur See. Auch seine knappe Art zu sprechen stammte wohl noch daher, ebenso wie die Selbstverständlichkeit, mit der er Gehorsam voraussetzte, und eine gewisse Geradlinigkeit des Denkens, die nur lernt, wer mit der Gewalt der Elemente Umgang hat, nicht aber, wer tagtäglich mit der Verschlagenheit von Politikern und deren Ränkespielen zu tun hat. Cornwallis stand zwar im Begriff, all das zu lernen, war aber nach wie vor auf Pitts Unterstützung angewiesen. Jetzt machte er einen unzufriedenen

Eindruck, und auf seinem Gesicht mit der langen Nase und dem breiten Mund lag unverkennbar der Ausdruck von Besorgnis.

»Kommen Sie herein!« Er trat beiseite und hielt dem Besucher die Tür auf. Pitts Jackett hing unordentlich an ihm herab, weil er sich alle Taschen vollgestopft hatte. Sein Erscheinungsbild war mit der Beförderung nicht gepflegter geworden. »Tut mir leid, daß ich Sie schon so früh brauche, aber in Brunswick Gardens haben wir einen ziemlich unangenehmen Fall.« Mit mißbilligendem Stirnrunzeln schloß Cornwallis die Tür und kehrte an seinen Schreibtisch zurück. Der freundliche Raum sah gänzlich anders aus als zur Zeit seines Vorgängers. Hier und da standen einige nautische Instrumente, an einer Wand hing eine Seekarte des Ärmelkanals, und unter den unerläßlichen Büchern mit Gesetzestexten und Polizeiverordnungen fanden sich eine Lyrik-Anthologie, ein Roman von Jane Austen und die Bibel.

Pitt setzte sich erst, als sein Vorgesetzter Platz genommen hatte.

»Ja, Sir?« sagte er mit fragendem Unterton.

Der stellvertretende Polizeipräsident lehnte sich zurück. Das Licht beschien seinen Kopf. Es fiel schwer, ihn sich anders als kahl vorzustellen, denn es stand ihm. Zwar gehörte er nicht zu den Menschen, die unruhig auf dem Stuhl hin und her rutschen, doch pflegte er, wenn er sehr besorgt war, die Fingerspitzen beider Hände gegeneinanderzudrücken. Das tat er auch jetzt.

»Eine junge Frau ist im Hause des Pfarrherrn der St.-Michaelis-Gemeinde gewaltsam zu Tode gekommen. Der Pfarrherr ist ein hochachtbarer Mann namens Ramsay Parmenter. Er genießt nicht nur hohes Ansehen wegen seiner wissenschaftlichen Veröffentlichungen, er ist auch als Nachfolger eines Bischofs im Gespräch.« Cornwallis sah Pitt aufmerksam an und holte tief Luft. »Ein wenige Häuser weiter lebender Arzt, der geholt wurde, nachdem die Frau die Treppe hinabgestürzt war, hat die Polizei gerufen. Die Leute sind sofort hingefahren und haben mich benachrichtigt.«

Pitt unterbrach ihn nicht.

»Wie die Dinge liegen, könnte es sich um Mord handeln, und es ist denkbar, daß Reverend Parmenter in die Sache verwickelt ist.« Auch wenn Cornwallis nichts über seine Empfindungen sagte, ließen der leicht zusammengekniffene Mund und der verletzte Ausdruck in seinen Augen nur allzu deutlich erkennen, was er befürchtete. Für ihn war es selbstverständlich, daß sich jemand, der eine herausgehobene Position bekleidete, moralisch und politisch einwandfrei verhielt und daß ein Versagen auf diesem Gebiet zwangsläufig schreckliche Folgen hatte. Er hatte fast sein ganzes Erwachsenenleben auf See zugebracht, wo das Wort des Kapitäns Gesetz ist. Schiff und Besatzung hängen von seiner Fähigkeit und seiner Urteilskraft ab. Was er sagt, muß ohne Wenn und Aber gelten; seine Befehle müssen befolgt werden. Wer dagegen aufbegehrt, gilt als Meuterer und kann mit dem Tode bestraft werden. Cornwallis selbst hatte gehorchen gelernt und war im Laufe der Zeit in die Position aufgestiegen, die er jetzt innehatte. Er wußte, welche Last sie neben den Vorrechten mit sich brachte.

»Aha«, sagte Pitt gedehnt. »Und wer war die junge Frau?«

»Eine gewisse Miss Unity Bellwood«, gab Cornwallis zur Antwort. »Soweit ich weiß, eine Spezialistin auf dem Gebiet alter Sprachen. Sie hat den Pfarrherrn bei der Materialsuche für ein Buch unterstützt, an dem er arbeitet.«

»Und was hat den Arzt und die örtliche Polizei auf den Gedanken gebracht, es könne sich um Mord handeln?« fragte Pitt.

Cornwallis zuckte zusammen. Seine Lippen wurden noch ein wenig schmaler. »Man hat gehört, wie Miss Bellwood unmittelbar vor ihrem tödlichen Fall ›Nein, nein, Reverend!‹ ausrief. Mrs. Parmenter, die gleich darauf aus dem Gesellschaftszimmer herbeistürzte, sah sie am Fuß der Treppe liegen. Miss Bellwood war gleich tot. Offensichtlich hatte sie sich einen Halswirbel gebrochen.«

»Wer hat den Ausruf gehört?«

»Mehrere Leute«, gab Cornwallis bedrückt zur Antwort. »Ich hätte nichts dagegen, wenn es Anlaß zum Zweifel gäbe, aber ich fürchte, das ist nicht der Fall. Eine ausgesprochen unangenehme Situation. Vermutlich steckt irgendeine Art häuslicher Tragödie dahinter, die sich aber wegen der Position der Familie Parmenter zu einem beträchtlichen Skandal auswachsen wird, wenn wir nicht sehr rasch – und äußerst taktvoll – etwas unternehmen.«

»Besten Dank«, sagte Pitt trocken. »Und die örtliche Polizei will den Fall nicht weiter bearbeiten?« Diese rhetorische Frage hatte er ohne jede wirkliche Hoffnung gestellt. Natürlich lag denen nichts daran, und sollte es sich anders verhalten, würde man es ihnen höchstwahrscheinlich nicht gestatten. Es sah ganz danach aus, als würde die Sache äußerst peinlich werden, ganz gleich, wer sich damit beschäftigte.

Cornwallis sparte sich die Mühe, auf Pitts Frage zu antworten. »Brunswick Gardens Nummer siebzehn«, sagte er knapp. »Tut mir wirklich leid für Sie.« Er schien noch etwas hinzufügen zu wollen, überlegte es sich dann aber anders, als wisse er nicht so recht, wie er es sagen sollte.

Pitt erhob sich. »Und wie heißt der zuständige Kollege?«

»Corbett.«

»Dann werde ich also hingehen und ihn aus seiner peinlichen Lage befreien«, sagte er. Es klang alles andere als munter. »Guten Morgen, Sir.«

Mit einem Lächeln sah ihm Cornwallis bis zur Tür nach und wandte sich dann erneut seinen Papieren zu.

Pitt rief auf der Wache in der Bow Street an und gab die Anweisung, Tellman solle nach Brunswick Gardens hinausfahren, das Haus aber auf keinen Fall vor ihm betreten. Dann ließ er eine Droschke kommen.

Es war fast halb elf, als er gegenüber der von kahlen Bäumen bestandenen freien Fläche nahe der Kirche ausstieg. Trotz des hellen Sonnenscheins war es kühl. Während er den kurzen Weg zum Haus mit der Nummer siebzehn zurücklegte, sah er schon auf zwanzig Schritt Entfernung, daß sich das Haus von den anderen unterschied. Die Vorhänge waren zum Zeichen der Trauer bereits vorgezogen, und eine sonderbare Stille umgab es, so als seien dort keine Hausmädchen damit beschäftigt, Zimmer zu lüften, Fenster zu öffnen oder am Dienstboteneingang angelieferte Waren entgegenzunehmen.

Tellman wartete auf dem gegenüberliegenden Gehweg. Der Ausdruck seines hohlwangigen Gesichts war so mürrisch wie immer, und in seinen zusammengekniffenen grauen Augen lag der übliche Argwohn.

»Was ist passiert?« fragte er verdrießlich. »Hat man den Leuten das Familiensilber gestohlen?«

Knapp teilte ihm Pitt mit, was er wußte, und schärfte ihm ein, mit größtmöglichem Takt vorzugehen.

Tellman sagte nichts, aber an seinem Gesichtsausdruck war deutlich zu erkennen, was er dachte. Er hatte eine ausgesprochen geringe Meinung von Leuten, deren Wohlstand, Vorrechte und Befehlsgewalt auf ihre Geburt und nicht auf Verdienste zurückgingen, und solange ihm niemand das Gegenteil bewies, nahm er von jedem an, er gehörte zur erstgenannten Kategorie.

Kaum hatte Pitt an der Haustür geläutet, als ein ausgesprochen mißmutig dreinblickender Polizeibeamter öffnete. Ein kurzer Blick zeigte ihm, daß der Besucher mit der schlecht sitzenden Krawatte und den ausgebeulten Jackettaschen dringend zum Friseur mußte, und er holte schon Luft, um ihm den Eintritt zu verwehren. Tellman nahm er kaum zur Kenntnis.

Mit den Worten »Oberinspektor Pitt und Polizeimeister Tellman« kam ihm Pitt zuvor. »Mr. Cornwallis hat uns gebeten herzukommen. Ist Inspektor Corbett da?«

Erleichterung zeigte sich auf den Zügen des Mannes. »Ja, Sir, Mr. Pitt. Treten Sie näher, Sir. Mr. Corbett ist im Vestibül. Folgen Sie mir bitte.«

Pitt wartete auf Tellman, der sich etwas hinter ihm gehalten hatte, und schloß dann die Tür. Sie folgten dem Polizeibeamten durch den Windfang in das erlesen wirkende und spärlichst möblierte Vestibül, in dem kaum mehr als ein kostbarer türkischer Wandschirm stand. Dunkelblaue Fliesen bedeckten eine Wand, und auf dem Fußboden war ein weißgrundiges Mosaik mit einem Muster aus schwarzen Linien und Wirbeln zu sehen, das auf Pitt ausgesprochen italienisch wirkte. Den Abschluß der schwarz gebeizten steilen Treppe bildete im Obergeschoß eine auf zwei runden weißen Säulen ruhende Galerie. Eine Kübelpalme ragte bis zum oberen Geländerpfosten empor. Alles war außerordentlich modern und hätte Pitt zu jedem anderen Zeitpunkt zutiefst beeindruckt.

Jetzt aber zog eine Gruppe von Menschen seinen Blick auf sich, die sich am Fuß der Treppe versammelt hatten. Ein sorgenvoll dreinsehender junger Arzt packte seine Instrumente zusammen, ein weiterer junger Mann stand stocksteif und angespannt da, als wolle er gern etwas tun, ohne aber zu wissen, was. Der dritte Mann, dessen Haar sich zu lichten begann, war um eine ganze Generation älter. Der Ausdruck auf seinem Gesicht wirkte besorgt und ernst. Die vierte und letzte Gestalt lag am Boden. Da eine Decke sie verbarg, war lediglich die Rundung von Schulter und Hüfte zu sehen.

Der ältere der Männer wandte sich bei Pitts Eintreten um.

»Mr. Pitt und Polizeimeister Tellman«, sagte der Polizeibeamte eifrig, als bringe er eine gute Nachricht. »Der stellvertretende Polizeipräsident schickt sie, Sir.«

Es war deutlich zu erkennen, daß Corbett die Erleichterung seines Untergebenen teilte.

»Guten Morgen, Sir«, begrüßte er Pitt. »Dr. Greene hier ist gerade fertig geworden. Leider war der jungen Dame nicht mehr zu helfen. Und das ist Mr. Mallory Parmenter, der Sohn des Pfarrherrn.«

»Guten Tag, Mr. Parmenter«, sagte Pitt zu dem gutaussehenden jungen Mann mit glattem dunklem Haar und einem regelmäßigen Gesicht, das je nach Gesichtsausdruck bezaubernd oder mürrisch wirken konnte, jetzt aber sehr bleich war, und nickte dem Arzt knapp zu. Er sah sich im Vestibül um und lenkte dann den Blick nach oben. Wer diese steile Treppe mit ihren nackten Holzstufen herunterfiel, mußte sich schwer verletzen, und so überraschte es ihn in keiner Weise, daß der Sturz tödlich verlaufen war. Er trat näher, beugte sich über die Leiche und schlug die Decke zurück. Die junge Frau lag auf der Seite, das Gesicht halb von ihm abgewandt. Die kräftigen Züge, die geraden Brauen und die üppigen Lippen zeigten, daß sie von einer sinnlichen Schönheit, zugleich aber auch eigenwillig gewesen sein mußte. Zwar konnte er leicht glauben, daß sie auch klug gewesen war, doch auf ein warmherziges Naturell wies in ihren Gesichtszügen kaum etwas hin.

»Der Sturz hat zu ihrem Tode geführt«, sagte Corbett fast im Flüsterton. »Er liegt etwa eineinhalb Stunden zurück.« Er zog eine Uhr aus der Westentasche. »Die Standuhr hier im Vestibül hat kurz danach zehn geschlagen. Vermutlich wollen Sie selbst mit allen im Hause Anwesenden sprechen, aber ich kann Ihnen sagen, was wir wissen, wenn das Ihr Wunsch ist.«

»Gern«, nahm Pitt das Angebot an, ohne den Blick von der Toten zu wenden. Ihm fiel auf, daß sie keine Straßenschuhe trug, sondern eine Art Pantoffeln, die sich beim Fallen zum Teil von den Füßen gelöst hatten. Sorgfältig betrachtete er den Rocksaum rundherum, um zu sehen, ob womöglich eine Naht aufgegangen war, so daß sie sich mit dem Fuß darin hätte verfangen und stolpern können. Der Saum war einwandfrei. Unter der Sohle eines der Hausschuhe sah er einen sonderbaren dunklen Fleck. »Was ist das?« fragte er.

Corbett sah hin. »Ich weiß es nicht, Sir.« Er bückte sich, faßte mit einem Finger hin und hielt ihn an die Nase. »Irgendwas Chemisches«, sagte er. »Der Fleck ist zwar trocken, aber es riecht noch ziemlich stechend. Er kann also noch nicht lange da sein.« Er erhob sich und wandte sich an den jungen Parmenter. »Wissen Sie, ob Miss Bellwood das Haus heute morgen verlassen hat, Sir?«

»Das kann ich nicht sagen«, antwortete dieser prompt. Er hatte die Hände ineinander geschlungen, wohl damit sie nicht zitterten. »Ich habe gearbeitet … im Gewächshaus; es dient uns zugleich als Wintergarten.« Er zuckte bedauernd die Achseln, als bedürfe das einer Erklärung. »Das ist manchmal der ruhigste Ort im ganzen Hause, und außerdem ist es dort warm. Das Empfangszimmer ist um diese Zeit noch nicht geheizt, weil das Mädchen, das Feuer macht, woanders zu tun hat. Möglich, daß Unity ausgegangen ist, aber in dem Fall weiß ich nicht, warum. Vater dürfte das wissen.«

»Wo befindet sich Ihr Herr Vater?« fragte Pitt.

Der junge Mann sah ihn an.

»Oben in seinem Studierzimmer«, gab er zur Antwort. »Der Vorfall hat ihn verständlicherweise schrecklich aufgewühlt, und er wollte lieber allein sein, zumindest eine Weile. Sofern ich Ihnen helfen kann, stehe ich Ihnen natürlich gern zur Verfügung.«

»Vielen Dank, Sir«, sagte Corbett, »aber ich glaube nicht, daß wir Sie länger aufzuhalten brauchen. Bestimmt wollen Sie mit Ihren Angehörigen zusammensein.« Es war eine höflich formulierte Aufforderung, sich zu entfernen.

Zögernd sah Mallory zu Pitt hinüber. Offensichtlich war er nicht bereit zu gehen, als könnte in seiner Abwesenheit etwas geschehen, das er verhindern müßte. Er sah auf die am Boden liegende Gestalt. »Können Sie sie nicht wieder zudecken ... oder so etwas?« fragte er hilflos.

»Sobald der Oberinspektor gesehen hat, was er sehen muß, bringen wir sie ins Leichenschauhaus, Sir«, antwortete Corbett. »Lassen Sie uns jetzt bitte unsere Arbeit tun.«

»Ja ... gewiß«, sagte Mallory. Er drehte sich auf dem Absatz um, überquerte den prachtvollen Mosaikboden des Vestibüls und verschwand durch eine reichgeschnitzte Tür.

Corbett wandte sich an Pitt. »Tut mir leid, Mr. Pitt. Die Sache sieht ziemlich übel aus. Bestimmt wollen Sie selbst mit den Ohrenzeugen sprechen. Das sind Mrs. Parmenter, das Mädchen und der Diener.«

»Ja.« Pitt warf einen letzten Blick auf Unity Bellwood und prägte sich ihre Lage ein, ihr Gesicht, das dichte honigfarbene Haar, die kräftigen, gut manikürten Hände, die jetzt schlaff neben ihr lagen. Eine interessante Frau. Doch anders als in den meisten seiner bisherigen Fälle würde er wohl nicht viel über sie in Erfahrung bringen müssen. Die Sache schien bedauernswert klar, einfach nur tragisch, und vor einem Gericht unter Umständen schwierig zu beweisen. Er wandte sich an Tellman, der zwei Schritte hinter ihm stand. »Reden Sie doch einmal mit dem übrigen Personal. Stellen Sie fest, wo jeder einzelne war und ob sie etwas gesehen oder gehört haben. Versuchen Sie außerdem herauszufinden, worum es sich bei der Substanz unter ihrer Schuhsohle handelt. Aber gehen Sie diskret vor. Bisher verfügen wir über nur sehr wenige gesicherte Erkenntnisse.«

»Ja, Sir«, antwortete Tellman mit angewidertem Gesichtsausdruck. Er ging mit steifen Schultern davon, bei jedem

Schritt ein wenig in den Gelenken federnd, als suche er mit jemandem Streit. Er war schwierig, aber geduldig, ein guter Beobachter, und er schreckte vor keiner Schlußfolgerung zurück, ganz gleich, wie unangenehm sie sein mochte.

Pitt wandte sich wieder an Corbett. »Ich sollte jetzt besser mit Mrs. Parmenter sprechen.«

»Sie befindet sich im Gesellschaftszimmer, Sir. Es ist da drüben.« Corbett wies auf die andere Seite des Vestibüls, wo unterhalb der Säulen der Galerie eine weitere reichverzierte Tür lag.

»Vielen Dank.« Pitts Schritte hallten in der Stille des Hauses laut auf dem Marmor. Kaum hatte er geklopft, als ein Hausmädchen die Tür öffnete.

Auch dieser Raum war überaus modern eingerichtet und enthielt viele chinesische und japanische Dekorationsgegenstände. Ein bestickter seidener Wandschirm mit einem Muster aus Pfauenfedern beherrschte die von der Tür am weitesten entfernte Ecke, und auf den Tapeten erkannte man ein zurückhaltendes Bambusmuster. Doch in erster Linie richtete sich Pitts Aufmerksamkeit auf die schlanke Frau, die auf einer Chaiselongue ruhte, deren Holzteile schwarz lackiert waren. Sie hatte eine gesunde Gesichtsfarbe sowie hübsche und zugleich äußerst ungewöhnliche Züge. Ihre großen Augen standen weit auseinander, ihre Wangenknochen waren hoch und ihre Nase von erstaunlicher Länge. Es kam ihm vor, als habe er es hier mit einem Menschen zu tun, der häufig lächelte und beim leisesten Anlaß lachte. Jetzt aber wirkte die Frau ernsthaft und vermochte offenbar nur mit Mühe die Fassung zu bewahren.

Mit den Worten »Bitte entschuldigen Sie die Störung« schloß Pitt die Tür hinter sich. »Ich bin Oberinspektor Pitt aus der Bow Street. Der stellvertretende Polizeipräsident Cornwallis hat mir die Untersuchung der näheren Umstände im Fall von Miss Bellwood übertragen.« Eine darüber hinausgehende Erklärung gab er nicht ab. Seiner Ansicht nach hätte das den Eindruck erweckt, als sei die Polizei bereit, etwas zu decken oder dem vorzugreifen, was sich bei der Untersuchung der Tragödie ergeben würde.

»Gewiß, Oberinspektor«, sagte sie mit kaum wahrnehmbarem Lächeln. »Ich verstehe.« Ohne sich aus ihrer liegenden Stellung zu erheben, blickte sie ihn an. Pitt hätte nicht sagen können, ob sie groß oder eher klein war. Das Hausmädchen wartete diskret in der Ecke, vielleicht für den Fall, daß ihre Herrin ihres Beistandes bedurfte.

»Vermutlich wollen Sie von mir erfahren, was ich weiß?« fuhr Vita Parmenter fort, wobei sie die Stimme ein wenig senkte.

Pitt setzte sich, weniger zu seiner Bequemlichkeit als aus dem Wunsch heraus, ihr zu ersparen, daß sie zu ihm aufsehen mußte. »Wenn es Ihnen recht ist.«

Sie hatte sich offensichtlich vorbereitet und schien auch ihre fünf Sinne beisammen zu haben. Mit ihren erstaunlichen Augen sah sie ihn fest an. Ihre Hände zitterten kaum wahrnehmbar.

»Mein Mann hat zeitig gefrühstückt, wie es seiner Gewohnheit entspricht, wenn er arbeitet. Ich vermute, daß auch Unity – Miss Bellwood – bereits gefrühstückt hatte. Ich habe sie bei Tisch nicht gesehen, was aber nichts zu bedeuten hat. Wir anderen haben unser Frühstück zur selben Zeit wie immer eingenommen. Ich glaube nicht, daß wir dabei über irgend etwas Interessantes gesprochen haben.«

»Wer sind diese anderen?« fragte er.

»Mein Sohn Mallory«, erklärte sie, »meine Töchter Clarice und Tryphena sowie der im Hause lebende Vikar.«

»Aha. Fahren Sie bitte fort.«

»Mallory ist in den Wintergarten gegangen, um zu lesen und zu lernen. Dort ist es ruhig und angenehm warm, und er wird nicht gestört, denn die Hausmädchen gehen nicht dorthin, und der Gärtner hat um diese Jahreszeit kaum etwas zu tun.« Sie sah ihn mit ihren sehr hellen grauen Augen unter dunklen Wimpern und stark geschwungenen Brauen an. »Clarice ist nach oben gegangen. Warum, hat sie nicht gesagt. Tryphena ist zum Klavierspielen ins Gesellschaftszimmer gekommen. Wohin der Vikar gegangen ist, weiß ich nicht. Ich habe mich ebenfalls hier aufgehalten, wie auch das Hausmädchen Lizzie. Ich war mit Blumenstecken beschäftigt. Als ich anschließend ins Vestibül gehen wollte, hörte ich Unity rufen. Ich war schon fast an der Tür, da kam ein Schrei ...«

Sie hielt mit gequältem Ausdruck inne. Alle Farbe war aus ihrem Gesicht gewichen.

»Haben Sie gehört, was sie gerufen hat, Mrs. Parmenter?« fragte er mit Nachdruck.

Sie schluckte. Er sah ihre Kehle zucken.

»Ja«, flüsterte sie. »Sie hat ›Nein, nein!‹ gerufen. Dann noch etwas, danach hat sie laut aufgeschrien, man hat eine Art Poltern gehört... und dann nichts mehr.« Sie sah ihn an, und in ihrem Gesicht spiegelte sich das Entsetzen, als höre sie die Szene in ihrem Kopf und als werde sie dort unaufhörlich wiederholt.

»Und was war das ›noch etwas‹?« fragte er, obwohl er bereits von Cornwallis wußte, was die Dienstboten gesagt hatten. Er rechnete nicht mit einer Antwort, aber er mußte der Frau wenigstens die Gelegenheit dazu geben.

Wie nicht anders zu erwarten, hielt sie zu ihrem Mann.

»Ich ... ich ...« Sie schlug die Augen nieder. »Ich bin nicht sicher.«

Er drang nicht weiter in sie. »Und was haben Sie gesehen, als Sie ins Vestibül kamen, Mrs. Parmenter?« fuhr er fort.

Diesmal zögerte sie nicht. »Ich habe Unity am Fuß der Treppe liegen sehen.«

»Befand sich jemand auf dem oberen Treppenabsatz?«

Schweigend wich sie seinem Blick erneut aus.

»Mrs. Parmenter?«

»Ich habe Schulter und Rücken eines Mannes gesehen, der rasch hinter den Blumenständer im Gang trat.«

»Wissen Sie, wer das war?«

Sie war sehr bleich, wich ihm aber diesmal nicht aus, sondern sah ihn offen an. »Ich bin mir nicht so sicher, daß ich es sagen könnte, und auf Vermutungen will ich mich nicht einlassen, Oberinspektor.«

»Wie war der Mann gekleidet, Mrs. Parmenter? Was haben Sie genau gesehen?«

Sie zögerte und überlegte angestrengt. Ihr tiefes Unbehagen war ihr anzusehen.

»Er hatte einen dunklen Überrock an«, sagte sie schließlich. »Mit Rockschößen … glaube ich.«

»Gibt es einen Mann im Hause, auf den diese Beschreibung nicht paßt? Können Sie sich erinnern, wie groß er war, oder an irgend etwas anderes, zum Beispiel an seinen Körperbau?«

»Nein«, flüsterte sie. »Nein, an nichts. Es war nur ein kurzer Augenblick. Er hat sich sehr schnell bewegt.«

»Ich verstehe. Vielen Dank, Mrs. Parmenter«, sagte er mit großem Ernst. »Können Sie mir etwas über Miss Bellwood sagen? Was für eine Art Frau war sie? Aus welchem Grund hätte jemand wünschen sollen, daß sie zu Schaden kommt?«

Sie senkte den Blick. Ein leichtes Lächeln trat auf ihre Züge. »Mr. Pitt, diese Frage läßt sich äußerst schwer beantworten. Ich … ich möchte nicht gern Böses über einen jungen Menschen reden, der soeben in tragischer Weise ums Leben gekommen ist, noch dazu in meinem Hause.«

»Verständlich«, stimmte er zu und beugte sich leicht vor. Im vom Kaminfeuer erwärmten Zimmer war es sehr angenehm. »Ich bedaure, Ihnen diese Frage stellen zu müssen, doch gibt es leider keine andere Möglichkeit. Ich nehme an, Sie verstehen, daß ich die genauen Umstände des Vorfalls ergründen muß. Sollte sie wirklich jemand gestoßen haben, werden die Folgen schmerzlich sein – und zwangsläufig auch unangenehm.«

»Ja … gewiß, natürlich.« Sie rümpfte die Nase ein wenig. »Wie töricht von mir. Bitte entschuldigen Sie. Man gibt die Hoffnung nie auf … das ist in diesem Fall nicht sehr vernünftig. Sie wollen nachvollziehen können, auf welche Weise und warum so etwas geschehen konnte.« Sie schwieg eine Weile, vielleicht, weil sie nach Worten der Erklärung suchte.

»Unity war sehr klug«, begann Vita schließlich. »Ein richtiger Blaustrumpf. Vor allem hat sie auf dem Gebiet der alten Sprachen geglänzt. Griechisch und Aramäisch schienen für sie so natürlich zu sein wie für Sie oder mich das Englische. Mit diesen Kenntnissen hat sie meinen Mann bei seiner Arbeit unterstützt. Er ist Theologe, auf seinem Gebiet nicht unbekannt, aber seine Fähigkeiten, aus diesen Sprachen zu übersetzen, sind nur sehr beschränkt. Zwar vermag er durchaus die Bedeutung eines Werkes in bezug auf die religiöse Thematik einzuschätzen, aber sie war imstande, nicht nur die Wörter zu erfassen, sondern auch den Ton und den poetischen Gehalt eines Textes. Außerdem war sie in Geschichte recht bewandert.« Sie runzelte die Stirn. »Vermutlich ergibt sich das beim Studium einer Sprache automatisch? Man lernt dabei ganz zwangsläufig eine Menge über die Geschichte des Volkes, das sie gesprochen hat – durch die Texte.«

»Kann ich mir gut vorstellen«, stimmte Pitt zu. Er war in englischer Literatur ziemlich belesen, wußte aber nichts über antike Autoren. Zwar hatte Sir Arthur Desmond, der Besitzer des Gutes, auf dem er aufgewachsen war, in seiner Güte den Sohn des Wildhüters Pitt zusammen mit seinem eigenen Sohn, dem jetzigen Sir Matthew Desmond, erziehen lassen, doch hatte Pitts Interesse damals eher der Naturwissenschaft gegolten und weniger dem Lateinischen oder Griechischen, und an das Aramäische hatte er mit Sicherheit keinen Gedanken verschwendet. Zur Stillung seines religiösen Wissensdurstes genügte ihm die englische Standard-Bibelübersetzung vollauf. Nur mit Mühe gelang es ihm, seine Ungeduld zu verbergen. Nichts von dem, was Vita bisher gesagt hatte, schien in irgendeiner Weise in Beziehung zur Tat zu stehen. Wahrscheinlich war es für sie sehr schwierig, zur Sache zu kommen. »Ihr Gatte war dabei, ein theologisches Werk zu verfassen?« lieferte er ihr ein Stichwort.

»Ja«, sagte sie leise. »Er hat bereits zwei solcher Bücher und eine ganze Anzahl von Aufsätzen veröffentlicht, die große Anerkennung gefunden haben. Das fragliche Werk aber soll sehr viel weitergehen als die vorigen und dürfte wahrscheinlich auch umstrittener sein.« Sie sah ihn aufmerksam an, um zu erkennen, ob er verstand. »Daher war er auf Unitys Fähigkeiten angewiesen; sie sollte ihm die Quellentexte für seine Arbeit übersetzen.«

»Hat das Thema sie interessiert?« Er mußte geduldig sein, mahnte er sich. Vielleicht war diese abschweifende Art die einzige Möglichkeit für sie, die eine bittere Wahrheit auszusprechen, auf die es ankam.

Vita lächelte. »Auf theologischer Ebene nicht im geringsten, Oberinspektor. In bezug auf die Religion ist ... war Unity äußerst modern. An Gott glaubte sie überhaupt nicht. Offen gestanden war sie voller Bewunderung für das Werk dieses Charles Darwin.« Der Ausdruck tiefer Abscheu wurde in ihren Augen und um ihren Mund herum sichtbar. »Natürlich kennen Sie es. Zumindest ist Ihnen klar, was mit Bezug auf den Ursprung des Menschen darin behauptet wird. Noch nie seit ... ich weiß nicht wann, hat jemand eine gefährlichere und gewagtere Theorie in die Welt gesetzt!« Sie konzentrierte sich entschlossen und wandte sich ihm ungeachtet der Unbequemlichkeit ihrer Lage zu, so daß sie ihn voll ansehen konnte. »Sollte es stimmen, daß wir alle miteinander vom Affen abstammen und die Bibel unrecht hat und es keinen Gott gibt – welchen Grund in aller Welt hätten wir dann, zur Kirche zu gehen oder auch nur ein einziges der Gebote zu halten?«

»Weil sie sich auf Tugendhaftigkeit und die beste gesellschaftliche und moralische Ordnung stützen, die wir kennen«, gab er zur Antwort, »unabhängig davon, ob sie auf Gott oder auf die Gedanken von Menschen zurückgehen, die dafür lange kämpfen und sich entwickeln mußten. Ich weiß nicht, ob die Bibel oder Darwin recht hat. Unter Umständen könnten sogar beide auf die eine oder andere Weise recht haben. Falls nicht, hoffe ich von ganzem Herzen, daß es die Bibel ist. Darwin läßt uns kaum mehr als den Glauben daran, daß sich der Fortschritt und die Moral des Menschen ständig zu einer höheren Stufe hin entwickeln.«

»Sie glauben also nicht, daß es sich so verhält?« fragte sie ernsthaft. »Unity war fest davon überzeugt. Sie war der Ansicht, daß die Menschheit unaufhaltsame Fortschritte macht, unser Denken mit jeder Generation edler und freier wird und wir immer gerechter, toleranter und insgesamt aufgeklärter werden.«

»Gewiß verbessern sich unsere Erfindungen von einem Jahrzehnt zum anderen«, stimmte er zu, seine Worte sorgfältig wägend. »Unser Wissen auf dem Gebiet der Naturwissenschaft nimmt nahezu Jahr für Jahr zu. Aber ich bin alles andere als sicher, daß das auch für unsere menschliche Güte gilt, unseren Mut oder das Verantwortungsgefühl füreinander. Das aber sind weit verläßlichere Maßstäbe der Zivilisation.«

Überrascht und verwirrt sah sie ihn an.

»Unitys Überzeugung nach ist die Menschheit sehr viel aufgeklärter als früher und hat die Unterdrückung, die Unwissenheit und den Aberglauben der Vergangenheit abgeschüttelt. Das habe ich sie viele Male sagen hören, wie auch, daß wir uns mit größerer Verantwortungsbereitschaft denn je der Armenfürsorge widmen und weniger selbstsüchtig und ungerecht sind als zuvor.«

Eine dreißig Jahre alte Erinnerung aus den Unterrichtsstunden zog ihm blitzartig durch den Kopf. »Einer der Pharaonen im alten Ägypten pflegte sich damit zu brüsten, daß niemand unter seiner Herrschaft hungerte oder obdachlos war.«

»Ach ... ich glaube nicht, daß Unity das wußte«, sagte sie voll Überraschung. In ihrer Stimme klang so etwas wie Befriedigung mit.

Vielleicht näherten sie sich allmählich den Wahrheiten, auf die es ankam.

»Was war die Haltung Ihres Gatten zu den Ansichten dieser jungen Dame, Mrs. Parmenter?«

Ihr Gesicht verschloß sich wieder, und sie senkte den Blick. »Sie waren ihm zuwider. Ich kann nicht leugnen, daß sie ziemlich oft miteinander gestritten haben. Wenn ich es nicht sage, werden andere das tun. Es war für die Menschen in seiner Umgebung unmöglich, das nicht zu merken.«

Pitt konnte sich sehr gut vorstellen, wie bei den Mahlzeiten Meinungen aufeinanderprallten, betretenes Schweigen eintrat, versteckte Andeutungen gemacht, offizielle Positionen bezogen wurden und die Tischgenossen einander schließlich offen widersprachen. Nur weniges ist für den Menschen so grundlegend wie sein Glaube an die Ordnung der Dinge – nicht auf metaphysischer Ebene, wohl aber in bezug auf die eigene Stellung im Universum, den eigenen Wert und den Sinn des Daseins.

»Und heute morgen haben sie sich ebenfalls gestritten?« fragte er.

»Ja.« Sie sah ihn betrübt und ängstlich an. »Ich weiß nicht genau, worum es ging. Wahrscheinlich könnte Ihnen meine Zofe Näheres sagen. Sie hat es ebenfalls mitbekommen, wie auch der Kammerdiener meines Mannes. Ich selbst habe lediglich gehört, daß sie mit erhobener Stimme sprachen.« Sie machte den Eindruck, als wolle sie noch etwas hinzufügen, schien es sich dann aber zu überlegen oder nicht die richtigen Worte zu finden.

»Könnte es sein, daß der Streit heftig geworden ist?« fragte er.

»Ich glaube schon.« Ihre Stimme war kaum mehr als ein Flüstern. »Allerdings fällt es mir schwer, das zu glauben. Mein Mann ist nicht –« Sie verstummte.

»Ist es denkbar, daß Miss Bellwood das Studierzimmer wütend verlassen und das Gleichgewicht verloren hat, vielleicht gestrauchelt und zufällig rücklings die Treppe herabgestürzt ist?« wollte er wissen.

Sie schwieg weiter.

»Halten Sie das für möglich, Mrs. Parmenter?«

Sie hob den Blick und sah ihn an. Sie biß sich auf die Lippe. »Falls ich ja dazu sage, wird mir meine Zofe widersprechen. Bitte verlangen Sie nicht, daß ich mehr über meinen Mann sage. Es ist entsetzlich … bedrückend. Ich weiß nicht, was ich denken oder empfinden soll. Ich habe das Gefühl, mich in einem Wirbel aus Verworrenheit … und Finsternis … entsetzlicher Finsternis zu befinden.«

»Verzeihen Sie.« Er verspürte das Bedürfnis, sich zu entschuldigen. Sein Mitgefühl mit ihr war ebenso schrankenlos wie seine Bewunderung für ihre Haltung und ihr Bestreben, die Wahrheit zu sagen, obwohl es sie so unvorstellbar viel kostete. »Selbstverständlich werde ich Ihre Zofe befragen.«

Sie lächelte unsicher. »Danke«, murmelte sie.

Es gab nichts mehr von ihr zu erfragen, und er wollte das Gespräch nicht unnötig in die Länge ziehen. Sicher war es ihr sehr viel lieber, allein oder mit ihren Angehörigen zusammenzusein. Er verabschiedete sich und suchte die Zofe auf.

Miss Braithwaite, eine gepflegte Mittfünfzigerin, wirkte durchaus vernünftig, aber tief erschüttert. Ihr Gesicht war bleich, und es fiel ihr schwer, Atem zu schöpfen.

Sie saß im Wohnzimmer der Haushälterin auf einer Stuhlkante und trank in kleinen Schlucken heißen Tee. Das Feuer prasselte in dem kleinen, auf Hochglanz polierten Kamineinsatz, den Boden bedeckte ein etwas abgetretener Teppich, hübsche Bilder schmückten die Wände, und auf einem Tischchen standen einige gerahmte Fotos.

»Ja, ich habe mitbekommen, daß sie laut miteinander sprachen«, räumte die Frau unglücklich ein, nachdem Pitt ihr versichert hatte, die Herrin des Hauses habe ihr gestattet, frei heraus zu sprechen, und sie müsse unbedingt der Wahrheit die Ehre geben. »Ich konnte es gar nicht überhören. Es war wirklich sehr laut.«

»Und haben Sie mitbekommen, worum es dabei ging?« fragte er.

»Nun ja ... ich habe etwas gehört ...«, antwortete sie langsam, »aber wenn Sie mich fragen, was es war, ich kann es nicht wiederholen.«

Als sie seinen Gesichtsausdruck sah, fügte sie rasch hinzu: »Es waren nicht etwa ordinäre Worte. Der Herr Pfarrer würde dergleichen nie sagen – es paßt einfach nicht zu ihm, wenn Sie verstehen, was ich meine. Er ist ein vollkommener Herr vom Scheitel bis zur Sohle.« Sie schluckte. »Aber wie jeder von uns kann er sehr zornig werden, vor allem, wenn er seine Grundsätze verteidigt.« Sie sagte das mit beträchtlicher Bewunderung. Offensichtlich waren es auch die ihren. »Ich hab das einfach nicht verstanden«, erläuterte sie. »Ich weiß, daß Miss Bellwood, Gott hab sie selig, nicht an Gott geglaubt und auch nichts dabei gefunden hat, das offen zu sagen. Es hat ihr sogar Spaß gemacht ...« Sie hielt unvermittelt inne, und tiefe Röte übergoß ihre Züge. »Gott verzeih mir, ich sollte nicht schlecht von der Toten reden. Die Ärmste wird es inzwischen besser wissen.«

»Es ging also bei der Auseinandersetzung um religiöse Themen?« schloß er.

»Theologische, würde ich sagen«, verbesserte sie ihn, nach wie vor ihre Tasse in der Hand haltend, ohne aber daraus zu trinken. »Über den Sinn bestimmter Aussagen. Die beiden waren nicht oft einer Meinung. Sie hat geglaubt, was dieser

Charles Darwin verbreitet, und vor allem hatte sie es mit grenzenloser Freiheit. Ich würde ja sagen, daß sie sich zu wichtig genommen hat.« Sie kniff die Lippen zusammen. »Manchmal habe ich mich gefragt, ob sie Mr. Parmenter absichtlich herausgefordert hat, einfach um ihn ordentlich auf die Palme zu bringen.«

»Was veranlaßt Sie zu dieser Vermutung?« fragte er.

»Ihr Gesichtsausdruck dabei.« Sie schüttelte den Kopf. »Wie ein kleines Kind, das immer weitermacht, um zu sehen, was die Erwachsenen wohl tun.« Sie holte tief Luft und stieß dann seufzend den Atem aus. »Aber jetzt spielt es ja keine Rolle mehr. Das arme Geschöpf.«

»Und wo hat dieser Streit stattgefunden?«

»In Mr. Parmenters Studierzimmer, wo sie zusammen gearbeitet haben, wie immer... oder meistens. Ein oder zwei Mal hat sie auch allein unten in der Bibliothek gearbeitet.«

»Haben Sie gesehen oder gehört, daß sie herausgekommen ist?«

Sie sah beiseite. »Ja...«

»Und Mr. Parmenter?«

Sie sprach leise. »Ich glaube. Den Stimmen nach ist er ihr auf den Gang und bis zum Treppenabsatz gefolgt.«

»Wo haben Sie sich da befunden?«

»In Mrs. Parmenters Schlafzimmer.«

»Wo liegt das im Verhältnis zum Studierzimmer und zum Treppenabsatz?«

»Schräg gegenüber vom Studierzimmer und ein Stück von der Treppe entfernt.«

»War die Tür offen oder geschlossen?«

»Die Schlafzimmertür stand offen. Ich mußte Bettwäsche einräumen und Kleidungsstücke in den Schrank hängen. Weil ich beide Hände voll hatte, als ich ins Schlafzimmer gegangen bin, habe ich die Tür nicht hinter mir zugemacht. Die Tür zum Studierzimmer von Mr. Parmenter war geschlossen. Deswegen habe ich auch nur einen Teil von dem Wortwechsel mitbekommen, obwohl sie sich richtig angeschrien haben.« Sie sah ihn betrübt an.

»Aber als Miss Bellwood die Tür geöffnet hat, um das Studierzimmer zu verlassen, hätten Sie doch hören können, was sie sagten«, beharrte er.

»Ja …«, gestand sie zögernd.

»Und was war das?«

Er hörte leichte und rasche Schritte auf dem Gang, Absätze klapperten über den harten Boden und eilten vorüber.

Erneut stieg Miss Braithwaite die Röte in die Wangen. Offenkundig fühlte sie sich unbehaglich. Treue und Pflichtgefühl ihrer Herrin gegenüber lagen im Widerstreit mit ihrer Wahrheitsliebe – und vielleicht auch mit ihrer Angst vor dem Gesetz.

»Miss Braithwaite«, sagte er freundlich. »Ich muß das unbedingt wissen. Es darf auf keinen Fall verborgen bleiben. Eine Frau ist ums Leben gekommen. Auch wenn sie töricht gewesen sein und einem Irrglauben angehangen haben mag, vielleicht auch unangenehm oder Schlimmeres war, so hat sie doch das Recht auf eine ordnungsgemäße Untersuchung der näheren Umstände ihres Todes, damit wir der Wahrheit so nahe wie möglich kommen. Bitte sagen Sie mir, was Sie gehört haben.«

Miss Braithwaite sah äußerst unglücklich drein, leistete aber keinen weiteren Widerstand.

»Er hat sie als überheblich und trotz all ihrer angeblichen Intelligenz als dumm bezeichnet. Sie sei so von der Idee der Freiheit besessen, daß sie gar nicht merkte, daß sie in Wirklichkeit Unordnung, Zerstörung und Chaos befürwortete«, sagte sie. »Er hat gesagt, sie sei wie ein gefährliches Kind, das mit dem Feuer der Gedanken spielt, und eines Tages würde sie noch das ganze Haus niederbrennen, so daß jeder darin mit unterginge.«

»Hat Miss Bellwood darauf geantwortet?«

»Sie hat geschrien, er sei ein unvernünftiger alter Mann.« Sie schloß die Augen, offensichtlich waren ihr die Worte peinlich. »Außerdem sei er geistig viel zu beschränkt und emotional zu verkrüppelt, um die Wirklichkeit so wahrnehmen zu können, wie sie ist.« Sie stieß die Worte so rasch heraus, wie sie konnte. »Das hat sie gesagt. Es war boshaft und undankbar.« Sie sah Pitt herausfordernd an. »Wo wäre sie denn, frage ich Sie, wenn ihr nicht bedeutende Herren wie Mr. Parmenter eine Gelegenheit gegeben hätten, für sie zu arbeiten?«

»Das weiß ich nicht. War da noch etwas?« fragte er weiter.

Ihre Lippen schlossen sich.

»Mir ist klar, daß Sie diese Worte nur mit größtem Widerwillen wiederholen mögen, Miss Braithwaite, und sich die Äußerungen in keiner Weise mit Ihren eigenen Ansichten decken.«

Sie warf ihm einen dankbaren Blick zu. »Na ja, sie hat gesagt, daß er feige sei und sich an Aberglauben und Märchen klammere, weil er nicht den Mut hätte, der Wahrheit ins Auge zu sehen«, sagte sie verbittert.

»Das klingt in der Tat nach einem äußerst unangenehmen Streit«, merkte Pitt an und spürte zugleich eine bleierne Schwere in seinem Inneren. »Und Sie haben gehört, wie er Miss Bellwood bis auf den Treppenabsatz gefolgt ist?«

»Ich vermute, daß es so war. Ich habe mich bemüht, es nicht zu hören. Es ... offenbar sollte ja kein Außenstehender etwas von dem Streit mitbekommen, Sir. Ich habe also angefangen, die Bettwäsche in die Schubladen zu räumen. Die Schritte konnte ich nicht hören, denn auf dem Gang und dem Treppenabsatz liegen Läufer. Als nächstes habe ich gehört, wie sie leise aufschrie, danach ein dumpfes Geräusch, und dann hat sie laut gerufen.«

»Was war das?«

»Ich ... ich weiß nicht, ob ich das genau mitbekommen habe«, zögerte sie, doch war ihr deutlich anzusehen, daß sie log. Sie konzentrierte sich auf ihre Teetasse und stellte sie vorsichtig auf den Tisch neben sich.

»Was hat sie gerufen, Miss Braithwaite? Ich bin sicher, daß Sie sich erinnern können, wenn Sie sich Mühe geben.«

Sie gab keine Antwort.

»Wollen Sie die Polizei nicht in ihrem Bestreben unterstützen, die Wahrheit in dieser Angelegenheit herauszubekommen?« drang er in sie.

»Doch, selbstverständlich ... aber ...«

»Aber was Sie gehört haben, belastet einen bestimmten Menschen so sehr, daß Sie ihn lieber decken, als die Worte zu wiederholen.«

Sie war jetzt vollständig verschreckt.

»Nein… ich… Sie tun mir da unrecht, Sir, ich habe mir nichts zuschulden kommen lassen.«

»Was haben Sie gehört, Miss Braithwaite?« beharrte er freundlich. »Es ist nicht recht, die Polizei zu belügen oder Beweismaterial zu unterdrücken. Damit machen Sie sich zur Mittäterin.«

Sie sah ihn entsetzt an, und ihre Stimme war schrill vor Angst. »Ich habe nichts damit zu tun.«

»Was haben Sie gehört, Miss Braithwaite?« wiederholte er.

»Sie hat ausgerufen: ›Nein… nein… Reverend!‹«, flüsterte sie.

»Danke. Und was haben Sie getan?«

»Ich?« Sie war überrascht. »Nichts. Diese Streitigkeiten gehen mich nichts an. Ich habe mit der Bettwäsche weitergemacht und angefangen, das Zimmer aufzuräumen. Dann habe ich Mr. Stander laut rufen hören, daß etwas Schreckliches passiert sei. Natürlich bin ich hingelaufen, um nachzusehen, was es war, wie wir alle.« Sie sah ihn unglücklich an. Ihre Stimme wurde leiser. »Und da lag Miss Bellwood auf dem Boden des Vestibüls.«

»Und wo war Reverend Parmenter?«

Sie saß ganz ruhig, die Hände auf den geschlossenen Knien gefaltet. »Ich weiß es nicht. Die Tür zum Studierzimmer war zu, und deswegen nehme ich an, daß er da drin war.«

»Sie sind auf dem Gang nicht an ihm vorbeigekommen?«

»Nein, Sir.«

»Haben Sie sonst jemanden gesehen?«

»Nein… ich glaube nicht.«

»Danke. Sie haben uns sehr geholfen.« Er wünschte, sie hätte ihm etwas sagen können, was die Wahrscheinlichkeit eines Mordes verringert hätte, aber er hatte sie hart bedrängt, und sie hatte ihm die Wahrheit berichtet, soweit sie ihr bekannt war.

Er ging nach oben und sprach mit Parmenters Diener Stander, der die Aussage der Zofe im großen und ganzen bestätigte. Er hatte gerade im Ankleidezimmer des Pfarrherrn einen Anzug ausgebürstet und nicht alles mitbekommen, was gesagt worden war, doch hatte er ebenfalls Unity Bellwoods Schrei gehört, danach ihre Worte: ›Nein, nein, Reverend!‹ und zum Schluß dann Mrs. Parmenters Hilferuf. Er gab es nur mit größtem Zögern zu, doch offenbar war ihm klar, daß Miss Braithwaite dasselbe gehört hatte wie er, und so unterließ er es, ausweichend zu antworten.

Pitt konnte die Befragung des Pfarrherrn nicht länger hinausschieben; er mußte Ramsay Parmenter bitten, selbst darzustellen, was vorgefallen war. Er fürchtete diese Begegnung, denn vorausgesetzt, Parmenter leugnete, mit der Sache etwas zu tun zu haben, ließ sich eine gründlichere Untersuchung nicht vermeiden. Dann würde Pitt Stück für Stück alles aus den Angehörigen herausquetschen müssen, bis Parmenter in die Ecke getrieben war und, erdrückt vom Gewicht der angesammelten Beweise, verzweifelt gegen sein unausweichliches Schicksal ankämpfte.

Zwar würde ein Geständnis alles erleichtern, und doch war und blieb es eine bedauerliche Angelegenheit, bei der vieles mit in den Abgrund gerissen würde. Unwillkürlich erfüllte diese Vorstellung Pitt mit Mitgefühl, so unpassend oder absurd das sein mochte.

Er klopfte an die Tür des Studierzimmers.

Eine wohltönende und gepflegte Stimme sagte »Herein«. Damit hätte Pitt rechnen müssen. Immerhin hatte er es mit einem Mann zu tun, der es gewohnt war, in der Kirche zu predigen, und der offensichtlich kurz vor seiner Ernennung zum Bischof stand.

Pitt öffnete und betrat den eichengetäfelten Raum, der ausgesprochen sachlich wirkte. Bücherregale bedeckten die Wand zur Linken, rechts stand ein großer Schreibtisch aus Eiche. Die Fenster gegenüber der Tür reichten fast vom Fußboden bis zur Decke. Die Farbe der schweren Samtportieren paßte nicht ganz zum bordeauxfarbenen indischen Teppich am Boden.

Ramsay Parmenter stand am Kamin. Er hatte eine Stirnglatze, doch seine regelmäßigen Züge ließen den Schluß zu, daß er in jungen Jahren in unauffälliger Weise recht gut ausgesehen haben mochte. Pitt hatte nicht erwartet, daß er so alt war. Das Haar an seinen Schläfen war vollständig grau, und er wirkte deutlich älter als seine Frau. Sein Gesicht, das eines Denkers und Gelehrten, schien von Sorge gequält zu sein. Er machte einen zutiefst unglücklichen Eindruck.

Pitt stellte sich vor und erklärte den Grund seiner Anwesenheit.

»Ja … natürlich.« Der Pfarrherr trat vor und hielt ihm die Hand hin. Eine merkwürdige Geste für einen Mann, der in einen Mordfall verwickelt war; fast hatte Pitt den Eindruck, als wäre ihm seine Situation nicht klar. Mit den Worten »Treten Sie näher, Mr. Pitt« wies der Geistliche auf einen der schweren Ledersessel, blieb aber selbst mit dem Rücken zum Feuer stehen.

Pitt setzte sich, als Hinweis darauf, daß er zu bleiben gedachte, bis das Gespräch zu einem für ihn befriedigenden Ende gekommen war.

»Würden Sie mir bitte sagen, was heute vormittag zwischen Ihnen und Miss Bellwood vorgefallen ist, Sir?« begann er. Es wäre ihm lieber gewesen, der Mann hätte sich gesetzt, aber vielleicht gestattete es ihm seine Anspannung nicht, längere Zeit in ein und derselben Stellung zu verharren. Er verlagerte das Gewicht von einem Fuß auf den anderen, ohne sich dabei von der Stelle zu rühren.

»Ja … ja«, sagte Parmenter. »Wir haben gestritten. Zu meinem Leidwesen muß ich gestehen, daß das ziemlich oft vorkam.« Er kniff den Mund zusammen. »Miss Bellwood verfügte über eine beachtliche Kenntnis alter Sprachen, doch ihre Ansichten auf dem Gebiet der Theologie entbehrten jeglicher Grundlage. Das aber hinderte sie nicht daran, sie vorzubringen, obwohl ihr durchaus bekannt war, daß sie damit jeden im Hause vor den Kopf stieß … außer vielleicht meine jüngere Tochter Tryphena. Sie ist, ich bedaure das sagen zu müssen, recht eigensinnig und bildet sich ein, eigene Gedanken zu haben … in Wahrheit aber läßt sie sich nur allzu leicht von Menschen verleiten, die mit einer so starken Überredungskraft wie Miss Bellwood ausgestattet sind.«

»Diese Situation muß für Sie recht bedrückend gewesen sein«, merkte Pitt an und beobachtete dabei das Gesicht des Geistlichen.

»Äußerst unangenehm«, stimmte dieser zu. Eine besondere Gefühlsregung war dabei allerdings nicht zu erkennen. Sofern er Zorn empfand, verbarg er ihn gekonnt. Möglicherweise tat er das schon so lange, daß er Übung darin besaß.

»Sie und Miss Bellwood haben also miteinander gestritten«, brachte ihn Pitt auf das Thema zurück.

Parmenter zuckte die Schultern. Zwar war er erkennbar betrübt, doch konnte man ihm keinerlei Besorgnis oder gar Furcht anmerken. »Ja, und zwar ziemlich heftig. Ich fürchte, ich habe Dinge gesagt, die mir inzwischen leid tun ... vor allem angesichts dessen, daß es keine Gelegenheit mehr gibt, eine Klärung herbeizuführen.« Er biß sich auf die Lippe. »Es ist in höchstem Grade ... in höchstem Grade bedauerlich, Mr. Pitt, wenn man feststellen muß, daß man seine letzten Worte einem Menschen gegenüber im Zorn gesagt hat ... die letzten, die er vernimmt ... bevor er ... ins Jenseits eingeht.«

Für einen Geistlichen waren das befremdliche Worte. Er sagte sie ohne jede erkennbare Erregung, und sie klangen, als stehe nicht einmal Gewißheit dahinter. Dieser Mann Gottes vermied alle Begriffe, die sich Pitts Vorstellung nach angeboten hätten – keine Rede von Gott oder dessen Gericht. Vielleicht war Parmenter tiefer aufgewühlt, als er nach außen hin zugab. Sofern er Miss Bellwood tatsächlich umgebracht hatte, wie Braithwaite zu vermuten schien, hätte er sich jetzt im Zustand eines Seelensturmes befinden müssen. Doch statt dessen sah Pitt auf seinen Zügen lediglich Verwirrung und Zweifel. War es vorstellbar, daß er das Entsetzliche des Ganzen aus seinem Geist verbannt hatte und sich nicht einmal mehr daran erinnerte?

»Miss Bellwood hat diesen Raum offenkundig im Zorn verlassen«, sagte Pitt. »Man hat gehört, daß sie Sie angeschrien oder zumindest sehr laut und in kränkender Weise gesprochen hat.«

»Ja ... so war es«, stimmte Parmenter zu. »Ich muß bekennen, daß ich in ähnlicher Weise geantwortet habe.«

»Wo waren Sie da?«

Der Geistliche riß die Augen weit auf. »Wo ich war?« fragte er zurück. »Hier ... hier. In diesem Zimmer. Ich ... ich bin ihr zur Tür gefolgt ... bis ... bis mir aufging, wie aussichtslos das war.« Seine Hände verkrampften sich unwillkürlich. »Ich war so aufgebracht, daß ich fürchtete, Dinge zu sagen, die mir später leid tun würden. Also bin ich – ich bin an meinen Schreibtisch zurückgekehrt und habe weitergearbeitet, es zumindest versucht.«

»Sie sind Miss Bellwood also nicht zum Treppenabsatz gefolgt?« Es fiel Pitt schwer, den ungläubigen Ton aus seiner Stimme herauszuhalten.

»Nein«, sagte Parmenter überrascht. »Nein. Ich habe Ihnen doch gesagt, daß ich fürchtete, die Auseinandersetzung würde in nicht wiedergutzumachender Weise ausarten, wenn ich sie nicht abbrach. Ich war wirklich aufs äußerste erzürnt.« Sein Gesicht verzog sich bei der Erinnerung an den Groll, den er empfunden hatte. »Sie konnte mitunter bemerkenswert arrogant und unangenehm sein.« Erneut verlagerte er das Gewicht und entfernte sich ein wenig vom Feuer. »Aber auf ihrem Gebiet war sie wirklich eine Kapazität, auch wenn ihre ausgesprochen verstiegenen Überzeugungen und ihre Voreingenommenheit einem tieferen Verstehen im Wege standen.« Er sah Pitt in die Augen. »Ich muß leider sagen, daß sie sich eher von Gefühlen leiten ließ als vom Intellekt. Aber schließlich war sie eine Frau, und sie war jung. Gerechterweise durfte ich nicht mehr von ihr erwarten. Wie jedem von uns hat auch ihr ihre Natur Grenzen gesetzt.«

Pitt betrachtete aufmerksam die Züge seines Gegenübers. Er versuchte zu verstehen, welche Empfindungen sich hinter diesen absonderlichen und eigenartig gemischten Äußerungen verbargen. Es lag auf der Hand, daß der Pfarrherr Unity Bellwood nicht hatte leiden können, doch sah es ganz so aus, als bemühte er sich, trotz dieser Abneigung möglichst aufrichtig und großmütig zu sein. Nichts aber wies darauf hin, daß er sich der Tragik der Situation bewußt gewesen wäre.

Man hätte glauben können, die Wirklichkeit ihres Todes sei noch gar nicht zu ihm durchgedrungen. Selbst die Zofe und der Diener schienen besser erfaßt zu haben, welchen Schatten dieser Mord über alle im Hause Lebenden geworfen hatte. Nahm Parmenter wirklich an, es könne jetzt noch auf die Gründe für Unity Bellwoods intellektuelle Unzulänglichkeit ankommen? Oder war das – jedenfalls zunächst einmal – seine Art, sich dem Entsetzlichen zu entziehen, das er angerichtet hatte? Pitt hatte schon früher miterlebt, wie sich Menschen in Belanglosigkeiten flüchten, um sich nicht dem alles Überwältigenden stellen zu müssen. Manche Frauen nahmen beispielsweise in einer solchen Situation geradezu zwanghaft ihre Zuflucht zum Kochen oder anderen Haushaltspflichten, so als wäre die exakte Ausrichtung eines Bildes an der Wand von fortdauernder Bedeutung. Vielleicht sah Parmenters Methode, sich der Wahrheit zu verschließen, so aus, daß er sich mit unerheblichen Kleinigkeiten abgab.

»Wo waren Sie, als Sie Ihre Frau um Hilfe rufen hörten und erfuhren, daß etwas Schreckliches vorgefallen war?« fragte Pitt.

»Was?« Der Geistliche wirkte überrascht. »Ach, ich habe sie gar nicht gehört. Braithwaite ist hereingekommen und hat mir gesagt, daß es einen Unfall gegeben hatte. Ich bin dann selbstverständlich hinausgegangen, um nachzusehen, ob ich Hilfe leisten könnte. Wie Sie wissen, war das aber unmöglich.« Er sah Pitt fest an.

»Heißt das, Sie sind nicht Miss Bellwood gefolgt und haben Ihren Streit auf dem Treppenabsatz fortgeführt?« fragte Pitt, obwohl er die Antwort bereits kannte.

Die recht schütteren Augenbrauen des Pfarrherrn hoben sich. »Ich habe Ihnen bereits gesagt, daß ich das Zimmer nicht verlassen habe.«

»Und was ist Ihrer Ansicht nach mit Miss Bellwood geschehen?«

»Das weiß ich nicht«, sagte der Geistliche etwas schärfer. »Ich kann lediglich vermuten, daß sie irgendwie ausgerutscht ist … das Gleichgewicht verloren hat … oder etwas in der Art. Im übrigen ist mir unerfindlich, wieso sich ein Oberinspektor aus der Bow Street mit der Angelegenheit beschäftigen muß. Unsere Leute hier am Ort sind der Sache voll und ganz gewachsen. Eigentlich genügt sogar der Arzt.«

»Es gibt auf der Treppe nichts, worüber man stolpern könnte – weder einen Läufer noch Leisten, die sich hätten lösen können«, teilte ihm Pitt mit und beobachtete Parmenters Gesicht dabei aufmerksam. »Sowohl Stander als auch Miss Braithwaite haben gehört, daß Miss Bellwood unmittelbar vor ihrem Sturz ›Nein, nein, Reverend‹ ausgerufen hat. Außerdem hat Ihre Frau gesehen, wie jemand den oberen Treppenabsatz in Richtung auf diesen Raum verlassen hat.«

Parmenter sah ihn mit geweiteten Augen an. Allmählich trat ein Ausdruck des Entsetzens auf seine Züge und vertiefte die Linien um Nase und Mund. »Da müssen Sie etwas falsch verstanden haben!« begehrte er auf. Er wirkte sehr bleich und schien große Schwierigkeiten zu haben, die Worte zu bilden. »Das ist grotesk! Sie unterstellen mir, daß ... ich sie hinabgestoßen habe!« Er schluckte. »Ich versichere Ihnen, Oberinspektor, auch wenn mich diese anmaßende und für bestimmte Dinge unempfängliche junge Frau mit ihren über alle Maßen fragwürdigen moralischen Maßstäben rasend gemacht hat, so habe ich sie doch mit Sicherheit nicht gestoßen.« Er sog den Atem ein. »Ich habe sie nicht einmal angefaßt, und ich habe diesen Raum im Anschluß an unsere ... Meinungsverschiedenheit nicht verlassen.« Er sprach heftig und ziemlich laut. Zwar wich er Pitts Blick in keiner Weise aus, doch verrieten die Schweißperlen auf seiner Haut, seine glänzenden Augen und die Starrheit seines Körpers, daß er Angst hatte.

Pitt erhob sich. »Danke, daß Sie mir Ihre Zeit gewidmet haben, Reverend Parmenter. Ich werde jetzt mit den übrigen Angehörigen des Haushaltes sprechen.«

»Sie ... Sie müssen unbedingt ergründen, was geschehen ist!« drängte ihn der Pfarrherr, trat einen Schritt vor und blieb dann unvermittelt stehen. »Ich habe sie nicht angefaßt!«

Pitt verließ den Raum und ging wieder nach unten, wo er mit Parmenters Sohn Mallory sprechen wollte. Sofern Braithwaite und Stander merkten, daß von ihrer Aussage alles abhing, war es möglich, daß sie sie zurücknahmen. In dem

Fall würde Pitt mit leeren Händen dastehen, und es wäre keine Rede davon, daß er in diesem Mordfall die Anschuldigung beweisen konnte – in gewisser Hinsicht die unbefriedigendste aller denkbaren Lösungen.

Er durchquerte das extravagante Vestibül, aus dem die Tote inzwischen fortgeschafft worden war, und fand Mallory Parmenter in der Bibliothek. Er sah gedankenverloren in den Frühlingsregen hinaus, der gegen die Scheiben prasselte. Als er hörte, daß sich die Tür öffnete, drehte er sich sofort um. Sein Gesicht hatte einen fragenden Ausdruck.

Pitt schloß die Tür hinter sich. »Ich bedaure, Sie stören zu müssen, Mr. Parmenter, aber gewiß werden Sie verstehen, daß ich noch weitere Fragen stellen muß.«

»Das läßt sich wohl nicht vermeiden«, sagte Mallory zögernd. »Ich weiß allerdings nicht, womit ich Ihnen behilflich sein könnte. Weder habe ich Miss Bellwood nach dem Frühstück gesehen, noch war ich Zeuge des Vorfalls. Ich habe mich die ganze Zeit im Wintergarten aufgehalten, während sie vermutlich nach oben gegangen ist, um mit meinem Vater in seinem Studierzimmer zu arbeiten. Ich bin über das, was dort vorgefallen ist, in keiner Weise informiert.«

»Nach Aussage Ihres Herrn Vaters haben die beiden miteinander gestritten. Die Zofe und der Diener haben das gehört und bestätigen es.«

»Das überrascht mich nicht«, antwortete Mallory, den Blick auf seine Hände gesenkt. »Das kam ziemlich oft vor. Miss Bellwood war äußerst störrisch und besaß weder genug Taktgefühl, noch konnte sie sich hinreichend in andere Menschen hineinversetzen, als daß sie es fertiggebracht hätte, ihre Ansichten für sich zu behalten, die günstigstenfalls als fragwürdig zu bezeichnen waren.«

»Sie konnten sie wohl nicht ausstehen«, warf Pitt ein.

Mallory hob rasch den Blick. »Ich spreche von ihren Ansichten«, verbesserte er ihn. »Gegen sie persönlich hatte ich nichts.« Ihm schien wichtig zu sein, daß Pitt ihm das glaubte.

»Wohnen Sie im Haus Ihrer Eltern, Mr. Parmenter?«

»Zur Zeit noch. Demnächst werde ich nach Rom in ein Seminar gehen. Ich bereite mich auf den Priesterberuf vor.« Er sagte das mit einer gewissen Befriedigung, sah aber aufmerksam mit seinen braunen Augen zu Pitt hinüber, um festzustellen, wie dieser reagierte.

»Nach Rom?« fragte Pitt verblüfft.

»Ja. Auch ich teile nicht den Glauben meines Vaters … oder besser gesagt, seinen Unglauben. Ohne Ihre Empfindungen kränken zu wollen, muß ich sagen, daß die anglikanische Kirche meiner Meinung nach zu irgendeinem Zeitpunkt vom rechten Wege abgekommen ist. Bei ihr scheint es sich weniger um eine Glaubensgemeinschaft zu handeln als um eine Gesellschaftsform. Diese Erkenntnis hat mich viel Nachdenken und so manches Gebet gekostet. Da ich fest überzeugt bin, daß die Reformation ein schwerer Fehler war, bin ich in den Schoß der römischen Kirche zurückgekehrt. Das paßt meinem Vater selbstverständlich in keiner Weise.«

Pitt fiel nichts ein, was nicht töricht geklungen hätte. Er konnte sich kaum vorstellen, was der Pfarrherr bei dieser Mitteilung seines Sohnes empfunden haben mochte. Die Spaltung der Kirche und die darauffolgenden Jahrhunderte des Blutvergießens, der Verfolgung, der Ächtung und des Märtyrertums waren Bestandteil der Geschichte des englischen Volkes. Erst wenige Monate zuvor – genau gesagt im vergangenen Oktober – hatte er Gelegenheit gehabt, aus der Nähe einen Blick auf die irische Politik zu werfen, die vom leidenschaftlichen Haß zwischen den beiden Religionen geprägt war. Der Protestantismus war unendlich viel kritischer als der Katholizismus, ob man dessen Ethik nun billigte oder nicht.

»Ich verstehe«, sagte er grimmig. »Da darf man sich nicht wundern, daß Miss Bellwoods Atheismus bei Ihnen Anstoß erregt hat.«

»Sie hat mir leid getan«, korrigierte Mallory erneut. »Es ist sehr traurig, wenn sich ein Mensch so weit verirrt, daß er glaubt, es gebe keinen Gott. So etwas zerstört die Grundlagen jeglicher Moral.«

Pitt merkte an der Schärfe der Stimme, dem rasch aufflammenden Zorn in den Augen des jungen Mannes und der Schnelligkeit seiner Antwort, daß er die Unwahrheit sagte. Was auch immer er für Unity Bellwood empfunden haben mochte, Mitleid war es nicht. Entweder wollte er Pitt einreden, es habe sich so verhalten, oder sich selbst. Möglicherweise war er überzeugt, ein künftiger Priester dürfe gegenüber einem anderen Menschen weder Zorn noch Abscheu empfinden, schon gar nicht, wenn dieser andere tot war. Pitt merkte, wie er widersprechen wollte, doch mochte er sich nicht auf ein Streitgespräch über die Grundlagen der Moral einlassen. Auf Mallory Parmenters Zügen lag eine Verschlossenheit, die es ihm sinnlos erscheinen ließ, mit ihm zu rechten.

»Wollen Sie damit in menschenfreundlich verbrämter Weise andeuten, daß Ihnen Miss Bellwoods Moralvorstellungen fragwürdig erschienen?« erkundigte sich Pitt milde.

Mallory fuhr zurück. Er hatte nicht damit gerechnet, eine Antwort geben zu müssen. Jetzt wußte er nicht, was er sagen sollte.

»Selbstverständlich habe ich ... habe ich keine unmittelbare Erfahrung damit«, gab er zurück. »Ich spreche lediglich von der Art und Weise, in der sie sprach. Ich bedaure sagen zu müssen, daß die arme Frau manches befürwortet hat, was die meisten von uns für verantwortungslos und hemmungslos halten. Da sie jetzt tot ist, wäre es mir wirklich lieb, nicht darüber sprechen zu müssen.« Er sagte das in einem endgültigen Ton, der klarmachte, daß er die Sache damit abschließen wollte.

»Hat sie ihre Ansichten auch in diesem Hause geäußert?« fragte Pitt. »Ich meine, hatten Sie den Eindruck, daß sie Angehörige Ihrer Familie oder Ihres Personals negativ beeinflußt hat?«

Überrascht riß Mallory die Augen auf. Offensichtlich war ihm dieser Gedanke nie gekommen. »Nicht, daß ich wüßte. Es war einfach ...« Er hielt inne. »Ich möchte nicht gern spekulieren, Oberinspektor. Miss Bellwood hat in diesem Haus den Tod gefunden, und ich erkenne immer deutlicher, daß Sie darin nicht das Ergebnis eines Unfalls sehen. Ich habe keine Ahnung, was geschehen ist oder warum, und kann Ihnen daher nichts Aussagekräftiges mitteilen. Es tut mir leid.«

Für den Augenblick nahm Pitt die Zurückweisung hin. Druck auszuüben würde in der gegenwärtigen Situation nichts fruchten. Er dankte Mallory und machte sich auf die Suche nach dessen Schwester Tryphena, die als einzige aufrichtig unter Unity Bellwoods Tod zu leiden schien. Er erfuhr, daß sie sich in ihr Zimmer im Obergeschoß zurückgezogen hatte, und schickte ein Mädchen nach oben, das feststellen sollte, ob Tryphena bereit war, mit ihm zu sprechen. Er wartete im Empfangszimmer, in dem mittlerweile ein wärmendes Feuer brannte. Die Regentropfen, die auf die Scheiben schlugen, bildeten einen angenehmen Geräuschhintergrund. Pitt fühlte sich von Wärme und Behaglichkeit eingehüllt. Auch dieser Raum war nach der neuesten Mode eingerichtet. Das englische Klima und das verwendete Baumaterial milderten die unübersehbaren arabischen Einflüsse soweit ab, daß das Zwiebelturm-Muster auf den Wänden, das sich auf den Vorhängen wiederholte, ebensowenig fremdländisch wirkte wie die grünweißen Fliesen mit geometrischen Mustern um den Kamin herum.

Die Tür öffnete sich, und Tryphena trat erhobenen Hauptes, aber mit rotgeränderten Augen ein. Sie war schlank und sah mit ihrer makellosen Haut und ihrem dichten blonden Haar gut aus.

»Sie wollen wissen, was mit der armen Unity geschehen ist, und dafür sorgen, daß ihr Gerechtigkeit widerfährt!« Es war mehr eine Herausforderung als eine Frage. Die Lippen der jungen Frau zitterten, und sie beherrschte sich nur mit Mühe. Erkennbar stand das Gefühl der Wut im Vordergrund – vermutlich würde der Kummer bald folgen.

»Ich versuche es, Miss Parmenter«, gab Pitt zur Antwort und sah sie an. »Wissen Sie etwas, das mir dabei helfen könnte?«

»Mrs. Whickham«, verbesserte sie ihn, wobei ihre Lippen ein wenig schmaler wurden. »Ich bin Witwe.« Der Ausdruck, mit dem sie das letzte Wort sagte, ließ sich nicht recht deuten. »Ich habe nicht gesehen, wie es geschehen ist, falls Sie das meinen.« Als sie einen Schritt vortrat, glänzte ihr helles Haar im Licht des Kronleuchters. Sie wirkte in diesem exotischen Raum ausgesprochen englisch. »Ich weiß nicht, was ich Ihnen sagen könnte, außer daß Unity einer der tapfersten und heldenhaftesten Menschen auf der Welt war«, fuhr sie mit ergriffener Stimme fort. »Ihr Tod muß um jeden Preis gerächt werden. Von allen Opfern der Gewalttätigkeit und Unterdrückung verdient am ehesten sie Gerechtigkeit. Es ist paradox, nicht wahr, daß man einen Menschen, der so entschlossen und aufrecht für die Freiheit gekämpft hat, rücklings erdolcht.« Ihr Gesicht war bleich, und ein leichter Schauer überlief sie. »Wirklich tragisch! Aber das werden Sie wohl nicht verstehen.«

Pitt war verblüfft. Auf eine solche Reaktion war er nicht vorbereitet gewesen.

»Sie ist die Treppe herabgefallen, Mrs. Whickham …«, setzte er an.

Sie sah ihn vernichtend an. »Das ist mir bekannt! Ich meinte das in einem höheren Sinne. Man hat sie verraten. Menschen, denen sie vertraute, haben sie getötet. Nehmen Sie immer alles so wörtlich?«

Alles drängte ihn, ihr zu widersprechen, doch ihm war klar, daß er damit seinen Zielen nur schaden würde.

»Sie scheinen sehr sicher zu sein, daß wir es hier mit einem absichtsvollen Handeln zu tun haben, Mrs. Whickham«, sagte er fast beiläufig. »Wissen Sie denn, was geschehen ist?«

Sie sog die Luft ein. »Sie ist nicht gestürzt; jemand hat sie gestoßen.«

»Woher wissen Sie das?«

»Ich habe sie rufen hören: ›Nein, nein, Reverend!‹ Meine Mutter hat in der Tür gestanden. Sie hätte den Täter sehen können, wenn ihn nicht der obere Rand des Wandschirms verdeckt hätte. So hat sie nur mitbekommen, wie ein Mann vom Treppenabsatz in den Gang zurückgekehrt ist. Warum sollte sich jemand, der ein reines Gewissen hat, vom Ort des Geschehens entfernen, statt sich sogleich um Unity zu kümmern?« Ihre leuchtenden Augen forderten ihn heraus, die Folgerichtigkeit ihres Gedankengangs zu bestreiten.

»Sie haben gesagt, es sei jemand gewesen, dem sie vertraute«, erinnerte er sie. »Von wem hätte sie einen Angriff befürchten können, Mrs. Whickham?«

»Von allen, denen daran liegt, daß die Macht der Männer ungebrochen bleibt und die Freiheit des Denkens, des Gefühls und der Vorstellungskraft beschränkt wird«, antwortete sie trotzig.

»Ich verstehe ...«

»Ach was!« widersprach sie ihm. »Sie haben nicht die geringste Ahnung.«

Er steckte die Hände in die Taschen. »Mag sein. Wenn ich für all diese Ziele kämpfte und eine Frau wäre, würde ich einen hohen Repräsentanten der Kirche als das reinste Bollwerk zur Verteidigung von Privilegien und als Kämpfer für die Bewahrung des Status quo betrachten. Von dieser Seite würde ich Widerstand und auch Feindschaft erwarten.«

Röte stieg ihr ins Gesicht. Sie setzte zum Sprechen an, sagte aber nichts.

»Wen hat sie als ihre Feinde angesehen?« fragte er drängend.

Sie gewann mit Mühe ihre Fassung zurück. Ihre Schultern waren verkrampft, die Hände starr. Man merkte, daß die Auseinandersetzung mit ihm sie beschäftigte, doch belastete sie das weniger als der Kummer. »In diesem Hause niemanden«, gab sie zur Antwort. »Wer selbst rückhaltlos ehrlich ist und jedem offen und ohne Furcht oder Täuschung begegnet, erwartet hinter der Fassade der Freundschaft keine solche Gewalttätigkeit.«

»Sie haben eine sehr hohe Meinung von Miss Bellwood«, merkte er an. »Könnten Sie mir mehr über sie sagen, damit ich versuchen kann zu verstehen, was geschehen ist?«

Ihre Haltung wurde etwas weniger abwehrend, auf ihr Gesicht trat der Ausdruck von Verwundbarkeit und sogar ein Hinweis darauf, daß sie sich auf neue und schreckliche Weise allein fühlte. »Sie hat an den Fortschritt geglaubt, der allen Menschen mehr Freiheit bringen soll«, sagte sie stolz, »vor allem solchen, die seit Jahrhunderten unterdrückt werden, denen man eine unerwünschte Rolle aufgezwungen und die Gelegenheit verweigert hat, zu lernen und zu wachsen, ihre Gaben so zu nutzen, daß sie diese zu hoher Kunst entwickeln können.«

Sie machte ein finsteres Gesicht. »Wissen Sie, Oberinspektor, wie viele Frauen, die komponiert oder gemalt haben, man genötigt hat, ihre Werke ausschließlich unter dem Namen ihrer Väter oder Brüder zu veröffentlichen oder auszustellen?« Ihre Stimme wurde lauter, und es schien, als werde sie an ihrer Empörung ersticken. Die Hände hatte sie neben sich zu Fäusten geballt und die Ellbogen ein wenig angewinkelt. »Können Sie sich etwas Schlimmeres vorstellen, als daß ein Mensch, der ein bedeutendes Kunstwerk schafft, seine eigenen Vorstellungen verwirklicht, sichtbar macht, wovon die Seele geträumt hat, versichern muß, es handele sich um das Werk eines anderen, und all das nur, um der Eitelkeit eines Unterdrückers zu genügen? Es ist... es ist unsäglich! Es ist eine unverzeihliche Tyrannei!«

Er konnte ihr nicht widersprechen. So, wie sie die Situation darstellte, war sie ungeheuerlich.

»Sie hat also für die künstlerische Freiheit gekämpft?« fragte er.

»Ach, für weit mehr!« sagte Tryphena aufbrausend. »Für jegliche Freiheit: das Recht eines jeden Menschen, er selbst zu sein, sich nicht den altmodischen Vorstellungen anderer beugen zu müssen. Wissen Sie, wie es ist, wenn jemand bei seinem Kampf allein steht, wirklich ganz allein? Wenn jemand so tun muß, als verstehe er bestimmte Dinge nicht, um der Eitelkeit von Dummköpfen zu schmeicheln, weil diese als Angehörige einer anderen Schicht zur Welt gekommen sind?« Ihr Gesicht verzog sich ungeduldig. »Natürlich nicht! Sie sind ein Mann, gehören zu den Kreisen, welche die Macht verkörpern und den Anspruch darauf als ihr Geburtsrecht betrachten. Niemand stellt Sie in Frage oder behauptet, Sie seien nicht intelligent genug, etwas zu erreichen, es sei Ihnen nicht gegeben, ein eigenes Urteil zu fällen oder über das eigene Schicksal zu entscheiden!« Sie sah ihn mit weit geöffneten blauen Augen an, in denen Verachtung glänzte. Ihre schmalen Schultern wirkten nach wie vor starr, und sie hielt die Hände weiter krampfhaft neben ihrem Körper.

»Mein Vater war Wildhüter und meine Mutter Waschfrau«, gab er zur Antwort, ohne ihrem Blick auszuweichen.

»Ich weiß ziemlich viel über Geburtsrechte und darüber, welche Stellung unterschiedliche Menschen in der Gesellschaft einnehmen sollen. Ich weiß auch, wie es ist, wenn man friert und hungert. Kennen Sie das aus eigener Erfahrung, Mrs. Whickham?«

Tiefe Röte legte sich auf ihr Gesicht.

»Davon ... spreche ich nicht«, sagte sie und geriet dabei ins Stottern. »Ich spreche von geistiger Freiheit. Das ist ... weit bedeutender.«

»Nur für jemanden, der wohlbehütet und mit vollem Magen im Warmen sitzt«, sagte er mit ebenso großem Nachdruck wie sie. »Viele Kämpfe sind der Mühe wert, nicht nur Miss Bellwoods Kampf darum, daß alle Menschen die Möglichkeit haben sollen, ihren Geist zu entfalten und Anerkennung zu erringen.«

»Nun ...« Aufrichtigkeit lag im Widerstreit mit Kummer und Zorn. Erstere trug den Sieg davon, wenn auch nur knapp. »Nun ja, vermutlich. Ich wollte das auch nicht bestreiten. Sie haben mich nach Unity gefragt. Sie hat die starren Vorstellungen von Gesellschaft und Kirche in Frage gestellt und damit die Heuchler und Feiglinge aufgestört, die nicht die geistige Redlichkeit oder den Mut besitzen, sich ihres eigenen Verstandes zu bedienen.«

»Gehört dazu auch Ihr Vater?«

Sie hob das Kinn.

»Ja ... unbedingt. Offen gestanden ist er moralisch ein Feigling und ideologisch ein Tyrann. Wie die meisten männlichen Akademiker scheut er vor neuen Gedanken und allem, was die bestehende Lehrmeinung in Frage stellt, zurück. Unity war voll neuer Vorstellungen, die er in seiner Beschränktheit nicht verstehen konnte. Er war nicht einmal bereit, es zu versuchen. Ihm fehlt die nötige Vorstellungskraft. Da er wußte, daß sie ihm überlegen war, hat er versucht, sie einzuschüchtern, anzubrüllen und letztlich niederzuwalzen. Das meine ich selbstverständlich im übertragenen Sinne. Verstehen Sie?«

»Heute morgen soll es aber ziemlich handfest zugegangen sein«, gab er zu bedenken.

Mit einem Mal schossen ihr die Tränen in die Augen. Vergebens öffnete und schloß sie die Lider, um zu verhindern, daß sie ihr über die Wangen liefen. Sie sah aus wie ein zorniges und verängstigtes Kind.

Pitt merkte, daß sie ihn aufbrachte und zugleich sein Mitleid erregte. »Ich bin sicher, daß es nur wenige Menschen wie Miss Bellwood gibt«, sagte er etwas freundlicher und war dankbar, daß sie das merkte.

»Sie war einzigartig«, stimmte sie eifrig zu. »Um ihrer Ehre willen müssen Sie unbedingt dafür sorgen, daß ihr Gerechtigkeit widerfährt, Oberinspektor... ganz gleich, auf welche Weise, und unabhängig davon, wer diesem Vorhaben im Wege steht. Sie dürfen vor niemandem Angst haben. Unity hat einen solchen Rächer verdient, denn sie kannte keine Angst. Sie dürfen sich weder von Vorrechten noch von Aberglauben einschüchtern lassen und auch nicht... und auch nicht vom Mitleid für Menschen, die von einer solchen Rache betroffen wären.« Sie hatte mit so starkem Gefühl gesprochen, daß ihre Stimme ganz belegt klang. »Sofern man Menschen einfach als unbedeutend abtun kann, weil sie tot sind und wir ihnen nichts schulden, weil sie nicht die Macht haben, es von uns zu verlangen, sind wir nichtswürdig.« Sie fuhr mit der Hand durch die Luft. »Die ganze Zivilisation ist nichtswürdig! Die Vergangenheit ist bedeutungslos, und die Zukunft wird uns ohnehin vergessen. Allerdings haben wir uns das selbst zuzuschreiben. Vermögen Sie Ihre geschichtliche Rolle auszufüllen, Oberinspektor?« erkundigte sie sich. »Sind Sie dieser Aufgabe gewachsen?«

»Ich beabsichtige durchaus, es zu versuchen, Mrs. Whickham, denn das ist meine Aufgabe, unabhängig davon, ob mir die Ergebnisse zusagen oder nicht«, gab er mit ausdrucksloser Miene zur Antwort. Hinter ihren ziemlich hochtrabenden Worten sah er etwas, was er von seiner knapp neunjährigen Tochter Jemima kannte. Auch sie gab sich solchen übersteigerten Extremen hin und war rasch gekränkt, wenn sie annahm, man lache sie aus.

Tryphena sah ihn aufmerksam an. »Das freut mich. So muß es sein. Wäre nur mein Vater nicht... ein so unnachgiebiger Despot.« Sie zuckte die Achseln. »Aber vermutlich sind schwache Menschen häufig halsstarrig, weil sie nicht wissen, woran sie sich sonst klammern sollen.«

Da Pitt darauf keine höfliche Antwort einfiel, äußerte er sich nicht weiter dazu, sondern sagte lediglich steif: »Ich danke Ihnen. Es tut mir leid, daß ich Sie nach all dem fragen mußte, Mrs. Whickham. Ihre Offenheit weiß ich durchaus zu schätzen. Hätten Sie jetzt die Güte, Ihre Schwester zu fragen, ob auch sie bereit ist, mit mir zu sprechen, entweder hier oder, sofern ihr das lieber ist, in einem anderen Raum?«

»Sie wird sicherlich kommen«, gab sie zur Antwort. »Allerdings glaube ich nicht, daß sie Ihnen etwas sagen kann, denn sie hat Unity nicht so gut gekannt wie ich. Außerdem wird sie bestimmt Papa in Schutz nehmen. Sie hält viel von Ergebenheit.« Wieder trat der Ausdruck von Verachtung auf ihre Züge. »Sie begreift nicht, daß Gedanken wichtiger sind. Grundsätze, die uns nicht beherrschen, sind keine Grundsätze. Wenn wir sie unseren Zielen anzupassen vermögen, taugen sie nichts! ›Ich könnte dich so sehr nicht lieben, liebt' ich nicht die Ehre mehr!‹ Richard Lovelace – kennen Sie es?« Sie hob die Brauen. »Nein, vermutlich nicht. Das macht aber nichts, denn es stimmt. Ich hole Clarice.« Ohne seine Antwort abzuwarten, verschwand sie.

Es dauerte über zehn Minuten, bis Clarice Parmenter hereinkam. Pitt hörte ihre raschen Schritte auf dem Steinboden des Vestibüls, bevor er sie sah. In Körperbau und Größe ähnelte sie ihrer Schwester, aber ihr Haar war dunkel, und sie war nicht so hübsch. Ihr Mund war breiter, und die ein wenig gekrümmte Nase ließ ihr Gesicht schief und vielleicht ungewollt komisch aussehen.

Sie schloß beim Eintreten die Tür und sagte übergangslos: »Ich kann Ihnen nicht helfen, sondern lediglich sagen, daß die ganze Sache lachhaft ist. Es muß ein Unfall gewesen sein. Bestimmt ist sie über etwas gestolpert und dann gestürzt.«

»Worüber?« fragte er.

»Was weiß ich?« Sie machte eine ungeduldige Bewegung mit ihren schmalen, ausdrucksstarken und eleganten Händen. »Man stößt doch niemanden die Treppe hinab, weil er nicht an Gott glaubt! Das ist widersinnig!« Sie zuckte die Achseln und verzog das Gesicht. »Jedenfalls nicht als Christ. Einen solchen Menschen verbrennt man lieber auf dem Scheiterhaufen, nicht wahr?« Sie lachte nicht, war wohl einem hysterischen Anfall zu nahe, um das zu wagen, aber in ihren Augen blitzte wilder Spott. »Auch wenn wir hier keinen Scheiterhaufen haben, wäre es ziemlich unter unserer Würde, jemanden die Treppe hinabzustoßen. Eine Hinrichtung wegen Gotteslästerung muß mit dem erforderlichen Zeremoniell vor sich gehen, sonst zählt sie nicht.«

Er war verblüfft. Auf einen Menschen wie sie war er in keiner Weise vorbereitet gewesen. Vielleicht hatte die junge Frau ihr mehr bedeutet, als man ihm gesagt hatte. »Mochten Sie Miss Bellwood sehr?« fragte er.

»Ich?« Ihre tiefgrauen Augen weiteten sich vor Überraschung. »Nicht im geringsten. Ach so ... ich verstehe. Weil ich Aussagen über das Verbrennen von Gottesleugnern gemacht habe? Glauben Sie, der Vorfall hat mich so mitgenommen, daß ich überreizt reagiere? Vielleicht bin ich tatsächlich überreizt. Schließlich kommt in diesem Hause nicht jeden Tag jemand ums Leben, und die Polizei ermittelt, weil sie einen Mord dahinter vermutet. Deswegen sind Sie doch hier, oder nicht? Nimmt so etwas nicht die meisten Menschen ein wenig mit? Ich dachte, Sie sind es gewöhnt, daß die Leute in Tränen ausbrechen und in Ohnmacht fallen.« Es war fast eine Frage. Sie ließ ein wenig Zeit verstreichen, um ihm Zeit für eine Antwort zu lassen.

»Ich bin daran gewöhnt, daß Menschen ziemlich erschüttert sind«, stimmte er zu. »Aber nur wenige fallen in Ohnmacht.« Er forderte sie auf, sich zu setzen.

»Wie beruhigend.« Sie nahm auf der Kante des Sessels gegenüber dem Kamin Platz. »Vermutlich nützen Ihnen Leute nicht viel, die in Ohnmacht fallen.« Sie schüttelte den Kopf ein wenig. »Entschuldigung. Das hat natürlich nichts mit der Sache zu tun. Ich habe Unity nicht besonders gemocht, wohl aber hänge ich sehr an meinem Vater. Ich bin der festen Überzeugung, daß er sie, ganz gleich, wie sehr sie ihn aufgebracht haben mag, nie und nimmer die Treppe hinabgestoßen hat, jedenfalls nicht mit Absicht. Unter Umständen haben sie miteinander gekämpft. Könnte sie ihn dabei von sich gestoßen haben und ausgeglitten sein?« Hoffnungsvoll hob sie den Blick zu ihm. »Zum Beispiel, wenn er beiseite getreten ist oder versucht hat, sich von ihr zu lösen? Das ist doch möglich, nicht wahr? Das wäre ein Unfall, und so etwas kann jedem zustoßen.«

Er setzte sich ihr gegenüber. »Das deckt sich aber nicht mit der Aussage Ihres Herrn Vater, Miss Parmenter. Zwar hat er gesagt, er habe sein Studierzimmer nicht verlassen, doch hat sowohl die Zofe Ihrer Mutter als auch sein Diener gehört, wie Miss Bellwood ›Nein, nein, Reverend‹ ausgerufen hat. Ihre Schwester übrigens auch.«

Sie sagte nichts darauf. In ihrem Gesicht spiegelten sich Verwirrung und Trauer, zugleich aber auch ihre Entschlossenheit, den Vater höchstens eines Mißgeschicks für schuldig zu halten.

»Sofern er an einem solchen Unfall beteiligt gewesen wäre, würde er es dann bestreiten, statt es zuzugeben?« fragte Pitt in der Hoffnung, sie werde darauf mit ja antworten. Das würde zu allem passen, was sich bisher herausgestellt hatte, und dann wäre es kein Mord.

Sie dachte mehrere Sekunden über die Frage nach, hob dann das Kinn und sah ihm gerade in die Augen. »Ja, das würde er tun.«

Er merkte, daß sie log. Es war genau, wie Tryphena gesagt hatte. Sie stellte ihre Zuneigung zum Vater höher als die Wahrheit. Er überlegte, daß er sich möglicherweise ebenso verhalten würde, wenn er je in eine ähnliche Zwangslage käme.

»Danke, Miss Parmenter«, sagte er. »Ich bedaure, daß ich Sie bemühen mußte. Soweit ich weiß, lebt auch ein Vikar im Hause?«

Sie spannte sich kaum wahrnehmbar an. »Ja. Wollen Sie mit ihm sprechen? Zwar nehme ich an, daß auch er Ihnen nicht weiterhelfen kann, aber es muß ja wohl alles seine Ordnung haben, nicht wahr? Ich hole ihn.« Sie stand auf, ging zur Tür und wandte sich um, als er sich ebenfalls erhob. »Was werden

Sie tun? Sie können meinen Vater ohne Beweis oder Geständnis ja nicht gut festnehmen, oder?«

»Nein, das kann ich nicht.«

»Und Sie haben keins von beiden.« Das klang wie eine Herausforderung; offenbar wollte sie unbedingt, daß es sich so verhielt.

»Bisher nicht.«

»Gut! Ich hole Ihnen den Vikar.« Mit leichten, raschen Schritten verließ sie den Raum. Pitt blieb allein zurück und überdachte die merkwürdige Lage, in der er sich befand. Nach der Aussage Tryphenas, der Zofe und des Dieners sah es so aus, als wäre Unity Bellwood nach einem heftigen Streit mit Ramsay Parmenter wütend aus dessen Arbeitszimmer gestürmt, nicht ohne ihn ordentlich beschimpft zu haben. Er war ihr gefolgt, hatte den Streit fortgesetzt, und dann war es oben auf dem Treppenabsatz zu einer Art Kampf zwischen den beiden gekommen. Sie hatte einen Schrei ausgestoßen, war anschließend die Treppe hinabgestürzt und hatte sich dabei das Genick gebrochen. Es war unsinnig, sich wegen Hypothesen über Gott und den Ursprung des Menschen in die Haare zu geraten. Damit konnte man keine der beiden konträren Behauptungen beweisen. Jede körperliche Auseinandersetzung zwischen einem Geistlichen in mittleren Jahren und einer jungen Wissenschaftlerin war unziemlich und wirkte wie aus einer zweitklassigen Farce aus dem Boulevardtheater. Clarice, der einzige Mensch, der nicht überzeugt war, daß es so abgelaufen war, hatte sicherlich recht.

Doch sah es ganz so aus, als wäre genau das geschehen.

Pitt hatte nicht die geringste Hoffnung, daß ihm der junge Vikar von irgendeinem Nutzen sein konnte. Wahrscheinlich würde er aus beruflichen und religiösen Gründen zu seinem Vorgesetzten halten und bestreiten, irgend etwas von der Sache zu wissen.

Die Tür öffnete sich, und ein erstaunlich gut aussehender Mann trat ein. Er war schlank, fast ebenso groß wie Pitt, hatte dunkles Haar, ein schmales, wie gemeißeltes Gesicht mit einer Adlernase, und die Züge um seinen Mund deuteten auf Humor und Einfühlsamkeit hin. Er trug einen Priesterkragen.

»Hallo, Thomas«, sagte er ruhig und schloß die Tür hinter sich.

Pitt war einen Augenblick lang so verblüfft, daß er keine Worte fand. Vor ihm stand Dominic Corde, der Witwer von Pitts Schwägerin, die nahezu zehn Jahre zuvor einem Mord zum Opfer gefallen war. Im Laufe der Untersuchung des Falles waren Charlotte und Pitt einander begegnet. Sofern Dominic nicht wieder geheiratet hatte, galten er und Pitt vermutlich nach wie vor als miteinander verschwägert.

Dominic trat zum Sessel am Kamin und setzte sich. Er mußte inzwischen mindestens vierzig Jahre alt sein und sah deutlich älter aus als beim letzten Mal, als Pitt ihn gesehen hatte. Auf der Stirn und um die Augen herum waren feine Linien erkennbar. Die Falten zwischen Nase und Mund hatten sich vertieft, und an den Schläfen waren einige Haare ergraut. Das glatte Gesicht und das Draufgängertum der Jugend waren dahin. Aber er sah nach wie vor gut aus. Pitt hatte noch nicht vergessen, daß Charlotte Dominic damals angehimmelt hatte, auch noch, nachdem sie einander kennengelernt hatten.

»Ich kann es nicht glauben«, sagte Dominic und sah ihn an. »Ramsay Parmenter ist ein seriöser und einfühlsamer Mann, der sein Leben der Gelehrsamkeit und der Kirche geweiht hat. Auch wenn Unity Bellwood gelegentlich sogar die Geduld eines Heiligen überstrapazieren konnte, ist es ganz und gar unvorstellbar, daß er sie mit Absicht die Treppe hinabgestoßen haben soll. Es muß eine andere Erklärung geben.«

»Ein Unfall?« fragte Pitt, der schließlich die Sprache wiedergefunden hatte. Er stand immer noch. »Wie gut kennst du ihn?« In Wirklichkeit stürmten ganz andere Gedanken auf ihn ein, zum Beispiel: Was zum Kuckuck tust du hier in diesem Hause, wieso hast ausgerechnet du dich entschlossen, in den geistlichen Stand einzutreten? Immerhin warst du mit Sarah verheiratet, hast Kammerkätzchen verführt und schamlos mit anderen jungen Frauen geturtelt, wenn nicht mehr.

Der Anflug eines Lächelns legte sich auf Dominics Züge, verschwand aber gleich wieder.

»Ramsay Parmenter hat mir sehr geholfen, als ich verzweifelt war«, sagte er ernsthaft. »Mit seiner Kraft und Geduld, seinem fest in sich ruhenden Glauben und seiner endlosen Güte hat er mich vom Rand der Selbstzerstörung zurückgeholt und auf den denkbar besten Weg gebracht. Zum ersten Mal, seit ich mich erinnern kann, sehe ich eine Zukunft vor mir, die einen Zweck hat und in der ich anderen nützlich sein kann. Das habe ich Ramsay Parmenter zu verdanken – er hat es mich durch sein Vorbild gelehrt, und nicht mit Worten.«

Er hob den Blick zu Pitt.

»Ich weiß, daß es deine Aufgabe ist festzustellen, was heute morgen hier passiert ist, und du mußt das unter allen Umständen tun, ganz gleich, wohin dich das führt. Aber die Wahrheit, hinter der du her bist, sieht nicht so aus, daß Ramsay Parmenter gegen andere Menschen gewalttätig geworden ist. Nicht einmal gegen Unity, ganz gleich, wie sehr sie ihn gereizt haben mag.« Er beugte sich ein wenig vor, das Gesicht vor Eifer in Falten gelegt. »Denk darüber nach, Thomas! Ein vernünftiger Mann, der sich bemüht, andere Menschen von der Wirklichkeit und Schönheit Gottes zu überzeugen, davon, daß Gottes Existenz einen tieferen Zweck hat, käme ja wohl als allerletztes auf den Gedanken, diese Menschen anzugreifen. Das ergibt keinen Sinn.«

»Religiöse Empfindungen ergeben nur selten einen Sinn«, erinnerte ihn Pitt und setzte sich ihm gegenüber. »Mußtest du das nicht lernen, bevor man dich diesen Kragen tragen ließ?«

Dominic lief ein wenig rot an. »Doch, selbstverständlich. Aber wir leben nicht im 16. Jahrhundert, sondern im Jahre 1891, im Zeitalter der Vernunft, und Ramsay Parmenter ist einer der vernünftigsten Menschen, denen ich je begegnet bin. Das wirst auch du merken, wenn du erst ein wenig mehr mit ihm gesprochen hast. Ich kann dir über das Vorgefallene nichts sagen. Ich habe zu der Zeit in meinem Zimmer gelesen und mich auf einen Besuch bei Gemeindemitgliedern vorbereitet.«

»Hast du Miss Bellwood rufen hören?«

»Nein. Meine Tür war geschlossen, außerdem liegt mein Zimmer im anderen Gebäudeflügel.«

»Mrs. Whickham scheint es für möglich zu halten, daß ihr Vater schuldig ist. Außerdem haben sowohl die Zofe als auch der Diener gehört, wie Unity seinen Namen gerufen hat«, merkte Pitt an.

Dominic seufzte. »Tryphena dürfte über Unitys Tod untröstlich sein«, sagte er betrübt. »Sie haben einander sehr nahe gestanden. Sie hat Unity rückhaltlos bewundert und sich, wie ich annehme, sogar eine ganze Reihe ihrer Überzeugungen zu eigen gemacht. Was die anderen beiden angeht, bin ich sicher, daß sie sich irren, auch wenn ich den Grund dafür nicht kenne.« Offensichtlich verwirrten ihn die Aussagen des Personals, auf die sich Pitt bezogen hatte. Er suchte nach etwas, um sie hinwegerklären zu können, fand aber nichts. Er wirkte zutiefst unglücklich.

Pitt hatte Verständnis für den Widerstreit der Gefühle, den Schock angesichts des Todes eines anderen Menschen. Die meisten Leute waren dann verletzlich und nicht mehr imstande, mit der gewohnten Klarheit zu denken.

»Ich werde ihn nicht festnehmen«, sagte er. »Dafür reichen die Beweise nicht aus. Aber ich muß der Sache nachgehen. Zu vieles weist auf Mord hin, als daß ich sie einfach auf sich beruhen lassen könnte.«

»Mord!« Dominics Gesicht war aschfahl. Er sah mit fast schwarzen Augen zu Pitt hinüber. »Das ist …« Er senkte den Kopf auf die Hände. »Großer Gott … nicht schon wieder!«

Beiden ging der Gedanke an Sarah und die anderen toten Frauen in der Cater Street durch den Kopf, die Angst, das Mißtrauen und der Schmerz sowie die Art und Weise, in der sich Beziehungen aufgelöst hatten, weil Mord auf Mord geschah.

»Es tut mir leid«, sagte Pitt fast im Flüsterton. »Ich habe keine Wahl.«

Dominic sagte nichts.

Die Kohlen im Kamin sanken in sich zusammen.

# KAPITEL ZWEI

Nach Pitts Weggang empfand Dominic Corde die Verzweiflung besonders deutlich, die er dem Besucher zumindest teilweise verheimlicht hatte. Unitys Leiche war in der Zwischenzeit fortgeschafft worden. Die Polizeibeamten hatten gesehen, was sie sehen mußten, und eine Skizze vom Ort des Geschehens angefertigt. Jetzt lag das Haus in unnatürlicher Stille da. Vorhänge und Fensterläden waren aus Ehrfurcht vor dem Tod geschlossen, ein Hinweis an alle Vorübergehenden und Besucher, daß es sich um ein Trauerhaus handelte.

Niemand hatte seinen alltäglichen Verrichtungen nachgehen wollen, solange die letzten Formalitäten nicht erledigt waren. Es hätte gefühllos gewirkt – oder, schlimmer noch, so als hätten sie etwas zu befürchten. Jetzt standen alle im Vestibül, unglücklich und befangen.

Clarice sprach als erste.

»Ist es nicht unsinnig? So vieles ist geschehen, und dennoch sieht alles aus wie immer. Vorher hatte ich ein Dutzend Dinge zu erledigen, jetzt kommt mir alles ziemlich sinnlos vor.«

»Nichts ist, wie es war!« sagte Tryphena ärgerlich. »Unity ist in unserem Hause durch ein Mitglied unserer Familie ums Leben gekommen. Nichts wird je wieder sein, wie es war. Natürlich ist alles sinnlos, was du tun wolltest! Wie sollte es einen Sinn haben können?«

»Wir wissen nicht wirklich, was geschehen ist«, begann Mallory vorsichtig und verlagerte das Gewicht von einem Fuß auf den anderen. »Ich finde, wir sollten nicht übereilt Dinge sagen …«

Wütend funkelte ihn Tryphena mit ihren rotgeränderten Augen an, in denen die Tränen standen.

»Wenn du es nicht weißt, liegt das nur daran, daß du nicht bereit bist hinzusehen. Und fang ja nicht an, mir eine Predigt zu halten, sonst schreie ich. Ich schwöre dir, wenn du mir mit deinen üblichen Plattheiten über die wunderbaren Wege Gottes kommst und damit, daß wir seinen Willen tun müssen, werf ich dir den schwersten und schärfsten Gegenstand an den Kopf, den ich finden kann.« Sie rang nach Atem. »Unity war mutiger und ehrlicher als ihr alle zusammen. Niemand kann sie je ersetzen!« Sie wandte sich um, lief über den Mosaikboden und die Treppe hinauf. Laut klapperten ihre Absätze auf den Holzstufen.

»Doch, du«, murmelte Clarice. »Du hast die gleichen verstiegenen Vorstellungen wie sie, hörst nie auf andere und überlegst nie, was du tust. Offen gestanden wärest du die perfekte Nachfolgerin.«

»Ich muß doch bitten, Clarice!« sagte Mallory ungeduldig. »Du bist ungerecht. Sie ist außer sich.«

»Das ist sie immer über irgendwas«, murmelte Clarice. »Ihr ganzes Leben besteht daraus. Sie war außer sich, als sie Spencer heiraten sollte. Dann hat sie ihn als Tyrannen und Langweiler abgestempelt und war noch mehr außer sich, und als er schließlich starb, war sie immer noch nicht zufrieden.«

»Hör doch um Himmels willen auf, Clarice«, sagte Mallory entsetzt. »Hast du denn keinen Anstand?«

Sie achtete nicht auf ihn.

»Hat Sie das alles hier etwa nicht mitgenommen?« fragte Dominic ruhig.

Sie sah ihn an, und der Zorn verschwand aus ihrem Gesicht. »Doch, natürlich«, gab sie zu. »Dabei konnte ich sie nicht mal leiden.«

Sie sah zu ihrem Vater hin, der nahe dem Treppenpfosten stand. Er war noch immer sehr bleich, schien aber seine Haltung zumindest teilweise wiedergewonnen zu haben. Gewöhnlich war er von großer Gelassenheit, und stets hatte bei ihm die Vernunft den Vorrang vor Gefühlen, Maßlosigkeit oder irgendeiner anderen Art von Diszplinlosigkeit gehabt.

Bisher war er dem Blick der anderen ausgewichen. Selbstverständlich wußte er, was Stander und Braithwaite der Polizei gesagt hatten, und vermutlich fragte er sich, was seine Angehörigen zu dieser ungeheuerlichen Behauptung sagen mochten. Jetzt konnte er es nicht länger hinausschieben, in irgendeiner Weise mit ihnen in Kontakt zu treten.

»Ich glaube nicht, daß es etwas Neues zu sagen gibt«, begann er mit belegter und schwacher Stimme. »Ich weiß nicht, was mit Miss Bellwood geschehen ist, und ich bin überzeugt, daß das auch für alle anderen im Hause gilt. Am besten dürfte es sein, wenn wir mit unseren Aufgaben fortfahren und uns um eine würdige Haltung bemühen, soweit das unter den gegebenen Umständen möglich ist. Ich gehe in mein Studierzimmer.« Ohne auf eine Antwort zu warten, wandte er sich um und ging gemessenen und recht schwerfälligen Schritts davon.

Dominic sah ihm mit einer Mischung aus Trauer und Schuldgefühl nach, denn er wußte nicht, wie er ihm helfen konnte. Er war voller Bewunderung für den Mann, dem er in einer Zeit tiefen Kummers begegnet war – einer Zeit, für die das Wort »Verzweiflung« nicht zu stark gewesen wäre. Schließlich hatte er sich, von Parmenters Geduld und Stärke gestützt, wieder gefangen. Jetzt, da sein Wohltäter jemanden brauchte, der an ihn glaubte und ihm eine helfende Hand bot, fiel Dominic nichts ein, was er sagen oder tun konnte.

»Ich sollte mich wohl auch wieder an meine Arbeit machen«, bemerkte Mallory kläglich. »Ich habe keine Ahnung, wie spät es ist. Wieso hat das Mädchen eigentlich die Uhr angehalten? Es ist ja nicht so, als ob jemand aus der Familie gestorben wäre.« Kopfschüttelnd ging er davon.

Ohne ein Wort der Erklärung trat Clarice durch die Seitentür in den Garten hinaus und schloß sie hinter sich, so daß Vita und Dominic allein waren.

»Habe ich mich richtig verhalten?« fragte Vita mit leiser Stimme und hob den Blick zu ihm. Sie war eine außergewöhnliche Frau. Zwar war sie nicht schön im landläufigen Sinne, dazu waren ihre Augen zu groß, ihr Mund zu breit und ihr ganzes Gesicht ein wenig zu kurz, doch je länger man sie ansah, desto schöner wirkte sie. Im Vergleich mit ihr wirkten die klassischen Züge anderer Frauen zu schmal, zu sehr in die Länge gezogen, schienen von einer Einheitlichkeit, die Langeweile hervorrief. »Hätte ich dem Polizisten nichts sagen sollen?«

Er empfand den Wunsch, sie zu trösten. Sie befand sich in einer entsetzlichen Zwangslage, die man keinem Menschen wünschen durfte. Konnte er angesichts des Glaubens, der ihm in den letzten Jahren zugewachsen war, eine Lüge befürworten, selbst wenn sie dazu diente, den Gatten zu schützen? Die höchste Pflicht schuldete jeder Mensch dem, was recht war. Daran konnte es nicht den geringsten Zweifel geben. Die Schwierigkeit bestand darin zu erkennen, *was* recht und welche der vielen Möglichkeiten die am wenigsten sündige war. Dazu mußte man das Ergebnis sehen, und das war nur allzu häufig unmöglich.

»Haben Sie sie schreien hören?« fragte er.

»Selbstverständlich.« Sie sah ihn mit klaren, ruhigen Augen an. »Glauben Sie, ich würde sonst so etwas sagen? Mit meiner Frage eben wollte ich nicht andeuten, daß es die Unwahrheit war, sondern ich wollte wissen, ob ich hätte schweigen sollen.«

»Das war mir klar«, antwortete er rasch. »Nur hatte ich angenommen, Ihr Wissen, daß es sich um die Wahrheit handelt, wäre für Sie gleichbedeutend mit der Pflicht, sie zu sagen ... nun ja ...« Hätte er das auch gesagt, wenn er an ihrer Stelle gewesen wäre und den Schrei gehört hätte? Oder hätten ihn Dankbarkeit und Treuepflicht zum Schweigen veranlaßt? Und wie würde es weitergehen? Wenn sich nun auf irgendeine andere Art beweisen ließ, daß es sich um Mord handelte und die Tat einem anderen Menschen zur Last gelegt wurde? »Nein, natürlich mußten Sie sprechen«, sagte er mit fester Stimme. »Es tut mir nur so unendlich leid, daß jetzt Sie diese Bürde tragen müssen. Es läßt sich gar nicht ermessen, wieviel Mut es Sie gekostet haben muß.«

Sie legte ihre Hand leicht auf seinen Arm.

»Danke, Dominic«, sagte sie leise. »Sie können sich nicht vorstellen, wie sehr Sie mich getröstet haben. Ich fürchte, uns steht eine grauenvolle Zeit bevor. Ich weiß nicht, wie wir das durchstehen sollen, wenn wir uns nicht aufeinander stützen können.« Sie hielt inne und sah ihn einen Augenblick lang mit unverhohlenem Schmerz an. »Ich glaube nicht, daß wir Tryphena überreden können, und Sie? Sie dürfte fuchsteufelswild und tief getroffen sein. Schließlich hat sie Unity in einem völlig anderen Licht gesehen als wir anderen. Bestimmt wird sie sich nicht entscheiden können, wem sie größere Treue schuldet.«

Gern hätte er ihr widersprochen, doch hätte er sie mit einer Lüge nicht getröstet, sondern höchstens dafür gesorgt, daß sie sich mit ihrem Kummer noch mehr allein gelassen fühlte.

»Gegenwärtig wohl noch nicht«, sagte er ruhig. »Sie hatte ja kaum Zeit, über die Sache nachzudenken oder sich klarzumachen, daß die Familie sie braucht.«

»Aber wir haben das begriffen, nicht wahr, Dominic?« Zunehmende Furcht schwang in ihrer angespannten Stimme mit, je deutlicher sie erkannte, was geschehen würde. »Dieser Polizist wird bestimmt nicht lockerlassen und nicht aufgeben, bevor er die Wahrheit weiß. Und dann wird er handeln.«

Das war das einzige, woran Dominic keinerlei Zweifel hatte. »Ja. Ihm bleibt aber so recht auch keine Wahl.«

Ein wehmütiges Lächeln trat auf ihre Lippen. »Müssen wir auch ein solches Pech haben! Man hätte uns einen Dummkopf schicken können oder jemanden, der sich von der Kirche beeindrucken oder von Schwierigkeiten abschrecken läßt, oder jemanden, der Angst hat, eine unbequeme und unwillkommene Wahrheit auszusprechen, denn das wird sie mit Sicherheit sein. Andererseits zweifle ich nicht im geringsten, daß Bischof Underhill, wenn schon sonst niemand, auf jeden Fall seinen ganzen Einfluß geltend machen wird. Ich denke, mein Mann hat es vor allem seiner Empfehlung zu verdanken, daß man ihn für das Bischofsamt in Erwägung zieht.« Sie seufzte fast unhörbar. »Bisweilen ist es sehr schwer zu wissen, was recht ist und was nicht, zu erkennen, was für die Zukunft am besten ist. Es ist nicht immer das, was jeweils gerade am besten aussieht. Das Urteil der Welt kann sehr hart ausfallen.«

»Das kommt vor«, stimmte er zu. »Aber gelegentlich urteilt sie auch durchaus verständnisvoll.«

Erneut trat ein leichtes Lächeln auf ihre Lippen und verschwand dann wieder.

»Wollen Sie etwa sagen, daß ich schon merken werde, wer meine wahren Freunde sind?« Ein spöttischer Zug legte sich um ihren Mund. »Daß die Zeitungen schreckliche Dinge über uns schreiben werden, wenn der Skandal bekannt wird, und man uns meiden wird?« In einer anmutigen Bewegung der Abwehr hob sie eine Schulter. »Bitte nicht. Ich möchte es wirklich nicht wissen. Mir ist ohnehin klar, daß wir uns auf äußerst unangenehme Überraschungen von Menschen gefaßt machen müssen, an denen mir liegt, denen ich traue und von denen ich zur Zeit noch annehme, daß ihnen mein Wohl wichtig ist.« Mit nach wie vor gedämpfter Stimme fuhr sie fort: »Am liebsten wäre mir der Anblick lächelnder Gesichter, hinter denen ich weder Schwäche, noch Angst, noch Gehässigkeit erkennen muß.« Sie blickte ihn unverwandt an. »Dominic, ich habe fürchterliche Angst ...«

»Das ist verständlich.« Er hatte das Bedürfnis, ihr tröstend die Hand auf die Schulter zu legen, doch das gehörte sich nicht. Zwar war eine solche Geste am besten, wo keine Worte halfen, doch blieb sie ihm bei ihr ebenso versagt wie auch bei anderen Gemeindemitgliedern. Er mußte die nötigen Worte finden. »Das geht uns allen so. Uns bleibt keine Wahl, als uns jedem neuen Tag mutig zu stellen und einander zu lieben.«

Sie lächelte. »Natürlich. Gott sei gedankt, daß Sie da sind. Wir werden Sie dringend brauchen. Mein Mann wird Sie brauchen.« Sie senkte die Stimme noch mehr. Sie klang brüchig. »Wie konnte das nur geschehen? Natürlich war Unity ungewöhnlich schwierig, aber wir hatten auch schon vor ihr schwierige Menschen im Hause.« Sie suchte seinen Blick. »Der Himmel weiß, daß wir Vikare hatten, die einen Heiligen zur Verzweiflung getrieben hätten. Der junge Havergood war ein wahrer Eiferer, und immer hat er laut gesprochen und mit den Armen herumgefuchtelt.« Mit eleganten Handbewegungen ahmte sie besagten Vikar nach. »Ich kann gar nicht zählen, was er alles zerbrochen hat, unter anderem meine beste Lalique-Vase, ein Hochzeitsgeschenk meiner Cousine. Dann hatten wir noch Gorridge, der immer die Luft durch die Zähne gesogen und unpassende Witze gerissen hat.« Sie lächelte Dominic an. »Ihnen allen gegenüber hat sich mein Mann geradezu musterhaft verhalten. Das gilt sogar für Sherringham, der alles mehrfach erzählt hat. Er hat sich jedes Wort gemerkt, das man ihm sagte, aber alles ein ganz klein bißchen verdreht, gerade so, daß der Sinn des Gesagten vollständig entstellt war.«

Dominic wollte schon etwas darauf sagen, da trat sie mit ihm in das Gewächshaus aus verglasten Stahlbögen und weißlackiertem Holz, das als Wintergarten diente. Der feuchte Geruch nach den Blättern von Palmen und Lilien war sehr angenehm, fast belebend.

»Was war an Unity nur so anders?« fuhr Vita fort, während sie über den Ziegelweg zwischen den Beeten schritt. In einiger Entfernung sah man Mallorys leeren Sessel, doch lagen seine Bücher und Papiere noch auf einem ebenfalls weiß lackierten gußeisernen Tisch. Vita ging langsam und hielt den Blick zu Boden gesenkt. »Ramsay hat sich verändert«, sagte sie. »Er ist nicht mehr der, der er früher einmal war. Sie können das natürlich nicht merken. Ich habe den Eindruck, als liege ein dunkler Schatten über ihm, etwas, das seine ganze frühere Selbstsicherheit und seinen Glauben auffrißt. Früher war er so … lebensbejahend, voll Feuer. Allein schon wegen der Art, wie er sprach, hörten ihm die Leute zu. All das hat sich geändert.«

Er wußte, was sie meinte: die Zweifel, denen so viele Menschen zum Opfer gefallen waren, seit Charles Darwin seine Lehre vom Ursprung der Arten veröffentlicht hatte, derzufolge der Mensch keineswegs ein einmaliges Geschöpf des göttlichen Vaters im Himmel ist, sondern sich aus niederen Lebensformen entwickelt hat. Er hatte diese Zweifel in Parmenters Stimme gehört, den fehlenden Nachdruck, wenn er vor der Gemeinde Zeugnis von seinem Glauben ablegte. Aber daran trug nicht Unity Bellwood die Schuld. Bestimmt war Parmenter schon vor ihr Darwin-Anhängern und anderen Gottesleugnern begegnet. Die Welt war voll von ihnen und war es schon immer gewesen. Glauben bedeutet nun einmal Nicht-Wissen, und er verlangt Mut und Vertrauen.

Vita blieb stehen. Auf den Ziegeln des Weges war ein unregelmäßiger dunkler Fleck von gut einem Meter Breite zu sehen. Ein schwacher stechender Geruch lag in der Luft, und sie rümpfte die Nase.

»Der Gärtnerjunge sollte wirklich besser aufpassen. Ich weiß gar nicht, warum Bostwick ihn hier hineinläßt. Immerzu vergißt er, Gefäße zu verschließen.«

Dominic beugte sich nieder und betupfte den Fleck mit einem Finger. Er war trocken. Die Ziegel hatten die Flüssigkeit wohl in sich aufgesogen. Ihm fiel auf, daß der Fleck braun war, wie der auf Unitys Schuhsohle. Die Schlußfolgerung war zwingend, doch warum hatte Mallory behauptet, Unity nicht gesehen zu haben? Es war eine offenkundige Lüge.

»Was ist das?« fragte Vita.

Er richtete sich auf. »Ich weiß es nicht. Aber es ist trocken, falls Sie weitergehen wollen. Es scheint sehr rasch in die Steine eingezogen zu sein.«

Vorsichtshalber raffte sie die Röcke und schritt leichten Fußes über den Fleck hinweg. Dominic folgte ihr in die Mitte des Raumes, wo unter Palmen und Rankgewächsen eine freie Fläche war. Mit entschlossenem bleichem Gesicht sah sie an den voll erblühten Winterlilien vorbei, offenbar ohne etwas von deren herrlichem Duft zu merken.

»Ich vermute, daß es die völlige Aussichtslosigkeit war«, sagte sie ruhig. »Sie hat ja keine Sekunde lang Ruhe gegeben.« Sie biß sich auf die Lippe und hielt den Kopf schief. In ihren Augen lag tiefe Trauer. »Sie wußte nicht, wann es angebracht war, ihre Zunge im Zaum zu halten. Es ist gut und schön, wenn jemand predigt, was er für die Wahrheit hält, es ist aber nicht besonders klug, damit an den Grundfesten der Welt anderer Menschen zu rütteln. Das führt nur zur Zerstörung.« Sie faßte nach einer der Lilien. »Manche Menschen finden es unerträglich, soviel zu verlieren. Es fällt ihnen dann schwer, wieder etwas aufzubauen. Die Kirche war Ramsays ganzes Leben. Von frühester Jugend an war sie sein ein und alles. Er hat für sie gelebt, gearbeitet, seine Zeit und seine finanziellen

Mittel dafür geopfert. Er hätte als Hochschullehrer Bedeutendes leisten können.«

Dominic war nicht sicher, ob das den Tatsachen entsprach. Er hatte das unbehagliche Gefühl, daß Parmenters akademische Leistungen eher bescheiden waren. Er hatte sie für glänzend gehalten, als er ihn noch nicht lange kannte; im Laufe der letzten drei oder vier Monate aber, seit Unity Bellwood für ihn arbeitete, waren ihm hier und da Streitgespräche und Diskussionen aufgefallen, die er nicht vergessen konnte. Er hatte sich bemüht zu übersehen, daß Unity bei einem Text früher als Parmenter Möglichkeiten der Deutung und andere Lesarten entdeckte. Sie war imstande, durchaus auch Gedanken zu erfassen, die nicht in ihr Konzept paßten, statt sie einfach auszublenden. Sie war fähig, mit Hilfe ihrer Vorstellungskraft von einem Punkt zum anderen zu springen, unwahrscheinliche Lösungsansätze miteinander zu verknüpfen und zu überlegen, was sich an Neuem dabei ergab. Bei solchen Gelegenheiten war Parmenter zornig und verwirrt gewesen, weil er diesen Gedankengängen nicht hatte folgen können.

Das war nicht oft geschehen, doch immerhin so häufig, daß Dominic jetzt schmerzlich zu dem Ergebnis kam, Parmenters Abneigung gegen Unity habe sich zumindest teilweise auf Eifersucht gegründet. Hatten ihm ihre rasche Auffassungsgabe, ihre intellektuellen Fähigkeiten angst gemacht, den Eindruck vermittelt, er sei alt und außerstande, für die Überzeugungen zu kämpfen, die ihm ans Herz gewachsen waren und um deretwillen er soviel aufgegeben hatte?

Dominic war jetzt so verwirrt, daß er nicht wußte, was er denken sollte. Gewalttätigkeit paßte in keiner Weise zu dem Mann, den er kannte. Parmenter stand für Vernunft, zivilisiertes Denken, die Klärung strittiger Punkte mit Hilfe des Wortes. Seit Dominic den Älteren kannte, hatten dessen Güte und Geduld nie versagt. War das etwa nur ein hauchdünner Firnis, unter dem kaum beherrschte Gefühle brodelten? Zwar ließ sich das nur schwer glauben, doch mußte Dominic angesichts der Umstände diese Möglichkeit in Erwägung ziehen.

»Glauben Sie wirklich, daß er sie mit Absicht hinabgestoßen hat?« fragte er.

Sie sah ihn an. »Ach, Dominic, ich wünschte, ich könnte das verneinen. Was würde ich nicht darum geben, könnte es wieder gestern sein, als noch nichts von all dem geschehen war. Aber ich habe sie gehört. Ich konnte gar nicht anders. Gerade als ich ins Vestibül kam, rief sie aus: ›Nein, nein, Reverend!‹, und im nächsten Augenblick ist sie gefallen.« Sie hielt inne, ihr Atem ging flach und rasch, ihr Gesicht war bleich. »Was sollte ich sonst glauben?« fragte sie verzweifelt und sah ihn mit dem Ausdruck des Entsetzens an.

Es war, als hätte jemand der Hoffnung eine eiserne Tür ohne Klinke vor der Nase zugeschlagen. Bisher war ein Teil von ihm überzeugt gewesen, es müsse sich um einen Irrtum handeln. Vielleicht hatte eine Sekunde der Unbeherrschtheit Parmenter zu einer unbedachten Äußerung veranlaßt. Dergleichen aber hätte Vita nie und nimmer bestätigt. Sie hatte nichts für Unity übrig, stand in keinem Widerstreit der Gefühle, und niemand hatte sie verhört, unter Druck gesetzt oder verwirrt. Er versuchte zu überlegen, was er dagegen sagen konnte, doch fiel ihm nichts ein, was nicht töricht geklungen hätte.

Vita sah ihn mit angstvollen Augen an. »Wie der Polizist schon gesagt hat – da oben gibt es nichts, worüber man stolpern kann.«

Er wußte, daß das stimmte. Immerhin war er diese Treppe selbst Hunderte von Malen hinauf und hinab gegangen.

»Es wäre mir lieber, dem nicht ins Auge sehen zu müssen«, fuhr sie leise fort. »Aber wenn ich davonliefe, würde das die Sache letztlich nur verschlimmern. Mein Vater – bestimmt hätten Sie ihn gemocht –, ein wahrhaft bedeutender Mann, hat mir immer eingeschärft, daß eine Lüge von Tag zu Tag gefährlicher wird. Jedesmal, wenn wir sie mit einer neuen Lüge füttern, nimmt sie zu, bis sie zum Schluß größer ist als wir selbst und uns auffrißt.« Sie wandte den Blick von ihm ab und schlug die Augen nieder. »Sosehr ich Ramsay liebe, ich muß auch meinen eigenen Überzeugungen folgen. Klingt das selbstsüchtig und treulos?«

»Nicht im geringsten«, sagte er rasch. Sie sah im durch das Blattwerk gedämpften Licht zerbrechlich aus. So stark war ihre Ausstrahlung, daß man bisweilen nicht merkte, wie klein und zart ihr Körper war. »Nicht im geringsten«, wiederholte er mit mehr Überzeugung. »Niemand hat das Recht, von Ihnen zu erwarten, daß Sie in einer solchen Angelegenheit lügen, um ihn zu decken. Zwar müssen wir tun, was wir können, um den Schaden zu begrenzen, doch bedeutet das nicht, daß wir den Gesetzen des Landes oder Gottes Geboten zuwiderhandeln dürfen.« Er fürchtete, was er sagte, könne schwülstig klingen. Zu einem Gemeindemitglied hätte er so gesprochen, ohne auch nur eine Sekunde zu zögern, aber bei einem Menschen, den er kannte und täglich sah, war das etwas anderes. Außerdem war ihm Vita in jeder Hinsicht voraus. Ganz davon abgesehen, daß sie älter war als er, nahm sie auch im Leben der Kirche eine bedeutendere Position ein.

Ihre Reaktion erstaunte ihn. Sie drehte sich um und sah ihn mit leuchtenden Augen an. Man hätte glauben können, er habe ihr einen wirklichen und greifbaren Trost gespendet.

»Danke«, sagte sie aufrichtig. »Sie können sich nicht vorstellen, wie sehr Sie mich mit Ihrer Überzeugung davon, was recht und wahr ist, bestärkt haben. Ich komme mir jetzt nicht mehr so verlassen vor, und das ist das wichtigste. Ich kann alles ertragen, wenn ich es nicht allein tun muß.«

»Natürlich sind Sie nicht allein!« versicherte er ihr. Ihre Worte riefen in ihm eine Art Gelöstheit hervor, so als würden seit langem verkrampfte Muskeln gelockert. Niemandem hätte er eine solche Tragödie gewünscht, am allerwenigsten der Familie, die ihm soviel gegeben hatte. Die Kraft und das Einfühlungsvermögen, die nötig waren, diesen Menschen zu helfen, bildeten seine Mitte, auf sie stützte sich der Glaube, auf dem seine Berufung ruhte. »Ich stehe jederzeit zu Ihrer Verfügung.«

Sie lächelte. »Danke. Jetzt aber muß ich eine Weile meine Gedanken sammeln …«

»Gewiß«, stimmte er rasch zu. »Sie möchten gern für sich sein.« Ohne ihre Antwort abzuwarten, wandte er sich um und kehrte über den Ziegelweg ins Vestibül zurück. Gerade als er es auf dem Weg zur Bibliothek durchquerte, kam ihm Mallory entgegen. Bei Dominics Anblick legte sich ein Schatten auf seine Züge.

»Was wollten Sie im Wintergarten?« fragte er scharf.

»Ich habe nicht Sie gesucht«, gab Dominic zurückhaltend zur Antwort.

»Ich hatte angenommen, Sie würden sich eine Möglichkeit überlegen, wie man meinem Vater helfen kann. Nach diesem Vorfall dürfte er kaum imstande sein, seiner seelsorgerischen Aufgabe nachzugehen. Ist es nicht Ihre Aufgabe, ihn dabei zu unterstützen?« Der scharfe Vorwurf in seiner Stimme war nicht zu überhören.

»In allererster Linie bin ich, ganz wie Sie, diesem Hause verpflichtet«, gab Dominic zur Antwort. »Ich habe mit Ihrer Frau Mutter gesprochen und ihr gesagt, daß wir einander in dieser schweren Zeit beistehen sollten ...«

»Einander beistehen?« Mallorys dunkle Brauen hoben sich, sein Gesicht nahm spöttische Züge an. »Ist das nicht ziemlich widersinnig, wenn man bedenkt, daß diese unausstehliche Person, die meinem Vater zugearbeitet hat, vor kurzem in diesem Hause ums Leben gekommen ist? Eine meiner Schwestern läßt durchblicken, daß mein Vater die Schuld daran trägt, während ihn die andere vehement verteidigt und unverantwortliche Äußerungen von sich gibt, die sie vermutlich witzig findet. Die Polizei steht vor der Tür, und zweifellos wird alles noch viel schlimmer.« Die Ablehnung in seiner Stimme wurde noch schärfer. »Sie können jetzt nichts Besseres tun, als Vater die seelsorgerischen Aufgaben abzunehmen, damit er das Haus nicht zu verlassen braucht. Damit würden Sie uns immerhin eine Art Privatsphäre verschaffen und die Möglichkeit geben, mit unserem Entsetzen und unserem Kummer fertig zu werden. Ganz abgesehen davon hätten die Menschen, für die Vater verantwortlich ist, jemanden, der sich um sie kümmert.«

Dominic spürte, wie Zorn in ihm emporstieg. Alle Meinungsverschiedenheiten, die er im Laufe der Monate im Hause Parmenter mit Mallory gehabt hatte, kamen ihm in Erinnerung, und der unterdrückte Ärger trat an die Oberfläche.

Die Vorgänge hatten ihn zu sehr mitgenommen, als daß er sich hätte beherrschen können.

»Wenn Sie sich einige Tage lang weniger Ihren Studien für Rom und mehr Ihrer Mutter widmeten, um sie zu trösten, wie das Ihre Sohnespflicht ist, brauchte ich das nicht zu tun«, schnappte er zurück. »In dem Fall könnte ich tatsächlich meinen Aufgaben nachgehen. Doch Sie ziehen sich zurück, um noch mehr Bücher zu lesen. Das mag sehr belehrend sein, hilft aber wohl kaum jemandem!«

Tiefe Röte legte sich auf Mallorys Gesicht. »Ich wüßte nicht, mit welchen Worten, die auch nur von ferne der Wahrheit entsprächen, Sie Mutter hätten helfen können. Unity war ein verworfenes Geschöpf, das es darauf angelegt hat, in unserem Hause seine unmoralischen und gotteslästerlichen Ansichten hinauszuposaunen. Es war ein Fehler meines Vaters, sie zu beschäftigen. Er hätte sich vergewissern müssen, um was für eine Art Mensch es sich bei ihr handelte, bevor er sie einstellte.« Er holte Luft. Ein Dienstmädchen eilte im hinteren Teil des Vestibüls durch die Seitentür in den Gang, der zum Gesindetrakt führte.

»Mit einem geringen Aufwand an Zeit und Mühe und einigen Fragen hier und da hätte er erfahren können, wie sie war«, fuhr Mallory fort. »Ihre radikalen moralischen und politischen Ansichten hätten sie verdammt, ganz gleich, was für eine Leuchte sie auf wissenschaftlichem Gebiet gewesen sein mochte. Sehen Sie sich doch nur an, was sie Tryphena angetan hat! Das allein genügt, den Stab über sie zu brechen.« Seine Lippen wurden schmal, und sein Kinn hob sich ein wenig, so daß die angespannten Halsmuskeln sichtbar wurden. »Mir ist bekannt, daß man in Ihrer Kirche äußerst liberale Ansichten vertritt und den Menschen mehr oder weniger gestattet zu tun, was sie für richtig halten. Aber vielleicht sehen Sie jetzt selbst, wie töricht das ist. Das falsche Denken in unserer Umgebung beeinflußt uns unwillkürlich. Charles Darwin ist für mehr Elend verantwortlich als alle Armut und Krankheit der Welt.«

»Weil er den Zweifel in die Welt gesetzt hat?« fragte Dominic ungläubig. »Veranlaßt er Sie etwa zu zweifeln, Mallory?«

»Selbstverständlich nicht!« Tatsächlich leuchtete aus seinen Augen völlige Gewißheit ohne den geringsten Anflug eines Zweifels. »Allerdings gehöre ich einer Gemeinschaft an, die ihren Glauben nicht nach der jeweiligen Mode zurechtstutzt. Dies Glück hatte Vater nicht. Er hatte sich selbst, sein Leben, seine Zeit und seine ganze Kraft bereits einer anderen Richtung verschrieben und war unfähig, das rückgängig zu machen und alles aufzugeben, wofür er gelebt hatte.«

»Das scheint mir ziemlich spitzfindig«, sagte Dominic ergrimmt. »Eine tiefe religiöse Überzeugung müßte imstande sein, allen Argumenten zu trotzen, die man ihr entgegenschleudert. Im gegenteiligen Fall aber ist unerheblich, wieviel man in sie investiert hat. Kein Mensch vermag Gott einmal so und einmal so aussehen zu lassen.«

»Vielleicht sollten Sie nach oben gehen und Vater mit diesem Gedanken trösten?« regte Mallory an. »Sie scheinen es sich zur Aufgabe gemacht zu haben, die Führung in der Familie zu übernehmen, obwohl ich mir nicht vorstellen kann, wer Sie damit beauftragt hat.«

»Ihre Mutter. Zweifellos hätte sie Sie darum gebeten, wenn Sie dagewesen wären«, gab Dominic zurück. »Ich wußte gar nicht, daß Sie Unity so sehr verabscheuten. Ganz im Gegenteil hatte ich immer den Eindruck, daß Sie sich ihr gegenüber recht zuvorkommend verhalten haben.«

Mallory hob die Brauen. »Was haben Sie erwartet? Sollte ich etwa unter dem Dach meines Vaters rüpelhaft zu ihr sein? Was ich von ihren Ansichten gehalten habe, war ihr sehr wohl bewußt.«

Dominic konnte sich an mehrere überaus unangenehme Begegnungen zwischen Mallory und Unity Bellwood erinnern. Dabei war es in der Hauptsache um zweierlei gegangen: Sie machte sich über seinen unerschütterlichen Glauben an die römisch-katholische Kirche und deren Lehre lustig und verspottete ihn außerdem, wenn auch in weit zurückhaltenderer Weise, weil er sich mit diesem Glauben für die Ehelosigkeit entschieden hatte. Dabei war sie für ihre Verhältnisse durchaus mit Feingefühl vorgegangen. Es war Dominic klar: Hätte er sie minder gut gekannt und wäre er in Mallorys Alter gewesen und nicht ein Witwer von über vierzig Jahren, der seine Erfahrung mit Frauen hatte – er hätte unter Umständen nicht einmal den tieferen Sinn hinter ihren neckenden Äußerungen verstanden. Möglicherweise hätte er weder ihre Blicke noch ihr Gelächter zu deuten vermocht, das leichte Zögern in seiner Nähe, auf das ein Lächeln folgte. Mallory hatte nie wirklich sicher gewußt, was sie meinte. Ihm war lediglich klar, daß sie ihn verlachte und Dinge spaßig fand, die ihm ernst und heilig waren. So war es kein Wunder, daß er jetzt nicht um sie trauerte.

»Sie meinen wohl, mir hätte der Mumm gefehlt, es ihr zu sagen«, fuhr Mallory in fragendem Ton fort. »Ich versichere Ihnen, ich weiß, was ich glaube, und ich werde niemandem gestatten, Lästerungen von der Art auszusprechen, wie sie aus Unitys Mund kamen, ohne mich dagegen zu verwahren.« Er sprach entschieden und schien mit sich selbst zufrieden. »Sie war entsetzlich irregeleitet, und ihre moralischen Maßstäbe waren erschreckend. Aber weit lieber hätte ich ihr ihren Irrtum ausgeredet, als mit ansehen zu müssen, daß sie zu Schaden kam. Das wäre wohl jedem so gegangen.« Er holte tief Luft. »Es ist ein äußerst tragischer Tag für uns alle. Ich hoffe, daß wir ihn ohne größeren Schaden überstehen.« Einen Augenblick lang sah er Dominic offen an. »Ich kann meinem Vater keinerlei Trost anbieten. Er braucht jetzt einen festen Glauben, und meine Ansichten weichen zu sehr von seinen ab, als daß ich ihm in irgendeiner Weise helfen könnte.« Trotz seiner Größe wirkte er jetzt wie ein halbwüchsiger Junge. Hinter dem Zorn auf seinem Gesicht lagen Trauer und Verwirrung. »Wir haben uns in den Dingen, auf die es am meisten ankommt, schon seit einiger Zeit viel zu weit voneinander entfernt. Ich zerbreche mir unablässig den Kopf, aber mir fällt nichts ein, was ich ihm sagen könnte. Zwischen uns liegen zu viele Jahre voller Meinungsverschiedenheiten.«

»Wäre das nicht der Zeitpunkt, sie zu vergessen?« fragte Dominic.

Mallory spannte sich an. »Nein«, sagte er rasch, ohne im geringsten zu zögern. »Mann Gottes, Dominic! Sofern Tryphena recht hat, muß man damit rechnen, daß er eine Frau kaltblütig die Treppe hinab in den Tod gestoßen hat!« Seine Stimme überschlug sich fast vor Panik. »Was könnte ihm da einer seiner Angehörigen sagen? Er braucht geistlichen Beistand! Falls er etwas so Entsetzliches getan hat, muß er Gewissenserforschung betreiben und Buße tun. *Ich* kann das nicht von ihm verlangen! Er ist mein Vater! Sofern sich Ihr Glaube auf mehr als bloße Worte gründet, haben Sie hier eine Gelegenheit, sich Ihren Lebensunterhalt auf achtbare Weise zu verdienen.« Er sah hilflos drein, doch wegen seiner Aggressivität konnte ihm Dominic nichts sagen, was ihm hätte helfen können.

»Ihr Glaube kennt weder die Beichte noch die Absolution!« fuhr Mallory mit wutverzerrtem Gesicht fort. »Er bietet Ihnen keinerlei Zuflucht in Zeiten der Heimsuchung, keine Hilfe gegen die Finsternis der Nacht, in der den Menschen ausschließlich die heiligen Sakramente der wahren Kirche retten können! All das haben Sie aufgegeben, als sich Heinrich VIII. unbedingt scheiden lassen mußte, um Anne Boleyn zu bekommen.« Er stand mit vorgerecktem Kinn und gestrafften Schultern da. Man hätte glauben können, daß er eine Prügelei vom Zaun brechen wollte.

»Sollte er sie tatsächlich getötet haben, und noch dazu mit Absicht«, gab Dominic zur Antwort, »braucht er mehr als den Trost oder Rat eines anderen, um Seelenfrieden zu finden.« Mit einer energischen Handbewegung wies er das Ganze von sich. »Man kann nicht einfach sagen: ›Ich verzeihe Dir‹, und alles verschwindet. Man muß den Unterschied zwischen dem sehen, was man ist, und dem, was man sein müßte, und diesen Unterschied muß man begreifen! Man muß ...« Er unterbrach sich. Mallory, der erkennbar auf ein langes Streitgespräch über die wahre Kirche, ihre Mysterien und die Ketzerei der Reformation eingestellt war, hatte bereits Luft geholt, um mit seiner Entgegnung anzufangen. Das war wohl einfacher, als über die Wirklichkeit zu sprechen, der er sich gegenübersah.

»Das ist nicht der geeignete Zeitpunkt«, sagte Dominic fest. »Ich gehe zu ihm, sobald ich noch eine Weile über die Sache nachgedacht habe.«

Mallory warf ihm einen ungläubigen Blick zu und ging fort.

Dominic wandte sich um und wäre dabei fast mit Clarice zusammengestoßen, deren Frisur sich aufzulösen begann. Das offene Haar hätte ihr gut zu Gesicht gestanden, wären nicht ihre Augen so verweint und ihre Haut so blaß gewesen.

»Früher war er nicht so aufgeblasen«, sagte sie bitter. »Jetzt erinnert er mich an den ausgestopften Karpfen im Damenzimmer, der immer so überrascht aussieht.«

»Clarice ... ich muß doch bitten!« Am liebsten hätte Dominic laut herausgelacht, wäre das nicht völlig unpassend gewesen. Clarice sah nach wie vor zutiefst aufgewühlt aus.

»Fangen Sie jetzt nicht auch noch an!« Sie fuhr sich mit der Hand durch die Frisur und verschlimmerte damit die Sache noch. »Tryphena hat sich in ihrem Zimmer eingeschlossen, was vermutlich ganz vernünftig ist. Der Himmel steh ihr bei – sie hat Unity wirklich gemocht, und das war wohl auch ganz gut so. Finden Sie nicht auch, daß jeder zumindest einen Menschen haben müßte, der um ihn trauert, wenn er stirbt?« Ihre Augen waren voller Mitgefühl, ihre Stimme gedämpft. »Wie schrecklich es sein muß zu sterben, ohne daß einen jemand beweint, ohne daß jemand glaubt, etwas Unersetzliches verloren zu haben! Ich könnte Unity für Tryphena auf keinen Fall ersetzen, würde das aber auch nie versuchen. Ich glaube, sie war ziemlich ekelhaft. Immer hat sie Mal aufgezogen. Mir ist klar, daß er es darauf angelegt hat, doch bietet er ein so leichtes Ziel, daß es eines Menschen unwürdig ist, über ihn herzufallen.«

Sie sprach rasch und nervös. Dominic brauchte sie nicht zu fragen, ihm war auch so klar, daß sie ebenfalls fürchtete, ihr Vater könne schuldig sein.

Sie standen im Vestibül, inzwischen sehr viel näher an der Tür zum Damenzimmer. Vermutlich hielt sich Vita nach wie vor im Wintergarten auf.

»Ich gehe nach oben zu Vater.« Clarice tat einen Schritt auf die Treppe zu. »Mallory meint wohl, daß ihm jetzt nach einem langen theologischen Gespräch ist. Der Meinung bin ich aber nicht. Ich an Papas Stelle wüßte einfach gern, daß mich jemand mag, ganz gleich, ob ich die Beherrschung verloren und die gräßliche Person die Treppe hinabgestoßen hätte oder nicht.« Sie sagte es trotzig, als warte sie auf Dominics Widerspruch.

»So würde es auch mir gehen«, sagte er. »Jedenfalls am Anfang. Ich glaube, ich würde mir wünschen, daß mich jemand für schuldlos hielte und mir unter Umständen zuhörte, wenn ich das Bedürfnis hätte zu reden.«

»Sie können sich aber nicht vorstellen, sie die Treppe hinabzustoßen, oder?« Sie sah ihn neugierig und mit ernsthaftem Blick an. Zugleich lag in ihren Augen hinter der Verletzlichkeit auch die Bereitschaft zu lachen, als stelle sie sich das in irgendeinem Winkel ihres Gehirns vor und halte es für unsinnig.

»Ehrlich gesagt fällt mir diese Vorstellung nur allzu leicht«, gestand er.

»Ach, tatsächlich?« Sie war überrascht und, wie ihm schien, auch ein wenig befriedigt. Wäre es ihr lieber gewesen, er hätte es statt ihres Vaters getan? Dieser Gedanke errichtete eine Schranke zwischen ihnen. Mit einem Mal war ihm klar, daß er ein Außenseiter war, der einzige Mensch im Hause, der nicht zur Familie gehörte. Es traf ihn wie ein Keulenhieb, daß ausgerechnet Clarice ihn daran erinnerte. Er hatte sie immer für die warmherzigste von allen gehalten, für den Menschen in der Familie, der sich am wenigsten von der Außenwelt abschirmte.

»Ich glaube, dazu wären wir alle fähig, wenn man uns tief verletzte«, sagte er mit einer gewissen Distanziertheit. »Mallory jedenfalls hat sich ziemlich befriedigt darüber geäußert, daß sie nicht mehr da ist.«

»Wirklich?« Sie hob die Brauen. »Ich dachte, er hätte trotz all ihrer Zankerei ziemlich viel für sie übrig gehabt.«

»Allen Ernstes?« fragte Dominic verblüfft.

»Ja.« Sie wandte sich ab und machte sich endgültig zur Treppe auf. »Immerhin hat er ihr zuliebe das Rossetti-Gemälde wieder in der Bibliothek aufgehängt. Dabei konnte er es so wenig ausstehen, daß er es im Damenzimmer versteckt hatte, wo niemand von der Familie jemals hingeht.«

»Sind Sie sicher, daß er es nicht ausstehen kann?«

»Aber ja. Es ist viel zu sinnlich, fast provokant.« Sie zuckte die Achseln. »Ihr hat es gefallen, aber das war ja wohl nicht anders zu erwarten.«

»Mir gefällt es auch. Ich finde Rossettis Modell wunderbar.«

»Das ist sie auch. Aber Mal hält sie für schamlos.«

»Und warum hat er dann das Bild wieder in der Bibliothek aufgehängt?«

»Weil Unity ihn darum gebeten hatte!« sagte sie mit ungeduldigem Unterton angesichts seiner Begriffsstutzigkeit. »Er hat sogar Bücherpakete für sie am Bahnhof abgeholt... dreimal in den letzten zwei Wochen, und zwar im strömenden Regen und zu einer Zeit, da er eigentlich hätte lernen müssen. Und warum?« Sie hob die Stimme. »Weil sie ihn darum gebeten hatte! Er trägt auch die grüne Joppe nicht mehr, die er so gern hat... weil sie sie nicht leiden konnte. Ich bin also keinesfalls sicher, daß er Unity so unausstehlich gefunden hat.«

Er ließ seine Gedanken zu den Vorfällen zurückschweifen, von denen sie sprach, und merkte, daß sie mit allem, was sie sagte, recht hatte. Je mehr er darüber nachdachte, desto weniger schien Mallorys Verhalten zu dem zu passen, was er sonst an den Tag legte. Er verabscheute den Regen und hatte oft gesagt, wie sehr er sich auf das wärmere Klima Roms freue – eine willkommene Dreingabe zu seiner Berufung. Dominic konnte sich nicht erinnern, daß Mallory je für jemanden Erledigungen gemacht hatte. Sogar die eigene Mutter hatte sich eine höfliche Weigerung eingehandelt, als sie ihn gebeten hatte, für sie zur Apotheke zu gehen. Sein Studium war wichtiger als alles andere. Von der grünen Jacke hatte Dominic nichts gewußt. Er achtete kaum auf das, was Männer trugen – bei Frauen hingegen merkte er es sogleich. Doch die Sache mit dem Rossetti-Gemälde war etwas anderes, darüber konnte man nicht einfach zur Tagesordnung übergehen.

Wie sonderbar. Da hatte er also Unity mehrfach einen Gefallen getan, obwohl er sie angeblich nicht leiden konnte. Dominic brauchte nicht lange nach einer einleuchtenden Erklärung zu suchen. Ihre bemerkenswerte Anziehungskraft hatte sich auf weit mehr als rein äußerliche Schönheit gegründet – da waren ihre Dynamik, ihre Intelligenz und ihre unbändige Lebensfreude sowie die freudige Bejahung jeglicher Herausforderungen gewesen, die das Leben mit sich brachte. Der Gedanke daran erfüllte ihn mit Schmerz. Ihm war nicht klar gewesen, daß sie auch Mallory nicht gleichgültig gelassen hatte.

»Das wußte ich nicht«, sagte er. »Vielleicht haben Sie recht.«

»Vermutlich wollte er sie für die römische Kirche gewinnen«, merkte Clarice trocken an. »Wäre ihm das gelungen, nachdem sie soviel Zeit damit zugebracht hatte, wissenschaftliche Dokumente für die anglikanische Kirche zu übersetzen, er hätte Vater damit einen schweren Schlag versetzt.«

»In der Epoche, mit der sich die beiden beschäftigen, waren das dieselben Dokumente«, erklärte er.

»Das ist mir bekannt«, sagte sie schneidend. Es war deutlich zu erkennen, daß sie das nicht bedacht hatte. »Deswegen brauchen sie ja all diese verschiedenen Übersetzungen. Für jede Sekte eine«, fügte sie hinzu und eilte rasch nach oben, ohne sich noch einmal nach ihm umzusehen.

Niemand kam zum Mittagessen. Parmenter blieb oben in seinem Studierzimmer. Vita schrieb Briefe, Tryphena trauerte in der Zurückgezogenheit ihres Zimmers, und Clarice spielte auf dem Klavier im Musikzimmer den Trauermarsch aus Händels Oratorium »Saul«.

Dürfte man doch annehmen, die rätselhafte Tragödie werde unaufgelöst bleiben! Doch Dominic stand die Erinnerung an Pitts Vorgehen zu lebhaft vor Augen, als daß er sich dieser Täuschung hätte hingeben können. Zunächst war er zwar gegangen, aber er würde auf der Suche nach Indizien selbst den nichtssagendsten Kleinigkeiten nachspüren. Er würde sich die Leiche anschauen, den Fleck unter der Schuhsohle entdecken und früher oder später auch den auf dem Ziegelweg im Wintergarten. Dann würde er dahinterkommen, daß Unity dort gewesen war, um mit Mallory zu sprechen, würde Fragen stellen und alles hin und her wenden, bis er die Hintergründe in allen Einzelheiten kannte.

Zwar würde er bei all dem mit äußerster Zurückhaltung vorgehen, doch würde er jeden Aspekt des Lebens in Brunswick Gardens erkunden. Er würde jedem Streit zwischen Parmenter und Unity auf die Spur kommen, ihre persönlichen Schwächen und all die kleinen Sünden aufdecken, die zwar nicht das geringste mit Unitys Tod zu tun haben mochten, aber dennoch betrüblich waren und am besten verborgen blieben.

Dominic befand sich allein in der Bibliothek. Wenn er die Augen schloß, konnte er sich vorstellen, wieder wie zehn Jahre zuvor in der Cater Street zu sein. Er spürte die prickelnde Gefahr in der Luft um sich herum und erinnerte sich peinlich berührt, daß Charlotte damals in ihn verliebt gewesen war. Gemerkt hatte er das erst, als es fast zu spät war. Pitt wußte davon. Dominic hatte es in seinen Augen gesehen. Nach wie vor war in ihnen Abneigung zu erkennen.

Es kam ihm vor, als liege eine Welt zwischen der Gegenwart und dem damaligen Leben in der Cater Street. Hunderterlei war ihm seither widerfahren, Gutes und Schlechtes. Er konnte sich ausmalen, wie es wäre, wieder dort zu sein, zehn Jahre jünger, hochmütiger, ängstlicher, nach wie vor mit Sarah verheiratet zu sein, nach wie vor Angst vor dem »Würger« zu haben, der in der Nachbarschaft Mord auf Mord begangen hatte, einander fragend und mißtrauisch anzusehen, über Schwächen und Täuschungen zu sprechen, von denen sie lieber nichts gewußt hätten, die sie aber nicht vergessen konnten.

Unermüdlich hatte Pitt seinerzeit alles aufgedeckt, bis er die Lösung kannte. Genauso würde er jetzt wieder verfahren. Wie damals hatte Dominic Angst: davor, wie die Lösung aussehen könnte, und auch vor all dem, was im Verlauf ihrer Entdeckung über ihn und die Vergangenheit zum Vorschein kommen würde, Dinge, die er lieber vergessen hätte. Im Hause Parmenter war es einfacher, weil man ihn dort so sah, wie er sich selbst sehen wollte: ein Spätberufener, der gelegentlich Fehler machte, aber der Sache ergeben war und ihr aus vollem Herzen diente. Nur Parmenter wußte, was vorher gewesen war.

Ohne eine bewußte Entscheidung getroffen zu haben, merkte Dominic, daß er sich auf dem Weg zum hinteren Ende des Vestibüls befand und von dort durch die mit grünem Filz bezogene Tür in den Dienstbotentrakt ging. Da sich Parmenter in seinem Studierzimmer aufhielt und kaum in der Lage sein dürfte, die Hausangestellten zu beruhigen, fiel möglicherweise ihm die Aufgabe zu, ihnen Trost zu spenden und sie an ihre Pflichten zu gemahnen. Mallory schien keine Lust dazu zu haben, zumal ihm klar war, was man im Hause von seinem Übertritt zum »Pfaffentum« hielt, wie es alle nannten, obwohl sie ihn von Kindesbeinen an kannten. Manche von ihnen, die der Herrschaft besonders treu ergeben waren, sahen darin sogar einen Verrat.

Als erstem begegnete Dominic dem Butler. Dieser behäbige und gewöhnlich umgängliche Mann in mittleren Jahren leitete das Personal mit onkelhaften Späßen an, hinter denen sich eine erstklassig eingespielte Disziplin verbarg. Heute allerdings sah er verstört drein, während er im Anrichtezimmer saß und immer wieder die Listen seiner Kellerbestände durchging, weil er außerstande war, sich das Ergebnis zu merken, obwohl er alles schon dreimal gezählt hatte.

»Guten Tag, Mr. Corde«, sagte er, sichtlich dankbar für die Unterbrechung, und erhob sich. »Was kann ich für Sie tun, Sir?«

»Guten Tag, Emsley«, antwortete Dominic und schloß die Tür hinter sich. »Ich bin gekommen, um zu sehen, wie es den Leuten nach den Ereignissen des heutigen Vormittags geht ...«

Emsley schüttelte den Kopf. »Es will mir einfach nicht in den Kopf, Sir. Ich weiß, was man sagt, aber ich sehe nicht, wie das möglich sein soll. Ich bin seit dreißig Jahren in diesem Hause tätig, war es schon vor Mr. Mallorys Geburt, und ich glaube es einfach nicht, ganz gleich, was Stander und Braithwaite gehört haben wollen.«

»Nehmen Sie Platz«, forderte ihn Dominic auf. Er setzte sich auf den anderen Stuhl und gab damit dem Butler Gelegenheit, seiner Aufforderung zu folgen.

»Ein Polizeibeamter war hier«, fuhr Emsley fort, nachdem er dankend angenommen hatte. »Er hat eine Menge Fragen gestellt, die mir sinnlos schienen. Keiner von uns hat etwas gewußt.« Seine Lippen wurden schmal.

»Hat sich denn niemand in der Nähe der Treppe aufgehalten?« Dominic wußte nicht, welche Antwort er sich erhofft hatte. Die ganze Sache war ein Alptraum, aus dem es kein Erwachen zu geben schien.

»Nein, Sir«, sagte Emsley finster. »Ich war in Mrs. Hendersons Zimmer, wo ich mit ihr die Abrechnungen durchgegangen bin. Für den Haushalt muß neue Bettwäsche angeschafft werden. Es ist wirklich sonderbar, wie mit einem Mal alles entzweigeht – mindestens ein Dutzend Laken. Noch dazu bestes irisches Leinen. Nun ja, wahrscheinlich halten sie nicht ewig.«

»Und die Köchin?« unternahm Dominic einen neuen Anlauf. Er bemühte sich, nicht im gleichen Ton zu fragen wie die Polizei.

»Hat sich in der Küche befunden.« Emsley schüttelte den Kopf. »Das ganze Küchenpersonal war dort oder in der Abwaschküche. James hat die Messer geputzt, Lizzie im Salon Feuer gemacht, und Rose hatte in der Waschküche zu tun, nachdem sie die Matratzen gewendet, die Betten frisch bezogen und die Bettwäsche heruntergebracht hatte. Margery war im Hausarbeitsraum, wo sie das Kupfergeschirr zu putzen hatte, und Nellie hat im Eßzimmer Staub gewischt.«

Die Vorstellung, eins der Dienstmädchen hätte Unity die Treppe hinabgestoßen, war zwar lachhaft, aber ebenso widersinnig war es, diese Tat Parmenter zu unterstellen.

»Sind Sie sicher?« fragte Dominic. Als er den gekränkten Blick des Butlers sah, wünschte er, er könnte sich selbst eine Erklärung ausdenken. »Könnte nicht jemand etwas gehört oder gesehen haben, der jetzt Angst hat, es zu sagen?«

»Das hat auch der Polizeibeamte gefragt«, sagte Emsley unglücklich. »Nein, Mr. Corde. Ich weiß, wie lange es dauert, bis ein Dienstmädchen das gesamte Kupfergeschirr des Hauses geputzt hat. Ich hätte es gewußt, wenn Margery ihre Arbeit verlassen hätte. Und Mrs. Henderson würde wissen, wenn sich Rose oder Mary woanders aufgehalten hätten, als sie gesagt haben.«

»Und was ist mit der Hausmagd? Wie heißt sie noch – Gwen?«

»Sie hat den Stiefelputzer ausgeschimpft«, sagte Emsley mit dem Anflug eines Lächelns, der sogleich wieder verschwand. »Man konnte es bis in die Küche hören. Niemand weiß, was vorgefallen ist.« Er schüttelte den Kopf. »Es wäre mir sehr lieb, wenn wir Näheres wüßten, denn es muß eine andere Erklärung geben als die, die man uns vorgetragen hat. Ich kenne Reverend Parmenter schon aus der Zeit vor seiner Eheschließung, Sir. Mir war es von Anfang an nicht recht, daß Miss Bellwood ins Haus kam, wenn ich das offen sagen darf. Ich denke, das war ein Fehler, denn meiner Meinung nach haben junge Frauen bei ernsthaften Gedanken über die Religion nicht mitzureden.«

Er sah Dominic sehr ernst an. »Bitte verstehen Sie mich nicht falsch, Mr. Corde. Gewiß können Frauen ebenso religiös sein wie jeder beliebige Mann, in mancherlei Hinsicht wohl auch mehr. Ihr Glaube ist im günstigsten Fall von großer Einfachheit und Reinheit – aber sie sind nicht für die tiefen Gedanken geschaffen, und es führt immer zu Scherereien, wenn sie sich damit beschäftigen. Reverend Parmenter aber wollte unbedingt gerecht sein. So war er schon immer, wie er auch jederzeit der Vernunft zugänglich war – vielleicht etwas zu sehr, der Arme.« Besorgt musterte er Dominic mit dunklen und verstörten Augen. »Können Sie ihm helfen, Sir? Die Sache ist entsetzlich, und ich schwöre Ihnen, ich weiß nicht, wie ich mich verhalten soll.«

»Ich stimme Ihnen zu, Emsley, es muß eine andere Erklärung geben.« Er bemühte sich zu lächeln und stand auf, bevor ihn der Butler fragen konnte, wie er sich diese Erklärung vorstellte. »Wie geht es Mrs. Henderson?«

»Sie ist zu Tode betrübt, Sir. Es muß aber auch gesagt werden, daß niemand die arme Miss Bellwood besonders gut leiden konnte. Sie war bisweilen ausgesprochen anstrengend und hat mit ihren Vorstellungen den Glauben der Leute ins Wanken gebracht.«

»Tatsächlich?«

»Ja, Sir. Sie hat über unsere Gebete gespottet – immer versteckt, nie offen – und mit ihren Äußerungen für Unruhe gesorgt.« Gequält verzog er das Gesicht. »Einmal habe ich Nellie in Tränen aufgelöst gefunden. Ihre Großmutter war gerade verschieden, und Miss Bellwood hat ihr so lange von Charles Darwins Vorstellungen berichtet, bis die arme Nellie überzeugt war, daß ihre Großmutter nicht in den Himmel kommen würde.«

»Das war mir gar nicht bekannt«, sagte Dominic rasch. Wenn jemand, der unter demselben Dach lebte wie er, einen solchen schmerzlichen Verlust erlitt, wie konnte er da so blind sein, das nicht zu sehen und das arme Geschöpf zu trösten? Wenn er nicht einmal das fertigbrachte, welchen Zweck erfüllte er dann? »Davon hat mir niemand etwas gesagt!«

»Natürlich nicht, Sir«, gab Emsley gelassen zurück. »Wir wollten Sie nicht mit unseren Sorgen belasten. Mrs. Henderson hat Nellie gut zugeredet. Sie ist eine aufrechte Christin und hat mit diesen albernen neumodischen Vorstellungen nichts im Sinn. Danach ging es Nellie wieder besser. Sie ist Miss Bellwood fortan aus dem Weg gegangen, und wir haben keine weiteren Äußerungen dieser Art mehr gehört.«

»Aha. Trotzdem wäre es mir lieber gewesen, davon zu erfahren.« Dominic verabschiedete sich. Er wollte mit jedem einzelnen Dienstboten reden. Bei Nellie gab er sich Mühe, sein früheres Versagen wiedergutzumachen. Aber ganz gleich, was Mrs. Henderson gesagt haben mochte, es hatte mehr als genügt. Nellie zeigte nicht die geringste Unsicherheit in bezug auf das Wesen und die Existenz Gottes und gab sich überzeugt, daß Er nach gehöriger Wartezeit schließlich sogar einer Unity Bellwood die Sünden vergeben konnte, von denen diese Nellies Ansicht nach eine ganze Anzahl auf sich geladen hatte.

»Sind es wirklich so viele?« fragte Dominic unschuldig. »Vielleicht habe ich sie nicht so gut gekannt, wie ich annehme?«

»Natürlich denken Sie nur Gutes von ihr, Sir«, gab Nellie nickend zur Antwort. »Das ist Ihre Pflicht – aber nicht meine.

Ich seh sie ganz klar. Die Arme hat schreckliche Vorstellungen, ich meine, hatte. Jetzt wird sie es wohl besser wissen. Aber sie hat Mr. Mallory schwer zugesetzt und sich fürchterlich über ihn lustig gemacht.« Sie schüttelte den Kopf. »Ich habe nie verstanden, warum er sich das hat gefallen lassen. Es muß wohl mit seiner Religion zu tun haben.« Für sie erklärte das alles. Die römisch-katholische Kirche war für sie etwas Fremdartiges, da durfte niemand erwarten, daß sie das verstand.

Er verließ Nellie und setzte seine Gespräche fort, doch außer negativen Erfahrungen mit Unity konnte keiner der Dienstboten etwas beisteuern. Von jedem von ihnen war bekannt, was sie zum fraglichen Zeitpunkt getan hatten, der recht zuverlässig auf fünf Minuten vor zehn eingegrenzt worden war, und keiner außer Miss Braithwaite und dem Kammerdiener Stander hatte sich im Obergeschoß befunden. Sie aber hätten an der Tür von Parmenters Studierzimmer vorbeigehen müssen, um den oberen Treppenabsatz zu erreichen.

War es also tatsächlich denkbar, daß Parmenter Unity hinabgestoßen hatte? Hatte sie ihn mit ihren fortgesetzten Angriffen auf seinen Glauben und seine Sicht der Wirklichkeit im Laufe der vergangenen Wochen und Monate so gepeinigt, daß er plötzlich die Beherrschung verloren und sich gegen seinen Quälgeist gewandt hatte, gegen die Stimme, die dem Sinn seiner Arbeit den Boden entzog, weil sie ihm alles fraglich erscheinen ließ, was er für sicher gehalten hatte? Hatte er sich so sehr von seinem Glauben, seiner Menschlichkeit und seinen sonstigen Empfindungen gelöst, daß ihm die Verzweiflung den Verstand geraubt hatte?

Durch die Küche und das Eßzimmer der Dienstboten trat Dominic erneut ins Vestibül. Trotz des exotischen Aussehens wirkte es vertraut, erinnerte mit seinem praktischen Schirmständer an das englische Klima und die Notwendigkeit, gelegentlich durch den Regen zu gehen. Die hohe Standuhr, die sonst im täglichen Ablauf des Lebens pünktlich die Viertelstunden schlug, hatte man wegen des Todesfalls im Hause selbstverständlich angehalten. Auf dem Tisch an der Wand stand das Tablett für Besuchskarten und der Hutständer in der Ecke gleich neben den Sitztruhen, in denen Reisedecken aufbewahrt wurden. Das Licht brach sich im Spiegel, der es gestattete, vor dem Verlassen des Hauses noch rasch sein Aussehen zu prüfen. Die lange Stange, mit welcher der Diener das Oberlicht schloß, der Klingelzug, das unauffällig in einer Ecke untergebrachte Telefon, all das waren Zeugnisse des Alltags. Selbst die Kübelpalme wirkte ganz normal, wie andere solche Pflanzen in Tausenden von Häusern, wenn man davon absah, daß sie vielleicht etwas zu hoch gewachsen war. Fußboden und Wandschirm fielen Dominic kaum auf, so oft hatte er sie schon gesehen. Eine Hand auf den schwarzen Handlauf des Treppengeländers gelegt, ging er langsamen Schritts nach oben.

Es war wieder ganz wie damals in der Cater Street. Er merkte, daß er sich unwillkürlich fragte, ob bestimmte Menschen im Hause womöglich anders empfanden, als sie der Umwelt durch ihr Verhalten und ihre Art zu sprechen weiszumachen versuchten. Noch während er Stufe um Stufe erstieg, regte sich dieser Verdacht in ihm. Mallorys Verhalten Unity gegenüber kam ihm ganz und gar unverständlich vor. Er konnte sich gut erinnern, daß sie ihm gegenüber zuweilen gemein gewesen war, doch statt sie zumindest abweisend zu behandeln, schien er sich eher bemüht zu haben, ihr zu Gefallen zu sein. Kämpfte Mallory auf diese Art gegen seine Empfindungen an, versuchte er auf diesem Wege, der zu sein, der er seiner Überzeugung nach sein mußte?

Auch Vita hatte Unity wohl zuzeiten unausstehlich gefunden. Unmöglich konnte ihr entgangen sein, auf welche Weise sie die Selbstsicherheit und das Glück ihres Mannes wie ihres Sohnes untergrub.

Aber gerade Vita konnte sie unter keinen Umständen die Treppe hinabgestoßen haben. Sie und Tryphena hatten sich zur Tatzeit unten aufgehalten – Lizzie war bereit, das zu beschwören. Ganz davon abgesehen hätte Tryphena nie und nimmer Unity auch nur ein Haar gekrümmt. Sie war der einzige Mensch im Hause, der aufrichtig um sie trauerte.

Mit ihr wollte Dominic jetzt sprechen. Niemand schien Verständnis für sie aufzubringen, denn alle waren verständlicherweise mit ihren eigenen Sorgen beschäftigt.

Unity hatte sich mehrfach mit Clarice gestritten, doch war es dabei um Ideen gegangen und nicht um persönliche Empfindungen. Nie war es dabei zu Gewalttätigkeit gekommen, und das Ganze hatte sich ausschließlich an der intellektuellen Oberfläche abgespielt … zumindest hatte es so ausgesehen. Vielleicht trog auch hier der Schein?

Er klopfte an Tryphenas Tür.

»Wer ist da?« fragte sie schroff.

»Dominic«, gab er zur Antwort.

Nach kurzer Stille öffnete sie. Die Haarnadeln hatten sich gelöst, so daß ihr Haar wirr herabhing. Ihre Augen waren rot gerändert, und sie gab sich kaum Mühe zu verbergen, daß sie geweint hatte.

»Falls Sie gekommen sind, um mich zu überreden, Vater gegenüber meine Haltung zu ändern, oder um ihn in Schutz zu nehmen, hätten Sie sich den Weg sparen können.« Sie reckte das Kinn ein wenig höher. »Meine Freundin ist tot, ein Mensch, den ich mehr bewundert habe als jeden anderen. Sie war in einer Gesellschaft, in der die Finsternis der Heuchelei und der Unterdrückung herrscht, ein strahlendes Licht der Aufrichtigkeit und des Mutes, und ich werde nicht zulassen, daß man es auslöscht, ohne daß jemand die Stimme des Protestes dagegen erhebt.« Sie blitzte ihn an, als sei er bereits schuldig.

»Ich wollte mich lediglich erkundigen, wie es Ihnen geht«, sagte er ruhig.

»Ach so.« Sie versuchte zu lächeln. »Entschuldigen Sie.« Sie gab den Zugang zu dem kleinen Wohnzimmer frei, das sie sich mit Clarice teilte. »Aber halten Sie mir keine Predigt.« Sie ging ihm voraus und forderte ihn zum Sitzen auf. »Das wäre mehr, als ich gegenwärtig ertragen könnte.«

»So gefühllos möchte ich nicht sein«, sagte er. Auch wenn er dabei leicht lächelte, meinte er es doch aufrichtig. Ihm war bekannt, daß sie weder für die Kirche etwas übrig hatte noch für deren Vertreter, die in ihren Augen fade und überheblich waren. Auch wenn er Tryphenas Gatten nicht gekannt hatte – Spencer Whickham war gestorben, bevor Dominic mit der Familie in Berührung gekommen war –, hatte er von Clarice dies und jenes über ihn gehört. Was er Tryphena angetan hatte, konnte man ihr auch jetzt noch auf mancherlei Weise ansehen. Offenbar war er ein geborener Tyrann gewesen, ohne das im geringsten zu ahnen. Angesichts dieser Umstände überraschte Tryphenas an Vergötterung grenzende Wertschätzung Unitys kaum, hatte diese doch die Willenskraft und die Möglichkeiten besessen, sich zu wehren, wo sie auf menschliche Herrschsucht stieß und Unrecht witterte.

»Kann ich etwas sagen, was Ihnen hilft?« fragte er freundlich. »Vielleicht, daß es an Unity so manches gab, was ich bewundert habe?«

Überrascht sah sie ihn an und unterdrückte ihre Tränen mühsam. »Ist das Ihr Ernst?«

»Gewiß.«

»Ich fühle mich so allein!« Hinter ihren Worten lagen Zorn und Schmerz. »Alle anderen sind natürlich entsetzt und haben Angst, aber um sich selbst.« Sie machte eine ärgerliche und zugleich verächtliche Bewegung mit ihren schmalgliedrigen, zarten Händen, die denen ihrer Mutter ähnelten. »Sie fürchten, es könnte zu einem Skandal kommen, weil Vater etwas Abscheuliches getan hat. Den wird es selbstverständlich geben! Es sei denn, sie machen gemeinsame Sache und schweigen die Angelegenheit tot. Genau das ist doch möglich, nicht wahr, Dominic?« Offenbar erwartete sie keine Antwort. Ihre Schultern waren steif, und er konnte unter dem Stoff des geblümten Kleides die Anspannung ihres ganzen Körpers erkennen. Sie war noch nicht soweit zur Besinnung gekommen, daß sie Trauer angelegt hätte.

»Jedenfalls sind sie schon auf dem besten Wege dazu«, fuhr sie fort. »Sie haben eigens den wichtigen Polizeimenschen aus der Bow Street kommen lassen, die von hier ewig weit weg liegt, um die Sache unter der Hand regeln zu können.« Sie nickte. »Warten Sie nur ab! Jeden Augenblick wird jetzt der Bischof hier auftauchen, voll falscher Besorgnis und darauf bedacht, die Sache diskret aus der Welt zu schaffen. Es wird heißen, daß es ein Unfall war, und alle werden einen tiefen Seufzer der Erleichterung ausstoßen. Sie werden Unity vergessen, weil ihnen vor allem daran liegt, sich selbst jede Peinlichkeit zu ersparen.« Sie spie die letzten Wörter förmlich aus. »Alles, was sie über Gott, Wahrheit und Liebe sagen, ist scheinheiliges Gerede; in Wahrheit geht es ihnen ausschließlich um ihr Ansehen.« Wieder machte sie eine schroffe Handbewegung. Tränen liefen ihr über die Wangen. »Ich bin die einzige, der sie wirklich etwas bedeutet und die sie so geliebt hat, wie sie war.«

Er unterbrach sie nicht. Sie hatte das Bedürfnis zu sagen, was sie empfand; es war nicht sinnvoll, mit ihr zu rechten. Außerdem fürchtete er nur allzu sehr, daß sie zumindest teilweise recht hatte. Gewiß war sie der einzige Mensch im Hause, dessen Kummer Unity und nicht der Situation galt.

Sie schluchzte.

»Keiner kann sich vorstellen, wie es für sie war!« Bei dieser Anschuldigung sah sie ihn durch die Tränen mit einem harten Blick ihrer blauen Augen herausfordernd an. »Niemand weiß, wie sehr sie kämpfen mußte, damit sie lernen durfte und akzeptiert wurde, und keiner von euch ahnt, welchen Mut sie das gekostet haben muß. Für Ihresgleichen ist alles ganz einfach, denn Ihnen als Mann sagt niemand, daß Sie nicht intelligent sein dürfen.« Sie schluchzte aufs neue. »Sie haben einfach keine Vorstellung davon, wie das war, denn hinter Ihrem Rücken verschwört sich niemand, um Sie fernzuhalten, Sie haben es nicht nötig, gegen Blicke, ablehnende Gesten und unausgesprochene Übereinkünfte anzukämpfen.« Trotz ihres Seelenschmerzes war sie aufgebracht. »Unity hat sich nicht ohne weiteres beiseite schieben lassen«, fuhr sie fort. »Sie hat den Männern gezeigt, welches Maß an Angst und Unterdrückung von ihnen ausgeht, ohne daß sie das überhaupt merken.« Sie ballte die Fäuste. »Manchmal seid ihr so fest von eurer Rechtschaffenheit überzeugt, daß ich euch windelweich prügeln könnte! Im tiefsten Grund eures Herzens seid ihr alle froh, daß sie fort ist, weil sie Fragen gestellt hat und unangenehm war. Sie hätte euch den Spiegel vorgehalten, und was ihr da gesehen hättet, würde euch nicht gefallen – denn ihr seid alle miteinander Heuchler. Großer Gott! Ich habe mich noch nie so allein gefühlt.«

»Es tut mir wirklich leid«, sagte er, so aufrichtig er das vermochte. Mochte Tryphena auch vollständig im Unrecht sein und Unitys leidenschaftliche Anklagen wie eine ansteckende Krankheit übernommen haben, so waren ihre Gefühle doch echt. »Ich sehe, daß Sie ehrlicher um sie trauern als wir übrigen. Vielleicht können Sie in Unitys Sinne weiterwirken.«

»Ich?« Auch wenn sie verblüfft dreinsah, schien ihr der Gedanke doch nicht vollständig zu mißfallen. »Dazu bin ich nicht imstande. Außer Nähen, Malen und Haushaltsführung habe ich nichts gelernt.« Ihr Gesicht verzog sich vor Abscheu. »Selbst das kann ich natürlich nur unter der Voraussetzung, daß mir eine gute Wirtschafterin und eine Köchin zur Seite stehen. Clarice hat studiert … ausgerechnet Theologie, eine sinnlose Beschäftigung für ein Mädchen. Ich glaube, sie hat es nur Vater zu Gefallen getan, und um zu zeigen, daß sie klüger ist als Mallory.«

»Haben Sie nicht in der Schule Französisch gelernt?«

»Eine Zeitlang hatte ich eine französische Gouvernante. Natürlich spreche ich die Sprache, aber das ist doch von keinerlei Nutzen! Nichts Altes oder Theologisches ist auf französisch geschrieben!« Nach wie vor wies sie die Vorstellung von sich.

»Ließe sich nicht auf jedem beliebigen Gebiet mit Erfolg zeigen, wozu Frauen fähig sind?«

Ihre Augen blitzten. »Soll ich das tun? Kommen Sie mir jetzt bloß nicht mit dem Unsinn, daß Unitys Tod zu Gottes Plan gehört und wir ihn hinnehmen müssen, ohne ihn zu verstehen, und daß mir alles erklärt wird, wenn ich in den Himmel komme!«

»Das ist nicht meine Absicht«, sagte er abweisend. »Sie wollen das nicht hören, und ich glaube auch nicht, daß es sich so verhält. Vermutlich geht Unitys Tod auf einen sehr menschlichen Plan zurück und hat nicht im entferntesten mit Gott zu tun.«

»Ich dachte, Gott ist allmächtig«, sagte sie spöttisch. »In dem Fall trägt aber doch er an all dem hier« – sie machte eine ausladende Armbewegung – »die Schuld.«

»Sie meinen, wie ein Puppenspieler, der die Fäden aller Figuren zieht?« fragte er.

»So in etwa …«

»Und warum?«

Sie sah ihn stirnrunzelnd an. »Was?«

»Warum?« wiederholte er. »Warum sollte sich Gott so verhalten? Mir würde das ausgesprochen sinnlos erscheinen.«

»Was weiß ich?« Sie ärgerte sich erkennbar über Dominic. Ihre Stimme wurde laut und schrill. »Sie sind doch der Vikar, nicht ich. Sie glauben an Gott. Fragen Sie Ihn! Gibt Er Ihnen eine Antwort?« Sie war wütend, doch lag in ihrer Stimme zugleich Triumph. »Vielleicht sprechen Sie nicht laut genug.«

»Das kommt darauf an, wie weit Gott weg ist«, sagte Clarice, die gerade zur Tür hereinkam. »Ich jedenfalls habe euch schon auf halber Treppe hören können.«

»Was willst du damit sagen?« fragte Tryphena zornig. Die Störung durch die Schwester war ihr offensichtlich unwillkommen. »Daß Gott auf halber Treppe wohnt?«

»Kaum«, antwortete Clarice. Ihre Mundwinkel zuckten. »Dann hätte er ja lediglich den Arm auszustrecken und Unity festzuhalten brauchen; sie hätte sich nur den Knöchel verstaucht und nicht das Genick gebrochen.«

»Hör doch bloß auf!« stieß Tryphena hervor, raffte ihre Röcke, stürmte zur gegenüberliegenden Tür hinaus und schlug sie so fest hinter sich zu, daß die Bilder an der Wand wackelten.

»Das hätte ich nicht sagen sollen«, bemerkte Clarice zerknirscht. »Ich weiß nie, wann ich den Mund halten muß. Es tut mir so leid.«

Dominic wußte nicht, was er sagen sollte. Er hatte gedacht, er sei an Clarices respektlosen Humor gewöhnt, merkte aber jetzt, daß dem nicht so war. Auch wenn ihn ihre Worte zum Lachen reizten und eine Art Erlösung von Kummer und Gram bedeuteten, war ihm zugleich bewußt, daß eine solche Reaktion ungehörig gewesen wäre. Er fühlte sich schuldig, weil er ihr Verhalten nicht hinreichend mißbilligte.

»Das war unrecht von Ihnen, Clarice«, verwies er sie. »Und in hohem Maße gedankenlos. Die arme Tryphena ist von tiefer Trauer um eine Freundin erfüllt und nicht nur von Angst und Entsetzen wie wir übrigen.«

Clarice zuckte zusammen. Die Zerknirschung war ihr deutlich anzusehen. Sie wandte sich ab.

»Ja, ich weiß. Könnte ich nur sagen, daß ich Unity gemocht habe, aber das stimmt nicht. Weil ich schreckliche Angst davor habe, was mit Vater geschehen wird, sage ich Dinge, ohne darüber nachzudenken.« Sie holte tief Luft. »Nein, das stimmt nicht. Ich habe es einfach so dahingesagt... im vollen Bewußtsein dessen, was ich tue. So bin ich nun einmal.« Sie sagte es trotzig, wandte sich um und sah ihm offen in die Augen. »Ob wir alle zum Abendessen Schwarz tragen müssen? Ich sollte mich wohl besser umziehen. Aber ein volles Jahr gehe ich bestimmt nicht in Trauer«, fügte sie hinzu. »Eine Woche gebietet der Anstand, aber ein Jahr ist scheinheilig. Dazu bin ich nicht bereit. Jetzt gehe ich besser und sehe zu, ob Braithwaite etwas für mich finden kann.« Achselzuckend wandte sie sich um und ging.

Das Abendessen verlief ausgesprochen zäh. Alle saßen nahezu schweigend um den langen Mahagonitisch. Nur Parmenter war in seinem Zimmer geblieben. Vita versuchte ein belangloses Gespräch in Gang zu bringen, aber niemand ging darauf ein.

»Ihr kränkt die Köchin«, merkte Tryphena an, während sie zusah, wie die Bediensteten die kaum berührten Teller abtrugen. »Ihrer Ansicht nach löst Essen jedes Problem.«

»Zumindest nützt nichts zu essen niemandem außer Menschen, die sich den Magen verdorben haben«, merkte Clarice an, »und in Situationen, über die man besser nicht spricht. Niemand hat etwas davon, wenn wir vom Fleische fallen. Auch die ganze Nacht wach zu bleiben hilft nichts.«

»Das hat auch niemand getan«, sagte Mallory geduldig. »Es ist ja erst heute morgen passiert. Sollten wir aber die ganze Nacht wach bleiben, würde das daran liegen, daß wir zu bekümmert und besorgt zum Schlafen sind. Gott weiß, was jetzt geschehen wird.«

»Natürlich«, murmelte Clarice.

»Was meinst du mit ›natürlich‹?« Mallory sah sie an. »Wovon redest du? Hast du etwas gehört?«

»Natürlich weiß Gott es«, erklärte sie, den Mund voll Brot. »Ist er nicht angeblich allwissend?«

»Bitte!« fiel ihr Vita scharf ins Wort. »Wir wollen unsere Vorstellungen über Gott aus den Tischgesprächen heraushalten. Ich denke, das Thema hat uns hinlänglich Schwierigkeiten bereitet, so daß es besser wäre, es auf lange Zeit zu meiden.«

»Ich weiß nicht, warum wir überhaupt reden.« Tryphena sah sich in der Runde um. »Keiner von uns weiß, was er sagen soll, und jeder hängt seinen Gedanken nach. Sagen, was er wirklich meint, wird ohnehin niemand.«

»Das ist unter zivilisierten Menschen so üblich«, gab Vita mit fester Stimme zurück. »Etwas ganz Entsetzliches ist vorgefallen, aber wir führen unser Leben mit Mut und Würde weiter, denn das sind Werte, die wir hochhalten. Außerdem wäre Unity die letzte, die von uns erwarten würde, daß wir uns hemmungslos unseren Empfindungen hingeben. Das solltest du eigentlich wissen, liebe Tryphena. Ihr war jede Maßlosigkeit zuwider.«

»Außer, was sie selbst betraf«, sagte Clarice halblaut. Dominic hörte es und hoffte, daß sonst niemand es mitbekommen hatte. Er trat unter dem Tisch kräftig nach ihrem Fuß.

Sie stieß den Atem scharf aus, als seine Schuhspitze auf ihren Knöchel traf, doch verkniff sie sich jeden Schmerzenslaut.

»Selbstverständlich werde ich morgen die üblichen Besuche bei Gemeindemitgliedern machen«, sagte Dominic laut. »Kann ich bei der Gelegenheit für jemanden etwas mit erledigen?«

»Vielen Dank«, nahm Vita das Angebot an. »Da gibt es sicher dies und jenes. Falls Sie beim Kurzwarenhändler vorbeikommen, könnten Sie Trauerflor mitbringen.«

»Gewiß. Wieviel?«

»Vielleicht ein Dutzend Meter. Vielen Dank.«

Er hätte gern etwas Normales gesagt, aber ihm fiel nichts ein. Alles klang gestelzt und herzlos. Er merkte, daß ihn

Tryphena voll Abscheu ansah und Mallory sich große Mühe gab, möglichst nichts zu sagen.

»Ich werde morgen tun, was zu erledigen ist«, fuhr Vita fort und sah ihn über den Tisch hinweg an. »Natürlich werde ich Ramsay fragen, aber wie die Dinge liegen, dürfte er es wohl für passender halten, daß Sie feststellen, welche Formalien dabei einzuhalten sind.«

»Das wissen wir doch alle, Mutter!« Mallory hob den Kopf. »Wir sind doch praktisch in die Kirche hineingeboren worden und kennen sämtliche Rituale – schließlich hat man sie uns zum Frühstück, zu Mittag und zum Abendessen serviert!«

»Es geht nicht um die Kirche, mein Junge«, korrigierte sie ihn, »sondern um Oberinspektor Pitt.«

Mallory lief dunkelrot an und beugte sich stumm über seinen Teller, aß aber kaum etwas.

Diesmal gab es keine Möglichkeit, das Schweigen zu brechen. Vita sah resigniert zu Dominic hinüber.

Sobald der Anstand es erlaubte, stand Dominic vom Tisch auf und ging zu Parmenter hinauf. Wenn er den Besuch bei ihm noch länger hinausschob, würde er jeglichen Mut verlieren. Sofern er wirklich berufen war, wie er annahm, mußte er imstande sein, sich allem aufrichtig und mit einem gewissen Maß an Güte zu stellen.

Er klopfte an die Tür des Studierzimmers.

»Herein«, ertönte Parmenters Stimme.

Jetzt gab es kein Zurück mehr. Dominic öffnete die Tür.

Parmenter saß an seinem Schreibtisch. Fast schien er erleichtert, ihn zu sehen, so als hätte er mit einem seiner Angehörigen gerechnet. Vielleicht fürchtete er eine Begegnung mit ihnen noch mehr.

»Treten Sie näher, Dominic.« Er wies auf einen der anderen Stühle, legte als Lesezeichen einen Papierstreifen in das Buch, das er offen vor sich liegen hatte, und klappte es zu. »Wahrlich ein schlimmer Tag. Wie geht es Ihnen?«

Dominic nahm Platz. Er wußte nicht recht, wie er anfangen sollte. Parmenter verhielt sich, als ginge es um einen einfachen häuslichen Zwischenfall und als wären Tryphenas Anschuldigungen lediglich Ausflüsse ihres Kummers.

»Ich muß zugeben, daß ich zutiefst erschüttert bin«, sagte Dominic freimütig.

»Das ist nur allzu verständlich«, stimmte Parmenter mit gerunzelter Stirn zu, wobei er mit einem Bleistift spielte, der zwischen seinen Händen auf der Tischplatte lag. »Der Tod eines Menschen ist immer erschütternd, um so mehr, wenn es sich um einen jungen Menschen handelt, mit dem jeder von uns täglich zu tun hatte. So anstrengend Unity bisweilen war, das hätte ihr doch niemand gewünscht. Es bekümmert mich, daß es so kurz nach meinem Streit mit ihr geschehen ist.« Gelassen begegnete er Dominics Blick. »Ich empfinde ein Schuldgefühl, weil es keine Möglichkeit gibt, die Sache ins reine zu bringen. Zugleich ist mir klar, daß diese Vorstellung töricht ist.« Seine Lippen strafften sich. »Mein Verstand sagt mir, daß ich nicht so empfinden soll, doch die Trauer bleibt.« Er seufzte. »Ich fürchte, Tryphena wird es sehr schlecht aufnehmen. Sie war ja förmlich in sie vernarrt. Ich habe diese innere Bindung nicht gebilligt, es stand aber nicht in meinen Kräften, etwas dagegen zu unternehmen.« Er sah müde aus, wie jemand, der lange gekämpft hat und kein Ende abzusehen vermag, ganz zu schweigen von einem Sieg.

»Ja.« Dominic nickte. »Und sie ist sehr zornig.«

»Zorn ist ein häufiger Begleiter des Kummers. Es wird vorübergehen.« Trotz der Gewißheit, mit der Parmenter sprach, klang seine Stimme hohl, und keine Hoffnung auf bessere Zeiten lag darin.

»Es tut mir wirklich leid«, erklärte Dominic spontan. »Ich wünschte, ich könnte etwas sagen, das Ihnen von Nutzen ist, kann aber lediglich wiederholen, was Sie mir in der Stunde meiner schlimmsten Verzweiflung gesagt haben.« Offenbar rührten ihn diese Worte nach wie vor tief an. »Nehmen Sie einen Tag nach dem anderen in Angriff, glauben Sie an Ihren eigenen Wert und bauen Sie darauf, ganz gleich, wie lange das dauert und wie kurz jeder einzelne Schritt sein mag. Ein Zurück gibt es nicht; haben Sie den Mut, vorwärts zu schreiten. Loben Sie sich am Ende eines jeden Tages für das, was Sie vollbracht haben, ruhen Sie aus und hoffen Sie. Die Hoffnung wird Sie nie im Stich lassen.«

Parmenter lächelte trübselig, doch seine Augen blickten sanft. »Habe ich Ihnen das gesagt?«

»Ja. Ich habe Ihnen geglaubt, und es hat mich gerettet.« Dominic konnte sich nur allzu lebhaft daran erinnern. Es war vier Jahre her. Manches stand ihm vor Augen, als wäre es gestern gewesen, anderes hingegen kam ihm vor, als hätte es in einer gänzlich anderen Welt stattgefunden, geradezu in einem anderen Leben. Damals hatte er sich in ein anderes Wesen verwandelt, das nicht die geringste Ähnlichkeit mit seinem alten Selbst hatte, als wäre er ein neuer Mensch mit neuen Träumen und neuen Gedanken geworden. Wie sehr wünschte er sich, Parmenter so helfen zu können, wie jener seinerzeit ihm geholfen hatte, ihm das Geschenk zurückgeben zu können, dessen er jetzt so dringend bedurfte. Er suchte in den Zügen des Pfarrherrn und sah keinen Funken darin, der ihm Antwort gegeben hätte.

»Damals hatte ich einen anderen Glauben«, sagte Parmenter und sah über Dominic hinweg, als spreche er mit sich selbst. »Ich habe mich in all den Jahren, in denen von dieser Sache so viel die Rede war, daß ich ihr nicht länger ausweichen konnte, gründlich mit ihr beschäftigt.« Er schüttelte leicht den Kopf. »Anfangs, als Darwins Theorie vor rund dreißig Jahren erstmals veröffentlicht wurde, war sie nichts als die wissenschaftliche Hypothese eines einzelnen. Dann hat sich allmählich gezeigt, daß viele andere sie sich zu eigen machten. Jetzt scheint die Naturwissenschaft alle Gebiete für sich zu beanspruchen, den Ursprung von allem und die Antworten auf alles zu kennen. Es gibt kein Mysterium mehr, lediglich Fakten, deren Hintergründe uns noch nicht vollständig bekannt sind. Vor allem gibt es niemanden über uns, auf den man hoffen könnte, kein klügeres, bedeutenderes oder vor allem gütigeres Wesen.« Einen Augenblick lang sah er aus wie ein Kind, das sich verirrt hat und mit einem Mal begreift, was es bedeutet, allein zu sein.

Dominic durchzuckte es bei diesem Anblick wie ein körperlicher Schmerz.

»Ich kann die allem Anschein nach große Heilsgewißheit all der früheren Bischöfe und Heiligen bewundern«, fuhr Parmenter fort, »aber teilen kann ich sie nicht mehr.« Er saß sonderbar still, wenn man bedachte, welche Empfindungen in ihm toben mußten. »Der von Charles Darwins Erkenntnissen ausgelöste Wirbelsturm hat sie davongeblasen wie Papierblätter. Seine Gedanken lassen mich nicht mehr los. Tagsüber beschäftige ich mich mit all den Büchern hier«, er machte eine weit ausholende Armbewegung, »lese Paulus, Augustinus, Thomas von Aquin und alle Theologen und Apologeten, die seither etwas geschrieben haben. Ich kann mich sogar mit den aramäischen oder griechischen Texten beschäftigen, und eine kurze Weile geht es mir gut. In der Nacht aber meldet sich Darwins kalte Stimme aufs neue, und die Finsternis verschlingt das Licht der Kerzen all der Heiligen, die ich im Lauf des Tages angezündet habe. Wäre er doch nie geboren worden! Ich schwöre, ich gäbe all meine Habe dafür!«

»Wäre diese Theorie nicht von ihm aufgestellt worden, hätte es ein anderer getan«, sagte Dominic so warmherzig er konnte. »Die Zeit war einfach reif dafür. Die Aussagen enthalten auch durchaus eine gewisse Wahrheit. Das würde Ihnen jeder Bauer oder Gärtner bestätigen. Alte Arten sterben aus, neue entstehen, zufällig oder zweckgerichtet. Das aber bedeutet nicht, daß es keinen Gott gibt ... sondern lediglich, daß die Naturwissenschaft – zumindest teilweise – imstande ist zu erklären, welcher Mittel Er sich bedient ... Warum sollte Gott unvernünftig sein?«

Parmenter lehnte sich auf seinem Stuhl zurück und schloß die Augen. »Ich sehe, daß Sie sich große Mühe geben, Dominic, und bin Ihnen dankbar dafür. Aber sofern die Bibel nicht recht hat, stehen wir auf keinem festen Boden mehr. Dann haben wir es nur noch mit Träumen, Wünschen und Geschichten zu tun, die zwar schön sind, aber letzten Endes nichts als Märchen. Wir müssen sie weiterhin predigen, weil die meisten Menschen daran glauben – und, wichtiger noch, weil sie darauf angewiesen sind.« Er öffnete erneut die Augen. »Das aber ist ein schaler Trost, Dominic, und er freut mich nicht. Möglicherweise habe ich Unity Bellwood gehaßt, weil sie zumindest in diesem einen Punkt recht hatte, wenn auch in allem anderen nicht, besonders nicht, was ihre unsäglichen Moralvorstellungen angeht.«

Es kam Dominic vor, als hätte er ein Stück Eis verschluckt. Er erkannte in Parmenter eine Bitterkeit, die er nie zuvor erlebt hatte, eine tiefe Verwirrung, die mehr war als bloße Müdigkeit oder das Ergebnis des Entsetzens über den gewaltsamen Tod und die damit verbundene Anschuldigung, eine Furcht, die älter und vertrauter war als alles, was dieser Tag mit sich gebracht hatte. Parmenter beklagte den Verlust seiner Glaubensgrundlage, des Kerns seiner Hoffnung, die tiefer reichte als alle Vernunft. Zum ersten Mal kam Dominic der Gedanke, Parmenter könne Unity tatsächlich getötet haben. Es schien ihm nicht mehr undenkbar, daß sie seinen Glauben einmal zu oft angegriffen und er darüber die Beherrschung verloren und sie von sich gestoßen hatte. Daraufhin mochte sie ausgeglitten sein, das Gleichgewicht verloren haben und die Treppe hinab zu Tode gestürzt sein. Es war ein entsetzliches Unglück. Hundert Mal mochten sie miteinander gestritten und einander sogar geschlagen haben, ohne daß ernsthafter Schaden entstanden war. Vielleicht hatte Parmenter noch gar nicht begriffen, daß er in aller Unschuld zumindest die unabsichtliche Tötung eines Menschen auf sein Gewissen geladen hatte. Das würde zwar das Ende seiner Laufbahn bedeuten, war aber bei weitem kein Mord.

Wie konnte Dominic da helfen? Was konnte er sagen, um in seiner Verzweiflung zu Parmenter durchzudringen?

»Sie haben mich gelehrt, daß der Glaube mit der Seele zu tun hat, auf Vertrauen und nicht auf Wissen gründet«, setzte er an.

»Davon war ich zu jener Zeit auch überzeugt«, gab Parmenter mit trockenem Lachen zurück. Er sah Dominic offen an. »Jetzt habe ich große Angst, und kein Glaube auf der Welt kann mir helfen. Dieser elende Polizist scheint sicher zu sein, daß jemand Unity die Treppe hinabgestoßen hat, und so etwas ist Mord.« Er beugte sich mit ernstem Gesicht vor. »Ich habe es nicht getan, Dominic. Ich bin erst hinausgegangen, als sie tot war. Ich kann mir aber auch nicht vorstellen, daß einer der Dienstboten eine solche Tat begangen haben könnte ...«

»Nein«, stimmte Dominic zu. »Sie alle haben glaubhaft machen können, wo sie sich befanden, jeder ist entweder von anderen gesehen worden oder hat beweisen können, daß er zu diesem Zeitpunkt seine Arbeit tat.«

Parmenter sah ihn verzweifelt an. »In dem Fall kann es nur jemand aus der Familie gewesen sein … oder Sie. Die eine Vorstellung ist so grauenerregend wie die andere. Der Glaube mag dahin sein, ein Traum, aus dem ich inzwischen erwacht bin, aber Güte ist etwas Wirkliches. Einem anderen in seiner Not zu helfen wird immer seinen Wert haben und von Dauer sein. Sie sind mein einziger nachweisbarer Erfolg, Dominic. Immer, wenn es mir vorkommt, als hätte ich versagt, denke ich an Sie und weiß, daß das nicht der Fall ist.«

Dominic fühlte sich zutiefst unbehaglich. Er hatte offen mit Parmenter sprechen wollen, ohne die üblichen banalen Höflichkeitsfloskeln, hinter denen die Menschen ihre wahren Empfindungen verbergen, und jetzt, als es soweit war, wußte er nicht, wie er sich verhalten sollte. Ein so unverhülltes Trostbedürfnis war ihm peinlich; es ging um eine persönliche Sache, eine Schuld Parmenter gegenüber, die er abtragen wollte. Parmenter hatte Dominic die Hand gereicht und ihn aus dem Sumpf der Verzweiflung gezogen, in den er sich selbst manövriert hatte. Jetzt war Parmenter auf seine Hilfe angewiesen, brauchte das Bewußtsein, daß er Erfolg gehabt hatte und Dominic so war, wie er ihn zu sehen wünschte. Zugleich aber fürchtete er, Dominic könnte Unity Bellwood getötet haben.

Und er würde auch wissen, warum!

»Mallory ist mein Sohn«, fuhr Parmenter fort. »Wie könnte ich annehmen, daß er eine solche Tat begeht?«

Sollte Dominic ihn daran erinnern, daß Unity seinen Namen oder, genauer gesagt, seine Amtsbezeichnung gerufen hatte und nicht ›Dominic‹ oder ›Mallory‹? Die Worte traten ihm schon auf die Lippen, doch brachte er sie nicht heraus. Es war sinnlos. Er hatte die Tat nicht begangen. In dem Fall aber blieb nur noch Mallory … oder, ganz unmöglich … Clarice! Sonst kam niemand in Frage.

»Es muß eine Möglichkeit geben, die der Polizei bisher entgangen ist«, sagte er kläglich. »Falls … falls ich in irgendeiner

Weise helfen kann, gestatten Sie mir das bitte. Wenn es irgendwelche Pflichten zu erfüllen gibt…«

»Vielen Dank«, sagte Parmenter rasch. »Ich denke, daß es angesichts der Umstände angebracht wäre, wenn Sie sich um die Beisetzung kümmerten. Sie können gleich morgen damit anfangen. Ich denke an eine Feier in aller Stille. Soweit mir bekannt ist, hatte sie keine Angehörigen.«

»Nein… nein… ich glaube nicht…« Es war lachhaft. Da saßen sie in Parmenters ruhigem Studierzimmer voller Bücher und Papiere, in dem das Kaminfeuer flackerte, und einigten sich in zivilisierten Äußerungen über die Einzelheiten der Beisetzung einer Frau, während einer den anderen verdächtigte, sie möglicherweise getötet zu haben.

Allerdings gelangte Dominic immer mehr zu der bedrückenden Überzeugung, daß sich Parmenter einfach weigerte anzuerkennen, was geschehen war. Gegenüber der Wirklichkeit des Todes und seiner Tat befand er sich nach wie vor im Zustand des Schocks.

Schon am nächsten Tag mochte das gänzlich anders aussehen. Dominic konnte sich gut vorstellen, wie Mißtrauen und vernichtende Angst über dem Hause liegen würden, bis die Wahrheit ans Licht kam. Er hatte das alles schon einmal miterlebt, hatte gesehen, wie Beziehungen zerstört und alte Wunden aufgerissen wurden, kannte die häßlichen Gedanken, die niemand verbannen würde, wußte, wie das Vertrauen einen Tag um den anderen stärker schwinden würde.

Es fiel ihm schwer, daran zu denken, daß es auch neue Freundschaften gegeben hatte, daß er auf Anstand und Güte gestoßen war, wo er nicht damit gerechnet hatte. Im Augenblick sah er nur das Zerstörerische.

Von den Anweisungen für die Beisetzung, die Parmenter gab, hatte Dominic nicht ein Wort mitbekommen.

# KAPITEL DREI

Die Füße auf den Nähstuhl gelegt und einen spannenden Roman in den Händen, saß Charlotte Pitt im Wohnzimmer, das von einem Feuer angenehm gewärmt wurde. Als sie hörte, wie die Haustür geöffnet und geschlossen wurde, legte sie das Buch mit leichtem Zögern beiseite, obwohl es sie freute, daß ihr Mann zurückkam. Sie war gerade mitten in einer dramatischen Szene zwischen zwei Liebenden.

Jemima kam im Nachthemd die Treppe herabgestürmt und rief: »Papa, Papa!«

Lächelnd ging Charlotte zur Tür. Daniel stapfte, seine männliche Würde wahrend, langsam und mit breitem Lächeln nach unten.

»Du kommst früh«, sagte Charlotte, als ihr Mann sie küßte. Gleich darauf wandte er seine Aufmerksamkeit den Kindern zu. Ganz aufgeregt berichtete Jemima, was sie in der Schule über Elisabeth I. und die spanische Armada gelernt hatte, während Daniel gleichzeitig versuchte, seine Erklärungen über Dampfmaschinen loszuwerden, und von einem herrlichen Zug sprach, den er sehen und, besser noch, mit dem er fahren wollte. Er wußte sogar, was das kosten würde, und sein Gesicht leuchtete hoffnungsfroh.

Es dauerte fast eine Stunde, bis Pitt mit Charlotte allein war und ihr den ungewöhnlichen Vorfall in Brunswick Gardens berichten konnte.

»Glaubst du wirklich, Reverend Parmenter könnte so sehr die Beherrschung verlieren, daß er jemanden die Treppe hinabstoßen würde?« fragte sie überrascht. »Läßt es sich beweisen, daß er es getan hat?«

»Ich weiß nicht.« Er streckte sich behaglich und legte die Füße auf das Kamingitter. So saß er am liebsten, mit dem Ergebnis, daß seine Pantoffeln Winter für Winter angekokelt waren. Ständig mußte ihm Charlotte neue kaufen.

»Könnte sie nicht auch gestürzt sein?« fragte sie. »Immerhin kommt so etwas durchaus vor.«

»Ruft jemand, der ausrutscht, ›Nein, nein!‹ und den Namen von irgend jemandem?«, gab er zu bedenken. »Außerdem gibt es da nichts, worüber man hätte stolpern können. Auf den Treppenstufen liegt kein Läufer.«

»Sie kann sich mit dem Schuh im Rocksaum verfangen haben, falls die Naht beschädigt war ...«, sagte sie nachdenklich. »War sie das?«

»Nein, ich habe nachgesehen. Alles in bester Ordnung.«

»Oder sie ist über ihre eigenen Füße gestolpert. Auch das hat es schon gegeben«, fuhr sie fort. »War etwas mit ihren Schuhen? Hatte sich vielleicht ein Absatz gelockert oder war abgebrochen, hatte sie offene Schnürsenkel?

»Weder gelockerte Absätze noch offene Schnürsenkel«, sagte er mit dem Anflug eines Lächelns. »Nur ein dunkler Fleck auf der Sohle eines Schuhs. Tellman sagt, daß er von etwas stammt, das im Wintergarten verschüttet worden ist. Das bedeutet, daß Mallory Parmenter die Unwahrheit gesagt und sie heute morgen doch gesehen hat.«

»Vielleicht hatte er den Wintergarten aus irgendeinem Grund kurz verlassen?« sagte sie. »Sie war drin, hat ihn aber nicht angetroffen.«

»Nein, sonst hätte auch er beim Hinausgehen in diesen Fleck treten müssen«, erklärte er. »Das ist aber nicht der Fall. Das hat Tellman ebenfalls überprüft.«

»Hat das etwas zu bedeuten?« fragte sie.

»Wahrscheinlich nicht, außer daß er dummerweise aus Angst gelogen hat. Er wußte nicht, daß sie gerufen hatte.«

»Ist es möglich, daß sie mit dem ›Nein, nein‹ einen anderen Menschen meinte und den Geistlichen in Wirklichkeit zu Hilfe gerufen hat?« fragte sie rasch. »Ich meine, erst ›Nein, nein!‹, und dann seinen Namen, damit er ihr beistand.«

Er hob aufmerksam den Kopf. »Unter Umständen ... denkbar ist es. Ich werde diese Möglichkeit im Kopf behalten. Er gibt zu, daß er eine ziemlich schlimme Auseinandersetzung mit ihr hatte, schwört aber Stein und Bein, daß er sein Studierzimmer nicht verlassen hat.«

»Welchen Grund sollte Mallory haben, sie zu töten? Etwa denselben?«

»Nein ... der junge Mann ist, wie es aussieht, seiner Berufung treu ergeben und hat keinerlei Glaubenszweifel.« Er hielt den Blick auf die Flammen gerichtet und sah zu, wie die Kohlen in sich zusammensanken. Bald würde er nachlegen müssen. »Das Wenige, was ich bisher weiß, läßt mich vermuten, daß Parmenter in seinem Glauben stark erschüttert ist und Unity Bellwoods antireligiöse Haltung ihn erzürnt hat. Bei Mallory scheint es diesen Konflikt nicht zu geben.«

»Wer kommt denn noch in Frage?«

Er schürzte die Lippen und sah sie sonderbar an, ohne daß sie verstand, was der Blick seiner grauen Augen zu bedeuten hatte.

»Wer kommt noch in Frage?« wiederholte sie, wobei ein leichter Schauer sie überlief.

»Eine der Töchter konnte Unity nicht ausstehen, aber so weit wäre sie wohl nicht gegangen, nehme ich an ... und dann wäre da noch der Vikar.«

Die Tochter tat Charlotte ab. Sie kannte ihren Mann gut genug, um zu merken, daß ihm der Vikar nicht aus dem Kopf ging.

»Erzähl schon.«

Er zögerte kurz, als wisse er nicht recht, ob er es ihr sagen sollte. Dann holte er Luft und stieß sie langsam wieder aus. »Der Vikar ist Dominic Corde ...«

Einen flüchtigen Augenblick lang glaubte sie an einen schlechten Scherz, verwarf aber den Gedanken gleich wieder. Ihr war klar, daß es Thomas ernst war. Zwischen seinen Brauen war eine Furche eingegraben, die man nur sah, wenn ihm etwas zu schaffen machte, was er nicht verstand.

»Dominic! Etwa unser Dominic?« fragte sie.

»Ich habe ihn zwar nie als ›unseren‹ betrachtet, aber wahrscheinlich kann man das so formulieren«, stimmte er zu. »Er ist Geistlicher geworden ... Kannst du dir das vorstellen?«

»Dominic Geistlicher?« Das schien ihr unmöglich. Eine Welle der Erinnerung, die so stark war, als wäre sie körperlich um zehn Jahre zurückversetzt worden, rief ihr die Szene im elterlichen Haus in der Cater Street ins Gedächtnis, den Zorn ihrer Mutter, weil sie sich nicht verhielt, wie es sich gehörte, und nicht passende junge Männer ermutigte. Sie hatte sich damals nicht vorstellen können, je einen anderen Mann als Dominic zu lieben. Natürlich hatte sie auch an Sarah gedacht, war aber zugleich von quälender Eifersucht zerfressen. Dann war Sarah ermordet worden, und die ganze Welt war ein heilloses Durcheinander gewesen. Dominics Schwächen waren offenbar geworden, und binnen einer Woche hatte sich der goldene Götze in einen tönernen verwandelt. Ihre mit Kummer und Angst vermischte Enttäuschung war in der Tat bitter gewesen.

Schließlich hatte sie Pitt lieben gelernt, nicht als Traum oder Ideal, sondern als wirklichen Mann, als ehrbaren und anspruchsvollen Menschen, der sie bisweilen auch an den Rand der Verzweiflung brachte, aber dabei von einem Mut und einer Aufrichtigkeit war, die Dominic nie besessen hatte. Für Dominic aber empfand sie eine auf Toleranz und Güte gegründete Freundschaft. Doch daß Dominic jetzt sein Leben der Religion geweiht haben sollte, ging über ihre Vorstellungskraft hinaus.

»Dominic ist Vikar in Reverend Parmenters Haus?« Ihre Stimme hob sich, nach wie vor ungläubig.

»Ja«, antwortete er. Er sah sie aufmerksam an und suchte in ihrem Gesicht. »Dominic ist der andere, der für einen Mord an Unity Bellwood in Frage käme.«

»Das kann nicht sein!« sagte sie sogleich.

Ein Schatten legte sich auf seine hellen Augen. »Wahrscheinlich nicht«, stimmte er zu. »Aber irgend jemand hat es getan.«

Sie saß schweigend da und versuchte, eine andere Erklärung zu finden, die zu dem wenigen paßte, das sie wußte, und nicht töricht oder abwehrend klang, wenn sie sie vortrug, aber ihr fiel nichts ein. Pitt beugte sich über das Feuer und legte Kohlen nach. Nachdem man zwanzig Minuten lang kein anderes Geräusch als das Ticken der Uhr, das Knistern der Flammen, das Zusammensinken der Kohlen und den Wind gehört hatte, der den Regen gegen die Scheiben trieb, sprach sie schließlich von etwas anderem. Ihre Schwester Emily unternahm eine Reise durch halb Europa, und die Briefe, die sie aus Italien schickte, waren voller Anekdoten und Beschreibungen. Sie berichtete Pitt von ihrem neuesten Brief aus Süditalien, der lebhafte Schilderungen der Bucht von Neapel, des Vesuvs und ihrer Fahrt nach Herculaneum enthielt.

Am nächsten Morgen um elf Uhr stieg Charlotte in Brunswick Gardens aus einer leichten zweisitzigen Droschke. Mit Hilfe vorsichtiger Fragen hatte sie sich vergewissert, daß Pitt damit beschäftigt sein würde, die medizinischen Beweismittel aufzubereiten und Cornwallis Bericht zu erstatten. Während sie am Haus Nummer siebzehn die Glocke zog, fielen ihr die geschlossenen Jalousien und der diskrete Trauerflor an der Tür auf. Obwohl Unity nicht einmal zur Familie gehört hatte, war sogar die Straße mit gehäckseltem Stroh bestreut worden, um den Klang der Pferdehufe zu dämpfen.

Dem finster dreinblickenden Butler, der ihr öffnete, lächelte sie zu.

»Guten Morgen, meine Dame. Kann ich etwas für Sie tun?« fragte er.

»Guten Morgen.« Sie nahm ihre Karte heraus und gab sie ihm. »Ich bedaure, Sie zu einer so ungünstigen Stunde zu belästigen, doch nehme ich an, daß sich ein Dominic Corde im Hause aufhält. Er ist mein Schwager. Ich habe ihn einige Jahre nicht gesehen, würde ihn aber gern zu seiner kürzlich erfolgten Ordination beglückwünschen.« Den Todesfall erwähnte sie mit keiner Silbe. Möglicherweise stand er noch nicht in den Zeitungen, und selbst dann war es möglich, daß man in einem Hause wie diesem Frauen, die derlei lasen, mit Mißbilligung betrachtete. Es war weit besser, nichts zu wissen.

»Gewiß, meine Dame. Treten Sie doch näher! Ich will sehen, ob Mr. Corde zugegen ist.« Er führte sie durch den Windfang und ein ungewöhnliches Vestibül, in dem sie sich gern gründlicher umgesehen hätte, zu einem kaum weniger exotisch aussehenden Besucherzimmer. Er nahm ihren regenfleckigen Hut und ihren Mantel und verschwand, vermutlich, um den Vikar zu fragen, ob er tatsächlich eine Schwägerin habe und, sofern sich das so verhielt, sie zu sehen wünsche.

Keine zehn Minuten später öffnete sich die Tür. Charlotte wandte sich um und erkannte Dominic. Er war älter geworden, hatte einen deutlichen Anflug von Grau im Haar und sah besser aus als in ihrer Erinnerung. Die Reife stand ihm; welches Leid auch immer er durchlebt haben mochte, es hatte ihn von allem Unausgegorenen befreit. Er wirkte nicht mehr hochnäsig, sondern eher weise. Trotzdem schien ihr der Anblick des hohen weißen Priesterkragens um seinen Hals absurd.

Sie merkte, daß sie keinen Ton herausbrachte.

»Charlotte!« Mit betrübtem Lächeln trat er auf sie zu. »Ich nehme an, daß Thomas dir von der Tragödie berichtet hat, die hier im Hause vorgefallen ist?«

»Eigentlich bin ich gekommen, um dir zu deiner Berufung und deiner Ordination Glück zu wünschen«, sagte sie mit etwas steifer Höflichkeit und unter Mißachtung jeglicher Wahrheitsliebe.

Sein Lächeln wurde breiter und wirkte belustigt. »Besonders gut lügen konntest du nie.«

»Konnte ich doch!« gab sie zurück. »Na ja… jedenfalls nicht besonders schlecht.«

»Abgrundtief schlecht!« Er musterte sie von Kopf bis Fuß. »Ich brauche dich nicht zu fragen, wie es dir geht, denn das sieht man auf den ersten Blick. Wie geht es Emily … und eurer Mutter?«

»Sehr gut, vielen Dank. Mama hat wieder geheiratet.« Es war möglicherweise nicht der passende Zeitpunkt zu sagen, daß ihr Mann nicht nur siebzehn Jahre jünger war als sie, sondern auch Jude und Schauspieler.

»Das klingt ja sehr schön.« Offensichtlich stellte er sich einen würdigen Herrn vor, der älter war als Caroline, wahrscheinlich einen soliden und achtbaren Witwer – auf jeden Fall jemanden, der sich so weit wie denkbar von Joshua Fielding unterschied.

Charlottes Entschlossenheit kam ins Wanken. »Er ist Schauspieler.« Sie errötete, »und sehr viel jünger als Mama. Er sieht ausgesprochen gut aus.« Die Verblüffung, die sich auf seinen Zügen zeigte, befriedigte sie zutiefst.

»Was?«

»Joshua Fielding«, erläuterte sie und sah ihn fröhlich an, »zur Zeit einer der besten Schauspieler auf den Bühnen Londons.«

Entspannt ließ er die Schultern sinken, und das vertraute Lächeln lag wieder um seine Lippen. »Einen Augenblick lang hatte ich dir geglaubt.«

»Das solltest du auch«, sagte sie. »Es ist nämlich die reine Wahrheit. Allerdings habe ich noch nicht gesagt, daß Oma ihr nie verziehen hat, weil er Jude ist, und sie nicht daran denkt, unter einem Dach mit den beiden zu leben. Sie hat sich so sehr in ihre Ablehnung hineingesteigert, daß sie nur noch ausziehen konnte, als Mama nicht nachgab. Jetzt wohnt sie bei Emily und Jack, was ihr aber nicht besonders gefällt, denn sie hat nichts, worüber sie jammern kann – außer, daß niemand da ist, der mit ihr redet. Emily und Jack machen nämlich zur Zeit eine Italienreise.«

»Jack?« fragte er mit einem Blick, in dem Neugierde lag und kurz eine Art Belustigung aufblitzte.

»Er ist Unterhausabgeordneter«, erläuterte sie. »Emily hat nach Georges Tod wieder geheiratet. Damals saß Jack noch nicht im Unterhaus, inzwischen aber schon.«

»Ist unser letztes Zusammentreffen wirklich so lange her?« fragte er mit vor Überraschung gehobener Stimme. Seinem Gesicht war anzumerken, daß er sich freute, Charlotte zu sehen. »Wenn man dich reden hört, klingt das, als wären seither Jahrzehnte vergangen. Bist denn wenigstens du noch derselbe Mensch wie damals?«

»Unbedingt. Aber du nicht!« Sie sah betont auf den weißen Kragen.

Er faßte ein wenig befangen hin. »Das stimmt. Bei mir hat sich viel geändert.« Er ging nicht weiter darauf ein, und eine

Minute lang herrschte unbehagliches Schweigen. Dann öffnete sich die Tür, und eine bemerkenswerte Frau trat ein. Sie hatte weit auseinanderstehende große Augen und ungewöhnliche Gesichtszüge, in denen sich Humor und Charakterstärke paarten. Sie war nicht besonders groß, wirkte aber ausgesprochen elegant. Ihr schlichtes Kleid von zurückhaltender Farbe wirkte durch seinen erstklassigen Schnitt alles andere als schlicht. Weit davon entfernt, den Eindruck von Trauer zu erwecken, betonte es ihre helle Haut und rückte die Anmut ihrer Gestalt ins rechte Licht.

Dominic wandte sich um, als er sie eintreten hörte.

»Mrs. Parmenter, darf ich Ihnen meine Schwägerin Mrs. Pitt vorstellen? Charlotte, das ist Mrs. Parmenter.«

»Guten Tag, Mrs. Pitt«, sagte Vita höflich und musterte Charlotte mit einem raschen Blick und distanziertem Lächeln. Ihr ging es nicht darum, die gesellschaftliche Stellung oder finanzielle Situation der Besucherin zu taxieren, wie das andere Frauen tun mochten; sie achtete auf Charlottes Haut, Augen und Lippen, ihre wohlgeformten Schultern und ihren Busen.

»Guten Tag, Mrs. Parmenter«, erwiderte Charlotte und lächelte, als hätte sie nichts bemerkt. »Ich bin gekommen, Dominic zu seiner Berufung Glück zu wünschen. Es ist eine wunderbare Nachricht. Ich weiß, daß sich meine Mutter und Schwester ebenfalls für ihn freuen werden.«

»Sie haben wohl eine Weile keinen Kontakt gehabt«, merkte Vita an. Auch wenn darin keine Kritik lag, hob sie doch kaum wahrnehmbar die vollkommenen Brauen.

»Bedauerlicherweise stimmt das. Ich bin froh, ihn wiederzusehen, möchte aber zugleich mein Beileid zu den Umständen aussprechen, die diese Gelegenheit ermöglicht haben.«

»Ich bin erstaunt, daß Sie bereits informiert sind«, sagte Vita überrascht und mit dem Anflug eines Lächelns. »Sie scheinen die allerfrühesten Ausgaben der Morgenblätter zu lesen.«

Charlotte gab sich erstaunt. »Ach, steht es schon in der Zeitung? Das wußte ich gar nicht. Ich habe sie aber ohnehin nicht gesehen.« Damit ließ sie durchblicken, daß sie keine Zeitungen las.

Unsicher fragte Vita: »Woher wissen Sie dann von dem tragischen Vorfall? Immerhin ist er nicht Stadtgespräch.«

»Oberinspektor Pitt hat mir wegen unsrer verwandtschaftlichen Beziehung zu Dominic davon berichtet. Er ist mein Mann.«

»Ach so.« Einen Augenblick lang schien Vita lachen zu wollen. Ihre Stimme geriet gefährlich in die Nähe von Hysterie. »Ach so ... ich verstehe. Das erklärt alles.« Sie ging nicht weiter darauf ein, was sie damit meinte, aber ein sonderbarer Ausdruck trat ihr in die Augen und verschwand gleich wieder. »Es war sehr freundlich von Ihnen herzukommen«, fügte sie gefaßt hinzu. »Ich vermute, daß Sie viel Neues über die Zeit auszutauschen haben, die seit Ihrer letzten Begegnung verstrichen ist. Gegenwärtig empfangen wir selbstverständlich nicht, doch sofern Sie zu Mittag bleiben wollen, sind Sie uns willkommen.«

Dominic warf Vita einen dankbaren Blick zu, und sie lächelte zurück.

»Vielen Dank«, nahm Charlotte die Einladung an, bevor Vita es sich anders überlegen konnte.

Sie nickte ihr zu und wandte sich dann an Dominic. »Sie denken doch heute nachmittag daran, den Trauerflor mitzubringen?« Sie legte ihm flüchtig die Finger auf den Arm.

»Selbstverständlich«, sagte er rasch und sah ihr in die Augen.

»Danke«, murmelte sie. »Und jetzt entschuldigen Sie mich bitte.«

Als sie gegangen war, bedeutete Dominic Charlotte mit einer Handbewegung, sich zu setzen, und nahm ihr gegenüber Platz.

»Die arme Vita«, sagte er voll Mitgefühl. Ihm war anzusehen, daß er sie glühend bewunderte. »Das Ganze ist entsetzlich für sie. Aber ich vermute, das weißt du ebenso gut wie ich.« Er biß sich auf die Lippe, in seinen Augen lag Bedauern. »Du und ich haben das gleiche Entsetzen schon einmal erlebt und die Angst, die von Tag zu Tag schlimmer wird. Das Fürchterliche an diesem Fall aber ist, daß wir alle wissen, der Täter ist hier im Hause zu suchen, und es sieht ganz danach aus, als wäre es Reverend Parmenter selbst. Ich nehme an, daß Thomas dir alles erzählt hat.«

»Zum Teil«, räumte sie ein. Sie hätte ihn gern getröstet, aber ihnen beiden war klar, daß es keinen Trost gab. Außerdem wollte sie ihn zur Vorsicht mahnen, doch auch das hatten sie bereits durchlebt, hatten unbedachte Dinge gesagt und getan, waren nicht immer bei der Wahrheit geblieben, um kleine Dummheiten oder Gemeinheiten zu decken, von denen andere nicht unbedingt wissen sollten. Etwas in der Art gab es immer. Dann waren da noch die weniger offensichtlichen Fallen, das Bestreben, ehrlich zu sein und zu sagen, was man für die Wahrheit hielt, wobei sich meist zu spät herausstellte, daß man lediglich die halbe Wahrheit gewußt hatte und der Rest alles in gänzlich anderem Licht erscheinen ließ. Es war nur allzu leicht zu urteilen und nur allzu schwer, sich zum Vergessen zu mahnen. Man sah von den Schwächen und Verwundbarkeiten im Leben anderer Menschen weit mehr, als man wollte.

Sie beugte sich leicht vor. »Sei auf der Hut«, sagte sie spontan. »Unternimm nichts...« Sie hielt inne und lächelte. »Eigentlich wollte ich sagen ›tu keine übereilten Schritte‹, aber das ist Unsinn. Dann wollte ich sagen ›unternimm nichts, um den Fall selbst zu lösen‹ und ›unternimm nichts, um einen anderen zu retten‹. Ich glaube, am besten sage ich gar nichts. Tu einfach, was du für richtig hältst.«

Er erwiderte ihr Lächeln und entspannte sich zum ersten Mal, seit sie ihn wiedergesehen hatte, wirklich.

Das Mittagessen verlief unter quälender Anspannung. Nacheinander wurden die Gänge eines köstlichen Mahles aufgetragen, erst die Suppe, dann der in vollkommener Weise zubereitete Fisch, anschließend Fleisch und Gemüse, doch keiner der Anwesenden ließ den Speisen Gerechtigkeit widerfahren. Der Hausherr hatte sich entschieden, gemeinsam mit den anderen zu essen. Er saß am Kopf der Tafel und sprach ein steifes Tischgebet. Unwillkürlich mußte Charlotte denken, daß es klang, als wende er sich damit an eine Versammlung von Stadträten und nicht an einen liebenden Gott, der ihn unendlich besser kennen mußte als er sich selbst.

Nachdem alle in sein »Amen« eingefallen waren, begannen sie zu essen.

»Sollten wir nicht außer dem Trauerflor auch einen dichten Schleier tragen?« fragte Clarice, während sie den Suppenlöffel zum Munde führte. »Es würde Dominic bestimmt nichts ausmachen, Material dafür mitzubringen, oder?« Sie sah zu ihm hin.

»Natürlich nicht«, stimmte er rasch zu.

»Ich brauche keinen«, sagte Tryphena finster. »Ich werde nirgendwo hingehen, wo ich einen Hut aufsetzen muß.«

»Du wirst im Garten einen brauchen, wenn es regnet«, sagte Clarice. »Und das ist in England im Frühling noch sicherer als der Tod oder die Steuer.«

»Du bist nicht tot und hast kein Geld, also brauchst du auch keine Steuern zu zahlen!« blaffte Tryphena sie an.

»Genau«, stimmte Clarice ihr zu. »Ich werde auch regelmäßig vom Regen naß.« Sie sah zu Dominic. »Wissen Sie, was Sie besorgen müssen?«

»Nein. Aber ich habe gedacht, daß ich Mrs. Pitt bitte mitzukommen; sie weiß es bestimmt.«

»Geben Sie sich bitte keine Mühe.« Vita sah mit feinem Lächeln zu Charlotte hinüber. »Wir wollten uns Ihnen nicht in dieser Weise aufdrängen.«

Charlotte erwiderte das Lächeln. »Es wäre mir ein Vergnügen, Ihnen behilflich zu sein. Außerdem gäbe es mir eine Gelegenheit, mit Dominic zu sprechen und zu hören, was es bei ihm Neues gibt.«

»Zur Kurzwarenhandlung ist es nicht sehr weit«, sagte Tryphena trocken und beugte sich erneut über ihre Suppe. Das Licht legte eine Art Heiligenschein auf ihr helles Haar. »Höchstens eine halbe Stunde.«

»Dominic kümmert sich um Unitys Beisetzung«, erklärte Vita. »Es scheint unter den Umständen das beste zu sein.« Sie verzog ihr Gesicht ein wenig, fügte aber nichts weiter hinzu.

»Beisetzung!« Tryphena fuhr hoch. »Vermutlich meinst du damit eine hochtrabende und schwülstige Veranstaltung in der Kirche, bei der alle Welt Schwarz trägt, um einen Kummer vorzuspiegeln, den niemand empfindet. Dafür wollt ihr den Trauerflor. Ihr alle seid Heuchler! Welchen Sinn hat es, daß sich Leute, denen sie zu Lebzeiten gleichgültig war und die sie nicht leiden konnten, feierlich in einer Reihe hinsetzen wie die Krähen auf einem Zaun und so tun, als wäre sie ihnen jetzt wichtig?«

»Das reicht, Tryphena!« sagte Vita streng. »Wir wissen bereits, wie du dazu stehst, und brauchen das nicht noch einmal zu hören, schon gar nicht bei Tisch.«

Tryphena sah von der Mutter zum Vater. »Meinst du, Gott glaubt dir?« fragte sie mit harter und spröder Stimme. »Er müßte ein Dummkopf sein, wenn Er auf deine theatralischen Posen hereinfiele. Ich jedenfalls tue das nicht, und auch sonst niemand, der dich kennt!« Sie drehte sich um und sah Mallory an. »Warum behandelt ihr Gott eigentlich alle, als wäre Er ein Trottel? Ihr verwendet gestelzte Ausdrücke und erklärt immer wieder, was ihr sagen wollt, als würde Er es nicht beim ersten Mal verstehen. Ihr sprecht so zu Ihm wie zu schwerhörigen und leicht vergreisten alten Damen.«

Clarice biß sich auf die Lippe und hielt sich die Serviette vor den Mund. Es klang, als hätte sie sich verschluckt.

»Tryphena, entweder hältst du den Mund, oder du verläßt den Tisch!« sagte Vita zurechtweisend. Sie sah nicht einmal zu ihrem Mann hinüber; vermutlich hatte sie die Hoffnung aufgegeben, daß er etwas unternehmen werde, um sich und seinen Glauben zu verteidigen.

»Du verhältst dich doch selbst nicht anders«, sagte Clarice herausfordernd und legte die Serviette wieder hin.

»Ich rede überhaupt nicht mit Gott!« Wütend funkelte Tryphena ihre Schwester an. »So was Albernes! Da könnte man ebensogut mit Alice im Wunderland oder der Cheshire-Katze reden.«

»In dem Fall würde sich der Schnapphase oder der Verrückte Hutmacher besser als Zuhörer eignen«, sagte Clarice. »Die wären verrückt genug, sich deine Vorträge über Sozialausgaben, freie Liebe, künstlerische Freiheit und ganz allgemein über Freizügigkeit für jeden anzuhören.«

»Clarice!« sagte Vita scharf. Ihre Augen waren hart, und ihr Körper wirkte angespannt. »Was du da sagst, nützt niemandem! Wenn du nichts Passendes beizutragen hast, halt lieber den Mund.«

»Clarice hat nie was Passendes beizutragen«, sagte Tryphena mit spöttischem Lächeln, verbittert und gekränkt.

Charlotte begriff, was Tryphena tat. Aus irgendeinem Grunde litt sie so stark unter Unity Bellwoods Tod, daß sie ihn nicht zu verarbeiten vermochte, und jetzt richtete sich ihr Zorn gegen jeden, der ihr Gefühl der Einsamkeit und des Verlustes nicht teilte oder dessen Angst sie nicht zu erkennen vermochte. Charlotte sah zu Ramsay Parmenter hinüber, der eigentlich den Vorsitz bei Tisch hatte, aber nichts unternahm.

Dann warf sie einen Blick auf Vita und erkannte auf deren Zügen den Schatten einer tiefen Müdigkeit. Sie fragte sich, wie oft Vita schon die Entscheidungen hatte treffen und die Grenzen für das Verhalten anderer hatte festlegen müssen, während sie das eigentlich von ihrem Mann erwartete. Darin mochte ihre eigentliche Einsamkeit liegen, nicht im Schmerz über den Verlust eines anderen, sondern in der Isolation, die dadurch entstand, daß niemand das Leben mit ihr teilte und sie nur noch die leere Hülle der gemeinsamen Ideale hatte, weil alle Substanz daraus entschwunden war.

»Glücklicherweise kümmert sich die Kirche um unsere Fehler und sagt das Passende.« Mallory gab seinen Suppenteller dem Mädchen, das abräumte. »Jedenfalls zum Teil.«

»Und dieser Teil genügt auch«, ließ sich Dominic zum ersten Mal vernehmen. »Um den Rest kümmert sich Gott.«

Mallory wandte sich schroff zu ihm um. »Der uns die Sakramente der Beichte und der Absolution zu unserem Seelenheil gegeben hat und die Letzte Ölung, damit wir seine Gnade anzunehmen vermögen und trotz unserer Schwächen und Sünden schließlich gerettet werden können.« Seine langen schmalen Finger lagen steif und verkrampft auf dem weißen Leinen des Tischtuchs.

»Das ist ganz und gar unmoralisch!« sagte Tryphena voll Abscheu. »Du sagst damit, daß letzten Endes alles auf eine Art Magie hinausläuft. Man muß nur das richtige Zauberwort sagen, und die Schuld wird getilgt. Das ist wirklich und wahrhaftig gottlos!« Sie sah einen nach dem anderen an. »Wie kann einer von euch das nur glauben? Es ist ungeheuerlich! Wir leben im Zeitalter der Vernunft und der Wissenschaft. Da waren die Menschen ja in der Renaissance schon aufgeklärter …«

»Wenn man von der Inquisition absieht«, merkte Clarice mit gehobenen Brauen an. »Sie haben jeden verbrannt, der etwas anderes als sie selbst glaubte.«

»Nicht jeden«, korrigierte Parmenter pedantisch. »Nur den, der getauft war und wieder in die Ketzerei verfiel.«

»Welchen Unterschied macht das?« Tryphenas Stimme hob sich voll Unglauben. »Willst du damit sagen, daß es dann in Ordnung ist?«

»Ich verbessere lediglich eine unzutreffende Aussage«, gab er zur Antwort. »Wir können nur nach bestem Wissen im Rahmen dessen handeln, was wir glauben und verstehen, alles übrige müssen wir aussparen. Wir werden Unity nach den Vorschriften der anglikanischen Kirche beisetzen. Gott wird wissen, daß wir nur tun, was wir als ihr Interesse ansehen, und sie seiner Gnade und Vergebung teilhaftig werden lassen.«

»Vergebung!« Tryphenas Stimme war eine volle Oktave höher und klang schrill vor Erregung. »Nicht Unity braucht die, sondern wer auch immer sie getötet hat! Wie kannst du hier sitzen und von Vergebung reden, als hätte Unity ein Unrecht begangen? Das ist ja grotesk!« Sie stieß ihren Stuhl so kräftig vom Tisch zurück, daß er fast umgefallen wäre, und stand auf. »Ich kann nicht bleiben und mir das anhören. Hier geht es ja zu wie im Irrenhaus!« Sie rauschte hinaus, ohne sich umzusehen, und die hin und her pendelnde Tür hätte fast den Diener getroffen, der den nächsten Gang brachte.

»Es tut mir leid«, murmelte Vita mit einem entschuldigenden Blick zu Charlotte hinüber. »Das Kind ist wirklich völlig durcheinander. Die beiden haben einander sehr nahegestanden. Ich hoffe nur, daß Sie Tryphenas Verhalten entschuldigen können.«

»Selbstverständlich.« Charlotte gab die einzig mögliche Antwort. Sie hatte selbst schon so manche Szene dieser Art miterlebt und errötete jetzt ein wenig, als sie an einige dachte, die sie selbst heraufbeschworen hatte, wobei es mehrfach um ihre Vernarrtheit in Dominic gegangen war. »Auch ich habe Menschen verloren, die mir nahestanden, und weiß, wie sehr das einen zu erschüttern vermag.«

Vita schenkte ihr ein flüchtiges Lächeln. »Vielen Dank. Sie sind wahrhaft nachsichtig.«

Neugierig warf Clarice einen Blick auf Charlotte, ohne aber etwas zu sagen. Der Rest der Mahlzeit verging damit, daß Dominic und Vita taktvolle Äußerungen taten, wozu Charlotte ihren Beitrag leistete, um nicht ungesellig zu erscheinen. Parmenter stimmte von Zeit zu Zeit bei passenden Anlässen zu und erkundigte sich höflich ein oder zwei Mal nach Charlottes Meinung. Mallory unternahm keinen Versuch, sich am Gespräch zu beteiligen, und Clarice schwieg zurückhaltend, was gar nicht zu ihrem sonstigen Wesen paßte.

Am Nachmittag begleitete Charlotte Dominic in Parmenters zweitbester Kutsche. Es war ein offener Einspänner, doch da es trocken und windig war, fühlte sie sich recht wohl, zumal sie eine Decke auf den Knien hatte. Nachdem Dominic dem Kutscher seine Anweisungen gegeben hatte, nahm er neben ihr Platz.

»Es ist sehr freundlich von dir mitzukommen«, begann er. »Es wäre mir allerdings lieber gewesen, wir hätten uns nicht unter diesen Umständen wiedergetroffen. Das Mittagessen war ganz fürchterlich. Wir sind alle so überempfindlich und scheinen beim leisesten Anstoß die Beherrschung zu verlieren.«

»Ich weiß, wie es ist«, sagte sie leise. »Ich kann mich gut erinnern …«

»Ach natürlich.« Er lächelte flüchtig. »Entschuldige.«

»So vieles ist seit unserer letzten Begegnung geschehen …«

»Du hast dich aber kaum verändert, wie es aussieht.« Er wandte sich ihr zu und betrachtete sie aufmerksam. »Deine Haare sind wie früher.« In seinen Augen lag Bewunderung, und sie empfand ein Behagen, das ihr zwar peinlich war, auf das sie aber unter keinen Umständen hätte verzichten wollen.

Sie ließ sich das Kompliment dankend gefallen und lächelte unwillkürlich. »Eine ganze Reihe von Jahren ist seither ins Land gezogen, und ich denke, daß ich klüger bin als damals. Ich habe zwei Kinder.«

»Zwei?« Er war überrascht. »An Jemima erinnere ich mich.«

»Daniel ist jetzt sechseinhalb.« Es gelang ihr nicht vollständig, Stolz und Zärtlichkeit aus ihrer Stimme herauszuhalten. »Aber du siehst sehr viel anders aus. Was ist geschehen? Wie hast du Ramsay Parmenter kennengelernt?«

In seinen Augen blitzte Belustigung auf, doch lag auch Schmerz darin. »Spielst du schon wieder Detektiv?«

»Nein.« Das entsprach nicht ganz der Wahrheit. »Detektivspielen« war ihr zur Gewohnheit geworden, aber diesmal dachte sie in erster Linie an Dominic und daran, wie ihn diese Tragödie mitnehmen mußte. Außerdem konnte sie die Erinnerung daran nicht loswerden, mit welchem Gesicht Ramsay Parmenter am Eßtisch gesessen hatte, Opfer einer Verwirrung, in der er unterzugehen schien. »Nein«, sagte sie erneut. »Du hast dich so sehr verändert, daß dir ganz Außergewöhnliches widerfahren sein muß. Ich sehe dir an, daß du dich um den Mann sorgst, und zwar nicht nur, weil die Sache die Familie betrifft, sondern auch, weil er bekümmert ist. Du glaubst nicht, daß er sie absichtlich gestoßen hat, oder etwa doch?« Es war eher eine Aussage als eine Frage.

Nach langem Zögern antwortete er langsam und ohne sie anzusehen. Er blickte mit gerunzelter Stirn starr vor sich hin, auf die Straße und die anderen Fahrzeuge.

»Er ist ganz anders, als ich ihn bisher kannte«, sagte er. »Als ich ihm zum ersten Mal begegnet bin, war ich am tiefsten Punkt meines bisherigen Lebens angelangt. Jeder Tag kam mir vor wie eine graue Wüste, in der hinter dem Horizont nichts anderes auf mich wartete als immer der gleiche sinnlose Kampf.« Nervös kaute er auf der Unterlippe, als ob ihn die bloße Erinnerung an jene Zeit noch umtrieb, das Wissen, daß die Möglichkeit bestand, nicht einmal Hoffnung empfinden zu können. Es war ein Abgrund, dessen bloße Existenz Angst auslöste. Die Düsternis lag offen in seinen Augen.

Am liebsten hätte sie ihn nach den Gründen gefragt, aber sie hatte kein Recht, so weit in seine Privatsphäre einzudringen. Sie überlegte, ob es mit Sarahs Tod zusammenhängen mochte, obwohl es mehrere Jahre danach gewesen sein mußte. Sie wollte ihn berühren, aber auch das wäre zu persönlich gewesen. Die Zeit, in der sie einander gut gekannt hatten, lag zu weit zurück.

»Ich habe mich selbst verachtet«, fuhr er fort, nach wie vor ohne sie anzusehen. Er sprach gerade so laut, daß sie ihn hören konnte, nicht aber der Kutscher vor ihnen.

»Weil du verzweifelt warst?« fragte sie leise. »Dazu gibt es keinen Grund. Das ist keine Sünde. Ich weiß, die Religion sagt, es sei eine, aber bisweilen kann man nicht anders. Selbstmitleid mag Sünde sein, aber wahrhafte Verzweiflung nicht.«

»Nein«, sagte er und lachte trocken auf. »Ich habe mich nicht verachtet, weil ich mich elend fühlte, sondern es war umgekehrt: Ich habe mich elend gefühlt, weil ich mich verachtete. Und ich hatte Grund dazu.« Die Hände verkrampften sich auf seinen Knien. Sie konnte sehen, wie sich das Leder seiner Handschuhe über den Knöcheln spannte. »Ich habe nicht die Absicht, dir zu berichten, wie tief ich gesunken war, denn ich möchte nicht, daß du so von mir denkst, nicht einmal mit Bezug auf die Vergangenheit. Jedenfalls war ich ganz und gar selbstsüchtig, habe an keinen anderen Menschen gedacht und lediglich für den Augenblick und meine unmittelbaren Gelüste gelebt.«

Er schüttelte leicht den Kopf. »Das ist kein Leben für ein Geschöpf, dem Gott die Gabe des Denkens verliehen hat. Auf diese Weise verschleudert man sein Leben, verweigert sich dem Geist, der Seele. Diese unmenschliche Haltung läßt alles verkümmern, was einen Menschen liebens- oder schätzenswert macht. Sie kennt weder Güte noch Mut, weder Ehre, Gnade noch Würde.« Er warf ihr einen Blick zu und sah dann wieder beiseite. »Ich habe mich verachtet, weil ich fast nichts von dem war, was ich hätte sein können. Ich habe all meine Gaben vergeudet. Man kann einen Menschen, dem nie die Möglichkeit vergönnt war, sich zu entfalten, nicht wirklich verdammen, wohl aber den, der sie hatte und sie aus Feigheit, Faulheit oder Verlogenheit von sich geworfen hat.«

Alle möglichen Entschuldigungen kamen ihr in den Sinn, aber sie sah an seinem Gesicht, daß er es nicht als Freundschaftsdienst betrachten würde, wenn sie sie vortrüge, sondern als Unfähigkeit verstehen würde. So schwieg sie. Sie erreichten eine Straße mit Läden zu beiden Seiten; vermutlich war es nicht mehr weit bis zum Kurzwarengeschäft.

»Und Ramsay Parmenter hat dir geholfen?« brachte sie das Gespräch wieder in Gang.

Erneut streckte er sich mit einem leichten Lächeln, als denke er an eine angenehme Erinnerung. »Ja. Er war von so großer Barmherzigkeit und Glaubensstärke, daß er in mir weit mehr zu sehen vermocht hat als ich.« Er lachte kurz auf. »Mit unendlicher Geduld hat er meine Fehler und mein Selbstmitleid ertragen, meine endlosen Zweifel und Befürchtungen; er hat mir unablässig geholfen, bis ich einen Punkt erreicht hatte, an dem ich ebenso sehr an mich glaubte wie er. Ich kann dir nicht sagen, wie viele Stunden, Tage und Wochen das gedauert hat, aber er hat nie aufgegeben.«

»Du hast aber doch nicht den geistlichen Beruf gewählt, um ihm eine Freude zu machen, oder?« fragte sie und wünschte sogleich, sie hätte den Mund gehalten. Es war eine Kränkung, und das hatte sie nicht beabsichtigt. »Entschuldige ...«

Er sah sie mit breitem Lächeln an. Die Jahre waren gut zu ihm gewesen. Sein Gesicht sah nicht mehr wie einst schon auf den ersten Blick gut aus, aber die Linien darin machten es bemerkenswerter und vornehmer. Nichts mehr an ihm war nichtssagend oder unfertig. Die Schönheit seiner Züge hatte sich gesteigert, weil jetzt ein Sinn dahinterlag.

»Du hast dich nicht geändert, was?« Er schüttelte den Kopf. »Immer noch die alte Charlotte, die sagt, was ihr gerade durch den Kopf geht.«

»Doch, ich habe mich geändert!« verteidigte sie sich sogleich. »Ich tu das nicht mehr annähernd so oft wie früher. Wenn es nötig ist, kann ich richtig taktvoll und auch richtig hinterhältig sein. Außerdem kann ich schweigen und sehr gut zuhören.«

»Und deine eigene Meinung zurückhalten, wenn dich Dummheit, Ungerechtigkeit oder Heuchelei aufregt?« fragte er mit gehobenen Brauen. »Oder zum falschen Zeitpunkt lachen? Sag das bloß nicht. Ich möchte nicht, daß sich die Welt, die ich kenne, so sehr geändert hat, nur weil ich Geistlicher geworden bin. Manche Dinge sollten bleiben, wie sie sind ...«

»Du machst dich über mich lustig, und hier ist die Kurzwarenhandlung«, sagte sie fröhlich. Sie empfand ein gewisses Wohlbehagen. »Soll ich hineingehen und den Trauerflor und das Material für die Schleier kaufen?«

»Damit würdest du mir einen großen Gefallen tun.« Er nahm mehrere Schillingmünzen aus der Tasche und hielt sie ihr hin. »Vielen Dank.«

Eine knappe Viertelstunde später kam sie heraus, der Kutscher half ihr beim Einsteigen, und sie gab Dominic das Päckchen und das Wechselgeld. Die Kutsche fuhr an.

»Nein«, kam er auf ihre Frage zurück. »Ich bin nicht Parmenter zu Gefallen Geistlicher geworden. Das wäre weder seiner noch meiner würdig gewesen und dürfte auch den Gemeindemitgliedern, denen ich eines Tages zu dienen habe, nicht von großem Nutzen sein.«

»Das ist mir klar«, sagte sie zerknirscht. »Es tut mir leid, daß ich gefragt habe. Ich hatte das befürchtet, weil es so nahe liegt. Jeder von uns empfindet die Dankbarkeit als schwere Bürde und möchte zurückzahlen, was man ihm Gutes getan hat. Und womit könnte man Parmenter mehr ehren als mit dem Versuch, wie er zu sein? Hat nicht jeder von uns schon gelegentlich einmal das Richtige aus den falschen Gründen getan?«

»Und ob!« stimmte er zu. »Und das Falsche aus Gründen, die wir für richtig hielten. Aber ich habe mich für den geistlichen Stand entschieden, weil ich fest von allem überzeugt bin, was die Kirche lehrt, und weil ich meinem Leben diesen Sinn geben möchte. Nicht aus Dankbarkeit irgend jemandem gegenüber oder als Flucht vor der Vergangenheit, sondern weil es mir ein Bedürfnis ist. Ich halte es für sinnvoll und richtig.« Er sagte es mit fester Stimme, in der kein Zögern lag.

»Gut«, sagte sie ruhig. »Du hättest mir das nicht zu sagen brauchen, aber ich bin froh, daß du es getan hast. Ich freue mich für dich ...«

»Das solltest du auch, wenn dir nur im geringsten an mir liegt –« Er hielt inne und errötete bis an die Haarwurzeln. »Ich ... ich wollte nicht ...«

Sie platzte vor Lachen heraus, obwohl auch ihre Wangen leicht gerötet waren. »Das ist mir klar! Und natürlich liegt mir an dir. Ich habe dich lange nicht nur als Schwager, sondern auch als Freund betrachtet. Es ist mir wirklich sehr lieb zu wissen, daß du zu dir selbst gefunden hast.«

Er seufzte. »Sei nicht allzu zufrieden. Es sieht nicht so aus, als ob ich dem armen Parmenter in irgendeiner Weise helfen könnte. Welchen Sinn hat mein Glaube, wenn ich einem anderen damit nicht helfen kann, noch dazu dem Menschen nicht, dem ich so viel von dem verdanke?« Wieder stand die steile Falte zwischen seinen Brauen. »Warum bin ich so leer, wenn es gilt, ihm einen Teil von dem zurückzugeben, was ich von ihm bekommen habe? Warum fallen mir die richtigen Worte nicht ein? *Er* hat sie bei *mir* gefunden!«

»Vielleicht gibt es keine richtigen Worte«, gab sie zurück, bemüht zu sagen, was sie meinte, ohne ihm damit Kummer zu bereiten oder ihm die Kraft und Barmherzigkeit zu nehmen, die sie an ihm so bewunderte.

Der Wagen hielt an einer Kreuzung. Ein offener Landauer mit einer Gruppe modisch gekleideter junger Damen fuhr vorüber. Sie kicherten und taten so, als ob sie Dominic nicht anstarrten, was ihnen kläglich mißlang. Eine von ihnen drehte sich sogar nach ihm um. Er allerdings schien von der Aufmerksamkeit, die er erregt hatte, nichts zu merken. Beim letzten Mal, als Charlotte ihn gesehen hatte, wäre das anders gewesen.

»Doch, es gibt einen richtigen Zeitpunkt und die richtige Geste«, sagte er mit Nachdruck. »Es gibt bestimmt etwas, was ich tun könnte! Er hat bei mir nie aufgegeben, und glaub mir, es wäre schrecklich einfach gewesen. Ich war bockig, streitsüchtig, wütend auf mich selbst und auf ihn, weil er wollte, daß ich es schaffte, und überzeugt war, daß ich es konnte. Es hat ihn so große Mühe gekostet! Ich habe ihm übelgenommen, daß er mich angetrieben und dazu gebracht hat, zu glauben, es habe einen Sinn, wenn ich es versuchte.«

»Wolltest du, daß man dir hilft?« fragte sie.

Er sah sie an. »Willst du damit sagen, daß Parmenter das nicht möchte?«

»Ich weiß nicht. Du?«

Seine Augen weiteten sich und wurden dunkel.

»Du meinst, ob ich annehme, daß er Unity umgebracht hat?«

Das stimmte. »Und, nimmst du das an?« drang sie in ihn. »Welchen Grund sollte er dafür haben? War sie seinem Seelenfrieden wirklich so gefährlich? Wie kann ein Zweifler einen fest in sich ruhenden Glauben so erschüttern?« Sie suchte die Antwort in seinen Zügen. »Oder ging es nicht darum? War sie auf irgendeine Weise schön, nicht unbedingt im herkömmlichen Sinne?«

»Sie war ...« Ein Schatten trat auf seine Züge. Mit einem Mal war er nicht mehr so offen wie zuvor, und sie spürte sogleich, daß die Vertrautheit, die gerade noch zwischen ihnen geherrscht hatte, zu schwinden begann. »Sie war voll Energie ... voller Leben.« Er suchte nach den richtigen Worten. »Es fällt schwer, sie sich tot vorzustellen.« Er schien selbst überrascht, daß er das sagte. »Ich kann es wohl selbst noch nicht ganz glauben. Es wird eine Weile dauern ... vielleicht mehrere Wochen. Ein Teil von mir rechnet damit, daß sie morgen zurückkommt und sich zu all dem äußert, uns sagt, was es bedeutet und was wir tun müßten.« In seinem flüchtigen Lächeln lagen Humor und eine Spur Bitterkeit. »Sie hatte zu allem eine Meinung.«

»Und sie hat sie immer gesagt?« fragte sie.

»O ja.«

Aufmerksam betrachtete Charlotte das ihr zugekehrte Profil und versuchte zu erkennen, was er dachte. Sie wußte nicht, welcher Art seine Beziehung zu Unity Bellwood gewesen war. Im einen Augenblick schien er fast eine gewisse Erleichterung darüber zu empfinden, daß sie nicht mehr da war, als hätte ihr Tod eine Last von ihm genommen, doch im nächsten lag eine gewisse Trauer auf seinen Zügen, eine Bedrückung, wie man sie angesichts eines so kurz zurückliegenden gewaltsamen Todes erwarten durfte. Flüchtig entdeckte sie einen Ausdruck von Selbstironie um seinen Mund, doch fand sich in seinen Worten keine Erklärung dafür.

»Hast du ebenfalls mit ihr zusammengearbeitet?« fragte sie. Zwar wollte sie eigentlich wissen, wie sie zueinander gestanden hatten, doch fürchtete sie, ihn danach zu fragen. Dazu hatte sie kein Recht.

»Nein«, gab er zur Antwort, den Blick unverwandt nach vorn gerichtet, als beschäftige ihn die Frage, wohin ihre Fahrt ging. »Sie hat sich ausschließlich um Parmenters wissenschaftliche Arbeit gekümmert. Ich hatte damit nichts zu tun. Wie Mallory bin ich nur vorläufig hier; ich nehme an, daß man mich schon bald in eine andere Kirchengemeinde entsenden wird.«

Es kam ihr vor, als ließe er etwas ungesagt, was sehr viel bedeutender war als das, wovon er sprach.

»Aber bestimmt hast du sie doch bei Tisch und abends gesehen, wenn sie nicht gearbeitet hat«, ließ sie nicht locker. »Sicher weißt du etwas über sie und weißt auch, was er für sie empfunden hat ...« Sie war so sehr darauf bedacht, etwas in Erfahrung zu bringen, daß sie es wagte.

»Gewiß«, bestätigte er und steckte ihre Decke fest, die verrutscht war. »Wie man einen Menschen kennt, der ... dessen Ansichten und Meinungen man nicht teilt. Es kommt einem alles so sinnlos vor. Wir werden versuchen müssen, um der anderen willen eine Erklärung zu finden. Darin sehe ich meine Aufgabe ... eine Erklärung für Schmerz und Verwirrung zu finden und dafür, daß Menschen unsagbar häßliche Dinge tun. Frierst du auch nicht?«

»Nein, vielen Dank.« Es kam nicht darauf an, ob sie sich behaglich fühlte; sie merkte kaum, wie kalt es draußen war.

»Das kostet viel Mut«, sagte sie aufrichtig. Zum ersten Mal, seit er vor mehr als vierzehn Jahren in die Cater Street gekommen war, um Sarah den Hof zu machen, galt die Bewunderung, die sie für ihn empfand, dem Mann selbst und nicht seinem guten Aussehen. Diesmal war es kein Trugbild, hier ging es nicht darum, daß er ihre Träume wahr werden ließ oder ihre Bedürfnisse erfüllte. Sie merkte, daß sie lächelte. »Laß mich dir helfen, sofern ich das kann.«

Er wandte sich ihr zu. »Selbstverständlich.« Flüchtig legte er eine Hand auf die ihre. »Wüßte ich nur, wie. Ich taste mich selbst Schritt für Schritt voran.«

Der Einspänner hielt vor dem Haus des Bestattungsunternehmers an. Es gab Formalitäten zu erledigen, eine Zeit, ein Ort mußten festgelegt, eine Auswahl mußte getroffen werden. Er stieg aus und half ihr aus der Kutsche.

Isadora Underhill beobachtete, wie ihr Mann unruhig im Salon auf und ab schritt. Immer wieder fuhr er sich mit den Fingern durch das schüttere Haar. Sie war daran gewöhnt, daß ihn diese oder jene Sorge quälte. Er war etwas älter als sie und Bischof einer Diözese, in der eine große Anzahl einflußreicher Menschen lebte. Stets gab es irgendeine Krise, die seine ganze Aufmerksamkeit beanspruchte. Von ihm und seiner Gattin wurde erwartet, daß sie mancherlei Pflichten erfüllten, doch sie hatte gelernt, sich mit anderen Dingen zu beschäftigen, wenn sie nicht gebraucht wurde. Sehr gern las sie, vor allem Berichte über das Leben von Männern und Frauen in anderen Ländern oder anderen Zeiten. Im Frühjahr und Sommer verbrachte sie viele Stunden im Garten, und da sie dort schwerer arbeitete, als ihr Mann für gut hielt, war sie eine unausgesprochene Verschwörung mit dem Gärtner eingegangen: Er würde vieles von dem, was sie getan hatte, auf sich nehmen, sollte sich der Bischof dazu äußern. Das aber kam nicht oft vor. Weder konnte er eine Malve von einer Kamelie unterscheiden, noch ahnte er im geringsten, wieviel Arbeit es kostete, die bunte Farbenpracht um ihn herum hervorzubringen.

»Wirklich, es ist das Schlimmste, was je geschehen ist!« sagte er scharf. »Ich glaube nicht, daß du abschätzen kannst, wie schwerwiegend es ist, Isadora.« Er hörte auf, herumzulaufen und sah sie mit gefurchter Stirn an.

»Ich verstehe, daß es sehr traurig ist«, sagte sie und fädelte einen krapproten Seidenfaden durch das Öhr ihrer Nadel, denn sie stickte gerade an einer Rose. »Der Tod eines jungen Menschen ist immer zutiefst bedrückend. Ich kann mir gut vorstellen, daß man ihre Gelehrsamkeit vermissen wird. Sie soll ja geradezu brillant gewesen sein.« Sie legte den Garnstrang zu den übrigen.

»Gott im Himmel!« sagte er aufgebracht. »Du hast mir überhaupt nicht zugehört. Darum geht es wohl kaum. Wirklich, ich finde, du könntest deine Handarbeit zumindest beiseite legen und mir aufmerksam zuhören.« Er wies mit verärgerter Handbewegung auf ihre Stickerei. »Das ist völlig unerheblich. Hier handelt es sich um eine niederschmetternde Angelegenheit.«

»Ich verstehe nicht, was du an diesem Todesfall niederschmetternd findest«, sagte sie. »Er ist gewiß sehr traurig, aber betrüblicherweise erfahren wir häufig von Todesfällen, und sicherlich hilft dir doch dein Glaube dabei, ihn zu ...«

»Es geht überhaupt nicht um den Tod dieser verflixten Frau!« fiel er ihr kopfschüttelnd ins Wort. »Natürlich ist das betrüblich, aber mit Todesfällen haben wir ständig zu tun. Der Tod ist Bestandteil des Lebens und ganz und gar unvermeidlich. Wir verfügen über allerlei Möglichkeiten, damit fertig zu werden, Dinge, mit denen wir uns und die Leidtragenden trösten. Wie ich schon gesagt habe, darum geht es nicht, und das wüßtest du auch, wenn du mir zugehört hättest.«

Zwar hörte sie den Zorn in seiner Stimme, spürte aber dahinter echte und drängende Angst, die sie so nie an ihm wahrgenommen hatte. Sie schob die Stickseide zu dem Kasten hinüber, in dem sie die Stränge aufbewahrte. »Also worum geht es?« fragte sie.

»Das habe ich dir doch schon gesagt! Jemand hat sie die Treppe hinabgestoßen, und sie hat sich dabei das Genick gebrochen. Nun sieht es ganz so aus, als könnte es Ramsay Parmenter selbst gewesen sein.«

Sie war verblüfft. Mit einem Mal war sie angespannt, und ein Schauer überlief sie. Sie kannte Ramsay Parmenter und hatte ihn immer gut leiden können. Er war stets freundlich, hatte auf sie aber immer in einer Weise unglücklich gewirkt, die sie nicht vergessen und einfach von sich schieben konnte. Jetzt empfand sie Mitleid mit Parmenter.

»Nein, das hast du mir nicht gesagt«, sagte sie mit tiefer Besorgnis. »Das ist in der Tat entsetzlich. Wie kommt jemand auf den Gedanken, daß dergleichen geschehen sein könnte? Warum? Warum sollte er jemanden die Treppe hinabstoßen? War es ein Unfall? Hat er das Gleichgewicht verloren? Er trinkt doch nicht etwa?«

Der Bischof machte ein durch und durch verärgertes Gesicht.

»Natürlich trinkt er nicht! Wie kommst du nur dazu, so etwas zu sagen? Um Himmels willen, Isadora, immerhin habe ich mich dafür eingesetzt, daß er Bischof werden sollte. Das wird der Erzbischof von Canterbury auf keinen Fall vergessen ... und die Synode auch nicht.«

Der Ton, in dem er das sagte, beeindruckte sie nicht. Alles, was sich nicht gehörte, beunruhigte ihn, daran war sie gewöhnt. »Der Kanonikus Black hat oft ein Glas über den Durst getrunken«, erinnerte sie ihn. »Nur hat das niemand gemerkt, weil er auch dann noch ziemlich fest auf den Beinen stand, wenn er zuviel getrunken hatte.«

»Das war üble Nachrede«, bestritt er ihre Worte. »Gerade du solltest auf so etwas nicht achten und es schon gar nicht nachplappern. Der arme Mann hatte einen Sprachfehler.«

»Das ist mir bekannt. Dieser Sprachfehler hieß *Napoléon* und gehörte zur Familie Weinbrand.« Sie wollte nicht unnötig lieblos sein, aber manchmal war Takt gleichbedeutend mit Feigheit und ihr daher unerträglich. »Es wäre besser gewesen, wenn du diese Schwäche nicht übersehen hättest.«

Er hob die blonden Brauen. »Überlaß mir die Entscheidung, wie ich meine Pflichten handhabe, Isadora! Der Kanonikus Black gehört der Vergangenheit an. Es ist nichts damit gewonnen, diese Frage erneut durchzukauen. Gegenwärtig muß ich in einer weit schwerwiegenderen Angelegenheit, von der sehr viel abhängt, zu einem Urteil gelangen. Auf meinen Schultern ruht eine große Verantwortung.«

Sie war verwirrt. »Was für ein Urteil kannst du fällen, Reginald? Wir müssen den armen Mann und seine Angehörigen unterstützen, darüber hinaus können wir nichts tun. Meinst du, ich sollte morgen hingehen, oder wäre das zu früh?«

»Es wäre auf jeden Fall zu früh.« Er machte eine wegwerfende Bewegung mit seiner gut manikürten Hand, an der ein

Ring mit einem großen Blutjaspis prangte. Sie hatte ein schlechtes Gewissen, weil sie seine kräftigen Hände mit den eher kurzen Fingern nie besonders anziehend gefunden hatte.

»Schließlich war das erst gestern«, fuhr er fort. »Ich habe heute morgen davon erfahren, genau gesagt vor einer halben Stunde. Ich weiß nicht recht, wie ich mich verhalten soll, denn ich verfüge nicht über genug Informationen. Ich habe mir den Kopf über Parmenter zerbrochen. Was konnte ihn derart aus der Fassung bringen, daß er an so etwas auch nur dachte?«

Sie sah ihn ungläubig an. »Was sagst du da, Reginald? Soll das heißen, daß es um etwas Schlimmeres als einen Unfall geht?«

»Die Polizei sieht es so!« sagte er scharf mit zusammengezogenen Brauen. »Daher muß ich es ebenso sehen. Ich kann mich der Wirklichkeit nicht entziehen, ganz gleich, wie gern ich es täte. Womöglich handelt es sich sogar um Mord.«

Sie wollte das bestreiten, aber das wäre töricht gewesen. Reginald hätte dergleichen nie gesagt, wenn es nicht der Wahrheit entspräche. Sie sah ihn an, während er sich wieder herumdrehte und erneut auf und ab schritt, wobei er die Hände abwechselnd zu Fäusten ballte und wieder öffnete. Noch nie hatte sie ihn so bekümmert und verzweifelt gesehen; die Muskeln seines kräftigen Körpers waren so angespannt, daß sein Jackett straff über den Schultern saß.

»Hältst du das für möglich?« fragte sie leise.

Er blieb stehen. »Möglich ist es selbstverständlich. Bisweilen herrscht in den Menschen eine Finsternis, die wir uns nicht vorstellen können.« Er war wütend auf sie, weil er ihr das erklären mußte, auch wenn er das ohnehin getan hätte. Er erklärte immer alles, und sie hatte es längst aufgegeben, ihm zu sagen, daß sie es auch ohnedies verstanden hätte.

»Parmenter hat seine Möglichkeiten nie ausgeschöpft«, fuhr er mit erhobenem Zeigefinger fort. »Erinnere dich, wie es war, als wir ihn kennenlernten. Er war brillant. Die ganze Zukunft lag vor ihm. Schon damals hätte er Bischof werden können. Er besaß alle nötigen Begabungen, einen geschulten Intellekt, die Ausstrahlung, und er war ein glänzender Prediger.« Seine Stimme wurde mit jedem Satz schärfer. »Er stammte aus der richtigen Familie und besaß Takt, Klugheit, Urteilskraft und Hingabe. Er hat sehr gut geheiratet. Mit Vita Parmenter könnte jeder Mann Ehre einlegen. Und wo steht er jetzt?« Er sah auf sie hinab, als müsse die Antwort von ihr kommen, aber er wartete nicht darauf. »Er hat… die Hoffnungen nicht erfüllt, die man in ihn setzen konnte… er ist… der Kirche nicht mehr so rückhaltlos ergeben wie einst. Irgendwo ist er vom rechten Weg abgekommen, Isadora. Ich frage mich nur, wie weit er sich von ihm entfernt haben mag.«

Auch ihr war im Laufe der Jahre aufgefallen, daß mit Ramsay Parmenter eine Veränderung vor sich gegangen war. Aber so etwas kam bei vielen Menschen vor. Bisweilen standen gesundheitliche Gründe dahinter, gelegentlich auch persönliches Unglück, in anderen Fällen war es Enttäuschung oder einfach eine gewisse Ermüdung, ein Nachlassen der Hoffnung. Es kostete viel Kraft, das Feuer und den Schwung der Jugend zu wahren. Sie merkte, daß sie nach wie vor auf Parmenters Seite stand. Das geschah nicht einmal absichtlich, sondern ganz spontan.

»Wir müssen aber doch unbedingt annehmen, daß es sich um einen Unfall gehandelt hat, solange es keine Hinweise auf das Gegenteil gibt. Wir müssen zu ihm stehen…«

»Wir müssen zur Kirche stehen!« verbesserte er sie. »Gefühle sind gut und schön, aber hier geht es um Grundsätzliches. Ich muß die durchaus reale Möglichkeit, daß er schuldig sein könnte, in meine Überlegungen einbeziehen. Jeder von uns ist schwach. Jeder von uns ist Versuchungen und Verlockungen ausgesetzt, seien sie fleischlicher oder geistiger Art. Ich habe sehr viel mehr von der Welt gesehen als du, meine Liebe. Ich kenne die Menschen und die finsteren Bereiche ihrer Seele besser, als du sie je kennenlernen wirst, dem Himmel sei gedankt. Eine Frau sollte von so etwas nichts wissen. Aber ich muß mich darauf einstellen, dem Schlimmsten ins Auge zu blicken.« Er schob das Kinn ein wenig vor, als rechne er jederzeit damit, daß der Schlag herniederfuhr, selbst in diesem stillen, behaglichen Raum, in dem die Morgensonne auf ein Glas mit frühen Hyazinthen schien.

Sie hätte ärgerlich reagiert, wenn sie nicht in seiner Stimme und in den schmalen Linien um seinen Mund Hinweise auf wirkliche Angst erkannt hätte. Noch nie hatte sie ihn so erschüttert gesehen. Im Verlauf ihrer dreißigjährigen Ehe war sie Zeugin vieler schwieriger Entscheidungen geworden und so mancher Tragödie, deren schockierte und trauernde Opfer er trösten und anläßlich derer er für jeden die richtigen Worte finden mußte. Sie wußte, daß er bei schwerwiegenden Rivalitäten zwischen ehrgeizigen Geistlichen vermittelt und vielen Menschen schlechte Nachrichten überbracht hatte, sowohl was berufliche als auch persönliche Dinge anging. Gewöhnlich hatte er den richtigen Weg gefunden. Seine Selbstsicherheit, die bar aller Äußerlichkeiten war, schien sich auf eine fest in ihm verwurzelte Gewißheit zu gründen.

Vielleicht war das mehr Fassade gewesen, als sie angenommen hatte, denn jetzt schien er bis in seine Grundfesten erschüttert. Ganz offensichtlich war er in Panik. Dabei ging es nicht um Ramsay Parmenter, sondern um ihn selbst, denn er hatte Parmenter für das hohe Amt empfohlen.

»Warum sollte er so etwas tun?« fragte sie, im Versuch, ihn damit zu trösten, daß eine solche Tat undenkbar war. Sie schien in keiner Weise zu dem intelligenten und außerordentlich ehrwürdigen Mann zu passen, dem sie alljährlich ein rundes Dutzend Mal begegnet war. Allerdings hatte er auf sie in jüngster Zeit trockener als früher gewirkt. Sie zögerte, das Wort langweilig zu verwenden, denn sie war nicht sicher, ob sie in dem Fall nicht eine ganze Anzahl von Männern aus den Reihen der hohen Geistlichkeit als langweilig bezeichnen müßte. Einen so verwegenen Gedanken wagte sie nicht zu denken.

Er sah sie ungeduldig an. »Nun, der naheliegende Gedanke ist doch wohl, daß er sich ihr gegenüber in unpassender Weise verhalten hat«, gab er zur Antwort.

»Du meinst, er hatte eine Affäre mit ihr?« Warum mußte er eigentlich so beschönigend um den heißen Brei herumreden? Das verdunkelte lediglich den Sinn der Aussage, ohne etwas an den Tatsachen zu ändern.

Er zuckte zusammen. »Es wäre mir lieber, wenn du dich nicht so drastisch äußern würdest, Isadora«, sagte er tadelnd.

»Aber wenn du darauf bestehst, ja, das befürchte ich. Sie war hübsch, und ich habe inzwischen erfahren, daß ihr Ruf auf diesem Gebiet alles andere als vorbildlich war. Es wäre weit besser gewesen, wenn er für seine Übersetzungsarbeit einen jungen Mann beschäftigt hätte – wie ich es ihm seinerzeit auch geraten habe, du erinnerst dich doch?«

»Durchaus«, antwortete sie stirnrunzelnd. »Du hast gesagt, einer jungen Frau Gelegenheit zu geben, sich zu beweisen, sei ausgesprochen liberal und gebe ein glänzendes Beispiel.«

»Unsinn! Das waren Parmenters Worte«, widersprach er ärgerlich. »Mir scheint, daß dein Gedächtnis ziemlich nachgelassen hat.«

In Wahrheit erinnerte sie sich recht genau. Sie hatten in eben diesem Zimmer gesessen. In seinem Sessel vorgebeugt, hatte Ramsay Parmenter Unity Bellwoods wissenschaftliche Leistungen hervorgehoben und seine Absicht bekanntgegeben, sie mit Erlaubnis des Bischofs zeitlich befristet zu beschäftigen. Reginald hatte mit geschürzten Lippen ins Kaminfeuer gesehen und eine Weile darüber nachgedacht. Da es ein besonders kalter Novembertag gewesen war, hatte er den Butler beauftragt, Kognak zu bringen, der im Feuerschein bernsteinfarben im Glase schimmerte. Schließlich hatte er Parmenters Vorhaben gutgeheißen, es fortschrittlich und aufgeklärt genannt. Man müsse die Menschen darin bestärken, etwas zu lernen, und es sei Aufgabe der Kirche, mit gutem Beispiel voranzugehen und zu zeigen, daß jeder, der sich als würdig erweist, unsere Achtung verdient.

Jetzt sah sie zu ihm hin, wie er mit gerunzelter Stirn und angespannten Schultern dastand. Er trug einen dunklen Anzug, Gamaschen und einen sehr hohen weißen Kragen, der auf der einen Seite etwas emporgerutscht war. Ihm zu widersprechen wäre sinnlos, denn er würde ihr ohnehin keinen Glauben schenken.

»Die Frage ist«, fuhr er fort, »wie wir den Schaden für die Kirche begrenzen können. Wie läßt sich verhindern, daß der Skandal, zu dem es kommen kann, wenn wir uns nicht klug verhalten, das Werk so zahlreicher christlich gesinnter Männer und Frauen beeinträchtigt? Denk doch nur an die Schlagzeilen der Zeitungen: ›Künftiger Bischof ermordet seine Geliebte‹!« Er schloß die Augen, als quäle ihn körperlicher Schmerz. Sein bleiches Gesicht wirkte verzweifelt.

Zwar konnte sie sich die Situation gut vorstellen, doch dachte sie zuerst an Vita Parmenter und daran, welchen Kummer und welches Entsetzen sie wohl jetzt empfinden mochte. Ganz gleich, wie gut sie ihren Gatten kannte oder wie sehr sie ihm vertraute, sie mußte gewiß von starker Furcht erfaßt sein, man könnte ihn unter Anklage stellen. Es kam durchaus vor, daß Unschuldige litten, ja sogar starben. Auch Parmenter selbst mußte von widerstreitenden Empfindungen heimgesucht werden, eine wie die andere schmerzlich. Ganz gleich, wessen er sich schuldig gemacht haben mochte oder ob er völlig schuldlos war, gewiß war es für ihn ein Alptraum.

»Vielleicht könnte ich erreichen, daß man ihm Unzurechnungsfähigkeit zubilligt«, sagte der Bischof. Er sah auf seine Frau. »Er muß einfach verrückt sein. Kein Mensch würde sich bei klarem Verstand auf eine Affäre mit einer Frau wie Unity Bellwood einlassen und sich dann von aller Moral und allem, was er sein Leben lang geglaubt und was er gelernt hat, lossagen und sie in einem Anfall von Verzweiflung umbringen. Unzurechnungsfähigkeit wäre in der Tat sehr glaubhaft.« Er nickte, entschlossen, Isadora zu überzeugen. »Einen Verrückten kann man nicht unter Anklage stellen, sondern lediglich bemitleiden. Natürlich muß man ihn dann in einer geeigneten Institution unterbringen.« Er beugte sich vor. »Man würde sich in der geeignetsten und sichersten Einrichtung, die wir finden können, um ihn kümmern und ihm dort die nötige Fürsorge angedeihen lassen. Es wäre das beste für alle.«

Es verblüffte sie, wie rasch bei ihm aus einer Frage eine Annahme, aus dieser eine Überzeugung und schließlich ein Urteil geworden war und wie er sofort eine Lösung für den Fall Ramsay Parmenter gefunden hatte. Er hatte dafür weniger als drei Minuten gebraucht. Es kam ihr vor, als wäre sie nicht wirklich im Zimmer anwesend, sondern betrachte von ferne die stille Würde des Raumes mit seinem bordeauxfarbenen gemusterten Teppich, dem flackernden Feuer, dem Bischof, der mit verschränkten Händen davorstand und sein Urteil verkündete. Äußerlich schien er ihr wohlvertraut, doch war er ihr mit einem Mal völlig fremd. Das waren ein Geist und eine Seele, die sie nicht im geringsten kannte.

»Du weißt doch überhaupt noch nichts.« Die Worte waren ihr auf die Lippen getreten, bevor sie überlegt hatte, wie er darauf reagieren würde. »Immerhin ist es möglich, daß er sich nichts zuschulden kommen hat lassen.«

»Ich kann es mir kaum leisten zu warten, bis man Anklage gegen ihn erhebt, oder?« fragte er ärgerlich und tat einen Schritt näher ans Feuer. »Ich muß handeln, um die Kirche zu schützen. Das kannst du doch sicher begreifen? Der Schaden wäre entsetzlich.« Er sah sie anklagend an, als stelle sie sich begriffsstutzig. »Auch ohne diese Art von Katastrophe haben wir in der modernen Welt genug Feinde. Wir sind auf allen Seiten von Gottesleugnern umgeben, die Zitadellen der Vernunft errichten, als wäre diese eine Gottheit, die all unsere Wünsche erfüllen und den von uns angestrebten rechten Lebenswandel Wirklichkeit werden lassen könnte.« Er stieß einen Finger in die Luft. »Unity Bellwood hat zu diesen Aposteln des Geistes gehört, die keine Moral kennen und den niedrigsten Instinkten des Leibes nachgeben, als vermöge das Wissen einen Menschen von den Regeln zu befreien, die für uns alle gelten. Parmenter hat sich sehr geirrt, wenn er geglaubt hat, ihr etwas beibringen, sie bessern oder bekehren zu können. Das war äußerst dünkelhaft von ihm, und jetzt sieh nur, welchen Preis er dafür bezahlt hat!« Er machte sich wieder daran, mit kräftigen Schritten den Raum zu durchmessen, kehrte, am anderen Ende angekommen, um und überquerte stets an derselben Stelle den Teppich, so daß in dessen Flor eine Spur seiner Schritte entstand. »Jetzt muß ich überlegen, was für alle am besten ist. Ich kann nicht einem gegenüber nachsichtig sein, wenn es zu Lasten anderer geht. Diesen Luxus kann ich mir nicht erlauben. Das ist nicht der richtige Zeitpunkt für Gefühlsduselei.«

»Hast du schon mit Parmenter gesprochen?« Sie überlegte, womit sie ihn hinhalten konnte. Ohne sich darüber Rechenschaft abzulegen, war sie entschlossen, sich gegen seine Entscheidung zu stellen.

»Bisher noch nicht, aber ich werde das selbstverständlich noch tun. Als erstes muß ich überlegen, was ich sagen will. Ich kann nicht unvorbereitet dort hingehen. Es wäre ihm gegenüber unaufrichtig und hätte katastrophale Folgen.«

Sie fühlte sich noch ferner von ihm als zuvor, fast war er wie ein Fremder. Das Schmerzlichste war, daß das ihrem Wunsch entsprach; sie wollte weder mit seinen Gedanken etwas zu tun haben noch mit dem, was er tun würde.

»Nun, vielleicht sagt er dir etwas, was die Sache erklärt«, sagte sie. »Vorher darfst du nichts unternehmen. Überleg nur, wie du dastehen würdest, wenn du ihn grundlos verurteilt hättest. In welchem Licht würde die Kirche den Menschen erscheinen, wenn sie einen ihrer eigenen Leute in der Stunde der Not im Stich ließe? Was ist mit Ehre, Treue oder auch nur Mitgefühl?« Das letzte Wort stieß sie scharf hervor, unfähig, ihren Zorn länger zu beherrschen, und eigentlich auch nicht mehr bereit, ihn zu verbergen.

Er blieb mitten im Raum stehen und sah sie tief atmend an. Er wirkte beunruhigt, ja sogar furchtsam.

Eigentlich tat er ihr leid. Es war eine verfahrene Situation. Was auch immer er tat, konnte sich als falsch erweisen und würde sicherlich von vielen auch so aufgefaßt werden. Es gab immer Menschen, die nichts lieber taten, als an anderen herumzukritteln. Sie hatten ihre eigenen Gründe dafür, und meist waren sie kirchenpolitischer Natur. Auch in den Reihen der Kirche gab es zuhauf Rivalitäten, gekränkte Eitelkeit, Ehrgeiz, Schuldgefühl, gescheiterte Hoffnungen. Die Mitra des Bischofs drückte ihren Träger in gewisser Hinsicht ebenso schwer wie eine Krone. Zu viel wurde von ihm erwartet: der Lebenswandel eines Heiligen und eine moralische Unantastbarkeit, wie sie keinem Sterblichen möglich war.

Doch statt eines Mannes, der sich tapfer bemühte, in einer äußerst schwierigen Lage das Richtige zu tun, sah sie einen vor sich, der eine Lösung für den Fall suchte, daß man ihn auf der falschen Seite ertappte, einen Mann, der seine eigene Bedeutung genoß, weil er sich für den einzigen Menschen hielt, der imstande war, den Ruf der Kirche unter einem Druck wie diesem zu retten. Sie konnte sogar eine gewisse Lust am Märtyrertum an ihm entdecken. Mit keinem Wort hatte er zu erkennen gegeben, ob er Mitgefühl für die Angehörigen der Familie Parmenter empfand oder um Unity trauerte.

»Glaubst du, man wird es mißverstehen?« fragte er ernsthaft.

»Was?« Sie wußte nicht, wovon er sprach. Hatte er etwas gesagt, was sie nicht gehört hatte?

»Glaubst du, daß die Menschen unsere Gründe falsch verstehen würden?« sagte er, offenbar in der Annahme, sich jetzt klarer auszudrücken.

»Was könnten sie mißverstehen, Reginald?«

»Nun ja, unsere Empfehlung, Ramsay Parmenter für unzurechnungsfähig zu erklären. Hörst du mir denn gar nicht zu?« Sein Gesicht war von Besorgnis zerfurcht. »Was du gesagt hast, klang, als glaubtest du, man könne darin einen Mangel an Treue oder eine gewisse Feigheit sehen, so als hätten wir ihn im Stich gelassen.«

»Ist das nicht genau deine Absicht... ihn im Stich zu lassen?«

Er errötete bis unter die Haarwurzeln. »Natürlich nicht! Ich weiß nicht, wie du dazu kommst, so etwas zu denken!« erwiderte er erzürnt. »Es geht lediglich darum, die Kirche in den Vordergrund zu rücken. Das aber bedeutet, daß wir nicht nur tun müssen, was richtig ist, sondern auch, was Außenstehende als richtig erkennen können. Ich dachte, daß du nach all den Jahren dafür Verständnis aufbringst.«

Verblüfft merkte sie, wie wenig sie sich selbst und ihn kannte. Einmal davon abgesehen, daß sie seinem Plan wirklich nichts abgewinnen konnte, wieso hatte sie diesen schäbigen Zug an ihm nicht schon früher entdeckt? Seine Haltung schmerzte sie so sehr, daß sie vor Einsamkeit und Enttäuschung hätte weinen können.

Er sprach laut mit sich selbst. »Vielleicht sollte ich mit Harold Petheridge darüber reden. Er könnte seinen Einfluß geltend machen. Schließlich hat auch die Regierung ein Interesse an der Sache.« Erneut nahm er seine Wanderung auf. »Niemand möchte einen Skandal, und wir müssen auch an die Angehörigen denken. Das muß für sie fürchterlich sein.«

Sie sah ihn an und überlegte, ob er auch nur eine Sekunde an Ramsay Parmenter selbst dachte, an dessen Ängste, Zweifel, Verwirrung und vielleicht Schuldgefühle. Konnte jemand einsamer sein als dieser Mann? Würde Reginald hingehen, um ihm Trost zuzusprechen, ihm, sofern er schuldlos war, die Hilfe eines Freundes anzubieten? Würde er in dem Fall den Mut aufbringen, offen für Parmenters Rehabilitierung zu kämpfen? Sofern aber sein Amtsbruder schuldig war, verlangte es Reginalds Stand als Geistlicher, Parmenters Geständnis anzuhören und dem reuigen Sünder zumindest auf den rechten Weg zurückzuhelfen. Einen solchen Weg mußte es geben. Auch wenn Parmenter davon abgeirrt sein mochte, so war er doch kein Gottloser, durfte nicht einfach beiseite geschoben werden wie ein Gegenstand, den man nicht länger benötigte. War es nicht das vorrangige Ziel der Kirche, allen Menschen die frohe Botschaft zu bringen und jeden zur Umkehr zu mahnen, der bereit war zu hören …?

»Du gehst doch zu Parmenter, nicht wahr?« fragte sie mit einem Mal eindringlich.

Er stand am anderen Fenster. »Selbstverständlich«, sagte er verärgert. »Ich habe dir doch eben schon gesagt, es ist von ganz entscheidender Bedeutung, daß ich mit ihm spreche. Erst wenn ich sehr viel mehr über diese Angelegenheit weiß, kann ich entscheiden, wie wir vorgehen sollen … um das Beste daraus zu machen.« Er zupfte an seinem Jackett. »Ich gehe nach oben ins Studierzimmer. Ich muß mich ein wenig fassen. Gute Nacht.«

Sie gab keine Antwort, und er schien es nicht zu merken. Er verließ den Raum und zog die Tür hörbar ins Schloß.

# KAPITEL VIER

Am Vormittag nach Unity Bellwoods Tod ließ sich Pitt im Büro des Gerichtsmediziners melden. Auch wenn er nicht damit rechnete, etwas zu erfahren, was ihm weiterhalf, durfte er ihn nicht übergehen. Trotz seiner unangenehmen Aufgabe schritt er an diesem kühlen Vorfrühlingsmorgen munter aus. Bisher hatte er noch keine öffentlichen Anschläge gesehen, und die Schlagzeilen der Zeitungen beschäftigten sich in erster Linie mit Englands Binnenwirtschaft, der Afrika-Politik des Diamantenmagnaten und Politikers der Kap-Kolonie, Cecil Rhodes, sowie mit der ungelösten und vermutlich auch unlösbaren irischen Frage.

Immer zwei Stufen auf einmal nehmend, eilte er die Treppe empor und durch die Gänge, als bemerke er den Geruch nach Karbol und Formaldehyd nicht. Er klopfte an die Tür des Gerichtsmediziners und trat ein. Der kleine Raum quoll förmlich über von Büchern, die sich auf Regalen, dem Fußboden und dem Schreibtisch stapelten.

»Guten Morgen, Dr. Marshall«, sagte Pitt munter. »Haben Sie etwas für mich?«

Marshall, ein hageres Männchen mit ergrauendem Bart, hob den Blick von dem Blatt, auf das er gerade mit einem Gänsekiel schrieb.

»Ja, und es wird Ihnen nicht gefallen«, sagte er mit einem Lächeln, das zwar freundlich, aber unfroh wirkte. »Manchmal glaube ich, daß meine Aufgabe einem Menschen nicht einmal an einem schönen, sonnigen Tag Freude macht. Bei anderen Gelegenheiten ist sie mir lieber als die Ihre. Heute ist so ein Tag.«

»Was haben Sie herausbekommen?« fragte Pitt, und sein Herz sank. »War etwa nicht der Treppensturz die Ursache ihres Todes? Sagen Sie mir bloß nicht, daß man sie erwürgt hat! Trotz aufmerksamster Suche habe ich keine Würgemale gesehen. Hat man ihr vor dem Sturz einen Schlag versetzt?« Sollte es sich so verhalten, war ein Unfall ausgeschlossen und auch ein zu einem Kampf ausgearteter Streit, bei dem sie dann gestürzt war – das Ergebnis, das er eigentlich erhofft hatte. Parmenters Lüge ließ sich möglicherweise immer noch erklären und anschließend vertuschen. Die Sache lag erst vierundzwanzig Stunden zurück, und in vielen Fällen führt ein Schock zu kurzzeitiger geistiger Verwirrung. Man konnte den Fall so hinstellen, als hätte Parmenter seine Beteiligung fast sogleich eingeräumt.

»Ach nein«, sagte Marshall trocken und mit deutlichem schottischem Zungenschlag. »Außer der gebrochenen Halswirbelsäule hatte sie lediglich ein paar blaue Flecken, die sie sich zweifellos beim Sturz auf den Treppenstufen, am Geländer und an der Wand geholt hat. Wären alle Menschen so gesund wie sie – ich wäre arbeitslos.«

»Und was wird mir nicht gefallen?« fragte Pitt, schob den Bücherstapel auf einem der Stühle beiseite und setzte sich auf die Stuhlkante.

»Sie war im dritten Monat schwanger«, gab Marshall zur Antwort.

Das hätte Pitt voraussehen müssen. Es war ohne weiteres möglich, daß Unitys radikales Denken auch die sexuelle Freiheit einschloß, die in gewissen intellektuellen und künstlerischen Kreisen Mode war. Immer wieder hatte es im Verlauf der Menschheitsgeschichte Angehörige der geistigen und schöpferischen Elite gegeben, die nicht bereit waren, sich den üblichen Verhaltensnormen zu unterwerfen, und stets hatten sie Anhänger gefunden. Kein Wunder, daß Ramsay Parmenter sie für gefährlich gehalten hatte. Hatte er sich von ihr etwa angezogen gefühlt … in unwiderstehlicher Weise?

Ebensogut hätte es aber auch Mallory gewesen sein können – oder Dominic Corde. Pitt mußte daran denken, wie er ihn kennengelernt hatte. Damals war er ein gutaussehender

Charmeur gewesen, der den vielen jungen Frauen, die sich ihm anboten, nur allzu selten widerstand. Hatte er sich wirklich so sehr geändert, oder war der Priesterkragen nur eine Tarnung für seine alte Schwäche?

Noch während ihm diese Gedanken durch den Kopf gingen, war Pitt klar, daß sie nicht nur seinem beruflichen Interesse, sondern auch persönlichen Empfindungen entstammten.

»Ich weiß nicht«, meldete sich Marshall zu Wort.

»Wie bitte?« Pitt sah ihn fragend an.

»Ich habe keine Ahnung, wer der Vater war«, erklärte Marshall. »Wie soll man das angesichts des Haushaltes wissen, in dem sie gelebt hat – eine widerliche Geschichte.«

Das war milde ausgedrückt. Jeden der Männer, die dafür in Frage kamen, würde ein Skandal zugrunde richten, und, sofern die Vaterschaft ungeklärt blieb, möglicherweise alle. Genau solch einer Situation hatte Cornwallis von vornherein die Spitze nehmen wollen.

»Ich nehme an, daß sie von ihrem Zustand wußte?« sagte Pitt.

Marshall machte eine leicht zweifelnde Bewegung. »Vermutlich ja. Gewöhnlich ist das bei Frauen der Fall. Es hat aber auch schon welche gegeben, die noch nach neun Monaten überrascht waren. Doch nach dem, was Sie von ihr sagen, wußte sie wohl Bescheid.«

»Aha.« Pitt lehnte sich auf dem Stuhl zurück und stieß die Hände in die Taschen.

»Erpressung?« fragte Marshall und sah ihn mitfühlend an. »Oder eine große Liebe? Eine Gattin, die sich nach dreißig Jahren Ehe betrogen fühlt?«

»Nein«, sagte Pitt lächelnd. »Diesmal nicht. Vita Parmenter dürfte kaum zu der Art Frauen gehören, die so etwas zulassen oder in einem solchen Fall gewalttätig würden. Ohnehin ist sie eine der beiden einzigen Angehörigen der Familie, die Unity auf keinen Fall gestoßen haben können. Hätten Sie gesagt, daß sie nach dem Sturz erwürgt wurde, sähe das anders aus.«

»Nein… es war der Sturz«, sagte Marshall bekräftigend und sog den Atem ein. »Trotzdem haben Sie immer noch mehrere Möglichkeiten. Enttäuschte Liebe – wenn ich dich nicht haben darf, soll dich auch sonst keiner haben. Erpressung eines der Männer im Hause, weil er der Vater ist und sie gedroht hat, die Sache an die Öffentlichkeit zu bringen – oder, weil er fürchtete, der Vater zu sein.« Er sah Pitt an. »Eifersucht eines anderen Mannes, der es nicht ist und ihr vorgehalten hat, daß sie ihn betrogen hat, ein leichtes Mädchen oder Schlimmeres sei.« Er hob eine Braue. »Oder Eifersucht einer der Frauen, falls der Vikar der Vater ist. Eventuell, weil sie den Vater des Kindes vor Erpressung bewahren wollte.«

»Vielen Dank«, sagte Pitt sarkastisch. »Die meisten dieser Möglichkeiten waren mir auch schon durch den Kopf gegangen.«

»Tut mir leid.« Marshall lächelte trübselig. »Wie gesagt, manchmal scheint mir Ihre Arbeit schlimmer zu sein als meine. Die Menschen, mit denen ich zu tun habe, sind zumindest über alles irdische Leiden hinaus. Bei dieser hier war das ohnehin nur kurz, hat äußerstenfalls ein paar Sekunden gedauert.«

Das war Pitt klar gewesen, trotzdem gab es ihm eine gewisse Befriedigung zu hören, wie es laut gesagt wurde. Immerhin hatte sie nicht unnötig leiden müssen.

»Danke«, sagte er ohne Schärfe in der Stimme. »Gibt es sonst irgendwelche Hinweise, die uns weiterhelfen könnten?«

Marshall sah ihn streng an. »Ich kann Ihnen sagen, daß der Fleck auf ihrer Schuhsohle von einem Schädlingsbekämpfungsmittel herrührt, das man in Gewächshäusern oder Wintergärten verwendet.«

»Da wir es auf dem Fußboden im Wintergarten gefunden haben, nützt uns das nichts«, gab Pitt zur Antwort. »Außer, daß Parmenters Sohn gesagt hat, sie sei nicht dort gewesen, was offenkundig nicht der Wahrheit entspricht. Menschen lügen häufig aus Angst, nicht unbedingt, weil sie eine Schuld zu verbergen haben.«

»Haben Sie schon überlegt, daß mehr als einer von ihnen daran beteiligt gewesen sein könnte?« gab Marshall zu bedenken. Sein offener Blick lag voll auf Pitt. »Vielleicht der Kindsvater und jemand, der bereit war, ihm zu helfen.«

Pitt sah ihn wütend an und stand abrupt auf, wobei er unabsichtlich mit dem Stuhl über den Fußboden scharrte. »Danke für die Angaben, Dr. Marshall. Ich werde Sie jetzt Ihrer Arbeit überlassen, bevor Ihnen noch mehr einfällt, womit Sie mir die meine erschweren können.« Mit schiefem Lächeln ging Pitt zur Tür.

»Auf Wiedersehen!« rief ihm der Gerichtsmediziner fröhlich nach.

Pitt begab sich auf kürzestem Wege zu Cornwallis' Büro. Er mußte ihn unbedingt von Dr. Marshalls Befund in Kenntnis setzen. Auch wenn er bezweifelte, daß das an seinen Anweisungen mit Bezug auf den Fall etwas ändern würde, mußte der stellvertretende Polizeipräsident unbedingt stets auf dem laufenden sein. Wurde der Fall bekannt, was unvermeidlich war, würde sonst der Eindruck erweckt, Cornwallis sei unfähig.

»Seit wann?« fragte er, neben dem Fenster stehend. Das Sonnenlicht des Vorfrühlings bildete Muster auf den Eichendielen vor seinen Füßen.

»Im dritten Monat«, gab Pitt zur Antwort und sah, wie Cornwallis zusammenzuckte. Ihm war klar, daß sein Vorgesetzter gehofft hatte, Unitys Schwangerschaft hätte schon vor ihrem Eintreffen in Brunswick Gardens bestanden.

Cornwallis wandte sich mit hoffnungslosem Gesicht wieder Pitt zu. Er brauchte nicht in Worte zu fassen, was das bedeutete. Ganz gleich, wie die Lösung aussah, die Sache konnte so oder so zu einer Katastrophe führen und würde mit Sicherheit tragisch enden.

»Das ist sehr schlimm«, sagte er ruhig. »Welchen Eindruck haben Sie von Parmenter? Meinen Sie, daß er sich von einer jungen Frau betören läßt und anschließend in Panik gerät?«

Pitt bemühte sich um eine aufrichtige Einschätzung. Er erinnerte sich an Parmenters asketisch wirkende Züge, den tiefen Kummer und die Verwirrung in seinen Augen, den Zorn, der in ihm aufgeflammt war, als er sich über Charles Darwin geäußert hatte.

»Nein«, sagte er bedächtig. »Er hatte Vorbehalte gegen sie, die zeitweise sehr stark waren, aber die bezogen sich allem

Anschein nach auf ihre Vorstellungen ...« Er unterbrach sich, weil ihm Parmenters Äußerungen über Unitys Unmoral eingefallen war. Hätte er das gesagt, wenn er selbst daran beteiligt gewesen wäre?

»Ja?« forderte ihn Cornwallis zum Weiterreden auf.

»Er hielt sie für unmoralisch«, erklärte Pitt. »Er hat aber nicht erklärt, worauf er sich damit bezog. Möglicherweise hat er es nicht im Zusammenhang mit Sexualität gemeint.«

Ungläubig hob Cornwallis die Brauen.

Pitt widersprach ihm nicht. Es war ein schwacher Versuch, und das war ihm klar. Er hatte damals Parmenter dahingehend verstanden, daß er Unkeuschheit meinte und nicht etwas wie Unaufrichtigkeit, Egoismus, Gefühlskälte, Grausamkeit oder irgendeine der anderen menschlichen Schwächen. Wer das Wort »Unmoral« verwendete, meinte damit gewöhnlich etwas ganz Bestimmtes.

»Ich glaube nicht, daß er es gesagt hätte, wenn er selbst daran beteiligt gewesen wäre«, fuhr er fort. »Schon gar nicht nach ihrem Tode. Es mußte ihm ja klar sein, daß wir dahinterkommen, in welchem Zustand sie sich befand.«

»Halten Sie ihn für schuldlos?« Cornwallis war verwirrt.

»Ich weiß nicht recht«, gestand Pitt. »Sofern Parmenter schuldig ist, verhält er sich in manchen Dingen unglaublich geschickt und in anderen unvorstellbar plump. Ich verstehe das Ganze überhaupt nicht. Rein äußerlich scheint die Beweislage klar. Vier Personen haben sie ausrufen hören: ›Nein, nein, Reverend‹.«

»Vier?« fragte Cornwallis. »Sie haben die Zofe, den Diener und eine der Töchter genannt. Wer ist die vierte Person?«

»Seine Frau. Sie hat es zwar nicht ausdrücklich gesagt, muß es aber gehört haben. Sie hat es auch nicht bestritten, sondern sich verständlicherweise über den Wortlaut ganz allgemein geäußert.«

»Ich verstehe. Nun, halten Sie mich auf dem laufenden ...« Bevor er etwas hinzufügen konnte, klopfte es an die Tür, ein Polizeibeamter steckte den Kopf herein und sagte, Sir Gerald Smithers aus dem Amt des Premierministers sei da und wolle dringend Captain Cornwallis sprechen. Der Besucher tauchte sogleich hinter dem Rücken des Beamten auf, schob sich an ihm vorbei und betrat den Raum mit einem Lächeln, das sogleich wieder spurlos verschwand. Er war teuer und mit unaufdringlicher Eleganz gekleidet, wirkte aber, davon und von seiner ungewöhnlichen Selbstsicherheit abgesehen, durchschnittlich.

»Guten Morgen, Cornwallis«, sagte er rasch und warf einen Blick auf Pitt. »Mr. … Ich bin froh, daß Sie hier sind. Das trifft sich sehr gut.« Er schloß die Tür vor der Nase des Polizeibeamten. »Eine elende Geschichte da draußen in Brunswick Gardens. Wir müssen alle gemeinsam daran arbeiten. Das verstehen Sie bestimmt.« Er sah die beiden fragend an, ohne aber eine Antwort abzuwarten. »Noch etwas?« wandte er sich an Cornwallis.

Dieser wirkte angespannt und steif, als müsse er sich bei hohem Seegang auf den Beinen halten.

»Ja. Unity Bellwood war im dritten Monat schwanger«, gab er zur Antwort.

»Ach herrje!« Offensichtlich traf Smithers diese Mitteilung unerwartet. »Auch das noch. Vermutlich mußte man mit so etwas rechnen. Das macht die Sache nicht besser. Was werden Sie tun, um zu verhindern, daß das an die Öffentlichkeit dringt?«

»Ich habe gerade erst davon erfahren«, sagte Cornwallis überrascht. »Ich bezweifle, daß es möglich sein wird, das zu verhindern. Es kann sich ohne weiteres als Motiv der Tat erweisen.«

»Ich hoffe, daß es soweit nicht kommt.« Smithers machte eine Handbewegung, wobei das Sonnenlicht auf kleine goldene Manschettenknöpfe mit Monogramm fiel. »Es ist unsere Aufgabe, dafür zu sorgen, daß es nicht dahin kommt.« Endlich sah er Pitt an. »Besteht die Möglichkeit, daß es sich einfach um einen Unfall handelte?«

»Vier Personen haben sie rufen hören: ›Nein, nein, Reverend!‹« gab ihm Pitt zur Antwort. »Und es gab nichts, worüber sie hätte stolpern können.«

»Was für Leute sind das?« wollte Smithers wissen. »Sind sie glaubwürdig? Könnten sie sich geirrt haben?«

Cornwallis stand mit ausdruckslosem Gesicht da, wie ein Soldat vor seinem Vorgesetzten. Pitt kannte ihn gut genug, um zu wissen, daß sich hinter dieser Maske der Förmlichkeit Abneigung verbarg.

»Die eine ist Parmenters Gattin«, sagte er, bevor Pitt antworten konnte.

»Aha, gut.« Smithers wirkte hochzufrieden. »Niemand kann sie zwingen, gegen ihn auszusagen.« Er rieb sich die Hände. »Die Sache sieht schon besser aus. Was ist mit den anderen?«

Das Muster des Sonnenlichts auf dem Fußboden verblaßte. Von der Straße her drang ein gleichmäßiges Geräusch herein.

»Zwei sind Dienstboten«, sagte Pitt. Er sah, wie sich die Befriedigung in Smithers' Augen steigerte. »Und die letzte ist seine Tochter. Sie ist sich ihrer Sache sehr sicher«, schloß er.

Smithers hob die Brauen. »Eine junge Frau? Vermutlich ein bißchen überkandidelt, was?« Er lächelte. »Ein bißchen hysterisch? Vielleicht gegen den Wunsch der Eltern verliebt, so daß sie sich gegen deren Mißbilligung auflehnt?«

Er wirkte vollständig entspannt.

»Bestimmt kann man sie dazu bringen, sich noch einmal zu überlegen, was sie gesagt hat, oder ihre Aussage schlimmstenfalls in Zweifel ziehen, wenn es nötig sein sollte. Aber sicher werden Sie dafür sorgen, daß es nicht nötig ist.« Er sah Pitt bedeutungsvoll an.

»Dann sollten wir besser auf Beweise für eine andere Lösung hoffen«, gab Pitt zur Antwort, darum bemüht, die Verachtung zu verbergen, die er empfand. »Die junge Frau wäre eine ausgezeichnete Zeugin. Sie ist klug, wortgewandt und äußerst erzürnt. Sie glaubt leidenschaftlich an Aufrichtigkeit und Gerechtigkeit und dürfte sich nicht dazu bewegen lassen, etwas unter den Teppich zu kehren, das sie als Ungeheuerlichkeit empfindet. Sofern Sie hoffen, daß sie einen Meineid schwört, um ihren Vater zu decken, dürften Sie enttäuscht werden. Sie hat die Tote ausgesprochen hoch geschätzt.«

»Ach ja?« sagte Smithers kalt mit geschürzten Lippen. Er sah Pitt voll Mißfallen an. »Nun, das klingt unnatürlich. Welche normal empfindende junge Frau würde eine bezahlte Angestellte, ganz gleich, wie gebildet diese auch sein mag, über ihren Vater stellen?« Er sah zu Cornwallis hin. »Ich denke, dazu ist jedes weitere Wort überflüssig! Die Sache spricht für sich selbst. Ausgesprochen unangenehm. Versuchen Sie das unbedingt um des Anstands willen und um die Gefühle der Familie zu schonen aus der Sache herauszuhalten.«

Jetzt war Cornwallis richtig aufgebracht, zugleich aber auch verwirrt. Er ahnte nicht, wovon Smithers sprach. In den auf See verbrachten Jahren hatte er viel über Männer und Befehlsstrukturen gelernt, er verstand etwas von geistiger und körperlicher Führerschaft, von Mut und Einsichtsfähigkeit. Doch gab es Gebiete der zwischenmenschlichen Beziehungen, auf denen er völlig unwissend war, und die Gesellschaft von Frauen hatte er nie richtig kennengelernt.

»Ja, Sir«, sagte Pitt und sah Smithers offen an. Nur selten war ihm jemand so rasch und so gründlich zuwider gewesen. »Sollte es allerdings zur Verhandlung kommen, würde Mrs. Whickham mit großer Wahrscheinlichkeit aussagen, daß sie Miss Bellwood rufen gehört hat. Jeder Staatsanwalt würde in ihr eine glänzende Zeugin haben, und ihre Ansichten zu Gerechtigkeit und Integrität würden die verdiente Würdigung finden.«

»Wie bitte?« Smithers war verblüfft. »Vorhin haben Sie gesagt ›seine Tochter‹. Wer ist diese Mrs. Whickham?«

»Seine Tochter«, gab Pitt unbeeindruckt zurück. »Sie ist verwitwet.«

Smithers war gründlich verärgert. »Ich hatte Sie dahingehend verstanden, daß sie eine unkritische Zuneigung zu dieser Miss Bellwood gefaßt hatte und sie ihrer eigenen Familie vorzog«, sagte er anklagend.

»Ich habe gesagt, daß sie voll Bewunderung für Miss Bellwoods Kampf um die Rechte der Frauen auf dem Gebiet des Bildungswesens und der Politik war«, korrigierte ihn Pitt, »eine Frau, die Gerechtigkeit ganz allgemein hochhält und höchstwahrscheinlich keinen Meineid leisten würde, um jemanden zu decken, der ihre Freundin getötet hat, nicht einmal dann, wenn sich herausstellen sollte, daß einer ihrer Angehörigen der Täter war.«

Smithers' Augenbrauen hoben sich.

»Ach! Sie meinen eine ›moderne Frau‹! Eins dieser lächerlichen und ausgesprochen unweiblichen Geschöpfe, die wollen, daß sich Frauen wie Männer benehmen und Männer sich das gefallen lassen?« Er stieß ein hartes Lachen aus. »In dem Fall ist es nur gut, daß Sie lediglich ermitteln und Ihnen nicht die endgültige Entscheidung darüber obliegt, was zu geschehen hat.« Er wandte sich Cornwallis zu. »Sofern dieser elende Parmenter schuldig ist, wäre es für alle das beste, man könnte beweisen, daß er einen seelischen Zusammenbruch hatte und nicht zurechnungsfähig war. Die Sache müßte dann diskret und rasch erledigt werden.« Seine Stimme klang schneidend. »Der Arme muß vollständig verrückt gewesen sein. Man kann sich in einer geeigneten Einrichtung um ihn kümmern, wo er niemandem schaden kann. Seinen Angehörigen braucht man nicht mehr zu sagen, als unbedingt nötig ist. Die Gerechtigkeit wird mit der Barmherzigkeit Hand in Hand gehen.« Er entblößte seine Zähne in einem Lächeln. Es war ihm anzusehen, daß ihm gefiel, was er gesagt hatte.

Wie eine Handvoll winziger Steine prasselte Regen gegen die Scheiben.

Mit bleichem Gesicht sah Cornwallis zu Smithers hin. »Und wenn er nicht schuldig ist?« fragte er leise und ruhig.

»Dann ist es jemand anders«, gab Smithers zurück. »Sollte sein katholischer Sohn die Tat begangen haben, spielt das kaum eine Rolle, und sofern es der neue junge Vikar ist, wäre das zwar zu beklagen, aber keine Katastrophe.« Er wandte sich wieder Pitt zu. Inzwischen lief der Regen in Bächen am Fenster hinab. Typisches Märzwetter. »Ganz gleich, wie die Lösung aussieht, es ist von äußerster Wichtigkeit, daß Sie so schnell wie möglich zu einem Ergebnis gelangen. Im Idealfall hätte ich es gerne … es wäre am besten … wenn Sie bis morgen etwas vorlegen könnten. Schaffen Sie das?«

»Nur, wenn Reverend Parmenter ein Geständnis ablegt«, erwiderte Pitt.

Smithers lächelte eisig. »Dann sehen Sie zu, daß Sie das bekommen. Weisen Sie ihn auf die Vorzüge hin. Es wäre in seinem eigenen Interesse. Ich bin sicher, daß Sie ihn davon überzeugen können.« Er sagte das wie einen Befehl. »Halten Sie mich auf dem laufenden. Vielleicht kann ich Ihnen behilflich sein.«

»An welches Ministerium muß ich mich wenden, Sir?« fragte Cornwallis.

»Das ist keine offizielle Erklärung«, sagte Smithers, und ein Anflug von Ärger trat auf seine Züge, »sondern lediglich ein guter Rat. Gewiß werden Sie verstehen. Guten Tag, meine Herren.« Ohne abzuwarten, wandte er sich der Tür zu, zögerte kurz und verließ dann den Raum.

»Sollte Parmenter den Verstand soweit verloren haben«, sagte Pitt mit bitterem Sarkasmus, »daß er sich in seinem eigenen Haus auf eine Affäre mit einer radikalen ›modernen Frau‹ eingelassen und sie später umgebracht hat, indem er sie die Treppe hinabstieß, dürfte er Vernunftargumenten kaum zugänglich sein, die ihm erklären, warum er sich stillschweigend dazu bereitfinden soll, sich in einer öffentlichen oder privaten Heilanstalt einsperren zu lassen. Ich glaube nicht, daß ich imstande sein werde, ihn dazu zu überreden.«

»Das werden Sie auch gar nicht versuchen!« knurrte Cornwallis. Er stand mit dem Rücken zum Fenster; das graue Licht des Tages ließ alle Farben im Raum matt wirken. »Der bloße Gedanke ist ungeheuerlich!« Er war so empört, daß er nicht schweigen konnte. Er war bleich bis in die Lippen. »Man kann einen Glauben, der sich auf Ehre und Gehorsam gegenüber den Gesetzen von Anstand und Gerechtigkeit gründet, nicht mit Hilfe der Unwahrheit schützen.« Er schritt unruhig auf und ab. »Mitgefühl ist die größte aller Tugenden, aber es steht uns nicht zu, mit Hilfe von Lug und Trug Schuld zu verlagern oder Verfehlungen zu decken. Das unterhöhlt die Grundlage, auf der alles ruht. Vergebung kommt nach der Reue, nicht vorher.«

Pitt unterbrach ihn nicht.

Cornwallis bewegte sich ruckartig, seine Schultern waren verkrampft, die Fäuste geballt, die Fingerknöchel schimmerten bleich durch die angespannte Haut. »Und er hat keinen Gedanken an die Möglichkeit verschwendet, daß Parmenter unter Umständen nicht der Täter ist. Ich gebe zwar zu, daß seine Schuld äußerst wahrscheinlich ist, aber sie ist nun einmal nicht sicher erwiesen, und gerade das bezieht der Mann erst gar nicht in seine Erwägungen ein.«

Ruckartig wandte er sich um und kehrte zum Fenster zurück, ohne den Blick von Pitt zu lösen. »Ohne Beweise, die seine Schuld mit an Sicherheit grenzender Wahrscheinlichkeit feststellen, hat Smithers kein Recht, so vorzugehen. Sofern wir, nur weil Smithers das wünscht, Parmenter die Möglichkeit nehmen, vor Gericht gehört zu werden, worauf er Anspruch hat, machen wir uns zu Komplizen einer widerwärtigen Ungerechtigkeit. Das aber wäre besonders unverzeihlich, weil es unsere Aufgabe ist, dem Recht zur Geltung zu verhelfen. Wenn wir versagen – auf wen kann man dann noch hoffen?« Er sah Pitt herausfordernd an, während er seiner Empörung Luft machte.

»Heißt das, ich habe Ihre Anweisung, mit der Untersuchung fortzufahren?« fragte Pitt.

»War das nicht ohnehin Ihre Absicht?« fragte Cornwallis erschrocken.

Pitt lächelte. »Doch, aber ich hätte Ihnen das nicht unbedingt ins Gesicht gesagt... falls Sie das in eine schwierige Lage gebracht hätte.«

»Vielen Dank.« Cornwallis zeigte mit dem Anflug eines Lächelns, daß er das zu schätzen wußte. »Niemand muß mich von meiner Verantwortung entbinden. Ich gebe Ihnen hiermit den Auftrag, zu tun, was in Ihren Kräften steht, um die vollständige Wahrheit über die Vorfälle in Brunswick Gardens aufzudecken. Für den Fall, daß Sie besonders vorsichtig sein wollen, gebe ich Ihnen das gern schriftlich.«

Draußen hörte es auf zu regnen.

»Vielen Dank, aber ich bin lieber unvorsichtig«, antwortete Pitt. Er wollte gern taktvoll sein, aber mitunter durchschaute Cornwallis das politische Taktieren anderer nicht so recht. »Nicht immer ist eine gerade Linie der kürzeste Weg zwischen zwei Punkten«, fügte er hinzu.

Verständnis zeigte sich in Cornwallis' Augen, aber da sein Zorn auf Smithers nach wie vor nicht verraucht war, konnte er sich nicht entspannen. »Tun Sie, was Ihnen am besten erscheint«, sagte er, »aber machen Sie sich an die Arbeit! Habe ich mich klar ausgedrückt?«

Pitts Rücken straffte sich.

»Ja, Sir. Ich werde Ihnen berichten, sobald ich Genaueres weiß.«

»Tun Sie das.« Cornwallis holte Luft, als wolle er etwas sagen, überlegte es sich dann aber anders und wünschte Pitt einen guten Tag.

Es gab keine weiteren Spuren zu verfolgen. Unmöglich hätte Pitt sagen können, auf welche Weise sich feststellen ließ, wer der Vater von Unitys Kind war, solange er nicht sehr viel mehr über die einzelnen Mitglieder des Haushaltes wußte. Dominic kannte er von früher, hatte aber in den letzten sechs oder sieben Jahren keinen Kontakt zu ihm gehabt. Wenn er sich selbst gegenüber ehrlich war, mußte er zugeben, daß es äußerst ungerecht war, einen Mann nach seiner Vergangenheit zu beurteilen, ohne seine Gegenwart mit einzubeziehen.

Auch über Mallory Parmenter müßte er etwas in Erfahrung bringen. Er hatte wenig Grund, ihn zu verdächtigen, wenn man von der ungeklärten Frage nach der Herkunft des Flecks auf Unitys Schuhsohle absah. Mallorys Haltung war zwar verständlich, aber auch kindisch. Pitt hätte von einem Mann, der im Begriff stand, Geistlicher welcher Religion auch immer zu werden, mehr Würde oder Reife erwartet.

Doch zuerst mußte er noch weit tiefer in Ramsay Parmenters Leben eindringen. Sofern Parmenter seelisch oder geistig so unausgeglichen war, wie man vermuten mußte, wenn er den Mord an Unity begangen hatte, mußte es Hinweise darauf gegeben haben, und es lag an Pitt, sie richtig zu deuten.

Die letzten Stunden des Vortages hatte Pitt damit zugebracht festzustellen, wo er Menschen finden konnte, mit denen Parmenter im Laufe der Jahre in Berührung gekommen war. Tellman hatte einen Studienfreund Parmenters aufgespürt, Frederick Glover, der jetzt als Pfarrer der Erlöserkirche in Highbury lebte, einem Vorort am äußersten Rande Londons, und für Pitt einen Termin mit ihm vereinbart.

So nahm dieser den Zug über Islington nach Highbury und setzte vom Bahnhof die Fahrt mit einer Droschke zum Pfarrhaus fort, das in Aberdeen Park nahe der Kirche stand.

»Womit kann ich Ihnen dienen, Sir?« fragte Glover, ein hochgewachsener Mann Ende Fünfzig, und führte den Besucher in ein zum Bersten gefülltes kleines Studierzimmer. Alle Wände waren vom Boden bis zur Decke mit Büchern bedeckt, außer an den Stellen, an denen in tiefe Erker eingelassene Fenster den Blick auf einen liebevoll gepflegten Garten voll früher Blumen und hoher Bäume freigaben, den eine moosbedeckte Mauer umschloß. Unter gewöhnlichen Umständen hätte Pitt den Mann nach dem Garten gefragt und vielleicht den einen und den anderen gärtnerischen Kniff dabei gelernt, doch Parmenters Situation verbot solche Abschweifungen.

»Soweit ich weiß, sind Sie ein Studienfreund Ramsay Parmenters«, sagte Pitt und folgte der Aufforderung, in einem wuchtigen braunen Ledersessel Platz zu nehmen, der halb dem Fenster zugewandt stand.

»So ist es«, stimmte Glover zu. »Das habe ich Ihrem Mann gestern schon gesagt.« Er sah Pitt freundlich an. In jungen Jahren mochte er recht gut ausgesehen haben, doch hatte er wohl im Laufe der Zeit Fett angesetzt und eine Stirnglatze entwickelt. Trotz einer ziemlich langen Nase waren seine Züge angenehm. Zwar war sein Gesicht voll Güte, doch machte er nicht den Eindruck eines Mannes, der sich leicht hinters Licht führen ließ.

»Warum interessieren Sie sich für Ramsay Parmenter?« Er brauchte seine Frage nicht weiter zu erläutern. Es war auf den ersten Blick zu erkennen, daß er zu den Menschen gehörte, bei denen vertrauliche Mitteilungen sicher sind, weil sie nicht ohne weiteres über andere reden. Bei aller Höflichkeit wahrte er eine gewisse Distanz, die es zu respektieren galt.

Es hatte keinen Sinn, etwas anderes als die Wahrheit oder zumindest einen Teil davon zu sagen.

»Weil es im Hause Parmenter zu einer Tragödie gekommen ist«, antwortete Pitt, schlug ein Bein über das andere und lehnte sich behaglich zurück. »Noch wissen wir nicht genau, was geschehen ist. Es gibt verschiedene Berichte, die jedoch weder mit der Faktenlage noch miteinander so ganz in Einklang zu bringen sind.«

»Das muß ja eine für die Polizei bedeutende Angelegenheit sein«, nickte Glover. »Sonst würde sich nicht ein Oberinspektor persönlich damit beschäftigen. Sagten Sie nicht, daß Sie aus der Bow Street kommen?« Er runzelte die Brauen. »Ich war überzeugt, daß Parmenter in Brunswick Gardens lebt.«

»So ist es auch. Die Sache erfordert sehr viel Fingerspitzengefühl.«

»Ich denke, Sie sollten mir besser die Wahrheit sagen, und ich werde Ihnen helfen, soweit ich kann.« Er sah verwirrt drein. »Allerdings wüßte ich nicht, was ich Ihnen mitteilen könnte. Ich habe Ramsay Parmenter seit Jahren nicht gesehen. Natürlich bin ich ihm hier und da bei einer Veranstaltung über den Weg gelaufen, aber daß ich ein längeres Gespräch mit ihm geführt habe, ist bestimmt fünfzehn oder zwanzig Jahre her. Worum geht es genau? Sie können sich auf meine berufliche Schweigepflicht verlassen. Ich werde alles vertraulich behandeln, was zwischen uns gesagt wird.«

»Sie werden es erfahren«, sagte Pitt. »Doch zuvor möchte ich Ihnen einige Fragen stellen, bei denen es weder um private noch um vertrauliche Dinge geht.«

Glover verschränkte die Hände über seinem stattlichen Bauch und neigte den Kopf leicht zur Seite, um zuzuhören. Das tat er so selbstverständlich, daß Pitt vermutete, er nehme diese Haltung recht häufig ein.

»Wann haben Sie ihn kennengelernt?« fragte Pitt.

»Im Jahre 1853, als wir unser Studium aufnahmen«, antwortete Glover.

»Wie war er als junger Mann? Und wie als Student?«

»Er war immer ziemlich ruhig und in sich gekehrt.« Es war Glovers Augen anzusehen, wie er sich erinnerte. »Wir haben ihn oft verspottet, weil er nur wenig Humor hatte. Er war ausgesprochen ehrgeizig.« Er lächelte. »Ich habe immer die Ansicht vertreten, daß Gott viel Humor und Sinn für das Absurde haben muß, sonst hätte er uns nicht als seine Kinder in die Welt gerufen und uns geliebt. Wir benehmen uns doch wirklich oft lachhaft.«

Es war deutlich zu sehen, daß er hinter seiner gütigen und gelassen wirkenden Haltung Pitt ziemlich aufmerksam beobachtete. »Davon abgesehen, halte ich Lachen für eine ausgesprochen gesunde und kluge Reaktion auf alles, was das Leben an Leid und Vergnügen für uns bereithält«, fuhr er fort. »Bisweilen ist es die Grundlage und das äußere Zeichen von Mut. Aber entschuldigen Sie – Sie sind nicht gekommen, um sich meine Vorstellungen anzuhören. Ramsay war ein herausragender Student, wirklich brillant. Auf jeden Fall war er weit besser als ich. Er hat alle Prüfungen mit Glanz und Gloria bestanden, oft mit Höchstnoten.«

»Und worauf richtete sich sein Ehrgeiz?« fragte Pitt neugierig. Er war nicht ganz sicher, welche Ziele ein junger Theologe hatte. »Hohe Ämter in der Kirche?«

»Das hat zweifellos dazugehört«, nickte Glover. »Aber er wollte auch das maßgebliche Werk zu dem einen oder anderen Thema verfassen. Schließlich bringt das eine Art Unsterblichkeit mit sich. Natürlich ist das nicht mit der Unsterblichkeit der Seele vergleichbar. Ich nehme an, daß das nach Eitelkeit klingt, nicht wahr? Es war aber nicht meine Absicht, Ramsay dergleichen zu unterstellen.«

»War er denn nicht eitel?«

Glover zuckte nachgebend die Achseln. »Doch. Zumindest auf akademischem Gebiet. Außerdem war er ein glänzender Kanzelredner. Er war damals voll Begeisterung und Feuer. Er hatte nicht nur eine sehr gute Stimme, sondern war auch wortgewandt und verfügte über ein so breit gefächertes Wissen, daß er sich nur selten wiederholte.«

Das klang nicht nach dem Mann, den Pitt kennengelernt hatte. Hatte ihn Unity Bellwoods Tod des Feuers beraubt, oder war es schon vorher erloschen?

»Sie haben also damit gerechnet, daß ihm eine glänzende Zukunft und eine herausragende Laufbahn in der Kirche bevorstanden?« fragte Pitt.

»Ich denke, dieser Ansicht waren wir alle«, stimmte Glover zu. Seine leicht zusammengekniffenen Lippen und irgend etwas um die Augen herum schienen sein Bedauern auszudrücken.

»Aber es ist nicht ganz so gekommen«, schloß Pitt. Er konnte im Augenwinkel das leuchtende Gelb von Narzissen sehen und ein wenig Licht über dem Rasen.

»Nicht so, wie ich es mir damals vorgestellt habe.« Glover sah ihn wieder an und schien zu überlegen, wieviel er noch sagen sollte. »Ich hatte erwartet, daß ihm seine... seine Leidenschaftlichkeit erhalten bliebe, seine ungeheuer tiefe Überzeugung. Ich hatte mit etwas Persönlicherem gerechnet als gelehrten und, Gott verzeih mir, ziemlich trockenen Büchern.«

»Und was ist mit seiner Leidenschaftlichkeit geschehen?« fragte Pitt.

Glover seufzte leise, es klang traurig und ohne Vorwurf.

»Ich weiß es nicht und kann es nur vermuten. Als ich ihn kennenlernte, hatte er weniger Glaubenszweifel als irgendeiner von uns anderen.« Er lächelte. »Ich weiß noch, wie wir die ganze Nacht beieinander gesessen, abscheulichen Wein getrunken und uns begeistert über alles mögliche unterhalten haben: Gott, den Sinn des Lebens, den Sündenfall, Evas Rolle dabei, die Frage der Prädestination, Gottes Gnade und menschliche Werke, die Rechtfertigung der Reformation, allerlei Ketzereien über die Wesenheit Gottes... wir haben all das gründlich diskutiert. Ramsay schien von uns allen am wenigsten zu zweifeln. Was er vorbrachte, war gewöhnlich so stichhaltig, so vollkommen überzeugend, daß er sich meistens mit seinem Standpunkt durchsetzte.«

»Hatten Sie mit ihm nach der Zeit auf der Universität noch zu tun?« fragte Pitt.

»Ja, eine ganze Weile. Ich weiß noch, wie er Vita Stourbudge kennenlernte und ihr den Hof machte.« Mit mildem und etwas belustigtem Blick sah er in die Ferne. »Wir alle haben ihn beneidet, denn sie war wirklich hübsch.« Er schüttelte den Kopf. »Nein, das ist das falsche Wort. Sie war mehr als nur hübsch – sie war außergewöhnlich bezaubernd, voller Lebensfreude und Klugheit. Ich bin sicher, daß er sie geliebt hat, aber selbst wenn das nicht der Fall gewesen wäre, er hätte kaum eine bessere Frau finden können. Sie hat ihn in allem unterstützt und schien der Sache ebenso ergeben zu sein wie er.« Er lachte leise auf. »Außerdem war sie für ihn natürlich eine glänzende Partie, denn ihr Vater war reich und angesehen und obendrein eine Stütze der Kirche.«

Vita hatte sich also nicht verändert. Noch jetzt konnte Pitt in ihr die Frau erkennen, die Glover beschrieb. Auch wenn er ihren familiären Hintergrund nicht gekannt hatte, überraschte ihn dieser nicht weiter.

»Und hat er das maßgebliche Werk zu einer der Fragen verfaßt, über die Sie sich unterhalten haben?« erkundigte er sich. Es waren lauter Themen, über die er noch nie nachgedacht hatte. Für ihn hatte Religion immer mit dem richtigen Verhalten zu tun gehabt, das sich auf die wahren Grundlagen des Glaubens an ein höheres Wesen stützte. Religion war das, worin man ihn als Kind unterwiesen hatte. Dabei ging es um eine einwandfreie Lebensführung, die sich aus einem sich mit der Zeit vertiefenden Verständnis von Mitgefühl und Anstand ergab. Vielleicht hatte er das mit Cornwallis gemeinsam, auch wenn sie auf sehr unterschiedlichen Wegen dorthin gelangt waren.

»Nicht, daß ich wüßte«, antwortete Glover. »Die Vertreter der Staatskirche schätzen seine Arbeiten hoch. Auf den Durchschnittsleser allerdings wirken sie eher...« Er hielt inne, weil er nicht recht zu wissen schien, wie er sich ausdrücken sollte.

Pitt sah an ihm vorüber zu den Narzissen und zur Sonne.

»Abstrus«, beendete Glover seinen Satz. »Die Komplexität seiner Beweisführung erschwert das Verständnis zu sehr. Nicht jeder verfügt über die geistigen Voraussetzungen, derlei Gedankengänge zu erfassen.«

»Aber Sie schon?« Zögernd wandte sich Pitt wieder dem Gespräch zu. Es schien mit dem Grund seines Besuchs nicht viel zu tun zu haben.

Glover lächelte entschuldigend. »Offen gestanden, nein. Ich habe seine Schriften nur zur Hälfte gelesen. Solche Dinge langweilen mich zutiefst. Ein lebhaftes Gespräch ist etwas anderes, war es zumindest in jungen Jahren, denn ich habe mich gern herumgestritten. Aber wenn der Widerpart nicht in Fleisch und Blut – oder vielleicht besser gesagt, ›im Geist‹ –

zugegen ist, macht es mir keinen Spaß. Ich muß zugeben, Oberinspektor, daß mich die undurchsichtigen Gedankengänge der höheren Gelehrsamkeit ziemlich kalt lassen. Mit Bezug auf meinen Beruf ist das meine Schwäche.«

»Und Ramsay Parmenter läßt das nicht kalt?«

»Früher auf keinen Fall. In seinen neueren Arbeiten aber spüre ich keinerlei Begeisterung mehr. Es hat keinen Sinn, daß Sie mich fragen, ich kann Ihnen nichts dazu sagen. Möglich, daß ich unfähig bin, ihm zu folgen. Solche Menschen gibt es. Er wird weithin bewundert.«

»Können Sie mir jemanden nennen, der imstande wäre, mir mehr über seine gegenwärtigen Überzeugungen und Fähigkeiten zu sagen?«

»Wenn Sie das wünschen. Aber Sie haben mir immer noch nicht gesagt, wozu Sie das wissen müssen.«

»Eine junge Frau ist in seinem Haus unter tragischen Umständen ums Leben gekommen. Vieles in diesem Zusammenhang muß aufgeklärt werden.«

Glover war erkennbar verblüfft. Er setzte sich ruckartig aufrecht und ließ die Hände sinken. »Selbstmord?« fragte er betrübt. Seiner Stimme war sein Entsetzen anzuhören. »Ach je, das tut mir leid! Natürlich kommt so etwas leider immer wieder vor. Vermutlich eine Liebesgeschichte. War sie womöglich in anderen Umständen?« Auf Pitts Zügen sah er die Antwort und seufzte. »Wirklich tragisch. Ein wahrer Jammer. Es ist so überflüssig. Wir sollten wirklich bessere Möglichkeiten haben, mit solchen Situationen fertig zu werden.« Er holte tief Luft. »Aber was können Ramsays wissenschaftliche Leistungen damit zu tun haben? Es war doch nicht etwa eine seiner Töchter? Ich erinnere mich an die jüngere, sie heißt, glaube ich, Clarice. Sie sollte irgendeinen jungen Mann heiraten, hat sich aber im letzten Augenblick geweigert, so daß es nicht zum Verlöbnis kam. Alles sehr unglücklich. Ich glaube, sie hatte zu romantische Vorstellungen und war nicht bereit, die Kompromisse zu schließen, ohne die es im Leben nun einmal nicht geht.« Er lächelte bedauernd, sein Gesichtsausdruck war nicht ohne Mitgefühl.

»Nein«, antwortete Pitt und merkte sich diese Einzelheit. »Es war keine seiner Töchter, sondern eine Kennerin alter Sprachen, die ihm bei seiner wissenschaftlichen Arbeit assistiert hat.«

Glover sah nach wie vor verwirrt drein.

»Es war auch kein Selbstmord«, erläuterte Pitt. »Zur Zeit sieht es so aus, als habe jemand sie mit Vorbedacht getötet.«

Glover war wie vor den Kopf geschlagen. »Sie meinen Mord?« fragte er mit belegter Stimme. »Dann war es nicht Ramsay, das kann ich Ihnen sagen, falls Sie das denken sollten. Dazu fehlt ihm jetzt die nötige Leidenschaftlichkeit, ganz zu schweigen von der Grausamkeit, die nie seine Sache war.«

In Erinnerung an sein Zusammentreffen mit Ramsay Parmenter überraschte Pitt diese Aussage nicht. Aber er hatte angenommen, daß die distanzierte Haltung des Geistlichen ein Ergebnis des Schocks war, die Selbstbeherrschung, die man von einem Mann in seiner Stellung erwartete. Es erstaunte ihn, daß jemand so etwas über Parmenter sagte. Es entlastete ihn zwar, war aber zugleich eine Verurteilung. Wann war seine Leidenschaftlichkeit geschwunden und warum? Was hatte sie ersterben lassen?

Glover sah Pitt aufmerksam an. »Tut mir leid«, sagte er leicht zerknirscht. »Das hätte ich nicht sagen sollen.« Spott über sich selbst trat in seine Augen. »Vielleicht neide ich ihm seine geistigen Fähigkeiten und ärgere mich, weil er nicht das daraus gemacht hat, was ich mir erwartet hatte. Ich wollte, ich könnte Ihnen helfen, Oberinspektor, aber ich fürchte, ich weiß nichts, was Ihnen von Nutzen sein kann. Der Tod der jungen Frau geht mir wirklich nahe. Darf ich Ihnen zumindest eine Tasse Tee anbieten?«

Pitt lächelte. »Ich möchte lieber ein wenig in Ihrem Garten umhergehen, und vielleicht können Sie mir sagen, wie Sie es schaffen, so wunderbare Narzissen zu züchten?«

Sogleich erhob sich Glover, fast mit einer einzigen fließenden Bewegung, ohne auf den stechenden Schmerz in seinem Rücken zu achten. »Mit dem größten Vergnügen«, antwortete er und begann mit seiner Erklärung, bevor sie zur Tür hinaus waren. Er untermalte seine Äußerungen mit den Händen, auf seinem Gesicht glühte Begeisterung.

Dr. Sixtus Wheatcroft war gänzlich anders als Glover. Er lebte in Shoreditch, fünf Bahnstationen von London entfernt. Seine Wohnung war groß, und er besaß womöglich noch mehr Bücher als sein Amtsbruder, aber er hatte keinen Garten.

»Was kann ich für Sie tun, Sir?« fragte er mit einem Anflug von Ungeduld in der Stimme. Offensichtlich war er mit etwas äußerst Fesselndem beschäftigt, und er machte kein Hehl daraus, daß ihn Pitt dabei gestört hatte. Er blieb stehen und bot ihm keine Sitzgelegenheit an.

In aller Förmlichkeit nannte Pitt seinen Namen und seinen Dienstgrad. »Ich untersuche den gewaltsamen Tod einer gewissen Miss Unity Bellwood...« Anschließend beschrieb er knapp die näheren Umstände.

Wheatcroft schnalzte mit der Zunge. »Sehr bedauerlich, wirklich.« Er schüttelte den Kopf. »Ich muß Reverend Parmenter aufsuchen und ihm kondolieren. Es ist entsetzlich, wenn so etwas im eigenen Hause geschieht, vor allem, wenn es sich um einen Mitarbeiter ganz gleich welcher Qualifikation handelt. Zweifellos wird er bald eine geeignetere Kraft finden, aber dennoch wird ihn die Sache zutiefst aufwühlen. Die arme junge Frau. Und warum beschäftigen Sie sich mit dem Fall, Oberinspektor?« Er sah Pitt über seine Brille hinweg an.

»Wir müssen genauer untersuchen, was vorgefallen ist...«, begann Pitt.

»Liegt das nicht auf der Hand?« Wheatcrofts Brauen hoben sich über seinen hellbraunen runden Augen. »Ist ein so großer Aufwand nötig, um das festzustellen?«

»Sie ist die Treppe hinabgestürzt und hat sich das Genick gebrochen«, antwortete Pitt. »Es sieht so aus, als hätte jemand sie gestoßen.«

Wheatcroft brauchte eine Weile, um diese erstaunliche Mitteilung zu verdauen, dann runzelte er die Brauen, seine Ungeduld kehrte zurück.

»Warum denn, um Gottes willen? Welchen Grund sollte jemand haben, so etwas zu tun? Und was kann ich Ihnen dazu sagen? Ich kenne Ramsays wissenschaftlichen Ruf wie auch die politischen und radikalen Ansichten der jungen Frau. Ich sage Ihnen ganz offen, daß mir die ein Greuel sind. Man hätte ihr nie erlauben dürfen, sich ernsthaft mit theologischen Angelegenheiten zu beschäftigen.« Seine Lippen wurden schmal, und unwillkürlich war sein Körper erstarrt. »Es ist ungehörig, daß sich Frauen damit beschäftigen. Sie sind von ihrer Konstitution her nicht dafür geeignet. Bei dieser Tätigkeit sind keine Empfindungen gefragt, sondern der reine Geist und die Vernunft.« Er beherrschte seine eigene Aufgewühltheit nicht ohne Anstrengung. »Doch das ist jetzt ein Ding der Vergangenheit, wir können es nicht mehr ändern. Der arme Parmenter. Bisweilen müssen wir für unsere Fehleinschätzungen teuer zahlen. Dabei bin ich sicher, daß er lediglich liberal sein wollte. Doch das wird niemandem gedankt.«

»War sie wissenschaftlich ungeeignet?« fragte Pitt und überlegte, ob sich Parmenter möglicherweise zu ihr hingezogen gefühlt und sie eher aus persönlichen als aus beruflichen Gründen beschäftigt hatte.

Wheatcroft blieb weiterhin stehen und bot seinem Besucher nach wie vor keine Sitzgelegenheit an, als fürchte er, dieser könne dann vergessen, daß er ihn bei der Arbeit gestört hatte. Er hob die Schultern ein wenig und sagte stirnrunzelnd: »Ich dachte, ich hätte es Ihnen bereits erklärt, Oberinspektor. Die Frau ist für ernsthafte geistige Tätigkeiten ihrem Wesen nach ungeeignet.« Er schüttelte den Kopf. »Miss Bellwood bildete da keine Ausnahme. Zwar war sie von rascher Auffassungsgabe und konnte bloße Tatsachen ausgesprochen schnell begreifen und sich gut merken, aber das tiefere Verständnis ging ihr ab.«

Er sah zu Pitt hin, als versuche er dessen Bildungsstand zu erraten. »Es ist eine Sache, den Wortlaut eines Textes zu übertragen, und eine gänzlich andere, mit dem Geist des Verfassers dieser Passage eins zu werden, den tieferen Sinn zu begreifen. Dazu war sie nicht imstande. Das aber ist das Wesen reiner Wissenschaft. Alles andere ist bloße« – er breitete die Hände aus – »bloße Technik, die natürlich sehr nützlich ist. Sie hätte hervorragende Arbeit leisten können, indem sie jungen Leuten die mechanischen Grundlagen einer fremden

Sprache beigebracht hätte. Das wäre für sie der ideale Beruf gewesen. Aber sie war eigenwillig und dickköpfig und nicht bereit, auf Ratschläge zu hören. Sie war auf allen Gebieten eine Rebellin. In ihrem persönlichen Leben gab es keinerlei Zucht. Das allein schon müßte Ihnen deutlich zeigen, was ich sagen will.«

»Und warum hat Reverend Parmenter sie Ihrer Vermutung nach beschäftigt, wo er doch selbst ein so glänzender Gelehrter war?« fragte Pitt, obwohl er kaum hoffte, eine Antwort zu bekommen, mit der er etwas anfangen konnte.

»Ich habe keine Ahnung.« Offensichtlich war Wheatcroft nicht daran interessiert, über die Sache nachzudenken.

»Hätten es persönliche Gründe sein können?« hakte Pitt nach.

»Ich kann mir keinen einzigen denken«, sagte Wheatcroft ungeduldig. »War sie womöglich die Tochter eines Verwandten, eines Freundes oder Kollegen?«

»Nein.«

»Das habe ich mir gleich gedacht. Sie war ein gänzlich anders gearteter Mensch mit einem liberalen und künstlerischen Hintergrund.« Er sprach diese Wörter aus, als bezeichneten sie schwere Mängel. »Wirklich, Oberinspektor, ich weiß nicht, was Sie von mir hören wollen, aber ich fürchte, ich kann Ihnen nicht helfen.«

»Was halten Sie von Reverend Parmenters wissenschaftlichen Veröffentlichungen, Dr. Wheatcroft?«

Die Antwort kam, ohne zu zögern. »Glänzend, wirklich glänzend. Offen gestanden, ganz überragend. Er kann die schwierigsten Fragen in tiefgreifender Weise durchdenken. Er hat es sich zur Aufgabe gemacht, einige der komplexesten Themen gründlich durchzuarbeiten.« Er nickte begeistert, und seine Stimme hob sich. »Die wenigen Männer, die derlei wirklich zu schätzen wissen, halten große Stücke auf ihn. Sein Werk wird noch lange nach ihm weiterleben. Seine wissenschaftliche Leistung ist von unschätzbarem Wert.« Er fixierte Pitt mit finsterer Miene. »Sie müssen tun, was Sie können, um diese Angelegenheit so schnell wie möglich aus der Welt zu schaffen. Die ganze Sache ist wirklich äußerst bedauerlich.«

»Die Sache sieht nach Mord aus, Dr. Wheatcroft«, sagte Pitt mit der gleichen Ernsthaftigkeit. »Da ist richtiges Handeln wichtiger als rasches.«

»Vermutlich war es einer der Dienstboten«, sagte Wheatcroft gereizt. »Ich bedaure, Schlechtes über die Tote sagen zu müssen, aber in diesem Fall ist Ehrlichkeit zweifellos wichtiger als Nächstenliebe.« Er äffte Pitts Ton nach. »Diese Frau hat die Ansicht vertreten, auf dem Gebiet der fleischlichen Genüsse sei Selbstdisziplin weder nötig noch wünschenswert. Ich fürchte, daß ein solches Verhalten entsprechende Früchte trägt.«

»Sie haben Wort gehalten«, sagte Pitt mit Schärfe.

»Wie bitte?«

»Sie haben soeben ganz entschieden die Ehrlichkeit über die Nächstenliebe gestellt.«

»Ihre Äußerung ist geschmacklos, Sir«, sagte Wheatcroft überrascht und verärgert. »Ich empfinde sie als kränkend. Bitte vergessen Sie nicht, daß Sie Gast in meinem Hause sind.«

Pitt trat von einem Bein auf das andere und bewegte die Schultern, als fühle er sich unbehaglich. Er lächelte und entblößte dabei die Zähne. »Vielen Dank für Ihre Gastfreundschaft, Dr. Wheatcroft. Es war ungehörig von mir, sie nicht gleich zu würdigen.«

Wheatcroft errötete.

»Und für Ihre Hilfe«, fuhr Pitt fort. »Ich werde Reverend Parmenter Ihr Beileid ausrichten, sobald ich das nächste Mal Gelegenheit habe, ihn in der Angelegenheit zu befragen, doch denke ich, daß er es mehr zu würdigen weiß, wenn Sie ihm selbst schreiben. Auf Wiedersehen, Sir.« Bevor Wheatcroft etwas entgegnen konnte, wandte er sich um, ging zur Tür und ließ sich vom Diener hinausgeleiten.

Er schritt rasch aus. Er war äußerst wütend, sowohl über Wheatcrofts herzloses Verhalten als auch darüber, daß er sich davon zur Vergeltung hatte hinreißen lassen. Allerdings hatte er die Rache gründlich genossen und hoffte aufrichtig, daß Wheatcroft vor Wut schäumte.

Noch als er kurz vor Einbruch der Dunkelheit in sein Haus in Bloomsbury zurückkehrte, war sein Zorn nicht verraucht. Als Jemima und Daniel nach dem Abendessen zu Bett gegangen waren und er mit Charlotte im Wohnzimmer am Kamin saß, fragte sie ihn nach dem Grund seines Ärgers, und er berichtete ihr von seinen Besuchen bei den beiden Geistlichen.

»Das ist ja ungeheuerlich«, stieß sie hervor und ließ ihr Strickzeug fallen. »Dieser Wheatcroft sagt all das über Unity Bellwood nur, weil sie eine Frau war und ihm nicht behagt, was er sich unter ihrer Moral vorstellt. Dann besitzt er auch noch die Unverschämtheit zu behaupten, wir Frauen seien zu kühlem Nachdenken nicht imstande und würden von unseren Emotionen beherrscht. Das ist wirklich der Gipfel der Scheinheiligkeit!«

Sie redete sich in Hitze und steckte die Stricknadeln in das Wollknäuel, um sie sicher aufzubewahren. »Wenn Unity Bellwood gegen Menschen wie ihn kämpfen mußte, um eine Anstellung zu finden, in der sie ihre Fähigkeiten nutzen konnte, braucht sich niemand zu wundern, daß der Umgang mit ihr ab und zu schwierig war. Das wäre bei mir auch nicht anders, wenn man mich auf diese Weise von oben herab behandelte, beleidigte und beiseite schubste – und all das nur, weil ich kein Mann bin.«

Sie holte so rasch Luft, daß er keine Gelegenheit hatte, ihr ins Wort zu fallen. »Wovor haben die Leute denn Angst?« fragte sie und beugte sich vor. »Es ergibt keinen Sinn. Inwiefern soll es von Bedeutung sein, welchem Geschlecht ein Mensch angehört, wenn es darum geht, wer besser oder schlechter ist? Zählt nicht ausschließlich das Ergebnis? Falls sich eine Frau besser für eine Arbeit eignet als ein Mann, muß er eben seine Stellung aufgeben, und sie nimmt sie ein. Ist sie unfähig und tut ihre Arbeit schlecht, wird sie entlassen. Verfährt man bei Männern nicht ebenso?« Sie machte eine herausfordernde Handbewegung. »Nun?«

Widerwillig mußte er über ihren Ausbruch gerechten Zorns lächeln, ohne daß sich sein Grimm deswegen gelegt hätte. Es war so typisch für sie. Zumindest in diesem Punkt hatte sie sich nicht im geringsten geändert, seit sie einander vor zehn Jahren kennengelernt hatten. Sie war spontan wie eh und je und besaß nach wie vor den Mut, fast ohne nachzudenken den Kampf aufzunehmen, wo sie eine Ungerechtigkeit sah. Dabei nahm sie automatisch für Menschen Partei, die unterdrückt wurden.

»Doch!« sagte er aufrichtig. »Allmählich bekomme ich ein gewisses Mitgefühl mit Unity Bellwood. Ich finde es ausgesprochen verständlich, wenn sie von Zeit zu Zeit die Beherrschung verloren oder sich gefreut hat, wenn sich Ramsay Parmenter irrte und sie ihm das unter die Nase reiben konnte. Erst recht, falls sie wirklich klüger war als er.« Damit war es ihm ernst. Während er in Wheatcrofts Studierzimmer gestanden hatte, war ihm aufgegangen, welch unüberwindliche Schranke Unity Bellwoods Versuche, als Wissenschaftlerin ernst genommen zu werden, behindert haben mußte. Das hatte nicht das geringste mit irgendeiner Begrenzung ihrer geistigen Fähigkeiten zu tun, sondern ging ausschließlich auf die Mutmaßungen und Befürchtungen anderer zurück, und so durfte es niemanden besonders überraschen, daß der Groll sie übermannt und dazu gebracht hatte, Männern, deren Haltung sie als unerträglich anmaßend empfand, soviel Unbehagen wie nur möglich zu bereiten. Tryphenas Empörung über die Ungerechtigkeit, mit der man Unity behandelt hatte, ihre feste Überzeugung, daß man sie zum Schweigen gebracht hatte, weil sie männliche Pfründen in Frage stellte, war ebenso leicht zu verstehen.

Er hob den Blick und merkte, daß Charlotte ihn ansah. Ihr Gesichtsausdruck zeigte ihm, daß sie das gleiche dachte wie er.

»Es ist vorstellbar, daß er es getan hat«, sagte sie mit überzeugter Stimme. »Sie hat sich durch die Ungerechtigkeit förmlich erstickt gefühlt und es ihn spüren lassen. Sie hat ihn auf die einzige Art herausgefordert, die ihr zu Gebote stand – mit Gedanken, die ihm unerträglich waren. Da er ihr geistig nicht gewachsen war, konnte er nichts dagegen vorbringen, und das war beiden klar. Daraufhin hat er die Beherrschung verloren und sie geschlagen. Es ist gut möglich, daß er ihren Sturz nicht wollte. Das Ganze war nach wenigen Sekunden vorüber, und er bestreitet es, weil es ihm fast unwirklich vorgekommen ist, wie ein Alptraum.«

»Ja«, sagte Pitt ruhig. »Er könnte es getan haben.«

Am folgenden Tag besuchte Pitt weitere Menschen, die Ramsay Parmenter schon länger kannten. Um die Mitte des Nachmittags suchte er Miss Alice Cadwaller auf. Sie war weit über die achtzig, aber von größerer geistiger Beweglichkeit und Beobachtungsgabe als die beiden Männer, mit denen er zuvor gesprochen hatte, und auf jeden Fall weit gastfreundlicher als Dr. Wheatcroft. Sie bat ihn in ihr kleines Wohnzimmer und bot ihm in einem mit blauen Glockenblumen bemalten Service aus feinstem Knochenporzellan Tee an. Es gab Canapés, nicht größer als einer seiner Finger, und winzige Gebäckstückchen von höchstens vier Zentimetern Durchmesser.

Ein Tuch um die Schultern gelegt, saß sie aufrecht auf ihrem Stuhl, hielt die Tasse zierlich in der Hand und betrachtete ihn mit leicht schief gehaltenem Kopf.

»Nun, Oberinspektor«, sagte sie mit leichtem Nicken, »was wollen Sie hören? Lieblose Äußerungen sind mir zuwider. Ich beurteile andere stets danach, was sie über ihre Mitmenschen sagen. Eine lieblose Äußerung sagt mehr über uns selbst aus, als wir ahnen.«

»Da haben Sie recht, Miss Cadwaller«, stimmte er zu. »Aber wenn es um einen plötzlichen und gewaltsamen Todesfall geht, und darum, der Gerechtigkeit zum Sieg zu verhelfen, ist es gewöhnlich unerläßlich, Wahrheiten auszusprechen, die man sonst am liebsten für sich behielte. Es wäre mir sehr recht, wenn Sie mir Ihre unumwundene Meinung zu Ramsay Parmenter sagen könnten. Ich glaube, Sie kennen ihn seit mindestens zwanzig Jahren.«

»In gewisser Hinsicht«, stimmte sie zu. »Sagen wir, ich habe ihn beobachtet. Das ist nicht dasselbe.«

»Haben Sie nicht den Eindruck, ihn zu kennen?« Er nahm ein Schlückchen Tee und biß so wenig von seinem Canapé ab, daß es noch für ein zweites Mal reichte.

»Er hatte ein öffentliches Gesicht, das er seinen Gemeindemitgliedern zeigte«, erklärte sie. »Sofern er ein privates Gesicht hat, weiß ich nichts davon.«

»Woher wollen Sie wissen, daß es sich nicht um ein und dasselbe Gesicht handelt?« fragte er neugierig.

Sie sah ihn mit geduldiger Belustigung an. »Weil er immer so mit mir sprach, als wäre ich eine Versammlung, selbst wenn wir allein waren; ungefähr so, als spräche er mit Gott ... Es war so, als wolle er jemanden beeindrucken, ohne aber in zu enge Berührung mit ihm zu kommen. Offensichtlich wollte er nicht, daß wir in seine Privatsphäre eindrangen oder seine Pläne und Vorstellungen störten.«

Nur mit großer Mühe gelang es Pitt, sich ein Lächeln zu verkneifen. Er wußte genau, was sie meinte. Auch er hatte bei Parmenter diese Distanz gespürt, aber angesichts ihrer Beziehung und der Umstände mehr oder weniger damit gerechnet. Bei Miss Cadwaller hingegen sah das anders aus.

»Soweit ich weiß, hat er vor einigen Jahren Mr. Corde sehr geholfen, als dieser in großen Schwierigkeiten war«, fuhr er fort und fragte sich, was sie darauf antworten würde.

»Das überrascht mich nicht.« Sie nickte. »Mr. Corde ist voll des Lobes über ihn. Seine Hochachtung und Dankbarkeit sind ausgesprochen herzerfrischend. Dieser junge Mann ist tief von seinem Glauben überzeugt, und ich nehme an, daß er Gott aufrichtig dienen wird.«

»Tatsächlich?« fragte Pitt höflich. Er konnte sich Dominic Corde nicht gut als Geistlichen vorstellen. Von der Kanzel herab zu predigen war eine Sache für sich. Das war so ähnlich wie Theaterspielen, und das hatte er Dominic in gewissem Maße immer zugetraut. Er hatte die Augen dafür, das gutgeschnittene Profil, das einnehmende Wesen, die richtige Körperhaltung und eine volltönende Stimme. Außerdem wußte er, wie man sich in Szene setzt; er genoß es, im Mittelpunkt der Aufmerksamkeit zu stehen. Aber still und im Hintergrund die Bedürfnisse anderer Menschen zu erfüllen war etwas gänzlich anderes.

»Überrascht Sie das?« fragte sie. Offensichtlich hatte sie seine Zweifel bemerkt.

»Ich ...« Er zögerte.

»Ich sehe es Ihnen am Gesicht an, junger Mann.« Sie lächelte durchaus freundlich.

»Eigentlich schon«, gab er zu. Sollte er ihr sagen, daß sie Schwäger waren? Damit könnte er ihre Antworten beeinflussen. Doch als er sich ihr runzliges Gesicht mit den glänzenden Augen darin ansah, kam er zu dem Ergebnis, daß es vielleicht keine Rolle spielen würde. Dann fiel ihm ihre Aussage ein, daß Äußerungen über andere mehr über den sagen, der sie tut, als über den, dem sie gelten. »Bitte erklären Sie mir das näher. Ich nehme an, daß Sie Gründe für Ihre Überzeugung haben.«

»Es geht dabei um Miss Dinmonts Bruder«, sagte sie und nahm ein Schlückchen aus ihrer Tasse.

Er wartete.

»Ich bedaure sagen zu müssen, daß er kein besonders guter Mensch war, dennoch hat sie sehr unter dem Verlust gelitten, als er starb. So ist das nun einmal. Blutsbande lassen sich nicht einfach abtun, ganz gleich, wie sehr man das vielleicht wünscht. Außerdem war er ihr jüngerer Bruder. Ich nehme an, daß sie den Eindruck hatte, bei ihm versagt zu haben.«

»Und Mr. Corde?«

»Ich habe eine Weile bei ihr gesessen, nachdem die Nachricht vom Tod ihres Bruders sie erreicht hatte«, fuhr sie fort, ohne auf seinen Einwurf zu achten. Keinesfalls würde sie sich von einem jungen Polizeibeamten, der längst schon zum Friseur hätte gehen müssen, zur Eile drängen lassen, wenn sie etwas von grundsätzlicher Bedeutung erklärte, auch wenn es niemandem nützen mochte. »Sie geht regelmäßig zur Kirche. Selbstverständlich ist Reverend Parmenter gekommen, um ihr Trost zuzusprechen. Die Beisetzungsfeier sollte in dieser Gemeinde stattfinden.«

Pitt nickte und nahm ein weiteres Canapé.

»Sie war zutiefst betrübt«, fuhr sie for. »Der arme Mann wußte nicht, was er im Angesicht wahren Kummers sagen oder tun konnte. Er hat ihr einige Stellen aus der Heiligen Schrift vorgelesen, die zu dem Anlaß paßten. Ich könnte mir vorstellen, daß er das in solchen Fällen grundsätzlich tut. Aber sein Herz war nicht bei der Sache. Das konnte man merken.«

Sie sah betrübt aus, ihr Blick wanderte in die Ferne. »Ich hatte das unabweisbare Gefühl, daß er selbst nicht an die Worte glaubte, die er sagte. Er sprach von der Auferstehung der Toten, als lese er aus dem Fahrplan vor.« Sie stellte ihre Tasse hin. »Wenn die Züge pünktlich sind, ist das sehr praktisch, aber weder ein Wunder Gottes noch ein Anlaß zu Jauchzen und ewigem Hoffen. Es ist sehr ärgerlich, wenn sie Verspätung haben, das aber bedeutet nicht das Ende allen Lichts und allen Lebens. Und wenn ein Bahnsteig nicht unbedingt der ideale Aufenthaltsort ist, so ist er auch keinesfalls die Hölle oder das Fegefeuer.« Sie sah ihn über ihre Tasse hinweg an. »Allerdings ist es mir manchmal so vorgekommen, als hätten die vieles miteinander gemeinsam. Da aber war ich jünger, und die Wirklichkeit des Todes schien in sehr viel größerer Ferne zu liegen. Außerdem hatte ich es damals eilig.«

»Und Dominic Corde?« fragte er, indem er ihr Lächeln erwiderte und das letzte Stückchen Gebäck nahm.

»Ja ... das war etwas ganz anderes«, sagte sie. »Er kam später, ich glaube zwei Tage nach Parmenter. Er hat sich einfach neben Miss Dinmont gesetzt und ihre Hand genommen. Er hat ihr nichts vorgelesen, sondern ihr mit seinen eigenen Worten von den Schächern zur Linken und Rechten unseres Heilands erzählt, vom Ostermorgen, wie Maria Magdalena Ihn im Garten gesehen und für den Gärtner gehalten hat, bis Er sie mit Namen ansprach.« Mit einem Mal standen ihr Tränen in den Augen. »Ich glaube, der Unterschied bestand darin, daß er ihren Namen wußte. Mit einem Mal begriff die arme Miss Dinmont, daß Gott jeden von uns beim Namen kennt. Liebe ist etwas Persönliches, etwas zwischen dir und mir, keine Sache für trockenes Dozieren und theologische Streitgespräche. Sie ist die Macht, die alles andere übersteigt. In diesen wenigen Augenblicken war Miss Dinmont getröstet. Mr. Corde wußte, wie man das macht, Reverend Parmenter nicht.«

»Ich verstehe«, sagte er, überrascht, daß er es tatsächlich verstand.

»Noch ein wenig Tee?« fragte sie.

»Recht gern, Miss Cadwaller, danke«, sagte er und hielt ihr die Tasse samt Untertasse hin. »Ich glaube, mir ist jetzt etwas über Reverend Parmenter klargeworden.«

»Natürlich«, stimmte sie zu, hob die Kanne und goß ihm Tee ein. »Der Arme hat zwar nicht seinen Glauben an das verloren, was er tut, wohl aber die Gewißheit darüber, warum er es tut. Nichts kann ihm die ersetzen. Alle Vernunft auf der Welt wärmt das Herz nicht, und sie vermag auch nicht über Kummer und Versagen hinwegzutrösten. Seelsorge hat damit zu tun, daß man Menschen liebt, die niemand lieben kann, ihnen hilft, Schmerzen zu ertragen und unerklärliche Verluste zu erleiden, ohne daß sie darüber verzweifeln. Letzten Endes hat es mit Vertrauen zu tun. Wenn jemand Gott vertrauen kann, ergibt sich alles andere von selbst.«

Er sagte nichts dazu. Sie hatte mit wenigen Worten alles zusammengefaßt, was er sich zu finden bemüht hatte. Er trank seinen Tee aus, sagte noch dies und jenes über alltägliche Dinge, bewunderte ihr Porzellan und die gestickte Tischdecke, dankte ihr dann und verabschiedete sich.

Um fünf Uhr befand er sich vor dem Hause des Bischofs Underhill und versuchte, sich darüber klarzuwerden, was er ihn fragen konnte, damit er mehr über Ramsay Parmenter erfuhr. Zweifellos würde doch der Bischof als sein Vorgesetzter tiefergehende Kenntnisse über Parmenter haben als sonst jemand? Pitt war auf eine höfliche Weigerung gefaßt, da er fürchtete, der Bischof werde ihn wegen der besonderen Beziehung, die zwischen ihm und Parmenter bestand, abweisen.

Doch als Underhill mit wirrem Haar in die rot und braun ausgestattete Bibliothek trat, in der Pitt auf ihn gewartet hatte, ging von ihm alles andere als Seelenruhe und selbstsichere Zurückweisung aus. Er schloß die Tür hinter sich und sah Pitt mit einem Gesicht an, auf dem tiefe Besorgnis lag. Seine Schultern waren angespannt, als rechne er mit einem geradezu körperlichen Angriff.

»Sie sind der Polizeibeamte, der in dieser entsetzlichen Angelegenheit zuständig ist?« fragte er Pitt anklagend. »Was glauben Sie, wie lange es dauern kann, bis Sie zu einem Ergebnis kommen? Die ganze Sache ist in höchstem Maße besorgniserregend.«

»Gewiß, Sir«, stimmte ihm Pitt zu und hätte fast Haltung angenommen. Immerhin stand er vor einem Kirchenfürsten, dem man Respekt schuldete. »Das ist jedes Verbrechen, und dies hier in ganz besonderem Maße«, fügte er hinzu. »Ich habe Sie aufgesucht, weil ich hoffe, daß Sie mir helfen können festzustellen, was genau vorgefallen ist.«

»Aha!« Der Bischof nickte und wirkte etwas zuversichtlicher. »Nehmen Sie Platz, Oberinspektor. Wir wollen sehen, was wir tun können. Es ist mir sehr recht, daß Sie gekommen sind.« Er setzte sich in den roten Ledersessel gegenüber dem braunen, in dem Pitt auf ihn gewartet hatte, und wandte ihm seine ganze Aufmerksamkeit zu. »Je früher wir zu einer Lösung kommen, desto besser für alle Beteiligten.«

Einen unbehaglichen Augenblick lang hatte Pitt den Eindruck, daß ihre Vorstellung von einer Lösung nicht dieselbe war. Sofort sagte er sich, daß das ungerecht sei.

»Ich führe meine Untersuchung so zügig durch, wie ich kann«, versicherte er dem Bischof. »Aber sobald man hinter die mehr oder weniger unbestreitbaren Fakten blickt, wird die Sache weit weniger klar.«

»Soweit ich erfahren habe, war die unglückliche junge Frau äußerst schwierig im Umgang, und ihre eigenwilligen Moralvorstellungen haben zu Unzuträglichkeiten geführt. Sie hat mit Reverend Parmenter gestritten und ist die Treppe hinabgefallen.« Er atmete schwer, wobei sein geschlossener Mund eine dünne Linie bildete und seine Wangen- und Kiefermuskeln sich spannten. »Vermutlich haben Sie keinen Zweifel daran, daß sie gestoßen wurde, sonst würden Sie der Sache nicht weiter nachgehen. Eine einfache häusliche Tragödie erfordert Ihre Mitwirkung nicht.« Ein Hoffnungsfunke trat ihm in die Augen.

»Es gibt keinen Hinweis darauf, daß sie gestolpert sein könnte, Sir«, antwortete Pitt. »Aber ihr Ausruf, der allem Anschein nach Reverend Parmenter galt, macht es erforderlich, der Sache auf den Grund zu gehen.«

»Ausruf?« Die Stimme des Bischofs hob sich und wurde scharf. »Was war der genaue Wortlaut, Oberinspektor? Sicherlich ist dieser Ausruf interpretierbar? Gibt es irgendwelche weiteren Hinweise, die annehmen lassen, daß sich ein Mann von Reverend Parmenters Ruf und Fähigkeiten soweit vergessen konnte, sie zu stoßen? Wirklich, Sir, das ist schwer zu glauben – immerhin steht Parmenters Lebenswerk auf dem Spiel.«

»Sie hat ausgerufen ›Nein, nein, Reverend!‹«, antwortete Pitt.

»Kann sie nicht ausgeglitten sein und ihn zu Hilfe gerufen haben?« fragte der Bischof voll Nachdruck. »Das ist doch gewiß eine sehr viel wahrscheinlichere Erklärung. Bestimmt wird die Person, die den Ausruf gehört hat, das bestätigen.« Er sagte es fast wie einen Befehl – und als setze er voraus, daß man ihn befolgen würde.

»Das haben die Zeugen aber nicht gesagt«, gab Pitt zur Antwort und ließ das Gesicht des Bischofs nicht aus den Augen. »Möglicherweise hat sie demjenigen, der sie gestoßen hat, ›Nein, nein!‹ entgegengerufen und dann Mr. Parmenter gebeten, ihr beizustehen. Allerdings hat sie kein Wort wie »Hilfe« oder »bitte« verwendet.«

»Natürlich nicht.« Der Bischof beugte sich vor. »Sie war gestürzt, bevor sie das sagen konnte. Das ist ganz leicht zu erklären. Vielleicht hatte das bedauernswerte Geschöpf schon angesetzt, und der Sturz hat ihr das Wort abgeschnitten. Es sieht ganz so aus, als hätten wir den Fall bereits gelöst. Wunderbar.« Er lächelte, aber es lag keine Wärme darin.

»Sofern nicht Reverend Parmenter sie gestoßen hat, muß es jemand anders getan haben«, gab ihm Pitt zu verstehen. »Von sämtlichen Dienstboten wie von Mrs. Parmenter wissen wir, daß sie sich woanders befanden ...« Er sah, wie der Bischof zusammenzuckte. »Das gilt auch für Mrs. Whickham. Damit bleiben noch Miss Clarice Parmenter, Mr. Mallory Parmenter und Mr. Dominic Corde, der Vikar, der zur Zeit mit in Parmenters Haus lebt.«

»Ach ja ... Corde.« Der Bischof lehnte sich in seinem Sessel zurück. »Nun, in dem Fall war es vermutlich der junge Mallory Parmenter. Wirklich bedauerlich, aber er ist nun einmal ein unausgeglichener junger Mann. Sie werden seinen Hintergrund nicht kennen, aber er hat schon immer dazu geneigt, an allem herumzukritteln. In jungen Jahren hat er grundsätzlich alles angezweifelt. Er konnte einfach nichts als gegeben hinnehmen, sondern mußte es in Frage stellen.« Er verzog verärgert das Gesicht bei der Erinnerung daran. »Im einen Augenblick wußte er sich vor Begeisterung nicht zu lassen, im nächsten hat er an allem herumgemäkelt. Ein äußerst unzufriedener junger Mann. Denken Sie nur an seine Auflehnung gegen den Vater, die ganze Familie und ihre Werte. Ich kann mir zwar nicht vorstellen, warum er sich zu einer so gewalttätigen und tragischen Handlungsweise hinreißen lassen sollte, aber ich habe ein solches Verhalten noch nie verstanden. Ich kann es nur beklagen und bedauern.« Er runzelte die Stirn. »Und natürlich Mitleid mit den Opfern empfinden«, beeilte er sich hinzuzufügen.

»Miss Bellwood war schwanger«, sagte Pitt übergangslos.

Der Bischof erbleichte. Der befriedigte Ausdruck verschwand von seinem Gesicht. »Wie schrecklich. Vermutlich stammt das Kind aus einer Beziehung aus der Zeit vor ihrer Beschäftigung dort?«

»Nein. Es steht zu befürchten, daß einer der drei Männer im Hause der Vater ist.«

»Das ist ja jetzt nur noch von theoretischer Bedeutung.« Der Bischof streckte den Nacken und fuhr sich mit einem Finger unter den Kragen, als sei dieser zu eng. »Wir werden nie erfahren, wer der Vater ist, und müssen annehmen, daß es der junge Parmenter war und er sie deshalb … getötet hat. Es ist die geringere Sünde, Oberinspektor, und es gibt keinen Grund, den Ruf der jungen Frau damit zu besudeln, daß man die Sache jetzt an die Öffentlichkeit bringt. Wir wollen die Ärmste in Frieden ruhen lassen.« Er schluckte. »Es ist weder nötig, den Stab über ihre Schwäche zu brechen, noch steht es uns zu.«

»Mallory Parmenter könnte es gewesen sein«, stimmte Pitt zu, im tiefsten Inneren unnötig erbost. Er hatte kein Recht, den Bischof zu verurteilen; er wußte nicht, wie Mallory in jungen Jahren gewesen war oder auf welche Weise er die Geduld des Älteren überstrapaziert hatte. Trotzdem war seine Abneigung deutlich. »Es ist aber auch möglich, daß er es nicht war«, fügte er hinzu. »Ohne Beweise kann ich nichts unternehmen.«

Der Bischof sah erregt drein. »Aber was für Beweise könnten Sie denn haben?« wollte er wissen. »Niemand hat ein Geständnis abgelegt. Es gibt keine Tatzeugen, und Sie haben mir gerade gesagt, daß drei Personen als Täter in Frage kommen. Was gedenken Sie zu unternehmen?« Seine Stimme hob sich. »Sie können den Fall unter keinen Umständen ungelöst lassen! Damit würde der Ruf aller drei Männer zugrunde gerichtet – eine ungeheuerliche Situation.«

»Können Sie mir noch etwas Spezifisches über Mallory Parmenter sagen?« fragte Pitt. »Und vielleicht auch über Dominic Corde? Bestimmt kennen Sie Ramsay Parmenter in gewisser Hinsicht besser als die meisten anderen Menschen.«

»Ja ... natürlich. Nun ... ich bin nicht sicher.«

»Wie bitte?«

Ein Anflug von Unbehagen legte sich auf die Züge des Bischofs. Er erklärte: »Ich kenne Mallory Parmenter natürlich schon lange. Als Junge war er immer recht schwierig, weil er sich mal für dies und mal für jenes begeistert hat, wie ich schon gesagt habe. Bei den meisten Menschen wächst sich das aus, doch scheint das bei ihm nicht der Fall gewesen zu sein. Er konnte sich nicht entscheiden, was er aus seinem Leben machen sollte.« Er sah Pitt kritisch an. »Er hat erwogen, in Oxford zu studieren, es dann aber gelassen. Er hat sich nie verliebt. Keine junge Frau war seinen überzogenen Ansprüchen gewachsen. Er hat stets in einer Welt außerhalb der Wirklichkeit gelebt. Ein Idealist.« Er zögerte.

»Ja?« stieß ihn Pitt nach einer Weile wieder an.

»Es ist krankhaft«, schloß der Bischof, mit dem Begriff erkennbar zufrieden. »Ja, krankhaft. Das wird jetzt nur allzu deutlich.«

Pitt vermutete, daß er damit Mallorys Übertritt zum katholischen Glauben meinte, sagte es aber nicht. »Und Mr. Corde?« sagte er.

»Ja, das ist ein äußerst vielversprechender Mann.« In Underhills Stimme lag mit einem Mal Befriedigung, und ein flüchtiges Lächeln trat auf seine Züge. »Äußerst vielversprechend.

Es ist immer eine wahre Freude zu sehen, daß jemand den rechten Glauben erkennt und bereit ist, alles zu opfern, um ihm zu folgen.«

»Ist das denn ein Opfer?« fragte Pitt unschuldig und mußte an die Verzweiflung denken, von der Dominic gesprochen hatte, und an den Frieden, den er jetzt in dessen Gesicht und Haltung sah. »Ich hatte gedacht, das Gegenteil sei der Fall. Sicherlich hat er dabei weit mehr gewonnen, als er aufgeben mußte?«

Dem Bischof stieg ärgerliche Röte ins Gesicht. »Selbstverständlich! Sie haben mich mißverstanden. Ich sprach von ...« Er machte eine Handbewegung. »Ich kann Ihnen das nicht beschreiben, die Jahre des Studiums, die harte Selbstzucht, die finanziellen Einschränkungen, denen man sich unterwerfen muß, wenn man ein äußerst geringes Einkommen bezieht. Zwar nimmt man all das gern auf sich, aber selbstverständlich ist es ein Opfer.«

»Und Sie halten Dominic Corde für einen moralisch einwandfreien Menschen, der über die Schwächen und Verlockungen der Eitelkeit, des Zorns oder der Begierde erhaben ist ...«

Der Bischof schob sich in dem großen roten Sessel vor. »Aber ja! Daran kann es nicht den geringsten Zweifel geben. Ich würde schon den bloßen Hinweis übelnehmen, daß ...« Er hielt unvermittelt inne, weil ihm offenbar aufgegangen war, wie weit er sich vorwagte. »Nun ... das ist natürlich meine Meinung, Oberinspektor. Ich habe viele Gründe anzunehmen ... es hat nie den geringsten Hinweis gegeben ...«

»Und Ramsay Parmenter?« fragte Pitt ohne Hoffnung, eine nützliche oder auch nur sinnvolle Antwort zu bekommen.

»Sein Ruf war bisher untadelig«, erwiderte der Bischof finster.

»Aber Sie kennen ihn doch gewiß besser als nur seinem Ruf nach, Sir?« beharrte Pitt.

»Selbstverständlich!« Es war zu erkennen, daß sich der Bischof nicht wohl fühlte und gründlich verärgert war. »Das ist meine Aufgabe, Oberinspektor. Aber nichts in seinem Wesen oder seinem Handeln weist auf einen Unterschied zwischen der Wirklichkeit und dem Bild hin, das ich von ihm habe, und ich kenne an ihm keine Schwächen außer denen, die jeder von uns hat.« Er schien noch etwas hinzufügen zu wollen, überlegte es sich dann aber anders. Pitt fragte sich, ob ihm eingefallen war, daß er selbst Ramsay Parmenter für das Amt des Bischofs vorgeschlagen hatte.

»Hat er an seiner Berufung oder seinem Glauben gezweifelt?« ließ er nicht locker. »Hatte er Anfälle von Verzweiflung?«

Der Ton des Bischofs wurde herablassend.

»Wir alle zweifeln, Oberinspektor. Das ist ein ganz normaler menschlicher Zug, der um so ausgeprägter zutage tritt, je klüger jemand ist.«

Pitt merkte, daß er mit dem Mann nicht zu rechnen brauchte. Er wich ihm aus, um später sagen zu können, er habe recht gehabt, ganz gleich, wie das Ergebnis ausfiel.

»Wollen Sie damit sagen, daß die Festigkeit im Glauben bei den Geistlichen, die unser Vorbild sein sollen, nicht größer ist als bei uns gewöhnlichen Laien?« fragte er daher und sah den Bischof an.

»Natürlich nicht, wohl aber ... daß jeder von Zeit zu Zeit niedergeschlagen ist. Jeden von uns überfallen ... gewisse ... Gedanken ...«

»Haben Sie an Ramsay Parmenter jemals einen Hang zur Maßlosigkeit entdeckt? Neigt er Ihrem Wissen nach zu Anfällen von Jähzorn? Eine aufrichtige Antwort ist im Dienst der Sache wichtiger als das nur allzu verständliche Bestreben, die Wahrheit mit dem Mantel der Nächstenliebe zu umhüllen.«

Der Bischof schwieg so lange, daß Pitt schon glaubte, er werde nicht antworten. Er sah gequält drein, als suchten ihn äußerst unangenehme Gedanken heim. Pitt nahm unfreundlicherweise an, daß er unter seiner immer schwieriger werdenden Position litt.

»Darüber muß ich gründlicher nachdenken«, sagte der Bischof schließlich. »Zur Zeit kann ich mich zu diesem Thema leider nicht äußern. Ich bitte Sie, das zu verstehen, Sir.«

Pitt drang nicht weiter in ihn. Er dankte ihm und verließ das Haus. Gleich darauf ging der Bischof ans Telefon, eine Erfindung, der er sehr gespalten gegenüberstand, und rief Pitts Vorgesetzten an.

»Cornwallis? Cornwallis ... ah, gut.« Er räusperte sich. Das war lachhaft. Er durfte sich nicht nervös zeigen. »Ich würde gern unter vier Augen mit Ihnen sprechen. Ich denke, daß es hier besser wäre als in Ihrem Büro. Wäre es Ihnen recht, zum Abendessen herauszukommen? Sehr gern. Gut ... sehr gut. Wir essen um acht. Wir freuen uns auf Ihren Besuch.« Erleichtert legte er auf. Die ganze Geschichte war ziemlich entsetzlich. Er würde seiner Frau den Besuch gleich ankündigen, damit sie der Köchin die nötigen Anweisungen geben konnte.

Cornwallis traf kurz nach acht ein. Isadora Underhill wußte zwar, daß er stellvertretender Polizeipräsident war, kannte ihn aber noch nicht. Ursprünglich war sie sehr verärgert über die Gedankenlosigkeit ihres Gatten, an einem Abend, an dem sie gern für sich gewesen wäre, einen Wildfremden zum Essen einzuladen. In der Vorwoche hatte jeden Abend die eine oder andere gesellschaftliche Verpflichtung, von denen die meisten ausgesprochen langweilig gewesen waren, ihre Aufmerksamkeit und ihr höfliches Interesse verlangt. Heute hatte sie eigentlich einen Roman lesen wollen, dessen Leidenschaft und Tiefe sie begeisterten. Nur zögernd und mit großem Unmut gab sie diese Absicht auf.

Ihr war selbstverständlich klar, warum ihr Mann Cornwallis eingeladen hatte. Er fürchtete nicht nur den öffentlichen Skandal um den Mordfall, sondern auch das schlechte Licht, in das er als derjenige geraten würde, der darauf gedrängt hatte, Ramsay Parmenter ein Bistum anzuvertrauen. Gewiß wollte er diesen Cornwallis überreden, er möge die Sache unauffällig und rasch aus der Welt schaffen, selbst, wenn es dazu nötig war, sich über die übliche Verfahrensweise hinwegzusetzen. Noch stärker als ihr Ekel war die Erkenntnis, daß sie sich im Endstadium eines über Jahre hinweg ablaufenden Ernüchterungsprozesses befand, der ihr erst jetzt wirklich bewußt wurde. So also sah ihr Leben aus, das war der Mann, an dessen Arbeit sie Anteil nahm, war der Sinn, den sie ihrem Leben hatte geben wollen. Mit einem Mal war all ihre Bewunderung dahin.

Sie entschied sich für ein schlichtes dunkelblaues Kleid mit plissierten Seidenärmeln. Es paßte sehr gut zu ihrem von grauen Strähnen durchzogenen dunklen Haar.

Von Cornwallis war sie überrascht, obwohl ihr nicht klar war, was sie eigentlich erwartet hatte – vielleicht jemanden wie die Würdenträger der Kirche, die sie so gut kannte: gewohnheitsmäßig höflich, selbstsicher und eher nichtssagend. All das traf bei Cornwallis nicht zu. Er fühlte sich erkennbar unbehaglich und machte Pausen beim Sprechen, als falle es ihm schwer zu überlegen, was er sagen sollte. Sie war daran gewöhnt, daß Gäste sie mit Höflichkeiten bedachten, ohne sie dabei anzusehen. Er hingegen schien sich ihrer Gegenwart nur allzu bewußt zu sein, und obwohl er nicht besonders groß war, empfand sie seine körperliche Anwesenheit auf eine Weise, die sie bis dahin nicht gekannt hatte.

»Guten Abend, Mrs. Underhill.« Er neigte den Kopf, auf dessen völlig glatter Oberfläche sich das Licht spiegelte. Sie hätte nie geglaubt, daß ihr Kahlköpfigkeit reizvoll erscheinen könnte, doch war sie bei ihm so natürlich, daß sie den Reiz erst hinterher – voll Überraschung – erkannte.

»Guten Abend, Mr. Cornwallis«, begrüßte sie ihn. »Ich bin entzückt, daß Sie einer so kurzfristigen Einladung folgen konnten. Das ist wirklich sehr freundlich von Ihnen.«

Die Röte stieg ihm in die Wangen. Er hatte eine riesige Nase und einen breiten Mund. Es war zu erkennen, daß er nicht wußte, was er sagen sollte. Es schien ihm einerseits nicht recht zu sein zu verschweigen, daß sein Besuch auf die Panik des Bischofs zurückging, zugleich aber wäre es ihm unmöglich erschienen, das einzugestehen.

Lächelnd kam sie ihm zu Hilfe. »Ich weiß, daß man Sie sozusagen hierher abkommandiert hat«, sagte sie schlicht. »Um so entgegenkommender von Ihnen, daß Sie angenommen haben. Bitte nehmen Sie Platz und machen Sie es sich bequem.«

»Vielen Dank«, sagte er und setzte sich sehr steif in den Sessel.

Der Bischof blieb neben dem Kamin stehen, weniger als einen halben Meter vom Kamingitter entfernt. Der Abend war recht kühl, und dort spürte er die Wärme am wohligsten.

»Eine sehr unangenehme Situation«, sagte er unvermittelt. »Ihr Polizist war heute nachmittag hier ... ziemlich spät. Ich bedaure, sagen zu müssen, daß er kein Gespür dafür zu haben scheint, was auf dem Spiel steht. Ist es möglich, ihn gegen jemanden auszuwechseln, der etwas mehr ... Verständnis aufbringt?«

Isadora fühlte sich äußerst unbehaglich. So etwas konnte man nicht gut vorschlagen.

»Pitt ist mein bester Mann«, sagte Cornwallis ruhig. »Sofern es möglich ist, die Wahrheit aufzudecken, wird er es tun.«

»Um Himmels willen!« gab der Bischof ärgerlich zurück. »Hier geht es um weit mehr als darum, die Wahrheit aufzudecken! Hier ist Takt gefragt, Diplomatie, Fingerspitzengefühl ... Diskretion! Jeder Dummkopf kann eine Tragödie aufdecken und der Welt vorführen ... und damit den Ruf der Kirche zugrunde richten, dem Glauben Schaden zufügen und damit all jene schlichten Menschen kränken, die von uns erwarten, daß ...« Er sah Cornwallis mit offenkundiger Verachtung an.

Isadora zuckte innerlich zusammen. Es war ihr ausgesprochen peinlich, mit anhören zu müssen, wie ihr Mann so herablassend zu Cornwallis sprach. Gewiß hatte ihr Besucher den Eindruck, sie teile die Ansichten ihres Mannes. Doch die lebenslänglich geübte Loyalität hinderte sie daran, ihren eigenen Standpunkt deutlich zu machen.

»Gewiß drückt der Bischof recht unumwunden aus, was er sagen möchte«, sagte sie, wobei sie sich leicht vorbeugte. Sie spürte, wie ihr das Blut heiß in die Wangen stieg. »Wir alle sind tief betroffen von Miss Bellwoods Tod und von den dunklen Wallungen, die dahinterzustehen scheinen. Selbstverständlich liegt es uns sehr am Herzen, daß kein Verdacht auf Unschuldige fällt und man den Schuldigen zur Verantwortung zieht. Nur sollte dabei so wenig wie möglich von der damit verbundenen privaten Tragödie an die Öffentlichkeit dringen.« Sie sah Cornwallis an und hoffte, er werde verstehen, was sie mit ihrer leicht modifizierenden Erklärung sagen wollte.

»Wir alle wollen unnötigen Schmerz verhindern«, gab Cornwallis steif zurück, sah sie aber mit freundlichem Blick an. Sie konnte in seinen Augen weder Kritik noch Feindseligkeit lesen. Reginald hatte ihr gegenüber erwähnt, daß der Mann früher in der Marine gedient hatte. Vielleicht ging sein Unbehagen zum Teil darauf zurück, daß er viele Jahre seines Lebens auf See und ausschließlich in der Gesellschaft von Männern zugebracht hatte. Sie versuchte sich vorzustellen, wie er in Uniform unter dem gebauschten Großsegel an Deck stand und sich bei schwerer See auf den Beinen zu halten versuchte, während ihm der Wind um den Kopf pfiff. Vielleicht war das der Grund, warum er einen so klaren Blick hatte und seine hellen Augen so gelassen dreinsahen. Die Macht der Elemente sorgt dafür, daß Aufgeblasenheit unbedeutend und lächerlich wirkt. Sie konnte sich nicht vorstellen, daß Cornwallis tobte, taktierte oder hinter einer Lüge Zuflucht suchte.

»Dann teilen Sie also meine Auffassung, daß wir in der Sache mit äußerster Umsicht vorgehen müssen«, sagte der Bischof jetzt mit eindringlicher Stimme und, wie Isadora merkte, mit einem ungewohnten Unterton von Furcht. Sie konnte sich nicht erinnern, ihn je so außer Fassung gesehen zu haben.

»Wir müssen aber auch aufrichtig und beharrlich sein«, sagte Cornwallis fest. »Und Pitt ist der beste Mann dafür. Die Sache verlangt ein großes Maß an Feingefühl. Unity Bellwood war in anderen Umständen, und wir müssen annehmen, daß der Mord an ihr höchstwahrscheinlich damit zusammenhing.«

Der Bischof zuckte zusammen und warf einen hastigen Seitenblick auf Isadora. Cornwallis errötete.

»Mach dich nicht lächerlich«, sagte sie rasch. »Du brauchst dem Thema nicht auszuweichen, weil ich dabei bin. Vermutlich habe ich mit sehr viel mehr unverheirateten jungen Frauen gesprochen, die ein Kind erwarteten, als du. Eine ganze Reihe von ihnen war von Höhergestellten verführt worden, aber manche hatten auch selbst die Verführerrolle übernommen.«

»Es wäre mir lieber, du würdest nicht auf diese Weise über solche Dinge reden«, sagte der Bischof mißbilligend. Er tat einen Schritt vom Kamin fort, da ihm seine Hosenbeine zu heiß wurden. »Es ist eine Sünde und eine Tragödie zugleich. Sie durch kriminelles Verhalten noch zu verstärken, ist unerträglich. Sofern der Täter Ramsay Parmenter ist… war…, kann ich nur annehmen, daß er den Verstand verloren hat. In dem Fall wäre das beste für alle Beteiligten, ihn für verrückt erklären und an einen sicheren Ort bringen zu lassen, wo er niemandem mehr schaden kann.« Er zuckte zusammen, als der heiße Stoff seines Hosenbeins die Haut berührte. »Können Sie nicht dafür sorgen, Cornwallis? Ein wenig Mitgefühl am rechten Ort zeigen, statt eine ganze Familie in den Ruin zu treiben, nur um das Gesetz buchstabengetreu zu befolgen und damit einen untadeligen Mann… ich meine, einen bis dahin untadeligen Mann«, verbesserte er sich, »der öffentlichen Sensationsgier preiszugeben, wo er doch tatsächlich in seiner Privatsphäre gefehlt hat.«

Mit angehaltenem Atem sah Isadora zu Cornwallis hin.

»Mord ist kein privater Fehltritt. Das Gesetz verlangt, daß man sich im Interesse aller Betroffenen öffentlich dafür zu verantworten hat.«

»Ach was«, gab der Bischof zurück. »Wie könnte es im Interesse Parmenters oder seiner Angehörigen liegen, daß diese Sache öffentlich verhandelt wird – von der Kirche ganz zu schweigen? Vor allem ist es keinesfalls im Interesse der Öffentlichkeit, mit anzusehen, wie einer der geistlichen Führer des Landes dem Irrsinn verfällt.«

Der Butler trat lautlos ein. »Das Essen ist aufgetragen, Sir«, sagte er mit einer Verbeugung.

Der Bischof warf ihm einen wütenden Blick zu.

Isadora erhob sich. Ihre Beine zitterten. »Mr. Cornwallis, würden Sie bitte mit ins Eßzimmer kommen?« Was hätte sie sagen können, um diese entsetzliche Situation zu retten? Glaubte Cornwallis etwa, daß sie an diesem scheinheiligen Possenspiel beteiligt war? Wie konnte sie ihn des Gegenteils versichern, ohne sich zugleich ihrem Mann gegenüber illoyal zu verhalten und sich damit einer noch übleren Heuchelei schuldig zu machen? Sicherlich wußte Cornwallis Loyalität zu schätzen. Sie selbst hielt sie sehr hoch. Zahllose Male hatte sie geschwiegen, auch wenn sie anderer Meinung war als ihr Gatte. In wenigen Fällen hatte sie später gemerkt, daß sie geirrt oder die Dinge falsch gesehen hatte, und war froh gewesen, daß sie den Mund gehalten und auf diese Weise ihre Unwissenheit nicht öffentlich preisgegeben hatte.

Cornwallis erhob sich. »Vielen Dank«, sagte er, und alle drei gingen recht steif hinüber zum in Königsblau und Gold gehaltenen Eßzimmer. Dies eine Mal hatte Isadora ihren Geschmack durchgesetzt. Der Bischof hatte burgunderfarbene Tapeten und bodenlange Vorhänge haben wollen. Wie er jetzt war, wirkte der Raum eleganter und durch den langen Spiegel größer.

Als sie bei Tisch saßen und der erste Gang aufgetragen war, knüpfte der Bischof wieder an den Ausgangspunkt ihres Gesprächs an.

»Niemand kann ein Interesse daran haben, die Sache an die Öffentlichkeit zu bringen«, wiederholte er und sah über seinen Suppenteller hinweg Cornwallis unverwandt an. »Das werden Sie gewiß verstehen.«

»Im Gegenteil«, sagte dieser ganz ruhig. »Das ist im Interesse aller, allen voran von Parmenter. Er bestreitet jede Schuld und hat das Recht, von uns zu verlangen, daß wir vor Gericht zweifelsfrei beweisen, wer der Täter war.«

»Das ist doch ...« Der Bischof war empört. Sein Gesicht war gerötet, und seine Augen glänzten fiebrig.

Isadora sah zu ihm hin und hatte ein schlechtes Gewissen. Er sah nicht aus wie ein guter Freund, der kurzzeitig geirrt und einen Fehler gemacht hat. Er war wie ein Fremder – noch dazu einer, den sie nicht besonders gut leiden konnte. So etwas durfte sie nicht empfinden. Es war unentschuldbar. Alles in ihr wandte sich Cornwallis zu, der aufgebracht, aber gelassen dasaß, seiner selbst und seiner Überzeugungen sicher.

»Das ist Spiegelfechterei, Sir«, hielt ihm der Bischof vor. »Ich will Sie nicht damit kränken, daß ich die Gründe dafür nenne.«

»Ach, Reginald!« sagte Isadora leise.

»Was sollen wir Ihrer Ansicht nach denn tun, Bischof Underhill?« Cornwallis sah ihn an. »Parmenter heimlich aus dem Weg schaffen, ohne ihm Gelegenheit zu geben, seine Unschuld zu beweisen, und ohne unsererseits seine Schuld beweisen zu müssen? Ihn für den Rest seines Lebens in einem Irrenhaus einsperren, um uns jede Peinlichkeit zu ersparen?«

Der Bischof war jetzt puterrot. Seine Hand zitterte. »Sie zitieren mich falsch, Sir! Diese Unterstellung ist unhaltbar!«

In Wahrheit war es genau das, was er angeregt hatte, und Isadora wußte das. Wie konnte sie ihm zu Hilfe kommen, ohne sich zugleich schuldig zu machen?

»Bestimmt haben Sie recht, Mr. Cornwallis«, sagte sie vorsichtig, ohne den Blick zu ihm zu heben. »Ich glaube, uns waren die Folgen des Gesagten nicht ganz klar. Wir sind mit dem Gesetz nicht so vertraut, und Gott sei Dank ist uns bisher nicht dergleichen widerfahren. Natürlich haben auch wir die Unbill des Schicksals erlebt, doch kein Verbrechen, es waren lediglich Fehltritte, die in den Augen der Kirche als Sünde gelten.« Endlich hob sie den Blick und sah ihn an.

»Selbstverständlich.« Er sah aufmerksam zu ihr hin, und in seinem Ausdruck erkannte sie nicht Abscheu, sondern Zurückhaltung und Bewunderung. Es kam ihr vor, als breite sich in ihr Wärme aus. »Es handelt sich ... es handelt sich um eine Art von Tragödie, mit der keiner von uns vertraut ist ...« Er zögerte, wußte nicht, was er sagen sollte. »Aber ich kann von den Vorgaben des Gesetzes nicht abweichen. Ich wage es nicht, weil ich die Wahrheit nicht hinreichend kenne, um selbst ein Urteil zu fällen.« Er legte seinen Suppenlöffel auf den Teller. »Aber ich glaube zu wissen, was richtig ist, zumindest was die Notwendigkeit betrifft, die Wahrheit zu erfahren. Höchstwahrscheinlich hat Ramsay Parmenter Miss Bellwood getötet, weil sie in unverblümter und kränkender Weise alles in Frage gestellt hat, woran er glaubte.« Seine Stimme wurde leise, und Trauer legte sich auf seine Züge. »Es ist möglich, daß er der Vater ihres Kindes ist, es kann sich aber auch anders verhalten. Sofern Mallory Parmenter oder Dominic Corde der Vater ist, hatten auch sie einen Grund, ihren

Tod zu wünschen. Sie konnte beiden den Weg zum gewählten Beruf versperren. Ob sie einen dieser Männer erpreßt hat, wissen wir nicht, aber ich denke, wir müssen uns bemühen, das herauszubekommen. Ich bedaure das, und es wäre mir lieber, es gäbe eine andere Möglichkeit.«

»So geht es uns allen.« Sie lächelte betrübt. »Aber das hat noch nie etwas an Notwendigkeiten geändert.«

Der Bischof räusperte sich lautstark. »Ich vermute, daß Sie mich von jedem Fortschritt in der Sache in Kenntnis setzen werden?«

»Sobald sich etwas herausstellt, was der Kirche schaden könnte, werde ich Ihnen Mitteilung machen«, versprach Cornwallis ohne den geringsten Anflug von Wärme. Es war, als stünde er auf dem eisigen Meer dem Kapitän eines feindlichen Schiffes gegenüber.

Isadora fragte sich, ob er religiös war. Vielleicht hatte ihm die relative Hilflosigkeit des Menschen gegenüber der Gewalt des Ozeans, die Abhängigkeit vom Licht der Sterne, den Winden und den Meeresströmungen, ein tieferes Verständnis von Gott vermittelt, das Angewiesensein auf einen festen Glauben, der Leben bedeutet und nicht nur in Alltagssituationen praktisch oder dem eigenen Ansehen förderlich ist. Wie lange war es her, daß Reginald mit Fragen von Leben und Tod zu tun gehabt hatte und nicht nur mit bloßen Verwaltungsaufgaben?

Die Unterhaltung verlief steif. Die Dienstboten trugen die Suppenteller ab und brachten den nächsten Gang. Der Bischof sagte etwas, Cornwallis antwortete und fügte eine Erläuterung hinzu.

Von Isadora wurde erwartet, daß sie den Gast unterhielt, unverfängliche Bemerkungen machte, um das Schweigen zu füllen, aber ihr brannten weit schwerwiegendere und dringlichere Fragen auf der Seele. Warum kannte Reginald diesen Parmenter nicht gut genug, um zu wissen, ob er eine Affäre mit jener Frau gehabt hatte oder nicht? Es war seine Aufgabe, es zu merken, wenn einer der ihm unterstellten Geistlichen in so entsetzlicher Weise gegen die Grundsätze von Glaube und Moral verstieß.

Warum nur hatte er sich so sehr für Parmenters Beförderung eingesetzt, wenn er ihn kaum kannte? War es ihm einfach darum gegangen, eine Hausmacht zu haben? Hatte er sich je mit ihm über etwas von wirklicher Bedeutung unterhalten? Über Gut und Böse, Freude, Bußfertigkeit, die entsetzliche Selbstzerstörung durch die Sünde? Sprach er überhaupt je von der Sünde als etwas Wirklichem, oder war es nur ein Wort, das ihm auf der Kanzel über die Lippen kam? Nahm er sich die Zeit, über Selbstsucht und das Elend nachzudenken, das sie erzeugt, die Irrungen der Seele und die Trostlosigkeit?

Tat er je etwas anderes als verwalten, anderen Menschen zu sagen, was sie zu tun hatten und wie es getan werden mußte? Besuchte er die Armen und die Kranken, die Verirrten und die verlorenen Seelen, die Zornigen, die Hochmütigen, die Ehrgeizigen und Grausamen und hielt ihnen den Spiegel ihrer Schwächen vor? Stützte er die Müden und die Beladenen, die Furchtsamen und die Leidtragenden mit der Kraft des Glaubens?

Oder sprach er über Gebäude, Musik und feierliche Akte – und darüber, auf welche Weise man verhindern konnte, daß Ramsay Parmenter einen Skandal verursachte? Wenn er sich der Wirklichkeit des Schmerzes nicht zu stellen vermochte, was war dann all das Singen und Beten wert? Wie sah der wirkliche Mann unter den feierlichen Gewändern aus? War es jemand, den sie liebte, oder lediglich jemand, an den sie sich gewöhnt hatte?

Cornwallis verabschiedete sich am Ende der Mahlzeit, so früh die Höflichkeit es zuließ. Reginald kehrte in sein Studierzimmer zurück, um noch etwas zu lesen, und Isadora ging still zu Bett. In ihrem Kopf aber arbeitete es noch, so daß sie nicht gleich schlafen konnte.

Als sie die Augen schloß, sah sie Cornwallis' Züge vor sich. Endlich konnte sie sich entspannen, und ein leichtes Lächeln trat auf ihre Lippen.

# KAPITEL FÜNF

Zur selben Zeit, als sich Pitt in Cornwallis' Büro anhörte, was Smithers zu sagen hatte, sprach Dominic im Gesellschaftszimmer von Brunswick Gardens mit Vita Parmenter. Die Dienstmädchen hatten bereits gekehrt und Staub gewischt, und das Feuer begann den Raum allmählich zu wärmen. Der Vormittag war hell, aber kalt, und Vita zitterte ein wenig, während sie rastlos auf und ab schritt.

»Ich wüßte gern, was dieser Polizist denkt«, sagte sie und wandte sich zu Dominic um, das Gesicht vor Sorge verzogen. »Wo ist er? Mit wem redet er, wenn nicht mit uns?«

»Ich weiß nicht«, sagte er aufrichtig und wünschte, sie trösten zu können, statt hilflos dazustehen und ihre Besorgnis mit ansehen zu müssen. »Ich weiß wirklich kaum, wie diese Leute arbeiten. Vielleicht versucht er, mehr über Unity in Erfahrung zu bringen.«

»Warum nur?« Sie war verwirrt. »Was für einen Unterschied kann das machen?« Sie bewegte sich ruckartig, spreizte im einen Augenblick ihre Finger und verschränkte sie im nächsten so fest ineinander, daß ihr die Nägel schmerzhaft in die Handflächen drangen. »Wollen Sie damit sagen, weil sie früher ein lockeres Leben geführt hat, ist er der Meinung, sie habe sich hier ebenso verhalten?«

Er war verblüfft. Ihn erstaunte, daß Vita etwas über Unitys Vergangenheit wußte. Das war sehr beunruhigend, aber er hätte sich denken müssen, daß sie mitbekommen hatte, was Unity über die Selbstbestimmung auf dem Gebiet der Moral sagte, das Recht eines jeden Menschen, seinen Gefühlen und Begierden zu folgen, all den Unsinn, den sie häufig über den befreienden Einfluß der Leidenschaften von sich gab, und ihre Äußerungen, daß Pflichten viele Menschen ersticken, vor allem Frauen. Ein oder zwei Mal, als er versucht hatte, mit ihr darüber zu reden, daß Pflichten einen Schutz für Menschen bedeuten, vor allem für Frauen, hatte sie ihn mit wütenden und verächtlichen Blicken bedacht. Wenn er jetzt daran dachte, mußte er sich eingestehen, daß die Annahme töricht war, Vita habe all das nicht zumindest teilweise mitbekommen.

Wie sie da am Rand des Aubusson-Teppichs stand und ihn mit unverhüllter Angst in den großen Augen ansah, wirkte sie trotz all ihrer ihm wohlbekannten seelischen Kraft in hohem Maße verletzlich.

»Ich weiß nicht, ob er diese Meinung vertritt«, antwortete er ruhig und trat etwas näher an sie heran. »Es ist nur eine Möglichkeit. Vermutlich verlangt der gesunde Menschenverstand, daß man sich mit dem Leben einer Person beschäftigt, die ... getötet worden ist ... wenn man feststellen möchte, wer die Tat begangen hat.«

»Wahrscheinlich.« Ihre Stimme war belegt. »Bedeutet das ... glauben Sie ... daß es möglicherweise nicht Ramsay war?« Sie hob den Blick zu ihm, ihr Gesicht war blaß, ihr Ausdruck schwankte zwischen Hoffnung und Verzweiflung.

Spontan nahm er ihre Hand und hielt sie sacht in der seinen. Wenige Sekunden lang waren ihre Finger schlaff, dann klammerte sie sich verzweifelt an ihn.

»Es tut mir so leid«, flüsterte er. »Ich wollte, ich könnte etwas tun. Irgend etwas. Ich schulde Ihnen so viel.«

Sie lächelte ein wenig – eigentlich verzog sie nur die Mundwinkel – doch so, als sei ihr das wichtig.

»Ihr Gatte hat mir geholfen, als ich nicht weiterwußte«, fuhr er fort. »Und jetzt sieht es so aus, als könnte ich nichts tun, um ihm zu helfen.«

Sie senkte den Blick. »Sofern er die Tat begangen hat, vermag keiner von uns etwas für ihn zu tun. Das Unerträgliche ...« Sie schluckte. »Das Unerträgliche ... ist, daß wir es nicht wissen.« Dann schüttelte sie den Kopf, als rufe sie sich zur Ordnung. »Es ist dumm, das zu sagen ... und schwach ...

wir müssen es ertragen.« Ihre Stimme wurde leise. »Aber es tut weh, Dominic!«

»Ich weiß…«

»Allerlei schreckliche Dinge gehen mir immer wieder durch den Kopf.« Sie flüsterte nach wie vor, als bringe sie es nicht über sich, die Dinge beim Namen zu nennen, obwohl sonst niemand im Zimmer war. »Werde ich damit an ihm schuldig?« Sie suchte seinen Blick. »Verachten Sie mich deswegen? Vielleicht verachte ich mich selbst. Aber ich frage mich, ob er sich von ihr angezogen gefühlt hat… Sie war… ungeheuer dynamisch… voller Ideen und Empfindungen. Sie hatte schöne Augen, finden Sie nicht auch?«

Trotz der kummervollen Situation mußte er lächeln. Unity hatte weit weniger schöne Augen gehabt als Vita. Erschauernd dachte er an ihren Körper und ihre Lippen. Sie war voll Wollust gewesen.

»Nicht besonders bemerkenswert«, sagte er und meinte es aufrichtig. »Weit weniger als Ihre.« Er übersah die Röte, die ihre Wangen übergoß. »Auch läßt sich nur schwer vorstellen, daß Ramsay sie anziehend gefunden haben könnte. Dafür war seine Abneigung gegen ihre Ansichten viel zu stark. Sie war sehr kritisch, das wissen Sie ja.« Er hatte ihre Hand nicht losgelassen, und sie hielt die seine fest. »Wen sie bei einem Fehler ertappte«, fuhr er fort, »dem hat sie das umgehend mitgeteilt, und zwar üblicherweise voll Schadenfreude. So etwas ruft in keinem Mann zärtliche Empfindungen hervor.«

Sie sah ihn mehrere Sekunden lang an. »Meinen Sie wirklich?« fragte sie schließlich. »Sie konnte recht schroff sein, nicht wahr? Sie hatte eine ziemlich scharfe Zunge…«

»Sehr!« Er löste seine Hand aus der ihren. »Ich glaube nicht, daß Sie da etwas befürchten müssen. Das sähe dem Mann, den wir kennen, nicht im geringsten ähnlich.«

»Die beiden haben viel miteinander gearbeitet…« Sie brachte es offenbar nicht fertig, sich vollständig von ihrer Befürchtung zu lösen. »Sie war jung und… sehr…«

Er wußte, was sie meinte, auch wenn sie zögerte, die Worte auszusprechen. Unity war durchaus betörend gewesen.

»Eigentlich haben sie nicht viel miteinander gearbeitet«, erklärte er. »Ramsay hat in seinem Studierzimmer gesessen und sie ziemlich oft in der Bibliothek. Sie haben nur miteinander gesprochen, wenn es erforderlich war. Außerdem waren immer Dienstboten in der Nähe. Hinzu kommt, daß Mallory und übrigens auch ich fast zur gleichen Zeit im Hause waren wie Unity. Ganz zu schweigen von Clarice und Tryphena. Das muß auch Pitt bekannt sein.«

Sie wirkte nicht besonders getröstet. Die Sorgenfalte zwischen ihren Augen war nicht verschwunden, und ihr Gesicht war sehr bleich.

»Haben Sie je etwas in dieser Richtung gesehen?« fragte er, fast sicher, daß sie nein sagen würde. Er konnte sich von Parmenter nicht vorstellen, daß seine Beziehung zu Unity über die ausgesprochen förmlichen und eher unglücklichen Kontakte hinausging, deren Zeuge er gewesen war. Er hatte die beiden immer nur arbeitend erlebt, ihre Gespräche hatten sich stets um wissenschaftliche Themen gedreht und waren, sofern sie nicht in der Öffentlichkeit stattfanden, immer recht hitzig verlaufen, weil sie sich über den einen oder anderen Punkt nicht einig werden konnten. Bei ihren häufigen Meinungsverschiedenheiten hatte Unity stets ein starkes Bedürfnis gezeigt, recht zu behalten. Mit entschiedenem Vergnügen, und ohne Rücksicht auf die Gefühle anderer, hatte sie ihre Ansichten bei jeder Gelegenheit durchgesetzt. Es mochte sich dabei für sie um eine Frage der intellektuellen Redlichkeit handeln, doch hielt Dominic es für wahrscheinlicher, daß dahinter der kindliche Wunsch stand, den anderen zu übertrumpfen.

Bei solchen Auseinandersetzungen zu unterliegen hatte Parmenter stets sehr zu schaffen gemacht. Zwar hatte er das jedesmal mit vorgetäuschter Gleichgültigkeit überspielt, doch war es an seinen schmalen Lippen und seinem langen Schweigen überdeutlich zu erkennen gewesen. Es war unvorstellbar, daß zwischen diesen beiden Menschen eine leidenschaftliche Liebesbeziehung bestanden haben sollte.

»Nein …« Vita schüttelte den Kopf. »Nein … nie.«

»Dann haben Sie auch keinen Grund, es zu glauben«, machte er ihr klar. »Denken Sie einfach nicht daran. Es ist seiner wie Ihrer unwürdig.«

Erneut trat der Anflug eines Lächelns auf ihre Lippen. Sie holte tief Luft und sah ihn an. »Sie sind sehr freundlich zu mir, Dominic. Wahrhaft einfühlsam. Ich weiß nicht, was wir hier im Hause ohne Ihre Unterstützung tun würden. Ich traue Ihnen wie sonst keinem Menschen.«

»Vielen Dank«, sagte er und empfand dabei eine innere Befriedigung, die nicht einmal die besonderen Umstände der gegenwärtigen Lage dämpfen konnten. Schon seit langem sehnte er sich danach, daß man ihm vertraute. In der Vergangenheit war das nicht der Fall gewesen – und er hatte es auch nicht verdient. Zu häufig hatte er seine eigenen Bedürfnisse und Begierden über die aller anderen gesetzt. Auch wenn er nur selten anderen gegenüber boshaft gewesen war, so hatte er sich doch meist wie ein Kind verhalten und war rücksichts- und gedankenlos den eigenen Antrieben gefolgt. Seit er Parmenter begegnet war und so vieles bei ihm gelernt hatte, sah das Ziel seiner Wünsche anders aus. Er hatte Tiefen der Einsamkeit durchlebt, als er erkannte, daß andere ihre Beziehung zu ihm ausschließlich auf sein gutes Aussehen und auf diejenigen ihrer Begierden gegründet hatten, die zu befriedigen er imstande gewesen war. Er war wie eine gute Mahlzeit gewesen, die man heiß ersehnte, verzehrte und dann vergaß. All das war ohne jeden Sinn gewesen, hatte nichts Dauerhaftes an sich gehabt.

Jetzt vertraute ihm Vita. Obwohl sie zahllose herzensgute und gebildete Männer kannte, die im Leben nur ein Ziel hatten, nämlich anderen zu helfen, war sie von seiner Kraft und seinem Anstand überzeugt. Er erwiderte ihr Lächeln.

»Ich kenne keinen dringlicheren Wunsch, als Ihnen in dieser Zeit der Heimsuchung beistehen zu können«, sagte er mit aufrichtigem Empfinden. »Ein Wort von Ihnen genügt, und ich tue, was in meinen Kräften steht. Ich weiß nicht, wie es weitergehen wird, aber ich verspreche Ihnen meine Hilfe, ganz gleich, auf welchem Gebiet, und werde Ihnen zur Seite stehen.«

Endlich schien die Anspannung von ihr zu weichen, und ihre Schultern entkrampften sich etwas. Ihr Rücken wirkte weniger starr, und ihre Wangen gewannen sogar etwas Farbe.

»Der Tag, da Sie in unser Haus gekommen sind, war für uns ein Tag des Heils«, sagte sie leise. »Ich werde Sie brauchen, Dominic. Ich empfinde große Furcht bei der Vorstellung, was der Polizist finden wird. Zweifellos haben Sie recht – mein Mann hatte bestimmt keine Liebesbeziehung zu Unity.« Sie lächelte ein wenig. »Je mehr ich über Ihre Worte nachdenke, desto törichter kommt mir der Gedanke vor. Seine Abneigung gegen sie war viel zu groß.«

Sie stand regungslos da, kaum einen Schritt von ihm entfernt, so daß er ihr Parfum riechen konnte. »Er hatte wohl sogar Angst vor ihr«, fuhr sie fort. »Wegen ihrer raschen Auffassungsgabe und ihrer scharfen Zunge, vor allem aber wegen all der Dinge, die sie über den Glauben gesagt hat. Sie war unfaßbar destruktiv, Dominic. Ich hätte sie dafür hassen können.« Vita sog den Atem ein und stieß ihn mit einem gedehnten Seufzer wieder aus. »Es ist schändlich, den Glauben eines Menschen zu verspotten, ihn systematisch in Stücke zu reißen und nichts als Trümmer übrigzulassen. Eigentlich müßte ich ihren Tod betrauern, aber das vermag ich nicht. Ist das eine schwere Sünde?«

»Nein«, sagte er rasch. »Nein, es ist absolut verständlich. Sie haben gesehen, welchen Schaden sie angerichtet hat, und fürchten sich davor. Mir geht es ebenso. Für die meisten Menschen ist das Leben ohnehin schon schwer genug. Allein der Glaube befähigt uns, es mit einer gewissen Würde und Kraft zu bestehen. Er heilt und ermöglicht uns sowohl Vergebung als auch Hoffnung, wenn wir vor Schwierigkeiten oder Kummer nicht ein noch aus wissen. Einem Menschen den Glauben zu nehmen ist niederträchtig, und das empfinden wir um so stärker, wenn das einem Menschen widerfährt, den wir lieben.«

Sie fuhr ihm leicht über die Hand, straffte dann die Schultern, drehte sich um und ging auf die mit grünem Filz bezogene Tür zu, die zu den Räumen des Butlers führte. Ungeachtet aller Trauer und Angst, ganz gleich, ob Polizisten der Tragödie, die in ihr Leben eingebrochen war, auf die Spur zu kommen versuchten, mußte sie sich um den Haushalt kümmern.

Dominic ging nach oben zu Parmenter. Bestimmt gab es praktische Dinge zu erledigen, bei denen er ihm behilflich sein konnte. Außerdem bestand vielleicht eine Möglichkeit, ihm, wenn schon nicht mit Trost, dann zumindest mit Freundschaft beizustehen. Er durfte jetzt nicht einfach davonlaufen. Parmenter sollte wissen, daß er ihn keinesfalls im Stich lassen würde – weder aus Feigheit, noch weil er ihn womöglich verdächtigte.

Als er sein Taschentuch herausholen wollte, stellte er fest, daß es nicht da war. Das war besonders ärgerlich, weil es zu den guten leinenen mit Monogramm gehörte, aus der Zeit, in der es ihm finanziell gutgegangen war. Doch wenn er es auch verloren haben mochte, das war jetzt nicht so wichtig.

Er klopfte an die Tür des Studierzimmers und trat auf Parmenters Aufforderung hin ein.

»Ah, Dominic«, sagte der Pfarrherr mit erzwungener Munterkeit. Er sah elend aus, als habe er wenig geschlafen, und seine Ermattung war wohl nicht nur körperlich bedingt. Seine Augen waren eingefallen, und ihr Blick war trüb.

»Schön, daß Sie da sind.« Er stöberte mit raschen Handbewegungen unter den Papieren auf seinem Schreibtisch, als suche er etwas besonders Wichtiges. »Es wäre schön, wenn Sie mir den einen oder anderen Besuch abnehmen könnten.« Er hob den Blick mit einem flüchtigen Lächeln. »In gewissem Sinne sind es alte Freunde, Gemeindemitglieder, die ein Wort des Trostes oder des geistlichen Beistandes brauchen. Ich wäre Ihnen wirklich verbunden, wenn Sie heute Zeit dafür hätten. Hier.« Er zog ein Blatt mit vier Namen und Anschriften hervor und gab es ihm. »Sie wohnen nicht weit von hier. Wenn das Wetter nicht zu widerwärtig ist, können Sie ohne weiteres zu Fuß gehen.« Er sah zum Fenster hin. »Ich denke, das geht.«

Dominic nahm die Liste, warf einen Blick darauf und steckte sie ein.

»Selbstverständlich.« Er wollte noch etwas hinzufügen, wußte aber, mit Parmenter allein im Zimmer, nicht so recht, was er sagen sollte. Nicht nur war jener eine volle Generation älter als er selbst, sondern er stand auch in jeder Hinsicht über ihm. Er hatte Dominic aus einer Verzweiflung gerettet, die so tief war, daß er aus Selbstekel erwogen hatte, sich das Leben zu nehmen. Voll Geduld hatte ihm Parmenter eine andere und bessere Möglichkeit zu leben gezeigt, ihn zum wahren Glauben geführt, der sich deutlich von der nichtssagenden Haltung der Sonntagschristen unterschied, wie er sie kannte. Wie konnte er ihn da jetzt angesichts dieser Tragödie drängen, etwas zu sagen, wo er das ganz offensichtlich nicht wollte?

Oder womöglich doch? Er saß unbehaglich in seinem bequemen Sessel, seine Hände machten sich mit den Papieren zu schaffen. Zuerst hatte er den Blick auf Dominic geheftet und ihn dann gesenkt. Jetzt hob er ihn wieder.

»Wollen Sie darüber reden?« fragte Dominic und überlegte, ob er damit zu sehr in die Privatsphäre des anderen eindrang. Doch schweigend dazusitzen erschien ihm feige.

Parmenter machte keine Ausflüchte. »Was gibt es da zu sagen?« Er zuckte die Achseln. Er sah nachdenklich drein, und Dominic begriff, daß er hinter der Fassade der Geschäftigkeit, mit der er so tat, als verhalte er sich wie immer, große Furcht empfand. »Ich weiß nicht, was geschehen ist.« Sein Gesicht straffte sich. »Wir haben gestritten. Sie hat mich angeschrien und dann ganz aufgebracht das Zimmer verlassen. Ich schäme mich zu sagen, daß ich es ihr mit gleicher Münze heimgezahlt habe. Danach bin ich an meinen Schreibtisch zurückgekehrt. Ich kann mich nicht erinnern, dann noch etwas gehört zu haben. Viele der Geräusche im Hause, ob Türenschlagen oder Gekreisch, überhöre ich.« Einen Augenblick lang war seine Konzentration auf die Gegenwart unterbrochen. »Ich erinnere mich, wie einmal eins der Mädchen, das in der Bibliothek die Fenster putzte, einen Eimer Wasser auf dem Teppich verschüttet hat. Sie hat geschrien, als ob sie unter die Räuber gefallen wäre.« Wieder machte er ein nachdenkliches Gesicht. »Es war ein fürchterliches Durcheinander. Alle kamen herbeigerannt. Und dann die Mäuse.«

»Mäuse?« Dominic verstand nicht. »Mäuse sind winzig, sie quieken.«

In Parmenters Augen leuchtete es blitzartig spöttisch auf, dann wurden sie wieder matt. »Die Dienstmädchen kreischen, Dominic, wenn sie eine Maus sehen. Ich hatte schon befürchtet, von Nellies Geschrei würden die Kronleuchter zerspringen.«

»Ach ja, natürlich.« Dominic kam sich albern vor. »Daran hatte ich nicht gedacht ...«

Seufzend lehnte sich Parmenter in seinem Sessel zurück. »Warum sollten Sie auch? Sie wollten mir helfen. Das weiß ich zu würdigen. Sie haben mir Gelegenheit gegeben, Ihnen die schreckliche Last anzuvertrauen, die ich auf mein Gewissen geladen hätte – falls ich Unity, sei es absichtlich oder unabsichtlich, die Treppe hinabgestoßen hätte. Bestimmt ist es Ihnen nicht leichtgefallen, die Sache mir gegenüber anzusprechen, und mir ist klar, welchen Mut es Sie gekostet haben muß.« Er sah Dominic in die Augen. »Vielleicht erleichtert es mich ja, darüber zu sprechen ...«

Dominic spürte, wie Panik in ihm aufstieg. Dem war er nicht gewachsen. Und wenn Parmenter nun ein Geständnis ablegte? War er dann verpflichtet, dieses Wissen für sich zu behalten? Was sollte er tun? Parmenter überreden, sein Geständnis für Pitt aufzusparen? Warum? Ihm helfen, vor Gott zu bereuen? Begriff Parmenter überhaupt, was er getan hatte? Gewiß war doch das wohl das Wichtigste? Dominic sah zu ihm hin. Er hatte nicht den Eindruck, daß den Älteren übermäßige Schuldgefühle quälten. Gewiß, er empfand Furcht und angesichts der ungeheuerlichen Situation auch ein gewisses Schuldbewußtsein. Doch war es nicht das Schuldbewußtsein eines Menschen, der gemordet hatte.

»Ja ...« Dominic schluckte, so daß er fast daran erstickt wäre. Er verkrampfte die Hände unter dem Tisch auf den Knien, damit Parmenter es nicht sehen konnte.

Parmenter lächelte erkennbar. »Man kann in Ihrem Gesicht lesen wie in einem Buch, Dominic. Ich werde Sie nicht mit dem Bekenntnis einer Schuld belasten. Das Schlimmste, was ich gestehen kann, ist, daß mir Unitys Tod nicht leid tut ... Jedenfalls nicht so sehr, wie er das müßte. Sie war ein Mitmensch, jung, intelligent und voll Lebenskraft. Ich habe keinen Grund anzunehmen, daß sie nicht ebenso fähig war, Zärtlichkeit und Hoffnung, Liebe und Schmerz zu empfinden, wie wir alle, auch wenn sie sich bisweilen verhalten hat, als wäre das Gegenteil der Fall.«

Er biß sich auf die Lippe, in seinen Augen lag Verwirrung.

»Mein Verstand sagt mir, daß es tragisch ist, wenn ein Leben auf diese Art endet. Meine Empfindungen sagen mir, daß ich sehr erleichtert bin, nicht länger Unitys anmaßende Gewißheit ertragen zu müssen, daß der Mensch, insbesondere Charles Darwin, allen anderen Lebewesen überlegen ist. Wirklich, ich bin zutiefst erleichtert...« Seine Finger krallten sich so fest um den Gänsekiel, daß sich dieser verbog. »Ich will kein beliebiger Organismus sein, der vom Affen abstammt!«

Seine Stimme klang, als sei er den Tränen nahe. »Ich will ein Geschöpf Gottes sein, und zwar eines Gottes, der alles um mich herum erschaffen hat und dem an seiner Schöpfung liegt, der mich trotz meiner Schwächen erlöst, mir meine Fehler und Sünden vergibt. Eines Gottes, der die Wirrsal unseres Lebens auf die eine oder andere Weise auflöst, so daß es am Ende eine Art Sinn ergibt.« Seine Stimme sank zum Flüstern herab. »Und gerade das vermag ich nicht mehr zu glauben, außer wenn ich gelegentlich nachts allein bin und die Vergangenheit zurückzukehren scheint. Nur dann kann ich all die Bücher und wissenschaftlichen Positionen vergessen und mich so fühlen wie früher einmal.«

Regen prasselte gegen das Fenster, doch schon wenig später brach sich hell das Sonnenlicht in seinen Tropfen.

»Natürlich hat nicht sie den Zweifel in die Welt gebracht«, fuhr Parmenter fort. »Ich hatte all diese Argumente schon gehört, bevor sie hierherkam. Jeder von uns kannte sie und hatte darüber gesprochen. Ich habe so manchem meiner Gemeindemitglieder, die deshalb unglücklich waren, über ihre Verwirrung hinweggeholfen, wie das zweifellos auch Sie schon getan haben und weiterhin tun werden.« Er schluckte und verzog den Mund schmerzlich. »Unity hat es lediglich auf die Spitze getrieben, war ihrer Sache so ungeheuer sicher!« Er sah jetzt an Dominic vorbei hinüber zum Bücherschrank, dessen Glastüren im plötzlichen Sonnenschein aufblitzten. »Es geht nicht um etwas Bestimmtes, das sie gesagt hätte, sondern einfach darum, daß sie ihrer Sache tagein, tagaus so entsetzlich sicher war. Ihre Logik war erbarmungslos, und nie hat sie sich eine Gelegenheit zum Spott entgehen lassen.«

Er hielt eine Weile inne. Dominic überlegte, was er sagen könnte, merkte dann aber, daß es nicht der richtige Zeitpunkt war, ihn zu unterbrechen.

»Sie hat sich alles gemerkt, was je gesagt worden war, und konnte daher bei unseren verbalen Auseinandersetzungen in der Luft zerfetzen, was auch immer ich vorbrachte«, sagte Parmenter achselzuckend. »Manchmal bin ich mir ihr gegenüber lächerlich vorgekommen. Ich gebe es zu, Dominic, in solchen Augenblicken habe ich sie gehaßt. Aber getötet habe ich sie nicht, das schwöre ich.« Während er Dominic unverwandt ansah, lag in seinen Augen die unausgesprochene Bitte, ihm Glauben zu schenken. Doch dachte er nicht daran, dem Jüngeren Ungelegenheiten dadurch zu bereiten, daß er ihn offen dazu aufforderte. Vielleicht fürchtete er auch dessen Antwort.

Dominic war peinlich berührt. Er wollte ihm glauben, doch wie paßte das zueinander? Vier Menschen hatten Unity rufen hören: ›Nein, nein, Reverend!‹ War das etwa nicht aus Abwehr geschehen, sondern ein Hilferuf gewesen? In dem Fall konnte nur Mallory der Täter gewesen sein.

Warum? Gegen seinen Glauben hatte sie nie agitiert. Ihrer beider Überzeugungen gründeten sich auf gegensätzliche Positionen, ihre Haltung diente ihm lediglich als Bestätigung dafür, daß er recht hatte. Angesichts ihres Spotts über ihn wie auch ihrer logischen Argumente gegen seine Glaubensaussagen hatte er diese einfach wiederholt. Der Grund dafür, daß sie sie nicht verstand, war seiner festen Überzeugung nach in ihrem Mangel an Demut zu suchen. Waren seine Aussagen fehlerbehaftet oder ergaben gar einen Zirkelschluß, war darin, wie er erklärte, das Geheimnis Gottes zu erkennen, das der Mensch nicht hoffen kann zu ergründen. Wenn sie eine wissenschaftliche Aussage gemacht hatte, die ihm nicht zusagte, hatte er ihr einfach widersprochen. Er mochte über Unity erzürnt gewesen sein, aber seinen Seelenfrieden hatte sie nie gefährdet.

»Dominic, ich habe sie nicht getötet!« wiederholte Parmenter. Diesmal waren die Angst und die Einsamkeit in seiner Stimme so deutlich zu hören, daß sie bis zu Dominic vordrangen.

Die Stunde war gekommen, seine Schuld zu begleichen. Aber wie sollte er das tun, ohne sich selbst in Gefahr zu bringen? Gewiß wollte Parmenter, der ihn zu dem gemacht hatte, was er war, sein eigenes Werk nicht dadurch zunichte machen, daß er Unaufrichtigkeit von ihm erwartete.

»Dann muß es Mallory getan haben«, sagte Dominic und zwang sich, Parmenter in die Augen zu sehen. »Denn ich war es nicht.«

Parmenter schlug die Hände vor das Gesicht und beugte sich über den Schreibtisch.

Dominic saß regungslos da. Er hatte keine Vorstellung, was zu tun war. Parmenters Verzweiflung schien den ganzen Raum anzufüllen. Unmöglich konnte er so tun, als merke er es nicht. Parmenter hatte sich ihm gegenüber nie verstellt, war nie einer Frage ausgewichen und hatte ihm nie eine unaufrichtige Antwort gegeben. Jetzt, in diesem stillen Raum, war der Zeitpunkt gekommen, seine Schuld abzutragen, all die guten Gedanken, die Glaubensgrundsätze, um die er sich so sehr bemüht hatte, Gestalt annehmen zu lassen. Was nützte die Theorie, wenn er nicht fähig oder bereit war, sich der Wirklichkeit zu stellen? Damit würde sie zur bloßen Vorspiegelung, so hohl und nutzlos, wie es Unity Bellwood stets behauptet hatte.

Auf keinen Fall durfte er zulassen, daß es dahin kam!

Er wollte über den Tisch hinweg Parmenters Hand nehmen, unterdrückte den Impuls aber sogleich wieder. In gewisser Hinsicht kannten sie einander sehr gut. Einst hatte Parmenter gesehen, wie tief Dominics Verwirrung und Verzweiflung reichte, war aber deshalb keineswegs vor seiner Aufgabe zurückgewichen, sondern hatte ihn gehalten.

Hier aber ging es um etwas anderes. Wohl war zwischen ihnen auf diese Weise ein Band geknüpft, aber zugleich war damit auch eine Kluft aufgerissen worden. Parmenter war auf alle Zeiten der Führer, der Unverwundbare, der Erretter.

Sofern Dominic dieses Verhältnis umzukehren versuchte, würde er ihn der letzten Würde entkleiden. Das aber wollte er auf keinen Fall.

Also ließ er seine Hände, wo sie waren.

»Sofern es Mallory war, müssen wir uns dem stellen«, sagte er. »Wir müssen ihm auf jede uns mögliche Weise helfen und erreichen, daß er sich der Wirklichkeit stellt und sie versteht, vorausgesetzt, wir sind dazu imstande. Es gibt nur zwei Möglichkeiten: Entweder war es ein Unfall, oder er hat es mit Absicht getan.«

Seine Stimme klang kalt und schrecklich vernünftig. Das hatte er nicht gewollt.

»Sofern er es mit Absicht getan hat, muß ihn ein übermächtiger Grund dazu getrieben haben. Vielleicht hat sie ihn einmal zu viel verspottet und er hat die Gewalt über sich verloren. Vermutlich bereut er das inzwischen bitter. Jedem ist schon einmal der Geduldsfaden gerissen. So etwas ist verständlich, erst recht Unity gegenüber.«

Langsam hob Parmenter den Kopf und sah Dominic an. Sein Gesicht war aschfahl, in seinen Augen lag ein gequälter Blick.

Dominic konnte seine Stimme kaum beherrschen. Er hörte sich sprechen, als wäre er ein anderer, weit entfernt. Immer noch klang außergewöhnlich ruhig, was er sagte.

»Später werden wir ihm helfen, die polizeilichen Verhöre und die Gerichtsverhandlung zu überstehen. Er soll wissen, daß wir ihn nicht im Stich lassen und auch nicht verdammen. Gewiß ist ihm der Unterschied zwischen der Verurteilung der Sünde und der des Sünders klar. Wir werden ihm zeigen müssen, daß sich das nicht in der Theorie erschöpft.«

Parmenter atmete langsam ein und aus. »Er sagt, daß er es nicht getan hat.«

Dominic saß reglos. Vermutete Parmenter mithin, daß doch Dominic der Täter war? Wollte er das mit seinen Worten sagen? Es wäre nur allzu natürlich. Immerhin war Mallory trotz allem Ramsay Parmenters Sohn.

»Glauben Sie, daß Clarice es getan hat?« Dominic bemühte sich, vernünftig zu sein.

»Selbstverständlich nicht!« Auf Parmenters Gesicht war zu erkennen, für wie abwegig er die Vorstellung hielt.

»Ich war es nicht«, sagte Dominic mit fester Stimme. »Ich konnte sie nicht besonders gut leiden, hatte aber keine Ursache, sie zu töten.«

»Tatsächlich nicht?« fragte Parmenter mit sonderbarem Unterton. »Ich bin nicht blind, Dominic, auch wenn es so aussieht, als wäre ich ausschließlich in meine Bücher und Papiere vertieft. Ich habe durchaus gesehen, daß sie sich zu Ihnen hingezogen gefühlt hat, und habe mitbekommen, wie sie Sie angesehen hat. Sie hat Mallory gehänselt und provoziert, doch hätte er bei seiner Verletzlichkeit nie und nimmer eine wirkliche Herausforderung für sie sein können. Bei Ihnen lagen die Dinge anders. Sie sind älter und abgeklärter, haben Erfahrung mit Frauen, mit vielen Frauen, das haben Sie mir selbst gesagt, als wir einander kennenlernten. Auch wenn Sie es nicht gesagt hätten, ich hätte es mir gedacht. Man spürt das in der Sicherheit Ihres Umgangs mit ihnen. Man merkt, daß Sie kein Neuling sind. Sie haben Unity zurückgewiesen, nicht wahr?«

Dominic fühlte sich ausgesprochen unbehaglich.

»Also ja … Damit waren Sie für Unity die größte denkbare Herausforderung«, schloß Parmenter. »Sie hat den Kampf geliebt, und zu siegen war ihre höchste Wonne. Einen Sieg auf geistiger Ebene kostete sie aus, und Gott weiß, daß sie es bei mir häufig genug versucht hat und es ihr nur allzu oft gelungen ist …« Flüchtig verzog sich sein Gesicht vor Zorn und Demütigung. »Aber noch süßer schmeckt ein Sieg auf der Ebene der Gefühle. Sind Sie sicher, daß Unity Sie nicht zu sehr provoziert hat und Sie sich ihr gegenüber nicht einen Augenblick lang aufbrausend verhalten haben? Ich fände es verständlich, wenn Sie sie buchstäblich von sich gestoßen und damit den Unfall heraufbeschworen hätten, dem sie zum Opfer gefallen ist.«

»Ich auch«, stimmte Dominic zu und spürte, wie die Angst in ihm emporkroch. Auch Pitt würde sich das vorstellen können, er würde es sogar gern glauben. Damit wäre jeder Verdacht von Parmenter genommen, er und Vita wären frei. Genau dafür, daß ihr Vater und ihr Bruder dieser Falle entkamen, betete Clarice. Auch Mallory käme eine solche Situation nur allzu gelegen, und Tryphena wäre es gleichgültig, solange man irgend jemandem die Schuld geben konnte.

Dominic schluckte. Seine Kehle war wie zugeschnürt. Er hatte Unity nicht gestoßen, sich bei ihrem Sturz nicht einmal in der Nähe des Treppenabsatzes aufgehalten, und er hatte keine Ahnung, wer sich dort befunden hatte. Diese Situation war noch schlimmer als seinerzeit in der Cater Street. Damals war alles neu gewesen. Er hatte nicht gewußt, womit man rechnen mußte. Das Entsetzen über Sarahs Tod hatte ihn betäubt. Jetzt war er hellwach, sich aller grauenvollen Möglichkeiten bewußt. Er hatte das Muster schon vorher miterlebt.

»Aber ich war es nicht«, sagte er wieder. »Sie haben recht, ich habe Erfahrung.« Er schluckte. Sein Mund war trocken. »Ich weiß, wie man eine Frau zurückweist, ohne in Panik zu geraten und ohne daß es zum Streit kommt, geschweige denn zu Gewalttätigkeit.« Das stimmte in dieser Form nicht, aber es war nicht der rechte Zeitpunkt für langatmige Erklärungen.

Parmenter sagte nichts.

Dominic überlegte, was er als nächstes sagen sollte. Parmenter war sozusagen des Verbrechens angeklagt. Sofern er schuldlos war, mußte ihn das gleiche Entsetzen befallen haben, das Dominic empfunden hatte, nur noch ausgeprägter. Alle hatten Parmenter die Tat unterstellt, sogar seine eigenen Angehörigen. Die Polizei schien ihnen zu glauben. Der Mann mußte sich unvorstellbar allein fühlen.

Einem Impuls folgend, streckte Dominic die Hand aus und legte sie auf Parmenters Handgelenk. Als er es merkte, war es zu spät, sie zurückzuziehen.

»Pitt wird die Wahrheit ans Licht bringen«, sagte er fest. »Er wird nicht zulassen, daß jemand schuldlos unter Anklage gestellt oder auch nur festgenommen wird. Deswegen hat man ihn geschickt. Er beugt sich keinem Druck, woher auch immer er kommt, und er gibt nie auf.«

Parmenter sah überrascht auf. »Woher wissen Sie das?«

»Er ist mit der Schwester meiner Frau verheiratet. Ich kenne ihn schon lange.«

»Ihre Frau?«

»Sie ist tot. Man hat sie ermordet... vor zehn Jahren.«

»Ach... natürlich. Entschuldigung. Einen Augenblick lang habe ich nicht daran gedacht«, murmelte Parmenter. Sacht löste er seine Hand aus Dominics Griff und fuhr sich damit über den Kopf, als wolle er überflüssigerweise sein schütteres Haar zurückstreichen. »Ich muß zugeben, daß es mir gegenwärtig sehr schwer fällt, mich zu konzentrieren. Das Ganze kommt mir vor, als ginge ich im Traum durch die Finsternis. Immer wieder stolpere ich über etwas.«

Dominic erhob sich. »Ich werde jetzt zu den Besuchen aufbrechen. Bitte... bitte... verzweifeln Sie nicht...«

Parmenter lächelte trübselig. »Keine Sorge. Das schulde ich Ihnen ja wohl, oder?«

Dominic sagte nichts. Der Schuldner war er, und das war ihm bewußt. Er ging hinaus und schloß leise die Tür.

Als erstes suchte er Miss Edith Trethowan auf, eine Dame, deren Alter sich nur schwierig bestimmen ließ, weil ihr Krankheit fast alle Lebenskraft genommen hatte. Ihre Haut war blaß und ihr Haar fast weiß. Anfangs hatte Dominic sie für über sechzig gehalten, aber einer oder zwei Äußerungen entnommen, daß sie wohl höchstens fünfundvierzig Jahre alt war, und seine Fehleinschätzung war ihm peinlich. Nicht das Alter, sondern der Schmerz hatte ihr Gesicht gezeichnet und ihre Schultern gebeugt. Sie lag vollständig angekleidet auf einer Chaiselongue, wie gewöhnlich an Tagen, an denen es ihr nicht allzu schlecht ging. Offenkundig freute sie sich, Dominic zu sehen.

»Treten Sie ein, Mr. Corde!« sagte sie mit leuchtenden Augen. Sie wies mit einer dünnen, blaugeäderten Hand auf einen bequemen Sessel. »Wie schön, Sie zu sehen.« Sie sah ihn an. »Sie wirken müde. Haben Sie wieder zuviel gearbeitet?«

Lächelnd nahm er im angebotenen Sessel Platz. Der Grund für seine Mattigkeit lag ihm schon auf der Zunge, doch würde sie eine solche Mitteilung nur betrüben. Sie hörte gern angenehme Dinge. Ihr eigenes Leiden machte ihr bereits genug zu schaffen.

»Ja, vermutlich«, stimmte er achselzuckend zu. »Aber es macht mir nichts aus. Vielleicht sollte ich mich etwas schonen? Aber heute besuche ich gute Freunde. Wie geht es Ihnen?«

Auch sie hielt mit der Wahrheit hinter dem Berg. »Eigentlich sehr gut, vielen Dank. Ich bin in glänzender Stimmung, denn ich habe gerade einige wunderschöne Briefe einer Dame gelesen, die durch Ägypten und die Türkei gereist ist. Was für ein herrliches Leben sie führt! Ich lese sehr gern darüber, auch wenn ich selbst vermutlich Angst hätte, so etwas zu tun.« Ein leichter Schauer überlief sie. »Dürfen wir uns nicht glücklich schätzen, daß wir durch die Vermittlung anderer an all dem teilhaben können? Wir genießen alles Interessante, ohne die Fliegen, die Hitze und die Krankheiten.«

»Sie haben recht«, stimmte er zu. »Man wird nicht auf dem Rücken von Maultieren oder Kamelen durchgeschüttelt, braucht nicht auf der nackten Erde zu schlafen und steckt sich nicht an. Wissen Sie, Miss Trethowan, ich gestehe, daß ich vor allem gut funktionierende sanitäre Einrichtungen zu schätzen weiß ...«

Sie kicherte fröhlich. »Wie recht Sie haben! Wir sind nicht aus dem Holz, aus dem man Forschungsreisende schnitzt, was?«

»Und außerdem: Wenn niemand zu Hause bliebe, wem würden sie dann nach ihrer Rückkehr berichten?« fragte er.

Das belustigte sie. Eine halbe Stunde lang lag sie da und erzählte alles, was sie gelesen hatte, während er aufmerksam zuhörte und passende Anmerkungen einflocht, sobald sie eine hinreichend lange Pause eintreten ließ. Er versprach, ihr weitere Bücher ähnlichen Inhalts zu besorgen, und ließ sie hochzufrieden zurück. Nachträglich fiel ihm ein, daß er nicht über die Religion mit ihr gesprochen hatte. Es hatte irgendwie nicht gepaßt.

Sein nächster Besuch galt Mr. Landells, einem Witwer, der sich sehr einsam fühlte und von Woche zu Woche verbitterter wurde.

»Guten Morgen, Mr. Landells«, sagte Dominic munter, als er in das ausgekühlte Wohnzimmer geführt wurde. »Wie geht es Ihnen?«

»Mein Rheuma ist abscheulich«, erwiderte Landells brummig. »Der Arzt taugt überhaupt nichts. Das nasseste Jahr, an das ich mich erinnern kann, und ich kann mich an viele erinnern. Sollte mich überhaupt nicht wundern, wenn wir einen kalten Sommer bekämen. Das ist ohnehin eher die Regel als die Ausnahme.« Ächzend ließ er sich auf seinen Stuhl sinken, und Dominic setzte sich ihm gegenüber. Das würde keine einfache Unterhaltung werden.

»Haben Sie schon von Ihrer Tochter in Irland gehört?« fragte Dominic.

»Da ist es noch nasser«, sagte Landells befriedigt. »Ich weiß wirklich nicht, was sie da will.« Er beugte sich vor und legte ein winziges Stück Kohle auf das Feuer im Kamin.

»Ich dachte, Sie hätten gesagt, daß ihr Mann dort eine Anstellung hat. Habe ich das falsch verstanden?«

Landells funkelte ihn an. »Ich dachte, Sie sollten mich aufmuntern! Ist es nicht Aufgabe der Kirche, uns weiszumachen, daß alles zum besten dient und Gott dafür sorgt, daß sich die Qualen auch lohnen?« Er machte mit seiner rheumatischen Hand eine wütende Bewegung, die der ganzen Welt zu gelten schien. »Sie können mir nicht sagen, warum meine Bessie tot ist, und ich sitze allein hier herum, habe nichts zu tun, und keinem Menschen würde es etwas ausmachen, wenn ich morgen sterben müßte. Sie kommen nur her, weil es Ihre Pflicht ist.« Er zog die Nase hoch und warf Dominic einen funkelnden Blick zu. »Sie müssen. Ab und zu kommt der Pfarrer selbst vorbei, weil es seine Pflicht ist. Erzählt mir eine Menge über Gott, Erlösung und dergleichen. Sagt mir, daß Bessie irgendwo auferstanden ist und wir uns wiedersehen werden, glaubt aber ebensowenig daran wie ich!« Er schürzte die Lippen. »Ich seh es in seinem Gesicht. Wir sitzen einander gegenüber und reden eine Menge Unsinn, und weder er noch ich glaubt auch nur ein einziges Wort davon.«

Er angelte nach einem großen Taschentuch und schneuzte sich laut. »Was wissen Sie schon darüber, wie es ist, wenn man alt wird, merkt, daß der Körper nicht mehr richtig will, alle Lieben tot sind und man außer dem eigenen Tod nichts hat, worauf man sich freuen kann? Verschonen Sie mich bloß mit Ihren Gemeinplätzen über Gott.«

»Na ja«, sagte Dominic lächelnd, ohne den Blick von Landells zu nehmen. »Sie suchen jemanden, dem Sie Vorwürfe machen können. Sie fühlen sich einsam und beunruhigt, und es ist leichter, wütend zu sein, als das zuzugeben. Damit schafft man sich ein Ventil. Wenn Sie es schaffen, daß ich Ihr Haus betrübt verlasse, haben Sie den Eindruck, Macht über einen Menschen zu haben ... selbst wenn es nur die Macht ist, ihm weh zu tun.« Er wußte nicht, warum er das sagte. Er hörte seine Worte, als sagte ein Fremder sie. Parmenter wäre entsetzt gewesen, wenn er ihn hätte hören können.

Auch Landells war entsetzt. Sein Gesicht lief dunkelrot an. »So können Sie nicht mit mir reden!« begehrte er auf. »Sie als Vikar müssen freundlich zu mir sein. Das ist Ihre Aufgabe! Dafür werden Sie bezahlt.«

»Nein, dafür nicht«, widersprach ihm Dominic, »sondern dafür, daß ich Ihnen die Wahrheit sage. Die aber wollen Sie nicht hören.«

»Ich habe keine Angst!« sagte Landells scharf. »Wie können Sie es wagen, so etwas zu behaupten? Ich werde mich bei Pfarrer Parmenter über Sie beschweren. Mal sehen, was er dazu sagt. Wenn er kommt, betet er für mich, spricht achtungsvoll mit mir, erzählt mir von der Auferstehung, sorgt dafür, daß ich mich besser fühle. Er sitzt nicht da und mäkelt an mir herum.«

»Sie haben gesagt, daß er ebensowenig glaubt wie Sie«, merkte Dominic an.

»Daß ich nicht glaube, stimmt, aber darum geht es nicht! Er gibt sich Mühe.«

»Ich glaube. Ich bin fest überzeugt, daß wir alle auferstehen werden, auch Sie und Ihre Bessie«, antwortete Dominic. »Soweit ich gehört habe, war sie eine wunderbare Frau, großzügig und klug, aufrichtig, ein fröhlicher und glücklicher Mensch. Sie hat viel gelacht ...« Er sah, daß Landells Tränen in die Augen traten, achtete aber nicht darauf. »Sie würden Ihr gefehlt haben, wenn Sie als erster gestorben wären, aber bestimmt hätte sie nicht herumgesessen, wäre immer wütender geworden und hätte Gott Vorwürfe gemacht. Nehmen Sie doch einfach an, daß es eine Auferstehung gibt ... Sie bekommen einen neuen Leib, aber Ihr Geist wird derselbe sein. Wollen Sie etwa Bessie mit Ihrer jetzigen Haltung gegenübertreten ... von Gott ganz zu schweigen?«

Landells sah ihn aufmerksam an. Das Feuer sank im Kamin in sich zusammen. Man hätte nachlegen müssen, aber es war nicht genug Kohle im Eimer. »Und das glauben Sie?« fragte der alte Mann gedehnt.

»Ja.« In Dominics Stimme lag nicht die Spur von Zweifel. Er wußte nicht, worauf sich seine Gewißheit gründete, er hatte sie einfach. Er glaubte, was er über den Ostersonntag und Maria Magdalena im Garten gelesen hatte. Er glaubte dem Bericht über die Jünger auf der Straße nach Emmaus, die mit dem auferstandenen Christus des Weges gezogen waren und es erst im letzten Augenblick gemerkt hatten, als er mit ihnen das Brot gebrochen hatte.

»Und was ist mit Darwin und seinen Affen?« wollte Landells wissen. Der Ausdruck in seinen Augen schwankte zwischen Hoffnung und Verzweiflung, vorläufigem Triumph und dauernder Niederlage. Ein Teil von ihm wollte die Auseinandersetzung gewinnen; ein größerer, ehrlicherer Teil fürchtete zu verlieren.

»Ich verstehe nicht alles, was er sagt«, gestand Dominic. »Aber er hat unrecht. Er ist der Ansicht, nicht Gott habe die Erde und alles erschaffen, was darauf ist, und Gott habe uns Menschen keine besondere Rolle zugebilligt. Ferner behauptet er, wir seien nichts als zufällig entstandene Lebensformen. Sehen Sie sich selbst einmal die Wunder und die Schönheit des Universums an, Mr. Landells, und sagen Sie dann, daß es keinen tieferen Sinn hat, sondern auf einen bloßen Zufall zurückgeht.«

»Mein Leben hat gegenwärtig keinen Sinn«, sagte Landells mit verkniffenem Gesicht. Er stand im Begriff zu siegen; doch war ihm das alles andere als recht.

»Seit Bessie fort ist?« fragte Dominic. »Und was war vorher? War sie lediglich ein bloßer Zufall, die Nachfahrin eines Affen, bei der mehrere glückliche Umstände zusammengekommen sind?«

»Dieser Darwin ...«, setzte Landells an und sank dann in sich zusammen. Schließlich lächelte er. »Na schön, Mr. Corde. Ich will Ihnen glauben. Ich verstehe das zwar nicht, aber ich will es glauben. Doch sagen Sie – warum hat mir Pfarrer Parmenter das nicht gesagt? Er hat mehr Erfahrung als Sie ... Eine ganze Menge mehr. Sie stehen erst am Anfang.«

Obwohl Dominic die Antwort darauf wußte, war er nicht bereit, sie Landells mitzuteilen. Parmenters Glaube gründete sich auf die Vernunft, die aber hatte ihn angesichts einer Beweisführung verlassen, die geschickter war als seine eigene und sich auf ein Fachgebiet stützte, von dem er nichts verstand.

»Ich habe dennoch recht«, sagte Dominic fest und erhob sich. »Lesen Sie Ihre Bibel, Mr. Landells ... und lächeln Sie dabei.«

»Das will ich tun, Mr. Corde. Können Sie sie mir bitte geben? Ich bin zu steif, um aufzustehen.« In den Augen des alten Mannes blitzte Humor auf; es war ein letzter Siegespfeil, den er da abfeuerte.

Dominic besuchte das Ehepaar Norland, aß spät zu Mittag, verbrachte den Rest des Nachmittags bei Mr. Rendlesham und kehrte rechtzeitig zu einem frühen Abendessen nach Brunswick Gardens zurück. Es war die entsetzlichste Mahlzeit, an die er sich erinnern konnte. Alle bei Tisch waren äußerst unruhig. Sie hatten den ganzen Tag lang nichts von der Polizei gehört, und ihre Nerven waren bis zum äußersten angespannt. Schon bevor der erste Gang ab- und der zweite aufgetragen wurde, herrschte eine gereizte Stimmung. Mühsam schleppte sich das Tischgespräch dahin, bisweilen sprachen zwei Personen gleichzeitig, verstummten dann, und keiner sagte ein Wort.

Lediglich Vita Parmenter, die ängstlich und mit bleichem Gesicht am unteren Ende es Tisches saß, bemühte sich, den Anschein von Normalität zu wahren. Sie war so makellos frisiert wie immer und trug ein mittelgraues Kleid mit schwarzem Besatz, wie es der Brauch verlangte, wenn im Hause jemand gestorben war, der nicht zur Familie gehörte.

Erneut fiel Dominic auf, was für eine großartige Frau sie war, wie ihre Anmut und Haltung über die Vorstellungen herkömmlicher Schönheit hinausgingen. Ihr Zauber verblaßte nicht, und sie wirkte keine Sekunde langweilig.

Tryphena hingegen sah entsetzlich aus. Sie hatte sich mit ihrem gewöhnlich wunderschönen Haar nicht die geringste Mühe gegeben, und so sah es stumpf und unordentlich aus. Ihre Augen waren nach wie vor geschwollen und ein wenig gerötet. Sie trug Schwarz und keinerlei Schmuck und wirkte verdrießlich, so als nehme sie es allen anderen übel, daß sie nicht ebenso tief trauerten wie sie.

Auch Clarice wirkte ungepflegt. Andererseits hatte sie ihrer Mutter, was die äußere Erscheinung betraf, noch nie das Wasser reichen können. Obwohl ihr gewelltes dunkles Haar häufig so widerspenstig war wie jetzt auch, wirkte es durch seinen natürlichen Glanz schön. Sie war sehr bleich, ließ immer wieder den Blick von einem zum anderen wandern und sprach ihren Vater unnötig oft an. Es sah so aus, als gebe sie sich besondere Mühe, sich ihm gegenüber normal zu verhalten und ihm zu zeigen, daß sie nichts von dem glaube, was alle anderen vermuten mochten. Jedoch erreichte sie damit lediglich, daß ihr Verhalten allen auffiel.

Mallory war in Gedanken versunken und sagte nur dann etwas, wenn man ihn direkt ansprach. Er ließ niemanden wissen, was ihn bedrückte.

Gedeckt war der Tisch wie sonst auch. In der Mitte des weißleinenen Tischtuchs mit dem üblichen Kristall und Tafelsilber standen Blumen aus dem Gewächshaus.

Dominic versuchte zu überlegen, was er sagen könnte, ohne daß es zu herzlos klang, so als hätte keine Tragödie stattgefunden. Es mußte doch eine Möglichkeit geben, vernünftig miteinander zu reden, ohne sich zu streiten oder über nichts anderes zu sprechen als das Wetter. Obwohl sich drei Geistliche am Tisch befanden, saßen alle nur da, aßen mechanisch und vermieden es, einander anzusehen. Die Atmosphäre war mit Furcht und Mißtrauen geladen, war doch jedem klar, daß einer der drei Männer Unity getötet haben mußte. Aber nur einer von ihnen wußte, wer der Täter war, und er trug die damit verbundene Last der Schuld und des Schreckens.

Während Dominic dasaß, auf dem Fleisch herumkaute und sich fragte, wie er es schlucken sollte, denn es fühlte sich im Munde an, als bestünde es aus Sägespänen, spähte er mit halbgeschlossenen Augen zu Parmenter hinüber. Er sah älter aus als sonst, matter, vielleicht hatte er auch Angst, doch vermochte Dominic keinen Hinweis auf ein Schuldbewußtsein an ihm zu entdecken, nichts, was ihn als jemanden kennzeichnete, der getötet hatte und jetzt die Unwahrheit sagte, so daß man statt seiner seinen Freund oder, schlimmer noch, seinen Sohn verdächtigte.

Er wandte sich Mallory zu, der mit angespannten Schultern, steifem Nacken und auf den Teller gerichteten Augen dem Blick aller anderen auswich. Seinen Vater hatte er kein einziges Mal angesehen. War das ein Hinweis auf Schuldbewußtsein? Zwar hatte Dominic ihn nie besonders gut leiden können, ihn aber immer für anständig, wenn auch humorlos und eher langweilig gehalten. Vielleicht verbarg sich hinter Mallorys Haltung eine gewisse Gefühllosigkeit. Das würde sich im Laufe der Zeit ändern. Er würde lernen, daß man Gott dienen und zugleich lachen, sogar Schönheit und Absurdität des Lebens, die reiche Fülle der Natur und der Menschen genießen kann.

War Mallory wirklich so feige, daß er mit ansah, wie man den Vater für ein Verbrechen bestrafte, das der Sohn aus … war es Leidenschaft gewesen? … begangen hatte?

»Vermutlich ist es in Rom sehr heiß?« unterbrach Clarices Stimme seine Spekulationen. »Du fährst gerade dann hin, wenn der Sommer anfängt.«

Er hob den Blick, sein Gesicht war finster und zornig.

»Wenn ich überhaupt hinkomme.«

»Warum nicht?« fragte seine Mutter mit gerunzelter Stirn, als verstehe sie nicht ganz. »Ich dachte, alles ist geplant.«

»Das war es«, gab er zur Antwort. »Aber ich habe Unitys Tod nicht ›eingeplant‹. Möglicherweise sieht man die Dinge an zuständiger Stelle jetzt anders als vorher.«

»Warum sollte man?« sagte Tryphena unerschrocken. »Mit dir hat das doch nichts zu tun. Sind die etwa so ungerecht, dich für eine Tat büßen zu lassen, die du nicht begangen hast?« Sie legte die Gabel hin und hörte auf zu essen. »Das ist der grundlegende Fehler deiner Religion: Ihr glaubt, daß jeder für Adams Sündenfall büßen muß, und jetzt sieht es so aus, als hätte es den gar nicht gegeben. Trotzdem geht ihr immer noch her und taucht Säuglinge ins Wasser, um die Schuld abzuwaschen ... Und dabei haben die armen Dinger nicht die blasseste Ahnung, was los ist. Sie merken nur, wie man sie fein herausputzt, einem fremden Mann gibt, der sie hochhebt, etwas über sie sagt, aber nicht zu ihnen redet, und sie dann zurückgibt. Und damit soll alles in Ordnung sein? Ich habe im Leben noch von keinem dümmeren Aberglauben gehört. Das gehört ins finsterste Mittelalter, zusammen mit dem Glauben an Gottesurteile, dem Ertränken von Hexen und der Vorstellung, eine Sonnenfinsternis bedeute das Ende der Welt. Ich weiß wirklich nicht, wie du so einfältig sein kannst, derlei zu glauben.«

Mallory öffnete den Mund.

»Tryphena«, ermahnte Vita sie und beugte sich vor.

»Als ich einmal Hosen unter mein Kleid gezogen habe, um Rad zu fahren«, fuhr Tryphena fort, ohne auf sie zu achten, »weil das sehr praktisch ist, hätte Papa beinah der Schlag getroffen.«

Sie wedelte mit der Hand und hätte dabei fast ihr Wasserglas umgestoßen.

»Aber niemand findet etwas dabei, wenn ihr euch in lange Gewänder hüllt, die um den Hals mit Perlen geschmückt sind, miteinander Lieder singt, Wein trinkt, von dem ihr behauptet, er würde zu Blut, was ekelhaft und nebenbei gesagt auch gotteslästerlich klingt. Trotzdem sind Kannibalen in euren Augen Wilde, denen man –«

Mallory holte Luft.

»Tryphena! Das genügt!« sagte Vita scharf. Sie wandte sich zu ihrem Mann, das Gesicht vor Ärger verzogen. »Sag doch um Gottes willen etwas dagegen. Verteidige dich!«

»Ich dachte, sie zieht gegen Mallory vom Leder«, gab Parmenter milde zurück. »Die Transsubstantiationslehre gehört zum Glauben der katholischen Kirche.«

»Und warum macht ihr dann mit?« hielt Tryphena dagegen. »Ihr scheint doch zu glauben, daß etwas daran ist. Oder warum sonst zieht ihr euch bestickte Gewänder an und führt das ganze Spektakel auf?«

Ihr Vater sah sie betrübt an, sagte aber nichts.

»Es soll uns daran erinnern, wer wir sind und welche Versprechen wir abgegeben haben«, teilt ihr Dominic mit, so geduldig er konnte. »Und unglücklicherweise brauchen wir diese Erinnerung.«

»Dann wäre es doch völlig egal, ob es Brot und Wein oder Kekse und Milch sind«, sagte sie herausfordernd. In ihren glänzenden Augen lag Triumph.

»Ganz und gar«, stimmte er lächelnd zu. »Solange wir meinen, was wir sagen, und die richtige Einstellung dazu haben. Es ist viel wichtiger, daß man ohne Zorn und Falsch daran teilnimmt.«

Röte stieg ihr in die Wangen. Ihr Triumph entglitt ihr. »Unity hat gesagt, es ist nichts als erstklassig gemachtes Theater, das die Leute beeindrucken und bei der Stange halten soll«, sagte sie, als hätte es Beweiskraft, wenn sie Unity zitierte. »Das Ganze ist nichts als ein Spektakel, und das einzige, was dahintersteckt, ist auf eurer Seite Machtstreben und bei den anderen der Aberglaube. Sie fühlen sich wohl, wenn sie ihre Sünden bekennen und ihr sie ihnen anschließend vergebt, denn danach können sie wieder von vorne anfangen. Wer seine Sünden nicht bekennt, lebt in beständiger Angst vor euch.«

»Unity war ein Dummkopf!« sagte Mallory scharf. »Und obendrein eine Gotteslästerin.«

Tryphena fuhr herum und fauchte ihn an: »Mir ist nicht aufgefallen, daß du ihr das gesagt hättest, als sie noch lebte. Jetzt, wo sie nicht mehr da ist, bist du auf einmal sehr mutig.« Ihre Verachtung war abgrundtief. »Früher hast du ihr jeden Wunsch von den Augen abgelesen, und ich kann mich nicht erinnern, daß du ihr in der Öffentlichkeit je in diesem Ton widersprochen hättest. Erstaunlich, welche Überzeugungskraft du mit einem Mal aufbringst und mit welchem Feuer du deinen Glauben verteidigst.«

Mallorys Gesicht war weiß, und in seinen Augen brannte Trotz. »Mit Unity zu streiten war sinnlos«, sagte er mit leicht zitternder Stimme. »Nie hat sie jemandem zugehört, weil ihr Standpunkt von Anfang an unverrückbar feststand.«

»Ist das bei dir nicht genauso?« hielt Tryphena dagegen und schleuderte ihm einen wütenden Blick über den Tisch zu.

»Selbstverständlich!« Er hob die Brauen. »Mein Standpunkt gründet sich auf meinen festen Glauben. Das ist etwas ganz anderes.«

Heftig schleuderte Tryphena die Gabel auf den Teller, der erstaunlicherweise heil blieb.

»Wieso ist eigentlich jeder überzeugt, daß sich sein eigener Standpunkt auf etwas Verdienstvolles und Lobenswertes wie den Glauben gründet, Unitys Ansichten hingegen gottlos und unaufrichtig waren und sich auf Gefühle oder Unwissenheit gründeten? Ihr seid so selbstgerecht, daß einem davon schlecht wird … und zugleich ist es zum Schreien komisch. Wenn ihr euch selbst von außen beobachten könntet, müßtet ihr lachen.« Im Bewußtsein ihrer Hilflosigkeit schleuderte sie die Worte mit wutverzerrtem Gesicht in die Runde. »Ihr würdet euch für eine Parodie halten. Aber ihr seid zu grausam, als daß man euch lustig finden könnte. Das Unerträgliche an der Sache ist, daß ihr recht behaltet! Überall finden sich Aberglaube, Unterdrückung, Unwissenheit und katastrophale Ungerechtigkeit.« Sie stand auf und sah sie mit Tränen in den Augen an. »Hier sitzt ihr alle und eßt, während Unity unter ihrem Leichentuch auf einem kalten Tisch liegt und auf ihr Begräbnis wartet, für das ihr euch alle herausputzt …«

»Tryphena!« mahnte Vita wieder, wurde aber nicht beachtet. Verzweifelt wandte sie sich an ihren Mann, doch dieser unternahm nichts.

»… mit euren feierlichen Gewändern«, fuhr Tryphena mit erstickter Stimme fort, »ihr spielt Orgel, singt eure Lieder und sagt eure Gebete über sie. Warum könnt ihr nicht mit normaler Stimme reden?« Herausfordernd sah sie ihren Vater an. »Wie kannst du nur so reden, wenn du wirklich etwas damit sagen willst, was dir am Herzen liegt? Ihr führt euch auf wie in einem drittklassigen Singspiel, und dabei hat einer von euch sie umgebracht! Ich hoffe immer, daß ich wach werde und merke, das Ganze ist ein entsetzlicher Traum, aber in Wahrheit weiß ich, daß es in gewisser Hinsicht seit Jahren schon so geht. Vielleicht ist das hier die Hölle?« Sie warf die Arme so schwungvoll beiseite, daß sie Dominic fast am Kopf getroffen hätte. »All diese ... Scheinheiligkeit! Angeblich ist es in der Hölle heiß, aber vielleicht stimmt das nicht. Unter Umständen ist es da nur hell und unendlich ... widerwärtig.« Sie wandte sich ihrer Mutter zu. »Spar dir die Mühe, mich aufzufordern, daß ich den Raum verlasse ... ich gehe sowieso, denn wenn ich hierbliebe, würde mir nur schlecht.« Sie warf ihren Stuhl um und stürmte hinaus.

Dominic stand auf und stellte den Stuhl wieder hin. Der Versuch, eine Entschuldigung für ihr Verhalten zu finden, wäre sinnlos gewesen.

Parmenter hielt den Blick auf den Teller gerichtet, die Haut um seine Lippen war weiß, und auf seinen Wangen glühten rote Flecken. Clarice sah ihn voll unverhüllter Sorge an. Vita hielt den Blick starr vor sich gerichtet, als sei ihr all das unerträglich, ohne daß sie die Möglichkeit hätte, dem zu entfliehen.

»Für jemanden, der so herabsetzend vom Theater spricht«, sagte Clarice mit belegter Stimme, »legt sie eine hochdramatische Vorstellung hin. Findet ihr nicht auch, daß sie die Rolle ein bißchen überzieht? Das mit dem Stuhl wäre nicht nötig gewesen. Niemand in einem Ensemble hat etwas für eine Schauspielerin übrig, die sämtliche Kollegen an die Wand spielt.«

»Es ist gut möglich, daß sie schauspielert«, gab Mallory zurück. »Aber für mich gilt das nicht.«

Clarice seufzte. »Wie schade. Es wäre deine beste Entschuldigung gewesen.«

Dominic sah rasch zu ihr hin, aber sie hatte sich schon wieder ihrem Vater zugewendet.

»Wofür?« Mallory ließ nicht locker.

»Für alles«, antwortete sie.

»Ich habe nichts getan«, sagte er heftig und neigte dann den Kopf zu Parmenter.

Zwei rote Flecken traten Clarice auf die Wangen. »Du meinst, daß du Unity nicht die Treppe hinabgestoßen hast?

Ich habe darüber nachgedacht. Vielleicht hatte sie eine Affäre mit Dominic.«

Wütend und mit geweiteten Augen sah Vita ihre Tochter an. Sie holte Luft, um etwas zu sagen, doch laut und deutlich fuhr Clarice fort: »Mir fällt dies und jenes ein, wenn ich jetzt darüber nachdenke. Beispielsweise hat sie immer wieder seine Gegenwart gesucht, ihm verstohlene Blicke zugeworfen, sich dicht an ihn gedrängt ...«

»Was du da sagst, stimmt nicht!« unterbrach Vita sie schließlich und mit so angespannter Stimme, als lasse ihre Kehle die Wörter kaum durch. »Es sind unverantwortliche Anschuldigungen, und ich möchte nicht, daß du sie wiederholst. Hast du mich verstanden?«

Clarice sah ihre Mutter überrascht an. »Wenn du es in Ordnung findest, daß Tryphena Papa vorwirft, er hätte Unity umgebracht, wieso darf man dann nicht sagen, daß sie eine Affäre mit Dominic hatte?«

Dominic merkte, daß sein Gesicht glühte. Auch er erinnerte sich an jene Augenblicke, und zwar mit einer Klarheit, die ihn entsetzte und ihn wünschen ließ, er wäre sonstwo, nur nicht an diesem Tisch. Vita sah verletzt und entsetzt drein, Mallory kräuselte verächtlich die Lippen, und Parmenter wich dem Blick aller Anwesenden aus. Er schien in seiner eigenen Angst und Einsamkeit gefangen zu sein.

»Vermutlich hat er sie aus dem Weg geschafft«, fuhr Clarice erbarmungslos fort. »All diese politischen Ansprachen können einem ziemlich auf die Nerven gehen. Manches ist schrecklich vorhersagbar, und dann wird es langweilig. Sie hat einem nie zugehört, und kein Mann kann eine Frau ausstehen, die nicht zumindest so tut, als ob sie ihm an den Lippen hinge, selbst wenn sie in Gedanken meilenweit entfernt ist. Es ist eine richtige Kunst. Mama beherrscht sie erstklassig. Ich hab sie Hunderte von Malen dabei beobachtet.«

Vita errötete und schien etwas sagen zu wollen, war aber starr vor Verlegenheit.

Nur Dominic merkte, daß sich die Tür öffnete und Tryphena darin erschien.

»Ich denke, Mama hat ihm den Kopf verdreht«, brach Clarice das eisige Schweigen. »Ja, das ist es. Dominic hat sich in Mama verliebt ...«

»Clarice ... ich bitte dich ...«, sagte Vita verzweifelt, aber mit leiser Stimme und niedergeschlagenen Augen.

Mallory sah auf seine Schwester. Endlich war seine Aufmerksamkeit geweckt.

»Ich sehe es richtig vor mir.« Clarice fand offensichtlich Gefallen an dem Drama. Sie lehnte sich mit geschlossenen Augen und emporgerecktem Kinn zurück. Auch sie lieferte eine erstklassige Vorstellung ab. »Unity ist nach wie vor in Dominic verliebt, aber sie langweilt ihn, denn er hat sich einer weiblicheren und verlockenderen Frau zugewandt.« Clarice wirkte angespannt und konzentriert. »Aber Unity denkt nicht daran, ihn einfach aufzugeben. Eine Zurückweisung ist ihr unerträglich. Sie erpreßt ihn mit ihrer früheren Beziehung und sagt, sie würde es überall herumerzählen. Sie würde es Papa sagen und der Kirche. Dann bekäme Dominic den Stuhl vor die Tür gesetzt.«

»Das ist doch Unsinn!« begehrte Dominic wütend auf. »Schluß! Sie reden haltloses und unverantwortliches Zeug.«

»Wieso?« Sie öffnete die Augen und sah ihn an. »Warum sollte man nicht einen anderen beschuldigen? Wenn es in Ordnung ist, Papa zu beschuldigen, warum dann nicht Sie oder Mallory? Oder beispielsweise mich? Zwar weiß ich, daß ich es nicht war, aber von euch anderen weiß ich es nicht. Sitzen wir nicht deshalb hier und fragen uns im stillen, erinnern uns, so gut wir können, und versuchen, einen Sinn darin zu sehen? Haben wir nicht alle Angst davor?« Sie breitete mit weit aufgerissenen Augen die Arme aus. »Jeder von uns hätte es tun können. Welche andere Möglichkeit hat jeder einzelne von uns, sich zu schützen, als zu beweisen, daß es jemand anders war? Wie gut kennen wir einander wirklich, das jeweilige geheime Ich hinter den vertrauten Gesichtern? Laß mich ausreden, Mallory!« Ihr Bruder hatte sich vorgebeugt, doch sie stieß ihn ungeduldig fort. »Es stimmt!« Sie lachte ein wenig schrill. »Vielleicht ist Dominic Unitys überdrüssig geworden, hat sich in Mama verliebt, und als Unity ihn nicht gehen lassen wollte, hat er sie umgebracht. Jetzt sieht er überglücklich, daß man Papa die Schuld daran gibt, denn damit bleibt nicht nur ihm selbst der Strang erspart, zugleich wird Papa aus dem Weg geräumt. Dann kann Mama Dominic heiraten und …«

»Das ist doch lachhaft!« sagte Tryphena laut und empört von der Tür her. »Es ist völlig unmöglich.«

Clarice fuhr herum und sah ihre Schwester an. »Wieso? Menschen haben schon früher aus Liebe getötet. Es ist viel vernünftiger, das anzunehmen, als daß Papa sie umgebracht hat, weil sie nicht an Gott glaubte. Herr im Himmel, die Welt ist voller Atheisten. Man erwartet von Christen, sie zu bekehren, nicht aber, sie umzubringen.«

»Sag das der Inquisition!« blaffte Tryphena zurück und trat weiter ins Zimmer. »Was du da erzählst, ist unmöglich, denn Dominic hätte nie und nimmer bei Unity landen können. Hätte sie tatsächlich ein Auge auf ihn geworfen gehabt, was äußerst unwahrscheinlich ist, wäre ihr das bald langweilig geworden, und sie hätte der Sache ein Ende bereitet. Außerdem hätte sie sich nie soweit erniedrigt, jemanden zu erpressen. So etwas war weit unter ihrer Würde.« Sie sah Clarice voll Abscheu an. »Jedes Wort, das du sagst, spiegelt deine niedrige Gesinnung. Ich bin heruntergekommen, um mich zu entschuldigen, weil ich euch die Mahlzeit verdorben habe, denn das gehört sich nicht. Aber ich sehe jetzt, daß das ziemlich sinnlos ist, denn inzwischen hat Clarice einen unserer Gäste beschuldigt, eine verbotene Affäre mit einem anderen Gast gehabt und diesen dann ermordet zu haben, um meinem Vater die Schuld in die Schuhe zu schieben und meine Mutter heiraten zu können. Verglichen damit war mein Verhalten am Eßtisch eine Lappalie.«

»Unity war kein Gast«, sagte Clarice pedantisch. »Sie war eine Angestellte, die Papa bei seiner Übersetzungsarbeit helfen sollte.«

Dominic stand auf. Überrascht stellte er fest, daß er am ganzen Leibe bebte und unsicher auf den Beinen stand. Er faßte die Lehne seines Stuhls so fest, daß seine Fingerknöchel weiß hervortraten. Er sah einen nach dem anderen an.

»In einem Punkt hat Clarice recht; wir alle haben Angst, und diese Angst bestimmt unser Verhalten. Ich weiß nicht, was mit Unity geschehen ist, außer daß sie nicht mehr lebt. Nur einer der hier Anwesenden weiß es, und es hat ebenso wenig Sinn, daß jetzt alle ihre Unschuld beteuern, wie daß wir jemanden beschuldigen, solange wir nichts haben, woran wir uns halten können.« Er wollte noch hinzufügen, daß er keine Affäre mit Unity gehabt hatte, unterließ es aber, denn das hätte lediglich die Kettenreaktion von Unschuldsbeteuerungen ausgelöst, vor der er gewarnt hatte. »Ich werde eine Weile arbeiten.« Mit diesen Worten wandte er sich um und verließ den Tisch. Innerlich bebte er immer noch, und er spürte, wie ihm die kalte Angst über die Haut kroch. Auch wenn Clarices Behauptung ungeheuerlich war, so war sie doch keinesfalls unglaubwürdig. Ein solcher Tatbestand lieferte ein weit besseres Motiv als alles, was man Parmenter unterstellen konnte.

Gesteigert wurde die Unerträglichkeit des Abends noch dadurch, daß um Viertel nach neun Bischof Underhill eintraf. Dominic und Parmenter blieb keine Wahl, als hinabzugehen und ihn im Salon zu empfangen. Er war in seiner amtlichen Eigenschaft gekommen, um dem ganzen Haushalt in dieser schwierigen Zeit sein Beileid auszusprechen und seine Unterstützung anzubieten.

Alle waren versammelt; das schuldete man seinem Rang in der Kirchenhierarchie. Jeder fühlte sich auf seine Weise unbehaglich. Tryphena schleuderte Underhill wütende Blicke zu. Vita saß äußerlich gefaßt, aber mit blassem Gesicht und angstvollen Augen da. Mallory versuchte so zu tun, als wäre er nicht anwesend. Clarice saß reglos da und warf lediglich von Zeit zu Zeit einen Blick zu Dominic hinüber.

Unbehaglich stand der Bischof da und wußte offensichtlich nicht, wohin mit den Händen. Erst hielt er sie gefaltet, dann fuchtelte er mit ihnen herum, bis er sie schließlich sinken ließ und das Spiel von vorn anfing.

»Wir stehen Ihnen in dieser schrecklichen Zeit der Heimsuchung mit all unserem Mitgefühl zur Seite«, sagte er mit klangvoller Stimme, als spräche er zu einer großen Versammlung. »Wir werden für Sie beten und Gottes Hilfe für Sie erflehen …«

Clarice legte sich die Hände vor das Gesicht, um etwas zu unterdrücken, was ein Niesen sein konnte. Dominic war sicher, daß sie lachte, und er konnte sich vorstellen, welche Bilder ihr durch den Kopf gingen. Am liebsten hätte er es ihr gleichgetan, statt mit ernster Miene zuzuhören, weil er den äußeren Anschein erwecken mußte, als wäre er voller Ehrfurcht.

»Vielen Dank«, murmelte Vita. »Es ist alles so schrecklich verwirrend.«

»Gewiß, meine liebe Mrs. Parmenter.« Der Bischof nutzte die Gelegenheit, etwas zu sagen, das ihm am Herzen zu liegen schien. »Man muß sich stets um Ehrlichkeit bemühen und darum, daß das Licht der Wahrheit unseren Weg erhellt. Der Herr hat versprochen, ein Licht auf unserem Wege zu sein. Wir müssen auf Ihn vertrauen.«

Tryphena verdrehte die Augen, aber der Bischof sah nicht zu ihr hin.

Parmenter saß in bedrücktem Schweigen da, und Dominic litt für ihn. Er war wie ein noch lebender Schmetterling auf einer Stecknadel.

»Wir müssen mutig sein«, fuhr der Bischof fort.

Clarice öffnete den Mund und schloß ihn dann wieder. Ihrem Gesicht war die Anstrengung anzumerken, die es sie kostete, sich zusammenzunehmen, und dies eine Mal konnte Dominic es ihr rückhaltlos nachfühlen. Mutig, um was zu tun? Offensichtlich ging es nicht darum, die Hand der Freundschaft zu bieten oder ein Versprechen der Treue oder Hilfe abzulegen. Das hatte der Bischof sorgfältig vermieden und nichts von sich gegeben als die abgedroschensten Floskeln.

»Wir werden tun, was in unseren Kräften steht«, versprach Vita und hob den Blick zu ihm. »Es ist sehr freundlich von Ihnen herzukommen. Ich weiß, wieviel Sie zu tun haben …«

»Ich bitte Sie, Mrs. Parmenter«, gab er mit einem Lächeln zurück. »Es ist das mindeste, was ich tun konnte …«

»Das mindeste«, sagte Clarice halblaut und fügte dann lauter hinzu: »Uns war klar, daß Sie das tun würden, Bischof Underhill.«

»Danke, meine Liebe. Danke.«

»Ich hoffe, Sie werden uns dabei helfen, daß wir diese Zeit der Prüfung mit Ehren bestehen und den Mut haben, zu tun, was recht ist.« fuhr Vita ziemlich rasch fort. »Vielleicht ein guter Rat von Zeit zu Zeit? Wir würden das sehr zu schätzen wissen. Ich ...« Sie ließ den Satz unvollendet, ein Hinweis auf die Qualen, die sie litt.

»Gewiß werde ich das tun«, versicherte ihr der Bischof. »Ich wünschte nur ... ich wünschte nur, ich wüßte ... meine eigene Erfahrung ...«

Dominic war peinlich berührt, und er schämte sich, weil er den Bischof zutiefst verabscheute. Er hätte ihn bewundern, von ihm den Eindruck haben müssen, daß er ein unverrückbarer Fels in der Brandung war, klüger als sie alle, stärker, voll Mitgefühl und ein Muster an Ehrenhaftigkeit. Statt dessen schien er sich jeder Verpflichtung entzogen und auf das sorgfältigste vermieden zu haben, sich festzulegen. Er hatte ausweichend formuliert und allgemeine Empfehlungen ausgesprochen, die niemand brauchte.

Der Besuch zog sich eine weitere halbe Stunde hin, dann brach der Gast zu Dominics großer Erleichterung auf. Vita begleitete ihn zur Tür, und Dominic begegnete ihr im Vestibül, als sie zurückkehrte. Sie wirkte erschöpft und fast fiebrig. Er konnte sich nicht vorstellen, woher sie die Kraft nahm, so untadelig Haltung zu bewahren. Nur mit Mühe konnte man sich eine noch schrecklichere Zwangslage ausmalen als die, in der sie sich befand. Seine Bewunderung für diese Frau kannte keine Grenzen. Er überlegte, wie er ihr das sagen konnte, ohne überschwenglich zu klingen oder ihr weitere Sorge und Verlegenheit zu bereiten.

»Ihr Mut ist bewundernswert«, sagte er freundlich. Er stand so nahe bei ihr, daß er leise sprechen und niemand seine Worte hören konnte. »Wir alle verdanken Ihnen viel. Vielleicht ist es Ihre Kraft, die die Situation für uns erträglich macht.«

Sie lächelte ihm so erfreut zu, daß er einen Augenblick lang den Eindruck haben konnte, er habe ihr ein kleines, aber kostbares Geschenk gemacht.

»Danke ...«, flüsterte sie. »Danke, Dominic.«

# KAPITEL SECHS

»Glaubst du, daß Ramsay Parmenter der Täter war?« fragte Charlotte und schob die Orangenmarmelade über den Frühstückstisch zu Pitt hinüber. Unity Bellwoods Tod lag drei Tage zurück. Natürlich hatte ihm Charlotte von ihrem Besuch in Brunswick Gardens berichtet, und er hatte die Mitteilung nicht günstig aufgenommen. Trotz aller Mühe, die sie zur Erklärung ihrer Handlungsweise aufgewandt hatte, war sie damit nicht besonders erfolgreich gewesen. Sie wußte, daß er immer noch unzufrieden war, nicht weil sie sich eingemischt hatte – daran war er nur zu sehr gewöhnt –, sondern weil sie es so eilig gehabt hatte, Dominic aufzusuchen.

»Ich weiß nicht«, antwortete er auf ihre Frage. »Den Fakten nach sieht es zwar ganz danach aus, ist aber nach allem, was ich über den Mann höre, hochgradig unwahrscheinlich.«

»Es kommt vor, daß sich ein Mensch entgegen seiner eigentlichen Wesensart verhält.« Sie nahm eine Scheibe Toast.

»Nicht die Spur«, widersprach er. »Jemand verhält sich lediglich nicht dem gemäß, was andere für seine Wesensart halten. Sofern jemand einer solchen Tat fähig ist, zeigt sich das irgendwo in seinem Charakter.«

»Aber wenn es nicht Parmenter war, muß es Mallory gewesen sein«, fuhr sie fort. »Warum hätte er das tun sollen? Aus demselben Grund?« Zwar versuchte sie, aus ihrer Stimme die kalte Angst herauszuhalten, man werde Dominic verdächtigen, aber sie war ihr durchaus bewußt. Würde ihm Pitt abnehmen, daß er sich grundlegend geändert hatte? Oder würde er ihn auf alle Zeiten so sehen, wie er selbst seinem eigenen Eingeständnis nach in der Cater Street gewesen war:

selbstsüchtig, für Schmeicheleien nur allzu empfänglich und jemand, der seinen Begierden ungehemmt nachgab?

»Das bezweifle ich«, gab er zur Antwort. »Sie hat ihn mit ihren Ansichten gereizt, aber er war sich wohl seiner Sache so sicher, daß ihn das nicht wesentlich gestört hat. Doch er könnte der Vater ihres Kindes sein, falls du das meinst.«

Das Gefühl der Kälte nahm zu. Sie versuchte, sich daran zu erinnern, wie Dominic auf dem Weg zum Kurzwarengeschäft gewesen war. Er hatte etwas vor ihr verborgen gehalten, was ihn beunruhigte, und es hatte mit Unity zu tun.

»Dann war es wahrscheinlich Mallory«, sagte sie laut und goß ihm Tee nach, ohne zu fragen. »Ich habe mich bei meinem Besuch ziemlich ausführlich mit Dominic unterhalten. Ich hatte Gelegenheit, in der Kutsche mit ihm allein zu sein. Er hat sich wirklich grundlegend geändert, Thomas. Alle frühere Ichbezogenheit ist von ihm abgefallen. Er glaubt an das, was er jetzt tut. Es ist eine Berufung. Sein Gesicht leuchtet förmlich, wenn er davon spricht –«

»Tatsächlich?« fragte Pitt trocken und konzentrierte sich auf seinen Toast.

»Du solltest selbst mit ihm sprechen«, drängte sie ihn. »Dann wirst du sehen, welcher Wandel mit ihm vor sich gegangen ist, so, als hätte er plötzlich all seine besten Anlagen verwirklicht. Ich weiß nicht, was da geschehen ist, aber als er in tiefster Verzweiflung war, ist er Ramsay Parmenter begegnet und hat mit dessen Hilfe das Gute in sich entdeckt.«

Er legte das Messer hin. »Charlotte, du hast mir das ganze Frühstück hindurch erzählt, wie sich Dominic verändert hat. Irgend jemand in dem Haus hat Unity Bellwood umgebracht, und ich werde der Sache so lange auf den Grund gehen, bis ich entweder weiß, wer der Täter ist, oder bis es nichts mehr zu untersuchen gibt. Das schließt Dominic ebenso ein wie jeden anderen.«

Sie hörte die Schärfe in seiner Stimme, fuhr aber dennoch fort: »Aber du glaubst doch nicht wirklich, daß es Dominic gewesen sein könnte? Wir kennen ihn, Thomas. Er gehört zu unserer Familie.« Sie ließ ihren Tee kalt werden. »Möglich, daß er in der Vergangenheit töricht war, wir wissen sogar, daß er es war, aber das ist etwas ganz anderes als Mord. Dazu wäre er keinesfalls imstande! Er hat schrecklich Angst um Ramsay Parmenter. Er denkt an nichts anderes, als was er ihm schuldet und wie er ihm jetzt helfen kann, da ihn Parmenter so sehr braucht.«

»All das bedeutet nicht, daß er nicht möglicherweise Unity weit besser gekannt hat, als er zugibt«, sagte Pitt. »Sie kann ihn ohne weiteres äußerst anziehend gefunden und ihm Avancen gemacht haben, vielleicht sogar mehr, als ihm recht war. Möglicherweise hat sie ihn schließlich verführt und später erpreßt.« Er trank seinen Tee aus und stellte die Tasse auf den Tisch. »Zwar darf auch ein Geistlicher der anglikanischen Kirche seinen natürlichen Trieben nicht hemmungslos nachgeben, doch heißt das keinesfalls, daß er keine hat. Du siehst Dominic genauso idealistisch wie damals in der Cater Street. Er ist ein ganz normaler Mann mit ganz normalen Schwächen, wie wir alle!« Er stand auf und ließ das letzte Stück Toast auf dem Teller zurück. »Ich will sehen, was ich über Mallory herausbekommen kann.«

»Thomas!« rief sie aus, aber er war fort. Sie hatte getan, was sie auf keinen Fall hatte tun wollen. Weit davon entfernt, Dominic zu helfen, hatte sie ihren Mann verärgert. Selbstverständlich war ihr klar, daß Dominic ein ebenso fehlbarer Mensch war wie jeder andere. Gerade das machte ihr angst.

Als sie aufstand und den Frühstückstisch abzuräumen begann, kam Gracie mit einem erstaunten Gesicht über der frisch gestärkten Schürze herein. Sie war so klein, daß man für sie alle Kleider kürzen mußte, doch hätte jemand, der sie sieben Jahre zuvor als das heimatlose Waisenkind gesehen hatte, das mit dreizehn Jahren ins Haus gekommen war, sie nun kaum wiedererkannt. Ihr Ziel war es gewesen, irgendeine Stelle in einem Haushalt zu finden, und sie war über alle Maßen stolz darauf, daß sie für einen Kriminalbeamten arbeiten durfte, noch dazu einen höheren, der mit lauter wichtigen Fällen betraut wurde. Nie ließ sie zu, daß sich der Metzgerjunge oder der Fischhändler ihr gegenüber etwas herausnahm, und sie schalt sie tüchtig aus, wenn sie unverschämt waren. Sie war durchaus imstande, der Zugehfrau, die zweimal die Woche ins Haus kam, um die Böden zu schrubben und die Wäsche zu waschen, Anweisungen zu erteilen.

»Mr. Pitt hat nicht zu Ende gefrühstückt!« sagte sie mit einem Blick auf den Toast.

»Ich glaube, er hatte keinen Appetit«, gab Charlotte zur Antwort. Es hatte keinen Sinn, Gracie zu belügen. Sie würde zwar nichts sagen, war aber eine viel zu gute Beobachterin, als daß sie sich hätte hinters Licht führen lassen.

»Wahrscheinlich mußte er an den Geistlichen denken, der die junge Frau die Treppe runtergestoßen hat«, sagte Gracie nickend, nahm die Teekanne und stellte sie auf das Tablett. »Das muß ein ziemliches Miststück gewesen sein. Es ist ungehörig, mit einem frommen Mann seine Späße zu treiben. Die werden doch ausgezogen, wenn sie sündigen.« Sie machte sich daran, das restliche Geschirr abzuräumen.

»Ausgezogen?« fragte Charlotte erstaunt. »Die meisten Menschen ziehen sich aus, um zu...« Sie hielt inne, da sie nicht wußte, wieviel Gracie von den Tatsachen des Lebens bekannt war.

»Jawohl, ausgezogen«, bekräftigte Gracie munter und stellte Orangenmarmelade und Butter auf ihr Tablett. »Der Bischof geht mit ihnen vor Gericht, und sie werden auf alle Zeiten ausgezogen. Dann sind sie keine Geistlichen mehr, dürfen nicht mehr predigen und auch sonst nichts.«

»Ach so! Du meinst, daß man sie ihres Amtes entkleidet!« Charlotte biß sich auf die Lippen, um nicht vor Lachen herauszuplatzen. »Das stimmt und ist in der Tat eine äußerst ernsthafte Angelegenheit.« Erneut sank ihr das Herz, während sie an Dominic dachte. »Vielleicht war Miss Bellwood kein besonders angenehmer Mensch.«

»Manche Leute tun so was gern«, fuhr Gracie fort und nahm das Tablett, um es in die Küche zu tragen. »Wollen Sie alles über sie rauskriegen, gnä' Frau? Ich kann mich hier um alles kümmern. Wir müssen doch dem gnädigen Herrn helfen, wenn er 'nen schwierigen Fall hat. Er ist auf uns angewiesen.«

Charlotte öffnete ihr die Tür.

»Er hat was auf dem Herzen«, fuhr Gracie fort und schob sich seitlich durch die Tür. »Er ist schrecklich früh gegangen, und dabei läßt er seinen Toast sonst nie liegen, weil er so gern Orangenmarmelade ißt.«

Charlotte sah davon ab, sie darauf hinzuweisen, daß er im Zorn gegangen war, weil sie mehrfach Dominics Lob gesungen und auf diese Weise tolpatschig alte Wunden aufgerissen hatte.

Sie gingen in die Küche, wo Gracie das Tablett abstellte. Ein rotgetigerter Kater mit weißem Brustlatz erhob sich träge von einem Stapel frischer Wäsche und streckte sich ausgiebig vor dem Kamin.

»Los, verzieh dich, Archie!« sagte Gracie scharf. »Ich weiß wirklich nicht, wer hier Herr in der Küche ist … er oder ich!« Sie schüttelte den Kopf. »Wenn man bedenkt, daß er und Angus sich im ganzen Haus jagen, ist es ein Wunder, daß nicht mehr zu Bruch geht. Vorige Woche haben sie beide im Leinenschrank geschlafen. Da find ich sie oft. Alles war voll mit schwarzen und roten Haaren.«

Es klingelte an der Haustür, und Gracie ging hin, um nachzusehen. Charlotte folgte ihr in die Diele und sah Tellman. Sie blieb unvermittelt stehen, da sie dessen komplizierte Gefühle für Gracie und deren schlichte Reaktion darauf kannte.

»Falls Sie zu Mr. Pitt wollen, der ist schon weg«, sagte Gracie zu Tellman, dessen hohlwangiges und stets verdrießliches Gesicht sich bei ihrem Anblick aufhellte.

Tellman zog die Uhr aus der Westentasche.

»Früher als sonst«, stimmte Gracie nickend zu. »Er hat nicht gesagt, warum.«

Tellman schien nicht zu wissen, was er tun sollte. Charlotte merkte, daß er gern länger geblieben wäre, um sich ein wenig mit Gracie zu unterhalten. Er hielt es für falsch, daß jemand einem anderen Menschen diente, und machte Gracie immer wieder Vorwürfe, weil sie sich in diese Rolle fügte. Sie hingegen hielt ihn für töricht und kurzsichtig, weil er die bedeutenden Vorteile einer solchen Situation nicht begriff. Sie hatte jeden Abend ein behagliches Dach über dem Kopf, mehr als genug zu essen, nie waren ihr die Büttel auf den Fersen, und auch alle anderen Heimsuchungen und Erniedrigungen, die das Los der Armen waren, blieben ihr erspart. Darüber hätte sich Gracie endlos verbreiten können, doch erschien es ihr nicht der Mühe wert.

»Haben Sie schon gefrühstückt? Sie sehen aus, als ob Sie Hunger hätten«, sagte sie und musterte ihn von Kopf bis Fuß. »Aber Sie sind ja immer so klapperdürr und machen ein Gesicht wie ein Hund, den man auf die Straße gejagt hat.«

Er beschloß, die Kränkung zu überhören, was ihm erkennbar schwerfiel.

»Noch nicht«, gab er zur Antwort.

»In der Küche ist noch heißer Tee, und Sie können auch ein paar Scheiben Toast dazu haben«, teilte sie ihm lässig mit. »Wollen Sie?«

»Vielen Dank«, nahm er das Angebot an und trat in die Diele. »Ich kann aber nicht lange bleiben, denn ich muß Mr. Pitt suchen.«

»Ich halt Sie nicht lange auf.« Sie drehte sich so schnell um, daß ihre Unterröcke flogen, und strebte durch den Gang der Küche entgegen. »Ich hab auch zu tun und kann mich nicht von Leuten wie Ihnen den halben Vormittag aufhalten lassen.«

Charlotte kehrte ins Wohnzimmer zurück und tat so, als hätte sie die beiden nicht gesehen.

Sie verließ das Haus kurz nach neun und hatte um zehn Uhr das Stadthaus ihrer Schwester Emily in Mayfair erreicht. Natürlich war ihr bekannt, daß sich Emily in Italien aufhielt. Sie bekam regelmäßig Briefe von ihrer Schwester, in denen diese die Schönheiten des südlichen Frühlings schilderte; der jüngste war gestern aus Florenz eingetroffen. Die Stadt sei wunderschön, hatte es darin geheißen, und voller fesselnder Menschen: Künstler, Dichter, allerlei Engländer, aber natürlich auch die heimische Bevölkerung, die Emily höflich und umgänglicher fand, als sie erwartet hatte.

Allein schon die Straßen der Stadt begeisterten sie. Es schien gar nicht zu ihr zu passen, daß sie sich auf dem Heumarkt mehr für Donatellos Standbild des jungen heiligen Georg begeisterte als für all das, was sie dort hätte kaufen können.

Charlotte, die ihre Schwester um das Abenteuer dieser Reise beneidete, hatte Emily versprochen, während ihrer Abwesenheit wenigstens ein- oder zweimal die Großmutter zu besuchen, die praktisch allein im Haus lebte und so gut wie nie Angehörige sah. Caroline, die sich gelegentlich um sie kümmerte, hatte sehr viel zu tun und konnte nicht oft kommen, und wenn Joshua außerhalb Londons auftrat, begleitete sie ihn.

Die alte Dame war noch nicht bereit, jemanden zu empfangen, und so bat das Mädchen die Besucherin zu warten. Damit hatte Charlotte gerechnet. Ganz gleich, zu welcher Tageszeit sie kam, es war nicht richtig. Da zehn Uhr morgens kaum zu spät sein konnte, würde ihr die Großmutter eben vorwerfen, sie sei zu früh gekommen.

Charlotte füllte die Zeit des Wartens mit der Lektüre der Morgenzeitung aus, die der Diener gebügelt und auf einem Tablett gebracht hatte. Sie sah nach, was über Unity Bellwoods Tod darin stand. Bisher hatte sich die Sache noch nicht zum Skandal ausgeweitet, sondern war lediglich eine Tragödie ohne befriedigende Erklärung. Wahrscheinlich wäre der Zwischenfall überhaupt nicht in die Zeitung gelangt, hätte er nicht ausgerechnet im Haus des künftigen Bischofs von Beverly stattgefunden.

Die Tür öffnete sich. Die alte Dame trat herein, schwarz gekleidet wie immer, seit vor rund fünfunddreißig Jahren ihr Mann das Zeitliche gesegnet hatte. Damit, daß sie gewohnheitsmäßig Trauer trug, eiferte sie Königin Viktoria nach.

»Liest du schon wieder die Skandalblätter?« fragte sie kritisch. »Wenn das mein Haus wäre, würde ich dem Diener nicht erlauben, dir die Zeitungen zu bringen. Aber ich bin nirgends mehr zu Hause«, sagte sie voll tiefem Selbstmitleid. »Ich bin eine Verwandte, die man als Mieterin ins Haus genommen hat. Niemand kümmert sich um meine Wünsche.«

»Ich bin sicher, daß Sie das Leben genießen können, ob Sie die Zeitung lesen oder nicht, Großmama«, antwortete Charlotte, faltete das Blatt zusammen und legte es beiseite. Dann stand sie auf und trat auf die alte Dame zu. »Wie geht es Ihnen? Sie sehen gut aus.«

»Sei nicht unverschämt«, sagte sie entrüstet. »Mir geht es nicht gut. Ich habe kaum geschlafen.«

»Sind Sie müde?« wollte Charlotte wissen.

Die alte Dame blitzte sie an. »Wenn ich ja sage, wirst du mir vorschlagen, ich soll wieder zu Bett gehen; sage ich nein, wirst du mir mitteilen, daß ich den Schlaf nicht brauche«, gab sie zur Antwort. »Ich kann sagen, was ich will, es ist falsch. Du scheinst mir heute ausgesprochen streitsüchtig zu sein. Wozu bist du gekommen, wenn du mir nur widersprechen willst? Hattest du Streit mit deinem Mann?« fragte sie hoffnungsvoll. »Bestimmt ist er es leid, daß du dich in Angelegenheiten mischst, die dich nichts angehen und von denen eine anständige Frau nichts wüßte.« Sie ging ein Stück auf Charlotte zu, fuchtelte mit dem Stock herum und ließ sich schwer in einen der Sessel nahe dem Kamin sinken.

Charlotte kehrte zu ihrem Sessel zurück und nahm ebenfalls Platz.

»Nein, wir haben nicht gestritten«, sagte sie freundlich – jedenfalls nicht so, wie die Großmutter das meinte. Doch selbst wenn er sie geschlagen hätte, würde sie ihr das unter keinen Umständen sagen. »Ich bin einfach gekommen, um Ihnen einen Besuch abzustatten.«

»Du hast wohl nichts Besseres zu tun!« bemerkte die alte Dame spitz.

Am liebsten hätte Charlotte gesagt, daß sie eine ganze Menge Besseres zu tun habe und lediglich aus Pflichtgefühl gekommen sei, doch würde das zu nichts führen, und so unterließ sie es.

»Zur Zeit nicht«, gab sie zur Antwort.

»Keine Verbrechen, in die du deine Nase stecken kannst?« Die alte Dame hob die Brauen.

»Dominic dient jetzt dem Volk«, sagte Charlotte, um das Thema zu wechseln.

»Wie ordinär«, bemerkte die alte Dame. »Diese Leute sind grundsätzlich korrupt und gehen immer dem Pöbel um den Bart, der sich das gern gefallen läßt. Regierungsaufgaben sollten den wahren Herren vorbehalten bleiben, Männern, die als Führer geboren sind. Keinesfalls aber sollten Menschen sie ausüben, die ihr Amt dem unwissenden Pöbel verdanken.« Sie stellte den Stock vor sich hin und legte ihre Hände über den Knauf, wie es Königin Viktoria zu tun pflegte. »Ich bin gegen das allgemeine Wahlrecht«, verkündete sie. »Es weckt lediglich die niedersten Instinkte bei allen. Und das Frauenwahlrecht ist mir geradezu ein Greuel! Keine anständige Frau sollte es sich wünschen, denn ihr müßte klar sein, daß sie gar nicht über das nötige Wissen und die erforderliche Urteilskraft verfügt. Damit bleiben nur die anderen... doch wer möchte schon das Geschick des Landes in den Händen leichter Mädchen und ›moderner Frauen‹ wissen? Damit will ich nicht sagen, daß die beiden Erscheinungsformen darüber hinaus viel gemeinsam haben.«

»Großmutter, Sie scheinen anzunehmen, daß er Politiker geworden ist. Er ist aber Geistlicher«, erklärte Charlotte.

»Ach so. Das ist schon besser. Wie er allerdings Emily mit einem Pfarrersgehalt unterhalten zu können glaubt, ist mir schleierhaft.« Sie lächelte. »Bei ihr ist dann ja wohl Schluß mit Samt und Seide, was? Außerdem muß sie sich dann auch von den unpassenden Farben verabschieden.« Diese Aussicht schien ihr sehr zu gefallen.

»Ich spreche von Dominic, Großmutter, nicht von Jack.«

»Was?«

»Dominic, der mit Sarah verheiratet war, nicht Emilys Jack.«

»Warum hast du das nicht gleich gesagt? Ist das der, in den du so verschossen warst?«

Charlotte beherrschte sich mit Mühe. »Er ist jetzt Vikar.«

Die alte Dame merkte, daß sie einen Treffer gelandet hatte. »Na so was!« Sie stieß seufzend den Atem aus. »Niemand ist je so rechtschaffen wie ein Sünder, der Buße getan hat, was? Dann ist es ja wohl mit eurer Tändelei aus, nicht wahr?« Sie riß ihre schwarzen Augen weit auf. »Wie ist es denn dazu gekommen? Sieht er nicht mehr so gut aus wie früher? Hatte er die Pocken?« Nickend fügte sie hinzu: »Wer am längsten lebt, bekommt am meisten mit.« Dann verengte sie mißtrauisch die Augen. »Woher weißt du das überhaupt? Hast du dich auf die Suche nach ihm gemacht?«

»Er kannte die Frau, deren Tod Thomas gerade untersucht. Ich bin hingegangen, um ihm zu seinem neuen Amt zu gratulieren«, antwortete Charlotte.

»Um dich einzumischen«, verbesserte die alte Dame befriedigt. »Und weil du Dominic Corde wiedersehen wolltest. Ich war schon immer der Ansicht, daß er nichts taugt. Das habe ich auch zu Sarah gesagt, als sie ihn heiraten wollte, das arme Kind. Auch dir habe ich es gesagt, aber hast du auf mich gehört? Natürlich nicht! Das tust du ja nie. Und jetzt hast du die Bescherung und bist mit einem Polizisten verheiratet. Ich würde mich gar nicht wundern, wenn du bei euch im Hause mit eigenen Händen den Fußboden schrubben mußt. Außerdem kommst du bestimmt an eine Menge Orte, an denen sich eine anständige Frau besser nicht zeigt. Deine Mutter würde mir von Herzen leid tun, wenn sie nicht noch schlimmer wäre! Der Tod des armen Edward hat sie, wie es scheint, ganz und gar um den Verstand gebracht.« Sie nickte wieder, ohne die Hände von ihrem Stock zu lösen. »Wie kann sie einen Schauspieler heiraten, der so jung ist, daß er ihr Sohn sein könnte? Sie würde mir leid tun, wenn ich mich nicht so entsetzlich schämen müßte. Ich wage nicht aus dem Haus zu gehen, so peinlich ist mir das alles!«

Leider konnte Charlotte nur wenig dagegen sagen. Eine ganze Reihe von Carolines früheren Bekannten hatte sich entschlossen, die Beziehung zu ihr abzubrechen. Ihr allerdings machte das längst nichts mehr aus. Sie genoß die Gesellschaft jener, deren Freundschaft sich über ihre Verschrobenheit hinwegsetzte.

»Für Sie ist das ausgesprochen schade«, versuchte es Charlotte auf andere Weise. »Es tut mir wirklich sehr leid. Ich glaube nicht, daß jetzt noch einer Ihrer Bekannten mit Ihnen reden wird. Es ist eine Schande.«

Die alte Dame funkelte sie wütend an. »Wie kannst du so etwas Ungezogenes sagen! Meine Bekannten halten nichts von diesen neumodischen Ansichten. Freunde sind Freunde fürs Leben.« Das letzte Wort betonte sie. »Wenn wir nicht zueinander hielten, wohin kämen wir da?«

Sie beugte sich ein wenig weiter vor. »Ich habe weit mehr Lebenserfahrung als du und kann dir sagen, daß diese in letzter Zeit aufgekommene Sucht der Frauen, in allem wie die Männer zu sein, in einer Tragödie enden wird. Du solltest daheim bleiben, mein Kind, und dich um deine Familie kümmern. Halte dein Haus und deine Gedanken rein und sieh zu, daß alles wie am Schnürchen läuft.« Sie nickte. »Das darf ein Mann erwarten. Er sorgt für dich, beschützt dich und unterweist dich. So muß es auch sein. Wenn er hier und da kleine Schwächen zeigt, ist es deine Pflicht, mit ihm Geduld zu haben. Alles hängt von den Vorzügen und der Kraft des Mannes und der Tugendhaftigkeit und Demut der Frau ab.« Mit mißbilligendem Schnauben fügte sie bedeutungsvoll hinzu: »Es wäre Aufgabe deiner Mutter gewesen, dir das beizubringen.«

»Gewiß, Großmutter.«

»Sei nicht frech! Ich weiß, daß du anderer Ansicht bist. Das seh ich dir an der Nasenspitze an. Du glaubst immer, daß du alles besser weißt, aber das stimmt nicht!«

Charlotte stand auf. »Ich sehe, daß es Ihnen glänzend geht, Großmutter. Wenn ich Dominic wiedersehe, werde ich ihm Ihre Glückwünsche überbringen. Bestimmt sind Sie froh, daß er den rechten Weg gefunden hat.«

Die alte Dame knurrte: »Und wohin gehst du jetzt?«

»Zu Großtante Vespasia. Ich esse mit ihr zu Mittag.«

»Ach ja? Mir hast du das nicht angeboten.«

Charlotte sah sie lange aufmerksam an. Hatte es Sinn, ihr die Wahrheit zu sagen? Daß ihre ständige Krittelei den Menschen um sie herum unangenehm war und die einzige Möglichkeit, sie ohne Tränen zu ertragen, darin bestand, daß man über sie lachte? Daß sie mit ihrer Mäkelei alle Menschen in ihrem Umkreis unglücklich machte, bedrückte und entmutigte?

»Es wäre ja wohl natürlicher, daß du dich an deine eigene Familie anschließt statt an eine Frau, die lediglich durch die Ehe deiner Schwester mit dir verwandt ist«, fuhr die Großmutter fort. »Daß du das nicht tust, sagt etwas über deine Wertvorstellungen, nicht wahr?«

»Natürlicher mag es sein«, stimmte ihr Charlotte zu. »Aber Großtante Vespasia mag mich, was ich von Ihnen nicht annehme.«

Die alte Dame sah verblüfft drein, und ihre Wangen röteten sich leicht.

»Ich bin deine Großmutter! Ich gehöre zur Familie. Das ist etwas ganz anderes.«

»Stimmt«, gab ihr Charlotte lächelnd recht. »In die Verwandtschaft wird man hineingeboren, die Zuneigung eines Menschen aber muß man sich erwerben. Ich hoffe, Sie haben einen angenehmen Tag. Falls Sie den skandalösen Fall in den Zeitungen nachlesen wollen, er steht auf Seite acht. Auf Wiedersehen.«

Sie verließ ihre Großmutter mit einem schlechten Gewissen und ärgerlich über sich selbst, weil sie sich von der alten Dame zu einem Akt der Vergeltung hatte hinreißen lassen. Auch in der Droschke verließ ihr Zorn sie nicht, und sie fragte sich unwillkürlich, ob auch Unity Bellwood unter Angehörigen vom Schlage dieser Großmutter hatte leiden müssen. Ihr war nur allzu bewußt, wie schwierig es war, sich zu behaupten. Unaufhörliche Vorhaltungen, die wegwerfende Erklärung, sie sei ihren hochfliegenden Zielen nicht gewachsen und solle sich auf die ihr zugedachte Rolle beschränken, mit der sie sich nun einmal abfinden müsse, brachten sie auf und riefen in ihr den Wunsch wach, sich um nahezu jeden Preis zu rechtfertigen. Bei solchen Gelegenheiten entwarf sie in ihrem Kopf grausame Pläne, die sie in ruhigeren Augenblicken entsetzt haben würden.

Pitt hatte ihr von der Haltung des Kirchengelehrten berichtet, mit dem er gesprochen hatte, wie gönnerhaft er sich über Unity geäußert, ihre Fähigkeiten herabgesetzt und es als gleichsam bewiesen hingestellt hatte, daß sie, weil sie eine Frau war, auf emotionaler Ebene zwangsläufig weniger belastbar gewesen sei als ein Mann und für die ernsthafte Wissenschaft daher ungeeignet. Ihr Drang, daraufhin den Männern zu beweisen, daß sie damit und auch auf allen anderen Gebieten unrecht hatten, mußte übermächtig gewesen sein.

Charlotte stieg vor Vespasia Cumming-Goulds Haus aus und entlohnte den Kutscher. Gerade als sie die Stufen zur Haustür emporstieg, öffnete ihr das Mädchen. Vespasia war die Großtante von Emilys erstem Mann, George; ihre Zuneigung zu Emily und Charlotte hatte dessen Tod nicht nur lange überdauert, sondern auch mit jeder weiteren Begegnung zugenommen. In jungen Jahren war sie eine berückende Schönheit gewesen, und sie kleidete sich, wiewohl inzwischen deutlich über achtzig, immer noch elegant und geschmackvoll. Doch gab sie mittlerweile nichts mehr auf die in der Gesellschaft üblichen Ansichten und sagte offen heraus und voll Witz ihre Meinung. Damit rief sie bei vielen Menschen Bewunderung hervor, bei manchen Groll und bei anderen ausgesprochenes Entsetzen.

Sie erwartete Charlotte in ihrem mit blassen Farben elegant eingerichteten Salon, durch dessen hohe Fenster das Sonnenlicht hereinfiel, und begrüßte sie voll Freude und Anteilnahme.

»Tritt ein, meine Liebe, und setz dich.« Mit einem belustigten Blick auf Charlotte fügte sie hinzu: »Ich denke, es würde lächerlich klingen, wenn ich dich aufforderte, es dir bequem zu machen. Dazu siehst du viel zu indigniert aus. Was ist der Anlaß?« Sie wies auf einen geschnitzten Polstersessel, während sie selbst auf einer Chaiselongue Platz nahm. Sie trug ein Kleid in ihren Lieblingsfarben, Goldgelb und Elfenbein, und die Perlenkette reichte ihr fast bis zur Taille. Das Oberteil ihres Kleides bestand aus Guipure-Spitze, die auf Seide gearbeitet war, und um den Hals trug sie ein Seidentüchlein. Die Tournüre war nur angedeutet und entsprach lediglich insofern der Mode, als sie ihr um einen Schritt vorauseilte.

»Ich komme von Großmutter«, erwiderte Charlotte. »Sie war entsetzlich, und ich habe mich schlecht benommen, habe Dinge gesagt, die ich besser für mich behalten hätte. Ich finde sie gräßlich, weil sie in mir jedesmal die niedrigsten Instinkte weckt.«

Vespasia lächelte. »Ein mir durchaus vertrautes Gefühl«, sagte sie voll Mitgefühl. »Es ist bemerkenswert, wie häufig einen Angehörige dazu treiben können.« Der Anflug eines Lächelns legte sich auf ihre Züge. »Vor allem Eustace.«

Charlotte merkte, wie die Anspannung von ihr wich. In den Erinnerungen an Vespasias Schwiegersohn Eustace March vermischten sich Tragik, rasende Wut und Heiterkeit. Später waren noch possenhafte Elemente hinzugekommen, und in jüngster Zeit eine beunruhigende Verbindung, die aber glücklich ausgegangen war.

»Immerhin besitzt er einige Merkmale, die einen mit seinem Wesen aussöhnen können«, sagte sie, bestrebt, der Wahrheit die Ehre zu geben. »Großmutter aber ist völlig unmöglich. Andererseits hat sie mich vermutlich, ohne es zu wissen oder zu wollen, auf bestimmte Aspekte von Thomas' neuem Fall aufmerksam gemacht.« Sie hielt inne, weil sie nicht sicher war, ob Vespasia etwas darüber zu erfahren wünschte.

»Du solltest davon berichten, wenn du etwas zu essen haben möchtest!« gab ihr Vespasia mit einem Glitzern in den Augen zu verstehen. »Bei aller Liebe bin ich nicht bereit, hier zu sitzen und mich über das Wetter zu unterhalten, nicht einmal mit dir. Gemeinsame Bekannte in der Gesellschaft, über die wir lustvoll herziehen könnten, haben wir nicht, und über Freunde möchte ich nicht reden, es sei denn, es gäbe Neuigkeiten zu berichten. Da mir Emily geschrieben hat, brauche ich dich nicht nach ihrem Ergehen zu fragen, denn mir ist bekannt, daß es ihr glänzend geht.«

»Na schön«, gab Charlotte ihrem Wunsch mit einem Lächeln nach. »Glaubst du, daß sich ein Mann, der seine religiösen Überzeugungen zur Grundlage seines Berufs und seines moralischen Verhaltens gemacht hat, von Zweifeln oder den Ketzereien und dem Spott eines Gottesleugners soweit hinreißen ließe, daß er die Beherrschung verliert und einen Menschen tötet ... im Zorn?« Hatte sie den Fall richtig dargestellt?

»Nein«, sagte Vespasia, fast ohne zu zögern. »Sofern es so aussieht, als könnte er es getan haben, würde ich das Motiv weniger in seinen Überzeugungen suchen als in seinen Leidenschaften. Menschen töten aus Angst, etwas zu verlieren, ohne das sie nicht leben zu können glauben, ob es sich dabei nun um Zuneigung, Status oder Geld handelt. Die andere Möglichkeit ist, daß sie töten, um eben das zu erringen.« Sie schien Anteil an dem Fall zu nehmen und nicht im geringsten an der Richtigkeit dessen zu zweifeln, was sie sagte. »Manche wollen sich rächen, weil sie glauben, man habe sie ungerecht behandelt. Oder aus Mißgunst, weil ein anderer etwas besitzt, worauf sie einen Anspruch zu haben glauben. Mitunter ist es Haß, doch geht der gewöhnlich ebenfalls auf das Gefühl zurück, daß man sie um Liebe, Ehre … oder um Geld gebracht hat.«

Vespasia lächelte ganz leicht, wobei sie lediglich einen Mundwinkel verzog. »Sie sind bereit, für Ideen zu kämpfen, töten aber ausschließlich dann, wenn sie sich in ihrer Stellung bedroht sehen, denn das ist für sie mehr oder weniger gleichbedeutend mit ihrem Leben.«

»Eine Frau hat die Grundlage seines Glaubens bedroht«, sagte Charlotte mit leichtem Schaudern. Es wäre ihr lieber gewesen, wenn das nicht der Wahrheit entsprochen hätte. »Ist das nicht gleichbedeutend mit seiner Stellung … als Geistlicher?«

Vespasia lachte, wobei sich eine ihrer schmalen Schultern unter der mit Spitze bedeckten elfenbeinfarbenen Seide hob. In ihrem Blick mischten sich Zorn, Mitleid und Belustigung. »Meine Liebe, wenn sich jeder Gottesmann in England aufgäbe, der zweifelt, wären die meisten Kirchen geschlossen. Geöffnet wären sie vermutlich am ehesten in Dörfern, wo die Pfarrer alle Hände voll zu tun haben, sich um die Verängstigten, die Kranken und die Einsamen zu kümmern und gar nicht dazu kommen, mehr zu lesen als die vier Evangelien. Zeit für gelehrte Streitgespräche bleibt ihnen überhaupt nicht. Sie brauchen nicht darüber nachzudenken, wer Gott ist, weil sie es bereits wissen.«

Charlotte schwieg. Es kam ihr nicht so vor, als besäße Ramsay Parmenter diese Art Wissen. Vielleicht war dieser Mangel, diese Leere dort, wo etwas hätte sein müssen, der Grund dafür gewesen, daß sein Glaube in so tragischer Weise versagt hatte.

»Der Fall beschäftigt dich.« Vespasias Stimme klang sanft. »Warum? Hat es mit Thomas zu tun?«

»Eigentlich nicht. Er tut, was er tun muß. Natürlich wird das unangenehm sein, aber das ist es in solchen Fällen immer.«

»Und um wen grämst du dich dann?«

Sie hatte Vespasia noch nie belogen, nicht einmal durch Verschweigen oder indem sie eine falsche Annahme stehenließ, ohne sie richtigzustellen. Damit würde sie unwiederbringlich etwas zerstören, das für sie von unermeßlichem Wert war. Sie rutschte ein wenig in ihrem Sessel hin und her.

»Im Hause leben insgesamt drei Männer, von denen jeder oben am Treppenabsatz hätte sein können, als Unity zu Tode gestürzt ist«, sagte sie langsam. »Einer ist Mallory, der Sohn des Hauses, der im Begriff steht, katholischer Priester zu werden …«

Ohne darauf zu achten, daß Vespasia mit einem Mal ihre elegant geschwungenen silbrigen Brauen hob, fuhr sie fort: »Der andere ist der neue Vikar … mein Schwager Dominic. Er war mit meiner älteren Schwester Sarah verheiratet, die in der Cater Street ermordet worden ist.«

»Weiter, meine Liebe …«

Es gab keine Möglichkeit, Vespasias aufmerksamem Blick auszuweichen, und Charlotte merkte, wie ihr die Röte in die Wangen stieg.

»Ich hatte ihn zu lieben geglaubt, bevor ich Thomas kennenlernte«, setzte sie an. »Nein, das stimmt nicht ganz … ich war verliebt in ihn, bis über beide Ohren. Natürlich bin ich darüber hinweggekommen. Ich habe gemerkt, wie … wie oberflächlich und leichtfertig er war, wie willig er seiner jeweiligen Begierde nachgab.« Sie sprach zu schnell, vermochte aber, wie es aussah, nichts dagegen zu unternehmen. »Damals hat Dominic wirklich sehr gut ausgesehen, und jetzt sieht er eigentlich eher noch besser aus. Die Glätte der Jugend und eine gewisse Skrupellosigkeit sind von ihm abgefallen. Sein Gesicht ist gereift … durch die Stürme des Lebens …«

Sie hielt dem Blick von Vespasias silbriggrauen Augen stand und zwang sich, ihr Lächeln zu erwidern. »Jetzt empfinde ich für ihn nicht mehr als Freundschaft – das ist eigentlich schon lange so. Aber ich habe Angst um ihn. Weißt du, Unity war guter Hoffnung, und ich kenne Dominics Schwäche. Ich glaube ihm durchaus, daß er unbedingt seiner Berufung folgen möchte, das höre und sehe ich ihm an. Aber niemand kann sich mit bloßer Willenskraft den Verlockungen und den Bedürfnissen des Leibes widersetzen.«

»Ich verstehe.« Vespasia war sehr ernst. »Und was ist mit den beiden anderen Männern, Mallory und dem Geistlichen, von dem du zuerst gesprochen hast? Könnten die sich nicht auch in Versuchung führen lassen?«

»Mallory ... gewiß doch.« Charlotte zuckte abweisend die Schultern. »Aber nicht Reverend Parmenter. Er ist mindestens sechzig!«

Vespasia lachte hell auf. Es war kein elegantes, leises Girren, sondern ein Ausbruch von Heiterkeit.

Charlotte merkte, wie sie errötete. »Ich meine ... ich wollte damit nicht sagen ...«, stotterte sie.

Vespasia beugte sich vor und legte ihre Hand auf Charlottes. »Ich weiß genau, was du sagen möchtest, meine Liebe. Und ich kann mir gut vorstellen, daß ein Sechzigjähriger vom Standpunkt deiner sechsunddreißig Jahre aus gesehen senil wirkt, aber wenn du selbst so alt bist, wirst du die Sache in einem völlig anderen Licht sehen. Das gleiche gilt für siebzig – und, wenn du Glück hast, auch für achtzig.«

Charlottes Wangen brannten nach wie vor. »Ich glaube nicht, daß Reverend Parmenter diese Art von Glück hat. Er ist so trocken wie totes Holz. Alles an ihm kreist um theologische Argumentation.«

»Dann ist es um so gefährlicher, wenn etwas schließlich doch seine Leidenschaft weckt«, gab Vespasia zur Antwort und lehnte sich zurück. »Da er nicht daran gewöhnt ist, dürfte er nur wenig Erfahrung darin besitzen, sie zu beherrschen. In einem solchen Fall kommt es mit größter Wahrscheinlichkeit zu einer Katastrophe wie dieser.«

»Möglich ...«, sagte Charlotte gedehnt mit einer Mischung aus Schmerz und Erleichterung. Wenn es sich so verhielte, wäre jeder andere frei von Schuld, einer allerdings um so mehr belastet. Doch obwohl dieser Gedanke alle Logik für sich hatte, war sie außerstande, das für möglich zu halten. »Ich habe an ihm keinerlei Leidenschaft entdeckt«, wiederholte sie, »außer der des Zweifels. Natürlich weiß ich das meiste darüber von Dominic, trotzdem bin ich überzeugt, daß der

Zweifel Reverend Parmenters alles beherrschende Empfindung ist. Er und Unity haben regelmäßig entsetzlich miteinander gestritten. Nur wenige Minuten vor ihrem Sturz hatten sie eine schreckliche Meinungsverschiedenheit, die mehrere Menschen mit angehört haben. Sie hat nämlich seinen Glauben an alles in Frage gestellt, dem er sein Leben gewidmet hatte. So etwas ist für jeden Menschen schrecklich, denn letzten Endes sagt man damit, daß er nichts wert ist und all seine Vorstellungen albern und falsch sind.«

»Sofern sie seinen Glauben tatsächlich erschüttert hat, könnte er sich durchaus so verhalten haben«, stimmte Vespasia zu. »Nichts ist so fürchterlich wie eine Idee oder Freiheit, die alles verneint, was man an Opfern gebracht und an Gehorsam geleistet hat, wenn es für einen selbst zu spät ist, sich dieser Idee oder Freiheit zuzuwenden. Doch nach dem, was du sagst, hat sich dein Geistlicher nicht in dieser Situation befunden. Gewiß hätte er Anlaß, die zu hassen, die solche Gedanken in die Welt gesetzt haben, aber doch nicht deren Anhänger?« Sie seufzte. »Andererseits hast du natürlich auch recht. Leider hat die unglückselige junge Frau oben an der Treppe gestanden, während sich Charles Darwin außer Reichweite und in Sicherheit befand. Es tut mir schrecklich leid. Es sieht ganz so aus, als handele es sich um eine wirklich betrübliche Angelegenheit.«

Sie erhob sich ein wenig steif, und sogleich stand auch Charlotte auf und bot ihr den Arm, damit sie sich auf ihn stützen konnte. Dann gingen sie gemeinsam ins sonnendurchflutete Frühstückszimmer, das der Duft blühender Narzissen erfüllte. Auf dem Tisch standen bereits Räucherlachs und in hauchdünne Scheiben geschnittenes Graubrot, und der Butler wartete hinter Vespasias Stuhl, um ihn ihr zurechtzurücken.

Charlotte konnte der Versuchung nicht widerstehen, das Haus in Brunswick Gardens noch einmal aufzusuchen. Zwar sagte ihr die Vernunft, daß sie dort nur wenig ausrichten könne, aber sie brachte es einfach nicht fertig, abzuwarten und zu sehen, was geschah. Vielleicht würde sie etwas mehr in Erfahrung bringen.

Vita Parmenter empfing sie ziemlich kühl.

»Wie freundlich von Ihnen, uns noch einmal zu beehren, Mrs. Pitt«, sagte sie. »Es ist wirklich großzügig, daß Sie so viel Zeit darauf verwenden.« Unausgesprochen schwang darin der Vorwurf mit »und uns so viel Zeit stehlen.«

»In diesen schweren Zeiten sind Familienbande besonders wichtig«, antwortete Charlotte und verabscheute sich selbst, weil sie solche Plattheiten von sich gab.

»Ich sehe, daß Sie eine ihrem Mann treu ergebene Gattin sind«, sagte Vita lächelnd. »Aber wir können Ihnen nichts sagen, was wir ihm nicht bereits gesagt haben.«

Wie schrecklich. Charlotte merkte, daß sie dunkelrot wurde. Vita war eine weit stärkere Gegnerin, als sie angenommen hatte, und ebenso entschlossen, ihren Mann zu schützen, wie es Charlotte mit Bezug auf Dominic war. Sie hätte Vita deswegen bewundern müssen, und ein Teil von ihr tat das auch zögernd, trotz des eigenen Unbehagens. Die beiden standen einander im sehr kultiviert und modern eingerichteten Salon gegenüber, Vita, klein, elegant, in einem gemusterten blauen Kleid mit schwarzen Paspeln, und die um fast eine Handbreit größere Charlotte in einem pflaumenblauen Kleid aus dem Vorjahr, das ihrem warmen Hautton und ihrem mahagonibraunen Haar schmeichelte.

»Ich bin nicht gekommen, um Sie nach Einzelheiten Ihrer Tragödie auszufragen, Mrs. Parmenter«, sagte sie mit ausgesuchter Höflichkeit, »sondern um mich nach Ihrem Wohlergehen zu erkundigen und zu fragen, ob ich Ihnen in irgendeiner Weise behilflich sein kann.«

»Ich kann mir nicht vorstellen, womit Sie mir behilflich sein könnten«, sagte Vita, nach wie vor betont höflich. »Woran hatten Sie gedacht?«

Es gab offensichtlich nichts, was irgend jemand hätte tun können, und das war beiden Frauen klar.

Charlotte sah ihr gerade in die Augen und lächelte. »Ich kenne Dominic schon seit vielen Jahren, und wir haben gemeinsam Tragödien und Schwierigkeiten gemeistert. Ich hatte angenommen, es könnte ihn trösten, sich auszusprechen, wie das unter alten Freunden und gegenüber Menschen möglich ist, die nicht unmittelbar betroffen sind und daher nicht selbst leiden.« Sie war stolz auf diese Erklärung, denn sie klang stichhaltig und entsprach beinahe der Wahrheit.

»Ach so«, sagte Vita gedehnt und eher kalt, wobei sich ihre Züge verhärteten. »Dann sollten wir ihn zweifellos rufen und sehen, ob ihm seine Pflichten die dafür nötige Zeit lassen.« Sie hob die Hand zum Klingelzug und ruckte kräftig daran. Sie sagte kein weiteres Wort, bis ein Dienstmädchen erschien, dem sie auftrug, Mr. Corde mitzuteilen, seine Schwägerin wünsche ihn zu sprechen, sofern ihm das passe.

Sie unterhielten sich über das Wetter, bis Dominic zur Tür hereinkam. Er schien sich über Charlottes Gegenwart zu freuen, denn sein Gesicht erhellte sich sogleich. Ihr aber fielen sofort die Schatten unter seinen Augen wie auch die Spuren der Anspannung in den dünnen Linien um seinen Mund auf.

»Wie schön, daß du gekommen bist«, sagte er aufrichtig.

»Ich habe mir Sorgen um dich gemacht«, gab sie zur Antwort. »Bestimmt nimmt dich die Sache sehr mit.«

»Uns alle.« Vita sah von Charlotte zu Dominic. Ihr Ausdruck hatte sich verändert, seit er den Raum betreten hatte. Mit einem Mal wirkte er sanft, und in ihren Augen lag eine Achtung, die an Bewunderung grenzte. »Es ist die schlimmste Zeit im Leben eines jeden von uns.« Als sie sich jetzt Charlotte zuwandte, war die ganze bisherige Kälte von ihr abgefallen. Ihr Gesicht wirkte so unschuldig, daß sich Charlotte fragte, ob ihr schlechtes Gewissen ihr die Zurückweisung vorgegaukelt hatte.

»Aber wir haben auch Kräfte in uns und den anderen entdeckt, die uns unbekannt waren«, fuhr Vita fort. »Sie haben gesagt, Mrs. Pitt, daß Sie selbst vor längerer Zeit große Schwierigkeiten bewältigen mußten. Gewiß haben Sie dabei Ähnliches erfahren? Es zeigt sich, daß Menschen, die man bis dahin für seine Freunde hielt, nicht unbedingt... das sind, was man sich von ihnen erhofft hatte, obwohl sie stets von untadeliger Stärke zu sein schienen. Zugleich merkt man, daß andere Menschen ein Maß an Mitgefühl, Mut und« – ihre Augen leuchteten sanft – »Güte aufbringen, das alles übertrifft, was man erwartet hatte.« Sie nannte keinen Namen, doch der kurze Blick, den sie Dominic zuwarf, ließ diesen vor Freude erröten.

Charlotte entging diese Schmeichelei nicht, die ihn genau dort traf, wo er verwundbar war. Ihm lag nichts daran, begehrt zu werden, er wollte nicht für amüsant, romantisch oder klug gehalten werden, wohl aber für einen guten Menschen. Möglicherweise hatte Vita diese Lücke in seiner Rüstung einfach zufällig entdeckt, aber Charlotte war eigentlich sicher, daß es kein Zufall war. Selbst wenn sie Dominic hätte warnen wollen, war ihr das nicht möglich. Es wäre zugleich grausam und sinnlos gewesen, würde ihn verletzen und schmerzen und deswegen gegen Charlotte aufbringen. Als ihr Blick einen Augenblick lang auf den Vitas traf, wurde ihr zur Gewißheit, daß der anderen genau das ebenfalls klar war.

»Ja«, stimmte Charlotte mit gezwungenem Lächeln zu. »Was bleibt, wenn alle anderen Geheimnisse enträtselt sind, ist das neue Wissen, das man über Menschen erworben hat, die man zu kennen glaubte. Danach ist nichts je wieder genau so, wie es zuvor war.«

»Sie haben recht«, stimmte Vita zu. »Es gibt neue Verbindlichkeiten … und neue Bindungen. Ich denke, daß es sich um einen Wendepunkt in unser aller Leben handelt. Das macht die Sache so furchterregend …« Sie ließ die Worte in der Luft hängen. »Man gibt sich die größte Mühe zu hoffen, und auch das schmerzt, weil es so sehr darauf ankommt.« Lächelnd sah sie zu Dominic, dann wieder von ihm fort. Sie senkte die Stimme. »Gott sei Dank braucht man nicht alles allein zu bewältigen.«

»Natürlich nicht«, sagte Dominic fest. »Das ist mehr oder weniger das einzig Gute, an das wir uns halten können, und das verspreche ich.«

Vita schien sich zu entspannen. Sie wandte sich Charlotte zu und lächelte, als hätte sie eine einschneidende Entscheidung getroffen.

»Vielleicht möchten Sie gern zum Tee bleiben, Mrs. Pitt. Es wäre uns sehr angenehm. Bitte.«

Charlotte war von diesem plötzlichen Sinneswandel überrascht. Obwohl sie am liebsten zugesagt hätte, erfüllte die Einladung sie zugleich mit Unbehagen.

Daher sagte sie rasch: »Vielen Dank. Das ist sehr großzügig von Ihnen, vor allem angesichts der Umstände.«

Vita lächelte, und diesmal wirkte es ungekünstelt und voll Wärme. Es ließ sich ohne weiteres erkennen, daß sie normalerweise eine außerordentlich bezaubernde, kluge, lebensbejahende und höchstwahrscheinlich auch geistreiche Frau war.

»Jetzt müssen Sie unbedingt eine Weile mit Dominic verbringen, denn deswegen sind Sie schließlich gekommen. Ich bin sicher, daß er das zu schätzen weiß. Der Tee wird um vier Uhr serviert.«

»Vielen Dank«, sagte Dominic ernsthaft, wobei ein sanftes Leuchten auf seine Züge trat. Dann wandte er sich an Charlotte. »Wollen wir ein wenig in den Garten hinausgehen?«

Sie nahm seinen Arm, wohl wissend, daß Vita ihnen nachsah. In Dominics Gegenwart schien Vita wie verwandelt zu sein. Hatte das mit dem Bewußtsein zu tun, daß Charlotte mit dem Polizeibeamten verheiratet war, der die näheren Umstände von Unitys Tod untersuchte? Es wäre ihr kaum zu verdenken, daß sie Charlotte beargwöhnte oder gar ablehnte. Auch Charlotte hätte jeden gehaßt, der für Pitt eine Bedrohung bedeutete. Das Bewußtsein, daß das ungerecht war, war dabei völlig unerheblich. Das würde zwar ihren Verstand erreichen, nicht aber ihre Gefühle.

Bestimmt wußte Vita, wie sehr sich Dominic ihrem Mann verpflichtet fühlte und welch grenzenlose Dankbarkeit er ihm gegenüber empfand. Sie konnte sich darauf verlassen, daß er alles Menschenmögliche tun würde, um zu helfen.

Sie betraten den Garten durch die Seitentür. Das Sonnenlicht fiel durch die Äste der noch unbelaubten Bäume. Die Schneeglöckchen waren schon verblüht, die Narzissen, deren Knospen demnächst aufbrechen würden, reckten ihre Blätter zum Licht. Charlotte war der Ansicht, daß die Gärtner mit Immergrün und Farnen, die kaum aus dem Boden lugten, nur wenig Einfallsreichtum bewiesen hatten. Wäre es ihr eigener Garten, sie würde unter den Bäumen Schlüsselblumen, Schöllkraut und Buschwindröschen pflanzen.

Sie hörte nicht, was Dominic sagte, weil sie an die Empfindungen denken mußte, die auf Vitas Gesicht zu erkennen gewesen waren, während sie Dominic ansah. Unter anderem hatte Bewunderung darin gelegen. Hielt sie sich an ihn, weil sie wußte, daß ihr Mann angreifbar war, schwächer als Dominic? Charlotte mußte daran denken, wie teilnahmslos er sich bei Tisch von Tryphena hatte angreifen lassen, ohne sich oder seine Überzeugungen zu verteidigen. In gewisser Weise schien er bereits die Waffen gestreckt zu haben.

Vita machte nicht den Eindruck eines Menschen, der ohne weiteres aufgab. Auch wenn sich die Umstände stärker erwiesen als sie selbst, würde sie es immer wieder versuchen. Es überraschte Charlotte nicht, daß sie sich zu Dominic hingezogen fühlte und dessen seelische Kraft und die Intensität seiner Überzeugungen bewunderte. Das paßte zu ihrer eigenen Willenskraft. Sie hatte mitbekommen, wie ihm Vita diesbezüglich geschmeichelt hatte, und wie sehr er das genossen hatte. Gewiß war das auch Vita klar?

Sie sagte etwas Allgemeines und Unverbindliches, das auf jeden Fall zu Dominics Äußerungen passen würde, ohne recht auf das zu hören, was er sagte. Es ging um die Vergangenheit und gemeinsame Erinnerungen. Das war nichts, worauf sie sich besonders konzentrieren mußte. Sie standen jetzt unter den Bäumen und sahen zu den Azaleen hinüber, die erst in zwei Monaten blühen würden. Sie machten einen ziemlich kläglichen Eindruck, wirkten vor dem nackten Erdboden fast tot, doch später im Frühjahr würden dort goldene, orange- und aprikosenfarbige Blüten leuchten. Viel Vorstellungskraft war nötig, sich das jetzt auszumalen, aber die brauchte ein Gartenliebhaber ständig.

Sie gingen in vertrautem Schweigen nebeneinander her, und die Worte, die gelegentlich fielen, wurden nicht wegen ihrer Bedeutung gesagt, sondern um ein Gefühl der Zusammengehörigkeit herzustellen. Alles, worauf es wirklich ankam, mußte ungesagt bleiben. Beiden waren die Verdachtsmomente und die alles überlagernde Furcht nur allzu bewußt, ihnen war klar, daß in der Zukunft etwas Häßliches und Unumkehrbares lauerte, dessen Entdeckung mit jeder Stunde näherrückte.

Sie sprachen noch miteinander, als Tryphena mit der Mitteilung über den Rasen kam, Dominic werde gebraucht. Er entschuldigte sich und ließ die beiden Frauen zurück. Das gab Charlotte die möglicherweise einmalige Gelegenheit, etwas mehr über Tryphena herauszubekommen.

»Ich bedaure Ihren Verlust sehr, Mrs. Whickham«, sagte sie ruhig. »Je mehr ich von meinem Mann darüber höre, was Miss Bellwood geleistet hat, desto klarer wird mir, daß ihr Tod für die Frauen ganz allgemein einen Verlust bedeuten dürfte.«

Tryphena sah sie skeptisch an. Vor ihr stand eine Frau Anfang dreißig, die sich für die üblichste, bequemste und mit Abstand einfachste Rolle entschieden hatte, die eine Frau wählen konnte. In ihren Augen war deutlich zu erkennen, daß sie Charlotte deswegen verachtete.

»Interessieren Sie sich für wissenschaftliche Arbeit?« fragte sie mit erzwungener Höflichkeit.

»Nicht besonders«, gab Charlotte mit gleicher Offenheit zurück und sah Tryphena fest an. »Wohl aber für Gerechtigkeit. Mein Schwager ist Unterhausabgeordneter, und ich hoffe, seine Ansichten beeinflussen zu können, doch wäre mir« – sie wagte einen Schuß ins Dunkle – »ein direkter Weg der Mitbestimmung lieber, dann wäre ich nicht auf Beziehungen angewiesen. So etwas ist immer unsicher.«

Damit hatte sie Tryphenas Anteilnahme erweckt. »Meinen Sie das allgemeine Wahlrecht?«

»Warum nicht? Finden Sie nicht auch, daß wir Frauen klug und urteilsfähig genug sind, es mindestens ebenso einsichtsvoll zu nutzen wie die Männer?«

»Natürlich!« sagte Tryphena sogleich, verhielt den Schritt und sah Charlotte an. »Das aber ist erst ein winziger Anfang. Es gibt weit bedeutendere Freiheiten, die wir nicht auf dem Weg der Gesetzgebung zu erringen vermögen. Die Freiheit von herkömmlichen Vorstellungen, davon, daß andere Menschen darüber entscheiden, was wir wünschen oder denken sollen und was uns glücklich macht.« Ihr Eifer riß sie mit, und ihre Stimme wurde lauter und schärfer. Starr vor Zorn stand sie im Sonnenlicht, das schwarze Kleid spannte auf ihren Schultern. »Die patriarchalische Gesellschaftsordnung unterdrückt uns. Wenn wir die Freiheit wollen, unsere körperlichen, geistigen und schöpferischen Fähigkeiten zu nutzen, müssen wir uns von den starren Bindungen an die Vergangenheit und aus der moralischen und finanziellen Abhängigkeit lösen, unter der wir seit Jahrhunderten leiden.«

Charlotte hatte sich kaum je geknechtet oder abhängig gefühlt, doch war sie ehrlich genug, sich einzugestehen, daß nur wenige Frauen eine so befriedigende Ehe führten wie sie oder von ihren Männern so viel Freiheit zugestanden bekamen. Zwischen ihr und Pitt herrschte wegen ihres unterschiedlichen gesellschaftlichen Hintergrundes mehr Gleichheit als in den meisten Ehen. Weil Pitt zuließ, daß sie ihm bei seinen Fällen half oder sich einmischte, je nachdem, von welchem Standpunkt man das betrachtete, existierte in ihrem Leben eine gewisse Vielfalt, und sie konnte weit mehr Erfüllung finden, als der Haushalt ihr hätte verschaffen können. Selbst Emily mit all ihrem Geld und ihrer herausgehobenen gesellschaftlichen Stellung fühlte sich von ihrem Bekanntenkreis und dessen Beschränkungen häufig gelangweilt, denn bei ihr verlief ein Tag wie der andere.

»Ich glaube, daß wir die Dinge nur Schritt für Schritt werden ändern können«, sagte sie diplomatisch und realistisch. »Aber wir können es uns wahrhaftig nicht leisten, Menschen wie Miss Bellwood zu verlieren, wenn sie so war, wie man es mir berichtet hat.«

»Sie war weit mehr als nur das!« gab Tryphena rasch zurück. »Nicht nur hatte sie eine Vision, sie hatte auch den Mut, sie zu leben, ungeachtet welchen Preis sie dafür zahlen mußte. Der aber war mitunter sehr hoch.« Wieder traten Ungeduld und Verachtung auf ihre Züge. Sie schritt über den Rasen, nicht mit einem bestimmten Ziel, sondern einfach, um ihrem Bewegungsdrang ein Ventil zu verschaffen. »Dieser Mut aber ist nötig, wenn man sich dem Leben stellen will, nicht wahr? Um es festzuhalten und nicht einmal dann loszulassen, wenn es uns bis in die tiefste Seele quält, wie es bisweilen vorkommt.«

»Sie meinen Miss Bellwoods Tod?« Charlotte ging neben ihr her.

Tryphena wandte sich ab, ein Schatten hatte sich auf ihre Züge gelegt. »Nein, ich meine das Leben und den Preis, den es uns abfordert. Niemand war mutiger als sie, das weiß ich, aber wer leidenschaftlich liebt, kann von anderen, die seiner nicht wert sind, tiefer verletzt werden, als es sich Außenstehende vorzustellen vermögen.« Sie zuckte ärgerlich die Schultern, so als denke sie an unbedeutende Menschen und deren Leben und tue deren Empfindungen als oberflächlich ab.

Charlotte wollte unbedingt das Richtige sagen. Sie durfte Tryphena weder verärgern noch ihre Neugier erkennbar werden lassen. Ob sie wohl gewußt hatte, daß Unity in anderen Umständen war? Sie mußte etwas Kluges und Mitfühlendes sagen, etwas, das ihr Tryphenas Vertrauen weiterhin sicherte. Sie hielt mit ihr Schritt, während sie über den Rasen auf den Kiesweg neben den Staudenrabatten zuging. Auch in ihnen war kaum mehr zu sehen als dunkle Erdhügelchen, aus denen hier und da einige grüne Spitzen ragten.

»Jeder kann tun, was nicht mit Schmerz und Gefahr verbunden ist«, sagte Tryphena nachdenklich, »dafür wäre kein besonderer Mensch nötig.« Dann versank sie in Schweigen. Möglicherweise hing sie Erinnerungen nach.

»Erzählen Sie mir etwas über sie«, forderte Charlotte sie schließlich auf, als sie den Weg erreichten und der Kies unter ihren Schuhsohlen knirschte. Zurückhaltung würde sie hier nicht weiterbringen. »Man muß sie doch sehr bewundert haben. Vermutlich hatte sie viele Freunde.«

»Dutzende«, stimmte Tryphena zu. »Bevor sie herkam, hat sie mit einer ganzen Gruppe Gleichgesinnter zusammengelebt, die an die Freiheit glaubten, ohne all jene Einschränkungen leben und lieben zu dürfen, die uns der Aberglaube und die Heuchelei der Gesellschaft auferlegen.«

Charlotte sah darin eher Zügellosigkeit, verkniff sich aber, das zu sagen – häufig erschien dem einen als Freiheit, was der andere als Selbstsucht und Mangel an Verantwortungsgefühl ansah. In manchen Fällen waren die unterschiedlichen Ansichten auch einfach zeitbedingt.

»Das kostet viel Mut«, sagte sie daher. »Denn die damit verbundenen Risiken sind beträchtlich.«

»Ja.« Tryphena hielt den Blick zu Boden gerichtet, während sie langsam über den Weg auf die flachen Stufen zuschritten. »Manchmal hat sie davon erzählt. Sie hat mir berichtet, welches Hochgefühl es bedeutet, sich von der wahren Leidenschaft mitreißen zu lassen. Man ist keinem Gesetz unterworfen, wird nicht von auf Aberglauben gegründeten Ängsten zurückgehalten oder gehemmt, keine gesellschaftlichen Rituale gebieten Abwarten oder befehlen, einen Menschen weiterhin zu ertragen, wenn das anfängliche Feuer und das ehrliche Gefühl erloschen sind.« In Tryphenas Stimme lag so viel Bitterkeit und tiefe Empfindung, daß Charlotte sich unwillkürlich fragte, wie die Ehe der jungen Frau ausgesehen haben mochte. Sie warf einen Blick zu ihr hinüber und sah weder in ihren Augen noch um ihren Mund herum sanfte Züge. Vermutlich strahlten ihre Erinnerungen keine Wärme aus. Hatte sie selbst die Ehe gewünscht oder war sie von ihrer Familie arrangiert worden, und sie hatte wohl oder übel zugestimmt?

»Alles ist so« – Tryphena legte die Stirn in Falten, während sie das treffende Wort suchte – »so … rein! Es gibt keinerlei Verstellung.« In ihre Augen trat ein wilder Blick, sie preßte ihre Lippen fest aufeinander. »Niemand ist Besitz eines anderen, nichts frißt Stück für Stück die Unabhängigkeit, das Selbstwertgefühl und die Überzeugungen eines Menschen auf. Niemand sagt, ›du mußt so und so denken, weil auch ich so denke‹, ›du mußt das glauben, weil auch ich das glaube‹, ›ich will diesen Weg gehen, und du mußt mir folgen‹. Nur eine Ehe gleichberechtigter Menschen ist sinnvoll! Nur in ihr gibt es Anstand, Ehrgefühl und innere Reinheit.« Sie ballte die Hände zu Fäusten, und ihre Arme schienen bis zur Schulter hinauf steif zu sein. »Ich will nicht weniger wert sein als andere, kein Mensch zweiter Klasse!«

Charlotte überlegte, ob Tryphena bewußt war, wie deutlich ihre Worte ihre eigene Verletztheit verrieten. Was sie sagte, mochten zum Teil Unitys Gedanken sein, doch die Leidenschaftlichkeit kam von Tryphena. »Ich denke, wenn jemand einen Menschen liebt, möchte er ihn möglichst hochschätzen können«, sagte Charlotte sanft und ging neben ihr die Stufen empor. »Geht es bei der Liebe nicht um den Wunsch, der andere möge sich auf die höchste Ebene hin entwickeln? Und beruht das nicht auf Gegenseitigkeit? Sind nicht beide Seiten bereit, etwas zu geben, das einen hohen Preis kostet, um dies Ziel zu erreichen?«

»Was?« Überrascht wandte Tryphena den Kopf.

»Wer liebt, bleibt auch dann, wenn es ihm keinen Spaß macht, wenn es nicht leicht ist und es ihm nicht recht paßt«, erläuterte Charlotte. »Ist es nicht reiner Eigennutz, just dann davonzugehen, wenn man keine Lust mehr hat zu bleiben? Sie sprechen von der Freiheit, sich seine Wünsche zu erfüllen und Schmerzen, Langeweile oder Pflichten zu vermeiden. Im Leben geht es darum, daß wir dem anderen etwas geben. Deshalb, und weil wir verletzlich sind, brauchen wir Mut und Selbstdisziplin.«

Tryphena blieb unmittelbar vor dem Gewächshaus stehen und sah sie an. »Ich glaube, Sie verstehen nicht, Mrs. Pitt. Vielleicht halten Sie sich für eine Vorkämpferin der Freiheit, aber was Sie sagen, sind die Worte einer der Überlieferung verhafteten Frau, die bereit ist, genau das zu tun, was ihr Vater und später ihr Mann ihr sagen.« Sie sprach so zornig, daß anzunehmen war, sie griff auf eigene Erfahrungen zurück. »Gerade Menschen wie Sie hemmen uns. Unity hat wahrhaft geliebt, und sie ist fürchterlich verletzt worden. Ich konnte es ihr an den Augen ansehen und bisweilen auch in ihrer Stimme hören.« Anklagend sah sie Charlotte an. »Sie scheinen zu glauben, daß sie selbstsüchtig und ihre Liebe weniger wert war als Ihre, nur weil Sie verheiratet sind und sie es nicht war. Aber damit verschließen Sie die Augen vor der Wirklichkeit. Sie haben unrecht, wenn Sie glauben, daß einen Sieg erringt, wer nach Sicherheit strebt!«

Ihr Zorn war jetzt ebenso deutlich zu erkennen wie der Sonnenschein auf dem Gras. »Ich bin überzeugt, daß Sie die Absicht hatten, freundlich zu mir zu sein, und vermutlich glauben Sie die Frauen der neuen Zeit zu unterstützen, doch in Wahrheit verstehen Sie überhaupt nichts!« Sie schüttelte so heftig den Kopf, daß die losen Strähnen ihres hellen Haares flogen. »Sie wollen Sicherheit … die aber gibt es nicht … nicht, wenn man einen schweren Kampf bestehen will. Unity war eine der besten… und sie ist nicht mehr. Sie entschuldigen, aber ich möchte nicht weiter mit Ihnen über sie sprechen.« Mit diesen Worten wandte sie sich ab und schritt hoch erhobenen Hauptes steif in den Rosengang. Es sah aus, als müsse sie gegen ihre Tränen ankämpfen.

Charlotte blieb mehrere Minuten lang, wo sie war, und dachte über das Gespräch nach, das sie mit Tryphena geführt hatte. Hatte sie sich auf eine wirkliche Tragödie in Unitys Vergangenheit bezogen oder eine melodramatische Szene gespielt? Hatte Unity jemanden aufrichtig geliebt, und war das Kind, das sie trug, als sie starb, Ergebnis dieser Beziehung? War es gar das Kind eines der drei Männer im Hause?

Hatte jener Mann Unity verletzt? Sie wäre nicht die erste Frau, die aus Schmerz und Sorge blind zurückgeschlagen hätte. Hatte sie Angst empfunden? Für die meisten Frauen war die Vorstellung, ein uneheliches Kind in die Welt zu setzen, mit Entsetzen verknüpft, doch Charlotte hatte keine Vorstellung davon, ob das auch für Unity galt. Sollte Pitt etwas darüber in Erfahrung gebracht haben, hatte er ihr das verschwiegen. Andererseits war er unter Umständen gar nicht imstande, nachzuvollziehen, was eine Frau empfand: die Mischung aus Hochgefühl über das neue Leben in ihr, das Bewußtsein, daß es Teil des Mannes war, den sie liebte, ein unauflösliches Band zwischen ihnen; zugleich aber auch die Angst vor der Zukunft und eine Erinnerung an den Mann, die sie niemals verlassen würde, und damit auch eine Erinnerung daran, von ihm verraten worden zu sein… vorausgesetzt, es verhielt sich so!

Und dann war da noch die Angst vor der eigentlichen Geburt, die Sorge, in einer Situation besonderer körperlicher und seelischer Verletzbarkeit allein zu sein. Charlotte konnte sich gut erinnern, was sie vor der Geburt ihrer Kinder empfunden hatte. Es war ein Wechselbad der Gefühle gewesen: an einem Tag überglücklich, und am nächsten zu Tode betrübt. Sie war sich lebhaft ihrer Erregung bewußt, der Rückenschmerzen, der Müdigkeit, der Schwerfälligkeit, des Stolzes und der Gehemmtheit, die sie empfunden hatte. Doch sie konnte sich darauf verlassen, daß ihre Eltern ruhig und gelassen zu ihr hielten, daß ihr Mann fast immer, wenn es darauf ankam, fröhlich und geduldig war – und sie hatte die Billigung der Gesellschaft auf ihrer Seite gehabt.

Unity hätte völlig allein gestanden. Das war in jeder Beziehung etwas anderes.

Hatte sie versucht, den Vater des Kindes zu erpressen? Verständlich wäre es.

Auf dem Rückweg zum Haus machte sich Charlotte Gedanken über Dominic und die Liebesbeziehung, die Unity in der Vergangenheit offensichtlich so sehr verletzt hatte. Wenn sie mehr darüber wüßte, wäre auch klar, wer der Vater war – und daß es nicht Dominic war.

Oder daß gerade er es war.

Bei diesem Gedanken überlief es sie kalt. Wie stand sie zu Dominic, daß sie diese Möglichkeit fürchtete? Sie erinnerte sich, wie sie ihn geliebt und wie töricht sie sich verhalten hatte, wie verletzlich sie gewesen war, und wie es sie geschmerzt hatte, wenn er nicht zu merken schien, wie sie auf Wolken schwebte, sobald er lächelte oder das Wort an sie richtete, wie Eifersucht sie verzehrt hatte, wenn er sich einer anderen zuwandte, wobei sie sich jedes Mal alles mögliche ausgemalt und vorgestellt hatte. Es überlief sie jetzt noch heiß, wenn sie nur daran dachte.

Aber so war Besessenheit nun einmal beschaffen. Es war die Art von Liebe, die sich ausschließlich im eigenen Kopf abspielt, nicht die sichere und zärtliche Liebe, die sie bei Pitt erfahren hatte. Gewiß, auch in dieser Beziehung gab es Qualen und dunkle Stunden, jagende Pulse und glühende Beschämung, doch gründete sie sich auf die Wirklichkeit, auf gemeinsame Gedanken und Vorstellungen und vor allem auf Gefühle, die mit dem zu tun hatten, worauf es in erster Linie ankam.

Durch den Seiteneingang gelangte sie in den kurzen Flur zum Vestibül. Da dort ein Läufer lag, verursachten ihre Schritte kein Geräusch. Sie sah Dominic und Vita am Fuß der Treppe, etwa dort, wo Unity nach ihrem Sturz gelegen haben mußte. Sie standen so nahe beieinander, daß sie sich fast berührten. Mit weit geöffneten Augen sah Vita zu ihm auf, eine Sanftheit im Blick, als hätte sie gerade etwas sehr Zärtliches und nur für ihn Bestimmtes gesagt. Es sah aus, als wolle er ihre Hand berühren, doch dann überlegte er es sich anders und trat mit einem Lächeln zurück. Nach kurzem Zögern ging sie achselzuckend mit leichtem Schritt die Treppe hinauf.

In Charlottes Kopf schwirrten die Gedanken durcheinander. Wie konnte Dominic so unglaublich töricht sein und einen solchen Vertrauensbruch begehen? Auch wenn Vita älter war als er, so war sie doch zugleich bezaubernd, schön und hochintelligent, leidenschaftlich und geistreich. Unmöglich konnte er eine Affäre mit ihr beabsichtigen – oder doch? Mit der Gattin seines Mentors und Freundes, des Mannes, in dessen Hause er lebte?

War das denkbar?

Die Vergangenheit bestürmte sie mit allen Erinnerungen an Schmerzen und Enttäuschungen. Es war vorstellbar ... es war möglich. Hatte Unity oben auf der Treppe mit Dominic gekämpft? Würde Vita die Unwahrheit sagen, um ihn zu decken?

Nein. Das war nicht möglich, denn andere hatten gehört, daß Unitys Worte Parmenter galten: Tryphena, die Zofe und der Diener. Erleichterung durchflutete sie.

Dominic wandte sich um. Auf seinen Zügen lag keinerlei Verlegenheit; es schien ihm nicht einmal bewußt zu sein, daß sie ihn in einer so verfänglichen Situation gesehen hatte.

»Tut mir leid, daß ich dich verlassen mußte«, sagte er mit einem leichten Lächeln. »Es war dringend. Bedauerlicherweise ist Reverend Parmenter außerstande, sich so um die Angelegenheiten zu kümmern, wie er das gewöhnlich tut.« Auf seinem Gesicht zeigte sich Besorgnis. »Mrs. Parmenter hat gesagt, daß es ihm nicht gutgeht. Der Arme hat starke Kopfschmerzen. Das ist auch weiter kein Wunder.« Er warf ihr einen trübsinnigen Blick zu. »Es ist sonderbar, aber im Rückblick bringe ich für die Tragödie in der Cater Street weit mehr Verständnis auf als damals.« Er stand jetzt dicht bei ihr und sprach sehr leise. »Ich wollte, ich könnte dorthin zurückkehren und mein damaliges Verhalten wiedergutmachen, mich gegenüber den Befürchtungen und Schmerzen anderer Menschen einfühlsamer zeigen.« Er seufzte. »Aber das sind sinnlose Erwägungen; ich weiß ja nicht einmal, wie ich hier helfen könnte. Ich kann lediglich versichern, daß ich mir

Mühe gebe, während ich damals ausschließlich an mich gedacht habe.«

Sie wußte nicht, was sie sagen sollte. Gern hätte sie ihm geglaubt, doch daran hinderte sie der Ausdruck, den sie auf Vita Parmenters Gesicht gesehen hatte... sie zögerte, dafür das Wort »Liebe« zu verwenden.

Der Tee wurde mit zehn Minuten Verspätung in Vitas Abwesenheit serviert. Daher mußte Clarice die Rolle der Gastgeberin übernehmen und dafür sorgen, daß eine Art Konversation zustande kam. Tryphena war zwar da, unternahm aber keinerlei Versuch, mit Charlotte zu sprechen. Mallory kam herein, nahm ein winziges Sandwich, schlang es mit zwei Bissen herunter, ohne Tee dazu zu trinken. Er trat unruhig ans Fenster, als fühle er sich beengt und zugleich verpflichtet, im Raum zu bleiben. Es war fast sicher, daß ihn nicht das Haus gefangenhielt, sondern die Umstände. Ihnen aber konnte er nicht entkommen.

Clarice überraschte Charlotte damit, daß sie taktvoll und fesselnd über eine Reihe von Themen sprach, sogar über das Theater – so als wäre der kurze Zeit zurückliegende Todesfall im Hause etwas völlig Normales, womit man im Ablauf des täglichen Lebens rechnen muß, und als gäbe es keinen Anlaß, mit gedämpfter Stimme zu sprechen oder Hinweise auf Glück und Glanz zu meiden. So sprach sie auch darüber, daß kürzlich Mitglieder eines ausländischen Königshauses London mit ihrem Besuch beehrt hatten, worüber sich die *London Illustrated News* ausführlich verbreitet hatte. Sie bezog Charlotte mit in das Gespräch ein, und nahezu eine dreiviertel Stunde lang hätte man ohne weiteres annehmen können, es handele sich um einen ausgesprochen angenehmen Nachmittagsbesuch von Menschen, die im Begriff standen, einander besser kennenzulernen, und sich vielleicht miteinander anfreunden konnten.

Von Zeit zu Zeit warf Charlotte einen Blick zu Dominic hinüber und sah in dessen Augen die gleiche Überraschung, die sie empfand, wie auch eine Hochachtung vor Clarice, die er in diesem Maße bis dahin offenkundig nicht empfunden hatte.

Kurz nach fünf wurde die Tür aufgerissen. Vita stand mit aufgelösten Haaren im Eingang. Eine Wange schien aufgeplatzt zu sein, und die Haut um das linke Auge herum war angeschwollen und voller Abschürfungen.

Mallory war entsetzt.

Weiß im Gesicht sprang Dominic auf.

»Was ist passiert?« fragte er und trat zu ihr.

Zitternd wich sie zurück. In ihren Augen lag Entsetzen, und es schien, als stehe sie kurz vor einem hysterischen Anfall. Sie schwankte, als könne sie jeden Augenblick zu Boden stürzen.

Rasch erhob sich Charlotte und ging vorsichtig um den Teetisch herum.

»Kommen Sie und setzen Sie sich«, forderte sie Vita auf und führte sie, einen Arm um sie gelegt, zum nächsten Stuhl. »Bitte eine Tasse Tee und etwas Kognak«, sagte sie zu Dominic. »Dann könntest du ihrer Zofe Bescheid sagen, daß sie hier gebraucht wird.«

Er zögerte kurz, drehte sich dann um und sah zu Mallory hin.

»Was ist passiert, Mama?« wollte Tryphena wissen. »Du siehst aus, als wenn dich jemand geschlagen hätte. Bist du gestürzt?«

»Das siehst du doch!« blaffte Clarice zurück. »Sei nicht albern! Wer sollte sie denn schlagen? Außerdem sind alle hier drin.«

Tryphena sah sich mit weit aufgerissenen Augen um, und mit einem Mal fiel jedem auf, daß Parmenter als einziges Mitglied der Familie nicht anwesend war. Einer nach dem anderen richtete den Blick erneut auf Vita.

Sie zitterte jetzt heftig, saß in sich zusammengesunken da. Mit Ausnahme der abgeschürften Stellen um das Auge und der scharlachroten Schnittwunde auf ihrer Wange, aus der Blut lief, war ihr Gesicht aschfahl. Charlotte hielt ihr die Teetasse hin, denn sie zitterte so, daß sie selbst sie keinesfalls hätte halten können.

»Was ist geschehen?« fragte Mallory mit erhobener Stimme.

Dominic blieb an der Tür stehen. Offensichtlich wollte er es erfahren, bevor er hinausging.

Vita holte Atem und versuchte zu sprechen, brachte aber lediglich ein Schluchzen heraus.

Charlotte legte ihr sehr sanft die Arme um die Schultern, um ihr keine zusätzlichen Schmerzen zu bereiten. »Vielleicht wäre es besser, einen Arzt zu rufen?« Sie wandte sich an Clarice, von der sie annahm, daß sie in dieser Situation am ehesten die Übersicht behielt.

Reglos erwiderte Clarice ihren Blick.

Tryphena sah anklagend von einem zum anderen.

Mallory tat, als wolle er gehen, blieb dann aber wie erstarrt stehen.

»Bitte!« drängte Charlotte.

Vita hob den Kopf. »Nein …«, sagte sie mit belegter Stimme. »Nein … bitte keinen Arzt! Es … es ist nur … ein Kratzer …«

»Es ist mehr«, sagte Charlotte ernsthaft. »Die Blutergüsse sehen ziemlich schlimm aus, und man kann nicht ohne weiteres sagen, was sich noch dahinter versteckt. Sicher hilft etwas Arnika, aber trotzdem finde ich, daß Sie Ihren Arzt rufen sollten.«

»Keinesfalls.« Vita war unbeugsam. Sie gab sich Mühe, ihre Selbstbeherrschung wiederzuerlangen. Tränen liefen ihr über die Wangen, doch sie wischte sie nicht fort. Wahrscheinlich schmerzte ihr Gesicht zu sehr. Nach wie vor zitterte sie am ganzen Leibe. »Nein … ich möchte nicht, daß der Arzt davon erfährt.«

»Mama, du mußt ihn kommen lassen!« sagte Clarice, die jetzt vortrat und sich ihr bis auf zwei Schritte näherte. »Warum denn nicht? Er wird dich nicht für töricht halten, falls du das befürchtest. Es kommt immer wieder einmal vor, daß jemand stürzt … So etwas ist schnell passiert.«

Vita schloß die Augen und zuckte bei den Schmerzen zusammen. »Ich bin nicht gestürzt«, flüsterte sie. »Das könnte der Arzt merken, wenn er käme. Ich … könnte das nicht ertragen … schon gar nicht jetzt. Wir müssen …« Sie holte so tief Luft, daß sie zu ersticken schien. »Wir müssen … zusammenhalten …«

»Mit wem?« brach es aus Tryphena heraus. »Warum? Mit ›zusammenhalten‹ meinst du ›lügen‹! Die Wahrheit vertuschen …«

Vita begann lautlos zu weinen, und gab sich erneut ihrem Elend hin.

»Schluß!« sagte Dominic, der von der Tür zurückgekommen war, und warf Tryphena einen zurechtweisenden Blick zu. »Mit solchen Vorwürfen helfen Sie niemandem.« Er kniete vor Vita nieder und sah sie aufmerksam an. »Mrs. Parmenter, ich denke, Sie sollten uns die Wahrheit sagen. Danach können wir am besten entscheiden, was geschehen soll. Solange es nur um Einbildung oder Verdachtsmomente geht, machen wir nur Fehler. Sie sind also nicht gestürzt … was ist *wirklich* passiert?«

Langsam hob Vita wieder den Kopf. »Ich hatte Streit mit Ramsay«, sagte sie mit rauher Stimme. »Es war entsetzlich, Dominic. Ich weiß nicht einmal, wie es dazu gekommen ist. Erst haben wir ganz normal miteinander geredet, und nach einem Blick auf seine Post, die ihm der Butler auf den Schreibtisch gelegt hatte, hat er übergangslos einen Wutanfall bekommen. Er schien sich überhaupt nicht mehr beherrschen zu können.« Obwohl sie Dominic unausgesetzt ansah, während sie sprach, dürfte ihr nicht entgangen sein, daß Mallory mit angespannten Schultern, das Gesicht vor Zorn und Verwirrung verzerrt, am Rande der Gruppe stand.

Clarice schien ihr ins Wort fallen zu wollen, sagte aber nichts.

Vita faßte Charlottes Hand so fest, daß es sie schmerzte. Dennoch entzog Charlotte sie ihr nicht.

»Er hat behauptet, ich hätte seine Post geöffnet … was natürlich jeder Grundlage entbehrt. Ich würde nie einen Brief anfassen, der an ihn gerichtet ist. Wahrscheinlich ist ein Umschlag in der Post eingerissen worden, und er hat die Beherrschung verloren und behauptet, ich hätte das getan.« Sie sprach leise und eindringlich, in ihrer Stimme lag Angst. Jetzt, da sie angefangen hatte, konnte sie nicht mehr aufhören. Die Wörter entströmten ihrem Mund förmlich. »Er hat mich angebrüllt, nein … das ist das falsche Wort. Es war nicht laut, sondern eher wie ein wütendes Knurren.« Ihre Zähne klapperten so sehr, daß man fürchten konnte, sie werde sich in die Zunge beißen.

»Trinken Sie einen Schluck Tee«, sagte Charlotte ruhig. »Das hilft sicher.«

»Vielen Dank«, sagte Vita und hielt sich an Charlottes Händen, damit sie die Tasse ruhig halten konnte. »Sie sind sehr gütig, Mrs. Pitt.«

»Ich rufe den Arzt«, erklärte Mallory und ging zur Tür.

»Nein!« widersprach Vita. »Das unterläßt du! Hörst du, Mallory? Ich verbiete es dir.« Ihre Stimme war so angespannt, und auf ihrem Gesicht lag ein solcher Ausdruck der Qual, daß er den Schritt verhielt und stehenblieb. Er wollte ihr nicht gehorchen und war zugleich nicht fähig, sich ihrem ausdrücklichen Wunsch zu widersetzen.

Dominic wollte etwas sagen, erkannte aber dann Mallorys wütenden Blick und schwieg.

Vita schloß die Augen. »Danke«, murmelte sie. »Bestimmt geht es mir gleich wieder besser. Ich werde mich eine Weile hinlegen. Braithwaite kann sich um mich kümmern.« Sie wollte aufstehen, doch ihre Knie trugen sie nicht. »Verzeihung«, entschuldigte sie sich. »Ich komme mir so ... so töricht vor. Ich weiß einfach nicht, was ich tun soll. Er hat mir vorgeworfen, seine Autorität zu untergraben, ihn herabzusetzen und seine Urteilskraft in Frage zu stellen. Ich habe das bestritten. Ich habe so etwas nie getan ... nie im Leben! Dann hat er ... er hat mich geschlagen.«

Clarice sah sie eine Weile starr an, eilte an Tryphena und Dominic vorüber zur Tür und öffnete sie. Man hörte ihre Schritte im Vestibül hallen, dann auf den bloßen schwarzen Holzstufen der Treppe, während sie nach oben ging.

»Es ist unvorstellbar!« sagte Mallory besorgt. »Er ist verrückt! Etwas anderes ist gar nicht möglich. Er muß den Verstand verloren haben.«

Dominic sah gequält drein, unterdrückte aber nach kurzem Zögern seine eigenen Empfindungen und wandte sich Mallory zu.

»Wir müssen uns ihrem Wunsch fügen. Wir sollten kein Wort weiter darüber verlieren.«

»Das geht auf keinen Fall!« begehrte Tryphena auf. »Wollen Sie etwa warten, bis er sie ebenfalls umbringt? Wollen Sie das? Ich dachte, Ihnen liegt an ihr! Offen gestanden hatte ich gedacht, daß Ihnen sogar sehr viel an ihr liegt.«

Vita sah sie verzweifelt an. »Tryphena! Bitte ...«

Dominic beugte sich vor, hob Vita auf und ging mit ihr auf den Armen zur Tür.

Charlotte öffnete sie rasch, so weit es ging, und er durchschritt sie, ohne sich umzudrehen. Charlotte sah die anderen an.

»Hier kann ich nichts mehr tun, außer sie sich selbst zu überlassen, damit sie entscheiden, was zu geschehen hat. Es tut mir sehr leid, daß es dazu gekommen ist.«

Mallory erinnerte sich daran, daß ihm in Abwesenheit seiner Eltern die Pflichten des Gastgebers oblagen, und eilte ihr zur Tür nach.

»Vielen Dank, Mrs. Pitt. Ich ... ich weiß gar nicht, was ich sagen soll. Sie waren so freundlich, uns zu besuchen, und wir haben Sie in eine entsetzliche Verlegenheit gebracht ...« Er schien sich sehr unbehaglich zu fühlen, sein Gesicht war bleich, nur auf seinen Wangen sah man rosa Flecken. Er stand unbeholfen da, ohne so recht zu wissen, wohin mit seinen Händen, und trat unbehaglich von einem Fuß auf den anderen.

»Sie haben mich nicht in Verlegenheit gebracht«, log sie. »Ich habe in meiner eigenen Familie tragische Vorfälle erlebt und weiß, wie das alles ändern kann. Denken Sie bitte nicht weiter daran.« Inzwischen hatte sie die Haustür erreicht und versuchte zu lächeln, als er sie ihr öffnete. Einen Augenblick lang trafen sich ihre Augen, und sie erkannte, welch geradezu panische Angst unmittelbar unter der Oberfläche verborgen lag. Nur noch ein einziger feiner Riß im Gewebe seines Lebens, und sie würde offen zu Tage treten.

Sie hätte ihn gern getröstet, aber sie konnte ihm nicht versprechen, daß es besser würde. Das war zu unwahrscheinlich.

»Vielen Dank, Mr. Parmenter«, sagte sie ruhig. »Ich hoffe, daß die Sache vorüber ist, wenn wir einander wiedersehen.« Dann wandte sie sich um und ging die Stufen hinab zum Gehweg, wo sie nach einer Droschke Ausschau hielt.

Etwas früher am selben Tag hatte Cornwallis einen unerwarteten Besucher in seinem Büro empfangen. Der wachhabende Beamte vor der Tür teilte ihm mit, Mrs. Underhill wolle ihn sprechen.

»Ja ... ja, selbstverständlich ...« Er erhob sich und stieß dabei mit der Manschette einen Gänsekiel um. Er hob ihn wieder auf. »Bitten Sie sie herein. Hat ... hat sie gesagt, worum es geht?«

»Nein, Sir. Ich wollte sie auch nicht fragen, immerhin ist sie die Gattin eines Bischofs. Soll ich sie doch fragen, Sir?«

»Nein! Führen Sie sie bitte herein.« Unwillkürlich rückte er sein Jackett zurecht und zupfte an der Krawatte, womit er sie ein wenig in Unordnung brachte.

Isadora kam kurz darauf herein. Sie trug ein dunkel türkisfarbenes Kleid, das ihn an die Farbe von Entenflügeln erinnerte. Der Farbton paßte zu ihrer blassen Haut und ihrem noch immer schwarzen Haar. Bisher war ihm nicht aufgefallen, daß sie schön war. Der trotz aller Zerrissenheit auf ihren Zügen liegende Friede ließ ihr Gesicht bemerkenswert erscheinen. Ihm schien, wie lange auch immer er es ansehen mochte, nie würde er den Eindruck haben, jede seiner Ausdrucksmöglichkeiten zu kennen, nie würde er des Spiels von Licht und Schatten darauf überdrüssig werden.

Er schluckte. »Guten Morgen, Mrs. Underhill. Womit kann ich Ihnen dienen?«

Ein flüchtiges Lächeln trat auf ihre Züge. Was sie auch herführen mochte, offenbar ging es dabei um eine ihr unbehagliche Angelegenheit, die auszusprechen ihr nicht leichtfiel.

»Bitte nehmen Sie Platz.« Er wies auf den bequemen Sessel nahe seinem Schreibtisch.

»Danke.« Rasch ließ sie den Blick durch den Raum gleiten und verharrte kurz beim Sextanten auf dem Regal und den Titeln der Bücher daneben.

»Ich bitte um Entschuldigung, daß ich Ihre Zeit in Anspruch nehme, Mr. Cornwallis«, wandte sie sich an ihn. »Vielleicht war es töricht von mir, zu kommen und Sie zu belästigen. Es handelt sich nicht um eine dienstliche, sondern um eine persönliche, Angelegenheit. Ich kann mir nicht helfen, aber ich fürchte, daß Sie wohl einen recht ungünstigen Eindruck von uns hatten, als Sie kürzlich zum Abendessen bei uns waren. Der Bischof…« Sie bediente sich lieber seines Titels, als »mein Mann« zu sagen, was er eigentlich erwartet hätte. Er merkte, daß sie zögerte. »Der Bischof ist von dem ganzen Zwischenfall stark mitgenommen«, fuhr sie rasch fort. »Da er fürchtet, daß seine Auswirkungen so vielen Menschen schaden könnten, hat er wohl den Eindruck erweckt, ihm könne weniger an Ramsay Parmenters... Wohlergehen... liegen, als das in Wahrheit der Fall ist.«

Es fiel ihr offenkundig schwer zu sprechen, und während er sie ansah, merkte er, daß ihre umschatteten Augen seinem Blick auswichen. Es war zu merken, daß ihr das Verhalten des Bischofs ebenso kränkend erschien wie ihm. Nur war für sie damit das Gefühl tiefer Scham verbunden, weil sie sich verpflichtet fühlte, zu ihrem Mann zu halten. Gekommen war sie, weil sie versuchen wollte, das Bild zurechtzurücken, das Cornwallis von ihm gewonnen hatte, und gewiß war ihr diese Notwendigkeit in tiefster Seele zuwider und ärgerte sie. Wollte sie ihm ihre wahren Empfindungen mitteilen, fühlte sich aber durch das Ehrgefühl daran gehindert?

»Ich verstehe«, sagte er in das unbehagliche Schweigen hinein. »Er muß außerhalb der persönlichen Ebene an vieles andere denken. So geht es allen Männern in verantwortlicher Position.« Er lächelte und sah ihr unverwandt in die Augen. »Ich hatte das Kommando über Schiffe, und ganz gleich, was ich einzelnen Mitgliedern meiner Mannschaft gegenüber empfand, ob ich sie leiden konnte oder nicht, achtete oder bedauerte, stets kam zuerst das Schiff, damit wir nicht alle miteinander untergingen. Solche Entscheidungen fallen schwer und werden von anderen nicht immer richtig eingeschätzt.« Er war allerdings nicht überzeugt, daß sich Bischof Underhill in einer solchen Situation befand. Dessen »Schiff« existierte lediglich auf moralischer Ebene, wo es gegen die Elemente der Feigheit und Ehrlosigkeit ankämpfte. Das war etwas ganz anderes, als wenn ein Schiff aus hölzernen Planken mit seinen Leinwandsegeln gegen die Macht des Ozeans bestehen muß. Zu Cornwallis' Pflichten hatte es gehört, das Leben seiner Männer zu bewahren, während der Schutz ihrer Seelen Underhills Aufgabe war.

Das aber konnte er ihr nicht sagen. Gewiß war es ihr ebenso klar wie ihm ... zumindest vermutete er das, als er sah, wie sie mit unbehaglich ineinander geschlungenen Händen dasaß und seinem Blick auswich. Er wollte sie nicht ausdrücklich daran erinnern.

»Jeder von uns muß unter schwierigen Umständen die Entscheidungen treffen, die er für richtig hält«, fuhr er fort. »Es ist leichter, ein Urteil über andere zu fällen, als sich selbst in einer solchen Position zu bewähren. Glauben Sie bitte nicht, daß ich etwas falsch verstanden haben könnte.«

Sie hob rasch den Blick zu ihm. Merkte sie, daß er sich bemühte, freundlich statt ehrlich zu sein? Er war nicht an den Umgang mit Frauen gewöhnt und hatte nur unklare Vorstellungen davon, wie sie denken, was sie glauben oder empfinden. Vielleicht durchschaute sie ihn und verachtete ihn deshalb? Diese Vorstellung war ihm erstaunlich unangenehm.

Sie lächelte ihm zu. »Sie sind sehr großmütig, Mr. Cornwallis, und dafür bin ich Ihnen dankbar.« Sie sah sich im Raum um. »Waren Sie lange auf See?«

»Etwas mehr als dreißig Jahre«, gab er zur Antwort, ohne den Blick von ihr zu lösen.

»Dann wird Ihnen das fehlen.«

»Ja ...« Die Antwort kam unverzüglich und mit einer Tiefe der Empfindung, die er nicht erwartet hatte. Er lächelte befangen. »In gewisser Hinsicht war es sehr viel einfacher. Ich muß sagen, daß ich nicht an politisches Verhalten gewöhnt bin. Pitt bemüht sich, mir das Wesen der Intrige nahezubringen und mir zu zeigen, was sich mit diplomatischem Verhalten erreichen läßt – besser gesagt, was sich auf diese Weise nicht erreichen läßt.«

»Vermutlich gibt es auf See nicht viel diplomatisches Verhalten«, sagte sie nachdenklich und wandte den Blick erneut ab. Wieder lag der Schatten um ihre Augen. »Man hat das Kommando und trägt die schreckliche Bürde, recht zu haben, weil alle von einem abhängen. Stets geht mit einem großen Maß an Macht die entsprechende Verantwortung einher.« Ihre Stimme klang nachdenklich, als spreche sie ebenso sehr zu sich selbst wie mit ihm. »So hatte ich mir die Kirche früher vorgestellt ... eine großartige Verkünderin der Wahrheit, wie einst Johannes der Täufer vor Herodes.« Sie lachte in sich hinein. »Mehr oder weniger so undiplomatisch, wie es nur möglich ist ... dem König öffentlich ins Gesicht zu sagen, daß er ein Ehebrecher und seine Ehe widerrechtlich ist, ihn aufzufordern, zu bereuen und Gottes Vergebung zu erflehen. Da kann es Johannes kaum überrascht haben, daß er dafür enthauptet wurde.«

Cornwallis entspannte sich. Seine Hände lagen gelöst auf dem Schreibtisch. »Wie soll man so etwas auf diplomatische Weise sagen?« fragte er mit breitem Lächeln. »Majestät, es will mir scheinen, daß Eure ehelichen Beziehungen möglicherweise nicht ganz den Vorschriften entsprechen. Es wäre gegebenenfalls vorteilhaft, darüber nachzudenken oder mit dem Allmächtigen Rat zu pflegen?«

Sie lachte, von der Absurdität der Vorstellung belustigt. »Und er würde sagen: ›Tut mir leid, aber ich bin mit dem Stand der Dinge in jeder Beziehung zufrieden, vielen Dank. Solltest du deinen Vorschlag in der Öffentlichkeit wiederholen, würde ich mich gezwungen sehen, dich einzukerkern, und deinem Leben ein vorzeitiges Ende bereiten, sobald ich einen geeigneten Vorwand dafür habe. Es würde sich also empfehlen, vor aller Ohren zu bestätigen, daß alles in Ordnung ist und du es billigst‹. Sie erhob sich, mit einem Mal wieder ernst, und sagte voll Gefühl: »Weit lieber würde ich aus allen Rohren gegen den Feind feuern, als mich durch seine Verbrechen besudeln und für seine Zwecke mißbrauchen zu lassen. Bitte entschuldigen Sie das schiefe Bild und daß ich es aus der Seekriegsführung entlehnt habe.«

»Ich betrachte das als Kompliment«, gab er zurück.

»Vielen Dank.« Sie ging auf die Tür zu. »Ursprünglich wollte es mir töricht erscheinen, daß ich gekommen bin, aber Sie haben mir die Befangenheit genommen. Sie sind außergewöhnlich liebenswürdig. Guten Tag.«

»Guten Tag, Mrs. Underhill.« Er öffnete ihr die Tür und sah mit Bedauern, wie sie davonging. Fast hätte er etwas gesagt, um sie noch ein Weilchen aufzuhalten, doch war ihm klar, daß das lächerlich wirken würde.

Er schloß die Tür und kehrte an seinen Schreibtisch zurück. Dort blieb er fast eine Viertelstunde sitzen, ohne sich zu rühren oder seine Papiere wieder zur Hand zu nehmen.

# KAPITEL SIEBEN

Laut klapperten die Hufe des Droschkenpferdes durch den frühmorgendlichen Verkehr. Es war kurz nach acht, und Pitt war am Vorabend lange aufgeblieben, um sich anzuhören, was Charlotte über ihren Tag zu berichten hatte. Sie hatte kaum über den Besuch bei der Großmutter erzählt und die Mittagsmahlzeit bei Tante Vespasia nur flüchtig angesprochen, wohl aber hatte sie deren Ansicht wiederholt, daß Menschen nicht um einer Idee willen morden, sondern weil sie Opfer einer Leidenschaft sind.

Ein Brauereifuhrwerk rumpelte vorüber. Die vorgespannten Pferde sahen mit den auf Hochglanz geputzten Messingbeschlägen am Riemenzeug und den wippenden Federbüschen auf dem Kopf prächtig aus. Man hörte die Rufe von Straßenhändlern, ein Hund bellte, und jemand rief einen Kutscher. Die Droschke ruckte wieder an und kam unvermittelt zum Stehen. Die Peitsche des Kutschers fuhr durch die Luft, dann ging es schneller voran.

Pitt konnte sich vorstellen, daß Vespasia solche Aussagen machte. Er sah ihr nach wie vor schönes Gesicht deutlich vor seinem inneren Auge. Wahrscheinlich kleidete sie sich in Elfenbein, Silbergrau oder Lila, und gewöhnlich trug sie tagsüber Perlen.

Sie hatte recht. Menschen töten, weil ihnen etwas so wichtig ist, daß sie darüber jedes Maß und Ziel aus den Augen verlieren. Eine Weile verdunkelt ihr eigenes Bedürfnis das aller anderen, erstickt sogar ihren Selbsterhaltungstrieb. Mitunter handelt es sich um Habgier, die mit kalter Planung zu Werke geht, dann wieder ist eine vorübergehende Angst der Auslöser, und sei es die vor einer körperlichen Bedrohung. In wenigen Fällen ist Rache das Motiv, denn die läßt sich auf mancherlei andere Weise befriedigen. Nur selten hatte er es mit Verbrechen zu tun gehabt, die sich auf blinde und sinnlose Wut gründeten.

Doch wie Vespasia gesagt hatte, immer steht dahinter irgendeine Art von Leidenschaft, und wäre es nur die kalte Besitzgier.

Daher fiel es Pitt trotz aller Hinweise schwer zu glauben, daß Ramsay Parmenter absichtlich Unity getötet haben konnte. Er mußte unbedingt in Erfahrung bringen, wer der Vater des Kindes war. Angst war ein nur allzu verständliches Motiv. War Unity die Art Frau gewesen, die einen Mann erpreßt oder gar das Geheimnis preisgegeben und ihn damit beruflich zugrunde gerichtet hätte?

Warum eigentlich nicht? Sie selbst war bereits zugrunde gerichtet. Zwar hätte sie mit dieser Art von Vergeltung nicht viel erreicht, doch wäre damit eine Art Gerechtigkeit hergestellt gewesen.

Charlotte hatte ihm von Tryphenas gefühlvoller und eher unzusammenhängender Schilderung von Unitys Vergangenheit berichtet, in der es irgendeine Tragödie gegeben hatte und eine Liebe, weit mehr als ein romantischer Traum, an die sie Hoffnungen geknüpft hatte. Offensichtlich hatten die Wunden, die Unity bei dieser Beziehung davongetragen hatte, sie tief gezeichnet.

Zweifellos war sie ein komplexes Geschöpf gewesen. Wie sich zeigte, mußte er auf jeden Fall mehr über sie herausbekommen. Falls das Kind von Parmenter stammte, erhob sich die Frage, warum sie eine solche Beziehung zu ihm eingegangen war. Was mochte sie an seinem dürren, pedantischen Wesen angezogen haben?

Oder war die Verlockung gar nicht von seiner Person, sondern von seiner Stellung ausgegangen? Hatte sie darin, daß sie seine Schwäche bloßstellte, eine Art Rache für all die Jahre gesehen, die sie unter der Heuchelei von Männern seines Schlages hatte leiden müssen? Einen Augenblick lang versuchte sich Pitt an ihre Stelle zu versetzen, eine ehrgeizige

Frau mit glänzendem Intellekt, die danach dürstete, etwas zu leisten, und deren Bemühungen durch Vorurteil und höflich kaschierte Herablassung zunichte gemacht wurden. In gewissem Umfang hatte auch er wegen seiner Abkunft und des bitteren Unglücks leiden müssen, das einst seinen Vater heimgesucht hatte, und so wußte er, wie weh Ungerechtigkeit tut. Elend vor Wut hatte er allein in seinem Dachkämmerchen gelegen, nachdem sein Vater wegen eines Diebstahls, den er nicht begangen hatte, deportiert worden war. Wäre nicht Sir Arthur Desmond ein so gütiger Mensch gewesen, hätten Pitt und seine Mutter verhungern können. Der Hauslehrer von Desmonds Sohn, an dessen Unterricht er mit teilnehmen durfte, hatte ihn gelehrt, wie man in den besseren Kreisen spricht, und das hatte in seiner beruflichen Laufbahn die entscheidende Wende bewirkt.

Obwohl man ihm die meisten Fähigkeiten, die nötig waren, um sich erfolgreich gegen Diskriminierung zu wehren, beigebracht hatte, wußte er nur allzu gut, was es damit auf sich hatte. Unity Bellwood hatte nie solche Möglichkeiten der Gegenwehr gehabt, denn sie war eine Frau gewesen. Er hätte sehr gut verstanden, wenn es in ihr einen tiefsitzenden unauslöschlichen Zorn gegeben hätte.

Vermutlich genügte das vorliegende Beweismaterial, einschließlich des ungewöhnlichen Angriffs Ramsay Parmenters auf seine Gemahlin, um den Geistlichen festzunehmen, doch jeder Anwalt, der sein Fach verstand, würde erreichen, daß der Fall vor Gericht niedergeschlagen wurde, immer vorausgesetzt, es käme überhaupt zu einem Prozeß. Hatte aber erst eine Verhandlung stattgefunden, konnte niemand Parmenter ein zweites Mal beschuldigen, selbst wenn sich anschließend Beweise für seine Schuld fanden. Es galt, diese Beweise jetzt zu finden – sonst würden sie nichts nützen.

Er mußte mehr über Dominic und Unity Bellwood wissen. Unter Umständen gab es in beider Vergangenheit etwas, das alles erklärte oder zumindest in einem entscheidend anderen Blickwinkel erscheinen ließ. Und auf jeden Fall mußte er wissen, wer der Vater von Unitys Kind war. Er zuckte innerlich zusammen, als er daran dachte, wie sehr es Charlotte schmerzen würde, wenn es Dominic wäre. Irgendwo in seinem Inneren freute ihn diese Möglichkeit, doch sogleich schämte er sich seiner niedrigen Gesinnung.

In Brunswick Gardens entlohnte er den Droschkenkutscher. Ein Zeitungsjunge rief die neueste Meldung aus. Schon seit längerem stritt man sich hitzig über die Frage, ob unter dem Nordpol Land, Eis oder Wasser lag. Zwei Franzosen, ein Monsieur Besançon und ein Monsieur Hermite, hatten eine Vorrichtung erdacht, mit deren Hilfe sie die Frage ein für alle Mal klären wollten. Dabei handelte es sich um einen Heißluftballon, der groß genug war, um fünf Männer mitsamt ihren Vorräten, eine Anzahl von Schlittenhunden und sogar ein kleines Boot zu transportieren. Unity Bellwoods Tod verblaßte neben dieser Sensation, dennoch achtete Pitt nicht weiter darauf. Der Butler öffnete ihm mit tiefbetrübtem Gesicht.

»Guten Morgen, Sir«, sagte er und wirkte nicht im geringsten überrascht. Seinem Gesichtsausdruck war anzusehen, daß Pitts Anwesenheit das Schlimmste war, was er befürchtet hatte.

»Guten Morgen, Emsley«, antwortete Pitt und trat aus dem Windfang in das ungewöhnliche Vestibül, in dem Unity den Tod gefunden hatte. »Könnte ich mit Mrs. Parmenter sprechen?«

Vermutlich hatte der Butler bereits im voraus beschlossen, wie er sich im Fall von Pitts Auftauchen verhalten würde.

»Ich werde Mrs. Parmenter von Ihrer Anwesenheit in Kenntnis setzen«, ließ er ihn würdevoll wissen. »Naturgemäß kann ich nicht sagen, ob sie Sie empfangen kann.«

Pitt wartete im Empfangszimmer mit seinen exotischen Düften, die er aber nur am Rande wahrnahm. Schon nach zehn Minuten trat Vita ein und schloß die Tür hinter sich. Sie wirkte zerbrechlich und krank vor Sorgen. Um ihr rechtes Auge lag ein bunt schillernder Bluterguß, und auf ihrer Wange leuchtete rot eine Narbe, die sie mit noch so viel Puder oder Rouge nicht hätte verdecken können, wenn sie zu den Frauen gehört hätte, die dergleichen verwenden.

Er bemühte sich, sie nicht anzustarren, doch war das bei einer so auffälligen Entstellung eines schönen Gesichts nahezu unmöglich.

»Guten Morgen, Mrs. Parmenter«, begrüßte er sie. Er brauchte weder Mitgefühl noch Entsetzen zu heucheln, denn beides war in ihm so stark, daß er es nicht einmal dann hätte verbergen können, wenn das seine Absicht gewesen wäre. »Es tut mir leid, Sie in einer solchen Angelegenheit stören zu müssen, aber ich darf die Sache nicht auf sich beruhen lassen.«

Unwillkürlich fuhr ihre Hand zur Wange. Vermutlich schmerzte die Wunde sehr.

»Ich fürchte, Sie sind vergebens gekommen, Oberinspektor«, antwortete sie mit großer Gelassenheit und so leise, daß er ihre Worte kaum hören konnte. »Sie können hier nichts tun, und ich habe keine Aussage zu machen. Natürlich ist mir klar, daß Mrs. Pitt Ihnen berichtet hat, was sie gestern abend hier erfahren hat. Sie hatte wohl kaum eine andere Wahl.« Sie bemühte sich, ein Lächeln zustande zu bringen, doch es war gequält, und sie war den Tränen nahe. Es war wohl eher der Versuch, sich zu verteidigen, als eine Geste der Höflichkeit. »Es handelt sich um eine persönliche Angelegenheit zwischen meinem Mann und mir, und das soll auch so bleiben.« Unvermittelt hörte sie auf zu sprechen und sah zu ihm empor, als sei sie unsicher, wie sie fortfahren sollte.

Es überraschte ihn nicht, daß sie sich so verhielt. Hingegen hätte es ihn sehr überrascht, wenn sie ihm den Vorfall geschildert und Parmenter beschuldigt hätte. Sie besaß zu viel Würde und fühlte sich ihrem Manne zu sehr verpflichtet, als daß sie offen über ihre Verletzungen sprechen konnte, schon gar nicht zu diesem Zeitpunkt. Er fragte sich, welches Ausmaß an Gewalttätigkeit sie in der Vergangenheit ertragen haben mochte. Derlei kam vor, und manche Frauen betrachteten das als Teil ihrer auf Abhängigkeit und Gehorsam gründenden Stellung. Ein Fehlverhalten seiner Frau gab einem Mann das Recht, sie zu schlagen. Das Gesetz billigte das, und keine Frau hatte eine Möglichkeit, dagegen vorzugehen. Pitt konnte sich noch an eine Zeit erinnern, in der eine Frau nicht einmal das Haus verlassen durfte, um zu verhindern, daß der Mann ihr etwas antat, solange er sie nicht zum Krüppel schlug oder umbrachte.

»Mir ist bekannt, daß ich Sie zu keiner Aussage zwingen kann, Mrs. Parmenter«, gab er ruhig zur Antwort, »und ich respektiere Ihren Wunsch, Ihre Familie zu schützen und zu tun, was Sie als Ihre Pflicht ansehen. Aber erst vor wenigen Tagen hat in diesem Hause Gewalttätigkeit zum Tode eines Menschen geführt. Das ist keine ausschließlich persönliche Auseinandersetzung, über die man zur Tagesordnung übergehen kann. Haben Sie einen Arzt gerufen?«

Wieder fuhr ihre Hand zur Wange, doch berührte sie die entzündete Haut nicht. »Nein. Ich halte das nicht für erforderlich. Was könnte er schon tun? Die Wunde wird im Laufe der Zeit von selbst heilen. Ich behandle sie mit kalten Umschlägen und nehme etwas Kamille gegen die Kopfschmerzen. Auch Lavendelöl eignet sich glänzend dafür. Es wird zu keiner dauerhaften Schädigung kommen.«

»An Ihrer Wange oder an Ihrer Ehe?« fragte er.

»An der Wange«, antwortete sie, ohne den Blick von seinen Augen zu lösen. »Haben Sie Dank dafür, daß Sie sich Sorgen um meine Ehe machen. Sie sind liebenswürdig und von untadeligen Manieren. Doch habe ich Ihnen als Polizeibeamten gegenüber keine Klage vorzubringen, und damit fällt die Sache nicht in Ihre berufliche Zuständigkeit.« Sie setzte sich ein wenig müde auf einen der Sessel und hob den Blick zu ihm. »Es war ein häuslicher Zwischenfall, wie er im ganzen Lande täglich vorkommt. Ein Mißverständnis. Ich bin sicher, daß es sich nicht wiederholen wird. Wir alle stehen seit Unitys Tod unter großem Druck.«

Sie sog die Luft ein und wartete, während Pitt ihr gegenüber Platz nahm. »Am meisten hat das Ganze natürlich meinen Mann mitgenommen«, fuhr sie mit leiser Stimme und in vertraulichem Ton fort. »Er hat eng mit ihr zusammengearbeitet und ... und –« Sie hielt inne. Was ungesagt blieb, hing zwischen ihnen in einem Abgrund aus Unbekanntem und Befürchtetem. Ihr mußte ebenso wie ihm klar sein, was Parmenters Angriff vom Vorabend auf sie zu bedeuten hatte. Man mußt sie nur ansehen, um zu erkennen, wie maßlos und tückisch der Angriff gewesen war. Parmenter hatte sie nicht einfach geschlagen. Das hätte einen Striemen hinterlassen, vielleicht Abdrücke, aber nie und nimmer den Bluterguß, der jetzt ihr Gesicht entstellte, oder die klaffende Fleischwunde.

Er mußte sie mit der geballten Faust und großem Nachdruck geschlagen haben. Offenbar rührte die Wunde von seinem Siegelring her. Eine andere Erklärung würde niemanden überzeugen. Was immer Vita sagen würde, Pitt hatte die Wunde gesehen und konnte nur zu einer einzigen Schlußfolgerung gelangen.

»Ich verstehe, Mrs. Parmenter«, sagte er mit schmallippigem Lächeln. Damit meinte er nicht ihr Schweigen, sondern die Tragödie, die sich dahinter verbarg. »Wäre es jetzt möglich, mit Ihrem Gatten zu sprechen?« Er meinte das nicht als wirkliche Frage; es war eine höflich eingekleidete Forderung.

Sie mißverstand ihn. »Bitte nicht!« sagte sie mit Nachdruck. Sie stand auf und tat einen Schritt auf ihn zu. Auch er erhob sich.

»Mir wäre der Gedanke unerträglich, daß er glaubt, ich hätte Sie gerufen!« fuhr sie eindringlich fort. »Das ist nicht der Fall! Ich habe meinen Angehörigen untersagt, den Vorfall auch nur zu erwähnen, und möglicherweise weiß mein Mann nicht einmal, daß sich Mrs. Pitt zu jener Zeit hier im Hause aufgehalten hat.« Sie schüttelte heftig den Kopf. »Ich habe es ihm bestimmt nicht gesagt. Bitte, Oberinspektor. Es handelt sich hier um eine rein private Angelegenheit, und solange ich mich nicht beklage, gibt es für Sie keine Handhabe, sich einzumischen.« Sie hob die Stimme, ihre Augen weiteten sich und wurden dunkel. »Ich werde sagen, daß ich gegen eine Tür gelaufen bin. Es war ein lächerlicher Unfall. Niemand sonst war in der Nähe, also kann mir auch niemand widersprechen. Sollte Mrs. Pitt etwas anderes vermuten, werde ich es bestreiten. Sie hat die Situation falsch verstanden. Ich war wie von Sinnen und habe nicht gewußt, was ich gesagt habe. Sie sehen – es gibt für Sie hier nichts zu tun.« Sie sah ihn herausfordernd und sogar mit dem Anflug eines Lächelns an. »Sie können unmöglich etwas daraus konstruieren, weil niemand etwas gesehen hat. Wenn ich es bestreite, ist es nie vorgefallen.«

»Ich möchte Ihren Mann gern wegen Miss Bellwoods wissenschaftlicher Arbeit sprechen, Mrs. Parmenter«, sagte er freundlich. »Und um festzustellen, ob er etwas über ihre persönlichen Lebensumstände weiß. Wie Sie schon sagen – was gestern abend vorgefallen ist, geht die Öffentlichkeit nichts an und ist eine rein private Angelegenheit.«

»Ach so. Ich verstehe.« Sie wirkte erstaunt und leicht verlegen. »Gewiß. Ich habe vorschnelle Schlüsse gezogen. Sie entschuldigen mich bitte.«

»Ich hätte den Zweck meines Hierseins erklären sollen«, sagte er aufrichtig. »Es ist mein Fehler.«

Sie warf ihm ein strahlendes Lächeln zu und zuckte dann zusammen, vermutlich, weil ihre Wange sie schmerzte. Doch nicht einmal die Abschürfungen und der Bluterguß um ihr Auge konnten das Leuchten ihres Blickes vermindern.

»Bitte begleiten Sie mich nach oben. Er hält sich in seinem Studierzimmer auf. Vermutlich kann er Ihnen ziemlich viel über Unity sagen. Er hat sich gründlich umgehört, bevor er sie eingestellt hat.« Sie führte ihn zur Treppe, wandte sich dann ab und sagte mit gesenkter Stimme: »Offen gestanden glaube ich, daß es sehr viel klüger gewesen wäre, sie nicht zu nehmen, Mr. Pitt. Bestimmt hatte sie eine glänzende Begabung, soweit ich gehört habe, und sie hat einwandfreie Arbeit geleistet. Aber ihr Privatleben war …« Sie zuckte leicht die Achseln. »Ich wollte ›fragwürdig‹ sagen, fürchte aber, daß in Wahrheit nur sehr wenige Fragen offenbleiben … und keine der Antworten spricht für sie. Trotzdem kann Ihnen mein Mann die Einzelheiten mitteilen, ich nicht. Er war duldsamer, als er meiner Meinung nach hätte sein sollen. Sehen Sie nur, welche Tragödie ihm das jetzt eingetragen hat!« Sie machte sich auf den Weg nach oben und legte die Hand auf den glänzenden schwarzen Handlauf des Geländers. Sie ging mit durchgedrücktem Rücken, hocherhobenem Kopf und außerordentlich anmutigen Bewegungen ihres Körpers. Weder die bedrückende Atmosphäre im Hause noch die tragische Situation vermochte ihrem Mut und ihren anderen positiven Eigenschaften etwas anzuhaben.

Parmenter erhob sich ein wenig überrascht hinter dem mit Papieren übersäten Schreibtisch, um Pitt zu begrüßen. Seine Frau ging hinaus und schloß die Tür hinter sich. Pitt nahm auf dem ihm angebotenen Stuhl Platz.

»Was kann ich für Sie tun, Oberinspektor?« fragte Parmenter mit gerunzelter Stirn und besorgter Miene. Er sah Pitt an, als könne er ihn nicht deutlich sehen.

Die ganze Situation kam Pitt ausgesprochen unwirklich vor. Es war, als hätte Parmenter die Verletzungen seiner Frau vollständig vergessen. Er schien gar nicht auf den Gedanken zu kommen, daß sich Pitt danach erkundigen könnte oder daß ihm diese Verletzungen auch nur aufgefallen waren. Hielt Parmenter es für so selbstverständlich, eine Frau zu schlagen, offenbar gemäß seinen Vorstellungen von häuslicher Zucht, daß es ihm nicht im geringsten unbehaglich war, wenn ein Fremder das mitbekam?

Es fiel Pitt schwer, sich auf die Sache zu konzentrieren, deretwegen er angeblich gekommen war, was nicht vollständig der Wahrheit entsprach.

»Ich muß mehr über Miss Bellwoods Vergangenheit wissen, über die Zeit, bevor sie hier in Brunswick Gardens gelebt hat«, gab er zur Antwort. »Ihre Gattin hat mir gesagt, daß Sie die üblichen Erkundigungen über sie eingezogen haben, sowohl was ihre beruflichen Fähigkeiten als auch ihren Charakter betrifft. Ich wüßte gern, was man Ihnen über letzteren mitgeteilt hat.«

»Ach... tatsächlich?« Der Mann wirkte überrascht. Ihn schien etwas anderes zu beschäftigen. »Glauben Sie wirklich, daß das weiterhilft? Nun, womöglich tut es das ja. Selbstverständlich habe ich Referenzen erbeten und verschiedene mir bekannte Personen nach ihr gefragt. Schließlich stellt man niemanden ohne weiteres ein, wenn es um eine wichtige Aufgabe geht und man eng mit diesem Menschen zusammenarbeiten wird. Was möchten Sie denn wissen?« Er bot von sich aus keine Informationen an, als sei ihm nicht klar, was Pitt wissen wollte.

»Was hat sie unmittelbar vor der Tätigkeit bei Ihnen getan?« begann Pitt.

»Nun... sie hat Dr. Marways Bibliothek in Ordnung gebracht«, gab Parmenter sogleich zur Antwort. »Er ist ein Spezialist für Übersetzungen alter Werke und besitzt natürlich viele davon im lateinischen und griechischen Original. Ihre Aufgabe war es, sie neu zu ordnen und zu klassifizieren.«

»Und war er mit ihr zufrieden?« Es war ein sonderbares Gespräch. Während Parmenter von der Frau sprach, mit der er allem Anschein nach eine Affäre gehabt und die er ermordet hatte, sah er so abwesend drein, als gehe ihn das Ganze lediglich am Rande an und als beschäftige ihn in Wirklichkeit etwas ganz anderes. Da er aber weder unhöflich sein noch seine Mitwirkung verweigern wollte, tat er, was er konnte, um die Fragen zu beantworten.

»Oh, durchaus. Er hat sie als außergewöhnlich begabt hingestellt«, sagte er. Die Anerkennung klang aufrichtig. Wollte er damit seine Entscheidung nachträglich rechtfertigen? Offensichtlich hatte er Unity nicht besonders gut leiden können. Oder war es seine Absicht, jeden Verdacht von sich abzulenken?

»Und davor?« fuhr Pitt fort.

»Wenn ich mich richtig erinnere, hat sie Reverend Daventrys Töchter im Lateinischen unterwiesen«, sagte Parmenter stirnrunzelnd. »Der Kollege hat sie wissen lassen, die Verbesserung von deren Kenntnissen übertreffe seine kühnsten Erwartungen. Bevor Sie mich fragen, sage ich Ihnen, daß sie davor für Professor Allbright einige Schriftrollen aus dem Hebräischen übersetzt hat. Weiter habe ich nicht nachgeforscht, weil ich das nicht für erforderlich hielt.«

Pitt lächelte, sah aber in Parmenters Augen keine Reaktion darauf. »Und was ist mit ihrem Privatleben, ihren Verhaltensmaßstäben?«

Parmenter sah beiseite. Offensichtlich waren ihm die Fragen unangenehm. Mit leiser und gequälter Stimme, als mache er sich Vorwürfe, sagte er: »Es gab Äußerungen über ihre Art sich zu geben, ihre politischen Anschauungen waren recht extrem und unsympathisch, aber ich habe nicht weiter darauf geachtet. Ich wollte kein Urteil fällen, das mir nicht zustand. Meiner Ansicht nach soll sich die Kirche aus der Politik heraushalten und sich auf keinen Fall an Diskriminierung beteiligen. Allerdings muß ich gestehen, daß ich meinen Entschluß mittlerweile bedaure.« Seine Hände waren auf der Schreibtischplatte ineinander verkrampft.

»Ich vermute, daß ich es in meinem Bestreben, duldsam zu sein, unterlassen habe zu verteidigen, woran ich glaube«, fuhr er fort und betrachtete seine Hände, ohne daß er sie zu sehen schien. »Ich ... ich war noch nie einem Menschen wie Miss Bellwood begegnet, niemanden, der so ... so wild entschlossen schien, die bestehende Ordnung umzukrempeln, so voll Zorn gegen das, was sie als ungerecht empfand. Natürlich waren ihre Ansichten äußerst unausgegoren. Sie dürften zweifellos auf eher unangenehme persönliche Erfahrungen zurückgegangen sein. Vielleicht hatte sie eine Stellung angestrebt, für die sie ungeeignet war, und die Zurückweisung hatte sie verbittert. Vielleicht war es auch eine Herzensangelegenheit. Sie hat es mir nicht anvertraut, und selbstverständlich habe ich sie nicht danach gefragt.« Erneut hob er den Blick zu Pitt. Seine Augen waren umschattet und alle Linien seines Gesichts angespannt, als müsse er eine nahezu unbeherrschbare Aufwallung bezähmen.

»Wie war Miss Bellwoods Beziehung zu den übrigen Mitgliedern Ihres Haushaltes?« fragte Pitt. Es wäre sinnlos gewesen, den Eindruck zu erwecken, als stelle er die Frage beiläufig. Beide wußten, warum er da war und wie sich Parmenters Antworten auswirken konnten.

Der Geistliche sah ihn unverwandt an. Seinem Gesicht war deutlich anzusehen, daß er überlegte, was er sagen und mit welchen Ausflüchten er seinen Hals aus der Schlinge ziehen konnte.

»Sie war ein ausgesprochen komplizierter Mensch«, sagte er langsam, wobei er aufmerksam auf Pitts Reaktion achtete. »Mitunter konnte sie bezaubernd sein und uns mit ihren geistreichen Äußerungen zum Lachen bringen, dann aber wieder war sie grausam und voll ... voll unverhohlener Wut.« Seine Lippen wurden schmal, und er spielte mit einem Federmesser, das auf dem Schreibtisch vor ihm lag. »Zweifellos war sie rechthaberisch.« Er stieß ein kurzes trübseliges Lachen aus, das kaum zu hören war. »Und sie zögerte nicht zu sagen, was sie dachte. Sie hat sich mit meinem Sohn, mit mir ... und auch mit Mr. Corde über unsere religiösen Überzeugungen gestritten. Ich bedaure sagen zu müssen, daß das in ihrem Wesen lag. Ich wüßte nicht, was ich sonst noch hinzufügen könnte.« Er sah Pitt mit einer Art Verzweiflung an.

Dieser dachte an Vespasias Worte. Er hätte gern mehr über diese Auseinandersetzungen gewußt, aber offenkundig war Parmenter nicht bereit, ihm mehr zu sagen.

»Hatten diese Streitgespräche je einen persönlichen Hintergrund, Reverend Parmenter, oder ging es darin prinzipiell um religiöse oder andere Überzeugungen?« Er rechnete nicht damit, eine Antwort zu bekommen, die ihm weiterhelfen würde, aber er wollte sehen, wie sich Parmenter aus der Affäre zog. Ihm war ebenso wie Pitt klar, daß einer der im Hause Lebenden Unity gestoßen haben mußte.

»Ach...« Parmenters Hand schloß sich fest um den Griff des Federmessers und stieß es mit einer heftigen, nervösen und nahezu zuckenden Bewegung auf das Löschpapier seiner Schreibunterlage. »Am schlimmsten war es mit Mallory. Er nimmt seine Berufung sehr ernst, und zu meinem Bedauern muß ich sagen, daß er keinerlei Humor zu haben scheint. Dominic, also Mr. Corde, ist älter und eher an den Umgang mit... Frauen gewöhnt. Er ist Miss Bellwood nicht so... ohne weiteres erlegen.« Er sah Pitt mit unverhüllter Verzweiflung an. »Oberinspektor, Sie verlangen Äußerungen von mir, mit denen ich entweder meinen Sohn oder meinen Vikar belasten würde, einen Mann, den ich über Jahre hinweg herangebildet und betreut habe, und der jetzt als Gast in meinem Hause lebt. Das geht nicht, denn ich weiß es einfach nicht! Ich... als Wissenschaftler achte nicht besonders auf persönliche Beziehungen zwischen den Menschen. Meine Frau...« Er überlegte es sich anders; der Entschluß zum Rückzug war ihm vom Gesicht abzulesen. »Meine Frau wird Ihnen das bestätigen. Ich bin Theologe.«

»Gründet sich dieser Beruf nicht darauf, daß man sich in andere Menschen einfühlt und sie versteht?« fragte Pitt.

»Nein. In keiner Weise. Es geht im Gegenteil darum, Gott zu verstehen.«

»Welchen Sinn hat das, wenn man nicht auch die Menschen versteht?«

Parmenter war verblüfft. »Wie meinen Sie das?«

Pitt sah ihn an und merkte, daß er verwirrt war. Das lag nicht daran, daß er Pitts Worte nicht verstanden hätte, sondern ging auf die Finsternis des an ihm nagenden Zweifels zurück. Das Gefühl der Ungewißheit quälte Ramsay Parmenter, die Angst, Begeisterung und Lebenszeit vergeudet zu haben, jahrelang einem falschen Weg gefolgt zu sein.

All das war zutage getreten, als Unity Bellwood mit ihrer scharfen Zunge und ihrem wachen Geist ins Haus gekommen war, mit ihren Fragen, ihrem Spott. War in einem entsetzlichen Augenblick Parmenters Zorn über sein eigenes Versagen in Gewalttätigkeit umgeschlagen? Gewiß gab es für einen Menschen keine größere Bedrohung, als ihm den Glauben an sich selbst zu nehmen. Mußte man das Verbrechen als Akt der Verteidigung seines innersten Wesens betrachten?

Je mehr Pitt über Ramsay Parmenter erfuhr, desto weniger konnte er sich vorstellen, daß dieser Mann Unitys Liebhaber gewesen war. Aber wußte er, wer es gewesen war? Sein Sohn oder sein Schützling? Mallory oder Dominic?

»Unity Bellwood war im dritten Monat schwanger«, sagte er.

Parmenter erstarrte. Im Zimmer war alles still und reglos. Draußen bellte ein Hund, und in den Ästen des Baumes vor dem Fenster raschelte leise der Wind.

»Das tut mir leid«, sagte Parmenter schließlich. »Das ist äußerst betrüblich.«

Eine solche Reaktion hätte Pitt als letzte erwartet. Auf dem Gesicht seines Gegenübers nahm er nichts als Verblüffung und Kummer wahr, aber auf keinen Fall Verlegenheit – oder gar Schuldbewußtsein.

»Haben Sie gesagt, im dritten Monat?« fragte Parmenter. Jetzt lag in seiner Stimme Angst – offensichtlich hatte er begriffen, was das zu bedeuten hatte. Alle Farbe war aus seinen Wangen gewichen. »Das heißt … Sie wollen damit sagen …«

»Höchstwahrscheinlich«, antwortete Pitt.

Parmenter neigte den Kopf. »Ach je«, sagte er sehr leise. Er litt erkennbar und schien nach Atem ringen zu müssen. Gern hätte Pitt ihm geholfen, zumindest was seine körperlichen Beschwerden anging, wenn er schon nichts gegen sein seelisches Leiden ausrichten konnte. Doch es war, als trenne sie eine dicke Glaswand. Je besser er Parmenter kennenlernte, desto weniger verstand er ihn und desto weniger konnte er sich vorstellen, daß dieser Mann die Schuld an Unitys Tod trug. Die einzige Erklärung wäre eine Art Wahnsinn, eine Bewußtseinsspaltung, so daß man hätte sagen können, die Tat habe sozusagen ein anderer vollbracht und nicht der Mann, den er jetzt vor sich sah.

Parmenter hob den Blick und sah Pitt an. »Vermutlich verdächtigen Sie einen der Männer hier im Hause – also entweder meinen Sohn oder Dominic Corde?«

»Die Wahrscheinlichkeit ist sehr groß.« Pitt unterließ den Hinweis, daß es sich auch um Parmenter selbst handeln könnte.

»Ich verstehe.« Er faltete sorgfältig die Hände und sah Pitt mit kummervollem Blick an. »In dieser Angelegenheit kann ich Ihnen nicht helfen, Oberinspektor. Die eine Möglichkeit erscheint mir ebenso unvorstellbar wie die andere, und ich denke, ich sollte Ihnen nichts weiter sagen, was Sie voreingenommen machen könnte. Ich möchte keinem der beiden unrecht tun. Ich bedaure. Mir ist klar, daß das Ihnen nicht hilft, aber ich selbst bin zu … zu aufgewühlt, als daß ich klar handeln oder denken könnte. Die ganze Angelegenheit ist … niederschmetternd.«

»Können Sie mir zumindest sagen, wo Dominic Corde lebte, als Sie ihn kennenlernten?«

»Seine Anschrift? Ja, ich glaube schon. Allerdings weiß ich nicht, inwiefern Ihnen das nützen könnte. Immerhin liegt das eine Reihe von Jahren zurück.«

»Das ist mir bekannt. Trotzdem wüßte ich es gern.«

»Nun denn.« Parmenter öffnete eine der Schubladen seines Schreibtisches und nahm ein Blatt Papier heraus. Er schrieb etwas davon ab, dann schob er das Stück Papier über die polierte hölzerne Fläche zu Pitt hin.

Dieser dankte ihm und verabschiedete sich.

Er kehrte nicht zur Polizeiwache zurück, wo Tellman mit den letzten Einzelheiten ihres vorigen Falles beschäftigt war. In bezug auf die näheren Umstände von Unitys Tod gab es so wenige Hinweise, daß Pitt für Tellman nichts zu tun fand. Alles war ungreifbar, hing ausschließlich von Vermutungen und Ansichten ab. An Fakten war lediglich bekannt, daß

Unity Bellwood im dritten Monat schwanger gewesen war und als Vater vermutlich einer der drei Männer im Hause Parmenter in Frage kam, von denen es für jeden das Ende der beruflichen Laufbahn bedeutet hätte, wäre die Sache allgemein bekannt geworden. Man hatte gehört, daß Unity mehrfach mit Parmenter gestritten hatte, zum letzten Mal unmittelbar vor dem tödlichen Treppensturz. Er bestritt, sein Studierzimmer verlassen zu haben, doch sowohl seine Frau, als auch deren Zofe sowie Tryphena und der Diener hatten gehört, daß ihm Unity vor dem Fall etwas zugerufen hatte.

Hinzu kam verschiedenes, wovon nicht sicher war, ob es für den Fall von Bedeutung war oder nicht: Mallory Parmenter hatte sich allein im Wintergarten des Hauses aufgehalten und bestritt, Unity gesehen zu haben, doch der Fleck auf ihrer Schuhsohle konnte nur daher rühren, daß sie innerhalb der kurzen Zeit, die er sich dort aufgehalten hatte, über den Boden des Wintergartens gegangen war. Zwar war am Saum ihres Kleides kein Fleck zu sehen, doch mochte sie das Kleid unwillkürlich gerafft haben, damit es auf dem Weg zwischen den Beeten nicht schmutzig wurde. Bedeutete Mallorys Abstreiten Schuld, oder ging es lediglich auf Angst zurück?

Verdächtig war das, aber gewiß nicht die Art von Beweis, die Pitt mit Aussicht auf Erfolg einem Gericht hätte vorlegen können. Einen solchen Beweis aber brauchte er, um den Fall voranzutreiben. Dabei wußte er weder, ob das, was er suchte, überhaupt existierte, noch, worum es dabei ging.

Er winkte einer Droschke und nannte dem Kutscher die Adresse, die ihm Parmenter gegeben hatte.

»Etwa die ganze Strecke, Chef?« fragte der Mann erstaunt.

Pitt überlegte. »Nein … Sie bringen mich besser zum Bahnhof. Von da nehme ich den Zug.«

»Geht in Ordnung.« Der Kutscher schien erleichtert zu sein. »Steigen Sie ein.«

Pitt stieg am Bahnhof von Chislehurst aus und ging zur Kreuzung neben dem Cricketplatz. Auf seine Frage nach dem nächstgelegenen Wirtshaus wies man ihn an, der nach rechts führenden Straße etwa fünfhundert Schritt weit zu folgen.

Dort liege zur Linken die Sankt-Nikolaus-Kirche und die Feuerwache und zur Rechten das Wirtshaus zum Tigerkopf. Da es bereits um die Mittagszeit war, aß er gleich dort. Es gab frisches Brot, bröckeligen Lancashire-Käse, eingelegte Rhabarberstückchen und ein Glas Apfelwein. Auf seine Frage hin erklärte man ihm, wo er Icehouse Wood und das Haus finden würde, in dem nach wie vor die exzentrischen und unglücklichen Menschen lebten, denen, wie man annahm, sein Besuch galt.

Er dankte dem Wirt und machte sich auf den Weg. Es war ein windiger, heller Tag. Nach höchstens zwanzig Minuten hatte er das Haus gefunden. Es lag an einem idyllischen Fleck tief zwischen kahlen Bäumen. Die Blüten des Schwarzdorns bildeten eine weiße Wolke, überall am Boden prangten blasse Buschwindröschen, und um die Tür des Hauses herum wucherte Geißblatt, das noch nicht aufgeblüht war. Alles wirkte elend und verfallen, als habe man es über Jahre hinweg vernachlässigt.

Wie war der elegante und weltläufige Dominic Corde nur hier gelandet? Und wie war es dazu gekommen, daß Ramsay Parmenter hier seinen Weg gekreuzt hatte?

Pitt schritt über den ungemähten Rasen und klopfte an.

Ein junger Mann in schlechtsitzender Hose, dem an der Weste mehrere Knöpfe fehlten, öffnete. Das lange Haar hing ihm in die Stirn, doch sein Gesichtsausdruck wirkte freundlich.

»Sind Sie gekommen, um die Pumpe zu reparieren?« fragte er und warf Pitt einen hoffnungsfrohen Blick zu.

In Erinnerung an das Leben auf dem Gut, auf dem er aufgewachsen war, gab er zur Antwort: »Eigentlich nicht, aber ich kann es versuchen, wenn Sie Ärger damit haben.«

»Tatsächlich? Das ist sehr freundlich von Ihnen.« Der junge Mann öffnete die Tür weit und führte ihn durch unaufgeräumte kalte Gänge in die Küche, wo sich auf einer hölzernen Bank und in einem großen Steingut-Spülstein schmutziges Geschirr zu Bergen türmte. Der junge Mann, dem das Chaos nicht weiter aufzufallen schien, wies auf die gußeiserne Schwengelpumpe, die erkennbar verstopft war. Er schien nicht die geringste Vorstellung zu haben, was er tun könnte.

»Wohnen Sie hier allein?« fragte Pitt beiläufig, während er sich daran machte, die Pumpe näher in Augenschein zu nehmen.

»Nein«, sagte der junge Mann, der sich seitlich auf den Tisch gesetzt hatte und ihm aufmerksam zusah. »Wir sind zu fünft oder sechst, je nachdem. Der eine kommt, der andere geht, verstehen Sie?«

»Wie lange haben Sie die Pumpe schon?«

»Ach, seit Jahren. Die ist länger hier als ich.«

Pitt hob den Kopf und lächelte. »Das heißt?«

»So an die sieben oder acht Jahre, soweit ich mich erinnern kann. Hoffentlich brauchen wir keine neue. Das könnten wir uns nicht leisten.«

Angesichts des Zustandes, in dem sich alles befand, so weit das Auge reichte, glaubte Pitt ihm das aufs Wort. »Sie ist ziemlich verrostet«, merkte er an. »Sieht ganz so aus, als hätte sie schon lange niemand gereinigt. Haben Sie Schmirgelleinwand?«

»Was?«

»Schmirgelleinwand«, wiederholte Pitt. »Das ist ein Stück Stoff mit einem feinen grauschwarzen Pulver zum Schleifen und Polieren von Metall. Schmirgelpapier tut es notfalls auch.«

»Ach so. Vielleicht hat Peter so was. In dem Fall muß es hier auf dem Schrank liegen.« Er sah hin und kam mit einem Stück Schmirgelleinwand in der Hand zurück, das er triumphierend schwenkte.

Pitt nahm es und machte sich daran, die verrosteten Teile zu bearbeiten.

»Ich bin auf der Suche nach einem Freund – genauer gesagt nach einem Verwandten«, sagte er, während er schmirgelte. »Soweit ich weiß, hat er vor fast vier Jahren hier gelebt. Er heißt Dominic Corde. Können Sie sich an ihn erinnern?«

»Na klar«, antwortete der junge Mann, ohne zu zögern. »Der war ziemlich am Ende, als er herkam. Ich hab noch nie im Leben jemand gesehen, der mit sich und der Welt so gehadert hat wie er … mit Ausnahme von Monte, und der arme Teufel hat sich ertränkt.« Mit einem Mal lächelte er. »Um Dominic brauchen Sie sich aber keine Sorgen zu machen. Dem ging es wieder gut, als er gegangen ist. Irgendein Pastor war hier, weil er sich um Monte kümmern wollte, und er und Dominic sind prächtig miteinander ausgekommen. Natürlich hat das eine Weile gedauert. So ist das nun mal. Reden konnte der Pastor wie ein Buch, aber genau das schien Dominic zu brauchen.«

Pitt hatte sein Jackett abgelegt, die Ärmel aufgekrempelt und arbeitete mit Nachdruck an der Pumpe.

»Ehrlich, das ist verdammt anständig von Ihnen«, sagte der junge Mann bewundernd.

»Wie ist Dominic in die Situation gekommen?« fragte Pitt so beiläufig er konnte.

Der junge Mann zuckte die Achseln.

»Was weiß ich. Hatte wohl mit 'ner Frau zu tun. Geld war es nicht, das weiß ich, und um Trunksucht oder Glücksspiel ging es auch nicht, denn damit hört man nicht von heute auf morgen auf, und als er hier war, hat er weder getrunken noch gespielt. Nein, ich bin ziemlich sicher, daß eine Frau dahintersteckte. Er hatte mit 'nem ganzen Haufen Männer und Frauen in Maida Vale gewohnt. Viel darüber geredet hat er aber nicht.«

»Sie wissen nicht, wo das war?«

»Ich glaube, in der Hall Road. Die Nummer kann ich Ihnen aber nicht sagen, tut mir leid.«

»Macht nichts. Vermutlich kann ich es herausbekommen.«

»Ist er Ihr Bruder? Ihr Vetter?«

»Mein Schwager. Können Sie mir das Tuch da drüben geben?«

»Meinen Sie, Sie kriegen das mit der Pumpe hin? Das wäre einfach großartig.«

»Ich glaube schon. Halten Sie mal fest.«

Pitt kehrte erst spät zurück, und er berichtete Charlotte nichts über seinen Ausflug nach Chislehurst. Am nächsten Tag, dem sechsten nach Unity Bellwoods Tod, machte er sich gemeinsam mit Tellman auf die Suche nach dem Haus in Maida Vale, in dem Dominic gewohnt hatte, bevor er Ramsay Parmenter kennenlernte.

»Ich weiß nicht, was Sie da rauskriegen wollen«, sagte Tellman mürrisch, während sie zum Bahnhof gingen. »Was für eine Rolle spielt es, was er vor fünf Jahren gemacht oder wen er gekannt hat?«

»Das weiß ich nicht«, sagte Pitt scharf. Er dachte daran, daß sie ohne umzusteigen bis St. John's Wood fahren konnten. Vom Bahnhof aus war es nur ein kurzer Weg zur Hall Road. »Aber einer von den dreien muß es gewesen sein.«

»Der Pfarrherr«, sagte Tellman, bemüht, mit ihm Schritt zu halten. Pitt war ein ganzes Stück größer als er und machte deutlich längere Schritte. »Sie wollen nur nicht, daß er es war, weil das Ärger bedeutet. Ist nicht Corde Ihr Schwager? Sie glauben ja wohl nicht, daß er die junge Frau umgebracht hat, oder?« Er warf einen besorgten und leicht angewiderten Seitenblick auf Pitt.

Erschreckt merkte dieser, wie wenig es ihn stören würde, wenn Dominic schuldig wäre.

»Nein!« blaffte er ihn an. »Wollen Sie etwa sagen, ich soll ihm nicht allzu sehr nachspüren, weil er mein Verwandter ist … noch dazu ein angeheirateter?«

»Ach so?« In Tellmans Stimme lag Unglauben. »Fahren wir da etwa dienstlich hin?«

Sie überquerten den Bahnsteig und stiegen in den Zug. Tellman schlug die Tür hinter ihnen zu.

»Ist Ihnen schon einmal der Gedanke gekommen, daß mir ebensoviel daran liegen könnte, seine Schuldlosigkeit nachzuweisen?« fragte Pitt, während sie im leeren Abteil einander gegenüber Platz nahmen.

»Nein.« Tellman sah ihn an. »Eine Schwester haben Sie nicht, wer ist er also? Mrs. Pitts Bruder?«

»Der Mann ihrer älteren Schwester. Sie lebt nicht mehr. Sie wurde vor zehn Jahren ermordet.«

»Doch nicht von ihm?«

»Natürlich nicht! Allerdings hat er sich damals alles andere als bewundernswert aufgeführt.«

»Und Sie glauben nicht, daß er sich gebessert hat? Immerhin ist er Geistlicher geworden.« Es war Tellmans Stimme nicht anzuhören, was er davon hielt. Einerseits sah er die anglikanische Kirche als Bestandteil des bestehenden Machtgefüges an, und so waren ihm Geistliche einer der anderen Kirchen lieber, sofern er überhaupt zum Gottesdienst ging. Auf der anderen Seite handelte es sich bei allen christlichen Religionen um etwas Heiliges … vielleicht sogar bei Religionen ganz allgemein. Auch wenn ihm der Prunk und der Machtanspruch der Anglikaner zuwider war, gehörte es sich doch, sie zu achten.

»Ich weiß nicht«, gab Pitt zur Antwort und sah aus dem Fenster einer Dampfwolke nach, die vorüberzog.

Erst im Lauf des frühen Nachmittags fanden sie in der Hall Road das richtige Haus. Nach wie vor wohnte eine Gruppe von Malern und Schriftstellern darin – wie viele, ließ sich schwer sagen. Sie alle waren unkonventionell gekleidet, was in dieser stillen und sehr englischen Vorstadt Londons auffiel. Es schien auch eine Reihe von Kindern im Hause zu geben.

Eine hochgewachsene Frau, deren offen getragenes mittelblondes Haar lediglich von einem gewebten Band um die Stirn zusammengehalten wurde, das aussah wie eine grüne Krone, stellte sich schlicht als Morgan vor und übernahm die Rolle der Sprecherin.

Auf Pitts Fragen sagte sie: »Ja, Dominic Corde hat kurze Zeit hier gelebt, aber das ist schon mehrere Jahre her. Leider kann ich nicht sagen, wo er sich zur Zeit aufhält. Wir haben seit seinem Weggang nichts von ihm gehört.« Auf ihrem Gesicht mit den großen Augen und fein geschwungenen Lippen lag ein Schatten von Trauer.

»Mich interessiert die Vergangenheit, nicht die Gegenwart«, erklärte Pitt. Er sah, wie Tellman über den Gang verschwand, und vermutete, er werde, wie sie es zuvor abgesprochen hatten, mit einigen der anderen Bewohner reden.

»Warum?« Sie sah ihn direkt an. Offenbar hatte er sie bei der Arbeit an einem Gemälde unterbrochen, das auf einer großen Staffelei hinter ihr stand. Es war rätselhaft und durchaus schön und schien ein Selbstporträt zu sein, bei dem das Gesicht durch Blätter spähte, die den Körper zur Hälfte verdeckten.

»Weil Vorfälle der jüngsten Zeit es erforderlich machen, daß ich feststelle, was mit mehreren Menschen geschehen ist, damit kein Unschuldiger für ein Verbrechen zur Rechenschaft gezogen wird«, gab er zur Antwort. Diese unklare Auskunft entsprach nicht ganz der Wahrheit.

»Und Sie wollen die Sache Dominic in die Schuhe schieben?« fragte sie. »Dabei helfe ich Ihnen nicht. Wir reden nicht einer über den anderen, schon gar nicht zu Außenstehenden. Unser Leben und unsere Tragödien sind privater Natur und gehen Sie nichts an, Oberinspektor. Hier hat kein Verbrechen stattgefunden. Möglicherweise sind Fehler vorgekommen, aber das ist unsere Angelegenheit, nicht Ihre.«

»Und wenn es darum geht, daß ich versuche, Dominics Schuldlosigkeit zu beweisen?« fragte er.

Sie sah ihn aufmerksam an. Sie war auf eine wilde Weise schön, obwohl sie schon deutlich über vierzig war, und irgend etwas an ihrer Art erweckte den Eindruck, als habe sie das Aufbegehren der Jugend nicht abgelegt. Er überlegte, welcher Art ihre Beziehung zu Dominic gewesen sein mochte. Die beiden schienen denkbar unterschiedlich zu sein, doch da sich Dominic in den letzten Jahren grundlegend gewandelt hatte, mochten sie einander während der Zeit, die er hier zugebracht hatte, auf die eine oder andere Weise ergänzt haben. Er war damals ruhelos gewesen, unausgegoren, und möglicherweise hatte sie seine Bedürfnisse befriedigt.

»Um was für ein Verbrechen geht es?« fragte sie, die glänzenden Augen gelassen und nahezu ohne zu zwinkern auf ihn gerichtet.

Er mußte sich daran erinnern, daß er der Verhörende war, nicht sie. Er schob die Hände in die Taschen und entspannte sich ein wenig. Mit dem wirren Haar und der schiefsitzenden Krawatte, den Jackentaschen voller merkwürdiger Gegenstände wirkte er in diesem Hause nicht annähernd so fehl am Platz wie Tellman.

»Aber er hat hier eine Weile gelebt?« fragte er gelassen.

»Ja. Wir haben keinen Grund, das zu bestreiten. Aber hier gibt es nichts, was die Polizei interessieren könnte.« Ein harter Zug legte sich um ihren Mund. »Wir führen ein in jeder Hinsicht gewöhnliches Leben. Das einzig Ungewöhnliche an uns ist, daß wir sieben Erwachsenen Künstler sind und gemeinsam mit unseren Kindern in einem großen Haus wohnen. Wir weben, malen, bildhauern und schreiben.«

»Hat auch Dominic eine dieser Künste betrieben?« fragte er überrascht. Er war nie auf den Gedanken gekommen, daß Dominic auf irgendeinem dieser Gebiete begabt sein könnte.

»Nein«, sagte sie zögernd, als mache sie damit ein Eingeständnis. »Sie haben mir immer noch nicht gesagt, welches Verbrechen Sie aufklären wollen oder warum ich eine Ihrer Fragen beantworten müßte.«

Schritte wurden auf dem Gang hörbar, zögerten, gingen weiter.

»Das stimmt«, gab er ihr recht. »Hier muß irgend etwas geschehen sein, was ihn sehr mitgenommen hat – so sehr, daß er fast völlig verzweifelt war. Was war das?«

Sie zögerte. Die Unschlüssigkeit war ihren Augen anzusehen.

Er wartete.

»Eine von uns ist gestorben«, sagte sie schließlich. »Uns alle hat das sehr mitgenommen. Sie war jung, und wir haben sie wirklich gemocht.«

»Hat Dominic sie geliebt?«

Wieder zögerte sie mit der Antwort. Ihm war klar, daß sie überlegte, was sie ihm sagen sollte, einen wie großen Teil der Wahrheit sie verbergen konnte, damit er nicht auf tiefere Geheimnisse stieß.

»Ja«, sagte sie, ohne den Blick von ihm zu wenden. Ihre Augen waren von auffällig leuchtendem Blau.

Er hatte keinen Grund, ihr nicht zu glauben, war aber sicher, daß sie ihm etwas Wichtiges verschwieg.

»Woran ist sie gestorben?« Er würde nicht wissen, ob sie ihm die Wahrheit sagte, doch konnte er Nachbarn fragen und sich auf der örtlichen Polizeiwache erkundigen. Der Fall stand bestimmt in den Akten. »Wie hieß sie?«

Die Ablehnung, die sich auf ihren Zügen und in ihrer abwehrenden Körperhaltung ausdrückte, war förmlich mit Händen zu greifen.

»Warum wollen Sie das wissen? Was kann das mit Ihrer gegenwärtigen Untersuchung zu tun haben? Sie war jung und traurig, und sie hat keiner Menschenseele etwas getan. Lassen Sie sie in Ruhe.«

Er spürte den tragischen Ton und den Trotz in ihrer Stimme. Falls sie es ihm nicht sagte, würde er auf jeden Fall Erkundigungen einziehen. Das würde nicht besonders schwerfallen, sondern lediglich Zeit kosten.

»Auch in diesem Fall hat es eine Tragödie gegeben, Miss Morgan«, sagte er ernst. »Auch in diesem Fall ist eine junge Frau ums Leben gekommen.« Er sah den Schatten, der sich auf ihr Gesicht legte. Es war, als hätte er ihr einen Schlag versetzt. Sie schien ihm kaum glauben zu können.

»Wie ist das passiert?« Sie sah ihn an. »Was... was ist geschehen? Ich kann mir nicht vorstellen, daß es...« Doch offensichtlich konnte sie das sehr wohl. Es war nur allzu deutlich zu sehen.

»Ich finde, Sie sollten mir sagen, was hier vorgefallen ist.«

»Das habe ich getan.« Ihre Hände verkrampften sich. »Sie ist gestorben.«

»Woran?« ließ er nicht locker. »Entweder sagen Sie es mir, oder ich werde mich bei der örtlichen Polizei, beim Arzt und in der Kirchengemeinde erkundigen –«

»An einer Überdosis Laudanum. Sie hat es des öfteren als Schlafmittel eingenommen, und eines Nachts hat sie zuviel genommen.«

»Wie alt war sie?«

»Zwanzig.« Sie sagte es herausfordernd, doch ihm war klar, daß sie besiegt war.

»Was war der Grund?« fragte er ruhig. »Lassen Sie sich bitte nicht jede Antwort aus der Nase ziehen. Ich muß wissen, was vorgefallen ist. So, wie Sie es machen, dauert die Sache etwas länger, Sie werden aber nichts am Ergebnis ändern.«

Sie wandte sich ab und sah auf ihr lebensfrohes Gemälde. Sie schien jedes einzelne Blatt und jede einzelne Blüte darauf aufmerksam zu betrachten. Schließlich sagte sie leise und mit eindringlicher Stimme: »Es war immer unser aller Überzeugung, daß wirkliche Liebe in ihrer höchsten und edelsten Form frei sein muß, unbehindert von Hemmnissen und Beschränkungen jeglicher Art... denn sie sind unnatürlich und setzen die Liebe nur herab. Ich bin nach wie vor dieser Überzeugung.«

Er wartete. Die Gegenargumente, die ihm auf die Lippen traten, waren hier fehl am Platze.

»Wir haben versucht, nach diesem Grundsatz zu leben«, fuhr sie fort, den Kopf leicht gesenkt, so daß das Licht auf ihrem Haar schimmerte, das hell war wie Sommerweizen. »Nicht jeder von uns hatte die nötige Kraft. Liebe muß leben können wie ein Schmetterling. Wer die Hand darum schließt, tötet sie!« Sie ballte die Faust. Die Finger ihrer überraschend kräftigen Hände waren voll grüner Farbe. Mit einem Ruck öffnete sie die Hand wieder. »Wer jemanden liebt, muß bereit sein, ihn loszulassen!« Sie sah ihn herausfordernd an, als warte sie auf seine Antwort.

»Würden Sie Ihr Kind verlassen, weil es Sie langweilt oder bei etwas unterbricht, was Sie tun wollen?« fragte er.

»Selbstverständlich nicht!« gab sie scharf zurück. »Das ist etwas völlig anderes.«

»Das glaube ich nicht«, antwortete er ernsthaft. »Kommen und gehen, wie man möchte, ist Vergnügen. Bei der Liebe geht es darum, daß man für einen anderen etwas tut, das bisweilen schwierig ist oder Zeit und Gefühle kostet. Wenn man merkt, daß es zum Glück des anderen beiträgt, steigert es auch das eigene.«

»Das klingt ziemlich hochtrabend«, sagte sie. »Vermutlich sind Sie verheiratet.«

»Sie sind wohl gegen die Ehe?«

»Ich halte sie für unnötig.«

»Wie herablassend.«

Mit einem Mal lachte sie. Ihr Gesicht leuchtete dabei auf, die scharfen Züge wurden weich, sie wirkte plötzlich schön. Ebenso rasch, wie es gekommen war, verschwand das Lachen, und sie sah so bekümmert und trotzig aus wie zuvor.

»Für manche Menschen ist sie wohl nötig«, räumte sie widerwillig ein. »Jenny war einer von ihnen. Sie war nicht stark genug, um loszulassen, als es nötig gewesen wäre.«

»Sie hat Selbstmord begangen ...«, wagte er eine Vermutung.

Erneut sah sie beiseite. »Möglich. Niemand kann da sicher sein.«

»Dominic war sicher, deswegen hat er sich selbst die Schuld gegeben und ist verzweifelt fortgegangen.« Er war überzeugt, daß er damit die Wahrheit sagte oder ihr zumindest nahe war. »War er nicht bereit zu heiraten?«

»Er konnte ja nicht gut beide heiraten!« sagte sie spöttisch und sah ihn wütend an. »Jenny ist nicht damit zurechtgekommen, daß sie hätte teilen müssen. Sie wurde ...« Erneut hielt sie inne und sah beiseite.

»Schwanger«, beendete er statt ihrer den Satz. »Verletzlich. Sie brauchte mehr Zuwendung als jemand, der kommt, wenn ihm danach ist, und ebenso eigennützig wieder geht.« Mit einem Mal mußte er voll überwältigender Zuneigung an Charlotte denken. »Sie hat angefangen zu verstehen, daß man eine Verpflichtung eingeht, wenn man liebt«, sagte er ruhig, »daß man Zusagen macht und einhält, da ist, wenn man gebraucht wird, ob es einem paßt oder nicht. Im Unterschied zu Ihnen allen hier ist sie erwachsen geworden ... Sie haben nur weiter gespielt. Die arme Jenny.«

»Mit diesem Pauschalurteil tun Sie uns unrecht!« sagte sie laut und empört. »Sie waren nicht hier! Sie wissen nichts darüber.«

»Ich weiß, daß Jenny tot ist, weil Sie es mir gerade gesagt haben, ich weiß auch, daß Dominic das ganze Ausmaß seiner Schuld empfunden hat, denn ich weiß, wohin er von hier aus gegangen ist.«

»Wo ist er?« wollte sie wissen.«Geht es ihm gut?«

»Ist Ihnen das wichtig?« Er hob die Brauen.

Ihre Hand fuhr zurück, als wolle sie ihn schlagen, wage es aber nicht. Er überlegte, ob sie die andere Frau gewesen war. Wahrscheinlich nicht.

»Ist Unity Bellwood jemals hier aufgetaucht?« fragte er stattdessen.

Sie sah verständnislos drein. »Den Namen habe ich noch nie gehört. Ist das die Frau, die umgekommen ist?« In ihrer Stimme lag Kummer, vielleicht sogar Schuldbewußtsein.

»Ja. Allerdings hat sie sich nicht selbst das Leben genommen. Jemand hat sie ermordet. Auch sie war schwanger.«

Die Frau senkte den Blick. »Das tut mir leid. Ich wäre jede Wette eingegangen, daß ihm so was nicht noch mal passiert.«

»Möglicherweise hat er es ja auch nicht getan. Ich weiß es nicht. Jedenfalls vielen Dank, daß Sie ehrlich zu mir waren.«

»Mir ist ja nichts anderes übriggeblieben«, sagte sie verdrießlich.

Er lächelte gutgelaunt und siegesbewußt.

Pitt und Tellman kehrten erst spät nach Hause zurück. Sein Untergebener hatte ihm etwas mehr über die Verhältnisse in der Hall Road erzählt, die mehr oder weniger so waren, wie er sie sich vorgestellt hatte. Eine Gruppe von Menschen hatte sich zusammengetan, um eine besondere Art von Freiheit zu leben, in der Überzeugung, daß sie damit glücklich würden. Doch statt des erhofften Glücks hatte das Verwirrung und Tragik in ihr Leben gebracht. Zwar hatten sie ihre Lebensweise zum Teil geändert, waren aber weder bereit zuzugeben, daß sie geirrt hatten, noch ihren Traum fahrenzulassen. Von Jenny war kaum die Rede gewesen. Tellman hatte von einem der Kinder etwas über sie erfahren, einem zehnjährigen Jungen, der seine Zunge weniger hütete als die anderen, und der im Tausch gegen spannende Berichte aus der Londoner Verbrecherwelt ein wenig über das Leben in seinem Umkreis preisgegeben hatte, das ihm in höchstem Grade langweilig erschien.

»Unmoralisch«, sprach Tellman sein Verdammungsurteil. »Dabei müßten die Leute das besser wissen, denn sie sind weder arm noch ungebildet.« Er empfand großes Mitgefühl für Kranke, Alte oder Arme, auch wenn es ihm nicht recht war, daß man das merkte. Doch an die Menschen höherer Stände oder an solche, die seiner Ansicht nach dazu gehörten, legte er hohe Maßstäbe an und hatte nichts als Verachtung für sie übrig, wenn sie diesen nicht gerecht wurden. »Die kennen keinen Respekt«, fügte er hinzu, »und keinen Anstand.«

Auf dem ganzen Rückweg im Zug überlegte Pitt, was er Charlotte sagen sollte. Bestimmt würde sie fragen. Es war nur natürlich, daß alles, was mit Dominic zu tun hatte, sie interessierte. Dessen Verhalten Jenny gegenüber war eigentlich unentschuldbar gewesen, auch wenn sie selbst gemeint hatte, sie sei imstande, ihn mit einer anderen Frau zu teilen. Er war doppelt so alt wie sie, war schon einmal verheiratet gewesen und wußte sehr wohl, daß diese Art von Libertinage mit größter Wahrscheinlichkeit zum Scheitern verurteilt war. Offensichtlich war er in der Hall Road ebenso oberflächlich und selbstbezogen gewesen wie seinerzeit in der Cater Street, hatte das Vergnügen genossen, wo es sich ihm bot, und nie über den Tag hinausgedacht.

Konnten sich Menschen tatsächlich ändern? Möglich war es selbstverständlich. Aber war es auch wahrscheinlich?

Er empfand ein kaltes Unbehagen, weil ein Teil von ihm wünschte, der Fall betreffe wieder den alten Dominic von einst. Sicherlich war von Dominic weit eher anzunehmen, daß er schuldig war, als von Ramsay Parmenter, dem trockenen, asketischen, intellektuell orientierten, seelisch mitgenommenen Parmenter, den Zweifel und Widersprüche umtrieben und der nach Unsterblichkeit strebte, indem er abstruse theologische Werke verfaßte.

Tellman hatte während der ganzen Fahrt nur wenig gesagt. Er hatte einen Blick auf eine Welt erhascht, die ihn beunruhigte, und er mußte für sich darüber nachdenken.

Kaum hatte Pitt das Haus betreten, als ihn Charlotte schon fragte.

»Ja«, sagte er, zog den Mantel aus und folgte ihr ins Wohnzimmer. Sie machte sich so große Sorgen, daß sie ihn kaum berührt hatte und er seinen Mantel und Schal selbst hatte aufhängen müssen.

»Nun?« Sie wandte sich ihm zu. »Was war? Was hast du festgestellt?«

»Ich habe einen langen Weg hinter mir und möchte gern eine Tasse Tee trinken«, gab er zur Antwort. Ihre Begierde, etwas zu erfahren, berührte ihn ebenso unangenehm wie ihre Besorgnis um Dominic, die sich nicht geändert zu haben schien.

Sie wirkte überrascht. »Gracie kommt gleich. Möchtest du etwas zu essen? Ich habe frisches Brot und kalten Lammbraten.«

»Nein. Danke.« Ihm war bewußt, daß er sich schroff verhielt. Was sollte er ihr über Dominic sagen? Falls er log und Dominic schuldig war, würde sie ihm vorwerfen, daß er unaufrichtig zu ihr war. »Ich habe das Haus gefunden, in dem Dominic gewohnt hat, bevor er nach Icehouse Wood gezogen ist.«

»Icehouse Wood?« wollte sie wissen. »Darüber hast du mir noch gar nichts gesagt. Wo liegt das? Es klingt entsetzlich.«

»In Chislehurst. Es ist nicht sehr schön dort, könnte es aber sein, wenn sich jemand darum kümmerte.« Er setzte sich ans Feuer, streckte die Beine aus und ließ sie stehen.

Sie sah auf ihn hinab. »Thomas! Was stimmt da nicht? Was willst du mir verschweigen?«

Er war zu sehr in seinem Ärger und seiner Unentschlossenheit befangen, als daß er über ihren Mangel an Logik hätte lächeln können.

»Was hast du über Dominic herausbekommen?« Ihre Stimme klang schärfer, und er konnte die Furcht spüren, die darin mitschwang. Er sah zu ihr hoch. Auch sie war am Ende eines langen Tages müde. Ihre Wangen zeigten kaum Farbe, und die Nadeln hielten das Haar kaum noch. Offenbar war sie so besorgt gewesen, daß sie sich nicht einmal für seine Rückkehr zurechtgemacht hatte. Es stand ihr deutlich im Gesicht geschrieben.

Er liebte sie zu sehr, als daß er unangreifbar gewesen wäre. Noch während er antwortete, empfand er Verachtung für seine Schwäche.

»Er hat mit mehreren anderen in einem großen Haus in Maida Vale gelebt. Sie waren überzeugt, Liebe sei ohne Bindung möglich und jeder könne sich mehr oder weniger nach Belieben verhalten. Er hatte dort zwei Geliebte gleichzeitig. Eine war eine Zwanzigjährige namens Jenny ...« Er sah, wie sie zusammenzuckte, achtete aber nicht darauf. »Sie erwartete ein Kind von ihm, fühlte sich ängstlich und allein und brachte es nicht länger fertig, ihn mit einer anderen zu teilen. Er war nicht bereit, zwischen beiden zu wählen. So hat sie sich mit einer Überdosis Laudanum das Leben genommen. Ihm war klar, daß er die Schuld daran trug, und er ist verzweifelt davongelaufen ... nach Icehouse Wood ... dort hat ihn Ramsay Parmenter gefunden, kurz vor dem Selbstmord.«

»Der arme Dominic«, sagte sie leise. »Er muß geglaubt haben, das Leben habe ihm nichts mehr zu bieten.«

»Nun, Jenny und dem Kind hatte das Leben tatsächlich nichts zu bieten!« gab er prompt zurück. Mit einem Mal überwältigte ihn der Zorn. Die entsetzliche sinnlose Tragödie war mehr, als er zu ertragen vermochte. Mittlerweile trug Dominic einen Priesterkragen und redete alten Damen wie Alice Cadwaller ein, daß er ein Hirte der Schwachen und Unschuldigen sei. Ganz zu schweigen von Vita Parmenter, in deren Augen er Stütze und Stab des ganzen Hauses zu sein schien. Der Himmel mochte wissen, was Unity Bellwood für ihn empfunden hatte. Und jetzt sagte ausgerechnet Charlotte, die ihn genau kannte, die miterlebt hatte, wie er ihre eigene Schwester gequält hatte, »armer Dominic«, statt ihn zu verachten und Mitleid mit Jenny zu empfinden.

Charlottes Gesicht war bleich. »So etwas zu sagen, ist schrecklich, Thomas.« Sie zitterte.

Gracie kam mit einem Serviertablett herein, doch keiner von beiden bemerkte sie.

»So etwas zu tun, ist schrecklich.« Einen Rückzug gab es jetzt für ihn nicht mehr. »Ich hätte es dir wirklich gern erspart, aber du wolltest es ja unbedingt wissen.«

»Hättest du nicht!« warf sie ihm mit leiser Stimme vor, in der erkennbare Verletztheit mitschwang. »Es war deine Absicht, mir mitzuteilen, daß Dominic etwas so Erbärmliches getan hatte, damit ich das auf keinen Fall vergesse.«

Damit hatte sie recht. Genau das war seine Absicht gewesen. Er hatte die falsche, idealisierende Vorstellung zerstören wollen, die sie von Dominic hatte, wollte, daß sie ihn sah, wie auch er ihn hatte sehen müssen: oberflächlich, selbstsüchtig, von Schuld niedergedrückt … aber wie lange? Lange genug, um sich zu ändern … oder nicht?

Gracie stellte das Tablett auf den Tisch. Sie sah aus wie ein verängstigtes Kind. Dies war das einzige Zuhause, das sie kannte, und sie ertrug es nicht, wenn darin gestritten wurde.

Charlotte wandte sich zu ihr um. »Danke. Gieß den Tee ruhig gleich ein. Wir haben leider ziemlich unangenehme Nachrichten über meinen Schwager, Mr. Corde. Mir wäre es lieber, sie entsprächen nicht der Wahrheit, aber es verhält sich wohl so, wie mein Mann sagt.«

»Ach je«, sagte Gracie und schluckte. »Das tut mir aber leid.«

Charlottes Versuch, ihr zuzulächeln, mißlang. »Ich sollte mich wirklich nicht so darüber aufregen. Ich kenne ihn zu lange, als daß es mich überraschen könnte.« Sie sah zu, wie Gracie den Tee eingoß und Pitt nach kurzem Zögern eine Tasse hinstellte.

Er nahm sie dankend.

Gracie stellte ebenfalls eine Tasse neben Charlotte und verließ den Raum.

»Wahrscheinlich vermutest du, daß er der Vater von Unitys Kind ist, sie ihn erpreßt hat und er sie deswegen ermordet hat«, sagte sie ausdruckslos.

»Du hast kein Recht, das zu sagen«, gab er zurück, von der Ungerechtigkeit ihrer Worte gekränkt. »Ich bin zu keinerlei Schlußfolgerung dieser Art gelangt. Wir haben keinen Beweis, welcher der drei Männer Unity getötet hat, und nicht die geringste Hoffnung, irgendwelche verwertbaren Hinweise auf die Tat zu finden. Ich bemühe mich lediglich, mehr über jeden der drei in Erfahrung zu bringen, weil ich hoffe, damit Be- oder Entlastungsmaterial zutage zu fördern. Was sollte ich deiner Ansicht nach denn tun … Dominic von vornherein für schuldlos halten?«

Sie wandte sich ab. »Natürlich nicht. Nicht das Ergebnis deiner Nachforschungen ärgert mich, wohl aber, daß es dich freut. Es wäre mir recht zu wissen, daß es dich ebenso bedrückt wie mich.« Sie stand steif da, kehrte ihm den Rücken zu und sah aus dem Fenster in die Dunkelheit hinaus.

Er fühlte sich ausgeschlossen, denn er begriff, was sie meinte. Dennoch verstummte die kalte Stimme in ihm nicht, der es am liebsten gewesen wäre, daß Dominic schuldig war.

Er schlief sehr schlecht und erwachte am folgenden Morgen spät. Als er nach unten ging, sah er, daß Tellman bereits in der Küche Tee trank und sich mit Gracie unterhielt. Bei Pitts Eintreten erhob er sich sogleich, und eine leichte Röte überzog sein Gesicht.

»Sie können ruhig austrinken«, sagte Pitt kurz angebunden. »Ich habe nicht die Absicht, das Haus ohne Frühstück zu verlassen. Wo ist Mrs. Pitt?«

»Oben, Sir«, sagte Gracie und beobachtete ihn aufmerksam »Sie sortiert Bettwäsche.«

»Ach so. Danke.« Er setzte sich an den Küchentisch.

Gracie stellte eine Schüssel Haferbrei vor ihn und begann, die Bratpfanne für seine Bücklinge heiß zu machen. Er wollte etwas sagen, um sie zu trösten, wollte ihr mitteilen, daß das Unbehagen im Hause lediglich vorübergehender Natur sei. Ihm fiel nichts ein. Auch als er eine halbe Stunde später ging, hatte er das Thema weder angesprochen, noch war er nach oben gegangen, um mit Charlotte zu reden.

Er gab Tellman den Auftrag, möglichst viel über Mallory Parmenters Vergangenheit, seinen Übertritt zur katholischen Kirche und seine persönlichen Gewohnheiten und Beziehungen zu ermitteln.

Er selbst beschäftigte sich mit Unity Bellwoods Vergangenheit und verbrachte einen ausgesprochen unangenehmen Samstag damit, Menschen, die sie näher gekannt hatten, nach ihr zu befragen. Dazu suchte er die Adresse auf, die Ramsay Parmenter ihm gegeben hatte. Unitys früherer Wohnort lag ebenfalls in Bloomsbury, weniger als eine Viertelstunde von seinem eigenen entfernt. Mit großen Schritten eilte er an Nachbarn vorüber, ohne sie zu erkennen, nach wie vor in seinem Zorn und Unbehagen gefangen.

Im Hause herrschte eine Atmosphäre ähnlich der in Maida Vale. Auch dort hingen Kunstwerke an den Wänden, standen Regale voller Bücher und lagen allerorten Bücherstapel. Pitt hatte den Eindruck, als wollten sich die Bewohner betont von anderen Menschen unterscheiden. Ein bärtiger Mann von etwa fünfzig Jahren empfing ihn unfreundlich und bestätigte, daß Unity Bellwood bis vor etwa drei oder vier Monaten dort gelebt und dann das Haus verlassen habe, um eine Stellung anzutreten, über die er weiter nichts wisse.

»Wie lange war sie hier?« fragte Pitt. Er war nicht bereit, sich kurz abfertigen zu lassen, weil er lästig war und in den ruhigen Samstagvormittag von Menschen eindrang, die sich entspannen wollten.

»Zwei Jahre«, gab der Mann zur Antwort. »Ihre Zimmer waren oben. Jetzt wohnt ein angenehmes junges Paar aus Leicestershire darin. Sie kann sie nicht wiederhaben, und auch sonst ist nichts frei.« Er sah Pitt herausfordernd an. Wie er zu Unity stand, war deutlich zu erkennen.

Pitt fragte ihn so lange aus, bis der Mann die Geduld verlor, dann unterhielt er sich mit den anderen Hausbewohnern, soweit sie da waren. Das Bild von Unity, das er dabei bekam, fügte dem, was er bereits wußte, nicht viel hinzu. Ihre wissenschaftlichen Leistungen waren überragend, aber ihr hochmütiges und impulsives Verhalten hatte viele Menschen abgestoßen. Andere hingegen bewunderten sie rückhaltlos und betrachteten ihren Tod als herben Verlust für die Öffentlichkeit wie für sich selbst. Sie hatte, wie sie erklärten, stets mit großem Mut gegen Unterdrückung, Scheinheiligkeit sowie engstirnige und ungerechte Gesetze angekämpft, aber auch gegen Vorschriften, die dem Menschen bestimmte Empfindungen aufzwingen und die wahre Gedankenfreiheit einschränken wollen. In vielem, was über sie gesagt wurde, schwang ein Echo von Miss Morgans Ruf nach der edlen freien Liebe mit.

Manche, die sie nicht ausstehen konnten, äußerten sich voll Neid und Angst über sie. Sie habe störend in die Welt eingegriffen, die sie kannten und verstanden. Sie hatte ihren Seelenfrieden und ihre Art zu denken bedroht.

Wie ein roter Faden zog sich durch die Berichte beider Seiten der Hinweis darauf, daß sie andere für ihre Zwecke einspannte, in die Macht verliebt und stets bereit war, sie einzusetzen, und sei es auch nur, um Macht zu haben.

Er fuhr mit seinen Befragungen bis nach Einbruch der Dunkelheit fort. Sein Rücken schmerzte, er war erschöpft und hungrig, doch nach wie vor hatte er nur wenig erfahren, was er sich nicht ohnehin hatte denken können. Er konnte den Heimweg nicht länger hinauszögern. Er ging durch die Gower Street, überquerte die Kreuzung von Francis Street und Torrington Place und setzte seinen Weg fort. Die Füße schmerzten ihn. Vielleicht ging er deswegen immer langsamer.

Die Luft war feucht, und den zunehmenden Mond über den kahlen Ästen der Bäume umgab ein Hof. Möglicherweise waren die Fröste noch nicht vorüber. Was sollte er Charlotte nur sagen? Wenn sie am Vormittag so ärgerlich gewesen war, daß sie nicht unten sein mochte, würde sie jetzt kaum mit ihm sprechen wollen.

Lag ihr nach wie vor so viel an Dominic? Er gehörte einer Vergangenheit an, zu der Pitt nie Zugang haben würde, weil sie vor der Zeit lag, in der er Charlotte kennengelernt hatte. Diese Vergangenheit war Bestandteil des Lebens, in das sie hineingeboren worden war, eines Lebens, in dem Geld keine Rolle spielte und in dem es schöne neue Kleider gab statt Gaben aus Tante Vespasias abgelegten Beständen oder Geschenke von Emily. In jenem Leben hatte es Gesellschaften und Feste gegeben, Abendeinladungen, Theatervorstellungen, und Charlottes Eltern hatten ihre eigene Kutsche gehabt. Jetzt mußten sie und Pitt eine Droschke nehmen, wenn sie ausgingen, was selten genug vorkam. Sie hatte in besseren Kreisen verkehrt, nie ihre Lebensumstände erklären oder verschweigen müssen, daß ihr Mann für seinen Lebensunterhalt arbeitete, daß sie nur ein einziges Hausmädchen und nicht einmal einen Butler hatten.

Es war eine Welt der vollkommenen Muße, in der man sich mit belanglosen Dingen beschäftigte, um den Tag herumzubringen, und sich zum Schluß fragte, warum man nach wie vor unbefriedigt war. Selbst Dominic war dieses Lebens müde geworden und hatte voll Begeisterung den Entschluß gefaßt, seinem Leben ein Ziel zu geben, das schwierig zu erreichen war. Dafür hatte Charlotte ihn bewundert, nicht wegen seines guten Aussehens, seines Charmes oder seiner gesellschaftlichen Stellung, denn eine solche besaß er nicht.

Sie hatte »armer Dominic« gesagt. Wollte Pitt eigentlich, daß sie je im gleichen Tonfall »armer Thomas« sagte?

Nie und nimmer! Die bloße Vorstellung verursachte ihm Bauchgrimmmen.

Er ging um die Ecke in die Keppel Street. Nur noch hundert Meter bis zu seinem Haus. Er schritt kräftiger aus. Er ging die Stufen zur Haustür empor und öffnete. Er wollte so tun, als wäre nichts vorgefallen.

Obwohl überall Licht brannte, hörte er keinen Laut. Sie konnte keinesfalls ausgegangen sein. Oder doch?

Er schluckte. Er wollte rufen. Er spürte, wie Panik in ihm

aufstieg. Das war lachhaft. Es war unrecht von ihm gewesen, sich über die Mitteilungen aus Dominics Vergangenheit zu freuen, aber es war keine so schreckliche Sünde, als daß …

Aus der Küche hörte er Lachen. Helles, fröhliches Frauenlachen.

Mit schweren Schritten ging er über den Läufer des Korridors und stieß die Tür auf.

Charlotte stand nahe der Anrichte neben dem Mehlkasten und Gracie mit einem Tablett voll kleiner Küchlein am Spülstein. Milch bedeckte den Fußboden. Er sah hin, dann zu Gracie und schließlich zu Charlotte.

»Tritt nicht hinein«, warnte sie. »Sonst rutschst du aus. Du brauchst dir keine Sorgen zu machen, wir haben noch mehr Milch im Haus. Es sieht zwar entsetzlich aus, aber es war nur ein Viertelliter. Es ist nicht so schlimm.«

Gracie setzte das Tablett ab und griff nach einem Lappen. Charlotte nahm ein Tuch zur Hand und machte sich daran, die Milch aufzuwischen. Da sie Pitt dabei ansah, gelang ihr das nur teilweise. »Bestimmt bist du müde. Hast du gegessen?«

»Nein.« Ob alles wieder gut war?

»Hättest du gern Rührei? Dafür reicht die Milch noch … glaube ich jedenfalls. Vielleicht sollte ich dir ein Omelett machen. Das geht auch mit Wasser. Außerdem muß ich dir etwas gestehen.«

Er setzte sich und achtete darauf, die Füße aus dem Bereich des Scheuerlappens zu halten.

»Ach ja?« Er gab sich Mühe, das unbefangen klingen zu lassen.

Sie sah zu Boden und konzentrierte sich darauf, die Milch aufzuwischen. »Daniel hat eines der Bettlaken zerrissen«, sagte sie. »Ich habe sie mir alle angesehen. Sie waren eins wie das andere mürbe. Ich habe vier Paar neue und dazu passende Kissenbezüge gekauft. Zwei für uns und je eins für Daniel und Jemima.« Sie hob den Blick, um zu sehen, was er dazu sagte.

Erleichterung überlief ihn wie eine Gezeitenwelle. Er merkte, daß er lächelte, obwohl er das eigentlich nicht gewollt hatte. »Ausgezeichnet!« Es war ihm sogar gleichgültig, was sie gekostet hatten. »Sehr gut. Sind sie aus Leinen?«

Sie schien nach wie vor eher zurückhaltend zu sein. »Ehrlich gesagt, ja. Irisches. Sie waren sehr günstig.«

»Um so besser. Ja, ich hätte gern ein Omelett. Haben wir noch eingelegtes Gemüse?«

»Selbstverständlich.« Sie lächelte zurückhaltend. »Davon habe ich immer etwas im Haus. Ich würde nie wagen, es ausgehen zu lassen«, fügte sie leise hinzu.

»So ist es richtig.« Er bemühte sich, seine Stimme so klingen zu lassen, als sei ihm das sehr ernst, aber er war zu glücklich. Am liebsten hätte er gelacht, einfach, weil er ein so kostbares Gut besaß. Glück bedeutete nicht nehmen, was einem gefällt, wie Miss Morgan meinte, sondern den unendlichen Wert dessen kennen, was man besitzt, die Fähigkeit, es voll Dankbarkeit und Freude zu betrachten. »Sieh zu, daß es dir nie ausgeht«, bekräftigte er.

Sie sah ihn unter gesenkten Augenlidern an und lächelte.

An jenem Sonntag sollte John Cornwallis erneut bei Bischof Underhill zu Abend essen. Er dachte keine Sekunde lang daran, die Einladung auszuschlagen. Ihm war klar, warum der Bischof ihn zu sich bat. Es ging ausschließlich um Unity Bellwoods Tod. Sicher wollte er wissen, ob es Fortschritte gab – und Cornwallis mit Nachdruck bitten, er möge um jeden Preis einen Skandal vermeiden.

Cornwallis lag nichts daran, die Kirche in Mißkredit zu bringen, auch nicht in den Augen von Leuten, die unwissend oder unaufrichtig genug waren, die Botschaft des Evangeliums daran zu messen, daß einer seiner Diener nicht nach den Gesetzen des Landes gehandelt hatte, ganz zu schweigen von Gottes darüberstehenden Geboten. Auf der anderen Seite hatte er nicht die Absicht zuzulassen, daß einem Menschen Unrecht geschah, damit ein anderes offenkundiges Unrecht verheimlicht werden konnte. Er hatte Bischof Underhill nichts mehr zu sagen. Wäre es ihm nicht darum gegangen, dessen Gattin noch einmal zu sehen, er hätte ihm eine höfliche Absage geschickt. Sofern er sich entschuldigte, konnte sie annehmen, er halte sie für ebenso kalt berechnend und feige wie ihren Gatten. Das aber hatte er keine Sekunde lang angenommen. Die Beschämung, die in ihren Augen gelegen hatte, war ihm nicht aus dem Kopf gegangen, ihre Hilflosigkeit, die darauf zurückging, daß sie nicht wußte, wie sie sich von ihrem Mann distanzieren sollte, ohne an ihm Verrat zu üben.

Auf seine Garderobe verwandte Cornwallis an diesem Abend große Sorgfalt, denn er wollte im besten Licht erscheinen. Er redete sich ein, der Grund dafür liege darin, daß der Bischof in gewisser Hinsicht sein Feind war. Er kämpfte für eine andere Sache als jener. Ein Kriegsschiff fuhr einen Angriff grundsätzlich mit fliegenden Fahnen. Er achtete darauf, daß weder auf dem schwarzen Tuch seines Jacketts noch auf dem weißen Kragen oder der Hemdbrust das kleinste Staubkörnchen lag. Die Manschettenknöpfe mußten ebenso blitzen wie die Schuhe.

Auf die Minute pünktlich traf er im Hause des Bischofs ein. Der Diener begrüßte ihn und führte ihn in den Salon, wo ihn Isadora erwartete. Ihr Kleid war von einem Blau, das so dunkel war wie eine Nacht auf dem Meer. Er konnte sich erinnern, diese Farbe am Abendhimmel kurz nach der Dämmerung in der Karibik gesehen zu haben. Sie lächelte. Sein Anblick schien sie zu freuen.

»Es tut mir wirklich leid, Mr. Cornwallis, der Bischof ist aufgehalten worden, wird aber bald kommen. Wahrscheinlich spätestens in einer halben Stunde.«

Er war entzückt. Sogleich hob sich seine Stimmung beträchtlich. Er mußte sich zusammennehmen, um seine Freude nicht zu zeigen. Was sollte er sagen, das aufrichtig, aber nicht zu kühn und doch höflich war? Irgend etwas mußte er erwidern!

»Das ist nicht so wichtig.« War das töricht von ihm? Was ihn betraf, brauchte der Bischof überhaupt nicht zu kommen. »Ich – ich habe ihm eigentlich nichts wirklich Neues mitzuteilen. Es ist alles … ziemlich dürftig.«

»Das kann ich mir denken«, stimmte sie zu. Ein Schatten legte sich auf ihre Züge. »Glauben Sie, daß man es wird beweisen können?«

»Ich weiß nicht.« Er wußte, worüber sie sich Sorgen machte. Zumindest glaubte er es zu wissen. Etwas würde auf alle Zeiten an Parmenter hängenbleiben, ganz gleich, ob seine Schuld oder seine Schuldlosigkeit bewiesen wurde. Er würde immer verdächtig bleiben. Es war fast eine schlimmere Strafe als ein Schuldspruch, denn stets würde der Eindruck vorherrschen, er habe es verstanden zu verhindern, daß die Gerechtigkeit ihren Lauf nahm. »Sofern es jemanden gibt, der den Fall lösen kann, ist es Pitt«, fügte er hinzu.

»Sie halten wohl große Stücke auf ihn?« fragte sie. In ihrem Lächeln lag eine Spur Besorgnis.

»Absolut«, antwortete er, ohne zu zögern.

»Ich hoffe, daß sich beweisen läßt, wie die Sache abgelaufen ist. Manchmal ist das nicht möglich.« Sie sah auf die Fenstertüren und in den Garten hinaus, wo es allmählich dunkel wurde. Tiefe Schatten lagen unter den nach wie vor kahlen Ästen der Bäume. »Möchten Sie ein wenig hinausgehen?«

»Gern«, sagte er sogleich. Ihm gefielen Gärten im Dämmerlicht.

Sie ging voraus und blieb stehen, damit er ihr die Tür öffnen konnte. Dann trat sie in die weiche Nachtluft hinaus, die sich nach der flüchtigen Tageswärme rasch abkühlte. Sofern sie unter dem dünnen Stoff ihres Kleides fror, achtete sie nicht darauf.

»Viel zu sehen gibt es leider nicht«, sagte sie, während sie über den Rasen schritten. »Nur einige Krokusse unter den Ulmen.« Sie wies zum Ende der Rasenfläche, wo er über der bloßen Erde undeutlich einige blaue, weiße, gelbliche und lila Umrisse erkennen konnte. »Aber man kann sie riechen.«

Das stimmte. In der Luft lag ein süßlicher Duft, rein und kräftig, wie er nur weißen Blumen entströmt.

»Ich liebe den Übergang vom Tag zur Nacht«, sagte er mit einem Blick zum Himmel. »Alles zwischen Sonnenuntergang und Dunkelheit. Es läßt unserer Einbildungskraft sehr viel Platz. Man sieht die Dinge anders als im grellen Licht des Tages. Sie sind schöner, man ist sich der Vergänglichkeit alles Irdischen bewußt. Alles ist unendlich kostbarer, und es liegt ein Bedauern darin, ein Verständnis für den Ablauf der Zeit und den Verlust, der alle Wahrnehmungen steigert.« Ihm war klar, daß seine Worte ensetzlicher Unsinn waren. Am nächsten Morgen würde ihm schon die bloße Erinnerung daran peinlich sein.

Dennoch meinte er genau das, was er sagte, und fuhr fort: »Und in der Morgendämmerung, vom ersten weißen Lichtschimmer im Osten, bis das kalte, weiße Tageslicht den Dunst auf den Feldern vertreibt und den Tau, der auf allem liegt, gibt es eine unsinnige Hoffnung, die sich weder erklären noch zu irgendeiner anderen Zeit empfinden läßt.« Er hörte unvermittelt auf. Wahrscheinlich hielt sie ihn für einen vollständigen Trottel. Er hätte zu Hause bleiben sollen. Oder zumindest im Haus, höfliches Gebrabbel von sich geben, bis der Bischof kam und ihn dazu zu bringen versuchte, daß er Ramsay Parmenter festnehmen und für unzurechnungsfähig erklären ließ.

»Ist Ihnen aufgefallen, daß viele Blüten in der Abenddämmerung am stärksten duften?« fragte sie. Sie ging noch immer ein Stück vor ihm, als zögere auch sie, in die Wärme des Hauses, zum Licht und ans Feuer zurückzukehren. »Wenn ich mir wünschen könnte, was ich wollte, würde ich gern am Wasser leben, an einem See oder am Meer, und jeden Abend beobachten, wie das Licht auf dem Wasser liegt. Die Erde verzehrt das Licht. Das Wasser gibt es zurück.« Sie wandte sich ihm zu. Er konnte einen schwachen Lichtschimmer auf ihrer hellen Haut sehen. »Es muß herrlich sein, auf See den Sonnenaufgang oder den Sonnenuntergang zu beobachten«, sagte sie leise. »Treibt man dabei in einem Ozean des Lichts? Sagen Sie mir bitte nicht, daß es anders ist! Hat man nicht den Eindruck, als wäre man halb im Himmel, ein Bestandteil von all dem?«

Er lächelte. »Ich hätte es nicht in so vollkommener Weise formuliert, aber genau so ist es. Wenn ich den Seevögeln zusehe, kommt es mir vor, als täte ich dasselbe wie sie, als wären die Segel meine Flügel.«

»Fehlt Ihnen das sehr?« ertönte ihre Stimme ganz in seiner Nähe. Es war fast vollständig dunkel.

»Ja«, sagte er mit einem Lächeln. »Und als ich zur See gefahren bin, hat mir der Geruch der feuchten Erde gefehlt, das Rauschen des Windes in den Blättern und die Farben des Herbstes. Schon möglich, daß ein Mensch alles haben kann, aber ganz bestimmt nicht alles auf einmal.«

Sie lachte leise. »Dafür haben wir unsere Erinnerungen.«

Sie gingen dicht nebeneinander her. Er war ihrer Gegenwart sehr bewußt. Er hätte sie gern berührt, ihr seinen Arm angeboten, aber das hätte aufdringlich gewirkt und die flüchtige Stimmung des Augenblicks zerstört. Die Wolkenbank im Westen wurde größer. Obwohl er Isadora kaum noch sehen konnte, hatte er nie einen Menschen bewußter wahrgenommen.

Mit einem Mal fiel Lichtschein aus dem Haus über den Rasen. Jemand hatte die Fenstertüren geöffnet. Man sah gegen das hell erleuchtete Zimmer den Umriß des Bischofs, der zu ihnen hinaussah.

»Isadora! Was zum Kuckuck treibst du da draußen? Es ist pechschwarze Nacht!«

»Ganz und gar nicht«, widersprach sie ihm. »Erst spätes Zwielicht.« Ihre Augen hatten sich an die Dunkelheit gewöhnt, so daß sie die Veränderung kaum wahrgenommen hatte.

»Pechschwarz ist es!« wiederholte er erbost. »Ich weiß nicht, wieso du unseren Gast um diese Zeit mit hinaus nehmen mußtest. Man kann überhaupt nichts sehen. Es war sehr gedankenlos von dir, meine Liebe.«

Mit den Worten »meine Liebe« machte er den Vorwurf noch schlimmer. Sie waren offenkundig nicht ernst gemeint, sondern sollten lediglich seinen übergroßen Zorn verbergen. Cornwallis beherrschte sich, weil der Mann Bischof war und er sich in dessen Haus – genauer gesagt, in dessen Garten – befand.

»Es ist meine Schuld«, sagte er laut und deutlich. »Mir gefällt der abendliche Duft von Blumen sehr. Ich habe mich immer noch nicht wieder daran gewöhnt, festen Boden unter den Füßen zu spüren.«

»Und wo finden Sie den üblicherweise?« fragte der Bischof säuerlich.

Cornwallis hörte, wie Isadora ein Kichern unterdrückte.

»Da hast du es!« rief der Bischof aus, der das Geräusch offensichtlich für ein Niesen hielt. »Du wirst dich erkälten. Das ist sehr töricht und außerdem selbstsüchtig. Andere werden sich um dich kümmern und deine Pflichten erledigen müssen. Komm bitte sofort ins Haus!«

Cornwallis war fuchsteufelswild. Er war froh, daß sein Gesicht im Dunkeln lag, bis er in den Lichtschein trat, der aus dem Fenster fiel.

»Ich bin daran gewöhnt, daß das Festland viele Meilen entfernt liegt«, preßte er durch die Zähne. »Ich bitte um Entschuldigung, daß ich Mrs. Underhills Gastfreundschaft mißbraucht habe, indem ich sie um das Vergnügen bat, in der Abenddämmerung im Garten umhergehen zu dürfen. Ich fürchte, ich habe damit ohne jede Absicht eine Mißstimmung hervorgerufen. Vielleicht sollte ich mich verabschieden, bevor ich noch größeren Schaden anrichte.«

Der Bischof sah sich gezwungen, seinen Ärger herunterzuschlucken. Daß sein Gast ging, war das letzte, was er wollte. Schließlich hatte er noch keine Gelegenheit gehabt, das Thema zur Sprache zu bringen, das den eigentlichen Anlaß der Abendeinladung bildete, von einer zufriedenstellenden Abmachung ganz zu schweigen.

»Aber ich bitte Sie«, sagte er rasch und zwang sich zu einem Lächeln, das ihm kläglich mißriet. »Meine Frau hat sich vermutlich nicht erkältet. Ich mache mir einfach zu viele Sorgen um ihre Gesundheit. Ein einzelnes Niesen hat nicht das geringste zu bedeuten. Es war äußerst unpassend von mir, die Sache anzusprechen. Ich habe einfach nicht daran gedacht, wie sehr einem Menschen auf See so etwas wie ein Garten fehlt. Unsereiner nimmt ihn als selbstverständlich hin, weil er ständig da ist. Es freut mich, daß es Ihnen hier gefällt. Kommen Sie doch bitte herein, und wärmen Sie sich.«

Er trat beiseite, während erst Isadora und dann Cornwallis ins Haus gingen, dann schloß er die Tür hinter ihnen. Er brachte sogar widerwillig das Opfer, Cornwallis den Platz gleich am Feuer einzuräumen. Auf den Gedanken, ihn seiner Gemahlin anzubieten, verfiel er nicht – so weit ging seine Sorge um ihre Gesundheit wohl nicht.

Erst beim zweiten Gang, einer köstlichen Fischpastete, kam er auf das Thema Ramsay Parmenter zu sprechen.

»Wie kommt Ihr Mitarbeiter mit der Tragödie in Brunswick Gardens voran? Ist es ihm inzwischen gelungen, jemanden vom Verdacht zu befreien?«

Es wäre Cornwallis lieb gewesen, er hätte das bejahen können.

»Bedauerlicherweise nein. In diesem Fall lassen sich offenbar Beweise ausgesprochen schwer finden.« Er führte ein weiteres Stück Pastete zum Mund.

Die Züge des Bischofs verdüsterten sich. »Und wird ihm das Ihrer Ansicht nach gelingen, bevor Reverend Parmenters Ruf so sehr geschädigt ist, daß er unmöglich mit seiner Arbeit fortfahren kann?« wollte er wissen.

»Bisher wird außerhalb der unmittelbaren Familie niemand verdächtigt«, gab Cornwallis vorsichtig zurück.

»Aber Sie haben gesagt, daß seine verwünschte Tochter bereit sei, gegen ihn auszusagen!« erinnerte ihn der Bischof. »Es kann nicht lange dauern, bis sie irgendeine katastrophale Äußerung tut und die Sache sich wie ein Lauffeuer herumspricht. Überlegen Sie nur, welchen Schaden solche Gerüchte anrichten können! Was können wir dagegen tun, wenn wir über keine Beweise verfügen?« Das Ausmaß seiner Befürchtungen war der Schärfe seiner Stimme anzuhören. »Man wird denken, daß wir seine Handlungsweise decken. Es wird so aussehen, als versuchten wir, die Sache unter den Teppich zu kehren, ihn vor den Folgen seines Verbrechens zu bewahren. Nein, Captain Cornwallis, diese Situation ist gänzlich unmöglich. Ich kann mir das Risiko einer solchen Hängepartie nicht leisten.« Er setzte sich aufrecht hin. »Ich spreche im Namen der Kirche. Hier ist keinerlei Führerschaft zu erkennen, Sie gestatten es den Ereignissen, über uns zu bestimmen, statt umgekehrt.«

Isadora zuckte bei dem Ton, in dem er sprach, zusammen. Sie öffnete den Mund, aber was auch immer sie sagen konnte, würde die Sache nur verschlimmern. Sie ließ den Blick zwischen Cornwallis und ihrem Mann hin und her gehen.

Cornwallis wollte sich nicht mit einem Bischof streiten, weder ganz allgemein, noch gar mit einem, der Isadoras Mann war. Doch wenn er sich ehrenhaft aus der Affäre ziehen wollte, blieb ihm keine Wahl.

»Ich werde erst handeln, wenn ich die Wahrheit weiß«, sagte er entschlossen. »Sofern ich Ramsay Parmenter beschuldige, ohne vor Gericht Beweise vorlegen zu können, wird er freigesprochen, und der Verdacht bleibt entweder auf Mallory Parmenter oder auf Dominic Corde ruhen, unabhängig davon, ob sie schuldig sind oder nicht. Sollte ich später Beweise für eine Schuld Parmenters finden, wären mir die Hände gebunden, und ich könnte in der Sache nichts mehr unternehmen.«

»Sie sollen ihn ja gar nicht vor Gericht bringen, Mann Gottes!« sagte der Bischof wütend und beugte sich mit aufgestützten Ellbogen vor. »Überlegen Sie doch einmal, wie katastrophal das wäre! Es würde der Kirche unermeßlichen Schaden zufügen. Ihre Aufgabe ist es festzustellen, daß er moralisch schuldig ist, nicht faktisch. Dann können wir ihn in eine Anstalt einweisen lassen, wo er niemandem zu schaden vermag und wo man sich in angemessener Weise um ihn kümmert. Seine Angehörigen brauchen nicht zu leiden, und Corde kann seine zweifellos vielversprechende Laufbahn in der Kirche fortsetzen, ohne daß ihn die Verwicklung in einen Skandal behindert. Was mit Mallory geschieht, braucht uns nicht zu kümmern. Er hat sich für die römisch-katholische Kirche entschieden.«

Cornwallis brachte es nicht fertig, seinen Abscheu zu verbergen.

»Ich bin Polizeibeamter, kein Irrenarzt«, sagte er kalt, »und weiß nicht, wann jemand zurechnungsfähig ist und wann nicht. Ich kann lediglich dann tätig werden, wenn jemand eine bestimmte Tat nachweislich verübt hat. Solange ich nicht weiß, ob Ramsay Parmenter oder ein anderer Unity Bellwood den tödlichen Stoß versetzt hat, bin ich nicht bereit, mich in der Angelegenheit zu äußern. Damit müssen Sie sich abfinden, denn eine andere Möglichkeit gibt es nicht.« Er legte Messer und Gabel beiseite, als wolle er nicht weiter essen.

Der Bischof sah ihn an. »Bestimmt werden Sie es sich anders überlegen«, sagte er langsam, »sobald Sie Zeit hatten, die Folgen gründlicher zu überdenken, die Ihre Haltung für die Kirche haben wird, der Sie sich ja wohl gleichfalls verpflichtet fühlen.« Er machte eine Handbewegung zum Diener, der neben der Tür stand. »Peters, Sie können abtragen und den nächsten Gang servieren.«

Isadora schloß die Augen und holte tief Luft. Ihre Hände zitterten. Sie stellte ihr Weinglas auf den Tisch, um nichts zu verschütten.

Nur um ihretwillen blieb Cornwallis bis zum Ende der Mahlzeit.

# KAPITEL ACHT

Am Montag ging Dominic etwa eine Stunde nach dem Frühstück verärgert nach oben, weil er sein Federmesser nicht finden konnte. In jüngster Zeit kam es immer wieder vor, daß er Gegenstände verlegte. Vermutlich lag das an dem Druck, unter dem sie alle standen. Auf halber Höhe hörte er laute Stimmen aus Parmenters Studierzimmer. Auch wenn er nicht verstand, was gesagt wurde, war doch klar, daß es sich um eine äußerst scharf geführte Auseinandersetzung zwischen Vater und Sohn Parmenter handelte, die einander schwere Vorwürfe zu machen schienen. Noch bevor Dominic ganz oben war, wurde die Tür aufgerissen, Mallory kam mit hochrotem Gesicht herausgestürmt und schmetterte sie hinter sich ins Schloß.

Dominic wollte an ihm vorübergehen, doch offensichtlich suchte Mallory, dessen Lippen vor Wut schmal zusammengepreßt waren, Streit, und dafür kam Dominic ihm als Opfer gerade recht.

»Haben Sie keine seelsorgerischen Aufgaben in der Gemeinde zu erledigen?« fragte er. »Das wäre bestimmt sinnvoller, als im Hause herumzuhängen und Mutter trösten zu wollen. Sie können nichts sagen oder tun, was irgend jemandem hilft.« Er hob die Brauen. »Außer natürlich, Sie gestehen, daß Sie Unity umgebracht haben. Das wäre in der Tat hilfreich.«

»Es würde Ihnen nur eine kurze Atempause verschaffen«, gab Dominic ebenso spöttisch zurück. Mitunter ging ihm Mallory sehr auf die Nerven. Nie unterließ er den arroganten Hinweis, daß er dem »einzig wahren Glauben« angehörte, zugleich aber war er voll Niedertracht und Gehässigkeit. »Die Polizei würde die Wahrheit vermutlich recht bald ermitteln. Pitt ist ein wirklich guter Mann.« Er sagte das boshaft und sah mit Genugtuung, wie Mallory erbleichte. Es war seine Absicht gewesen, ihm Angst einzujagen. Er traute Mallory die Tat weit eher zu als dessen Vater.

»Ach, richtig«, sagte Mallory so sarkastisch und beherrscht, wie es ihm möglich war. »Ich habe ganz vergessen, daß Sie mit einem Polizeibeamten verwandt sind. Durch Ihre frühere Frau, nicht wahr? Schon merkwürdig, daß Sie in eine solche Familie eingeheiratet haben. Angesichts Ihres Ehrgeizes und Ihres Bestrebens, sich bei anderen einzuschmeicheln, überrascht mich das, denn es wird sich bestimmt nicht vorteilhaft auf Ihre Karriere auswirken.«

Sie standen oben auf dem Treppenabsatz. Unten ging ein Dienstmädchen mit einem Eimer Wasser und einem Wischlappen durch das Vestibül. Dominic konnte das Spitzenhäubchen auf ihrem Kopf sehen. Er wandte sich wieder Mallory zu.

»Es war eine Liebesheirat«, sagte er ruhig. »Erst Jahre später hat die Schwester meiner Frau einen Polizeibeamten geheiratet. Es stimmt aber, daß es merkwürdig war. Doch meine Schwägerin Charlotte hat nie etwas mit dem Ziel getan, ihre gesellschaftliche Stellung zu verbessern. Vermutlich können Sie das nicht verstehen.«

»Bei einer solchen Familie kann es wohl nur Liebe gewesen sein«, bemerkte Mallory. »Trotzdem wäre es besser, wenn Sie gingen und sich in der Gemeinde nützlich machten. Es gibt hier im Hause nichts, das ich nicht besser tun könnte.«

»Tatsächlich?« Dominic gab sich überrascht. »Und warum haben Sie das dann nicht längst getan? Bisher habe ich nur gesehen, daß Sie sich in Ihr Zimmer zurückziehen, um sich mit Ihren Büchern zu beschäftigen.«

»Darin finden sich große Wahrheiten«, antwortete Mallory von oben herab.

»Gewiß. Nur nützt es herzlich wenig, wenn die in den Büchern bleiben«, gab Dominic zurück. »Sie sollten Ihre Angehörigen trösten, beruhigen und ihnen Rückhalt bieten.

Ihnen ist mit Zitaten nicht geholfen, ganz gleich, wie klug oder wahr sie sein mögen.«

»Beruhigen?« Mallorys Stimme wurde laut. »Mit Bezug worauf könnte ich sie beruhigen?« Sein Mund verzog sich zu einem schiefen Lächeln. »Daß Vater Unity nicht getötet hat? Dessen bin ich mir nicht sicher. Das einzige, was feststeht, ist, daß ich die Tat nicht begangen habe. Vermutlich haben Sie es getan ... auf jeden Fall bin ich davon überzeugt!« Mit einem Mal lag offenes Entsetzen in seiner Stimme. »Sie ist Ihnen oft genug hinterhergelaufen, hat immer wieder Streit mit Ihnen gesucht, hat Sie verspottet und grausame und spitze Bemerkungen gemacht.« Er nickte. »Ich war mehr als einmal Zeuge, wie sie Sie angesehen hat. Im Unterschied zu mir hat sie offenbar etwas über Sie aus der Zeit gewußt, bevor Sie in unser Haus gekommen sind, und das hat sie Ihnen deutlich zu verstehen gegeben.«

Dominic merkte, wie ihm das Blut aus dem Gesicht wich. Ihm war klar, daß auch Mallory das mitbekam. Die Siegesgewißheit in den Augen des jungen Mannes war unübersehbar.

»Eigentlich müßten Sie Angst vor Pitt haben«, sagte Mallory triumphierend. »Wenn er auch nur annähernd so klug ist, wie Sie sagen, bekommt er bestimmt heraus, was Unity gewußt hat.«

»Es sieht ganz so aus, als ob dir das nur allzu recht wäre, Mal«, ertönte die Stimme seiner Schwester Clarice von der Treppe her. Keiner der beiden Männer hatte sie kommen hören, obwohl kein Läufer auf den Stufen lag. Jetzt stand sie hinter ihnen. »Ist das nicht ziemlich unchristlich von dir?« Sie riß die Augen weit auf, als handele es sich um eine harmlose Frage.

Mallory lief rot an, aber mehr aus Zorn als aus Beschämung.

»Vermutlich wäre es dir lieber, ich hätte es getan?« fuhr er mit brüchiger Stimme fort. »Das würde dir passen, was? Nicht dein geliebter Vater, den du immer gleich in Schutz nimmst, und nicht der Vikar, den er aus Gott weiß was heraus geschaffen hat. Nur dein Bruder. Paßt das zu deinen sogenannten Moralvorstellungen?«

»Mich stört nicht, daß du Dominic für den Täter hältst«, gab sie ruhig zurück. »Vielleicht ist das deine ehrliche Überzeugung, was weiß ich. Mir mißfällt die Schadenfreude, die du dabei empfindest, und das Überlegenheitsgefühl, das wohl auf deine Überzeugung zurückgeht, daß er in finstere und tragische Dinge verwickelt ist. Ich hatte gar nicht gewußt, daß du ihn so sehr haßt.«

»Ich – ich hasse ihn nicht!« begehrte Mallory auf. Er war erkennbar in die Ecke getrieben. »Wie kannst du so etwas Entsetzliches sagen ... Es ist falsch – und ... entspricht in keiner Weise der Wahrheit.«

»Doch«, sagte sie und schritt die letzten Stufen zum Treppenabsatz empor. »Du hättest vorhin dein Gesicht sehen sollen, als du gesprochen hast, dann würdest du gar nicht erst versuchen, das zu bestreiten. Du hast so große Angst um dich, daß du bereit bist, jedem die Schuld zu geben. Außerdem ist es für dich die ideale Gelegenheit, Dominic heimzuzahlen, daß Unity ihn viel anziehender gefunden hat als dich.«

Mallory lachte. Es war ein häßliches, abgehacktes Lachen ohne jeden Anflug von Erheiterung. Ihm war anzuhören, daß er verletzt war.

»Du hältst dich für so klug, Clarice«, griff er sie an, »warst aber tatsächlich immer dumm. Du glaubst, du stehst da, beobachtest und bekommst alles mit. In Wirklichkeit siehst du nichts. Du bist Dominics wahrem Wesen gegenüber blind.« Seine Stimme wurde lauter. »Hast du ihn je gefragt, wo er war, bevor er hergekommen ist? Hast du dich nach seiner Frau erkundigt oder gefragt, warum er sich nicht schon früher für die Kirche entschieden hat, sondern erst jetzt, mit immerhin fünfundvierzig Jahren? Ist dir das nie befremdlich vorgekommen?«

Ihre Züge waren hart, und ohne den Blick von ihm zu nehmen, sagte sie: »Im Unterschied zu dir bereitet es mir kein Vergnügen, Schwächen und Kummer aus der Vergangenheit anderer Menschen auszugraben. Ich habe nie den geringsten Gedanken daran verschwendet.« Dominic konnte in ihren Augen sehen, daß das nicht der Wahrheit entsprach und daß es sie verletzte. Ihm war zuvor nicht klar gewesen, daß sie verletzlich war. Nie wäre er auf den Gedanken gekommen, daß sich hinter ihrem schnippischen Humor und der Bereitschaft, für die Familie einzustehen, eine Frau verbarg, die solcher Empfindungen fähig war.

»Ich glaube dir nicht«, sagte Mallory. »Wenn es dir so am Herzen liegt, daß Vater nicht der Täter ist, müßte dir doch schon längst der Gedanke gekommen sein, daß es Dominic gewesen sein könnte.«

»Ich bin zu der Überzeugung gelangt, daß es jeder gewesen sein könnte«, gab sie gelassen zur Antwort. »Vor allem aber habe ich darüber nachgedacht, was wir tun werden, wenn wir die Wahrheit wissen. Wie werden wir mit dem Betreffenden umgehen, und wie miteinander? Wie werden wir unsere falschen Verdächtigungen wiedergutmachen, die Worte, die wir gesagt haben und die sich nicht zurücknehmen lassen, Worte, die niemand vergessen kann?« Sie legte die Stirn in Falten. »Wie werden wir mit dem Bewußtsein dessen leben, was wir während dieser vergangenen Woche im jeweils anderen an Selbstsucht und Feigheit gesehen haben? Ich habe dich besser kennengelernt, als ich es mir je gewünscht hätte, Mal, und mir gefällt nicht alles, was ich sehe.«

Er war empört, aber vor allem gekränkt. Er versuchte, etwas zu seiner Rechtfertigung zu sagen, aber es fiel ihm nichts Passendes ein.

Sie mußte erkannt haben, wo er verwundbar war. »Noch ist es nicht vorbei«, sagte sie achselzuckend. »Du kannst dich noch ändern … sofern das dein Wunsch ist. Das heißt, unter Umständen kannst du das.«

»Ich wünsche niemandem, daß er schuldig ist«, sagte er unbeholfen und mit geröteten Wangen. »Aber ich muß mich der Wahrheit stellen. Der einzige Weg zurück führt über die Beichte und die Buße. Ich weiß, daß ich Unity nicht getötet habe, daher muß es entweder Dominic oder Vater gewesen sein … oder du! Aber warum um alles in der Welt hättest du sie töten sollen?«

»Dafür gibt es keinen Grund.« Sie senkte den Blick. Auf ihrem Gesicht zeigten sich Verwirrung und Angst. »Darf ich jetzt vorbeigehen? Du stehst mir im Weg, und ich möchte zu Papa.«

»Wozu?« fragte er. »Du kannst ihm nicht helfen. Geh auf keinen Fall zu ihm, um ihm tröstliche Lügen aufzutischen. Damit machst du alles nur schlimmer.«

Mit einem Mal verlor sie die Beherrschung und wandte sich ihm wütend zu. »Ich werde ihm überhaupt nichts sagen, außer daß ich ihn liebe! Jammerschade, daß du dazu nicht imstande bist! Es wäre für alle weit besser, wenn das der Fall wäre!« Daraufhin wandte sie sich so schwungvoll ab, daß sie mit dem Ellbogen gegen den Geländerpfosten stieß. Ohne darauf zu achten, ging sie über den Treppenabsatz und den Gang zum Studierzimmer ihres Vaters, öffnete ohne anzuklopfen und trat ein.

»Vielleicht sollten Sie sich wieder mit Ihren Büchern beschäftigen«, sagte Dominic mit ätzender Schärfe. »Probieren Sie es mal mit der Bibel. Sie könnten nach einer Stelle suchen, an der es heißt: ›Ein neues Gebot gebe ich euch, daß ihr euch untereinander liebet‹!« Dann ging er nach unten.

Im Vestibül stieß er auf Vita, die mit einer Schale Hyazinthen aus dem Empfangszimmer kam. Sie blieb vor ihm stehen und sah ihn ruhig an. Ihm war klar, daß sie zumindest einen Teil des Streites mit angehört haben mußte.

»Da drin vertrocknen sie«, sagte sie zusammenhanglos, ohne auf die Hyazinthen zu sehen. »Vermutlich liegt es am Kaminfeuer. Ich sollte sie wohl für eine Weile in den Wintergarten zurückstellen. Vielleicht finde ich dort eine Pflanze, die es im Empfangszimmer besser aushält.« Sie machte sich daran, durch das Vestibül zu gehen, und er folgte ihr.

»Darf ich Ihnen das abnehmen?«

Sie gab ihm die Schale, und sie gingen gemeinsam in den Wintergarten. Sie schloß die Glastüren und führte ihn ans hintere Ende des Gewächshauses, wo Blumentöpfe auf einer Stellage standen. Er setzte die Schale mit den Hyazinthen ab.

»Wie lange wird das noch andauern?« fragte sie leise. Es sah aus, als sei sie den Tränen nahe und könne die Fassung nur mit Mühe bewahren. »Wir gehen daran zugrunde, Dominic.«

»Ich weiß.« Wie gern hätte er eine Möglichkeit gehabt, ihr zu helfen! Er spürte ihre Qual und Angst fast so deutlich wie den Geruch der Winterlilien und der weißen Narzissen.

»Sie haben sich mit Mallory gestritten, nicht wahr?« Sie sagte das, ohne den Blick von den Blumen zu nehmen.

»Ja. Aber es war nichts Wichtiges. Unsere Nerven sind zur Zeit nicht die besten.«

Sie wandte sich lächelnd zu ihm um, doch lag auf ihren Zügen ein Tadel. »Das ist sehr freundlich von Ihnen, Dominic«, sagte sie. »Aber ich weiß, daß es nicht der Wahrheit entspricht. Versuchen Sie bitte nicht, mich aus allem herauszuhalten. Ich sehe selbst, was mit uns geschieht. Wir haben Angst vor der Polizei, Angst voreinander ... Angst davor, etwas zu erfahren, was unsere Welt für immer verändern wird.« Sie schloß die Augen; ihre Stimme zitterte. »Ein Prozeß ist in Gang gekommen, den wir weder aufhalten noch unter Kontrolle bringen können. Niemand von uns vermag zu sehen, wie alles ausgehen wird. Mitunter habe ich so große Angst, daß es mir vorkommt, als müsse mein Herz stehenbleiben.«

Er konnte nichts sagen oder tun, ohne alles zu verschlimmern, den Eindruck zu erwecken, uneinfühlsam oder töricht zu sein, oder einen falschen Trost zu bieten, an den weder sie noch er glaubte.

»Vita!« Er merkte nicht, daß er sie mit Vornamen anredete. »Wir können nur eins tun: jede Stunde leben, wie sie kommt, und unser Bestes geben. Uns ehrenhaft und barmherzig verhalten, auf Gott vertrauen und darauf, daß wir ertragen können, was auch immer kommen mag.«

Sie hob den Blick zu ihm. »Meinen Sie, Dominic? Ich glaube, mein Mann ist ziemlich am Ende.« Sie schluckte. »Im einen Augenblick ist er so, wie wir ihn alle kennen: geduldig, gelassen und so vernünftig, daß es ... beinahe langweilig ist.« Ein Schauer überlief sie. »Im nächsten verliert er vollständig die Gewalt über sich und ist wie ausgewechselt. Man könnte glauben, daß in ihm eine entsetzliche Wut gegen die Welt tobt, gegen ... ich weiß nicht ... gegen Gott ... weil Er nicht da ist, während Ramsay so viele Jahre hindurch geglaubt hat, Er sei da.«

»Ich habe keinen Zorn gesehen«, sagte Dominic langsam und versuchte, sich an seine Gespräche mit Parmenter zu erinnern und an die Gefühle, die dabei zutage gekommen waren. »Ich denke, er ist enttäuscht, weil die Dinge nicht so sind, wie er angenommen hat. Wenn er wütend wäre, würde das Gefühl nur Menschen gelten, von denen er vermutet, daß sie ihn in die Irre geführt haben. In dem Fall aber wären sie auch selbst in die Irre geführt worden. Darüber aber kann man lediglich traurig sein ... Vorwürfe kann man solchen Menschen nicht machen.«

»Sie können das nicht, weil Sie anständig sind«, fuhr sie fort, ein schwaches Lächeln auf den Lippen. »Ramsay ist schrecklich verwirrt ... ich weiß nicht recht. Ich glaube, er hat Angst.« Sie suchte in Dominics Gesicht, um zu sehen, ob er verstand, was sie sagen wollte. »Er tut mir so leid. Klingt das überheblich? Das ist nicht meine Absicht. Aber manchmal kann ich die Furcht in seinen Augen erkennen. Er ist so allein ... und vermutlich schämt er sich, obwohl er das nie zugeben würde.«

»Niemand braucht sich seiner Zweifel zu schämen«, gab er zur Antwort. »Eher gehört eine besondere Art Mut dazu, sich weiterhin zu verhalten, als ob man glaubte, während man es in Wirklichkeit nicht mehr fertigbringt. Ich kann mir nicht vorstellen, daß es auf der Welt eine schrecklichere Einsamkeit gibt als die, die sich einstellt, wenn man den Glauben verloren hat.«

»Der arme Ramsay«, flüsterte sie und sah auf ihre ineinander verschlungenen Hände hinab. »Menschen, die Angst haben, tun sonderbare Dinge, die gar nicht zu dem passen, was man von ihnen zu kennen glaubt. Ich erinnere mich, wie mein Bruder einmal, als er Angst hatte ...«

»Ich wußte gar nicht, daß Sie einen Bruder haben.«

Sie lachte leise. »Woher auch? Ich spreche nicht oft von ihm. Er ist älter als ich und hat sich mitunter nicht besonders gut aufgeführt. Mein Vater war dann jedesmal schrecklich enttäuscht und aufgebracht. Als Clive mit dem Glücksspiel anfing und seine Schulden nicht bezahlen konnte, hat er vollständig den Kopf verloren und Tafelsilber verkauft, das er aus unserem Elternhaus gestohlen hatte. Natürlich hat er nicht einen Bruchteil dessen bekommen, was es wert war, und

Papa mußte doppelt soviel zahlen, um es wieder einzulösen. Es war alles entsetzlich und sah Clive gar nicht ähnlich. Er hatte es aus Angst getan.«

Dominic spürte, wie ein Gefühl der Schwere von ihm Besitz ergriff.

»Sie glauben, daß Ramsay Unity getötet hat, nicht wahr?«

Sie schloß fest die Augen. »Ich befürchte das ... ja. Ich weiß genau, daß Sie es nicht gewesen sein können.« Es klang wie eine unbestreitbare Tatsachenaussage. »Und ich glaube nicht, daß Mallory es war. Ich ... Dominic, ich habe sie schreien hören!« Ein Schauer überlief sie. »Das allein würde nicht genügen, aber ich habe ja auch miterlebt, wie er die Beherrschung verloren hat.« Unwillkürlich faßte sie nach ihrer Wange, wo die schmerzhaften Spuren noch zu erkennen waren. »Er war ein völlig anderer Mensch, ohne jede Selbstbeherrschung. Normalerweise hätte er mir das nie angetan. Er hat nie im Leben die Hand gegen mich erhoben.« Wieder erschauerte sie. »Irgend etwas ist mit ihm, Dominic. Etwas Schreckliches hat von ihm Besitz ergriffen ... als wäre etwas in ihm zerbrochen. Ich – ich weiß nicht, was ich tun soll!«

»Ich auch nicht«, gestand Dominic unglücklich. »Vielleicht sollte ich noch einmal mit ihm zu reden versuchen?« Zwar entsprach das nicht im geringsten seinen Wünschen, denn schon der bloße Gedanke daran kam ihm wie ein Eindringen in Parmenters Privatsphäre vor, doch wie hätte er sie mit ihrer Sorge allein lassen können? Sie liebte Ramsay und mußte mit ansehen, wie er in einen Gefühlsstrudel hineingezogen wurde, den sie weder begreifen noch aufhalten konnte. Er wurde ihr entzogen, ihnen allen. Dominic wußte nur allzu gut, wie es war, auf diese Weise hinabgezogen und von der Verzweiflung erstickt zu werden. Er hatte während der wenigen Wochen, die er in dem Hause in Icehouse Wood verbracht hatte, den Wunsch gehabt, sich das Leben zu nehmen. Weder die Liebe zum Leben noch die Hoffnung hatte ihn daran gehindert, sondern lediglich seine Feigheit. Doch Parmenter war nicht vor ihm zurückgewichen und hatte sich auch nicht von der schwierigen Lage hindern lassen, ihm seine helfende Hand zu bieten.

»Nein ...«, sagte Vita sanft. »Jedenfalls noch nicht. Er wird es nur bestreiten und sich darüber aufregen. Bestimmt haben Sie es bereits versucht ... oder etwa nicht?«

»Ja, aber ...«

Sie legte ihm eine Hand auf den Arm. »In dem Fall, mein Lieber, ist das beste, was Sie tun können, zu den Menschen zu gehen, die seinen Besuch erwarten. Übernehmen Sie seine Pflichten, die er zur Zeit nicht erfüllen kann. Treten Sie den Menschen mit der Würde und Achtung entgegen, die er immer für sie aufgebracht hat. Lassen Sie sie nicht merken, was aus ihm geworden ist. Diese Menschen sind auf das angewiesen, was er für sie tun könnte, wenn er bei sich wäre. Es gibt Dinge zu organisieren, Entscheidungen zu treffen, zu denen er im Augenblick nicht fähig ist. Tun Sie es für ihn ... für uns alle.«

Er zögerte. »Eigentlich kann ich das nicht verantworten ...«

Entschlossen, den Kopf emporgereckt, sagte sie: »Sie müssen die Verantwortung übernehmen.«

Im Grunde war er bereit, das zu tun, suchte er doch in Wahrheit einen Vorwand, mit Anstand das Haus verlassen zu können, in dem Mißtrauen und gegenseitiger Groll herrschten und allen die Angst wie Kälte bis ins Knochenmark zu dringen schien. Er hatte nicht den Wunsch, erneut mit Mallory zu streiten, Tryphenas Kummer zu sehen oder sich eine Möglichkeit zu überlegen, wie er Parmenter gegenübertreten könnte, ohne aufdringlich oder anklagend zu wirken.

Überrascht stellte er fest, daß Clarice der einzige Mensch war, an den er mit einer gewissen Erleichterung denken konnte, trotz der abscheulichen Dinge, die sie gelegentlich sagte. Er begriff, warum sie das tat, und fand trotz seiner Vorbehalte und im Unterschied zu allen anderen im Hause teilweise lustig, was sie sagte. Immerhin ging es auf ungeheuchelte Empfindungen zurück, die er achtete.

»Ja«, sagte er entschlossen. »Das wäre wohl das beste.« Ohne sich auf weitere Diskussionen einzulassen, verabschiedete er sich von Vita, besorgte sich die für die Besuche bei den Gemeindemitgliedern notwendigen Adressen und Angaben, nahm Hut und Mantel und ging aus dem Haus.

Es war einer jener Vorfrühlingstage, an denen der Wind die Wolken über den Himmel jagt, so daß in einer Minute alles in Helligkeit gebadet daliegt, in der nächsten aber wieder Kälte und Schatten herrschen und gleich darauf, wenn sich die Sonnenstrahlen in Regentropfen brechen, alles silbern und golden glänzt. Er schritt kräftig aus. Hätte es nicht lächerlich ausgesehen, er wäre am liebsten gerannt, so sehr genoß er die Augenblicke der Freiheit.

Er erledigte, was zu tun war. Obwohl er alles in die Länge zog, so gut es ging, hatte er um halb sechs keinen weiteren Anlaß, die Rückkehr nach Brunswick Gardens weiter hinauszuzögern, und war um sechs wieder im Hause.

Als erste sah er Clarice, die im Licht des frühen Abends allein auf der geschützt liegenden Terrasse saß und einige Minuten des Alleinseins genoß. In der Annahme, sie gestört zu haben, bat er um Entschuldigung und wollte sich wieder umwenden und gehen.

»Bleiben Sie bitte!« sagte sie rasch. Sie trug ein ekrüfarbenes Mousselinkleid und hatte sich ein grünweißes Tuch um die Schultern gelegt. Es stand ihr überraschend gut. Unwillkürlich mußte er an das helle Licht eines Sommermorgens denken, die frühe Stunde, zu der noch niemanden der Gedanke bedrückt, was im Lauf des Tages geschehen wird.

Mit einem Lächeln fragte sie: »Wie waren die Besuche?«

»Nichts Bemerkenswertes«, antwortete er ehrlich. Ihr gegenüber hielt er nie mit etwas hinter dem Berg.

»Aber es ist doch bestimmt schön, wenn man hinaus kann«, sagte sie verständnisvoll. »Ich hätte gern einen Grund, all dem für eine Weile zu entfliehen. Das Warten zehrt am meisten an den Nerven, nicht wahr?« Sie wandte sich ab und sah auf den Rasen und die Koniferen. »Manchmal glaube ich, in der Hölle geht es nicht darum, daß etwas Schreckliches geschieht, sondern daß man auf etwas wartet und nie sicher sein darf, ob es geschieht. Man läßt sich von der Hoffnung emportragen, stürzt in die Tiefen der Verzweiflung, dann geht es wieder aufwärts und aufs neue abwärts. Eine Weile ist man so erschöpft, daß einem alles gleichgültig ist, dann fängt alles wieder von vorn an. Fortwährende Verzweiflung würde fast eine Erleichterung bedeuten, mit der man leben könnte. Zu hoffen kostet ungeheuer viel Kraft.«

Ohne etwas zu sagen versuchte er, darüber nachzudenken.

Sie sah ihn an. »Wollen Sie mir nicht sagen, daß es bald vorüber ist?«

»Ich weiß nicht, ob es sich so verhält.« Dann schämte er sich, so freimütig gesprochen zu haben. Er verhielt sich wie ein kleines Kind, dabei war er fast zwanzig Jahre älter als sie. Sie hatte eine bessere Behandlung verdient. Warum hielt er sie für die Stärkere? Wenn er Vita beschützen konnte, sollte er erst recht imstande sein, Clarice zu beschützen. »Es tut mir leid«, entschuldigte er sich. »Wahrscheinlich doch. Pitt wird die Wahrheit ans Licht bringen.«

Sie lächelte. »Sie schwindeln … aber aus achtbaren Gründen.« Sie zuckte leicht die Schultern und zog das Tuch fester um sich zusammen. »Tun Sie es bitte nicht. Ich weiß, daß Sie mich schonen wollen und damit Ihre seelsorgerische Pflicht erfüllen. Aber legen Sie doch eine Weile den Priesterkragen ab, und seien Sie ein gewöhnlicher Mensch. Mag sein, daß es Ihrem Pitt gelingt, die Wahrheit zu ergründen, vielleicht aber auch nicht. Ich habe mich mit der Möglichkeit abgefunden, daß wir unter Umständen auf alle Zeiten so wie jetzt weiterleben müssen.« Ihr Mund verzog sich ganz leicht, als verspotte sie sich selbst. »Ich für meinen Teil habe bereits entschieden, was ich glaube, ich meine, womit ich leben werde, so daß ich nachts nicht wach liegen und mich quälen muß, weil ich alles immer wieder in meinem Kopf hin und her wende. Ich brauche eine Möglichkeit, den Alltag zu bewältigen.«

Ein halbes Dutzend Stare erhob sich schwirrend aus den Bäumen am hinteren Ende des Rasens und ließ sich vom Wind aufwärts tragen. Vor dem Himmel wirkten sie schwarz.

»Selbst wenn es nicht der Wirklichkeit entspricht?« fragte er ungläubig.

»Vermutlich tut es das«, gab sie zurück, reglos vor sich hinblickend. »Auf jeden Fall müssen wir weitermachen. Wir können nicht einfach mit allem anderen aufhören und uns immer wieder mit demselben elenden Rätsel beschäftigen. Einer von uns war es. Vor dieser Erkenntnis dürfen wir nicht davonlaufen; wir müssen sie akzeptieren. Es hat keinen Sinn, daran zu denken, wie entsetzlich das ist. Ich habe lange wach gelegen und die Sache immer wieder durchdacht. Ganz gleich, wer es getan hat, es ist jemand, den ich kenne und liebe. Ich kann nicht wegen dieser Tat aufhören, diesen Menschen zu lieben. So etwas tut man einfach nicht! Wenn man jemanden nicht mehr liebte, weil der Betreffende etwas getan hat, was man nicht billigen kann, wäre keine Liebe von Dauer. Keiner von uns würde geliebt, weil jeder von uns von Zeit zu Zeit etwas Schäbiges, Törichtes oder Tückisches tut. Wer einen Menschen liebt, dem ist es gleich, ob er dessen Handeln versteht oder nicht.«

Sie sah nicht ihn an, sondern zu den länger werdenden Schatten auf dem Rasen hinüber, die die sinkende Sonne warf.

»Und zu welchem Ergebnis sind Sie gekommen?« fragte er ruhig. Mit einem Mal fürchtete er, sie werde sagen, er sei der Täter. Die Erkenntnis, wie sehr ihn das schmerzen würde, erstaunte ihn. Es war ihm ungeheuer wichtig, daß sie nicht glaubte, er habe unter dem Dach ihres Vaters eine Affäre mit Unity gehabt und sie in einem Anfall von Wut und Verzweiflung in den Tod gestoßen, selbst wenn sie imstande war zu glauben, daß es nicht mit Absicht geschehen war. Auf der anderen Seite wäre es ihm nach allem, was Parmenter für ihn getan hatte, nicht recht, daß man ihn statt seiner verdächtigte.

Er wartete. Schweißperlen bildeten sich auf seiner Haut.

»Ich bin zu dem Ergebnis gekommen, daß Mallory ein Verhältnis mit Unity hatte«, sagte sie, äußerlich gelassen. »Liebe war es nicht. Ich glaube, es war für ihn eine Versuchung. Sie wollte ihn, weil er ein Keuschheitsgelübde abgelegt hatte und sich zu einem Glauben bekannte, den sie widersinnig fand.«

Die Stare kamen zurückgeflogen und verschwanden hinter den Pappeln.

»Sie wollte ihm zeigen, daß er sein Vorhaben nicht durchhalten konnte und ohnehin alles sinnlos war«, fuhr sie fort. »Also hat sie beschlossen, ihn von seinem Weg fortzulocken, und das ist ihr gelungen. Für sie war das eine Art Sieg ... nicht nur über Mallory, sondern über die ganze von Männern beherrschte Kirche, die sie von oben herab behandelt und ausgeschlossen hatte, weil sie eine Frau war.« Sie seufzte. »Das Entsetzliche ist, daß ich ihr dies Verhalten nicht wirklich übelnehmen kann. Zwar war es töricht und zerstörerisch, aber wer nur oft genug zurückgewiesen wird, leidet darunter so sehr, daß er zurückschlägt, wo immer er eine Möglichkeit dazu sieht. Dafür sucht man sich verletzliche Menschen aus, und das sind nicht unbedingt die, die einen angegriffen haben. In gewisser Weise verkörpert Mallory den wundesten Punkt der Religion: menschliche Eitelkeit und Begierde. Unity hat es auch mit Papas Zweifeln versucht, aber ein solcher Sieg ist sehr viel schwerer zu erkennen oder zu bemessen.«

Er sah sie an, als könne er nicht wirklich glauben, was sie sagte. Dennoch ergaben ihre Worte durchaus einen Sinn. Ungewöhnlich daran war lediglich, daß sie sie aussprach.

»Warum hätte Mallory sie töten sollen?« fragte er, von einem Hustenanfall unterbrochen, mit trockenem Mund.

»Natürlich weil sie ihn erpreßt hat«, gab sie zur Antwort, als liege das auf der Hand. »Sie war in anderen Umständen. Pitt hat es Papa gesagt, und von ihm habe ich es erfahren. Bestimmt weiß es inzwischen jeder.« Ein Windstoß zerzauste ihr Haar und zerrte an den losen Enden ihres Umschlagtuchs. Sie zog es fester um sich. »Das wäre das Ende seiner Laufbahn, nicht wahr?« fuhr sie fort. »Niemand, der einer Frau ein Kind angehängt und sie dann sitzenlassen hat, kann in der katholischen Kirche auf eine großartige Karriere hoffen – nicht einmal dann, wenn sie die Verführerin war.«

»Ist sein Ziel denn eine großartige Karriere in der Kirche?« fragte er überrascht. Es hatte mit der Sache nichts zu tun, aber er hatte sich Mallory nie als ehrgeizig vorgestellt, sondern ganz im Gegenteil angenommen, der katholische Glaube diene ihm als Stütze, die ihn aufrechterhalten und ihm die Gewißheit verleihen sollte,die ihm die Kirche seines Vaters nicht gegeben hatte.

»Vielleicht nicht«, stimmte sie zu. »Aber mit einer solchen Vergangenheit würde es ja wohl nicht einmal zu einer mittelmäßigen Karriere reichen.«

»Haben Sie irgendeinen Anlaß, zu glauben, was Sie soeben gesagt haben?« fragte er, unsicher, was sie von ihm hören wollte. Er merkte, wie wenig er sie kannte. Klammerte sie sich an Strohhalme, gab sie sich Mühe, unter allen Umständen tapfer zu sein, oder benutzte sie einfach ihren praktischen Verstand? Da lebte er seit Monaten im Hause, kannte Ramsay seit Jahren und hatte Clarice offensichtlich einfach zur Kenntnis genommen, ohne sich je zu fragen, was für ein Mensch sie sein mochte. »Falls Ihnen Tatsachen bekannt sind ...«, begann er und rückte dabei, ohne es zu merken, näher an sie heran. Dann fiel ihm ein, daß Mallory ihr Bruder war. In was für einem entsetzlichen Konflikt der Gefühle sie sich befinden mußte! Er sah ihren Augen an, wie sehr es sie quälte.

»Die ganze Art, wie er sich gibt«, sagte sie rasch. »Er hat sich seit Unitys Tod deutlich verändert. Das ist nicht sehr klug von ihm. Allerdings ist er wohl auch im Umgang mit Menschen und in Alltagsdingen nicht besonders klug.« In ihr Umschlagtuch gehüllt, hielt sie den Blick auf ihre Arme gesenkt. Offensichtlich war ihr kalt. Die Sonne war hinter den Pappeln untergegangen. »Sein Bücherwissen ist mustergültig, ganz wie bei Papa«, sagte sie, als spreche sie mit sich selbst. »Ich kann mir freilich nicht vorstellen, daß ihm das als Priester etwas nützen wird. Aber es gibt an der Kirche viele Dinge, die ich nicht verstehe. Bestimmt hat sie ihn zu einer ganzen Menge getrieben.« Offensichtlich bezog sie sich damit erneut auf Unity. »Ihr hat das Spaß gemacht. Das war ihrem Gesicht anzusehen. Je mehr ihm etwas zuwider war, desto mehr Befriedigung hat es ihr verschafft. Ich kann das verstehen.« Sie gab sich große Mühe, jedem gerecht zu werden. »Er sitzt manchmal auf einem unglaublich hohen Roß und ist so eingebildet, daß man schreien könnte. Wahrscheinlich hätte auch ich ihn ab und zu gern ein bißchen gepiesackt, wenn ich gewußt hätte, wie.«

Der Wind seufzte in den Bäumen. Keiner von beiden hatte gehört, wie Tryphena durch die Tür zum Salon auf den Steinweg herausgetreten war. Sie trug Schwarz und wirkte bleich und mitgenommen. Es war deutlich zu sehen, daß sie entrüstet war.

»Das will ich gern glauben, daß du ihn mit Wonne gepiesackt hättest«, sagte sie voll Bitterkeit. »Du warst immer neidisch, weil du nicht weißt, was du mit dir selbst anfangen sollst. Mallory hat etwas gefunden, woran ihm von ganzem Herzen liegt, eine Sache, der er sein Leben weihen will. Ich weiß, daß das albern ist, aber es ist ihm wichtig.« Sie trat vollständig auf die Terrasse heraus. »Auch ich habe so etwas gefunden, du aber stehst mit leeren Händen da. Trotz deiner ganzen Bildung, die du Papa abgetrotzt hast, ziehst du nur über andere Leute her und kommst ihnen in die Quere.«

»Ich kann schließlich kaum etwas damit anfangen!« schlug Clarice zurück und wandte sich ihrer Schwester zu. »Was kann eine Frau schon tun, außer eine Stelle als Gouvernante antreten? Ganze Generationen von uns unterrichten die nächste Generation, und niemand tut etwas anderes mit dem Wissen, als es weiterzugeben. Es ist wie das blöde Spiel ›Stille Post‹. Niemand achtet auf den Sinn der Botschaft, niemand versucht, sich danach zu richten.«

»Warum kämpfst du dann nicht wie Unity für die Freiheit?« fragte Tryphena und trat noch näher. Da sie ein wollenes Kleid trug, fror sie nicht. »Weil du nicht den Mut dazu hast!« beantwortete sie ihre eigene Frage. »Das überläßt du anderen. Dir genügt es, daß man dir die Trophäe überreicht, wenn der Kampf vorüber ist. Nur weil du glaubst, daß du in der Schule ebenso gut warst wie Mallory ...«

»Das stimmt auch! Eigentlich war ich sogar besser.«

»Nicht die Spur. Nur schneller.«

»Besser. Ich hatte bessere Noten als er.«

»Das ist unerheblich, denn das Höchste, was du je erreichen könntest, wäre, die Frau eines Geistlichen zu werden, vorausgesetzt du findest einen, der dich haben will. Dazu aber braucht es keinerlei Gelehrsamkeit«, fuhr sie mit verächtlicher Handbewegung fort, »lediglich Taktgefühl, ein süßes Lächeln und die Fähigkeit, jedem zuzuhören und ein interessiertes Gesicht aufzusetzen, ganz gleich, wie langweilig oder unsinnig das ist, worum es geht – und niemals darfst du etwas weitersagen, was dir jemand anvertraut. Das aber könntest du nicht einmal dann, wenn dein Leben davon abhinge!« Tryphenas

Blick war vernichtend. »Kein Geistlicher will eine Frau, die ihm seine Predigten schreiben könnte. Und Theologie kannst du ja wohl kaum unterrichten – offiziell dürftest du nicht einmal etwas darüber wissen. Wenn du auch nur eine Spur von Mumm hättest, würdest du für die Anerkennung der Rechte der Frau und ihre Gleichberechtigung kämpfen, statt in absolut lächerlicher Weise zu versuchen, Mallory eine Schuld anzudichten.« Sie sah in die zunehmende Abenddämmerung hinaus. »Unity wäre nie so tief gesunken, jemanden zu erpressen. Da sieht man deutlich, wie wenig du sie kennst.«

»Es zeigt, wie wenig wir alle sie kennen«, sagte Clarice mit Nachdruck. »Irgend jemand muß ja schließlich der Vater ihres Kindes sein. Wenn du sie so gut kennst, weißt du vermutlich auch, wer das ist?«

Tryphenas Gesicht verschloß sich, ihre Züge wurden hart. Wäre es nicht so dunkel gewesen, man hätte sehen können, wie sie errötete. »Über solche Dinge haben wir nicht miteinander gesprochen! Unsere Unterhaltungen haben sich auf einem weit höheren Niveau bewegt. Ich erwarte nicht, daß ihr das versteht.«

Clarice brach in Lachen aus. Eine leicht hysterische Note lag darin.

»Du meinst wohl, sie hat dir nicht gesagt, daß sie Mallory verführt und anschließend erpreßt hat, um sich einen Spaß zu machen«, brach es aus ihr heraus. »Das überrascht mich nicht besonders. Es würde ja wohl auch nicht zum Bild der großen Heldin passen, das du von ihr hast, oder? Aus solchem Holz werden keine bedeutenden Märtyrerinnen geschnitzt. Damit hat sie der Sache einen Bärendienst erwiesen – sogar einen ziemlich schmuddeligen. Wenn man es recht bedenkt …«

»Du bist widerlich!« stieß Tryphena zwischen zusammengebissenen Zähnen hervor. »An allen Menschen hast du etwas herumzumäkeln, außer an deinem einzigartigen Papa. Du warst schon immer sein Liebling, und Mallory kannst du deshalb nicht leiden, weil du meinst, daß er Papa mit seinem Übertritt zur katholischen Kirche verraten hat.« Sie stieß ein hartes Lachen aus. »Damit hat er ihm einen harten Schlag versetzt. Wie will jemand, der nicht einmal seinen eigenen Sohn überzeugen kann, eine ganze Gemeinde überzeugen? Du willst die Dinge nicht wahrhaben, wie sie sind! Lieber bringst du deinen Bruder an den Galgen, als dich der Wahrheit zu stellen. Du hast ihm nie verziehen, daß er Möglichkeiten hatte, die du gern gehabt und deiner Ansicht nach auch viel besser genutzt hättest. Du hättest Papa nie enttäuscht. So etwas denkt sich leicht – du hast ja nie etwas tun müssen, um das zu beweisen!«

Clarice biß sich auf die Lippe. Dominic konnte sehen, daß sie nur mit größter Mühe Haltung bewahrte, und einen Augenblick lang sah es so aus, als finde sie vor Entsetzen keine Worte. Tryphenas Wutanfall war fast wie ein körperlicher Schlag.

Dominic zitterte, als hätte der Angriff auch ihm gegolten, und ohne sich zu bedenken, griff er ein. Das hatte nichts mit Vernunft oder Moral zu tun, sondern ging lediglich auf seine Empörung und seinen Beschützerinstinkt zurück. Er wandte sich an Tryphena: »Was in der Schule war, hat mit Unity nichts zu tun! Wer auch immer ihr Kind gezeugt hat, auf keinen Fall war es Ihre Schwester Clarice. Sie ärgern sich offensichtlich, weil Sie angenommen hatten, Unity habe Ihnen alles gesagt. Das aber ist nicht der Fall, denn sie hat etwas Entscheidendes ausgespart.« Während er sprach, wurde ihm klar, daß er sich auf ein äußerst gefährliches Pflaster begeben hatte, dennoch fuhr er fort: »Sie fühlen sich ausgeschlossen, weil Unity Ihnen nicht genug vertraut hat, um Ihnen das mitzuteilen, und jetzt versuchen Sie, allen anderen die Schuld daran zu geben.«

Tryphena sah ihn mit funkelnden Augen an. »Nicht allen!« sagte sie spitz. »Ich habe sie gut genug gekannt, um zu wissen, daß sie niemals jemanden erpreßt hätte. Zu derlei hätte sie sich nie herabgelassen. Keiner von euch hat etwas besessen, wonach ihr der Sinn gestanden hätte. Sie hat euch verachtet. Nie hätte sie sich ... besudelt!«

»Natürlich nicht!« sagte Clarice schneidend. »Die Wiederkunft Christi. Noch ein Fall von unbefleckter Empfängnis? Wenn du dich ein bißchen mehr mit Theologie beschäftigt hättest und beschlagen wärest wie Mal, von mir ganz zu schweigen, wüßtest du, daß der Herr beim nächsten Mal vom Himmel herabsteigt, aber nicht noch einmal als Mensch geboren wird – nicht einmal von Unity Bellwood!«

»Das ist lachhaft«, blaffte Tryphena. »Und gotteslästerlich obendrein! Trotz deines Theologiestudiums hast du nicht die blasseste Ahnung von Ethik.«

»Und du nicht von Liebe!« gab Clarice zurück. »Alles, was du kennst, ist Hysterie, Selbstsucht und – deine fixen Ideen.«

»Wen hast du denn schon geliebt?« Tryphena lachte unbeherrscht. »Unity wußte, was Liebe, Leidenschaft, Vertrauen und Opfermut bedeuten! Obwohl man ihr Vertrauen mißbraucht und sie links liegengelassen hat, hat sie in ihrem Leben mehr geliebt, als du je lieben wirst. Du lebst nur halb. Du bist jämmerlich, von Neid zerfressen. Ich verachte dich.«

»Das tust du mit allen Menschen«, erklärte Clarice und hielt ihr Umschlagtuch fest, in das ein Windstoß gefahren war. Ihr Haar begann sich zu lösen. »Deine ganze Weltanschauung gründet sich auf deine Vorstellung, daß du besser bist als jeder andere. Ich kann mir gut vorstellen, wie Unity darunter gelitten hat, ein Kind zu bekommen – von einem Sterblichen. Wahrscheinlich hat sie sich die Treppe hinabgestürzt, weil sie es auf diese Weise zu verlieren hoffte.«

Mit weit aufgerissenen Augen fuhr Tryphena herum und schlug Clarice so fest ins Gesicht, daß diese das Gleichgewicht verlor und Dominic sie halten mußte.

»Du elendes Luder!« zischte Tryphena. »Du Miststück! Du schreckst wohl vor gar nichts zurück, wenn es darum geht, jemanden zu decken, den du liebst, ganz gleich, was er getan hat? Du hast nicht die Spur von Ehrgefühl und weißt auch nicht, was Wahrheitsliebe ist. Hast du dir schon mal überlegt, wo Papa deinen hochgeschätzten Dominic aufgegabelt hat?« Sie machte eine Handbewegung in seine Richtung, ohne ihn anzusehen. »Und was er da getrieben hat? Wie kommt ein Mann seines Alters wohl mit einem Mal auf den Gedanken, in die Kirche einzutreten und Geistlicher zu werden, na? Was hat er getan, das so entsetzlich ist, daß er den Rest seines Lebens dafür büßen will? Sieh ihn dir an!« Sie wies erneut mit einem Finger auf Dominic. »Sieh dir sein Gesicht an. Glaubst du, daß er wirklich für immer die Finger von den Frauen läßt und auf die Sinnenlust verzichtet hat? Es wird Zeit, daß du die Welt siehst, wie sie ist, Clarice, und nicht, wie deine theologischen Studien sie dir gezeigt haben!«

Dominic spürte, wie es ihn vor Angst eiskalt überlief. Was mochte Unity ihrer Seelenfreundin über ihn erzählt haben? Was würde Clarice von ihm denken? Und noch viel schlimmer wäre es, wenn Pitt davon erführe. Er konnte sich nicht länger der Täuschung hingeben, daß Pitt nicht zumindest teilweise nur allzu gern die Schuld bei ihm sehen würde. Er hatte Charlottes frühe Träume nie vergessen, die sich um Dominic gedreht hatten, auch wenn es nichts als Träume gewesen waren.

Er hätte sich gern zur Wehr gesetzt – aber wie konnte er das? Mit welchen Waffen?

Tryphena lachte laut und hysterisch.

»Genau deswegen bist du eine Gottesleugnerin«, sagte Clarice ganz gelassen in ihr Gelächter hinein. »Du magst die Menschen nicht, und du kannst dir nicht vorstellen, daß sie fähig sind, sich zu ändern und hinter sich zu lassen, was früher war. Du glaubst nicht wirklich an Hoffnung. Du begreifst sie nicht. Ich habe keine Vorstellung, wo ihn Papa kennengelernt oder was er damals getan hat, und es ist mir auch gleichgültig. Mich interessiert nur, was er jetzt ist. Wenn Papa mit seiner Wesensänderung zufrieden ist, will auch ich es sein. Ich brauche nichts darüber zu wissen. Es geht mich nichts an. Irgend jemand hat Unity in den vergangenen drei Monaten ein Kind angehängt. Nahezu die einzigen Orte, an denen sie sich außer in unserem Haus aufgehalten hat, waren die öffentliche Bibliothek, der Konzertsaal und die Stätten, an denen diese gräßlichen politischen Veranstaltungen stattfinden. Und du hast sie überallhin begleitet. Deshalb muß es jemand in diesem Hause gewesen sein. Du kanntest Unity. Was glaubst du, wer es war?«

Tryphena sah sie unverwandt an, mit einem Mal traten ihr Tränen in die Augen. Sie war wieder vollständig allein, die Wut war verflogen, im Gefühl des Verlusts aufgegangen. Der Zorn vermochte nicht, die Leere lange zu vertreiben, und als er dahinschwand, stand sie noch ärmer da als zuvor.

»Entschuldige«, sagte Clarice sehr ruhig und trat einen Schritt auf sie zu. »Ich habe nur deshalb gesagt, daß es Mallory war, weil jede beliebige Art von Gewißheit besser ist, als wenn wir uns von einer Angst zur nächsten quälen. Ich halte es für das Wahrscheinlichste. Wenn du wissen möchtest, was meiner Ansicht nach geschehen ist, sage ich dir, daß ich ihren Tod für einen Unfall halte. Wahrscheinlich haben sie sich gestritten, beide haben die Beherrschung verloren, und jetzt hat Mallory Angst, das zuzugeben.«

Tryphena schniefte, ihre Augen waren rot gerändert. »Aber ich habe doch gehört, wie sie ›Nein, nein, Reverend!‹ gerufen hat.« Sie schluckte.

Dominic gab ihr ein Taschentuch, das sie nahm, ohne ihn anzusehen.

»Das war ein Hilferuf«, sagte Clarice entschieden.

Tryphena blinzelte. Sie zuckte ganz leicht mit den Achseln, es war eher eine Geste des Schmerzes als der Bestätigung, dann wandte sie sich um und ging ins Haus, ohne Dominic anzusehen.

»Ich bedaure das.« Clarice sah ihn an. »Ich vermute, daß sie das meiste von dem, was sie gesagt hat, nicht so meint. Denken – denken Sie nicht weiter darüber nach. Wenn es Ihnen recht ist, werde ich hinaufgehen und nach Papa sehen.«

Ohne seine Antwort abzuwarten, verschwand auch sie durch die Terrassentür in den Salon.

Dominic ging in der zunehmenden Dunkelheit langsam durch den Garten. Der schwere Tau durchnäßte seine Schuhe und an den Rändern der Rasenfläche, wo das Gras noch nicht gemäht war, sogar seine Hosenaufschläge. Er merkte es kaum. Eigentlich hätte es ihn nicht wundern dürfen, daß Tryphenas Zornesausbruch unvermittelt alte Wunden aufgerissen hatte. Das hatte mit der Angst zu tun. Angst brachte viele häßliche Empfindungen mit sich, die sonst möglicherweise ein Leben lang verborgen geblieben wären, ließ eine Art von Groll zum Vorschein kommen, den niemand hegen wollte, veranlaßte Menschen dazu, Gedanken auszusprechen, die sie unter normalen Umständen für sich behalten hätten, zumal sie ohnehin nur teilweise der Wahrheit entsprachen und ebensosehr auf die eigenen Ängste und Bedürfnisse zurückgingen wie auf Wahrheitsliebe.

Manches ließ man besser im verborgenen.

Ihm war nicht klar gewesen, wie sehr sich Tryphena verletzt gefühlt hatte, wie isoliert von den anderen, wie allein, jetzt, da Unity nicht mehr da war. Clarice hatte es erkannt. Auch sie hatte Angst, um den Vater wie um Mallory, aber sie war nicht so rücksichtslos wie ihre Schwester. Sie griff nur an, wenn es darum ging, jemanden in Schutz zu nehmen, nicht aber, um andere zu verletzen, und es bereitete ihr nicht das geringste Vergnügen. Ihn hatte sie erkennbar in Schutz genommen, und das erfüllte ihn mit einem Gefühl der Dankbarkeit. Das hätte er nicht von ihr erwartet.

Er hob den Blick, als durch die sich teilenden Wolken ein blasser Dreiviertelmond sichtbar wurde und ihm zeigte, wie dunkel es war. Er konnte kaum noch das Gras zu seinen Füßen sehen, unterschied keine Farben mehr, und das Geäst der Bäume zeichnete sich schwarz vor dem Himmel ab.

Clarice hatte ihn überrascht. Doch während er über die Zeit nachdachte, die er sie kannte, ging ihm auf, daß er kaum je imstande gewesen war vorauszusagen, was sie sagen oder tun würde. Sie hatte ein beunruhigendes Gespür für das Lächerliche an Situationen, lachte über peinliche Vorfälle, machte empörende Bemerkungen und fand Dinge lustig, die außer ihr niemanden zu erheitern vermochten.

Er erinnerte sich an einzelne Vorfälle und zuckte beim Gedanken an manche von ihnen zusammen, während er in der zunehmenden Dunkelheit dastand und unwillkürlich vor sich hin lächelte. Ein oder zwei Mal lachte er sogar laut auf. Die Situationen waren fürchterlich gewesen, widersinnig. Aber während er sie sich jetzt vor das innere Auge rief, fiel ihm auf, daß Clarice mit ihrem Verhalten in keinem einzigen Fall die Aufmerksamkeit hatte auf sich lenken oder den Eindruck erwecken wollen, daß sie anderen überlegen war. Nicht alles, was sie gesagt hatte, war freundlich gewesen; wen sie für einen Heuchler hielt, den stellte sie unbarmherzig bloß. Gelächter konnte einen Menschen ebensogut vernichten wie heilen.

Er steckte die Hände in die Taschen, wandte sich um und ging zurück zum Haus und den von der Terrasse lockenden Lichtern. Er wollte nach oben in sein Zimmer gehen, um ein bißchen zu arbeiten. Das war der beste Vorwand für seinen Wunsch, allein zu sein. Doch als er die Tür geschlossen und ein Buch zur Hand genommen hatte, merkte er, daß er sich nicht auf das konzentrieren konnte, was er las. Mallory ging ihm nicht aus dem Kopf, und je mehr er über das nachdachte, was Clarice gesagt hatte, desto wahrscheinlicher kam es ihm vor, daß sie recht hatte. Daß er selbst nicht der Vater von Unitys Kind war, wußte er, und von Parmenter konnte er es sich einfach nicht vorstellen – weniger, weil er ihn für besonders asketisch oder diszipliniert hielt, und auch nicht, weil es ihm unmöglich erschien, daß ihn Unity hätte verführen können. Doch seiner festen Überzeugung nach hätte sich Parmenter, sofern er einer solchen Versuchung erlegen wäre, anschließend anders verhalten, so daß Dominic zumindest etwas gemerkt hätte. Außerdem wäre ihm, dessen war er sicher, eine solche Situation auch an Unitys Verhalten aufgefallen. Ihr fortwährendes Bedürfnis, immer wieder kleine Siege über Parmenter zu erringen, hätte sich nicht so ausgeprägt gezeigt, denn letztlich hätte sie auf diese Weise ihm und sich selbst bewiesen, wie verwundbar und schwach er war.

Mit einem Mal fiel ihm ein, mit welcher Schadenfreude sie am Tag vor ihrem Tod in einer von Parmenters Übersetzungen einen unbedeutenden Fehler entdeckt hatte, den er vermutlich beim erneuten Lesen bemerkt und verbessert hätte. Dennoch konnte sie es sich nicht verkneifen, darauf hinzuweisen. Das war nicht das einzige Beispiel. Deutlich sah er ihr Gesicht vor seinem inneren Auge, jeder Ausdruck darauf war ihm vertraut; es fiel ihm schwer, sich vorzustellen, daß sie tot war. Sie war so lebensbejahend gewesen und in allem, was sie empfand und zu wissen glaubte, ihrer Sache völlig sicher.

Was empfand er jetzt, da sie nicht mehr lebte? Auf jeden Fall Trauer. Sie war so unvorstellbar lebendig gewesen. Mit jedem Sterben geht etwas verloren, wird etwas weggenommen. Der Tod bedeutet einen entsetzlichen Einschnitt, er erinnert an die Vergänglichkeit allen Seins, aller, die wir lieben, vor allem aber an unsere eigene Sterblichkeit.

Doch zugleich fühlte er sich auch unbestreitbar erleichtert. Seine Muskeln, die er unbewußt so lange angespannt hatte, lösten sich. Trotz seiner Ängste spürte er sogar eine Entspannung in seinem Inneren, als hätte sich ein Schatten gehoben.

Er stand auf und ging zur Tür. Er konnte die Dinge nicht einfach in der Hoffnung sich selbst überlassen, alles werde wieder seinen Gang gehen wie zuvor und irgendwie werde Pitt eine Lösung des Falles finden und beweisen. Gewiß war das möglich. Ebenso aber war es auch möglich, daß ihn seine Zweifel an Dominic und die Spuren seines früheren Lebens – sicherlich war er klug genug, welche zu finden – von Dominics Schuld überzeugten.

Er ging durch den Korridor und klopfte an Mallorys Tür. Zum Teil tat er es um seiner selbst willen, aber er war es auch Parmenter schuldig, die Wahrheit mit allen Kräften aufzudecken, ganz gleich, was er später mit seiner Erkenntnis anfing.

Er klopfte erneut. Keine Antwort.

Er wandte sich ab, unsicher, ob er erleichtert oder enttäuscht war.

Vitas Zofe kam über den Gang. Ihr Gesicht wirkte angestrengt, als hätte sie in den vergangenen neun Nächten kaum geschlafen. Ihr allmählich ergrauendes Haar wirkte nicht besonders sorgfältig frisiert. Ob sie wohl wünschte, daß sie nicht gesagt hätte, was sie gehört hatte?

»Mr. Mallory ist mit seinen Büchern in den Wintergarten gegangen, Mr. Corde«, sagte sie.

»Aha.« Ihre Hilfsbereitschaft ließ ihm keine Ausflucht mehr. »Vielen Dank.« Er wandte sich um und ging nach unten. Immer, wenn er die Treppe hinab und durch das Vestibül ging, dachte er unwillkürlich an Unity und fragte sich, wie die Wahrheit aussehen mochte. Bevor er in den Wintergarten trat, zögerte er kurz. Zwar war es dort dunkel, aber er sah Lichtschein durch die Blätter fallen. Vermutlich kam er von dem gußeisernen Tisch im hinteren Teil des Raumes, an dem Mallory wahrscheinlich saß.

Er ging an Palmwedeln und Lilienblättern vorüber dorthin. Das Glucksen des Wassers im Teich überdeckte seine leisen Schritte auf den feuchten Ziegeln des Weges.

Mallory hob den Blick, als Dominic ihn fast erreicht hatte. Er saß dort, wo er sich vermutlich auch aufgehalten hatte, als Unity zu Tode gekommen war, sofern er die Wahrheit gesagt hatte. Doch ließ der Fleck auf der Sohle ihres Schuhs annehmen, daß er zumindest gelogen hatte, als er bestritt, sie an jenem Morgen überhaupt gesehen zu haben.

»Was wollen Sie?« fragte Mallory. Er gab sich nicht die geringste Mühe, freundlich zu sein. Ihn störte nicht nur, daß Dominic bei Parmenter gut angesehen war, sondern auch die Art und Weise, wie dieser seit der Tragödie eine Art Führerrolle übernommen hatte. Dabei war es unerheblich, daß Dominic der Ältere war und Mallory diese Rolle für sich selbst nicht anstrebte.

Ob Tryphena dem Bruder von ihrem Zusammenstoß mit Dominic und Clarice berichtet hatte? Eigentlich müßte er in der Lage sein, die Antwort auf diese Frage im gelben Schein der Lampe auf Mallorys Zügen zu lesen, aber das vermochte er nicht. Zu viele Empfindungen spiegelten sich bereits darin: Angst, Wut, Groll, der Wunsch, innerlich zur Ruhe zu gelangen, und Schuldbewußtsein, weil ihm das nicht gelang. Sein Glaube hatte die Prüfung, der er ihn unterzogen hatte, nicht bestanden. Das sah Dominic an dem aufgeschlagenen Meßbuch in Mallorys Hand.

Er setzte sich auf die Kante des Pflanztisches, ohne sich darum zu kümmern, daß er naß, schmutzig oder beides sein konnte.

»Pitt bekommt die Wahrheit mit Sicherheit heraus«, sagte er bedeutungsvoll.

Mallory sah ihn an, und Dominic begriff sogleich, daß er versuchen würde zu bluffen.

»Schon möglich«, stimmte Mallory ihm zu. »Aber sofern Sie erwarten, daß ich Ihnen helfe, Vater zu decken, sage ich Ihnen gleich, daß ich das nicht kann. Es hat nicht nur damit zu tun, ob ich das für richtig halte oder nicht, es ist auch meine Überzeugung, daß damit nur kurzfristig etwas gewonnen wäre – langfristig würde das alles nur verschlimmern.« Er setzte sich ein wenig aufrechter hin. Seine Lippen waren schmal, in seinen dunklen Augen lag Trotz. »Stellen Sie sich den Fakten, Dominic. Ich weiß, daß Sie Vater bewundern, wahrscheinlich, weil er Ihnen die Hand zur Hilfe geboten hat, als Sie das dringend brauchten. Auch wenn Dankbarkeit eine Tugend ist, der wir weiß Gott nur selten begegnen, kann sie keinesfalls die Wahrheitsliebe oder die Gerechtigkeit ersetzen. Das würde unvermeidlich auf Kosten eines anderen Menschen gehen.«

Dominic hatte schon die Erwiderung auf der Zunge: »Damit meinen Sie sich selbst«, doch dann begriff er, daß das auch für ihn galt, und er schwieg.

»Unsere Glaubensüberzeugungen unterscheiden sich«, fuhr Mallory fort. »Aber etwas von deren Kern muß gleich sein. Niemand kann seine Sünden auf andere abladen, der einzige, der sie uns abnehmen kann, ist Christus; wir Menschen müssen jeder unsere eigenen Sünden tragen. Das gilt für Sie, für mich und auch für Vater. Hier geht es nicht nur um Recht und Gesetz, und das sollte auch nicht unsere einzige Sorge sein. Können wir uns zumindest darauf einigen?«

»Durchaus.« Dominic beugte sich vor, die Ellbogen auf die Knie gestützt. Inmitten der Schatten, die die Blätter warfen, saßen sie wie auf einer vom Schein der Lampe gebildeten Insel. Alles andere im Hause konnte eine ferne Welt sein. »Glauben Sie, daß Ihr Vater Unitys Geliebter war?«

Mallory zögerte schuldbewußt, eine Weile unschlüssig, was er sagen sollte. Doch ihm war klar, daß Dominic gemerkt hatte, was er empfand. Für einen Rückzug war es zu spät.

»Nein.« Er sah auf seine Hände hinab.

Mit Ausnahme des Wassers, das im Teich gluckste, und des beständigen Geräuschs fallender Tropfen irgendwo inmitten der Blätter herrschte Stille.

»Hat sie Sie damit erpreßt?« fragte Dominic.

Mallory hob langsam den Blick. Dies eine Mal lag auf seinem Gesicht nur der Ausdruck blanker Angst.

»Ich habe sie nicht getötet, ich schwöre es! Ich war nicht einmal in der Nähe der Treppe, als sie gestürzt ist. Wie ich gesagt habe, war ich hier drin. Ich habe nicht die geringste Ahnung, was passiert ist, und ich weiß nicht, warum es dazu gekommen ist. Ich war allen Ernstes überzeugt, daß es Vater war. Ich bin dieser Überzeugung nach wie vor. Falls er es aber nicht war, können nur Sie es gewesen sein.«

»Ich war es nicht«, sagte Dominic betont ruhig. »Hat sonst jemand gewußt, daß sie Sie erpreßt hat?«

»Wer sollte davon gewußt haben?« Mallory sah überrascht drein. »Clarice? Sie ist die einzige aus der Familie, die noch in Frage kommt, und ich kann mir nicht vorstellen, daß einer der Dienstboten an Unitys Tod schuld ist.«

»Das ist richtig«, sagte Dominic bekümmert. »Wir wissen von allen, wo sie sich aufgehalten haben. Und daß Clarice es getan haben soll, glaube ich nicht.«

»Jedenfalls nicht, um mich zu schützen«, sagte Mallory trocken. »Tryph schon eher, aber Clarice würde so etwas nicht tun. Sie war immer überzeugt, daß die Priesterrolle besser zu ihr paßt als zu mir. Sie ist klüger als ich, aber das ist nur ein Bruchteil dessen, was dazu nötig ist. Ich habe versucht, ihr das zu zeigen, aber sie will nichts davon wissen. Es geht dabei um den Glauben und noch mehr um Gehorsam. Sie kann nicht gehorchen.«

Es war nicht der richtige Zeitpunkt, um über die Fähigkeit zu Gehorsam und Nächstenliebe zu streiten.

»Kann es nicht ein Unfall gewesen sein?« fragte Dominic im Versuch, ihm einen Weg zu zeigen, wie er eine minder schwerwiegende Tat gestehen konnte.

»Gewiß«, stimmte Mallory zu. »Das ist ohne weiteres möglich.« Er fuhr hoch. »Großer Gott, ich habe es nicht getan... Weder aus Versehen, noch absichtlich.« Seine Stimme hob sich. »Ich war nicht da, Dominic! Auch wenn es ein Unfall war, muß es Vater gewesen sein!« Seine langen Finger öffneten und schlossen sich wieder. »Versuchen Sie zu erreichen, daß er sich dazu bekennt. Mir gelingt das nicht, und ich habe es weiß Gott versucht. Er hört mir nicht einmal zu. Es ist so, als hätte er sich von uns anderen abgesondert. Das einzige, was ihn noch zu interessieren scheint, ist sein elendes Buch. Er arbeitet an den Übersetzungen, als wären sie das Wichtigste in seinem Leben. Mir ist klar, daß er das Buch vor Dr. Spelling herausbringen will, aber angesichts eines Mordes im Hause, für den einer von uns verantwortlich sein muß, ist das doch kaum von Bedeutung.« Er sah elend aus. Dies eine Mal dachte er nicht an sich, verstellte sich nicht und hielt mit nichts hinter dem Berg. Im Lampenlicht wirkte er mit seinen glatten Wangen und seiner glatten Stirn inmitten der glänzenden Blätter des von Menschenhand geschaffenen Dschungels beinahe jungenhaft. »Dominic, ich glaube, er hatte eine Art seelischen Zusammenbruch. Er hat den Bezug zur Wirklichkeit verloren ...«

Weiter kam er nicht. Ein lauter Schrei ertönte und erstarb schlagartig.

Beide erstarrten und warteten, ob er sich wiederholte.

Aber außer dem Glucksen des Wassers hörte man nichts.

Mallory unterdrückte einen Fluch und erhob sich schwerfällig, wobei er mit dem Ellbogen sein Meßbuch vom Tisch wischte, so daß es zu Boden fiel.

Dominic folgte ihm über den mit Ziegeln gepflasterten Weg zurück ins Vestibül. Mallory stieß die Tür auf und eilte über den schwarzweißen Mosaikboden dorthin, wo die Tür zum Salon weit offenstand.

Dominic folgte ihm dicht auf den Fersen.

Im Salon saß Vita, in einen der Sessel gekauert. Ihr dunkelgraues Kleid war vorn bis auf den Rock hinab mit Blut bedeckt. Auch ihre Arme und Schultern und sogar die Hände waren scharlachrot.

Tryphena lag am Boden, doch niemand bemühte sich um sie. Vielleicht hatte sie den Schrei ausgestoßen.

Clarice kniete vor ihrer Mutter und hielt sie in den Armen. Beide zitterten heftig. Vita schien etwas sagen zu wollen, brachte aber kein Wort heraus. Sie schluchzte und stammelte hilflos.

»Großer Gott!« Mallory taumelte, als ob er ebenfalls das Gleichgewicht verlieren würde. »Mama! Was ist geschehen? Hat schon jemand nach dem Arzt geschickt? Wir brauchen Verbandszeug – Wasser – irgendwas!« Unwillkürlich wandte er sich an Dominic.

Dieser beugte sich über Clarice und faßte sie an den Schultern.

»Lassen Sie mich bitte einmal sehen«, sagte er sanft. »Um die Blutung zu stillen, müssen wir wissen, wo die Wunde ist.«

Noch immer zitternd, ließ sich Clarice widerwillig von Mallory auf die Füße helfen. Er hielt sie so fest, daß seine Fingerknöchel weiß schimmerten. Nach wie vor kümmerte sich niemand um Tryphena.

»Lassen Sie mich sehen«, gebot Dominic mit einem Blick auf Vitas aschfahles Gesicht.

»Ich bin nicht verletzt«, flüsterte sie mit erstickter Stimme. »Jedenfalls – nicht sehr. Es sind nur Kratzer, glaube ich. Ich weiß es nicht genau. Aber …« Sie hielt inne und betrachtete das Blut, als sähe sie es zum ersten Mal. Dann hob sie erneut den Blick zu ihm. »Dominic – Dominic … er wollte mich umbringen! Ich – ich mußte … mich verteidigen! Ich wollte doch nur …« Sie schluckte so heftig, daß sie zu ersticken drohte, und er mußte sie halten, während sie hustete, bis sie wieder zu Atem gekommen war. »Ich wollte ihn doch nur von mir stoßen … damit ich fortlaufen konnte. Aber er war wie von Sinnen!« Sie hielt den rechten Arm, wo sich auf ihrem Handgelenk deutlich der Abdruck einer blutigen Hand abzeichnete. »Er hat mich festgehalten!« Sie schien verblüfft, als könne sie es nach wie vor kaum glauben. »Ich …« Wieder schluckte sie. »Ich habe den Brieföffner erwischt. Ich dachte, wenn ich ihn damit in den Arm steche, muß er mich loslassen, und ich kann davonlaufen.« Ihre weit aufgerissenen Augen, die jetzt fast schwarz aussahen, hielten die seinen fest. »Er hat sich bewegt … er hat sich bewegt, Dominic! Ich wollte ihn doch nur in den Arm stechen.«

Er merkte, wie ihm übel wurde. »Was ist geschehen?«

»Er hat sich bewegt!« wiederholte sie. »Sein Arm war da! Er hat mich festgehalten. Er hatte seine Hände um meine Kehle! Der Ausdruck seines Gesichts! Das war nicht Ramsay! Das war nicht der Mann, den ich kannte. Er war entsetzlich, voller Haß und so – so voll Wut.«

»Was ist geschehen?« wiederholte er eindringlicher.

Ihre Stimme wurde leiser. »Ich habe auf seinen Arm gezielt, damit er mich losließ, und er hat sich bewegt. Der Brieföffner hat ihn am Hals getroffen ... an ... der Kehle – ich glaube, er ist tot.«

Alle waren mehrere Sekunden lang wie erstarrt. Im Kamin stieg ein Funkenregen von einem der Holzscheite auf.

Weinend drehte Clarice den Kopf und lehnte ihn an Mallorys Schulter. Er hielt sie fest und drückte seine Wange in ihr Haar.

Tryphena regte sich und versuchte sich zu setzen.

Dominic ließ Vita los, ging zum Klingelzug und betätigte ihn weit heftiger, als er beabsichtigt hatte. Seine Hände fühlten sich taub an, und er zitterte. Zu Mallory sagte er: »Sagen Sie Emsley, er soll Kognak bringen und den Arzt rufen. Ich gehe nach oben.« Er fragte Vita gar nicht erst, ob sich Parmenter im Studierzimmer aufhielt. Er nahm es einfach an, denn Parmenter hatte es im Verlauf der vergangenen Woche so gut wie nicht verlassen.

Er ging durch den Korridor im Obergeschoß und öffnete die Tür zum Studierzimmer.

Parmenter lag in der Nähe seines Schreibtischs halb auf dem Rücken, ein Bein ein wenig unter dem Körper verdreht. Er hatte eine klaffende Halswunde, und neben ihm auf dem Teppich war eine große Lache aus gerinnendem Blut zu sehen. Seine leeren Hände waren von Blut befleckt, das auch seine Manschetten bedeckte. In seinen weit offenen Augen lag ein Ausdruck von Überraschung.

Während Dominic niederkniete, spürte er, wie sich eine verzweifelte Trauer seiner bemächtigte. Parmenter war sein Freund gewesen, er war ihm mit Güte begegnet, hatte ihm zu einer Zeit Hoffnung gemacht, als er sie brauchte. Jetzt war er in einem Ozean untergegangen, den Dominic nicht einmal begriff. Er hatte mit angesehen, wie es dazu kam, war aber unfähig gewesen, ihn zu bewahren. Das Gefühl des Verlusts erfüllte ihn mit Schmerz – und mit dem bitteren Bewußtsein, versagt zu haben.

# KAPITEL NEUN

Die Füße auf das Kamingitter gelegt, saß Pitt im Wohnzimmer am Feuer, als das Telefon klingelte. Es kam so selten vor, daß er grundsätzlich selbst an den Apparat ging und Gracie nicht abnehmen ließ.

Überrascht hob Charlotte den Blick von ihrem Nähzeug und sah ihn fragend an.

Achselzuckend erhob er sich. Das Telefon hing in der Diele, so daß er hinausgehen mußte. Die Kälte überfiel ihn schon, bevor er noch die Füße auf das Linoleum gesetzt hatte. Er nahm ab.

»Hallo? Hier Thomas Pitt.«

Er erkannte die Stimme am anderen Ende kaum. »Thomas? Bist du das?«

»Wer spricht da? Dominic?«

»Ja.« Er hörte ein Keuchen und ein erleichtertes Aufatmen. »Thomas ... ich bin in Ramsay Parmenters Studierzimmer. Gott sei Dank, daß hier ein Telefon steht. Er ist tot.«

Sogleich mußte Pitt an Selbstmord denken. Parmenter hatte gemerkt, daß sich die Kette der Beweise um ihn schloß, und er hatte den Ausweg gewählt, den er für den ehrenhaftesten hielt. Vielleicht glaubte er, der Kirche damit Peinlichkeiten zu ersparen. Dem Bischof wäre das sicher recht. Bei dieser Vorstellung war Pitt fast sprachlos vor Zorn.

»Dominic!«

»Ja? Thomas ... du solltest besser sofort kommen – ich ...«

»Fehlt dir nichts?« Die Frage war überflüssig. Er konnte ohnehin nichts gegen das Entsetzen und den Kummer tun, die er in Dominics Stimme hörte. Er hatte ihn falsch eingeschätzt.

Dominic hatte mit der Sache nichts zu tun – wahrscheinlich in keiner Beziehung. Charlotte würde das gern hören.

»Nein, mir fehlt nichts.« Seine Stimme klang elend. »Aber, Thomas … es war ein – ein Unfall. Vermutlich könnte man sagen …« Seine Stimme versickerte.

Pitts erster Gedanke war, daß er nicht im Traum daran dachte, der Anregung zu folgen. Er war nicht bereit, im Interesse des Bischofs zu lügen. Er war der Wahrheit, dem Gesetz und Unity Bellwood verpflichtet. Ihr aber war nicht damit gedient, daß man ihre Tragödie oder die Ramsay Parmenters ans Licht der Öffentlichkeit zerrte.

»Thomas …« Dominics Stimme klang unsicher und zugleich eindringlich.

»Ja«, gab Pitt zur Antwort. »Ich weiß noch nicht. Wie hat er es gemacht?«

»Gemacht?« Einen Augenblick lang klang Dominic verwirrt. »Ach so … du denkst an Selbstmord … nein, das ist es nicht! Er hat Vita angegriffen – Mrs. Parmenter. Er muß wohl … wie soll ich das sagen … den Verstand verloren haben. Er hat sie zu erwürgen versucht, und sie hat sich mit einem Brieföffner zur Wehr gesetzt, der auf dem Tisch lag – sie waren in seinem Studierzimmer –, und der Brieföffner ist bei dem Kampf der beiden abgeglitten … und hat ihn getroffen. Leider tödlich.«

»Was?« Pitt war verblüfft. »Willst du damit sagen – Dominic, das kann ich mir nie und nimmer vorstellen.«

»Das verlange ich auch gar nicht!« gab Dominic zurück. »Komm einfach her, bevor wir die örtliche Polizei einschalten müssen … bitte.«

»Ja – natürlich. Ich bin gleich da.« Als er den Hörer an den Haken hängen wollte, traf er beim ersten Mal daneben, so sehr zitterten seine Hände. Er kehrte ins Wohnzimmer zurück.

»Was gibt's?« fragte Charlotte sofort. »Was ist passiert?« In ihrer Stimme lag Besorgnis, und sie war bereits im Begriff aufzustehen.

»Nein.« Er schüttelte den Kopf. »Keine Grund zur Sorge. Es ist Parmenter. Dominic hat angerufen. Der Mann wollte, wie es aussieht, seine Frau umbringen und ist bei dem Kampf, zu dem es dabei kam, selbst ums Leben gekommen. Ich muß hin. Ruf bitte auf der Wache an und sag, Tellman soll zu mir nach Brunswick Gardens kommen.«

Charlotte sah ihn fassungslos an. »Mrs. Parmenter hat ihn umgebracht, als er versucht hat, sie zu töten?« Ihre Stimme klang kreischend. »Das ist lachhaft! Sie ist winzig! Na ja – auf jeden Fall klein. Sie könnte ihn unmöglich umbringen.«

»Mit einem Brieföffner«, erklärte er.

»Das ist völlig unerheblich. Sie hätte ihm den nicht einmal entreißen können, wenn er versucht hätte, sie damit umzubringen.«

»Das wollte er auch gar nicht. Er hat versucht, sie zu erwürgen. Offenbar hat der Arme vollständig den Verstand verloren. Gott sei Dank ist ihm sein Vorhaben nicht gelungen.« Er hielt inne und sah Charlotte eine ganze Weile schweigend an. »Zumindest ist damit bewiesen, daß Dominic in der Angelegenheit schuldlos ist.«

Sie lächelte ihn kaum wahrnehmbar an. »Das stimmt«, gab sie ihm recht. »Jetzt solltest du besser gehen. Ich sage Tellman Bescheid.«

Als er Brunswick Gardens erreichte, stand bereits eine Kutsche am Bordstein. Der Kutscher hatte sich in seinen Umhang eingemummelt, als sitze er schon eine ganze Weile da. Unter den halb herabgelassenen Jalousien fiel Licht aus den Fenstern des Hauses. Offenbar hatte sich niemand die Mühe gemacht, die Vorhänge zur Straße hin zu schließen.

Pitt stieg aus der Droschke, entlohnte den Kutscher und teilte ihm mit, daß er nicht zu warten brauchte. Emsley ließ ihn ein. Sein Haar stand ihm wirr um den Kopf, offensichtlich war er mit den Händen hindurchgefahren, und sein Gesicht war so bleich, daß es um die Augen herum grau wirkte.

»Kommen Sie herein, Sir«, sagte er mit belegter Stimme. »Die gnädige Frau hat sich ein wenig hingelegt. Mr. Mallory ist bei ihr – und natürlich der Arzt. Miss Tryphena ist – auf ihr Zimmer gegangen, soweit ich weiß. Die arme Miss Clarice versucht sich um alles zu kümmern, und Mr. Corde befindet sich oben im Studierzimmer. Er hat mir aufgetragen, Sie hinaufzuschicken. Wenn Sie mir bitte folgen wollen. Ich weiß wirklich nicht, wie das noch enden soll ... Erst vor wenigen Tagen war alles im gewohnten Gleis, und mit einem Mal – das.« Er machte den Eindruck, als wolle er angesichts des Niedergangs all dessen, was ihm vertraut und wichtig war und seine Welt umfaßte, in Tränen ausbrechen.

Pitt legte ihm tröstend die Hand auf den Arm und hielt ihn fest. »Vielen Dank. Vielleicht wäre es das beste, wenn Sie die Tür und alle Vorhänge unten zumachten und anschließend zusehen würden, ob Sie Miss Clarice helfen können, die Dienstboten zu beruhigen. Sicher sind alle tief bekümmert, aber der Haushalt muß schließlich weitergeführt werden: Mahlzeiten müssen zubereitet, Feuer in Gang gehalten, Räume geputzt und aufgeräumt werden. Je mehr ein Mensch zu tun hat, desto weniger Zeit bleibt ihm, sich seinem Gram hinzugeben.«

»Ja, Sir.« Emsley nickte. »Gewiß. Sie haben selbstverständlich recht. Wir wollen nicht, daß die Leute die Beherrschung über sich selbst verlieren und hysterisch werden. Damit ist keinem gedient. Ich kümmere mich darum, Sir.« Damit machte er sich entschlossenen Blicks davon.

Pitt erklomm die ihm inzwischen wohlbekannte schwarze Treppe und ging über den Korridor zu Ramsay Parmenters Studierzimmer. Als er die Tür öffnete, sah er, daß Dominic mit bleichem Gesicht hinter dem Schreibtisch saß. Sein von grauen Strähnen durchzogenes dunkles Haar war ihm in die Stirn gefallen. Er sah elend aus.

»Gott sei Dank, daß du da bist.« Dominic erhob sich zitternd und wandte sich beiseite, wo etwas hinter dem Tisch, das Pitt nicht sehen konnte, seinen Blick festhielt.

Pitt schloß die Tür und ging um den Schreibtischstuhl herum. Ramsay Parmenter lag am Boden, wo er niedergestürzt war. In der Nähe seines Halses, in dem eine tiefe Wunde klaffte, wies der Teppich einen großen Blutfleck auf. Sein Hemd war auf der Brust eingerissen, und an seinem Jackett fehlten zwei Knöpfe, als hätte jemand verzweifelt an seiner Kleidung gezerrt. Seine Augen waren geschlossen, doch lag auf seinen Zügen kein Friede, sondern der Ausdruck von Verblüffung, als wäre ihm in allerletzter Sekunde aufgegangen, welch entsetzliche Tat zu begehen er im Begriff stand.

»Ich – ich habe ihm die Augen zugedrückt«, sagte Dominic entschuldigend. »Vielleicht hätte ich das nicht tun sollen, aber ich fand es unerträglich, ihn da mit offenen Augen liegen zu sehen. Ist das von Bedeutung?«

»Ich glaube nicht. Hat ihn der Arzt schon untersucht? Emsley sagt, daß er im Hause ist.«

»Nein ... noch nicht. Er ist bei Vita ... Mrs. Parmenter.«

»Wie geht es ihr?«

»Ich weiß nicht. Allem Anschein nach fehlt ihr nichts; ich meine, sie ist nicht verletzt, jedenfalls nicht ernstlich. Tut mir leid, ich rede ziemlich wirr.« Er sah Pitt verzweifelt an. »Es kommt mir vor, als hätte ich so gründlich versagt, wie das nur möglich ist.« Ein fragender Ausdruck trat auf seine Züge. »Warum konnte ich ihm nicht helfen, bevor es dahin kam? Was ist passiert? Warum habe ich nicht gemerkt, daß es so – so ... daß die Dinge so über ihm zusammenschlugen? Ich hätte fähig sein müssen, ihm zu helfen, damit er eine Zukunft sah und genug Vertrauen aufgebracht hätte, sich jemandem zu erklären. Keiner von uns, schon gar nicht ich, der ich den Anspruch erhebe, ein Seelenhirte zu sein, sollte jemanden so schrecklich allein und sich selbst überlassen!« Er schüttelte leicht den Kopf. »Was ist nur mit uns los? Wie können wir in ein und demselben Hause leben, an ein und demselben Tisch sitzen und zulassen, daß einer von uns der Einsamkeit erliegt?«

»Gewöhnlich passiert es genau da«, sagte Pitt ruhig und in realistischer Einschätzung der Gegebenheiten. »Man erstickt daran, daß man von anderen umgeben ist, die lediglich das Äußere eines Menschen sehen, das Bild, das sie sich in ihrem Inneren von ihm geschaffen haben. Stadtmenschen sterben an Einsamkeit, Hirten und Waldarbeiter nicht. Die unsichtbaren Mauern, die wir nicht sehen können, verhindern, daß wir einander berühren. Mach dir keine Vorwürfe.« Er sah Dominic aufmerksam an. »Setz dich. Vielleicht solltest du besser einen ordentlichen Schluck Kognak trinken. Es nützt niemandem, wenn du krank wirst.«

Dominic ließ sich schwer auf den Stuhl hinter dem Schreibtisch fallen. »Kannst du erreichen, daß die Zeitungen keine Einzelheiten bringen? Außerdem muß der Bischof in Kenntnis gesetzt werden. Vermutlich werde ich das tun müssen.«

»Nein, das überlassen wir Cornwallis.« Pitt stand nach wie vor über Parmenters Leiche gebeugt. »Weißt du, worum es bei dem Streit gegangen ist?«

»Nein. Ich kann mich nicht erinnern, daß sie es gesagt hat.«

»Hat ihn jemand mitbekommen?«

»Nein. Wir haben erst davon erfahren, als Mrs. Parmenter in den Salon gekommen ist. Genauer gesagt«, er verzog das Gesicht vor Anstrengung, um klare Gedanken zu fassen und zusammenhängend zu sprechen, »ich habe mich mit Mallory im Wintergarten unterhalten. Dann habe ich – haben wir ... einen Schrei gehört. Wir sind aufgestanden und in den Salon gegangen. Den Schrei hatte Tryphena ausgestoßen und war dann ohnmächtig geworden ... vermutlich vom Anblick des Blutes.«

»Ich dachte an die Dienstboten.«

»Ach so. Ich weiß nicht. Es war kurz vor ihrer Abendessenszeit. Vermutlich waren sie in ihrem Eßzimmer. Ich habe noch nicht danach gefragt.«

»Das ist wahrscheinlich auch ganz gut so. Dann bekomme ich wenigstens spontane Antworten.« Pitt wandte sich um und sah zur Tür. Der Schlüssel steckte von innen. »Wenn du lieber in dein eigenes Zimmer gehen oder zusehen willst, ob du unten helfen kannst, schließe ich hier ab.«

»Ja.« Dominic zögerte und sah erneut auf Parmenter hinab. »Ich habe das Gefühl ... können wir ihn jetzt nicht anderswo hinbringen, nachdem du ihn gesehen hast?«

»Erst muß ihn der Arzt untersuchen.«

»Dann deck ihn wenigstens zu«, begehrte Dominic auf. »Was kann der Arzt dir schon sagen? Es ist ja wohl ziemlich klar, was passiert ist, oder?« Während er sprach, zog er sich das Jackett aus.

Pitt gebot ihm mit ausgestreckter Hand Einhalt. »Nachdem ihn der Arzt gesehen hat, kannst du ihn in sein Schlafzimmer bringen und da aufbahren, wie es sich gehört. Jetzt noch nicht.

Komm jetzt mit. Du hast getan, was du konntest. Jetzt ist es Zeit, an die Lebenden zu denken.«

»Natürlich. Vermutlich fühlt sich Clarice entsetzlich … der Kummer und der Schmerz müssen schrecklich sein.«

»Das gilt wohl auch für Tryphena, nehme ich an.« Pitt öffnete Dominic die Tür.

Auf der Schwelle drehte sich Dominic um. »Tryphena hat ihn nicht so geliebt wie Clarice.«

Bevor Pitt darauf antworten konnte, kam Tellman über den Treppenabsatz. Er war unrasiert und sah müde aus. Er hatte einen langen und gräßlichen Tag hinter sich.

Pitt wies auf die Tür zum Studierzimmer. »Da drin«, sagte er knapp. »Ich schicke gleich den Arzt nach oben. Wie es aussieht, war es ein Unfall. Wenn Sie da drin fertig sind und der Arzt auch da war, schließen Sie ab und geben Sie mir den Schlüssel.«

Tiefe Skepsis lag auf Tellmans Zügen, doch er sagte nichts. Er warf einen Blick auf Dominic, murmelte etwas – möglicherweise war es ein Versuch, Mitgefühl auszudrücken – und verschwand im Studierzimmer.

Dominic teilte Pitt mit, wo er Vita finden würde, und ging dann nach unten. Pitt klopfte an Vitas Tür. Kurz darauf öffnete der Arzt, den er nach Unitys Tod im Hause gesehen hatte. Sein bleiches Gesicht wirkte trostlos, der Blick seiner Augen zeigte tiefe Betroffenheit.

»Entsetzliche Geschichte«, sagte er leise. »Ich hatte keine Ahnung, daß es so schlimm um ihn stand. Ehrlich gesagt hatte ich ihn lediglich für ein wenig … überreizt gehalten. Ich war der Ansicht, daß er mit einer Art schwermütigem Anfall auf die allgemein um sich greifende Infragestellung der Religion reagiert hatte, seit Darwins Evolutionstheorie den breiten Massen … sozusagen durch mündliche Überlieferung in entstellter Weise bekannt geworden ist.« Seiner Stimme war anzuhören, wie er selbst dazu stand. »Ich hatte nicht die geringste Vorstellung davon, daß sein seelisches Gleichgewicht ernsthaft gestört war, und ich fühle mich mitschuldig. Mir ist nichts aufgefallen. Er ist mir immer völlig natürlich vorgekommen, nur eben … unglücklich.« Er seufzte. »Meiner Erfahrung nach ist es nicht ungewöhnlich, daß Kirchenmänner gelegentlich eine Periode des Zweifelns und der seelischen Wirrnis erleben. Es ist ein schwerer Beruf. Daß jemand nach außen hin allsonntäglich gefaßt predigt, bedeutet nicht, daß er sich nicht eine Weile in einer solchen Wüste verirrt hat.« Trauer lag auf seinem Gesicht. »Ich bedaure das zutiefst.«

»Niemand hat das kommen sehen«, versicherte ihm Pitt und nahm damit stillschweigend seinen Anteil an Schuld auf sich. »Wo befindet sich Mrs. Parmenter? Ist sie verletzt?«

Der Arzt sah ihm ins Gesicht. »Ein paar unschöne blaue Flecken. Sie werden eine Weile schmerzen, aber sie hat nichts von bleibender Dauer. Ihre linke Schulter ist ziemlich verrenkt, doch auch das wird sich im Laufe der Zeit geben.« Er sah nach wie vor überrascht und verwirrt drein. »Gott sei Dank ist sie gesund, außergewöhnlich furchtlos und gelenkig. Sie muß wie eine Wilde um ihr Leben gekämpft haben.« Seine Lippen wurden schmal. »Für ihren seelischen Zustand allerdings kann ich die Hand nicht ins Feuer legen. Sie ist zwar äußerst tapfer, trotzdem habe ich ihr ein Beruhigungsmittel dagelassen, das sie aber erst nehmen will, nachdem sie mit Ihnen gesprochen hat, weil ihr klar ist, daß Sie von ihr Einzelheiten über die Tragödie erfahren wollen. Kürzen Sie die Befragung bitte möglichst ab, und seien Sie so diskret und einfühlsam, wie Ihre Pflichten das gestatten.«

»Selbstverständlich«, versprach Pitt. »Jetzt wäre es mir recht, wenn Sie sich den Leichnam gründlich ansehen und mir alles sagen würden, was Sie dabei über die Umstände seines Todes in Erfahrung bringen. Mein Mitarbeiter befindet sich im Studierzimmer. Er läßt Sie ein und schließt hinter Ihnen wieder ab.«

»Ich bezweifle, daß ich Ihnen behilflich sein kann, werde ihn mir aber selbstverständlich ansehen. Vermutlich wird man die Todesursache durch einen Gerichtsmediziner feststellen lassen?«

»Selbstverständlich, aber gehen Sie bitte trotzdem hin.« Pitt machte dem Arzt Platz, trat dann in Vita Parmenters Zimmer und schloß die Tür hinter sich.

Auch wenn der erkennbar nach weiblichem Geschmack eingerichtete große Raum weniger exotisch wirkte als die Besuchern zugänglichen Bereiche des Hauses, waren auch hier und da von der asiatischen Kultur beeinflußte kräftige Farben wie Pfauenblau und Lachsrot zu sehen.

Auf Kissen gestützt, saß Vita Parmenter auf ihrem Bett. Als erstes fielen Pitt das Blut an der Vorderseite ihres Kleides und die scharlachroten Spritzer auf der blassen Haut ihres Halses auf. Sie ließen die Fahlheit ihres nahezu grauen Gesichtes, in dem die Augen fiebrig glänzten, noch mehr hervortreten. Ihre Zofe Braithwaite stand mit einem Glas in der Hand zwei Schritte von ihr entfernt. Sie sah erschöpft aus.

»Ich bedaure, bei Ihnen eindringen zu müssen, Mrs. Parmenter«, begann Pitt. »Ich würde es nicht tun, wenn es eine andere Möglichkeit gäbe.«

»Das verstehe ich«, sagte sie gefaßt. »Sie tun lediglich Ihre Pflicht. Ohnehin ist es wahrscheinlich einfacher, jetzt darüber zu reden, als mir morgen früh das Ganze noch einmal in allen Einzelheiten vergegenwärtigen zu müssen. Außerdem bedeutet es eine gewisse Erleichterung, wenn man jemandem, der nicht zur Familie gehört, davon berichten kann. Klingt das ... selbstsüchtig?« Sie sah ihn ernsthaft an.

»Nein.« Er setzte sich auf den Hocker vor dem Frisiertisch, ohne ihre Aufforderung abzuwarten. »Das ist durchaus vernünftig. Bitte berichten Sie, so genau Sie können, was vorgefallen ist.«

»Wo soll ich anfangen?«

»Wo es Ihnen recht ist.«

Sie überlegte eine Weile und holte dann tief Luft. »Ich weiß nicht genau, wie spät es war.« Sie räusperte sich. Es kostete sie erkennbar Mühe, darüber zu sprechen. »Ich hatte mich gerade zum Abendessen umgekleidet und Braithwaite war nach unten gegangen. Die Dienstboten essen vor uns, aber das wissen Sie vermutlich? Ach, natürlich. Entschuldigen Sie, ich rede wirres Zeug. Es fällt mir schwer, mich zu konzentrieren.« Ihre Hände öffneten und schlossen sich über der Bettdecke. »Ich bin dann zu meinem Mann gegangen, um zu sehen, ob ich vielleicht mit ihm reden könnte. Er war in letzter Zeit sehr ... allein und kam nur selten aus seinem Zimmer. Ich hatte angenommen, daß er sich vielleicht dazu überreden ließe, wenigstens mit uns zu Abend zu essen.« Sie blickte Pitt unsicher an. »Ich weiß selbst nicht genau, warum ich das getan habe. Ich hielt es einfach für einen guten Einfall.« Sie hustete, und Braithwaite gab ihr erneut das Glas. »Danke«, murmelte sie und nahm einen kleinen Schluck Wasser.

Pitt wartete.

Erneut räusperte sie sich und fuhr dann mit einem feinen, dankbaren Lächeln fort. »Ich habe bei ihm angeklopft und bin auf seine Aufforderung hin eingetreten. Er saß hinter vielen ausgebreiteten Papieren an seinem Schreibtisch. Ich habe ihn gefragt, wie er mit seiner Arbeit vorankomme. Diese Frage erschien mir ganz natürlich.« Sie sah ihn an, als bitte sie um sein Einverständnis.

»Das war sie wohl auch«, stimmte er zu.

»Ich ... bin an den Tisch getreten und habe eins der Blätter zur Hand genommen.« Ihre Stimme war leise geworden und klang rauh. »Es war ein Liebesbrief, Oberinspektor. Sehr ... leidenschaftlich, sehr ... offen. Ich habe noch nie im Leben dergleichen gelesen. Ich wußte nicht, daß Menschen ... Frauen ... solche Worte verwenden beziehungsweise so denken.« Sie lachte laut und nervös. Offensichtlich war ihr das Ganze peinlich. »Ich muß gestehen, daß ich entsetzt war. Vermutlich hat man das meinem Gesicht angesehen.«

»Den Brief hatte also eine Frau einem Mann geschrieben?« fragte er.

»Ja. Der ... Inhalt ließ daran keinen Zweifel. Wie gesagt, Mr. Pitt, es war sehr ... anschaulich.«

»Aha.«

Sie schlug die Augen nieder, hob dann rasch den Blick und sah ihn an. »Es war die Handschrift Unity Bellwoods. Ich kenne sie gut. Hier im Hause gibt es vieles von ihrer Hand. Dafür war sie schließlich eingestellt worden.«

»Aha«, sagte er erneut. »Fahren Sie bitte fort.«

»Dann habe ich Briefe in der Handschrift meines Mannes gesehen. Es waren ebenfalls Liebesbriefe, allerdings weit ... zurückhaltender, eher vergeistigt, wenn Sie wollen ... sehr viel ...« Sie stieß ein gequältes Lachen aus. »Mehr seiner Art entsprechend ... gingen sie eher auf Umwegen an die Sache heran. Natürlich meinte er dasselbe, aber ohne es direkt zu sagen. Er hatte schon immer einen Hang zum... Metaphorischen, neigte dazu, alles, was mit Gefühlen und natürlichen Regungen zu tun hatte, hinter Umschreibungen zu verbergen, die auf das Geistige abzielten. Aber wenn man die Schönfärberei wegließ, lief es auf dasselbe hinaus wie in dem anderen Brief.«

Es hätte Pitt nicht überraschen dürfen. Parmenters Tod hätte ihn etwas in der Art annehmen lassen müssen. Wenn eine unterdrückte Leidenschaft, ein immer wieder ersticktes, unbefriedigtes Bedürfnis, endlich zutage tritt, reißt es alle Dämme nieder und setzt sich häufig nicht nur über alles hinweg, was ein lohnendes Leben ausmacht, sondern auch über moralische Überzeugungen und gesellschaftliche Konventionen. Dennoch war er verblüfft. Er hatte in Parmenter lediglich einen Kirchenmann in mittleren Jahren gesehen, der in seinem Glauben wankte und vor der Zeit gealtert war, weil er nichts vor sich sah als eine seelische Wüste. Wie er sich doch geirrt hatte!

»Das tut mir leid«, sagte er leise.

Sie lächelte. »Vielen Dank. Sie sind sehr freundlich, Oberinspektor; weit freundlicher, als Ihre Pflicht es gebietet.« Ein leichter Schauer überlief sie. Sie zog die Schultern herab und drängte sich in die aufeinanderliegenden Kissen. »Mein Mann hat wohl meinen Gesichtsausdruck gesehen. Ich habe meine Gefühle nicht versteckt... weder meine Verwunderung noch ... meinen Abscheu. Hätte ich es doch getan ...« Sie senkte den Blick und schien eine Weile unfähig, weiterzusprechen.

Die neben ihr stehende Zofe hielt hilflos das Glas und schien nicht zu wissen, was sie tun sollte. Auf ihren Zügen spiegelte sich ihre Besorgnis nur allzu deutlich.

Mit Mühe erlangte Vita die Beherrschung zurück. »Es tut mir leid«, flüsterte sie. »Ich weiß nicht mehr, was ich ihm gesagt habe. Unter Umständen war es nicht besonders taktvoll oder klug. Wir hatten einen entsetzlichen Streit. Er schien ganz und gar den Verstand verloren zu haben! Seine Haltung änderte sich so sehr, daß er mir schließlich wie ein Irrer vorkam.« Ihre Hände griffen nach dem bestickten Laken. »Er hat sich auf mich gestürzt und gesagt, ich hätte kein Recht, in seine Privatsphäre einzudringen und seine Briefe zu lesen.« Ihre Stimme wurde noch leiser. »Er hat mir lauter ... entsetzliche ... Ausdrücke an den Kopf geworfen ... mich spießig genannt, als Diebin, Störenfried und Blutsauger bezeichnet, der ihm alle Kraft nähme. Er hat mir vorgeworfen, ich hätte nicht nur sein Leben zerstört, sondern auch seine Leidenschaftlichkeit und seine Inspiration verdorren lassen, und er hat erklärt, ich sei ... seiner unwürdig.« Sie hielt inne, und es dauerte eine Weile, bis sie sich wieder gefaßt hatte, so daß sie weitersprechen konnte. »Er war so wütend, daß er kaum einen zusammenhängenden Satz herausbrachte. Er schien jegliche Gewalt über sich verloren zu haben und hat sich mit ausgestreckten Händen auf mich gestürzt und am Hals gewürgt.« Sie wies mit den Fingern auf ihre Kehle, ohne die Haut zu berühren. Sie war gerötet und stellenweise schon blutunterlaufen, wo seine Hände gelegen hatten.

»Fahren Sie fort«, sagte Pitt freundlich.

Sie ließ die Hände langsam sinken und sah ihn an. »Ich konnte nichts sagen. Ich habe versucht, mich zu wehren, aber natürlich ist ... war er viel stärker als ich.« Sie atmete jetzt sehr heftig und schluckte. Er sah, wie sich ihre Brust hob und senkte. »Ich weiß nicht mehr genau, wie es weiterging. Sein Griff wurde immer fester. Ich bekam kaum noch Luft. Ich hatte Angst, daß er mich umbringen wollte. Ich ... habe den Brieföffner auf dem Tisch gesehen, ihn ergriffen und nach ihm gestoßen. Ich wollte seinen Arm treffen, damit ihn der Schmerz veranlaßte, mich loszulassen, und ich fortlaufen konnte.« Sie schüttelte den Kopf, ihre Augen waren weit aufgerissen. »Ich habe keinen Ton herausgebracht. Nicht einmal schreien konnte ich!« Erneut hielt sie inne.

»Verständlich«, stimmte ihr Pitt zu.

»Ich ... habe auf seine Schulter gezielt, weil ich fürchtete, weiter unten nur den Ärmel zu treffen.« Sie holte tief Luft und stieß sie stumm aus. »Ich habe mit aller Kraft zugestoßen, bevor ich ohnmächtig wurde, weil ich keine Luft mehr bekam.« Ihr Gesicht war weiß wie ein Blatt Papier. »Er muß sich bewegt haben, denn ich habe seinen Hals getroffen.« Sie flüsterte kaum hörbar, als erstickten die würgenden Hände sie nach wie vor. »Es war entsetzlich. Es war der schrecklichste Augenblick meines Lebens. Er ist nach hinten gefallen ... und hat mich angesehen, als könnte er es nicht glauben. In derselben Sekunde war er wieder er selbst, der alte Ramsay, vernünftig, klug und voller Zärtlichkeit. Alles war... voll Blut...« Tränen traten ihr in die Augen. »Ich weiß nicht mehr, was ich dann getan habe. Ich war so entsetzt... ich – ich glaube, ich habe mich dort hingekniet, wo er zu Boden gestürzt ist. Ich weiß es nicht mehr. Alles lag wie unter einem Schleier... die Zeit schien stillzustehen.« Sie schluckte schmerzhaft. »Dann bin ich nach unten gegangen, um Hilfe zu holen.«

»Vielen Dank, Mrs. Parmenter«, sagte er ernsthaft. Während sie sprach, hatte er aufmerksam ihr Gesicht und ihre Hände gemustert und unauffällig die dunklen Blutflecken auf ihrem Kleid betrachtet. Alles paßte zu ihrem Bericht über den Vorfall und zu dem, was er selbst im Studierzimmer gesehen hatte. Es gab keinen Anlaß, daran zu zweifeln, daß die Tragödie so abgelaufen war, wie sie es ihm geschildert hatte. »Bestimmt möchten Sie jetzt baden und sich umziehen und vielleicht das Beruhigungsmittel nehmen, das Ihnen der Arzt dagelassen hat. Ich brauche Sie heute abend nicht weiter zu stören.«

»Ja, das sollte ich wohl.« Leicht erschauernd zog sie die Decke höher, sagte aber nichts weiter.

Pitt ging hinaus und kehrte ins Studierzimmer zurück. Er mußte noch mit dem Arzt und den beiden Töchtern reden; außerdem war es unerläßlich, daß er oder Tellman mit den Dienstboten sprach. Immerhin hatte möglicherweise einer von ihnen etwas gehört. Nützen würde es nichts, es ging lediglich darum, daß er seine Arbeit gründlich erledigte.

Es war fast Mitternacht, als er bei Cornwallis eintraf. Der Diener ließ ihn ein. Er hatte sich bereits zurückgezogen und war von der Türglocke geweckt worden. Er hatte einen Morgenmantel über eine hastig angezogene Hose geworfen, und seine Haare standen hinten zu Berge, wo sie der Kamm in der Eile nicht erreicht hatte.

»Ja, Sir?« fragte er ein wenig steif.

Pitt bat um Entschuldigung. »Ich vermute, daß Mr. Cornwallis bereits schlafen gegangen ist.«

»Ja, Sir, so ist es. Darf ich ihm etwas ausrichten, Sir?«

»Ich muß ihn unbedingt sprechen, sosehr ich das bedaure,« sagte Pitt. »Sagen Sie ihm, Oberinspektor Pitt wartet unten mit einer Mitteilung, die keinesfalls bis morgen warten kann.«

Der Mann zuckte zusammen, widersprach aber nicht. Als er am Telefon vorüberging, das an der Wand hing, warf er einen bedeutungsvollen Blick darauf, unterließ es aber, etwas zu sagen. Er bat Pitt ins Wohnzimmer, einen behaglich eingerichteten Raum mit Klubsesseln, der wie eine Art Herrenzimmer wirkte. Pitts Blick fiel auf Gegenstände, die wohl Erinnerungsstücke an Cornwallis' Zeit auf See waren: eine Riesenmuschel aus Indien, deren geschwungenes Inneres bunt glänzte, eine auf Hochglanz polierte Miniaturkanone aus Messing, eine hölzerne Klampe von der Takelage eines Segelschiffes, zwei oder drei Stücke Ambra und eine Porzellanschale voller Musketenkugeln. An den Wänden hingen mehrere Seestücke. In einem Bücherregal standen Romane, Lyrikbände, aber auch Biographien, historische und naturwissenschaftliche Werke. Pitt mußte lächeln, als er Jane Austens »Emma«, George Eliots »Silas Marner« und die drei Bände von Dantes »Göttlicher Komödie« sah.

Nicht einmal zehn Minuten später trat Cornwallis vollständig angekleidet mit zwei Gläsern Kognak herein.

»Was gibt es?« fragte er, schloß die Tür und gab Pitt eins der Gläser. »Es muß etwas Fürchterliches sein, nach Ihrem Gesichtsausdruck und der späten Stunde zu urteilen.«

»Bedauerlicherweise hat Parmenter vollständig den Kopf verloren und seine Frau angegriffen. Sie hat sich gewehrt und ihn dabei getötet.«

Cornwallis machte ein verblüfftes Gesicht.

»Ich weiß, das klingt absurd«, gab ihm Pitt recht, »aber er hat versucht, sie zu erwürgen. Kurz vor dem Ersticken hat sie einen Brieföffner vom Tisch genommen und ihn damit in den Arm zu stechen versucht. Sie sagt, er habe sich bewegt, als sie mit aller Kraft in Richtung auf seine Schulter zugestoßen hat – wahrscheinlich, weil er fester zudrücken wollte – und dabei hat sie ihn am Hals getroffen.« Er nahm einen Schluck aus dem Glas.

Cornwallis legte das Gesicht betrübt in Falten. Sein Körper wirkte steif, als wolle er einen Schlag abwehren. Eine Weile stand er völlig reglos da. Pitt überlegte, ob er an den Bischof dachte und was dieser dazu sagen würde. Immerhin hätte dieser jetzt die Möglichkeit, die Sache unter der Hand zu behandeln und genau so, wie er das von vornherein gewollt hatte.

»Verdammt!« sagte Cornwallis schließlich. »Ich hatte keine Vorstellung, daß er so ... daß sein Geisteszustand so ausgesehen hat. Sie?«

»Nein«, räumte Pitt ein. »Sein Arzt übrigens auch nicht. Man hatte ihn gerufen, damit er sich um Mrs. Parmenter kümmerte, und ich habe ihn gefragt. Natürlich hat er sich auch die Leiche angesehen, aber er konnte nichts tun und auch nichts sagen, was uns weiterhelfen würde.«

»Nehmen Sie Platz.« Cornwallis wies auf die Sessel, und Pitt nahm dankbar an. Erst jetzt merkte er, wie müde er war.

»Vermutlich gibt es keinen Zweifel daran, daß sich die Sache genauso zugetragen hat, wie Sie es sagen?« fuhr Cornwallis mit einem neugierigen Blick auf Pitt fort. »Es handelt sich nicht etwa um einen Selbstmord, den seine Frau vertuschen möchte?«

»Selbstmord?« Pitt war verblüfft. »Nein.«

»Nun, möglich wäre es«, sagte Cornwallis. »Zwar haben wir nicht zweifelsfrei bewiesen, daß er diese Bellwood umgebracht hat, aber in den Augen der Kirche ist Selbstmord eine schwere Sünde.«

»Na ja, der Versuch, die eigene Frau umzubringen, gilt auch nicht gerade als der Gipfel der Kultiviertheit«, gab Pitt zu bedenken.

Cornwallis' Gesicht war angespannt, trotz des in seinen Augen aufblitzenden Humors. »Das aber ist ihm nicht gelungen. Für den Versuch kann ihn niemand bestrafen… jedenfalls nicht, wenn er tot ist.«

»Man kann auch niemanden für Selbstmord bestrafen«, sagte Pitt trocken.

»Doch«, widersprach Cornwallis. »Man kann ihn in ungeweihter Erde beisetzen. Darunter leiden dann die Angehörigen.«

»Nun, jedenfalls war es kein Selbstmord.«

»Sind Sie sicher?«

»Ja. Der Brieföffner kann nicht in seiner Hand gewesen sein.«

»Links oder rechts am Hals?« fragte Cornwallis.

»Links… also war es ihre rechte Hand. So wie sie es beschrieben hat, standen sie einander gegenüber.«

»Er könnte also auch in seiner Hand gewesen sein?«

»Das glaube ich nicht, dem Winkel nach zu urteilen.«

Cornwallis schürzte die Lippen. Er stieß die Fäuste tief in die Taschen und sah Pitt unglücklich an. »Sind Sie eigentlich überzeugt, daß er Unity Bellwood getötet hat?«

Pitt wollte schon antworten, dann ging ihm auf, daß er nach wie vor nicht vollständig überzeugt war. »Eine bessere Lösung fällt mir nicht ein, aber ich habe das Gefühl, daß mir noch etwas Wichtiges fehlt«, gab er zu. »Vermutlich werden wir es nie erfahren. Vielleicht können die Briefe es erklären.«

»Was für Briefe?« wollte Cornwallis wissen.

»Die haben den Streit ausgelöst. Eine ganze Anzahl von Liebesbriefen, die Parmenter und Unity ausgetauscht haben. Soweit Mrs. Parmenter gesagt hat, waren die von Unity besonders drastisch. Als er gemerkt hat, daß sie die Briefe gesehen hatte, hat er vollständig die Beherrschung verloren.«

»Liebesbriefe?« Cornwallis war verwirrt. »Warum sollten die beiden sich Briefe schreiben? Sie waren doch im selben Haus und haben jeden Tag miteinander gearbeitet. Soll das heißen, daß sie einander kannten, bevor er sie eingestellt hat?«

Das verlangte in der Tat nach einer Erklärung. Pitt hätte eher daran denken müssen, aber die Art der Briefe hatte ihn so sehr überrascht, daß er nicht darauf verfallen war.

»Ich weiß nicht. Ich habe Mrs. Parmenter nicht gefragt, ob die Briefe datiert waren … und auch nicht, warum sie alle beieinander lagen. Man sollte glauben, daß er ihre und sie seine hatte.«

»Dann war er also der Vater ihres Kindes«, folgerte Cornwallis mit erkennbarer Enttäuschung in der Stimme. Bei einem jungen Mann hätte er das vielleicht eher verstanden und verziehen, obwohl Alter nicht vor Leidenschaft schützt, vor Bedürfnissen, davor, daß man sich verliebt, vor körperlicher Begierde, selbst wenn das Nachgeben eine Spur der Zerstörung und der Scham hinterläßt. War Cornwallis dem Leben auf dem festen Land, war er Männern und Frauen so entfremdet, daß er das nicht wußte?

»So sieht es aus«, gab Pitt zu. »Jetzt, wo beide tot sind, werden wir es wohl nie mit letzter Sicherheit herausbekommen.«

»Was für ein entsetzliches Durcheinander«, sagte Cornwallis etwas ruhiger. Sein Gesicht zog sich gequält zusammen, als könne er mit einem Mal alle Vergeblichkeit vor sich ausgebreitet sehen. »Es war alles so … unnötig. Wozu hat es gedient? Ein paar Stunden … ja, was mag es gewesen sein?« Er zuckte die Achseln. »Liebe nicht. Sie haben einander verachtet. Sie waren in nichts einer Meinung. Und sehen Sie nur, welchen Preis das gefordert hat!« Er hob den Blick und sah fragend in Pitts Gesicht. »Wie kommt es, daß ein Mann sein inneres Gleichgewicht so sehr verliert, daß er die Arbeit eines ganzen Lebens, das Vertrauen, das er sich mühsam erworben hat, wegwirft … für etwas, wovon ihm klar sein muß, daß es nur wenige Wochen dauern kann und letzten Endes wertlos ist? Warum hat er das getan? War er auf irgendeine Weise verrückt, die ein Arzt diagnostizieren könnte? Oder war sein ganzes Leben bis dahin eine Lüge?«

»Ich weiß es nicht«, sagte Pitt aufrichtig. »Ich verstehe es ebensowenig wie Sie. Es scheint nicht zu dem Mann zu passen, dem ich begegnet bin und mit dem ich gesprochen habe. Es ist, als wäre in seinem Kopf eine Trennwand gewesen, als hätten sich zwei Menschen darin befunden.«

»Aber Sie sind sicher, daß er derjenige war, der Unity die Treppe hinabgestoßen hat, ganz gleich, ob er sie dabei töten wollte oder nicht? Dieser Vorfall beweist es doch, oder etwa nicht?«

Pitt sah ihn an. Er konnte auf Cornwallis' Gesicht nicht erkennen, ob er eine Bestätigung wollte, damit er über der Sache zur Tagesordnung übergehen konnte, oder ob es eine ernstgemeinte Frage war, so daß die Antwort unter Umständen auch ›Nein‹ lauten konnte. Ihm war klar, wie sehr es Cornwallis wurmte, dem Bischof und damit auch Smithers gegenüber nachgeben zu müssen, aber davon hätte er seine Entscheidung nie beeinflussen lassen.

»Sie haben mir nicht geantwortet«, mahnte Cornwallis.

»Wohl weil ich meiner Sache nicht sicher bin«, erwiderte Pitt. »Es scheint mir nicht die richtige Lösung zu sein, denn ich verstehe es nicht. Aber es ist wohl so.«

Cornwallis machte einen Katzenbuckel. »Danke, daß Sie gekommen sind, um mich von der Sache in Kenntnis zu setzen. Ich gehe morgen früh zum Bischof und erstatte ihm Bericht ... gleich als erstes!«

In jungen Jahren war Reginald Underhill früh aufgestanden und hatte seine Pflicht mit einem Fleiß erfüllt, der seinem beträchtlichen Ehrgeiz entsprach. Jetzt, da er sicher war, es geschafft zu haben, konnte er seiner Ansicht nach ohne weiteres morgens länger liegen bleiben, sich den Tee und womöglich die Zeitungen ans Bett bringen lassen. Daher war er alles andere als erbaut, als sein Kammerdiener um acht Uhr mit der Mitteilung kam, Cornwallis warte unten auf ihn.

»Was, jetzt?« fragte er verärgert.

»Ja, Sir, ich bedaure, das sagen zu müssen.« Auch seinem Kammerdiener war bekannt, wie unwillkommen ein solcher Besuch war. Der Bischof war weder gewaschen, rasiert noch angekleidet, und sich beeilen zu müssen, war ihm zuwider. Das einzige, was er als noch schlimmer empfand, war, daß man ihn ungekämmt und schlecht vorbereitet antraf. Das nahm einem jegliche Würde. Im Nachthemd und mit grauen Stoppeln auf Kinn und Wangen fiel es schwer, anderen die eigene Überlegenheit zu demonstrieren.

»Was will der Mann denn um Himmels willen?« fragte er scharf. »Kann er nicht zu einer passenderen Zeit noch einmal kommen?«

»Soll ich ihn fragen, Mylord?«

Der Bischof rückte ein wenig tiefer in die warmen Kissen. »Ja, tun Sie das. Hat er gesagt, was er wünscht?«

»Ja, Sir. Es hat mit Reverend Parmenter zu tun. Wenn ich richtig verstanden habe, hat sich der Fall äußerst dramatisch zugespitzt. Er ist der Ansicht, daß Sie davon sofort in Kenntnis gesetzt werden müßten.« Der Anflug eines Lächelns legte sich auf das Gesicht des Kammerdieners. »Bevor er etwas unternimmt, was Ihrer Ansicht nach unklug wäre.«

Der Bischof knirschte mit den Zähnen und unterdrückte einen Ausdruck, von dem er nicht wollte, daß ihn der Kammerdiener aus seinem Munde hörte. Er warf die Decke zurück und verließ das Bett in ausgesprochen schlechter Laune, die dadurch verstärkt wurde, daß er jetzt außerdem Angst hatte.

Seine Frau war schon früh aufgestanden. Die Stunden, in denen Reginald noch im Bett lag, waren ihr die liebsten des Tages. Mit jeder Woche ging die Sonne früher auf, und an jenem Vormittag fiel strahlender Lichtschein auf den Boden des Eßzimmers. Sie frühstückte gern allein. Es war ungewöhnlich friedlich.

Als ihr das Mädchen mitteilte, Mr. Cornwallis warte im Vestibül, war sie erstaunt. Obwohl ihr bewußt war, daß es keinen angenehmen Anlaß haben konnte, daß er zu dieser frühen Stunde kam, empfand sie unwillkürlich eine prickelnde Erregung.

»Fragen Sie ihn, ob er zu mir kommen möchte«, sagte sie rasch und weniger würdevoll, als sie beabsichtigt hatte. »Ich meine, fragen Sie ihn, ob er eine Tasse Tee mit mir trinken möchte.«

»Gewiß, Ma'am«, sagte das Mädchen gehorsam, und kurz darauf trat Cornwallis ein. Der Ausdruck von Unentschlossenheit und Verlegenheit auf seinen Zügen zeigte ihr sogleich, daß es nicht um eine einfache Tragödie ging, sondern sich um eine komplexere Angelegenheit handeln mußte.

»Guten Morgen, Mr. Cornwallis. Der Bischof ist noch nicht heruntergekommen«, sagte sie überflüssigerweise. »Wenn es Ihnen recht ist, könnten Sie mit mir frühstücken. Wünschen Sie Tee?«

»Guten Morgen, Mrs. Underhill. Vielen Dank«, nahm er die Einladung an, ging um den Stuhl an der Stirnwand des Tisches herum und setzte sich ihr gegenüber.

Sie goß ihm aus der großen silbernen Kanne Tee ein und bot ihm Milch und Zucker an.

»Möchten Sie auch etwas Toast?«

Wieder dankte er, nahm befangen eine Scheibe Toast aus dem Ständer und bestrich sie mit Butter. Auf dem Tisch standen Honig, Orangenmarmelade und Aprikosenkonfitüre. Er entschied sich für letztere.

»Es tut mir leid, so früh am Morgen zu stören«, entschuldigte er sich. »Vielleicht hätte ich wirklich noch warten sollen. Andererseits wollte ich vermeiden, daß der Bischof auf anderem Wege davon erfährt. Das wäre mir alles andere als recht gewesen.« Er sah rasch mit seinen haselnußbraunen Augen zu ihr hin. Sie konnte sich vorstellen, daß sie allerlei ausdrückten, aber auf keinen Fall Ausflucht oder Täuschung. An so etwas durfte sie aber nicht denken. Nachdem diese elende Geschichte mit dem armen Parmenter vorüber war, würde sie Cornwallis wahrscheinlich nicht wiedersehen. Mit einem Mal kam es ihr vor, als umgebe sie eine Art Dunkelheit, so, als wäre die Sonne verschwunden, dabei schickte sie ihr Licht nach wie vor über den Eßtisch.

Sie sah auf ihren Teller. Der Toast, der ihr gerade noch verlockend erschienen war, schmeckte ihr nicht mehr.

»Vermutlich ist etwas Wichtiges geschehen«, sagte sie. Es war ihr peinlich, daß ihre Stimme so heiser klang.

»Leider ja«, gab er zur Antwort. »Ich – ich bedaure, Sie auf diese Weise stören zu müssen, noch dazu, bevor Sie Ihren Tag richtig begonnen haben. Es war plump von mir ...«

Es war ihm unangenehm. Sie konnte es an seinen Worten hören und es fast spüren. Sie zwang sich, den Blick zu heben und zu lächeln.

»Ganz und gar nicht. Sofern Sie etwas zu berichten haben, eignet sich diese Stunde dafür ebenso wie jede andere. Zumindest bleibt dann Zeit, darüber nachzudenken und die nötigen Entscheidungen zu treffen. Können Sie mir sagen, was vorgefallen ist?«

Trotz des Anlasses, der ihn hergeführt hatte, fiel die Spannung von ihm ab. Er trank seinen Tee und sah sie offen an. Schonend berichtete er, was geschehen war.

Sie war entsetzt. »Ach je! Ist er schwer verletzt?«

»Bedauerlicherweise ist er tot.« Er sah sie besorgt an. »Es tut mir leid. Vielleicht hätte ich es Ihnen erst sagen sollen, wenn der Bischof hier ist.« Jetzt machte er einen völlig zerknirschten Eindruck. Er erhob sich halb, als fürchte er, sie könne in Ohnmacht fallen und müsse gestützt werden. »Es tut mir aufrichtig leid…«

»Bitte behalten Sie doch Platz, Mr. Cornwallis«, sagte sie rasch, obwohl sie sich in der Tat etwas zittrig fühlte. Es war fürchterlich. »Ich versichere Ihnen, daß Sie sich keine Sorgen zu machen brauchen.«

»Wirklich nicht?« Besorgnis lag auf seinem Gesicht, während er sie aufmerksam musterte. Er blieb unbehaglich stehen.

»Natürlich nicht. Vielleicht ist Ihnen nicht klar, wie oft die Frau eines Bischofs damit konfrontiert wird, daß jemand nahe Angehörige verliert? Es macht einen weit größeren Teil meines Lebens aus, als mir lieb ist, aber was würde den Menschen bleiben, wenn sie sich nicht in Zeiten großer Seelennot und des Kummers an die Kirche wenden könnten?«

Er setzte sich wieder.

»Daran hatte ich nicht gedacht. Trotzdem hätte ich etwas rücksichtsvoller sein sollen.«

»Der arme Ramsay«, sagte sie langsam. »Da glaubte ich ihn zu kennen, habe ihn aber offenbar nicht im geringsten gekannt. In ihm muß sich ein Sturm der Finsternis zusammengebraut haben, wie sich das keiner von uns auch nur im entferntesten vorgestellt hat. Wie bitter einsam er mit dieser schweren Bürde gewesen sein muß.«

Er sah sie mit nahezu strahlender Freundlichkeit an. Bei diesem Anblick stieg in ihr ein warmes Gefühl empor, und sie lächelte ihm spontan zu.

Die Tür zum Eßzimmer öffnete sich, der Bischof kam herein und schlug sie hinter sich zu.

»Entschuldige uns bitte, Isadora«, sagte er übergangslos mit einem Blick auf ihren Teller und ihre fast geleerte Teetasse. Er setzte sich an die Stirnseite des Tisches. »Soweit mir bekannt ist, hat Mr. Cornwallis Neuigkeiten.«

»Ich weiß bereits, worum es geht«, sagte sie, ohne sich zu rühren. »Möchtest du Tee, Reginald?«

»Ich möchte Frühstück«, giftete er. »Aber zuerst sollte ich mir wohl besser anhören, was Mr. Cornwallis zu dieser frühen Morgenstunde hergeführt hat.«

Cornwallis' Gesicht war freudlos, die Haut spannte sich straff über seine Wangenknochen. »Ramsay Parmenter hat gestern abend versucht, seine Frau zu erdrosseln, und sie hat ihn in Notwehr getötet«, stieß er hervor.

»Grundgütiger Gott!« Der Bischof war entgeistert. Er sah Cornwallis an, als hätte ihm dieser einen Schlag versetzt. »Wie ...« Er sog den Atem tief ein. »Wie ...«, wiederholte er, sprach aber nicht weiter. »Ach je.«

Isadora sah ihn an und versuchte seinen Gesichtsausdruck zu deuten, bemühte sich, einen Widerschein von Trauer und des Gefühls, versagt zu haben, darin zu entdecken. Aber sein Gesicht zeigte keine Regung, völlig nüchtern; er empfand nichts, sondern dachte nach. Sie merkte, daß zwischen ihnen eine Kluft bestand, von der sie nicht wußte, wie sie sie überbrücken könnte. Weit schlimmer noch war, daß sie nicht einmal sicher war, ob sie das wollte.

»Ach je«, wiederholte der Bischof und wandte sich Cornwallis etwas aufmerksamer zu. »Was für ein tragischer Ausgang dieser ganzen unglückseligen Geschichte. Danke, daß Sie so rasch gekommen sind, um mich davon zu informieren. Das war äußerst aufmerksam und zuvorkommend von Ihnen. Ich werde Ihnen das nicht vergessen.« Er lächelte ein wenig, die Erleichterung hatte seine frühere Gereiztheit hinweggespült.

Sie sah ihm an, wie erleichtert er war. Es war nicht in seinen Augen oder an seinem Mund zu erkennen, dafür hatte er sich zu sehr in der Gewalt, wohl aber in der Haltung seiner Schultern und der Art, wie er mit den Händen über das Tischtuch strich. Sie waren nicht mehr verkrampft, sondern völlig entspannt. Eine Welle des Abscheus und des Zorns überlief sie. Sie warf einen Blick zu Cornwallis hin. Seine Lippen waren fest aufeinandergepreßt, und er saß aufrecht, als sehe er sich einer Bedrohung gegenüber, vor der er sich hüten mußte. Mit plötzlicher Eingebung glaubte sie zu wissen, was er empfand: die gleiche Verwirrung wie sie, Zorn und Ekel, Gefühle, die ihm unbehaglich waren, denen er sich aber nicht entziehen konnte.

»Nehmen Sie noch etwas Tee«, forderte ihn der Bischof auf und hielt ihm die Kanne hin, nachdem er sich selbst eingegossen hatte.

»Nein, vielen Dank«, lehnte Cornwallis ohne eine Sekunde des Nachdenkens ab.

Ein Dienstmädchen kam schweigend herein und stellte einen Teller mit Schinken, Eiern, Bratkartoffeln und Würstchen vor den Bischof. Er nickte, und sie ging.

»Es war offensichtlich genau so, wie wir es befürchtet hatten«, fuhr der Bischof fort und nahm Messer und Gabel zur Hand. »Der arme Parmenter. Er hat unter einer immer stärkeren geistigen Verwirrung gelitten. Wirklich tragisch. Gott sei Dank ist es ihm nicht gelungen, seine arme Frau zu töten.« Während er ein Stück Wurst und Kartoffel auf die Gabel spießte, hob er mit einem Mal den Blick. »Ich nehme doch an, daß sie nicht ernsthaft verletzt ist?« Offensichtlich war ihm der Gedanke gerade erst gekommen.

»Ich glaube nicht«, gab Cornwallis knapp zurück.

»Ich werde sie zu gegebener Zeit besuchen.« Er steckte die Gabel in den Mund.

»Sie muß entsetzlich mitgenommen sein«, sagte Isadora, zu Cornwallis gewandt. »Man kann sich kaum etwas Schlimmeres vorstellen. Ich frage mich, ob sie wußte, daß er so… so krank war.«

»Das spielt doch jetzt keine Rolle mehr, meine Liebe«, sagte der Bischof mit vollem Mund. »Es ist vorbei, und wir brauchen uns den Kopf nicht mit Fragen zu zerbrechen, auf die wir keine Antwort wissen.« Er schluckte. »Wir sind in der Lage, sie vor weiterem Kummer zu bewahren, der damit verbunden wäre, daß sich andere mit der Ursache ihres Verlustes beschäftigen. Es wird keine weitere polizeiliche Untersuchung geben. Die Tragödie hat ihre Erklärung gefunden. Es besteht kein Bedarf mehr, Gerechtigkeit zu üben ... sie ist durch die vollkommenen Mittel des Allmächtigen bereits verwirklicht.«

Cornwallis zuckte innerlich zusammen.

»Der Allmächtige!« brach es aus Isadora heraus. Sie achtete nicht darauf, daß Cornwallis die Augen weit aufriß und der Bischof den Atem scharf einsog. »Das hat nicht Gott getan! Ramsay Parmenter war offenbar schon seit Monaten, wahrscheinlich seit Jahren, in Verzweiflung und Wahnsinn gesunken, und keiner von uns hat etwas davon gemerkt! Keiner hatte die geringste Vorstellung!« Sie beugte sich vor und sah die beiden Männer an. »Er hat eine junge Frau beschäftigt und hatte eine Affäre mit ihr. Sie wurde schwanger, und er hat sie getötet, ganz gleich, ob das seine Absicht war oder nicht. Jetzt greift er seine Frau an, versucht sie zu erwürgen und kommt statt ihrer dabei um. Und du sitzt da und sagst, es ist alles vorüber – mit den Mitteln Gottes!« Ihre Empörung war vernichtend. »Das hat mit Gott nichts zu tun! Das ist menschliches Leid und Versagen. Wenn zwei Menschen tot sind und ein Kind nicht zur Welt kommt, kann man kaum von Gottes Mitteln sprechen!«

»Isadora, bitte nimm dich zusammen«, stieß der Bischof zwischen den Zähnen hervor. »Ich kann deinen Kummer durchaus verstehen, aber wir müssen Ruhe bewahren. Hysterie hilft niemandem weiter.« Er sprach zu schnell. »Ich wollte damit nur sagen, daß die Sache ein natürliches Ende gefunden hat, daß es keinem nützt, sie weiter zu verfolgen, und daß das abschließende Urteil in den Händen Gottes liegt.«

»Das hast du nicht gemeint«, sagte sie erbittert. »Du wolltest sagen, daß wir jetzt die ganze Sache von der Tagesordnung nehmen können, ohne mit großem Aufwand einen Skandal vertuschen zu müssen. Der wahre Skandal besteht aber darin, daß wir diesen Wunsch haben, daß wir Ramsay Parmenter über all die Jahre hinweg gekannt und nie gemerkt haben, wie sehr er gelitten haben muß.«

Der Bischof warf Cornwallis ein entschuldigendes Lächeln zu. »Es tut mir wirklich leid.« Er schüttelte den Kopf. »Meine Frau ist von dieser Wendung zutiefst betroffen. Bitte entschuldigen Sie ihren unbedachten Ausbruch.« Er wandte sich seiner Gattin zu. »Vielleicht solltest du dich eine Weile hinlegen, meine Liebe, um wieder zu dir zu kommen. Dann geht es dir sicher bald besser. Laß dir von Collard einen Kräutertee bringen.«

Isadora war fuchsteufelswild. Er sprach mit ihr, als wäre sie nicht zurechnungsfähig.

»Ich bin nicht krank! Ich denke nur daran, welchen Anteil an Verantwortung wir am Tod eines unserer Geistlichen haben, und versuche mein Herz zu befragen, ob wir mehr hätten tun können und müssen, um ihm zu helfen, als noch Gelegenheit dazu war.«

»Aber wirklich ...«, setzte der Bischof mit gerötetem Gesicht an.

»Das hätten wir alle tun müssen«, fiel ihm Cornwallis ins Wort. »Wir wußten, daß irgend jemand in jenem Hause Unity Bellwood getötet hat. Wir hätten eine Möglichkeit finden müssen, eine zweite Tragödie zu verhindern.«

Der Bischof funkelte ihn an. »Da der Arme offensichtlich unheilbar geisteskrank war, ist sein Tod alles andere als tragisch, zumal er, Gott sei es gedankt, nicht durch eigene Hand ums Leben gekommen ist«, korrigierte er ihn. »Angesichts der nicht zu ändernden Umstände konnten wir kein weniger schreckliches Ergebnis als dies erwarten. Ich glaube, daß ich Ihnen bereits gedankt habe, weil Sie gekommen sind, um mich davon in Kenntnis zu setzen, Mr. Cornwallis. Ich glaube nicht, daß ich Ihnen noch etwas sagen könnte, was Ihnen in irgendeiner anderen Angelegenheit dienlich wäre, und diese ist glücklicherweise abgeschlossen.«

Cornwallis stand auf. Auf seinem Gesicht lag eine Mischung aus Verlegenheit und Verwirrung, als bemühe er sich, miteinander im Widerstreit liegende Empfindungen zu beherrschen. Beides schmerzte ihn gleichermaßen.

Isadora begriff, was er fühlte, denn auch sie empfand den Konflikt zwischen Zorn und Beschämung.

Cornwallis wandte sich ihr zu. »Vielen Dank für Ihre Gastfreundschaft, Mrs. Underhill. Guten Tag, Herr Bischof.« Ohne weitere Förmlichkeit wandte er sich auf dem Absatz um und verließ das Eßzimmer.

»Ich meine wirklich, daß du dich besser eine Weile zurückziehen solltest, bis du zur Ruhe gekommen bist«, sagte der Bischof zu Isadora. »Dein Verhalten in dieser Angelegenheit entspricht nicht ganz meinen Erwartungen.«

Sie sah ihn unverwandt und mit einem inneren Abstand an, dessen sie sich nicht für fähig gehalten hatte. Jetzt, da der entscheidende Zeitpunkt gekommen war, empfand sie in ihrem Inneren Ruhe und Wärme.

»Ich denke, daß wir beide enttäuscht sind, Reginald«, gab sie zur Antwort. »Du hast auf meine Diskretion gehofft, aber in dieser Angelegenheit kann ich damit nicht dienen. Ich hatte auf dein Mitgefühl und deine Aufrichtigkeit gehofft, und darauf,daß du überlegst, ob wir mehr Verständnis hätten aufbringen können und sollen, bevor es so weit kam, wie es jetzt gekommen ist. Es sieht ganz so aus, als besäßest du das dafür erforderliche Mitgefühl ebensowenig wie die nötige Demut. Vielleicht bist du mit Recht über mich erstaunt. Ich habe zuwenig zu erkennen gegeben, was ich empfand. Ich hatte kein Recht, von deinem Verhalten überrascht zu sein, denn so warst du schon immer. Ich wollte es nur einfach nicht wahrhaben.« Sie ging zur Tür und öffnete sie. Sie hörte, wie er keuchte und zum Sprechen ansetzte, als sie in das Vestibül trat, doch achtete sie nicht darauf. Sie durchquerte das Vestibül und die mit grünem Filz bezogene Tür zu den Wirtschaftsräumen, in die er ihr auf keinen Fall folgen würde.

Pitt kehrte nach Brunswick Gardens zurück, um die letzten Einzelheiten im Zusammenhang mit Ramsay Parmenters Tod aufzuklären. Er rechnete nicht damit, etwas zu erreichen, doch es mußte einfach getan werden.

Emsley ließ ihn ein. Seine Augen waren rot gerändert, und er wirkte erschöpft.

»Es gibt keinen Grund, Mrs. Parmenter zu stören«, sagte

Pitt, während er durch das Vestibül ging. »Ich glaube nicht, daß ich ihr noch weitere Fragen stellen muß.«

»Nein, Sir«, sagte Emsley folgsam. Er schien zu zaudern, soweit man das von einem so würdevollen und unglücklich wirkenden Menschen sagen kann.

»Was gibt es?« fragte Pitt freundlich.

»Ich habe kein Recht, das zu fragen, Sir«, sagte Emsley kläglich. »Aber muß man all das den Zeitungsleuten auf die Nase binden, Sir? Ich meine ... könnten Sie nicht einfach sagen, daß Mr. Parmenter einem Unfall zum Opfer gefallen ist? Er war ...« Er holte zitternd Luft, um Selbstbeherrschung bemüht. »Er war ein so ruhiger Herr, Mr. Pitt. Solange ich ihn kannte, hat er zu niemandem je ein grobes Wort gesagt. Und ich habe über zwanzig Jahr in diesem Hause gedient. Der gütigste Mann, den man sich denken kann. Immer hatte er Zeit ... und Geduld. Das Schlimmste, was man von ihm sagen konnte, war, daß er ein wenig fern von den anderen war ... als wäre er geistesabwesend. Er hat Dinge vergessen. Aber das ist doch keine Sünde. Vergeßlich sind die meisten Menschen. In letzter Zeit hat er sich schreckliche Sorgen gemacht.« Emsley schluckte und schniefte. »All diese Geschichten über Darwin, die Affen und so weiter. Es hat ihn entsetzlich mitgenommen.« Sein Gesicht rötete sich. »Ich habe versucht, ihm klarzumachen, daß das alles Unsinn ist, aber es steht mir nicht zu, so etwas zu sagen ... nicht zu Leuten wie dem gnädigen Herrn, der ein Mann der Kirche war.«

»Ich glaube nicht, daß es eine Rolle spielt, wer es sagt, wenn es der Wahrheit entspricht«, sagte Pitt. »Und ich werde bestimmt niemandem unnötigerweise etwas mitteilen. Von Mrs. Parmenter kann ich mir das auch nicht vorstellen. Wie geht es ihr heute?«

»Ich habe sie noch nicht gesehen, Sir, aber Braithwaite sagt, daß sie sehr mitgenommen ist und jetzt das ganze Entsetzen spürt. Aber das ist verständlich. Sie ist sehr tapfer. Müssen Sie mit jemandem sprechen, Sir? Ich kann Mr. Mallory Bescheid sagen, daß Sie hier sind, oder Mr. Corde.«

»Sie könnten es Mrs. Parmenter sagen, einfach damit sie Bescheid weiß«, gab Pitt zur Antwort. »Aber ich brauche mit niemandem zu sprechen, vielen Dank. Ich muß nur noch einmal ins Studierzimmer gehen.«

»Ja, Sir. Es ist abgeschlossen. Vermutlich haben Sie den Schlüssel.«

»Ja, danke.«

»Gut, Sir. Haben Sie einen Wunsch? Vielleicht eine Tasse Tee?«

»Unter Umständen in einer Stunde, danke«, nahm Pitt das Angebot an, entschuldigte sich dann, ging die schwarze Treppe hinauf, durch den Gang und schloß die Tür zum Studierzimmer auf.

Der Raum lag genauso da, wie er ihn verlassen hatte. Nach wie vor waren dunkle Blutflecken am Boden neben dem Schreibtisch zu sehen. Der Brieföffner lag in der fernsten Ecke des Raumes, wo er wohl zu Boden gefallen war. Es hatte nie den kleinsten Zweifel daran gegeben, daß es sich dabei nicht um das Tatwerkzug handelte oder daß irgendein anderer ihn berührt haben könnte. Es war ein Beweisstück, bei dem es nichts zu hinterfragen gab.

Er sah aufmerksam darauf und versuchte sich den Ablauf der Ereignisse vorzustellen. Vom rein Äußerlichen her war das einfach. Was aber war in den zurückliegenden Jahren zwischen Vita und ihrem Mann geschehen? Oder genauer gesagt, was war mit Parmenter geschehen? Wie war es gekommen, daß er sein Denken und sein Empfinden vom Zweifel so sehr hatte verzerren lassen, daß aus dem liebenden Gatten, der sich der Seelsorge an anderen Menschen gewidmet hatte, ein gänzlich anderer Mann geworden war? Ein Mann, den die eigenen Schwächen vollständig überwältigten, der eine Beziehung zu einer Frau aufnahm, die er verachtete, sie tötete, als sie ihn mit ihrer Schwangerschaft zu erpressen trachtete – der schließlich sogar versuchte, seine Frau umzubringen.

Vielleicht hieß die klare und zugleich unverständliche Lösung schlicht Wahnsinn.

Pitt trat an den Schreibtisch und begann, die Papierstapel durchzusehen. Wenn sich Parmenter und seine Frau über Liebesbriefe gestritten hatten, mußten sie irgendwo gelegen haben, wo sie sie auf den ersten Blick sehen konnte. Er war im

Zimmer gewesen, als sie hereinkam, also hatte sie nicht danach gesucht; ihr Blick war zufällig darauf gefallen. Seither hatte sie wohl keine Gelegenheit gehabt, sie fortzuräumen.

Er fand einen Aufsatz über Paulus und einen zusammengefalteten Entwurf zu einer Predigt, die er unter das Wort aus dem Jakobus-Brief gestellt hatte: »Wenn aber jemand von euch Weisheit mangelt, so bitte er Gott, der allen willig gibt und nichts vorwirft, und sie wird ihm gegeben werden.« Darunter lagen zwei kurze Briefe, der eine von einer afrikanischen und der andere von einer chinesischen Missionsstation. Er legte sie wieder auf den Stapel und ließ den Blick über den Schreibtisch gleiten. Dort lag ein ledergebundenes Exemplar von Mark Aurels »Selbstbetrachtungen«. Die Schriften eines Philosophen der Stoa, wenn er auch römischer Kaiser gewesen war, bildeten eine sonderbare Lektüre für einen Geistlichen der anglikanischen Kirche, aber sie paßte zu dem Mann, für den er Parmenter von Anfang an gehalten hatte. In ihrer dürren und tapferen Weisheit, die so recht keinen Trost bietet, dürfte sich seine eigene Weltsicht gewiß wiedergefunden haben – die Stimme eines Gleichgesinnten. Daneben sah er ein halbes Dutzend Blätter mit zwei sehr unterschiedlichen Handschriften. Er nahm das erste zur Hand.

Von anderen Papieren auf dem Tisch wußte Pitt, daß es sich bei dieser ordentlichen und präzisen Handschrift um die Parmenters handelte. Er begann zu lesen.

> Niemand ist mir lieber als Du, wie kann ich Dir aber das Gefühl der Einsamkeit ausdrücken, das ich empfinde, sobald wir getrennt sind? Auch wenn die Entfernung zwischen uns unermeßlich ist, vermögen Gedanken sie zu überbrücken, und ich kann dich jederzeit in deinem Herzen und Sinn erreichen, sobald ich einen abgeschiedenen Winkel finde, wo ich dein Bild vor meinem inneren Auge heraufbeschwören kann.
>
> Dann versinkt die Zeit, und wir können wie einst miteinander umhergehen und uns unterhalten. Ich kann mit dir meine Träume teilen, die Suche nach Wahrheit und Sinn, die gewiß unser größter Schatz ist. In solchen Au-

genblicken wandere ich nicht mehr unter Fremden umher, sondern bin in dir daheim. Wir atmen dieselbe Luft, wir verstehen einander wie zwei Hälften eines Ganzen ...

Er las bis zum Ende der Seite und drehte dann das Blatt um. Im ganzen Text ging es um Einsamkeit und Trennung, um die durch das Gemeinsamkeitsgefühl der Personen symbolisierte Gemeinsamkeit des Denkens und der Herzen.

Das zweite Blatt trug dieselbe Handschrift, und obwohl eine andere Situation beschrieben wurde, ging es um die gleichen Grundgedanken. Wieder zog sich die Einsamkeit wie ein roter Faden durch den Text, der Wunsch, aufs neue mit dem anderen vereinigt zu sein, alle Schwierigkeiten und Schranken aus dem Weg zu räumen, die zwischen ihnen lagen. Offensichtlich standen dahinter tief empfundene Gefühle, das Ganze aber war in eine bilderreiche Sprache eingebettet, wirkte eher pedantisch, legte sich nicht wirklich fest. Pitt hörte in diesen Worten förmlich Ramsay Parmenters abwägende und ein wenig trockene Sprechweise.

Die Handschrift des dritten Blattes war selbstsicher, ausufernd, die Buchstaben schienen rasch aufs Papier geworfen. Hier war der Sinn des Gesagten unverhüllt. Schon der Anfang war voll Leidenschaft.

Innigst geliebtes Wesen, mein Hunger nach dir läßt sich nicht in Worte fassen. Wenn wir getrennt sind, ertrinke ich in tiefer Einsamkeit, verschlingt mich die Nacht. Die Unendlichkeit erstreckt sich zwischen uns. Dennoch brauche ich nur an dich zu denken, und weder Himmel noch Hölle vermag mir den Weg zu versperren. Der Abgrund verschwindet, und du bist bei mir. Ich berühre dich und halte dich wieder. Wir sind ein Herz und ein Fleisch. Ich versinke in dir. Alle Qual ist vergessen wie ein Traum.

Die Süße früherer Zeiten kehrt mit allen Erinnerungen an gemeinsam erlebte Leidenschaften, Hoffnungen und Schrecken zurück. Miteinander erkennen wir die hoch aufragenden Höhen der Wahrheit und springen hinab in die unbekannte Tiefe des Glaubens, das größte Geschenk des Lebens, der krönende Ruhm der Ewigkeit. All mein Kummer liegt hinter mir, schwindet dahin wie Schatten vor der aufgehenden Sonne. Wir verschmelzen in ewiger Verzückung miteinander …

Drei weitere Blätter trugen dieselbe kühne Handschrift. Kein Wunder, daß Vita Parmenter ihren Mann verblüfft um eine Erklärung gebeten hatte. Was hätte er darauf schon sagen können?

Pitt legte die Blätter wieder dorthin, wo er sie gefunden hatte. Er war verwirrt, hatte das Gefühl, seiner Aufgabe nicht gewachsen zu sein. Da er Parmenter nicht richtig eingeschätzt hatte, war es ihm nicht möglich gewesen, seinen Tod zu verhindern. Auch war die Möglichkeit nicht auszuschließen, daß er Vita hätte verletzen können. Dann wäre Pitt auch dafür verantwortlich gewesen. Jetzt verstand er weniger denn je. Er hatte die Liebesbriefe gelesen, die zwangsläufig zu einer Auseinandersetzung hatten führen müssen, sobald Vita sie zu Gesicht bekam … oder auch, wenn ein anderer Angehöriger oder Dominic sie gefunden hätte. Warum aber hatte Parmenter sie offen auf dem Tisch liegenlassen, wo er damit rechnen mußte, daß man sie sah? Wieso besaß er sowohl ihre als auch seine? Vermutlich hatte er sie nach ihrem Tod an sich genommen. Hätte er auch nur eine Spur von Verstand gehabt, er hätte sie vernichtet.

Liebte er sie nach wie vor, oder war er von ihr so besessen, daß er es trotz der von den Briefen ausgehenden Gefahr nicht über sich gebracht hatte, sich von ihnen zu trennen? Hatte er alle Hoffnung aufgegeben, sich den Folgen seiner Tat entziehen zu können? Wartete er lediglich auf das Unvermeidliche?

Andererseits vermochte Pitt in der ungezügelten Leidenschaft dieser Briefe weder Parmenter noch Unity wirklich zu erkennen. Die Formulierungen paßten zwar zu dem, was er von ihm mitbekommen und über sie gehört hatte, nicht aber die Empfindungen. Er konnte sie sich nach wie vor nicht als Liebespaar vorstellen, und schon gar nicht in so zügelloser Leidenschaft.

Da sah man wieder, wie sehr er in diesem Fall versagt hatte. Seufzend machte er sich daran, die Schubladen des Tisches zu durchsuchen. Er fand darin die üblichen persönlichen Unterlagen und Parmenters beruflichen Schriftwechsel. Pflichtgemäß las er alles. Die Briefe waren noch trockener, als er erwartet hatte, in jedem von ihnen wurden die gleichen kleinlichen Versatzstücke wiederholt. Schon möglich, daß sie herzlich gemeint waren, aber in diesen Briefen herrschte eine Steifheit, die das nur schwerlich glauben ließ.

In der nächsten Schublade fand er weitere Briefe. Sie stammten von Amtsbrüdern, Gemeindemitgliedern, Bekannten. Er sah sie durch. Die meisten waren mehrere Jahre alt. Er hatte sie wohl wegen ihres Gefühlswertes aufgehoben. Unter ihnen war einer von Dominic. Zwar war es Pitt klar, daß er in dessen Privatsphäre eindrang, wenn er ihn las, aber noch während er das dachte, hatte er ihn bereits überflogen.

> Lieber Ramsay,
> zwar habe ich es Ihnen schon so manches Mal im Verlauf unserer Gespräche gesagt, doch möchte ich meine Dankbarkeit für die unendliche Geduld, die Sie mit mir hatten, auch zu Papier bringen. Bisweilen muß ich für Sie eine schreckliche Bürde gewesen sein. Nur mit schlechtem Gewissen denke ich daran, wie lange Sie auf mich haben einreden müssen, während ich immer wieder die gleichen selbstsüchtigen Einwände vorgebracht habe. Nie sind Sie in Ihrer Güte mir gegenüber wankend geworden, und ich hatte auch nie den Eindruck, daß Sie Ihre Zeit höher geschätzt hätten als mich.
>
> Doch möglicherweise noch wichtiger als alles, was Sie mir über den Dienst an Menschen in Not gesagt haben, war Ihr Beispiel. Könnte ich doch nur in Ihren Fußstapfen folgen, damit eines Tages jemand die gleiche Freude zu empfinden vermag wie ich, weil ich etwas für ihn getan habe, dann hätte ich eine Stufe der Vollkommenheit und des Glücks erreicht, die ich jetzt nur anstreben kann.
>
> Mir ist klar, daß ich Ihnen am besten mit dem Versuch, zu sein wie Sie, danken und nützen könnte.
>
> Mit niemals endender Dankbarkeit
> Ihr ergebener Dominic Corde

Mit einem tiefen Gefühl der Trauer faltete Pitt den Brief wieder zusammen. Eine kurze Weile fühlte er sich mit Dominic auf eine Weise eins, die er nie für möglich gehalten hätte. Er konnte jetzt seinen Schmerz verstehen, die verpaßte Gelegenheit, die sich nie wieder einstellen würde. Der Selbstvorwurf würde ihn sein Leben lang begleiten.

Parmenter mußte der Brief besonders am Herzen gelegen haben, denn er hatte ihn über all die Jahre hinweg unter den wenigen Freundschaftszeichen aufbewahrt, von denen manche bis in seine Studienzeit zurückreichten.

Von Vita gab es keine Briefe. Vielleicht hatten sie einander nicht geschrieben, oder, falls doch, hatte er sie anderswo aufbewahrt, möglicherweise in seinem Schlafzimmer. Es war auch kaum von Bedeutung.

Er sah in die Schublade darunter. Sie enthielt lediglich weitere Briefe, die mit seiner beruflichen Tätigkeit zu tun hatten. Einige davon betrafen das Buch, an dem er gerade arbeitete. Pitt blätterte sie rasch durch. Alle waren kurz und äußerst trocken. Dann stieß er auf einen mit Unitys Handschrift. Er erkannte sie sofort. Er war vor etwa vier Monaten geschrieben worden. Es war ihr Bewerbungsschreiben für die Position, die sie bei ihm bekleidet hatte.

> Sehr geehrter Reverend Parmenter,
> Ihre bisherigen Arbeiten habe ich mit besonderem Interesse gelesen. Ich bin voller Hochachtung für Ihre Gelehrsamkeit sowie für die klare Art, wie Sie Dinge darlegen, die ich – und, ich muß es aufrichtig sagen, auch gelehrtere Köpfe als ich, denen ich meine Fragen vorgelegt habe – bisher nicht so deutlich verstanden hatte.
>
> Soweit ich erfahren habe, beabsichtigen Sie ein weiteres Werk zu verfassen, für das eine Suche nach frühklassischen Briefen und Dokumenten sowie deren Übersetzung erforderlich ist. Ich beherrsche Griechisch und Aramäisch und habe Grundkenntnisse im Hebräischen. Abschriften meiner diesbezüglichen Zeugnisse füge ich bei, wie auch Referenzen früherer Arbeitgeber, die sicherlich bereit sind, Ihnen meine Fähigkeiten zu bestätigen.

Ich hoffe, daß Sie es nicht für unbescheiden halten, wenn ich Sie zu erwägen bitte, ob nicht ich bei dieser äußerst wichtigen Arbeit als Ihre Assistentin in Frage käme. Ich denke, daß ich über die erforderlichen wissenschaftlichen Voraussetzungen verfüge, und Sie werden kaum einen Menschen finden, der Ihr Vorhaben höher schätzt oder Sie als den einzigen Mann bewundert, der imstande wäre, es zu Ende zu führen.
Ich setze meine größten Hoffnungen auf Sie und bin Ihre ergebene
Unity Bellwood

Auch dieses Schreiben faltete er wieder zusammen und legte es zu den Liebesbriefen. Eine verwirrende Angelegenheit: Da hatte sie lediglich sechs Wochen, bevor sie schwanger wurde, an Parmenter als einen völlig Fremden geschrieben. Eine kurze Zeit für den Ausbruch einer solchen Leidenschaft.

Außerdem fand er ein in braunes Leder gebundenes, gut zwei Zentimeter starkes Notizbuch Parmenters. Beim Durchblättern sah er, daß es weniger ein Tagebuch zu sein schien als eine Sammlung flüchtiger Gedanken. Er sah erst auf eine, dann auf eine andere Seite, ohne so recht zu verstehen, was da stand. Manches schien Latein zu sein, anderes war in einer Art Kurzschrift verfaßt, die wohl von Parmenter selbst stammte. Er nahm sich vor, das Buch mitzunehmen und zusammen mit den Briefen genauer durchzugehen, sobald er Zeit dazu hatte.

Sonst gab es hier nichts mehr für ihn zu tun. Er mußte noch mit Parmenters Witwe sprechen und vielleicht mit Dominic, dann feststellen, was Tellman herausbekommen hatte, und die Formalitäten abwickeln. Die Fälle Unity Bellwood und Ramsay Parmenter waren abgeschlossen – nicht in zufriedenstellender Weise, aber dennoch abgeschlossen.

# KAPITEL ZEHN

Pitt ging früh nach Hause. Er freute sich, daß es ihm möglich war, ein wenig Zeit mit seiner Familie zu verbringen. Das Ergebnis der Untersuchung, bei der die Ursache von Ramsay Parmenters Tod festgestellt werden sollte, war genau so ausgefallen, wie er es erwartet hatte. Darin hieß es, der Pfarrherr habe in einem Anfall geistiger Umnachtung seine Frau angegriffen und sei von dieser in Notwehr getötet worden.

Pitt zwang sich, nicht mehr an den Fall zu denken. Er zog seine ältesten Kleidungsstücke an und machte sich im Garten zu schaffen. Noch hatte sich das Unkraut nicht breitgemacht, aber dies und jenes gab es immer zu richten. Vielleicht ließen sich sogar schon die ersten Saaten ausbringen.

Daniel und Jemima halfen ihm. Beide hatten ihr eigenes kleines Beet, auf dem sie anpflanzen konnten, wonach ihnen der Sinn stand. Eine kleine Fuchsie in Daniels Beet, das mit vielen von ihm selbst gesammelten Steinen abgegrenzt war, sah ziemlich kränklich aus.

»Sie ist tot!« sagte Daniel tiefbetrübt. Er griff nach der Pflanze, um sie mit den Wurzeln auszureißen. Die Füße fest auf den Boden gestemmt, sah Jemima voll Mitgefühl zu.

»Das nehme ich nicht an«, sagte Pitt und gebot Daniel mit einer Hand Einhalt, während er sich über die Fuchsie beugte, um sie näher in Augenschein zu nehmen. »So sehen Pflanzen im Winter aus. Sie ziehen sich in sich selbst zurück. Sie werden wieder wach, wenn es wärmer wird, und bekommen dann auch wieder Blätter.«

»Wirklich?« fragte Daniel zweifelnd. »Ich finde, sie sieht

aus, als ob sie tot wäre. Wo sollen denn die neuen Blätter herkommen?«

»Sie wachsen. Die Nahrung dafür holen sich die Pflanzen aus dem Boden, wenn wir uns um sie kümmern.«

»Soll ich sie gießen?« fragte Daniel eifrig.

»Nein, ich glaube, das besorgt der Regen«, sagte Pitt, bevor der Junge auch nur einen Schritt hatte tun können.

»Und was soll ich dann machen?« wollte der Kleine wissen.

Pitt dachte nach. »Breite ein wenig Kompost um die Wurzeln aus. Das wärmt und gibt ihr Nährstoffe«, regte er an.

»Tatsächlich?« Endlich war Daniels Gesichtsausdruck hoffnungsvoll.

Frohgemut arbeiteten alle drei bis fast sieben Uhr, dann gingen Daniel und Jemima zum Abendessen und dem dringend nötigen heißen Bad ins Haus. Pitt zog sich um und setzte sich ebenfalls an den Tisch. Es gab aufgewärmte Reste vom Vortag: zu Kartoffeln, Kohl und Zwiebeln kaltes Lamm und selbstgemachtes Rhabarber-Chutney. Ein Stück Apfelkuchen, auf dem ein Sahnehäubchen thronte, bildete den Abschluß der Mahlzeit.

Gegen Viertel vor neun nahm Charlotte Emilys jüngsten Brief zur Hand. »Soll ich ihn dir vorlesen?« fragte sie.

Lächelnd ließ sich Pitt ein wenig tiefer in den Sessel gleiten und stellte sich darauf ein, sich von Emilys Berichten über ihre Reisen unterhalten zu lassen.

Charlotte begann: »Ihr Lieben, als allererstes müßte ich wohl sagen, wie sehr Ihr mir fehlt. Ein Dutzend Mal am Tag denke ich, wie schön es wäre, wenn auch Ihr all die wunderbaren Dinge hier sehen könntet. Die Italiener sind bezaubernd, voll Lebensfreude und Schönheitssinn, und Ausländern gegenüber zumindest dem ersten Anschein nach sehr viel offener, als ich erwartet hatte. Bisweilen fällt mir auf, daß zwei von ihnen mit ihren herrlichen Augen Blicke tauschen, und ich frage mich dann, ob sie uns insgeheim furchtbar linkisch und ein wenig langweilig finden. Allerdings hoffe ich, daß das nicht für mich gilt! Ich bemühe mich, würdevoll aufzutreten, schließlich sehe ich solch herrliche Dinge nicht zum ersten Mal: das Licht über der Landschaft, die alte Architektur, Zeugnisse der Geschichte.

Gestern waren wir in Fiesole. Hätte ich doch die Zeit, die Fahrt in allen Einzelheiten zu beschreiben. Was für Anblicke sich dem Auge dort bieten! Wir sind über Settignano zurückgekehrt und konnten von einer Stelle aus Florenz sehen – es war ein atemberaubendes Bild! Ich mußte an den alten Mr. Lawrence und seine Geschichten über Dante auf der Brücke denken. In diesem Augenblick schien mir nichts unmöglich oder auch nur unwahrscheinlich.

Aber morgen geht es nach Rom! ›Rom, Rom! Meine Landschaft! Stadt der Seele!‹ wie es bei Lord Byron heißt. Ich kann es kaum erwarten. Sofern es all das verkörpert, was ich mir erträume und erhoffe, müßt auch Ihr beide, Charlotte und Thomas, eines Tages Eure Koffer packen und herkommen, ganz gleich, wer umgebracht worden ist, wie und warum!

Von Rom aus schreibe ich wieder. In Liebe, Emily. P. S. Jack grüßt Euch selbstverständlich.«

Charlotte lächelte ihm über die Blätter hinweg zu.

»Das ist Emily, wie sie leibt und lebt«, sagte er mit tief befriedigter Stimme.

»Ich muß ihr unbedingt schreiben.« Charlotte faltete den Brief zusammen und steckte ihn in den Umschlag zurück. »So etwas Exotisches wie sie uns habe ich ihr nicht mitzuteilen. Darf ich ihr über die gräßliche Situation hier berichten? Auf jeden Fall werde ich ihr alles über Dominic schreiben. Das ist ja wohl kaum ein Geheimnis.«

»Ja, tu das, wenn dir der Sinn danach steht«, stimmte er zu. »Laß sie ruhig am Fall des armen Ramsay Parmenter teilhaben.« Er sah nicht, wem das schaden konnte, und Emily war erforderlichenfalls durchaus imstande, etwas für sich behalten.

Beim Namen Ramsay Parmenters mußte Pitt unwillkürlich an das Notizbuch denken, mit dessen Inhalt er nichts anfangen konnte. Für den Pfarrherrn mußten die Eintragungen eine Bedeutung gehabt haben. Aber das war jetzt nicht mehr wichtig. Der Fall war abgeschlossen. Trotzdem würde Pitt erst Ruhe finden, wenn er die Gründe seines Versagens erkannt hatte.

Erneut nahm er das Notizbuch zur Hand und schlug es auf der ersten Seite auf. Die Eintragung war undatiert. Sie schien sich auf einen Fischer oder jemanden zu beziehen, der Fischer hieß, sowie auf eine vom Unglück verfolgte Expedition oder Reise in eine Gegend, die als »unter südlichem Himmel« beschrieben wurde. Auch die beiden nächsten Seiten beschäftigten sich mit diesem Thema. Dann folgten allem Anschein nach kurz hingeworfene Einfälle für eine Predigt oder einen Aufsatz über Leben und Enttäuschung. Besonders vielversprechend sah das nicht aus.

Ein halbes Dutzend Seiten später fand er einen Hinweis auf einen »Gebieter« und eine »Mesnerin« sowie den Satz »Was für ein Geläut das gewesen sein muß!« Ihm folgte die Frage »Aber wann?« Es ging weiter mit »Ein Totenglöckchen, und dann wurden andere Dinge zu Grabe getragen. Ich wüßte nur allzu gern, ob der Gebetsruf von daher kam!« Auf der nächsten Seite dann stand: »Arme Seele!« und »Aber wer ist der wandelnde Leichnam?«

Charlotte hob neugierig den Blick.

»Grüß Emily von mir«, sagte er.

»Mach ich. Was liest du da?«

»Parmenters Notizbuch.«

»Was steht darin? Erklärt es irgend etwas?«

»Nicht im geringsten. Es scheint nicht einmal einen erkennbaren Sinn zu ergeben, es ist eine Ansammlung von lauter sonderbaren Wörtern und Ausdrücken.«

»Zum Beispiel?«

»Da steht eine ganze Menge über Personen, die er ›den Gebieter‹ und ›die Mesnerin‹ nennt, dann irgend etwas über Glockengeläut und wandelnde Leichname. Vermutlich meint er das alles bildlich.«

Sie lächelte. »Jedenfalls wohl kaum im Wortsinn, wie ich hoffe!«

»Bestimmt nicht.«

»Möglich, daß er es bildlich meint«, sagte sie nachdenklich. »Andererseits erscheint mir der Hinweis auf Glockengeläut ziemlich unverfänglich. Es könnten doch einfach Notizen über Gottesdienste, Predigten und dergleichen sein. Wer Woche für Woche eine vernünftige Predigt halten möchte, muß sich vermutlich lange im voraus seine Gedanken machen und kann sich wohl kaum darauf verlassen, daß ihm alles am Samstagnachmittag einfällt.«

»Möglich. Weiter vorn stehen Hinweise auf das Leben und die Vergeblichkeit menschlichen Strebens.«

»Ein gräßliches Thema. Vielleicht wollte er sich über die wahren Werte äußern, über den Glauben und dergleichen?« überlegte sie laut, den Gänsekiel in der Luft haltend.

»Über den Glauben habe ich bisher nichts gefunden. Laß dich bei deinem Brief an Emily nicht stören. Ich lese noch ein bißchen weiter.«

Sie lächelte fröhlich. »Mit diesem dezenten Hinweis willst du wohl sagen, daß ich dich nicht mehr unterbrechen soll. Ich nehme es zur Kenntnis.«

Er zog eine Grimasse und wandte sich erneut dem Notizbuch zu. Weitere Äußerungen über den Fischer folgten. Offensichtlich hatte Parmenter ihn nicht ausstehen können und in gewisser Hinsicht für einen Dieb gehalten, doch fand sich kein Hinweis auf das, was entwendet worden war.

Dann wurde noch einmal der ›Gebieter‹ und die ›Mesnerin‹ erwähnt. Die Handschrift war an dieser Stelle so ungleichmäßig, als hätte der Verfasser unter größtem seelischem Druck geschrieben: »Die Mesnerin! Wo hat das verdammenswürdige Doppelspiel seinen Anfang genommen? Immer wieder das gleiche Geläut, dieselbe Melodie … ist es das? O Gebieter, wie habt Ihr mich hintergangen! Warum nur, in Gottes Namen, habt ihr dies doppelte Spiel mit mir getrieben?«

Pitt richtete den Blick auf das Blatt. Das Ganze klang zu leidenschaftlich, als daß damit ein wirkliches Glockengeläut gemeint sein konnte. Niemand würde sich in eine solche Sache so hineinsteigern. Welchen Grund hätte Parmenter überhaupt haben sollen, darüber zu schreiben? Wer war der ›Gebieter‹? Mit der Religion hatten diese Hinweise allem Anschein nach nichts zu tun zu.

Aber worauf bezog sich der Hinweis auf das doppelte Spiel? Seine Angehörigen verdächtigte Parmenter wohl kaum, daß sie ihn getäuscht haben könnten, und die einzigen Menschen, die nicht der Familie angehörten und einander seit Jahren kannten, waren Unity und Dominic.

Über Dominic wußte Pitt genug, um seiner Sache sicher zu sein. Doch was war mit Unity? Welche Art Doppelspiel mochte sie getrieben haben? Und was hatte das Ganze mit dem Glockengeläut zu tun? Wenn Parmenter mit dem Hinweis auf ›die Mesnerin‹ gemeint hatte, daß es zu deren Aufgaben gehört, die Glocken zu läuten, läge da vielleicht die Lösung: ›bell‹ bedeutet Glocke, ›bellwood‹ das Joch, an dem sie hängt. Konnte das gemeint sein? Dann war kein Zweifel möglich – es handelte sich um eine leicht durchschaubare Verschlüsselung des Namens Bellwood.

Jetzt zum ›Gebieter‹. Hier und da fanden sich in den Notizen lateinische Ausdrücke. Wenn nun der Begriff ›Gebieter‹ ebenfalls verschlüsselt war, zum Beispiel durch Übersetzung ins Lateinische ... Natürlich: *dominus* ... »Dominic!«

Erst als Charlotte den Blick hob und ihn fragend und beunruhigt ansah, merkte er, daß er wohl laut vor sich hin gesprochen hatte.

»Was ist?«

»Ich habe gerade entdeckt, was es mit diesen Anspielungen auf sich haben könnte«, erklärte er.

»Nämlich was?« wollte sie wissen. Der Brief an ihre Schwester schien vergessen zu sein.

»Genau weiß ich das noch nicht. Ich stehe mit der Entzifferung erst am Anfang.« Rasch zeigte sich, daß die Aussage nicht besonders kompliziert verschlüsselt war. Auf jeden Fall war klar, daß Parmenters Notizen ausschließlich für ihn selbst und keinesfalls für die Augen Dritter bestimmt gewesen waren, denn sie waren so leicht durchschaubar, daß sie weder Mallory noch Dominic oder Unity hätten irreführen können.

Jetzt bekamen die Hinweise einen durchaus klaren Sinn. Als Pitt begriff, worum es ging, überlief ihn ein kalter Schauder. Noch wollte er Charlotte das Ergebnis nicht mitteilen.

Er las weiter. Nach einer Weile war alles klar. Es sah ganz so aus, als wäre Parmenter überzeugt gewesen, daß Dominic und Unity einander von früher her kannten. Darauf bezog sich wohl der Hinweis auf das Doppelspiel, das sie ihm gegenüber getrieben hatten. Deutlich erkennbar ging es um eine Tragödie. Zwar war nicht klar, wie sie ausgesehen haben mochte, wohl aber, daß es um persönliche Dinge und eine schwere Schuld ging, in die sich einer der beiden oder beide verstrickt hatten. Parmenter war wohl zu dem Ergebnis gekommen, daß Unity Dominic für eine Weile aus den Augen verloren hatte, möglicherweise über mehrere Jahre hinweg. Als sie dann erfahren hatte, wo er sich aufhielt, hatte sie sich um die Anstellung in Parmenters Haus bemüht, um ihm dorthin folgen zu können. Beim Gedanken daran, daß ihr Bewerbungsschreiben angesichts ihrer herausragenden Fähigkeiten übermäßig eindringlich war, fiel es Pitt nicht schwer, das zu glauben.

Es gab einen unübersehbaren Hinweis auf eine Erpressung, mit der sie Dominic hatte veranlassen wollen, die einstige Beziehung zwischen ihnen wiederaufleben zu lassen. Da er ganz offensichtlich vor Unity davongelaufen war, dürfte das kaum seinen Beifall gefunden haben.

Parmenters Handschrift wurde in den kurzen, wie abgehackten Notizen immer ungleichmäßiger und unbeherrschter, als hätte seine Hand gezittert. Gelegentlich war ihm die Feder ausgeglitten und hatte gekleckst. Weniger die Worte verrieten seine Angst, als vielmehr die steilen schwarzen Buchstaben auf dem Blatt. Er mochte angenommen haben, daß Dominic lieber Unity getötet hatte als zuzulassen, daß sie sein neues Leben zerstörte.

Parmenter hatte nicht gewollt, daß jemand außer ihm das las. Nach den verschiedenen Schattierungen und in einigen Fällen sogar unterschiedlichen Farbe der Tinte zu urteilen, hatte er die Notizen über einen längeren Zeitraum hinweg verfaßt. Pitt hatte keinen Anlaß, daran zu zweifeln, daß ihre Niederschrift jeweils zu dem Zeitpunkt erfolgt war, zu dem die Ereignisse, auf die sie sich bezogen, stattgefunden hatten. Parmenter war offenbar von Dominics Schuld an Unitys Tod überzeugt gewesen. Das hatte ihm nicht nur Qualen verursacht, sondern auch den Eindruck vermittelt, er selbst habe auf ganzer Linie versagt. Sofern er den Plan gefaßt hatte, von eigener Hand zu sterben, hätte das nichts mit einer Schuld Unity gegenüber zu tun, sondern mit seiner Verzweiflung. Er stand sichtlich unter dem Eindruck, daß ihm alles, was er unternommen hatte, unter den Händen zu nichts zerronnen war. Der letzte Schlag, der ihn getroffen hatte, und zugleich der schlimmste, dürfte die Erkenntnis von Dominics Schuld gewesen sein. Es gab unübersehbare Hinweise auf Parmenters immer stärkeren Wunsch, all dem zu entfliehen und ein Ende zu machen.

Als Pitt das Notizbuch schloß, schien ihn die Kälte in seinem Inneren zu verzehren.

Der behagliche Raum um ihn herum, der in scharfem Kontrast zu der Niedergeschlagenheit stand, die er empfand, rief ihm die unüberbrückbare Kluft zwischen der Welt um ihn herum und der Art von Wirklichkeit ins Bewußtsein, die wir mit Herz und Seele empfinden. Der anheimelnde Feuerschein im Kamin zeichnete ein Wellenmuster auf Charlottes Rock, ihre Arme, Schultern und Wangen. In diesem Licht wirkte ihr Haar fast kupferfarben, und ihr Nacken lag in tiefem Schatten. Während sie mit gleichförmig flüssigen Bewegungen schrieb, hörte man außer ihrer Feder auf dem Papier, dem Ticken der Kaminuhr, dem Knistern der Flammen und dem leisen Zischen der Gaslampe keinerlei Geräusch. Alles um sie herum war so behaglich, so vertraut und durch den Gebrauch ein wenig abgenutzt. Die Sicherheit, die von all den Dingen ausging, war Pitt zur Selbstverständlichkeit geworden. Hier war er immer glücklich gewesen, hier gab es keinerlei Finsternis und kein Bedauern.

Als spüre Charlotte, was in ihm vorging, hob sie den Blick. »Nun? Zu welchem Ergebnis bist du gekommen?«

»Ich bin mir meiner Sache noch nicht ganz sicher«, wich er aus.

Beharrlich fragte sie weiter: »Und wie ist dein bisheriger Eindruck?«

»Vielleicht war Ramsay Parmenter doch nicht derjenige, der Unity die Treppe hinabgestoßen hat«, sagte er langsam und sah sie dabei an.

Sie begriff. »Und wer war es dann?« fragte sie und sah ihm in die Augen.

»Es ist nur eine Spekulation.« Er wollte nicht mit der Sprache herausrücken.

Sie ließ sich nicht abweisen. »Was willst du damit sagen? Was hat er denn geschrieben?« wollte sie wissen.

»Es ist gewissermaßen verschlüsselt, aber nicht übermäßig schwierig zu verstehen, wenn man einmal begriffen hat, daß er eine Art Küchenlatein verwendet, Wortspiele macht und so weiter …«

»Thomas!« Jetzt klang ihre Stimme scharf. »Du machst mir angst. Ist die Wahrheit so fürchterlich, daß du es nicht wagst, sie mir zu sagen?«

»Ja …«, sagte er leise.

Erbleichend sah sie ihn entsetzt an. »Dominic?«

»Ich fürchte, ja.« Er hatte angenommen, es werde ihm eine Art Befriedigung bereiten, ihr den Beweis für Dominics Schwäche liefern zu können, aber jetzt, da er nicht nur die Möglichkeit dazu hatte, sondern ihm gar nichts anderes übrigblieb, erfüllte ihn nichts als tiefe Trauer.

»Was bringt dich auf diesen Gedanken?«, drang Charlotte in ihn. »Kann sich der Mann nicht geirrt oder versucht haben, den Schuldvorwurf von sich selbst abzuwenden?« Weder in ihrer Stimme noch in ihrem Blick lag eine Anklage. Offensichtlich war ihr klar, daß ihm keine Freude machte, was er zu tun hatte.

Er schlug das Notizbuch auf und las ihr die erste relevante Stelle vor. Ihr Schullatein genügte, um sie rasch verstehen zu lassen.

»Weiter«, sagte sie mit belegter Stimme.

Folgsam las er weiter vor, bis hin zum letzten Beleg.

»Bedeutet das zwangsläufig, daß Parmenter mit seiner Vermutung recht hatte?« fragte sie.

»Nein. Wohl aber dürfte es bedeuten, daß er es nicht selbst getan haben kann.«

Ohne daß sie ihn in den Mund genommen hätte, hing der Name Mallory förmlich in der Luft, wenn auch lediglich als schwache Hoffnung, an die man sich tunlichst nicht klammern sollte.

»Was wirst du unternehmen?« fragte sie schließlich.

»Ich weiß es nicht.«

Wieder schwieg sie eine Weile. Das Feuer sank zusammen, Flammen schlugen hoch, verzehrten unverbrannte Kohlereste und wurden wieder kleiner. Pitt griff nach der Zange und legte ein halbes Dutzend Kohlestücke nach.

»Du kannst es nicht dabei bewenden lassen«, sagte sie schließlich. »Zwar hätten wir diese Zusammenhänge möglicherweise nie erfahren, aber jetzt, wo du sie kennst, dürfen wir nicht zulassen, daß man Parmenter die Schuld an etwas gibt, was er nicht getan hat.«

»Er ist tot«, sagte er.

»Seine Angehörigen sind es nicht. Denk nur an Clarice. Mußt du der Sache jetzt nicht gründlicher nachgehen? Ich hatte immer gefürchtet, daß Dominic es hätte tun können. Vielleicht aber war er es auch nicht. Ist es nicht besser, die Wahrheit zu wissen, ganz gleich, wie sie aussieht?«

»Nicht immer.«

Sie legte ihr Schreibzeug beiseite, obwohl sie den Brief noch nicht beendet hatte, und schob die Füße unter sich. So pflegte sie sich hinzusetzen, wenn sie fror, Angst hatte oder sich elend fühlte.

»Trotzdem denke ich, daß es besser wäre, wenn du versuchst, möglichst viel von der Wahrheit herauszubekommen. Zumindest könntest du ein wenig suchen … oder nicht?«

»Doch. Das Notizbuch enthält genug Material für den Anfang.«

»Morgen?«

»Schon möglich.«

Sie sagte nichts mehr, schlang die Arme um den Leib und erschauerte.

Mit dem Notizbuch des Pfarrherrn machte sich Pitt auf den Weg. Es störte ihn nicht, daß es seine rechte Manteltasche ausbeulte. Er wollte noch einmal ins Haus an der Hall Road und schritt rasch aus, bis er auf eine Droschke stieß, von der er sich nach Maida Vale fahren ließ. Jetzt, da er sich zum Handeln entschlossen hatte, gab es keinen Grund mehr zu zögern. Zwar regnete es ziemlich heftig, doch schimmerten im Westen über den Dächern blaue Flecken am Himmel. »… genug Stoff für die Hose eines Matrosen«, hatte seine Mutter dazu gesagt.

»Ich weiß nichts von der Sache«, sagte Miss Morgan aufsässig. Mit ihrem grünweißen Kleid und einer aus Blättern geflochtenen Krone im Haar sah sie fast aus wie eine Königin.

Sie schien wegen ihres seltsamen Aussehens nicht im geringsten befangen zu sein. Wie bei seinem ersten Besuch saßen sie in ihrem Atelier, dessen Wände mit Malerleinwänden vollgestellt waren. Diesmal aber war das Licht stumpf, sog alle Farben in sich auf, und der Regen prasselte gegen die Scheiben. Sie hatte gemalt, bis er gekommen war, und auf ihrer Palette, die jetzt auf einem Schemel einen Schritt weit entfernt lag, sah er ausschließlich Grün- und Gelbtöne.

»Den Namen Unity Bellwood habe ich nie im Leben gehört«, teilte sie ihm mit. »Auch hat es hier im Hause keine Tragödie gegeben, wenn man von Jennys Tod absieht, und darüber wissen Sie schon alles.« Ihr Gesicht verfinsterte sich. »Übrigens hätten Sie es sich sparen können, Ihren Schnüffler herzuschicken, der hinter meinem Rücken den Jungen ausfragen sollte. So etwas ist hinterhältig.«

Pitt lächelte. Es war die einzig vernünftige Reaktion auf ihre treuherzige Empörung.

»Warum lachen Sie mich aus?« wollte sie wissen, aber er sah an ihrem Blick, daß sie mehr oder weniger verstand. »Ich rede mit niemandem über die Angelegenheiten anderer, schon gar nicht mit der Polizei«, fuhr sie fort. »Man tut nichts Unrechtes, wenn man Menschen vor neugierigen Fremden schützt, wohl aber ist es unrecht, das nicht zu tun. Freundschaft bedeutet unter anderem, daß man seine Freunde nicht verrät, erst recht dann nicht, wenn es möglicherweise um eine ihrer Schwächen geht.« Ihre leuchtendblauen Augen wirkten aufrichtig. Was auch immer sie wußte oder vermutete, zumindest diese Empfindung schien ungekünstelt zu sein.

»Stellen Sie die Interessen Ihrer Freunde höher als die anderer Menschen?« fragte er und lehnte sich gegen den Kaminsims.

»Selbstverständlich«, erwiderte sie und sah ihn fest an.

»Jederzeit und unter allen Umständen?«

Sie gab keine Antwort.

»Ist es für Sie von Bedeutung, ob dabei ein Freund einen geringen Schaden oder ein anderer Mensch großen Schaden erleidet? Sind Ihre Freunde immer und um jeden Preis im Recht, ganz gleich, worum es geht?«

»Nun ja, nein …«

»Welchen Maßstab setzen Sie an, wenn auf der einen Waagschale Dominics Bloßstellung und auf der anderen Ramsay Parmenters Leben liegt?«

Sie erstarrte sichtlich. »Geht es denn um Parmenters Leben?«

»Nein. Es war nur eine Frage, um zu sehen, wo Sie stehen.«

»Wieso sind Sie ausgerechnet auf Parmenter verfallen?« Ihrem Gesicht war deutlich anzusehen, daß sie ihm nicht glaubte.

»Um sein Leben geht es nicht mehr – er ist bereits tot.«

Diese Mitteilung riß sie erkennbar aus ihrer Reserve. Sie erbleichte und sah mit einem Mal müde aus. »Warum müssen Sie dann noch weiterbohren?«

»Können Sie sich das nicht denken?«

»Wollen Sie damit sagen, daß Dominic ihn umgebracht hat?« Sie war jetzt aschfahl. »Das glaube ich nicht.« Doch die Entrüstung in ihrer Stimme zeigte, daß sie die Vorstellung nicht vollständig von sich weisen konnte.

»Wo hat er gewohnt, bevor er herkam?« ließ er nicht locker. »Sie müssen das doch wissen. Er ist schließlich nicht aus dem Nichts hier aufgetaucht und dürfte auch gewisse Besitztümer mitgebracht haben, hat vermutlich Post bekommen und hatte zumindest Bekannte. Er hat immer Wert auf erstklassige Kleidung gelegt. Was ist mit seinem Schneider? Woher stammten seine Geldmittel? Oder haben Sie ihn ausgehalten?«

Das Blut stieg ihr in die Wangen. »Natürlich nicht! Von all dem weiß ich nichts. Ich habe ihn nicht gefragt. Wir fragen einander nicht nach solchen Dingen. Das gehört zur Freundschaft und zum Vertrauen.«

»Hat er irgendwelche Gegenstände hiergelassen, als er nach Icehouse Wood gegangen ist?«

»Das weiß ich nicht. Falls ja, sind die längst nicht mehr da. Außerdem würden Sie daraus ohnehin keine Schlüsse ziehen können.«

»Was ist mit Kleidungsstücken? Hat er neue Kleidung gekauft, während er hier gewohnt hat?«

Sie dachte eine Weile darüber nach. »Einen Mantel, einen braunen Mantel.«

»Hatte er denn vorher keinen?«

Sie lächelte. »Doch, natürlich. Darf man keine zwei Mäntel haben? Ohnehin hat er den alten nicht behalten, sondern Peter Wesley im Nachbarhaus geschenkt. Der hatte keinen.«

»Wohnt der Mann noch dort?«

»Nein, er ist verzogen.«

»Wohin?«

»Welche Rolle spielt das?« Sie zuckte die Achseln. »Ich habe keine Ahnung.«

Trotz all seiner Beharrlichkeit erfuhr Pitt lediglich, daß Dominic allem Anschein nach über seine unmittelbare Vergangenheit eisernes Schweigen bewahrt und daß Miss Morgan, wenn auch rein gefühlsmäßig, den Eindruck hatte, es habe einen Menschen gegeben, von dem er lieber nicht dort gefunden werden wollte.

»Hat er je Post bekommen?« fragte Pitt.

»Nicht, daß ich wüßte.« Sie dachte kurz nach. »Nein, bestimmt nicht. Seine Einkäufe hat er wohl immer gleich bezahlt, denn nie sind Rechnungen gekommen, nicht einmal von seinem Schneider, Schuster oder Hemdenmacher.«

Diese Angaben vervollständigten das Bild eines Mannes, der nicht gefunden werden wollte und daher alle Spuren seines Aufenthalts auf das sorgfältigste verwischte. Warum? Wer hatte ihn finden wollen, und aus welchem Grund?

Pitt dankte ihr und machte sich auf die Suche nach dem braunen Mantel. Vielleicht fand sich der Name eines Schneiders darin.

Doch niemand im Nachbarhaus konnte ihm sagen, wohin jener Peter Wesley gezogen war. Schließlich stand Pitt in der Haustür und ließ den Blick über die mittlerweile belebte Straße schweifen, die ihm keine weiteren Auskünfte darüber liefern würde, wo sich Dominic Corde vorher aufgehalten hatte oder was ihn von dort vertrieben haben mochte.

Eine offene Kutsche fuhr vorüber, in der sich Damen mit der Absicht der frischen Luft auslieferten, ihre modischen Hüte und hübschen Gesichter vorzuführen. Obwohl sie vor Kälte zitterten, hatten sie ein munteres Lächeln aufgesetzt. Unwillkürlich erwiderte Pitt es halb erfreut, halb von ihrer jugendlichen Eitelkeit und Lebensfreude belustigt.

Ein Kohlenfuhrwerk kam, dessen Pferde sich schwer ins Geschirr legten. Ein Zeitungsjunge rief die Schlagzeilen aus, die sich vorwiegend der politischen Lage widmeten: Aus Afrika kamen beunruhigende Nachrichten, in denen es um Cecil Rhodes, Diamanten im Maschonaland und Siedler in Niederländisch-Südafrika ging. Offenbar kümmerte es niemanden, daß ein in den besseren Kreisen nicht besonders bekannter Geistlicher bei einem, wie es aussah, häuslichen Unfall ums Leben gekommen war.

Am Straßenrand schob ein Straßenhändler einen Handkarren mit seinen Waren. Sein Mantel war ihm augenscheinlich zu klein, aber aus sehr gutem Material gefertigt und erstklassig geschnitten. Unwillkürlich mußte Pitt an Dominics Mantel denken. Ein Schneider hätte einen guten Ansatzpunkt für eine Suche geboten. Wer umzieht, sucht sich deswegen nicht gleich einen neuen Schneider. Sofern das auch für Dominic galt, hatte er vor vier oder fünf Jahren möglicherweise nach wie vor bei demselben Schneider arbeiten lassen wie zu der Zeit, als er in der Cater Street lebte. Pitt hatte keine Vorstellung, wer das war, und vermutlich wußte Charlotte es auch nicht. Aber vielleicht Caroline!

Er war bereits zur nächsten Hauptstraße geeilt und hatte dort eine Droschke angehalten. Erst als er darin saß, kam ihm der Gedanke, daß seine Schwiegermutter eventuell gar nicht zu Hause war. Falls sich Joshua auf Tournee befand, würde sie ihn wohl begleiten und konnte sich dann an einem beliebigen Ort Englands aufhalten.

Bis er in der Cater Street eintraf, rutschte er unruhig auf seinem Sitz hin und her und versuchte zu überlegen, was er tun sollte, wenn Caroline nicht da war oder auch sie ihm Dominics früheren Schneider nicht nennen konnte. Am meisten hätte er selbstverständlich von Edwards Diener erfahren können, der aber war seit Edwards Tod nicht mehr im Hause. Vermutlich hatte Joshua seinen eigenen Diener mitgebracht. Doch vielleicht wußte der Butler Maddock etwas. Haushaltsunterlagen aus der Zeit vor zehn Jahren dürfte es allerdings kaum noch geben, und Schneiderrechnungen gehörten ohnehin zu den persönlichen Angelegenheiten.

Die Droschke ratterte durch vornehme Straßen, vorüber an Lieferfuhrwerken, privaten Kutschen und Mietdroschken – der in Wohnvierteln übliche Verkehr. Immerhin war London mit seinen drei Millionen Einwohnern die größte und lebendigste Stadt der Welt. Hier schlug das Herz eines Reiches, das sich über mehrere Kontinente erstreckte, Besitzungen nicht nur in Indien, Afrika und Asien, sondern auch im Pazifik hatte, eines Reiches, zu dem die riesigen Grasflächen und gewaltigen Gebirge Kanadas ebenso gehörten wie zahllose Inseln in allen der Menschheit bekannten Gewässern. Wie sollte man da einem einzelnen Menschen auf die Spur kommen, der vor fünf Jahren den Entschluß gefaßt hatte, unterzutauchen?

Auf der anderen Seite hängt jeder Mensch an seinen Gewohnheiten. Bei allem Auf und Ab, in schwierigen Situationen sind vertraute Dinge oft der einzige Trost, der uns bleibt. Wer Orte und Menschen aufgeben muß, für den werden Besitztümer um so wertvoller.

In der Cater Street hielt der Kutscher an, und schon wenige Augenblicke später klingelte Pitt an der Haustür und wartete darauf, daß ihm jemand öffnete. Die Minuten schienen sich endlos zu dehnen. Irgend jemand mußte auch dann im Hause sein, wenn Caroline und Joshua fort waren.

Maddock trat heraus, älter und sehr viel grauer. Daran merkte Pitt, wie lange er nicht dort gewesen war. Caroline hatte sie oft in der Keppel Street besucht, und als Charlotte kürzlich zu ihrer Mutter gegangen war, hatte sie das allein getan, denn er war sehr beschäftigt gewesen.

»Guten Morgen, Mr. Pitt, Sir«, sagte Maddock und verbarg seine Überraschung. »Steht alles zum besten, Sir?«

»Durchaus, vielen Dank, Maddock«, antwortete Pitt. »Ist Mrs. Fielding im Hause?«

»Ja, Sir. Kommen Sie bitte herein. Ich werde Sie anmelden.« Der Butler ließ Pitt eintreten. Beim Anblick des vertrauten Vestibüls fühlte er sich mit einem Schlag um zehn Jahre in die Zeit zurückversetzt, als er dieses Haus nach den Morden des ›Würgers der Cater Street‹ zum ersten Mal betreten hatte. Hier war er Charlotte begegnet, der mittleren von drei Töchtern. Die Angehörigen ihrer Gesellschaftsschicht sahen in

Charlotte eine aufsässige junge Frau, die anders war als sie selbst; für ihn hingegen verkörperte sie genau das Bild, das er sich von einer wohlerzogenen ledigen jungen Dame aus gutem Hause gemacht hatte. Er lächelte bei der Erinnerung.

Dominic Corde war damals mit Sarah verheiratet gewesen, die dann derselben Mörderhand wie all die anderen zum Opfer gefallen war. Was würde Caroline über ihn wissen?

Er brauchte nur wenige Minuten im Empfangszimmer zu warten. Caroline kam ihm bei ihrem Eintritt vor wie das blühende Leben. Gut ausgesehen hatte sie schon immer, wenn auch Pitts Ansicht nach nicht so gut wie Charlotte. Bewundernd nahm er ihre gesunde Farbe und ihre angenehmen Rundungen zur Kenntnis. Gewiß hätte sie den Morgenmantel mit Rosenmuster, den sie trug, zu Lebzeiten ihres umgänglichen und vorhersagbaren Edward als viel zu auffällig betrachtet, doch hatte sie sich nach seinem Tode in erstaunlicher Weise gewandelt und skandalöserweise den charmanten Joshua geheiratet, der gesellschaftlich in keiner Weise zu ihr paßte, denn er war nicht nur Schauspieler, sondern auch volle siebzehn Jahre jünger als sie.

»Guten Morgen, Thomas«, sagte sie mit leicht gerunzelten Brauen. »Zwar sagt mir Maddock, alles sei in bester Ordnung, aber stimmt das auch? Charlotte wird doch nicht krank sein oder sich Sorgen machen?«

»Aber nein«, versicherte er ihr. »Ihr und den Kindern geht es glänzend. Es gibt lediglich eine mißliche Situation in dem Hause, in dem Dominic zur Zeit lebt, und er ist möglicherweise darin verwickelt.«

»Und wie geht es dir selbst?« Sie hatte den ernsten Gesichtsausdruck nicht abgelegt.

Er lächelte. »Ich habe mit einer Schwierigkeit zu kämpfen, von der ich hoffe, daß du mir bei ihrer Lösung helfen kannst«, sagte er geradeheraus.

Sie setzte sich auf das Sofa und drapierte ihre wallenden Röcke um sich. Ihm fiel auf, daß sie sich weniger würdevoll hielt als zu der Zeit, da sie Joshua noch nicht gekannt hatte, dafür aber anmutiger. Auch wenn das Wort »theatralisch« dafür zu stark gewesen wäre, wirkte ihre Art aufzutreten dramatischer als früher. Jahre der Zurückhaltung und des als schicklich erachteten Verhaltens waren von ihr abgefallen, und eine schillernde Persönlichkeit war zum Vorschein gekommen.

»Worin besteht diese Schwierigkeit?« fragte sie überrascht. »Und was könnte ich tun, um dir zu helfen?«

»Weißt du, wo sich Dominic aufgehalten hat, nachdem er hier ausgezogen ist?«

Sie sah ihn aufmerksam an. »Du hast gesagt, daß er sich möglicherweise in einer mißlichen Lage befindet. Du vergeudest deine Zeit nicht mit Kleinigkeiten. Also muß die Sache ausgesprochen schwerwiegend sein, wenn sie deine Aufmerksamkeit verdient. Wie weit betrifft sie Dominic? Speise mich bitte nicht mit einer beruhigenden Geschichte ab, die nicht der Wahrheit entspricht.«

»Ich weiß nicht, wie weit es ihn betrifft«, sagte er und sah sie offen an. »Ich hoffe, er hat nichts damit zu tun, denn er scheint sich grundlegend geändert zu haben und ist nicht mehr der eher oberflächliche, bezaubernde junge Mann von früher.«

»Andererseits ...«, gab sie ihm das Stichwort weiterzusprechen.

»Nun ja, es geht um Mord«, sagte er zögernd und sah, wie sich ihr Gesicht anspannte und ihre Augen trübe wurden.

»Du glaubst aber doch nicht, daß ... er es ...«

»Ich glaube es nicht.« Es überraschte ihn selbst, wie aufrichtig er diese Worte meinte. Er wollte wirklich beweisen, daß nicht Dominic der Täter war.

»Inwiefern kann ich dir helfen?« fragte sie ernst. »Ich habe nicht die geringste Vorstellung, wo er sich aufgehalten hat, nachdem er in die Burton Street gezogen war, und ich glaube nicht, daß er dort lange geblieben ist.«

»Burton Street?« fragte er.

»Dort hat er gewohnt, nachdem er hier ausgezogen war. Er hatte den Eindruck, nach Sarahs ... Tod nicht bleiben zu können.« Eine Weile war Schmerz in ihren Augen zu erkennen, die Qual der Erinnerung. Dann zwang sie sich wieder, in die Gegenwart zurückzukehren. Niemand konnte Sarah mehr helfen, aber Dominic war nach wie vor da, und er war offensichtlich verängstigt und erschüttert. »Warum möchtest du das wissen? Gewiß weißt du, wo er sich zur Zeit aufhält?«

»Ja, in Brunswick Gardens«, gab er zur Antwort. »Aber ich muß wissen, was in der Vergangenheit liegt, zwischen Cater Street und Maida Vale.«

»Maida Vale? Ich wußte gar nicht, daß er dort gelebt hat.« Sie schien überrascht.

»Eine Weile. Kennst du seine Anschrift in der Burton Street? Vielleicht kann ich da jemanden finden, der mir weiterhilft.«

»Aus dem Kopf nicht, aber bestimmt habe ich sie irgendwo. Ich habe ihm damals seine Post nachgeschickt. Vermutlich glaubst du ihm kein Wort von dem, was er dir gesagt hat?«

Pitt lächelte ein wenig verlegen. Er hatte ihn gar nicht erst gefragt. Möglicherweise hätte Dominic ihm die Wahrheit gesagt, aber das bezweifelte er. Falls Dominic tatsächlich Unity Bellwood unter Umständen gekannt hatte, die so tragisch waren, daß Parmenter glauben mußte, ihre Ermordung hänge damit zusammen, und er das hätte eingestehen wollen, hätte er es bestimmt gleich getan, um zu verhindern, daß Parmenter unter Verdacht geriet und die Angst und Vereinsamung durchlebte, die ihn schließlich gebrochen zu haben schienen. Dieser düstere Gedanke war Pitt bisher noch gar nicht gekommen, und er schmerzte ihn sehr.

Caroline sah ihn an und spürte sein Unbehagen.

»Ich muß es um meiner selbst willen wissen«, sagte er, wobei er die Wahrheit ein wenig verfälschte. »Was für Post war das, die du ihm nachgeschickt hast?« Er sah ihre gehobenen Brauen. »Ich meine, waren es private Briefe oder Rechnungen von Lieferanten?«

Sie entspannte sich ein wenig. »Ich glaube, vorwiegend Rechnungen. Es waren ohnehin nur wenige.«

»War vielleicht auch eine Schneiderrechnung darunter?«

»Warum? Spielt seine Kleidung bei diesem … Verbrechen eine Rolle?«

»Aber nein. Doch sofern ich seinen damaligen Schneider ermitteln kann, weiß der unter Umständen, wohin sich Dominic anschließend gewandt hat. Wer mit seinem Schneider zufrieden ist, wechselt ihn nicht ohne schwerwiegenden Grund.«

Trotz aller Wohlerzogenheit mußte Caroline unwillkürlich lächeln. In den zehn Jahren, die sie Pitt jetzt kannte, hatte seine Kleidung nie ausgesehen, als ob sie die richtige Größe hätte, geschweige denn, als ob sie ihm auf den Leib geschneidert wäre.

Er las diesen Gedanken in ihren Augen und lachte.

»Entschuldige.« Caroline errötete. »Ich wollte deine Gefühle wirklich nicht verletzen.«

»Das hast du auch nicht getan.«

»Bestimmt nicht?«

»Nein. Vielleicht lasse ich mir eines Tages einen Mantel nach Maß machen, aber es gibt Dinge, die hundertmal wichtiger sind. Also, Dominics Schneider?«

»An ihn kann ich mich nicht erinnern, aber seine Hemden hat er immer bei der Firma Gieves in der Nähe von Piccadilly gekauft. Hilft dir das weiter?«

»Unter Umständen. Danke. Wirklich vielen Dank.« Er tat so, als wolle er aufstehen.

»Thomas?«

»Ja?«

»Sag mir bitte Bescheid, sobald du etwas weißt. Falls – falls Dominic schuldig ist, wird Charlotte darunter leiden. Er war viele Jahre hindurch Mitglied unserer Familie, und daran ändern auch seine Fehler nichts. Ich konnte ihn immer sehr gut leiden. Wie gut, ist mir erst aufgegangen, als er fort war. Sarahs Tod hat ihn tief erschüttert, mehr, als er ursprünglich angenommen hatte. Vermutlich hat er geglaubt, es wäre seine Pflicht gewesen, irgend etwas zu tun, um ihren Tod zu verhindern.« Sie schüttelte leicht den Kopf. »Ich weiß, daß die Annahme, wir könnten dem Schicksal in den Arm fallen, töricht und ausgesprochen vermessen ist… aber wenn sich etwas nur schwer ertragen läßt, überlegen wir, wie wir hätten erreichen können, daß es nicht geschehen wäre, und meinen, künftig vielleicht etwas Ähnliches verhindern zu können… und daraus schließen wir dann, es müsse auch beim ersten Mal möglich gewesen sein.«

»Das ist mir klar«, sagte er freundlich. »Ich gebe dir Bescheid. Natürlich werde ich es Charlotte so leicht machen, wie ich kann.«

»Danke, Thomas.« Sie erhob sich ebenfalls. Es sah aus, als hätte sie noch etwas sagen wollen, dann aber gemerkt, daß bereits alles gesagt war.

Er berichtete ihr dies und jenes über die Kinder, und sie verabschiedeten sich an der Tür. An der Straßenecke nahm er eine Droschke und ließ sich zur Stadtmitte zurückfahren. In der Nähe von Piccadilly fand er den Hemdenmacher und fragte, nachdem er sich ausgewiesen und auf die Schwere des Falles hingewiesen hatte, ob die Firma früher für Dominic Corde gearbeitet habe. Nach einigen Minuten konnte man ihm die Anschrift sagen, unter der Dominic bei seiner etwa sechs Jahre zurückliegenden letzten Bestellung gewohnt hatte. Seither schien er seine Vorliebe für exquisite Hemden aufgegeben zu haben – vielleicht, weil sich seine finanzielle Lage verschlechtert hatte.

Bis zur angegebenen Adresse, einem Haus in der Prince of Wales Road im nordwestlich von London gelegenen Haverstock Hill, war es recht weit, und so traf Pitt erst am Spätnachmittag dort ein. Das offenbar ursprünglich für eine große Familie errichtete hochherrschaftliche Haus war ziemlich heruntergekommen und inzwischen in eine Reihe kleiner Wohnungen oder Zimmer für alleinstehende Menschen aufgeteilt.

Als er anklopfte, fiel ihm auf, daß die Farbe an den Rändern der Tür abblätterte und der Klopfer stellenweise verrostet war.

Ein Mann in mittleren Jahren mit wirrem Bart öffnete. Häufiges Waschen und die Sonne hatten seine Kleidung so ausgebleicht, daß die Farben nicht mehr zu erkennen waren. Er sah Pitt überrascht an.

»Entschuldigung, kenne ich Sie, Sir?«

»Nein. Mein Name ist Thomas Pitt. Ich suche einen Mr. Dominic Corde, der vor einigen Jahren hier gelebt hat.« Er sagte das so bestimmt, als wisse er das genau.

Auf die Züge des Mannes legte sich ein flüchtiger Schatten, der Pitt möglicherweise entgangen wäre, wenn der andere nicht mit dem Gesicht zum Licht hin gestanden hätte.

»Tut mir leid. Der wohnt schon lange nicht mehr hier. Ich habe keine Ahnung, wo er abgeblieben ist. Er hat auch keine

Nachsendeadresse hinterlassen.« Auch daran ließ sich nicht anknüpfen.

»Das ist mir alles bekannt«, sagte Pitt unerschüttert. »Ich weiß, wo er sich gegenwärtig aufhält, aber mich interessiert seine Vergangenheit.«

Die ersten Regentropfen fielen auf den Gehweg.

Das Gesicht des Mannes war ausdruckslos, aber entschlossen. In seinen Zügen war nichts zu lesen. Mit den Worten: »Ich bedaure, daß ich Ihnen nicht weiterhelfen kann, Sir. Ich wünsche Ihnen einen guten Tag« traf er Anstalten, die Tür zu schließen. Alles an ihm, die Art, wie er mit hängenden Schultern im Eingang stand, machte eher den Eindruck, daß ihn Trauer und Erschöpfung niederdrückten, als daß er Zorn empfand. Obwohl es ein sonniger Tag und die Luft selbst am späten Nachmittag noch mild war, überlief es Pitt beim Anblick des Mannes kalt. Hier mußte es geschehen sein, was auch immer es sein mochte.

»Tut mir leid«, sagte er mit Nachdruck. »Ich kann die Sache keinesfalls auf sich beruhen lassen. Ich bin Polizeibeamter, stehe der Wache in Bow Street vor und untersuche im Auftrag des stellvertretenden Polizeipräsidenten einen Mord.« Er sah, wie der Mann zusammenzuckte und die blaßblauen Augen weit aufriß. Er wirkte überrascht, machte aber nicht den Eindruck eines Menschen, der nicht glaubt, was ihm gesagt wird.

Das Gefühl der Kälte verstärkte sich. Pitt stellte sich Charlottes Gesicht vor, während er ihr das Ergebnis seiner Nachforschung berichtete. Damit wäre ihr letzter Jungmädchentraum ausgeträumt, und mit ihm würde eine gewisse Leichtgläubigkeit dahingehen. Er hätte viel darum gegeben, ihr das ersparen zu können. Er zögerte, bevor er wieder das Wort ergriff. Inzwischen hatte es angefangen zu regnen, sacht fielen einige Tropfen.

»Ich weiß, daß etwas mit Mr. Corde geschehen ist, während er hier gewohnt hat«, sagte Pitt nach einer Weile. »Ich muß unbedingt wissen, was es war.«

Der Mann sah ihn aufmerksam an. Er überlegte offenbar, was er sagen und wieviel er bestreiten sollte, was man ihm glauben oder, wenn schon das nicht, was man ihm durchgehen lassen würde.

Pitt nahm den Blick nicht von ihm.

Die Schultern des Mannes sanken noch tiefer. »Sie kommen besser rein«, sagte er schließlich und wandte sich um. »Ich weiß allerdings nicht, was ich Ihnen sagen kann.«

Pitt folgte ihm und schloß die Tür hinter sich. Ihm war klar, daß die letzten Worte des Mannes lediglich eine Abwehrgeste waren, und so erwiderte er nichts darauf.

In dem Zimmer, in das er ihn führte, herrschte eine wohnliche Unordnung. Bücher und Papiere waren auf Tischen und Stühlen verstreut und bedeckten auch Teile des Fußbodens. An den Wänden sah man mehrere recht gute Gemälde, von denen die meisten allerdings ziemlich schief hingen. Aus einem braunen Stück Holz auf einem Tischchen wuchs ein Frosch heraus, der so gründlich poliert war, daß er fast naß wirkte. Die unvollendete Arbeit wirkte schön. Während Pitt die Skulptur betrachtete, überlegte er, ob sie nicht am aussagekräftigsten wäre, wenn man sie ließe, wie sie war. Falls man alle Einzelheiten herausarbeitete, würde sie möglicherweise recht banal wirken, wie etwas, was jeder hätte entwerfen können.

»Werden Sie noch weiter daran arbeiten?« fragte er.

»Muß es Ihrer Ansicht nach beendet werden?« fragte der Mann fast herausfordernd.

»Nein!« gab Pitt rasch zur Antwort, der im selben Augenblick zu einem Ergebnis seiner Überlegungen gekommen war. »So ist es genau richtig.«

Endlich lächelte der Mann. »Ich bitte um Entschuldigung, Sir. Sie scheinen nicht ganz der Spießbürger zu sein, für den ich Sie gehalten habe. Räumen Sie sich was frei, und nehmen Sie Platz.« Er wies auf einen der vollgepackten Stühle, auf dem ein sehr alter weißer Kater saß. »Kümmern Sie sich nicht um ihn«, sagte er beiläufig. »Lewis! Hau ab!«

Die Katze öffnete ein Auge und blieb, wo sie war.

»Lewis!« wiederholte der Mann und klatschte laut in die Hände.

Die Katze schlief wieder ein.

Pitt hob sie auf, setzte sich und legte sie sich in derselben

Stellung wie vorher auf die Knie. »Dominic Corde«, sagte er unbeirrt.

Der Mann holte tief Luft und begann seinen Bericht.

Kurz vor Mitternacht kehrte Pitt zurück. Das Haus lag still, unten brannte lediglich das Licht in der Diele. Während er leise nach oben schlich, zuckte er bei jeder knarrenden Stufe zusammen. Er fürchtete sich davor, Charlotte zu sagen, was er erfahren hatte, doch blieb ihm keine Wahl. Andererseits konnte es wenigstens bis morgen warten, wenn es schon kein Entrinnen gab. Schlaf würde er trotzdem keinen finden, war ihm doch klar, was Charlotte empfinden würde. Er selbst fühlte sich bereits elend, und für sie würde es noch viel schlimmer sein.

Oben sah er einen Lichtstreif unter der Tür. Sie schlief also noch nicht; er konnte es nicht hinausschieben. Vielleicht war das sogar eine Erleichterung. Er würde nicht wach im dunklen Zimmer liegen müssen, sie neben sich spüren und stumm und gequält darauf warten, es ihr nach dem Aufwachen zu berichten.

Er öffnete die Tür.

Mit geschlossenen Augen saß sie aufrecht im Bett. Er schloß die Tür, so leise er konnte, und durchquerte den Raum auf Zehenspitzen.

Sie schlug die Augen auf. »Thomas! Wo warst du? Was hast du herausbekommen?« Als sie sein Gesicht sah, erstarrte sie. Ihre Augen waren im Lampenlicht weit und dunkel.

»Es tut mir leid …«, flüsterte er.

»Was?« stieß sie hervor und fuhr leiser fort: »Was hast du herausbekommen?«

Er setzte sich auf die Bettkante. Er war müde und fror. Am liebsten hätte er sich ausgekleidet, die angenehme Wärme des Nachthemdes auf der Haut gespürt und sich neben ihr unter die Decken gekuschelt. Aber was er zu sagen hatte, mußte er ihr von Angesicht zu Angesicht mitteilen.

»Ich weiß jetzt, wo Dominic gewohnt hat, bevor er nach Maida Vale gezogen ist. Ich war bei deiner Mutter in der Cater Street und hab mir von ihr den Namen seines Hemdenmachers sagen lassen …«

»Gieves«, sagte sie mit belegter Stimme. »Das hätte ich dir auch sagen können – du hättest mich nur zu fragen brauchen. Inwiefern hat dir das weitergeholfen?«

»Die Firma hatte seine damalige Adresse in ihren Unterlagen …«

»Ach so. Und wo hat er sich aufgehalten?«

Er schob den Zeitpunkt hinaus, da er ihr das Schmerzliche würde berichten müssen. »In Haverstock Hill.«

»Davon habe ich gar nichts gewußt.«

»Natürlich nicht. Damals wußten wir nichts über Dominics Verbleib.«

»Und was hat er da getan?«

Sollte er sagen, was sie wissen wollte? Welcher Tätigkeit er nachgegangen war? Er konnte ihr über seine finanziellen Angelegenheiten berichten, über seine Spekulationen, die Ratschläge, die er anderen erteilt hatte. Aber das war unerheblich. Er war müde und fror. Immerhin war es schon Mitternacht.

»Er hatte eine Affäre mit Unity Bellwood, die damals in Hampstead lebte und für einen seiner Klienten arbeitete.«

Ihr Gesicht war wachsbleich. »Oh.« Sie holte tief Luft und stieß sie dann mühsam wieder aus. »Vermutlich ist das von Bedeutung, sonst hättest du dich nicht verpflichtet gefühlt, es mir zu sagen.« Sie sah ihn fragend an. »Und du würdest nicht so ein Gesicht machen. Was ist, Thomas? Hat – hat Dominic sie umgebracht?« Sie sah aus, als warte sie auf einen Schlag.

»Das weiß ich nicht.« Seine Stimme wurde noch leiser. Er legte ihr die Hand auf die Schulter, streichelte sanft ihren Arm und drückte sie an sich. »Aber er hat bei manchen Dingen die Wahrheit verschwiegen und andere durch sein Stillschweigen sozusagen gebilligt. Vermutlich hatte er seine Gründe für ein solches Verhalten. Unity hat die Beziehung offenbar sehr ernst genommen. Sie hat seinerzeit ein Kind von ihm erwartet und es, warum auch immer, abtreiben lassen.«

Charlottes Gesicht verzog sich vor Schmerz und Betrübnis, und ihre Augen füllten sich mit Tränen. Sie legte den Kopf auf seine Schulter und umschlang ihn fest mit beiden Armen. Es war sinnlos, jetzt aufzuhören, denn irgendwann würde er ihr auch den Rest berichten müssen. Dann schon besser gleich.

»Vermutlich in einem Anfall von Panik hat er sich aus dem Staub gemacht und sie sitzenlassen.« Seine Stimme klang in der Stille leise und dumpf. »Niemand scheint zu wissen, ob er davongelaufen ist, weil sie das Kind erwartete und er von ihr verlangte, es abtreiben zu lassen, oder weil sie es hatte abtreiben lassen und er nicht darüber hinwegkam – jedenfalls war er eines Tages verschwunden, ohne jemandem ein Sterbenswörtchen zu sagen oder den geringsten Hinweis zu hinterlassen, wohin er sich gewandt haben könnte. Auch ich weiß es nicht. Auf jeden Fall ist er einige Monate später mit nichts als den Kleidern, die er auf dem Leibe trug, in Maida Vale aufgetaucht, ohne daß ihm je Post von Haverstock Hill dorthin nachgeschickt worden wäre.«

Charlotte löste sich von ihm. Ihre Augen waren geschlossen und die Kiefermuskeln angespannt. Er spürte, daß sich ihr ganzer Körper verkrampft hatte.

»Dort hat er eine Affäre mit Jenny angefangen, die später ihrerseits ein Kind von ihm erwartete … und sich daraufhin das Leben genommen hat«, sagte sie sehr leise. Ihrer Stimme war der Schmerz deutlich anzuhören. »Dann ist er nach Icehouse Wood davongelaufen, wo Parmenter ihn gefunden hat.«

»Ja.«

»Und schließlich hat Unity durch einen gräßlichen Zufall eine Stelle bei Parmenter angetreten …«

»Es war kein Zufall. Sie hat Parmenters Suchanzeige in einer wissenschaftlichen Zeitschrift gelesen, in der auch Dominics Name erwähnt wurde. Also wußte sie, daß er sich dort aufhielt. Nur deshalb wollte sie die Stelle haben.«

»Um wieder mit Dominic zusammenzusein?« Ein Schauer überlief sie. »Was muß er empfunden haben, als er gesehen hat, wie sie ins Haus kam!« Mit dem Ausdruck der Erschöpfung auf dem Gesicht hielt sie unvermittelt inne. »Hat er deshalb … bist du sicher, daß er es getan hat, Thomas? Absolut sicher?«

»Nein, aber sie war wieder schwanger … und kannst du wirklich glauben, daß Parmenter der Vater gewesen sein soll? Du hast ihn kennengelernt. Glaubst du, daß er eine Beziehung mit ihr aufgenommen hat, kaum daß sie im Hause war? Und vor allem: Kannst du dir vorstellen, daß sie eine Beziehung mit ihm hatte, während Dominic mit ihr unter einem Dach lebte?«

»Nein …« Sie sah mit gesenktem Blick beiseite. »Nein.«

Schweigend saßen sie eng aneinandergedrängt da, während die Minuten verstrichen.

»Was wirst du tun?« fragte sie schließlich.

»Ihn damit konfrontieren«, gab er zur Antwort. »Wenn Unitys Kind nicht von Parmenter stammte, hatte dieser keinen Grund, sie umzubringen, und ich kann nicht einfach auf gut Glück behaupten, daß er es getan hat.«

»Und warum hat er dann Vita zu töten versucht?«

»Was weiß ich? Vielleicht hatte er inzwischen tatsächlich den Verstand verloren. Das Ganze will mir nicht in den Kopf, denn es ergibt keinerlei Sinn. Möglicherweise kam es ihm vor, als zöge sich das Netz um ihn zusammen. Außerdem ist denkbar, daß es sich in Wahrheit um Selbstmord handelt und seine Frau sich bemüht, das mit einer Lüge zu vertuschen. Wahrscheinlich hält sie ihn für schuldig. Über die Beziehung zwischen Dominic und Unity kann sie nichts wissen.«

Sie sah ihn mit leicht gerunzelten Brauen an. »Du vermutest aber doch nicht, daß sie ihn für schuldig hält und ihn deshalb umgebracht hat?«

»Natürlich nicht! Sie hat die Liebesbriefe gefunden, die er und Unity …« Die Briefe hatte er über all den Neuigkeiten ganz vergessen.

Charlotte sah ihn mit aufgerissenen Augen an. »Aber die sind doch echt! Du hast selbst gesagt, daß es seine und Unitys Handschrift ist! Thomas, das gibt überhaupt keinen Sinn. Hältst du es für denkbar … daß Unity Dominics Kind unter dem Herzen getragen und sich dann in Parmenter verliebt hat? Und daß Dominic sie aus Eifersucht getötet hat? Ach, Thomas! Sie hat Parmenter um Hilfe gerufen!« Sie schloß langsam die Augen und barg ihr Gesicht an seiner Schulter. Ihre Hand suchte über der Decke nach seiner und hielt sie so fest, daß es ihn schmerzte.

»Ich kann die Sache nicht auf sich beruhen lassen«, sagte er, beugte sich über sie und strich ihr über das Haar.

»Das weiß ich doch«, gab sie zur Antwort.

# KAPITEL ELF

Ein eigentümlicher Friede hatte sich über das Haus in Brunswick Gardens gelegt. Dort schien die Art von Erleichterung zu herrschen, die der Tod in Fällen mit sich bringt, in denen jemand lange an einer schmerzhaften Krankheit gelitten hat. Zwar empfinden die Menschen den Verlust, leiden unter Einsamkeit und Trauer, doch wird all das für eine Weile von Erschöpfung überlagert, und so merken sie lediglich, daß sie endlich ohne Angst schlafen können, ohne die beständige Sorge und das Schuldgefühl, das sie jedesmal heimsuchte, wenn sie sich auch noch so kurz entspannten, statt aufmerksam und wachsam zu sein.

Clarice und Tryphena hatten sich am Abend des Tages, an dem sich Pitt von dem Mann in Haverstock Hill über Dominics Vergangenheit berichten ließ, früh zurückgezogen. Tryphena war überzeugt, daß niemand im Hause ihre Empfindungen teilte und sie nach wie vor allein um Unity trauere, und Clarice hatte der Tod des Vaters unsagbar tief getroffen. Mallory beschloß, noch ein wenig zu lernen, konnte er sich doch auf diese Weise von der Welt zurückziehen.

Vita, in deren Gesicht die Farbe zurückgekehrt war, dachte nicht daran, sich zurückzuziehen. Obwohl sie von Kopf bis Fuß Schwarz trug und sich mit gemessener Trauer bewegte, umgab sie eine Art Leichtigkeit. Man konnte glauben, es sei ihr endlich gelungen, die bedrückenden Vorahnungen abzuschütteln, die sie seit Unitys Sturz heimgesucht hatten. In den Polstern des großen Sofas versinkend, wirkte sie verletzlich und im sanften Schein der Gaslampen ungewöhnlich jung.

»Möchten Sie lieber allein sein?« fragte Dominic beunruhigt. »Ich hätte volles Verständnis dafür, falls Sie …«

Ohne ihn ausreden zu lassen, sah sie ihn mit ihren erstaunlich großen Augen an. »Bitte nicht! Es wäre mir sehr unlieb, allein zu sein. Es ist das letzte, was ich wünschte.« Sie lächelte mit einem Anflug von Selbstironie und Fröhlichkeit in den Augen. »Ich möchte eine Weile so tun, als wäre nichts von all dem geschehen. Ich würde gern über etwas anderes reden, über alltägliche Dinge, so, als wären wir zwei Freunde, zwischen denen keine Tragödie steht. Klingt das schrecklich egoistisch?«

Er war erstaunt und wußte nicht recht, was er antworten sollte. Sowenig er einerseits den Eindruck erwecken wollte, er nehme ihren Kummer nicht ernst, wollte er andererseits auch nicht den Anschein hervorrufen, als tue er ihn leichthin ab – dazu wäre er weder um seiner selbst noch um ihretwillen imstande gewesen. Steckte hinter ihrem Wunsch wirklich Egoismus, oder handelte sie großmütig und wollte ihn wenigstens vorübergehend von dem Gefühl, versagt zu haben, von seiner eigenen Verzweiflung befreien? Immerhin hatte er tatenlos mit angesehen, wie Parmenter in Qualen verging.

»Dominic«, sagte sie sanft und legte ihm ihre Hand so leicht auf den Arm, daß er sie kaum spürte. Er sah sie an.

Sie lächelte. Es lag eine ungewöhnliche Wärme darin. »Sie dürfen gern um meinen Mann trauern, aber machen Sie sich bitte keine Vorwürfe. Sie und ich befinden uns in derselben Situation, wenn sie auch mich stärker betrifft als Sie. Beide sind wir überzeugt, daß wir etwas hätten tun können, nicht wahr? Es ist schwer, sich seinem Scheitern zu stellen.« Sie hob die Hand in einer winzigen Bewegung der Abwehr. »Es gibt nur wenig, was so beständig schmerzt, alles umwölkt, was wir tun, alle anderen Bemühungen zunichte macht und uns schließlich dazu bringt, an allem zu zweifeln, bis wir uns am Ende sogar selbst hassen. Lassen Sie nicht zu, daß das mit uns geschieht. Es ist das letzte, was Ramsay gewollt hätte, solange er noch bei klarem Verstand war.«

Statt ihr zu antworten, überlegte er, ob ihre Worte der Wahrheit entsprachen. Obwohl sie recht hatte und er ihr glauben mußte und auch wollte, war es nicht die ganze Wahrheit. Er konnte die Erinnerung an Parmenter, wie er in seinem Blut auf dem Boden des Studierzimmers gelegen hatte, nicht einfach aus seiner Vorstellung streichen. Das wäre eine unverzeihliche Gefühllosigkeit. Der Anstand verlangte mehr von ihm, ganz zu schweigen von Freundschaft – und Dankbarkeit.

»Dominic!« Sie wiederholte seinen Namen sehr leise. Sie befand sich kaum einen Schritt von ihm entfernt. Außer dem Knistern des Feuers hörte man keinen Laut. Er nahm den Duft wahr, den ihre Haut, ihr Haar und ihr Parfüm verströmten. »Sie können Parmenters Andenken am besten dadurch ehren, daß Sie sich so an ihn erinnern, wie er früher war, auf dem Höhepunkt seiner Güte und Klugheit, als er noch Herr seiner selbst war ... bevor er dann krank wurde.«

Er lächelte halbherzig.

»Versetzen Sie sich an seine Stelle, mein Lieber. Würden Sie im Falle einer Geisteskrankheit wünschen, daß die Menschen, die Ihnen nahestehen, Sie so in Erinnerung behalten, wie Sie in Ihrer besten Zeit, oder so, wie Sie auf dem Höhepunkt Ihrer Erkrankung waren?«

»Natürlich ersteres«, sagte er, ohne zu zögern, und sah sie endlich richtig an.

Aus ihrem Gesicht wich die Besorgnis, ihr Körper entspannte sich, aber sie nahm die Hand nicht von seinem Arm.

»Selbstverständlich. Genauso würde es auch mir gehen.« Ihre Stimme klang eindringlich, und so viel Gefühl lag darin, daß er nichts anderes im Zimmer wahrnahm. »Das würde ich mir leidenschaftlich wünschen«, fuhr sie fort. »Es wäre der größte Gefallen, den man mir tun könnte, und das würde ich mir von den Menschen, an deren Urteil mir am meisten liegt, am sehnlichsten wünschen. Er hat auf Ihr Urteil Wert gelegt, das wissen Sie. Weit stärker noch als seine Überzeugung, daß aus Ihnen ein bedeutender Diener des Wortes wird, war die, daß Sie eine Persönlichkeit sind, die dazu bestimmt ist, andere zu führen.« In ihren Augen lag Wärme und auf ihren Wangen eine leichte Röte. »Solche Menschen brauchen wir dringend, Dominic. Das wissen Sie bestimmt auch! Die weltliche Gesinnung wird immer ausgeprägter. Zwar sind viele Menschen nur allzu sehr darauf erpicht, sich in den Vordergrund zu drängen, sei es in der Politik, den Künsten oder in allerlei Weltanschauungen – aber keiner von ihnen vermittelt den Menschen das Gefühl, daß er sie auf dem Gebiet der Religion führen kann. Es ist ganz so, als sei in allen das Feuer erloschen …«

Unter dem Einfluß ihrer Empfindungen und ihrer Enttäuschung darüber, daß sie selbst die Führung nicht übernehmen konnte, verkrampften sich nicht nur ihre Finger, sondern ihr ganzer Körper. »Wo ist die Stimme der Leidenschaft und der Gewißheit, die wir brauchen, Dominic? Wo sind die Männer, die sich von neuen Theorien nicht aus dem Gleichgewicht bringen lassen, vor keinem weltlichen Wissen erschrecken oder zurückweichen, die Männer, die den Mut haben, all dem trotzig entgegenzutreten und uns zu führen, wie es sich gehört?«

Sie atmete tief aus. »Fast täglich, bestimmt aber jede Woche, hören wir von neuen Entdeckungen auf dem Gebiet der Naturwissenschaft. Wir glauben, daß wir alles tun dürfen, weil wir inzwischen über die Fähigkeit dazu verfügen. Das aber ist nicht möglich, wir dürfen es nicht.«

Sie hatte recht. Er wußte genau, was sie meinte. In der Öffentlichkeit herrschte ein allumfassendes Hochgefühl, gegen das im Grunde auch nichts einzuwenden war. Doch kam Überheblichkeit hinzu, die trügerische Vorstellung, der Mensch stehe über allem und könne alle Schwierigkeiten durch sein Eingreifen lösen. Einem wahren Hunger nach Wissen stand eine nur gering entwickelte Fähigkeit gegenüber, Wissen zu vermitteln.

»Sie werden all Ihren Mut brauchen«, sagte Vita eindringlich und faßte seinen Arm kräftiger. »Es werden beängstigend schwierige Zeiten kommen und viele Menschen gegen Sie auftreten, die ihrer Sache völlig sicher sind. Dann wird Ihr Glaube wie ein Fels in der Brandung jedem Ansturm trotzen müssen. Aber ich bin sicher, daß Sie der richtige Mann dafür sind. Sie besitzen die Kraft, die dem armen Ramsay gefehlt hat.« Ein siegesgewisses Lächeln trat auf ihre Lippen. »Ihr Glaube gründet sich auf Güte, auf Erkenntnis und auf Verstehen. Sie wissen, was es heißt, zu leiden, Fehler zu begehen, den Mut und das Gottvertrauen zu finden, die nötig sind, damit man sich erneut aufrafft und den einmal eingeschlagenen Weg weiterverfolgt. All das hat Ihnen die Kraft gegeben, anderen wie auch sich selbst zu verzeihen.« Die Finger ihrer Hand gruben sich jetzt so tief in seinen Arm, daß es ihn schmerzte. »Ihnen steht die Möglichkeit offen, alles zu werden, dessen Ramsay Sie für fähig gehalten hat. Sie können die Stelle einnehmen, deren Ansprüchen er nicht genügt hat. Ist das nicht das beste und schönste Geschenk, das Sie ihm machen könnten? Bekommt nicht dadurch sein Leben einen Sinn?«

Die Kälte, die er empfand, begann allmählich zu weichen. Ein Teil seiner Schmerzen schwand. Vielleicht ließ sich doch etwas wiedergutmachen?

»Ja ... damit haben Sie wohl recht«, antwortete er unendlich dankbar. »Es könnte die beste Möglichkeit sein, die einzige, dem Ganzen einen wirklichen Sinn zu geben.«

»Dann kommen Sie her und setzen Sie sich«, sagte sie. Sie ließ seinen Arm los und führte ihn zu den Sofas, die um den Kamin standen. Das Feuer brannte hell, sein sanfter gelber Schimmer spiegelte sich im Holz eines kleinen Beistelltisches. Anmutig nahm Vita Platz und strich sich mit einer Hand den Rock glatt, als sei sie sich der Bewegung nur teilweise bewußt. Der Schein des Feuers auf ihren Wangen brachte die Spuren von Müdigkeit und Kummer zum Verschwinden. Sie sah aus, als hätte sie ihre eigene Mahnung befolgt und die Tragödie auf einige Stunden aus ihrer Erinnerung verbannt.

Er setzte sich ihr gegenüber, endlich entspannt. Man hörte nur das Knistern der Flammen, das Ticken der Kaminuhr aus Messing, deren Seiten emaillierte Putti zierten, sowie das leise Rauschen des Windes und das Klopfen eines Astes gegen das Fenster. Es war so, als lebten im ganzen Hause niemand außer Dominic und Vita.

Sie drückte sich etwas tiefer in ihre Sofaecke und lächelte. »Wollen wir über etwas völlig Unwichtiges reden?«

»Worüber zum Beispiel?« fragte er, ihrer Laune nachgebend.

»Nun...« Sie dachte kurz nach. »Ich hab's! Wenn Sie an einen beliebigen Ort reisen könnten und Geld keine Rolle spielte – wohin würden Sie dann fahren?« Ruhig und aufmerksam sah sie ihn an, ihr Gesicht wirkte glücklich.

Er begann zu träumen. »Nach Persien«, sagte er nach einer Weile. »Ich würde mir gern alte Städte wie Persepolis oder Isfahan ansehen, in der Nacht Kamelglocken hören und den Wüstenwind riechen.«

Ihr Lächeln verstärkte sich. »Erzählen Sie weiter.«

Er beschrieb in Einzelheiten, wie er sich diese Reise vorstellte und fügte hier und da das Wenige ein, das er wußte. Von Zeit zu Zeit zitierte er einige Verse aus den Liedern und Sprüchen des Omar Chajjâm. Er vergaß die Zeit; Kummer und Argwohn, die ihr gegenwärtiges Leben überschatteten, schwanden dahin. Als sie einander schließlich um Viertel vor eins auf dem oberen Treppenabsatz in der Nähe von Vitas Zimmer gute Nacht sagten, war er zwar so müde, daß er fast eingeschlafen wäre, fühlte sich aber weniger erschöpft als je zuvor seit Unitys Tod, vielleicht sogar seit dem Tag, da er entsetzt mit ansehen mußte, wie sie ins Haus in Brunswick Gardens eingezogen war.

Er schlief tief und traumlos, und als er am nächsten Morgen nach acht Uhr erwachte, durchflutete Sonnenlicht das Zimmer. Es dauerte eine Weile, bis ihm einfiel, warum er so lange geschlafen hatte. Natürlich! Er hatte sich stundenlang mit Vita unterhalten. Sie war äußerst anregend und wandte Menschen, mit denen sie sprach, ihre ungeteilte Aufmerksamkeit zu, wie das sonst kaum jemand tat. In ihrer Gegenwart hatte man den äußerst schmeichelhaften Eindruck, für sie existiere sonst niemand.

Er stand auf, wusch und rasierte sich und kleidete sich an. Als er im Eßzimmer eintraf, saßen Clarice und Vita am Frühstückstisch. Mallory war bereits gegangen und Tryphena in ihrem Zimmer geblieben.

»Guten Morgen.« Clarice sah ihn betrübt und eine Spur feindselig an.

Er erwiderte ihren Gruß und wandte sich dann Vita zu. Sie

trug selbstverständlich nach wie vor Trauer. Das Schwarz stand ihr glänzend.

»Guten Morgen, Dominic«, sagte sie freundlich, lächelte ihm zu und sah ihn dabei an.

Mit einem Mal fühlte er sich befangen. Er murmelte etwas und bediente sich, wobei er, ohne es zu merken, mehr nahm, als es eigentlich seine Absicht gewesen war. Er setzte sich und begann zu essen.

»Sie sehen aus, als hätten Sie kaum geschlafen«, sagte Clarice spitz.

»Wir sind ziemlich lange aufgeblieben«, erklärte Vita mit glücklichem Lächeln. Sie wirkte gelassen und sehr beherrscht. Wie tapfer diese Frau war! Es mußte für die Familie eine unermeßliche Hilfe bedeuten. Dominic bewunderte sie. Um wieviel schwerer erträglich wäre der Kummer für die anderen Angehörigen, wenn sie auch Vita noch hätten stützen müssen, statt umgekehrt!

Clarice war bleich und hatte rotgeränderte Augen. Es war deutlich zu sehen, daß sie geweint hatte.

»›Wir‹?« fragte sie scharf und sah von Vita zu Dominic.

»Wir haben einfach beieinander gesessen und geredet, mein Schatz«, gab Vita zur Antwort und reichte ihr die Butter, obwohl sie nicht darum gebeten hatte. »Ich glaube, wir haben einfach nicht gemerkt, wie spät es war.«

»Was gibt es denn da noch zu reden?« fragte Clarice kläglich und schob die Butter beiseite. »Alles ist gesagt, und nichts hat geholfen. Ich hätte gedacht, daß jetzt Schweigen angeraten wäre. Wir haben auch so schon zuviel geredet.«

»Wir haben uns nicht über das unterhalten, was hier im Hause vorgefallen ist«, versuchte Vita zu erklären, »sondern über Hoffnungen und Träume, über Ideen, schöne Dinge, die wir gemeinsam erleben könnten.«

Clarices weit aufgerissene Augen waren hart. »Die ihr was?«

Vitas Worte hatten sehr uneinfühlsam und ziemlich unverfroren geklungen. So hatte Dominic das weder gemeint noch aufgefaßt.

»Ihre Mutter will damit sagen, daß wir über Reisen und andere Länder und Kulturen gesprochen haben«, erläuterte er.

»Auf diese Weise sind wir der gegenwärtigen Tragödie auf ein oder zwei Stunden entflohen.«

Clarice achtete kaum auf ihn. Sie dachte nicht mehr an ihr Frühstück und sah wieder ihre Mutter an. Sie wartete.

Lächelnd erinnerte Vita sich. »Wir haben einfach am Feuer gesessen und laut geträumt, wohin wir reisen würden, wenn wir uns ungehindert bewegen könnten.«

»Was meinst du mit ›ungehindert‹?« wollte Clarice wissen. Ihre Brauen zogen sich zusammen. Sie wirkte ängstlich und zugleich wütend.

»Es war wirklich nichts Besonderes«, erläuterte Dominic ein wenig zu schnell. Das Gespräch nahm eine unbehagliche Wendung. In ihre harmlose abendliche Unterhaltung wurde mit einem Mal etwas gänzlich anderes hineingelesen. Er spürte, wie er bei dieser Vorstellung errötete. Außerdem überraschte ihn, wie sehr es ihn schmerzte, daß ausgerechnet Clarice das mißverstand. »Nur ein Tagtraum«, beeilte er sich hinzuzufügen. »Man kann schließlich nicht einfach all seine Pflichten vernachlässigen und nach Persien oder Kaschmir aufbrechen oder wohin auch immer man gern reisen würde. Es wäre zu teuer und wahrscheinlich auch zu gefährlich ...« Er sprach nicht weiter und suchte ihr Gesicht.

»Und darüber habt ihr euch den ganzen Abend unterhalten?« fragte Clarice verständnislos. Ihr Blick wirkte gequält.

»Über dies und ähnliches«, bestätigte Vita. »Du solltest dich davon nicht bedrücken lassen, mein Schatz. Dazu gibt es keinen Grund. Es war einfach angenehm inmitten all unseres Kummers. Wir müssen einander so nahe wie möglich bleiben. Ich kann nicht einmal annähernd sagen, wie dankbar ich Dominic für sein Verständnis bin, für den Mut und die Kraft, die er während dieses ganzen Alptraums bewiesen hat. Eine Weile war es ein vollkommenes Beisammensein. Ist es so sonderbar, daß es mich freut, schöne Gedanken mit ihm zu teilen?«

Clarice schluckte. Es sah aus, als müsse sie sich zum Sprechen zwingen. »Nein ... natürlich nicht.« Vita nahm ihre Hand und tätschelte sie. Es war eine Geste der Vertrautheit, sanft und tröstend, doch wirkte sie sonderbar herablassend, als wäre Clarice ein kleines Kind, das am Rande der Ereignisse steht.

Mit einem Mal empfand Dominic stechendes Unbehagen. Auf irgendeine Weise hatte das Gespräch eine falsche Richtung genommen, aber er hatte keine Möglichkeit, den Eindruck zu korrigieren, den das hervorrief, ohne ungehobelt zu wirken. Es kam überhaupt nicht in Frage, daß er sagte, es habe nicht im entferntesten etwas Persönliches zu bedeuten gehabt. Damit würde er etwas bestreiten, auf das außer Clarice niemand verfallen war. Es wäre Vita peinlich, und das allein war unentschuldbar. Daran hatte sie gewiß als letztes gedacht.

Clarice schob den Teller mit dem angebissenen Toast beiseite.

»Ich muß noch Briefe schreiben.« Ohne weitere Entschuldigung ging sie hinaus und ließ die Tür hinter sich hart ins Schloß fallen.

»Ach je«, sagte Vita seufzend und zuckte leicht die Schultern. »War ich indiskret?«

Er war verwirrt. Mit einer solchen Äußerung hatte er nicht gerechnet, und so fand er nicht sogleich eine Antwort darauf.

Vita sah ihn leicht belustigt an. Auf ihrem Gesicht lag ein Ausdruck von Nachsicht. »Ich vermute, daß sie ein bißchen eifersüchtig ist. Es mußte wohl irgendwann dazu kommen, aber es ist äußerst unpassend, daß es jetzt geschieht.«

»Eifersüchtig?« Er verstand nicht, worauf sie hinauswollte.

Jetzt war sie wirklich belustigt. Man konnte es ihren Augen deutlich ansehen.

»Mir ist bekannt, daß die Bescheidenheit zu Ihren Tugenden gehört, aber ist es denkbar, daß Sie so blind sind? Das Kind kann Sie außerordentlich gut leiden. Da ist es nur allzu verständlich, daß sie sich … ausgeschlossen fühlt.«

Er wußte nicht, was er sagen sollte. Die Vorstellung war lächerlich. Er und Vita hatten doch nicht miteinander geturtelt – wie wäre das auch möglich gewesen? Immerhin war sie Parmenters Gattin! Auf jeden Fall seine Witwe – und das erst seit wenigen Tagen! So töricht konnte Clarice nicht sein. Zwar hatte sie einmal die Vermutung geäußert, Dominic sei in Vita verliebt, doch war das im verzweifelten und frivolen Versuch geschehen zu verhindern, daß man ihrem Vater die Schuld an Unitys Tod gab. Niemand hatte in dieser Äußerung etwas anderes als einen – wenn auch äußerst geschmacklosen – Scherz sehen können. Mehr steckte nicht dahinter. Oder doch?

»Ach, ich bin sicher …«, setzte er an. Dann aber war er gar nicht sicher. Er erhob sich. »Ich muß zu ihr gehen und ihr erklären …«

Vita nahm über den Tisch hinweg seine Hand. »Bitte nicht!«

»Aber …«

»Nein, mein Lieber«, sagte sie leise. »Es ist besser so, glauben Sie mir. Sie können die Dinge nicht ändern. Hier tut Ehrlichkeit weniger weh. Lassen Sie sie so um ihren Vater trauern, wie das ihrem Bedürfnis entspricht. Später wird sie verstehen, wie alle anderen. Bleiben Sie einfach sich selbst treu, und weichen Sie nie von diesem Grundsatz ab.«

Er fühlte sich verwirrt. Irgendwo hatte er etwas falsch gemacht, und er war nicht sicher, an welcher Stelle. Immer mehr verfestigte sich die Gewißheit in ihm, daß es sich um einen schweren Fehler handelte.

»Wenn Sie meinen«, sagte er und löste seine Hand aus der ihren. »Ich mache mich jetzt besser an die Vorbereitungen für den Trauergottesdienst. Der Bischof hat mich gebeten, ihn zu halten. Wäre er mir doch nur etwas sympathischer.« Bevor sie ihn wegen seines Mangels an Nächstenliebe tadeln konnte, machte er sich davon.

Oben in seinem Zimmer angekommen, brachte er es nicht fertig, sich auf die Predigt für Parmenters Beisetzungsfeier zu konzentrieren. Was konnte er über ihn sagen? Wo endeten Mitgefühl und Dankbarkeit, wo begann die Heuchelei? Wenn er ausließ, was die wahren Umstände seines Todes zu sein schienen, konnte das Ganze dann nicht zu einer Farce werden? Was schuldete er wem? Was schuldete er Parmenter, dessen Kindern, vor allem Clarice? Sie war ihm in letzter Zeit immer öfter in den Sinn gekommen. Was Vita über ihre Tochter gesagt hatte, war lachhaft. Gewiß, meist konnte sie ihn recht gut leiden, aber Liebe war das zweifellos nicht. Der bloße

Gedanke war kindisch. Er glaubte Clarice besser zu kennen. Wenn sie eines Tages liebte, würde sie das voller Hingabe und mit geradezu verschwenderischer Großzügigkeit tun. Sie würde aus ihren Gefühlen kein Hehl und aus ihrem Herzen keine Mördergrube machen – alles, nur das nicht.

Er lehnte sich bei dieser Vorstellung lächelnd zurück. An seine Papiere dachte er nicht mehr. Wie konnte ein Mann, der den Ehrgeiz hatte, in der Kirche Karriere zu machen, auch nur im Traum daran denken, eine Frau wie Clarice Parmenter zu heiraten? Sie hielt nichts von Konventionen, war von umwerfender Unverblümtheit, und ihr Witz war vernichtend. Gewiß, sie sah gut aus, hatte schöne Augen, und mit ein wenig Mühe und Sorgfalt ließe sich aus ihrem glänzenden und dichten Haar durchaus etwas machen. Dunkle Haare gefielen ihm sehr. Und ihr Mund war hübsch … sehr hübsch.

Aber Vita irrte sich.

Der Gedanke an Vita bereitete ihm äußerstes Unbehagen. Etwas in ihren Zügen und in ihrem Blick beunruhigte ihn. Sie schien seine Freundschaft mißverstanden und als … er war nicht sicher, was, aufgefaßt zu haben. Irgend etwas, worauf Clarice eifersüchtig sein konnte.

Während er tief in diese Gedanken versunken dasaß und versuchte, sich einem nahezu klaustrophobischen Gefühl des Eingesperrtseins zu entziehen, klopfte es an die Tür.

Aus seinen wirren Gefühlen herausgerissen, sagte er mit einer vor Anspannung ziemlich hohen Stimme »Herein«. Er nahm an, es sei Vita.

Aber zu seiner Erleichterung sah er, daß Emsley vor ihm stand. Dominic spürte, wie ihm der Schweiß von der Stirn rann.

»Ja?« fragte er.

Der Butler machte eine entschuldigende Bewegung. »Es tut mir leid, Mr. Corde, aber Oberinspektor Pitt ist noch einmal gekommen und würde gern mit Ihnen sprechen, Sir.«

»Gewiß.« Er erhob sich und folgte Emsley ohne jede Vorahnung. Vermutlich mußten noch letzte Einzelheiten geklärt werden. Über die Tragödie selbst wollte er nicht sprechen. Nach wie vor empfand er den Schmerz nur allzu sehr, den ihm der Verlust des Freundes bereitet hatte. Parmenter war zwar eher trocken gewesen, voller Zweifel und vom Gefühl eigener Schwächen durchdrungen, aber auch liebenswürdig, von außergewöhnlicher Geduld und den Schwächen anderer gegenüber über alle Maßen duldsam. Bisweilen war bei ihm ein verblüffender Humor aufgeflackert, weit schlagfertiger, als Dominic erwartet hätte, und durchaus respektlos. Clarice ähnelte ihm in gewisser Hinsicht, nur daß ihr Lebenswille stärker ausgeprägt war und sie weniger zu Selbstzweifeln neigte. Außerdem schien sich ihr Glaube mehr auf Gefühle zu gründen statt, wie bei Parmenter, auf den Intellekt. Trotzdem bot sie in theologischen Streitgesprächen jedem Paroli. Das hatte Dominic am eigenen Leibe erfahren. Sie wußte mehr als er und drang auch tiefer in den Geist der Dinge ein.

Pitt stand im Salon vor dem Feuer, das früh entzündet worden war. Er wirkte zutiefst unglücklich. Dominic konnte sich nicht erinnern, ihn seit Sarahs Tod je so zermartert gesehen zu haben. Sein Gesicht war bleich, sein ganzer Körper starr.

Dominic schloß die Tür mit einem so überwältigenden Schwindelgefühl, daß der Raum um ihn herum zu schwimmen schien.

»Was gibt es?« fragte er mit belegter Stimme. Er hatte keine Vorstellung, was ihm Pitt mitteilen wollte. Hatte es etwa mit Charlotte zu tun? Hatte es einen entsetzlichen Unfall gegeben? »Was ist passiert?« fragte er und trat rasch auf ihn zu.

»Setz dich besser.« Pitt wies auf einen Sessel.

»Warum?« Dominic blieb stehen. »Was hast du mir zu sagen?« Seine Stimme war jetzt lauter. Er hörte selbst die Angst, die darin mitschwang, ohne sie aber beherrschen zu können.

Pitts Züge spannten sich an; seine Augen waren jetzt fast schwarz. »Ich war in Haverstock Hill.«

Dominics Magen krampfte sich zusammen, so daß er schon annahm, er müsse sich übergeben. Der Schweiß brach ihm aus. Noch während ihn die Furcht packte, sagte ihm ein Teil seines Bewußtseins, daß das lachhaft sei. Warum sollte er Angst haben? Er war nicht Unitys Mörder, ja nicht einmal der Vater ihres Kindes – diesmal nicht. Der Gedanke an das vorige Mal schmerzte ihn noch immer wie eine offene Wunde.

Er hatte geglaubt, sie sei so gut verheilt, daß man nach der langen Zeit nicht einmal mehr die Narbe erkennen könnte. Er hatte neue Hoffnung gewonnen, neue Aufgaben, für die es sich zu arbeiten lohnte. Er konnte ebenso fröhlich lachen wie früher. Eines Tages würde er vielleicht lieben können, mehr, als er Sarah geliebt hatte, und sicherlich mehr, als er Unity geliebt hatte – falls er überhaupt sagen konnte, daß er sie geliebt hatte, wenn er sich selbst gegenüber ehrlich war. Der Gedanke an das Kind peinigte ihn und hinterließ eine entsetzliche Leere in ihm. Ihr das zu verzeihen war seine schwierigste Aufgabe. Noch war ihm das nicht ganz gelungen.

Pitt sah ihn aufmerksam an. In seinen Augen lagen Verachtung und Betrübnis.

Dominic wollte aufbegehren. Wie kam Pitt dazu, sich so überheblich zu geben? Ohne eine Ahnung von den Versuchungen, denen Dominic ausgesetzt gewesen war, saß er selbstgefällig in der Sicherheit seines Hauses bei seiner schönen, herzlichen und glücklichen Frau. Keine wirklichen Schwierigkeiten machten ihm zu schaffen. Wer nie in Versuchung geführt wird, hat leicht rechtschaffen sein.

Aber ihm war klar, daß all das eine Lüge war, mit der er Pitt nicht täuschen konnte. Nicht einmal sich selbst täuschte er damit. Er hatte sich Jenny gegenüber schäbig aufgeführt. Dabei war ebenso viel Dummheit wie Boshaftigkeit im Spiel gewesen, doch das entschuldigte nichts. Wäre ihm ein Gemeindemitglied mit solchen Ausflüchten gekommen, er hätte es in Fetzen gerissen, denn dahinter steckte nichts anderes als der Versuch, sich der Wahrheit zu entziehen.

Warum schmerzte es ihn nur so sehr, die Verachtung auf Pitts Gesicht zu sehen? Was machte es schon, was der Sohn eines Wildhüters, der bei der Polizei gelandet war, von ihm hielt?

Eine ganze Menge. Ihm lag viel an dem, was Pitt dachte. Dominic fühlte sich zu ihm hingezogen, auch wenn Pitt diese Empfindung nicht erwiderte. Er begriff, woran das lag. Ihm an Pitts Stelle wäre es ebenso ergangen.

»Das heißt, du weißt jetzt, daß ich Unity Bellwood schon von früher her kannte«, sagte er und stolperte dabei mehr über seine Worte, als ihm lieb war. Er hätte das gern mit eiskalter Würde gesagt und nicht mit trockenen Lippen und steifer Zunge.

»Ja«, stimmte Pitt zu. »Und zwar recht intim, wie es aussieht.«

Das zu bestreiten wäre sinnlos gewesen, und er hätte seinen Schwächen auch noch Feigheit hinzugefügt.

»Damals ... seither nicht. Ich nehme zwar nicht an, daß du das glauben wirst, aber es stimmt.« Er straffte die Schultern und ballte die Fäuste, damit seine Hände aufhörten zu zittern. Sollte er Pitt sagen, daß Mallory der Vater war? Wie hätte er das glauben können, nachdem er *das* über seine eigene Vergangenheit wußte? Niemand würde es glauben. Man würde lediglich glauben, daß er seine Haut retten wollte. Außerdem gab es keinerlei Beweis, lediglich Mallorys Aussage, die er jederzeit bestreiten konnte. Wahrscheinlich würde er das auch tun, sobald er von der Beziehung zwischen Dominic und Unity erfuhr. Sie konnte ohne weiteres mit dem einen oder dem anderen von ihnen geschlafen haben, aber auch mit beiden. Niemandem, der Unitys Vergangenheit genauer betrachtete, würde es schwerfallen, zu diesem Ergebnis zu kommen.

»Wer hat sie getötet, Dominic?« fragte Pitt erbittert.

Es hatte so kommen müssen. Einen Augenblick lang gehorchte ihm seine Stimme nicht, und er mußte zweimal ansetzen, um zu sagen: »Ich weiß es nicht. Ich hatte gedacht, es sei Parmenter.«

»Warum? Willst du etwa sagen, daß er der Vater des Kindes war?« In Pitts Stimme lag nur ein Anflug von Sarkasmus. Er wirkte eher verletzt als zornig.

»Nein.« Dominic schluckte. Warum war sein Mund nach wie vor so trocken? »Aber sie hat fortwährend seinen Glauben untergraben und sich keine Gelegenheit dazu entgehen lassen. Sie hat zu den Frauen gehört, die buchstäblich einen Kreuzzug daraus machen, andere auf ihre Fehler hinzuweisen. Sie hat ihm nicht das geringste durchgehen lassen.« Dominics Hände waren feucht. Er schloß und öffnete sie. »Ich hatte vermutet ... er hätte zum Schluß die Beherrschung verloren und sie gestoßen, natürlich ohne jede Absicht, ihr damit einen Schaden zuzufügen oder sie gar zu töten, und sei anschließend so entsetzt gewesen, daß er sich seine Tat nicht eingestehen mochte. Danach, so hatte ich mir überlegt, habe ihn sein schlechtes Gewissen nicht mehr losgelassen und ihn schließlich zum Selbstmord getrieben.«

»Selbstmord?« Pitts Augenbrauen hoben sich. »Das deckt sich aber nicht mit dem, was Mrs. Parmenter gesagt hat.«

»Ich weiß.« Dominic verlagerte sein Gewicht, nicht weil er die Unwahrheit sagte, sondern weil sich seine Beinmuskeln verkrampften. »Ich hatte angenommen, sie hätte die Geschichte erfunden, um ihn zu decken. Selbstmord ist in den Augen der Kirche ein Verbrechen.«

»Mord ja wohl auch.«

»Natürlich! Aber den hat ihm niemand nachgewiesen. Man hätte jederzeit sagen können, daß es ein Unfall war.«

»Was ... sein Tod oder der Unitys? Oder beide?«

Erneut verlagerte Dominic sein Gewicht. »Vermutlich beide. Ich weiß, daß das niemand glauben würde ... aber die Leute könnten nichts dagegen unternehmen. Es ist – wohl keine besonders gute Lösung, aber etwas Besseres fällt mir nicht ein.« Er stotterte jetzt, was ausgesprochen albern war, weil er die Wahrheit sagte. »Alles andere ergibt keinen Sinn«, fuhr er verzweifelt fort. »Ich kann verstehen, daß sie ihn auf die einzige Art verteidigt hat, die ihr eingefallen ist. Ich weiß, daß es hoffnungslos ist.«

»Ich glaube nicht, daß Parmenter der Täter war. Er hat Unity weder mit Absicht noch versehentlich getötet«, erwiderte Pitt. Er schien imstande, am selben Fleck stehenzubleiben, ohne sich bewegen zu müssen. Sein Gesichtsausdruck war unerbittlich. Wie ungern auch immer, er war nicht bereit, sich vor der letzten Konsequenz zu drücken oder aufzuhören, bevor die Sache zu Ende geführt war. »Meiner Überzeugung nach ist Mallory der Täter – oder du.«

Dominic hörte das Blut in seinen Ohren rauschen. Ihm fiel nichts ein, außer Pitts Behauptung zu bestreiten.

»Ich war es nicht ...« Seine Worte waren nicht lauter als ein Flüstern.

»Parmenter hat aber gesagt, du warst es.«

»Wie kommst du darauf?« Der Schlag traf ihn so hart, daß er taumelte. Parmenter sollte ihn für den Täter gehalten haben, davon überzeugt gewesen sein, daß er Unity getötet hatte, sei es infolge eines unglücklichen Stoßes, sei es – aus verständlichen Gründen – absichtlich? Sie hatte die Menschen weiß Gott zur Weißglut gereizt. Wenn man es recht bedachte, war es fast überraschend, daß niemand zuvor körperliche Gewalt gegen sie angewendet hatte.

Aber nie und nimmer wäre er auf den Gedanken gekommen, daß Parmenter ihn für schuldig halten könnte. Diese Vorstellung mußte ihn zutiefst bedrückt haben. Er hatte sich von Dominic so viel erhofft und so große Stücke auf ihn gehalten. Dominic war sein einziger wirklicher Erfolg gewesen. An Gott hatte er nicht mehr glauben können, und daher war er nicht imstande gewesen, den unerbittlichen Vernunftargumenten standzuhalten. Die Evolutionstheorie hatte die Grundlagen seines Gottesverständnisses fortgerissen, und nichts war geblieben. Wenn es keinen Gott gab – wie konnte man Ihn dann lieben? Parmenter hatte sich mit einem Mal allein in einem lichtlosen All befunden. Doch er hatte die Menschen geliebt – nicht alle, aber manche. An manchen hatte sein Herz wahrhaft gehangen, und unter ihnen war Dominic gewesen.

»Ich war es nicht«, wiederholte er hilflos. »Ich kann nicht sagen, daß ich keinen Grund dazu gehabt hätte, soweit man überhaupt Gründe dafür haben kann, einen anderen Menschen zu töten. Sie wollte mich dazu veranlassen, die alte Beziehung wiederaufzunehmen, aber ich habe mich geweigert. Damit blieb ihr nur die Möglichkeit, mir nach Kräften auf die Nerven zu gehen, und das hat sie auch getan. Aber auf keinen Fall konnte sie es sich leisten, diese Stellung zu verlieren, und ihr war klar, daß ich das wußte.« Er lächelte bitter. »Beide hatten wir gleich viel Macht übereinander.«

»Hatte sie ein Verhältnis mit Parmenter?« fragte Pitt.

»Was?« Es war eine unglaubliche Frage. Wenn Pitt das fragen konnte, hatte er mit Bezug auf Unity nicht das geringste verstanden. Oder trieb er irgendein hinterlistiges Spiel?

Mittlerweile fielen keine Sonnenstrahlen mehr durch das Fenster, der Regen klatschte gegen die Scheiben. Pitt trat zu dem Sessel mit der reichgeschnitzten Lehne, der neben dem Kamin stand, und setzte sich endlich.

»Ist es denkbar, daß sie ein Verhältnis mit Parmenter hatte?« fragte er noch einmal. Er sah Dominic aufmerksam an, um jede noch so winzige Veränderung in dessen Gesichtsausdruck zu erkennen.

Dominic hätte lachen können, aber dazu stand er zu dicht davor, die Herrschaft über sich zu verlieren.

»Nein«, sagte er ruhiger, als er für möglich gehalten hatte. Er nahm ebenfalls Platz. Es wirkte ruckartig, als gehorchten ihm seine Beine nicht richtig. »Wenn du das glaubst, hast du Unity nicht durchschaut. Parmenter besaß Eigenschaften, die ihn in den Augen einer Frau liebenswert machten, aber diese Art von charakterlicher Sauberkeit hat sie nicht besonders interessiert.« Er sagte das ungern, aber es war die Wahrheit, das mußte Pitt verstehen. »Sie hat ihn für einen Langweiler gehalten, weil sie seine Empfindungen nie spürte. Er konnte sie nicht ausstehen, und so hat sie nie etwas von seinem Humor mitbekommen, von seiner Vorstellungskraft oder seiner Herzenswärme. Sie hat ständig an ihm herumgemäkelt.« Mehr als ein Dutzend Beispiele fielen ihm dazu ein. Er konnte das hämische Grinsen auf ihrem Gesicht förmlich sehen, den Ausdruck des Triumphs in ihren Augen, als wäre es gerade erst gewesen. »Mit ihrer bloßen Anwesenheit hat sie verhindert, daß das Beste in ihm sichtbar wurde. Ich glaube nicht, daß ihr das klar war, aber das ist eigentlich auch unerheblich. Er hat für sie nicht die geringste Herausforderung bedeutet. Mag sein, daß sie ihn als unerreichbar angesehen hat, und sei es, weil es an ihm nichts gab, wonach ihr der Sinn stand.«

»Eine Herausforderung?« Pitt hob die Brauen. »Etwa um ihn zu vernichten?«

»Ja ... gut möglich. Sie war voller Ressentiments gegen die akademische Welt, die gänzlich von Männern beherrscht wird und keine Frauen zuläßt, ganz gleich, wie glänzend ihre wissenschaftlichen Leistungen auch sein mögen – und die ihren waren glänzend.« Auch das entsprach der Wahrheit, und während er es sagte, erinnerte er sich an die positiveren Züge ihres Wesens. »Auf ihrem eigenen Gebiet war sie große Klasse, weit besser als die meisten Männer. Ich – ich kann ihr nicht verübeln, daß sie sie gehaßt hat. Die Herablassung der

Männer muß unerträglich gewesen sein. Es läuft letztlich darauf hinaus, daß sie Lippenbekenntnisse in bezug auf Unitys intellektuelle Leistungen und ihre Begabung ablegten, ihr aber jede Möglichkeit verweigerten, etwas daraus zu machen. Soweit sie sehen konnte, war die fleischliche Begierde die schwache Stelle, an der man die Männer treffen konnte. Nur indem sie diese ausnutzte, hatte sie die Möglichkeit, über sie zu triumphieren und sie vernichtend zu treffen.«

»Etwa auch Ramsay Parmenter?«

»Ich glaube nicht. Ich bezweifle, daß sie in seinen Augen den Vergleich mit Vita ausgehalten hätte, selbst wenn sie das versucht hätte.« Er zögerte, das zu sagen, doch blieb ihm keine Wahl mehr. »Nein. Ihre Herausforderung hier im Hause hieß Mallory. Nicht nur war er viel verletzlicher, er eignete sich auch besser zur Siegestrophäe. Es war weit angenehmer für sie, sich ihn gefügig zu machen, und sie konnte damit Parmenter und der herrschenden Schicht eine tiefere Wunde zufügen. Immerhin hat er nicht nur Ehelosigkeit gelobt, sondern auch Keuschheit.«

Pitt sagte nichts darauf, aber Dominic konnte an seinen Augen erkennen, daß er seine Aussage zumindest für glaubhaft hielt.

Dominic schluckte. Seine Zunge klebte am Gaumen. »Ich habe sie nicht getötet«, wiederholte er. Er spürte, wie ihn die Panik an den Rand der Hysterie trieb. Er durfte die Beherrschung nicht verlieren. Er mußte sich in der Hand behalten. Es würde vorübergehen. Bestimmt gab es einen Ausweg.

Er stand auf und merkte es kaum. Inzwischen hämmerte der Regen gegen die Scheiben; ein plötzliches Frühlingsunwetter.

Es gab keinen Ausweg. Alles zog sich eng um ihn zusammen. Die Panik meldete sich wieder. Sein Herz schlug zu rasch, seine Haut war feucht. Pitt glaubte ihm nicht. Warum sollte er auch? Warum sollte irgend jemand ihm glauben? Weder der Richter noch die Geschworenen würden ihm Glauben schenken.

Man würde ihn hängen! Wie lange dauerte es von der Verhandlung bis zum Strang? Drei Wochen… drei kurze Wochen. Der letzte Tag würde kommen, die letzte Stunde ... und dann der Schmerz ... und nichts mehr.

»Dominic!« Pitts scharfe Stimme riß ihn aus seinen trüben Gedanken.

»Ja ...« Bestimmt war ihm sein Entsetzen nicht entgangen. Vermutlich konnte er es sehen, vielleicht sogar riechen. Würde er glauben, daß ein Unschuldiger so empfand?

»Setz dich besser hin. Du siehst entsetzlich aus.«

»Ach ... es ist schon gut.« Warum hatte er das gesagt? Nichts war gut. »Wolltest du sonst nichts?«

Pitt beobachtete ihn nach wie vor aufmerksam. »Im Augenblick nicht. Aber ich glaube nicht, daß Parmenter sie getötet hat, und ich werde nicht lockerlassen, bis ich weiß, wer der Mörder ist.«

»Ja ... natürlich.« Dominic wandte sich ab, um zu gehen.

»Ach, übrigens ...«

Dominic blieb stehen. »Was?«

»Ich habe Liebesbriefe gefunden, die zwischen Parmenter und Unity gewechselt worden sind, sehr leidenschaftliche Briefe, die ins Detail gehen. Weißt du etwas darüber?«

»Liebesbriefe?« Dominic war wie vor den Kopf geschlagen. Unter anderen Umständen hätte er angenommen, Pitt habe sich einen schlechten Scherz erlaubt, aber ein Blick in dessen Gesicht zeigte nicht den kleinsten Hinweis in dieser Richtung. Lediglich Schmerz und tiefe Enttäuschung lagen darin. »Bist du deiner Sache sicher?«

»Sie lagen auf seinem Schreibtisch, in seiner und ihrer Handschrift«, erwiderte Pitt. »Es sind förmlich Spiegelbilder. Fraglos handelt es sich um Briefe und die Antworten darauf. Mrs. Parmenter hat sie entdeckt, als sie ins Studierzimmer gegangen ist, um mit ihm zu sprechen. Daran hat sich der Streit zwischen den beiden entzündet, so daß er sie angegriffen hat. Offensichtlich hat ihm sehr an diesen Briefen gelegen.«

Dominic wußte nicht, was er sagen sollte. Es war einfach unglaublich. Sofern stimmte, was Pitt da sagte, war alles falsch, was er wahrgenommen hatte, und nichts von dem, das er zu wissen glaubte, entsprach der Wirklichkeit. Es war, als hätte er in Schnee gefaßt und sich dabei die Hände verbrannt.

»Ich sehe, daß du nichts davon weißt«, sagte Pitt trocken. »Ich würde gern sagen, daß du deshalb nicht mehr verdächtig bist, das aber ist bedauerlicherweise nicht der Fall.« Er stand auf. »Dieser Briefwechsel bedeutet für dich einen Grund zur Eifersucht, ob du sie nun geliebt hast oder nicht. Das gilt auch, falls Mallory – diesmal – der Vater ihres Kindes war. Diese törichte und zerstörerische Frau war gefährlich. Vielleicht war es nur eine Frage der Zeit, bis es zur unvermeidlichen Tragödie kam. Bitte halte dich hier zur Verfügung, Dominic.« Mit einer bedrückten und unglücklichen Handbewegung ging Pitt zur Tür.

Nach seinem Weggang blieb Dominic allein im Zimmer. Er wußte nicht, wieviel Zeit verging, und merkte nicht, daß das Feuer in einem Funkenschauer in sich zusammensank. Erst als er den Stundenschlag der Kaminuhr hörte, kam ihm der Gedanke, daß jemand das Schlagwerk hätte abstellen sollen. Er mußte mit Emsley darüber sprechen. Es überraschte ihn, daß Clarice nicht dafür gesorgt hatte. Hatte Vita das etwa unterlassen, weil sie wußte, daß es sich beim Tod ihres Gatten in Wahrheit um Selbstmord handelte, den sie im tiefsten Herzen als Sünde ansah?

Er weigerte sich, den Gedanken weiterzuverfolgen. Zu viel Schmerz lag darin.

Kaum hatte er den Raum verlassen, wäre er im Vestibül fast mit Emsley zusammengestoßen.

»Wo ist Mallory?« fragte er den Butler.

Dieser machte einen verwirrten Eindruck. Einige Haarbüschel, die von der Bürste nicht erfaßt worden waren, standen am Hinterkopf ab. Seine Haut war nicht mehr rosa wie sonst, und er machte einen unendlich müden Eindruck.

»Entschuldigung«, sagte Dominic rasch. »Ich wollte Sie nicht so erschrecken.«

Emsley riß die Augen weit auf. Er war es nicht gewöhnt, daß sich jemand bei ihm entschuldigte. Das war Dienstboten gegenüber nicht üblich. Er wußte nicht, was er darauf sagen sollte.

»Wissen Sie, wo sich Mr. Mallory aufhält?« fragte Dominic. Er brachte es nicht über sich, »Mr. Parmenter« zu sagen. Das war für ihn nach wie vor Ramsay. »Übrigens hat niemand das

Schlagwerk der Uhr im Salon abgestellt. Würden Sie bitte dafür sorgen, daß das geschieht?«

»Ja, Sir. Tut mir leid, Sir. Ich habe nicht daran gedacht. Es – es tut mir aufrichtig leid.«

»Sie hatten bestimmt eine Menge wichtige andere Dinge zu erledigen und konnten sich nicht auch noch darum kümmern, ob das Personal seinen Aufgaben nachkommt.« Er sah den alten Mann aufmerksam an. »Tun die Leute ihre Pflicht?«

»Oh ja, Sir«, erwiderte Emsley, und Dominic merkte, daß er log.

»Entschuldigung«, sagte er erneut. »Ich war nicht einmal bei ihnen. Die Sache hat mich zu sehr mitgenommen. Das war sehr selbstsüchtig von mir. Sobald ich mit Mr. Mallory gesprochen habe, werde ich hingehen.«

»Könnten Sie vielleicht vor dem Abendessen kommen und das Tischgebet sprechen, Sir? Das wäre eine günstige Zeit«, regte Emsley an. »Die Leute haben dann ihre Tagesarbeit hinter sich. Immerhin muß man mit der Möglichkeit rechnen, daß das eine oder andere der Dienstmädchen … nun ja, ein bißchen gefühlvoll reagiert, Sie verstehen schon.«

»Selbstverständlich.« Dominic nahm sich vor hinzugehen, was auch immer noch geschehen mochte. Zwei Todesfälle binnen weniger Tage mußten das Personal erschüttert haben, ganz abgesehen von der Atmosphäre von Schuldbewußtsein und Verdächtigungen, die im Hause herrschte. Hinzu kam, daß man einen davon bisher nicht aufgeklärt hatte. War es ein Unglücksfall, Mord oder Selbstmord? mußten sie sich fragen. Was den anderen Fall betraf, belastete sie gewiß das Bewußtsein, daß der Täter unter den Menschen zu suchen war, denen sie gedient hatten, von denen sie abhängig waren und zu denen sie wahrscheinlich aufblickten. Das ganze System, in dem sie aufgewachsen waren, dem sie ihre Sicherheit und die Erfüllung all ihrer materiellen Bedürfnisse verdankten, war zusammengebrochen. Bestimmt fragten sie sich, ob sie damit rechnen durften, künftig ein Dach über dem Kopf zu haben. Sicherlich würde der Haushalt als Folge von Parmenters Tod aufgelöst, und sie konnten ohne weiteres auf der Straße stehen. Keinesfalls konnte Vita in einem Haus wohnen bleiben, das der Kirche gehörte, denn automatisch würde Parmenters Nachfolger dort einziehen. Daran hatte Dominic bisher noch gar nicht gedacht. Seine eigenen Empfindungen hatten sein Denken überlagert und alles andere aus seinem Kopf vertrieben.

»Mr. Mallory hält sich in der Bibliothek auf, Sir«, teilte ihm Emsley mit. »Sir, Mr. Corde …«

Bereits halb zur Bibliothekstür gewandt, sagte Dominic: »Vielen Dank …«

Er zwang sich zu einem raschen Lächeln und ging dann über den Mosaikboden. Wie laut seine Schritte hallten! Er würde sich wohl nie daran gewöhnen. Ohne anzuklopfen, riß er die Tür auf und schloß sie hinter sich.

Mallory kniete neben der untersten Bücherreihe. Verärgert über die Störung hob er den Blick. Überrascht sah er, wer gekommen war. Er erhob sich langsam. Den Rücken hatte er den braunen Samtvorhängen und nassen Fensterscheiben zugekehrt, die im Schein der Sonne aufblitzten.

»Was gibt es?« In seiner Stimme schwang eine Spur Boshaftigkeit. Schließlich war jetzt er Herr im Hause. Je früher Dominic das begriff, desto besser. Die Dinge würden nicht so weitergehen wie bisher. »Wollen Sie etwas von mir?« fügte er hinzu.

»Pitt war gerade hier«, gab Dominic in herrischem Ton zur Antwort. »So geht das nicht weiter. Ich lasse das nicht zu.«

»Dann sagen Sie ihm, daß er gehen soll.« Auf Mallorys Züge trat Ungeduld. »Wenn Sie das nicht fertigbringen, werde ich es tun.« Er trat einen Schritt vor, als wolle er seinen Worten sogleich die Tat folgen lassen.

Dominic blieb mit dem Rücken zur Tür stehen.

»Pitt ist Polizeibeamter. Er wird kommen, sooft er das für richtig hält, bis der Fall zu seiner Zufriedenheit gelöst ist …«

»Er ist gelöst.« Mallory blieb einige Schritte von Dominic entfernt stehen. »Ich wüßte nicht, was ich sonst noch dazu sagen sollte. Es handelt sich um eine Tragödie, die wir so rasch wie möglich vergessen sollten. Wenn das alles ist, was Sie von mir wollen, lassen Sie mich bitte weiterarbeiten. Das dient zumindest einem Zweck.«

»Der Fall ist nicht gelöst. Ihr Vater ist nicht Unitys Mörder …«

Mallorys Gesicht war angespannt und trübe. »O doch. Herrgott im Himmel, es ist für die Familie schon schwer genug, ohne daß im Versuch, vor der Wahrheit den Kopf in den Sand zu stecken, alles wieder neu aufgewühlt wird. Es gibt keine Möglichkeit, sich dem zu entziehen! Bringen Sie doch den Mut und den Anstand auf, sich damit abzufinden und, sofern Sie dazu imstande sind, den nötigen Glauben.«

»Darum bemühe ich mich.« Dominic hörte den Zorn in seiner eigenen Stimme und die Verachtung, die ebenso sehr ihm selbst galt wie Mallory, der mürrisch und trotzig vor ihm stand. »Eine der Wahrheiten, mit denen es sich abzufinden gilt, ist die, daß Ihr Vater der Ansicht war, ich hätte Unity getötet.«

Mallory riß die Augen weit auf. »Soll das ein Geständnis sein?« Auf seinem Gesicht lagen Zweifel und neuer Schmerz. »Kommen Sie damit nicht ein bißchen spät? Vater ist tot. Sie können ihn nicht mehr zurückholen. Jetzt nützt es niemandem, ehrlich zu sein oder zu sagen, daß es Ihnen leid tut...«

»Nein, es ist kein Geständnis!« fuhr ihn Dominic an. »Doch lassen Sie mich darauf hinweisen, daß er logischerweise die Tat nicht begangen haben kann, wenn er mich für den Täter gehalten hat. Ich aber habe die Tat nicht begangen. Damit bleiben nur Sie, und Sie hatten reichlich Anlaß dazu.«

Mallory erbleichte. »Ich war es nicht!« Er stand steif da, die Schultern hoch erhoben. »Ich habe sie nicht getötet!« In seiner Stimme schwang unverkennbar Angst mit.

»Sie hatten jeden Grund dazu«, beharrte Dominic. »Es war Ihr Kind! Was das für Ihre Karriere und Ihren Ehrgeiz bedeutet...«

»Einem Priester ist jeglicher Ehrgeiz fremd!« stieß Mallory mit vor Zorn geröteten Wangen hervor. Er stand vor dem großen Schreibtisch, das Sonnenlicht warf Lichtmuster auf die Eichendielen des Bodens. Er wirkte sehr jung. »Es ist eine Berufung«, sagte er. »Eine bestimmte Lebensweise, ein Dienst an Gott. Schon möglich, daß Sie diesen Weg um des Geldes, der Anerkennung oder sogar des Ruhmes willen gehen, was weiß ich. Ich aber gehe ihn, weil ich weiß, daß auf ihm die Wahrheit liegt.«

»Seien Sie nicht kindisch«, sagte Dominic ärgerlich und wandte sich ab. »Jeder von uns hat eine ganze Reihe von Gründen für das, was er tut. Es ist durchaus möglich, daß an einem Tag die aufrichtigsten Empfindungen vorherrschen und schon am nächsten überhebliche, feige oder einfach dumme. Darum geht es hier überhaupt nicht.« Er sah Mallory an. »Unity hat Ihr Kind unter dem Herzen getragen und Druck auf Sie ausgeübt, damit Sie taten, was sie wollte. Womöglich hat Sie sie geradezu erpreßt – jedenfalls hat sie die damit verbundene Macht genossen. Hat sie gedroht, es Ihrem Bischof zu berichten?« Er schüttelte den Kopf. »Nein, Sie brauchen nicht darauf zu antworten. Es ist der Mühe nicht wert. Ganz gleich, was sie gesagt hat, bestimmt war Ihnen klar, daß sie es auch tun könnte.«

Mallory schwitzte sichtlich. »Ich war es nicht!« sagte er wieder. »Sie hatte nicht die Absicht, mich zugrunde zu richten. Ihr – ihr gefiel einfach der Geschmack der Macht. Sie hielt die Situation für lustig und hat gelacht, weil sie wußte ...« Er schloß die Augen, als er merkte, was er gesagt hatte und wie sehr ihn das verurteilte. »Ich habe sie nicht getötet.«

»Und warum haben Sie dann gelogen, als Sie sagten, Sie hätten sie an jenem Vormittag nicht gesehen?« fragte Dominic herausfordernd.

»Es ist die Wahrheit! Ich war im Wintergarten und habe gelernt! Ich habe sie nicht gesehen!« Mallorys Stimme war schrill vor Empörung, aber die Angst darin war unüberhörbar. Bestimmt log Mallory. Wenn Parmenter sie nicht getötet hatte, konnte es nur Mallory gewesen sein. Dominic wußte von sich selbst, daß er zumindest in dieser Hinsicht schuldlos war. Für vieles trug er die Verantwortung: für Unitys frühere Schwangerschaft, für jene Tragödie, die Jenny durchlebt hatte, dafür, daß er Parmenter seiner Einsamkeit und Verzweiflung überlassen hatte, statt ihm zu helfen ... aber nicht für Unitys Tod.

»Falls es stimmt, daß sie nicht im Wintergarten war – wie ist dann der Fleck auf ihre Schuhsohle gekommen?« fragte er kalt. Er konnte das Entsetzen verstehen, das Mallory dazu veranlaßte, seine Zuflucht auch jetzt noch bei der Lüge zu suchen, da es hoffnungslos um ihn stand. Trotzdem haßte er ihn. Damit entkleidete Mallory sich des letzten Rests an Würde, dehnte die Qual länger aus, als nötig war. Außerdem konnte er ihm nicht verzeihen, daß er mit angesehen hatte, wie man seine Schuld dem Vater aufgebürdet hatte. Angst und sogar Feigheit war eines, aber ungerührt zuzulassen, daß ein anderer für die eigene Sünde leidet, war etwas gänzlich anderes.

»Ich weiß es nicht!« Mallory zitterte. »Ich habe keine Erklärung dafür. Ich weiß nur, daß ich den Wintergarten nicht verlassen habe und sie nicht hereingekommen ist.«

»Sie muß aber dort gewesen sein«, sagte Dominic matt. »Dieser Fleck stammt mit Sicherheit aus dem Wintergarten. Sie muß beim Hinausgehen in die Masse am Boden getreten sein.«

»Und warum war dann auf meiner Schuhsohle kein Fleck?« In Mallorys Stimme lag plötzlich Hoffnung, und er wedelte mit einem Arm, als könnte ihn die Bewegung befreien.

»Ach, war da keiner?« Dominic hob die Brauen. »Davon weiß ich nichts.«

»Dann sehen Sie sich meine sämtlichen Schuhe an!« schrie ihn Mallory an und deutete mit dem Kopf auf die Tür. »Sie werden an keinem von ihnen einen Fleck finden.«

»Warum nicht? Haben Sie ihn beseitigt? Oder haben Sie das entsprechende Paar vernichtet?«

»Keins von beiden, verdammt noch mal! Ich habe den Wintergarten nicht verlassen.«

Dominic schwieg. War das denkbar? Wie könnte das vor sich gegangen sein? Sofern Mallory die Tat nicht begangen hatte, mußte es doch Parmenter gewesen sein. Hatte er tatsächlich den Verstand verloren? So sehr, daß er seine entsetzliche Tat vergessen konnte und sich für schuldlos hielt?

»Gehen Sie ruhig hin und sehen Sie nach!« wiederholte Mallory. »Fragen Sie Stander, er wird Ihnen sagen, daß ich keine Schuhe fortgeworfen habe.«

»Oder den Fleck beseitigt?« Dominic wollte nicht ohne weiteres aufgeben. Immerhin würde das bedeuten, daß Parmenter doch schuldig war, und es fiel ihm schwer, sich erneut mit dieser Vorstellung anzufreunden, nachdem Pitt Parmenter sozusagen freigesprochen hatte. Falls er die Tat doch begangen hatte, mußte er verrückt gewesen sein, und in dieser Vorstellung lag etwas Furchteinflößendes, mit dem er nicht fertig werden konnte.

»Ich weiß nicht!« Mallory fuhr mit der Hand durch die Luft, seine Stimme war schrill und laut. Falls sich Dienstboten im Vestibül aufhielten, konnten sie ihn bestimmt hören. »Ich habe es nie versucht! Wie auch, wenn es ein Fleck war? So etwas zieht in das Leder ein. Man bekommt chemische Flecken nicht wieder heraus. Gewöhnliche Flecken sind schlimm genug, sagt Stander.«

Gewiß hatte es keinen Sinn, die Auseinandersetzung mit Mallory in der Bibliothek fortzusetzen.

»Ich sehe es mir an.« Mit diesen Worten, die er wie eine Drohung klingen ließ, ging Dominic ins Vestibül und von dort nach oben. Dann rief er lautstark nach dem Diener.

Stander war nirgends zu sehen, was angesichts der Umstände kaum überraschte.

Statt seiner kam Braithwaite. »Kann ich etwas für Sie tun, Sir?« Sie wirkte müde und verängstigt.

»Ich möchte mir Mr. Mallorys Schuhe ansehen ... mit seiner Erlaubnis. Es ist sehr wichtig.«

»Alle?« Es war deutlich zu sehen, daß sie nicht wußte, was sie davon halten sollte.

»Ja. Würden Sie bitte feststellen, wo sich Stander befindet? Sofort.«

Ihr war sichtlich nicht wohl bei der Sache, und Dominic mußte fast zehn Minuten warten, bis Stander mit zutiefst unglücklichem Ausdruck die Treppe emporkam. Offenbar hatte er sich bei Mallory rückversichert, denn er ging, ohne zu zögern, zu dessen Ankleidezimmer und öffnete beide Schränke, um zu zeigen, daß sich die ordentlich auf ihren Spannern aufbewahrten Schuhe an Ort und Stelle befanden.

»Wissen Sie, welches Paar er am Tage von Miss Bellwoods Tod getragen hat?« fragte Dominic.

»Ich bin nicht sicher, Sir. Entweder diese« – er wies auf ein Paar recht abgetragene Schuhe mit hohem Schaft – »oder diese.« Damit zeigte er auf ein ziemlich neues Paar Schuhe.

»Danke.« Dominic ging mit dem ersten Paar ans Fenster und hielt es ins Sonnenlicht. Beide Schuhe waren einwandfrei. Die Sohlen waren stark abgenützt, wiesen aber keine Flecken auf. Auch wies nichts darauf hin, daß jemand in jüngster Zeit daran herumgekratzt hätte, wie zum Beispiel, um Chemikalienreste zu entfernen.

Er stellte die Schuhe hin, nahm das nächste Paar zur Hand, auf das Stander gezeigt hatte, und prüfte es auf die gleiche Weise. Auch diese beiden Schuhe waren völlig einwandfrei.

»Gibt es noch ein Paar, das er an dem Tag getragen haben könnte?« fragte er.

»Nein, Sir, ich glaube nicht.« Stander schien das Ganze recht sonderbar zu finden.

»Ich sehe sie mir einfach alle an.« Dominic sagte das als Feststellung, nicht als Bitte um Erlaubnis. Er war nicht bereit, sich in diesem Stadium von seiner Suche nach der Wahrheit abbringen oder vom falschen Paar Schuhe in die Irre führen zu lassen. Einen Schuh nach dem anderen nahm er heraus und betrachtete jeden einzelnen aufmerksam. Besonders viele waren es nicht, denn Mallory kultivierte keinen besonders auffälligen Lebensstil. Wenn er seine sehr alten Reitstiefel mitzählte, waren es insgesamt sieben Paar. Nirgends war ein Fleck der bewußten Art zu sehen.

»Haben Sie gefunden, wonach Sie suchen, Sir?« fragte Stander besorgt.

»Nein. Aber es ist mir auch recht, daß ich es nicht gefunden habe.« Er erklärte nicht, wie er das meinte. Er war nicht einmal sicher, ob es der Wahrheit entsprach. »Sind das alle? Ich meine, fehlt vielleicht ein Paar, das vor zwei Wochen noch da war?«

Stander, der verstört und unglücklich wirkte, hatte sein gewöhnlich glattes Gesicht besorgt in Falten gelegt.

»Nein, Sir. Soweit mir bekannt ist, sind das alle Schuhe, die sich in Mr. Mallorys Besitz befinden, seit er wieder im Hause lebt. Natürlich außer denen, die er gerade trägt.«

»Ach ja, an die habe ich gar nicht gedacht. Vielen Dank.« Dominic schloß die Schranktür. Zwei Aufgaben standen ihm noch bevor: Er mußte sich die Schuhe ansehen, die Mallory gerade trug, und mit dem Gärtnerjungen sprechen, um festzustellen, welche Art von Chemikalie verschüttet worden war, an welcher Stelle und wie lange es dauerte, bis sie keine Feuchtigkeit mehr abgab, so daß Flecken entstehen konnten.

»Keine Ahnung, wie das Zeug heißt, Sir«, sagte der Junge mit gerunzelter Stirn. »Da müßten Sie schon Mr. Bostwick fragen. Aber länger als 'ne Stunde bleibt das bestimmt nicht feucht. Ich bin später selbst reingetreten, und es is nix geblieben.«

»Bist du sicher?« wollte Dominic wissen. Sie standen auf dem Ziegelweg unmittelbar vor dem Wintergarten. Durch eine immer größere Wolkenöffnung fiel strahlendes Sonnenlicht, aber alle Blätter und Grashalme hingen voller Regentropfen.

»Ja, Sir, ganz sicher«, gab der Junge zur Antwort.

»Weißt du, um wieviel Uhr es verschüttet worden ist?«

»Nein ... eigentlich nicht ...«

»Auch nicht ungefähr? Natürlich war es, bevor Miss Bellwood die Treppe hinuntergefallen ist, aber wie lange davor? Du erinnerst dich doch noch an den Tag?«

Dominic stand auf den nassen Steinen und merkte nichts von der Schönheit um ihn herum, so sehr konzentrierte er sich auf Uhrzeiten und Flecken.

»Doch, Sir! 'türlich.« Der Junge schien entsetzt bei der Vorstellung, daß jemand glauben könnte, er werde so etwas vergessen.

»Überleg, was du zu der Zeit getan hast, und was du danach getan hast, bis du von dem ... von dem tödlichen Sturz erfahren hast«, drängte ihn Dominic.

Der Junge überlegte eine Weile. »Ich hab die Farntöpfe saubergemacht. Deswegen hatte ich das Zeug überhaupt«, sagte er ernsthaft. »Man muß schrecklich aufpassen, daß da keine roten Milben oder kleinen Spinnen reinkommen. Die fressen alles wie verrückt weg.« Auf seinem Gesicht war zu sehen, was er von diesen Lebewesen hielt. »Die wird man nie wieder los. Dann hab ich die Narzissen und die Hyazinthen gegossen. Die riechen herrlich. Am liebsten mag ich die mit dem Orangefleck in der Mitte – ich meine die Narzissen. Mr. Mallory war mit seinen Büchern beschäftigt, deswegen konnte ich da nicht fegen. Er mag es nicht, wenn man ihn stört.« Er äußerte sich nicht darüber, wie lästig das war, aber sein Ausdruck sprach Bände. Theologiestudenten waren gut und schön, wo sie hingehörten, aber sie gehörten nun einmal nicht in ein Gewächshaus, in dem Leute alle Hände voll damit zu tun hatten, sich um die Pflanzen zu kümmern.

»Aber den übrigen Raum hast du ausgekehrt?« fragte Dominic.

»Ja, Sir.«

»Ist Mr. Mallory überhaupt hinausgegangen?«

»Das weiß ich nicht, Sir. Ich bin eine Weile zum Arbeiten raus in den Garten gegangen, wie ich gesehen hab, daß ich drinnen nicht weitermachen konnte. Wahrscheinlich hab ich das Zeug etwa 'ne halbe Stunde vor dem Sturz von Miss Bellwood verschüttet, vielleicht 'n paar Minuten später.«

»Könnte es nicht eine ganze Stunde gewesen sein?«

»Nein, Sir«, sagte er mit Nachdruck. »Mr. Bostwick würde mich schön runterputzen, wenn ich dafür 'ne Stunde brauchte!«

»Das heißt, es muß noch feucht gewesen sein, als Miss Bellwood die Treppe hinabgestürzt ist.«

»Ja, Sir, unbedingt.«

»Vielen Dank.«

Jetzt blieb nur noch eines zu tun, obwohl er insgeheim überzeugt war, daß nichts dabei herauskommen würde. Diese Annahme erwies sich als richtig, denn die Schuhe an Mallorys Füßen waren ebenso einwandfrei wie alle anderen.

»Vielen Dank«, sagte Dominic trübselig, ohne eine weitere Erklärung abzugeben, und kehrte in sein Zimmer zurück. Er fühlte sich elend.

Mallory war schuldlos. Jetzt glaubte er es. Er war unsicher, ob er sich darüber freute oder nicht. Dann mußte doch Parmenter der Täter gewesen sein, und das traf ihn tief. Aber immerhin war dieser jetzt allen Schmerzen entzogen, jedenfalls allen irdischen. Was jenseits dessen lag, war mehr, als er sich auszumalen wagte.

Aber Pitt hielt Parmenter für schuldlos. Das bedeutete, daß er Dominic für schuldig halten würde.

Unruhig schritt er zwischen Fenster und Bücherregal auf und ab. Ihm fiel kaum auf, daß das Sonnenlicht über den Fußboden tanzte.

Bestimmt würde es Pitt um Charlottes willen schmerzen, Dominic festnehmen zu müssen, trotzdem würde er es natürlich tun. Wahrscheinlich fände er sogar zum Teil eine gewisse Befriedigung darin. Das Ergebnis seiner Untersuchung würde seine Einschätzung von Dominics Wesen bestätigen, die er vor so vielen Jahren in der Cater Street gewonnen hatte.

Charlotte würde sich entsetzlich grämen. Sie war so glücklich gewesen, daß er etwas gefunden hatte, was ihn ernsthaft beschäftigte. Ihre Freude war ungekünstelt und ungetrübt gewesen. Sie wäre bestimmt niedergeschmettert, würde aber nicht auf den Gedanken kommen, Pitt könnte einen Fehler begangen haben. Vielleicht konnte sie es sich nicht leisten, so etwas anzunehmen. Falls sie es aber doch vermutete, würde es Dominic nicht helfen, sondern sie lediglich entsetzlich belasten.

Am meisten aber schmerzte ihn die Vorstellung, was Clarice empfinden würde. Sie hatte ihren Vater geliebt und an Dominic geglaubt. Jetzt würde sie ihn voll Abscheu und mit einer Verachtung betrachten, deren bloße Vorstellung ihn schmerzte. Ihm stockte der Atem, wenn er nur daran dachte, während er in diesem vertrauten Zimmer mit dem roten türkischen Teppich und der Kaminuhr stand. Dabei war es noch gar nicht geschehen! Nie zuvor war ihm aufgegangen, wieviel ihm an Clarices Meinung lag. Eigentlich gab es keinen Grund dafür, denn er hätte an Vita denken müssen. Parmenter war ihr Mann gewesen. Das war ihr Zuhause. Sie hatte sich in der Stunde ihrer Not und ihres Kummers an ihn gewandt. Sie traute ihm, sah in ihm einen guten Menschen voller Kraft und Mut, Anstand und Glauben. Sie war sogar überzeugt, daß er in der Kirche eine führende Aufgabe übernehmen, ein Leuchtturm sein könnte, der anderen den Weg weist.

Clarice hatte sich nie Gedanken darüber gemacht, ob ihm irgendeine Art von Größe vorbestimmt sei. Was er zerstören würde, waren die Träume Vitas; sie würde zusätzlich zum Verlust ihres Mannes auch noch diesen Schlag hinnehmen müssen. Sie würde ganz zwangsläufig annehmen müssen, daß Dominic Unitys Mörder war. Bestimmt würde ihr Pitt den Grund dafür nennen oder zumindest, was er für den Grund hielt: ihrer beider einstige Liebesbeziehung. War »Liebe« das richtige Wort dafür?

Hatte Unity ihn geliebt? Oder war es lediglich Verliebtheit gewesen, jenes verzehrende Bedürfnis nach der Gegenwart eines anderen? Ein Bedürfnis, das in manchen Fällen durchaus mit Zärtlichkeit, Großzügigkeit, Geduld und der Fähigkeit, sich zu öffnen, einhergehen konnte, häufig aber auch nur eine Mischung aus Bezauberung und Begierde war, die für eine gewisse Zeit die Einsamkeit im Zaume hielt.

Hatte Unity ihn geliebt?

Und hatte er sie geliebt?

Er dachte zurück und versuchte, sich aufrichtig zu erinnern. Das schmerzte aus vielen Gründen, in erster Linie aber, weil er sich seiner Haltung schämte. Nein, geliebt hatte er sie nicht, wohl aber als Herausforderung betrachtet. Er war von ihr gefesselt und erregt gewesen. Es hatte ihn in eine einzigartige Hochstimmung versetzt, daß sie auf seine Avancen eingegangen war. Sie hatte sich von all seinen früheren Frauenbekanntschaften unterschieden, intensiver gelebt als jede von ihnen und war mit Sicherheit klüger gewesen als sie alle – und voller Leidenschaft.

Aber sie war auch besitzergreifend und gelegentlich grausam gewesen. Im Rückblick verurteilte er die Grausamkeit, mit der sie andere behandelt hatte, stärker als die, mit der sie ihm gegenübergetreten war. Er hatte weder Zärtlichkeit empfunden noch etwas, das der Art von Mitgefühl ähnelte, das sein gegenwärtiges Bedürfnis erfüllt hätte. Im scharfen Licht der nachträglichen Betrachtung erkannte er, daß sich all seine Empfindungen für sie ausschließlich auf Selbstsucht gegründet hatten.

Er stand am Fenster und sah auf die sich öffnenden Blattknospen hinaus.

Hatte er jemals einen Menschen wahrhaft geliebt?

Sarah hatte ihm etwas bedeutet. In ihrer Beziehung hatte es weit mehr Zärtlichkeit und gegenseitige Anteilnahme gegeben. Aber er war ihrer auch überdrüssig geworden, denn ihm hatte in erster Linie an seinen eigenen Begierden gelegen, an seiner Sucht nach aufregenden Erlebnissen, nach Veränderung und Schmeichelei, nach dem Machtgefühl, das neue Eroberungen mit sich bringen.

Wie kindisch er gewesen war.

Zum Teil könnte er das jetzt gutmachen, wenn er zu Pitt ginge und ihm mitteilte, daß Mallory schuldlos war. Zwar mußte man damit rechnen, daß Pitt entschied, den Fleck auf dem Fußboden des Wintergartens näher zu untersuchen, aber vielleicht unterließ er es auch. Mallory würde sagen, was er zu Dominic gesagt hatte. Würde man ihm Glauben schenken?

Er sah sich bereits von der Schlinge des Henkers bedroht, die nur allzu bald schreckliche Wirklichkeit würde. Dabei war er schuldlos. Parmenter hatte sich für schuldlos gehalten, und Mallory war es zweifellos.

Zu welchem Ergebnis würde Pitt kommen? Clarice war der einzige Mensch im Hause, über dessen Aufenthalt zur Zeit von Unitys Sturz nichts bekannt war. Da sich Vita und Tryphena gemeinsam unten befunden hatten, war es technisch unmöglich, daß sie schuldig waren. Alle Dienstboten hatten sich in Sichtweite voneinander aufgehalten oder waren mit Aufgaben beschäftigt gewesen, die es ihnen nicht ermöglicht hatten, ihren Posten ungesehen zu verlassen.

Dominic brachte es einfach nicht fertig, Clarice für schuldig zu halten. Warum hätte sie die Tat begehen sollen? Sie hatte nicht den geringsten Grund dafür.

Außer, um Mallory zu retten, falls sie die Wahrheit über Unitys Kind wußte und über die Macht, die ihr damit in die Hand gegeben war, Mallory zugrunde zu richten.

Oder falls sie die Liebesbriefe kannte, von denen Pitt gesprochen hatte und für die es keinerlei Erklärung gab. Vielleicht war sie darüber in Panik geraten. Hatte ihr Unity möglicherweise sogar selbst davon berichtet und gedroht, Parmenter damit zu ruinieren?

Er konnte es nicht glauben. Sicher, auch Clarice konnte, wie jeder Mensch, den er kannte, für eine kurze Weile die Beherrschung verlieren, weil eine Angst sie übermächtig quälte oder weil sie nicht imstande war, über den entsetzlichen und alles zermalmenden Augenblick hinaus zu sehen.

Aber in dem Fall hätte sie nie und nimmer zugelassen, daß man ihren Vater beschuldigte. Ungeachtet der Konsequenzen für sie selbst hätte sie auf jeden Fall die Wahrheit gesagt.

Oder doch nicht? Er war überzeugt, daß er recht hatte. Bisher hatte er noch gar nicht gemerkt, daß er sie so hoch schätzte, aber so war es nun einmal. Mit einem Mal füllte diese Empfindung ihn ganz aus. Sie war mit Schmerz verbunden, aber auch mit einer Art Hochgefühl, das über die bloße Erkenntnis von Wahrheit hinausging.

Trotzdem war er verblüfft, als es kurz danach an seine Tür klopfte und Clarice mit kreideweißem Gesicht davorstand. Zu seiner Überraschung fiel ihm auf, daß er leicht stotterte.

»W-was gibt es? Ist etwas ...«

»Nein«, sagte sie rasch und bemühte sich zu lächeln. »Alle leben und sind gesund – jedenfalls vermute ich das. Niemand hat in der letzten halben Stunde geschrien.«

»Bitte nicht, Clarice!« sagte er spontan.

»Sie haben ja recht.« Sie trat ein und schloß die Tür hinter sich, hielt aber den Knauf mit beiden Händen fest und lehnte sich gegen das Holz. »Man darf den Teufel nicht an die Wand malen – ich meine ... die Sache ist todernst.« Sie schloß die Augen. »Großer Gott!« flüsterte sie. »Ich finde wohl nicht die richtigen Worte.«

Unwillkürlich mußte er lächeln. »Es sieht ganz so aus«, stimmte er freundlich zu. »Wollen Sie es noch einmal versuchen?«

»Vielen Dank.« Sie öffnete die Augen weit. Sie waren klar und von einem sehr dunklen Grau. »Wie geht es Ihnen? Ich weiß, daß der Polizist Sie wieder einmal aufgesucht hat. Zwar ist er Ihr Schwager, aber ...«

Er wollte Diskretion wahren und sie nicht mit den Entscheidungen belasten, die Pitt fällen mußte.

»Es geht Ihnen nicht gut?« fragte sie leise. »War es Mallory?«

Er war außerstande zu lügen. Seit Stunden schlug er sich mit der Frage herum, was er tun, was er Pitt sagen sollte, mit der Angst, was geschehen würde und was sein Gewissen dazu sagen würde, wenn er nichts unternähme. Jetzt wurde ihm die Entscheidung abgenommen.

»Nein«, gab er zur Antwort. »Das ist völlig unmöglich.«

»Tatsächlich?« Sie war unsicher. Ihr war klar, daß das nicht unbedingt eine gute Nachricht war. In ihren Augen lag Sorge, keine Erleichterung.

Er wich ihrem Blick nicht aus. »Er war es keinesfalls. Zum Zeitpunkt des Mordes an Unity war die auf dem Weg im Wintergarten verschüttete Flüssigkeit noch feucht. Auf Unitys Schuhsohle war ein Fleck, auf seiner aber nicht. Ich habe den Gärtnerjungen und Stander danach befragt und mir alle Schuhe Mallorys angesehen. Zwar behauptet er immer noch, sie sei nicht hereingekommen, um mit ihm zu sprechen, was eine Lüge sein muß. Ich weiß nicht, warum er die Wahrheit nicht sagt. Es ist vollkommen sinnlos. Aber er hat den Raum mit Sicherheit nicht verlassen und kann sich daher auch nicht oben an der Treppe aufgehalten haben.«

»Dann muß es Papa gewesen sein ...« Sie sah gramerfüllt aus. Diese Wahrheit war fast mehr, als sie zu ertragen vermochte.

Spontan nahm er ihre Hände in seine.

»Seiner Überzeugung nach war ich der Täter«, sagte er, während er zugleich fürchtete, daß sie sich angewidert von ihm abwenden würde, wie sie das zwangsläufig tun mußte. Aber es war ihm nicht möglich, eine Lüge zwischen ihnen beiden stehenzulassen. »Pitt hat das Tagebuch Ihres Vaters gefunden und entschlüsselt. Daraus geht hervor, daß er fest von meiner Täterschaft überzeugt war ...«

Sie sah verwirrt drein. »Aber warum hätten Sie das tun sollen? Weil Sie sie von früher kannten?«

Er spürte, wie ihn Benommenheit und zugleich ein Schauder überfiel.

»Das wußten Sie?« fragte er mit belegter Stimme.

»Sie hat es mir gesagt.« Ein Lächeln trat auf ihre Züge. »Sie war überzeugt, daß ich mich in Sie verliebt hatte, und indem sie mir das erzählte, wollte sie wohl erreichen, daß ich wütend auf Sie würde oder Sie nicht mehr leiden könnte.« Sie lachte leise auf. »Sie hat mir gesagt, daß Sie beide ein Verhältnis hatten und Sie sie verlassen haben.« Sie wartete auf seine Antwort.

In jenem Augenblick hätte er alles gegeben, was er besaß, wenn er ihr dafür hätte sagen können, daß es sich dabei um nichts anderes als das Lügengespinst einer eifersüchtigen Frau handele. Aber eine Lüge bedingt die nächste, und auf diese Weise würde er lediglich die einzige reine Beziehung zerstören, die er hatte, eine Beziehung, deren Selbstlosigkeit nicht von Begierde, Täuschung oder Trug verdorben war. Wenn sie zerstört würde, dann zumindest durch die Vergangenheit und nicht durch die Gegenwart. Er war nicht einmal bereit, seine Zukunft für die wenigen Tage oder Stunden aufs Spiel zu setzen, die ihm möglicherweise nur noch blieben, bis Pitt eben dieser Zukunft ein Ende bereitete.

»Ich habe sie tatsächlich verlassen«, gab er zu. »Sie hat unser Kind abtreiben lassen, und ich war so entsetzt und bekümmert, daß ich davongelaufen bin. Mir ist aufgegangen, daß wir nicht einander liebten, sondern lediglich uns selbst, unsere eigenen Begierden. Das ist keine Rechtfertigung für irgend etwas von dem, was ich zu der Zeit oder hinterher getan habe. Zwar geschah es nicht mit Absicht, aber ich habe mich unehrenhaft verhalten. Ich bin andere Beziehungen eingegangen, war so naiv zu glauben, eine Frau könne einen Mann mit einer anderen teilen, bis sie schließlich… verletzt war und entdeckte, daß das nicht möglich war. Das hat sie sehr getroffen.« Er fand nach wie vor nicht die richtigen Worte. »Ich hätte das wissen müssen. Ich hätte es wissen können, wenn ich mir selbst gegenüber ehrlich gewesen wäre. Ich war alt und erfahren genug, nicht auf diese Lüge hereinzufallen. Ich habe dieser Täuschung nur nachgegeben, weil es meinem Verlangen entsprach.«

Sie sah ihn unverwandt an.

Er hätte gern aufgehört, doch dann würde er es ihr später sagen und noch einmal von vorn anfangen müssen. Lieber brachte er es jetzt hinter sich, einerlei wie schwer es sein mochte. Er ließ ihre Hände los. Besser, wenn er es nicht erlebte, falls sie sich ihm entziehen wollte.

»Ich war nicht bereit, mich an eine Liebe zu binden, in guten wie in bösen Tagen Verantwortung zu tragen«, sagte er und hörte, wie seine Stimme diese schrecklichen Worte ohne besondere Betonung hervorbrachte. »Ihr Vater hat mich aus der Verzweiflung gerettet, in die ich gestürzt war, nachdem sich Jenny das Leben genommen hatte, was ausschließlich meine Schuld war. Er hat mich Mut und Vergebung gelehrt, mir gezeigt, daß es keinen Weg zurück gibt, sondern nur einen, der vorwärts führt. Sofern ich etwas aus meinem Leben, aus mir selbst, machen wollte, mußte ich mich aus dem Morast herausarbeiten, in den ich aus eigenem Verschulden geraten war.« Er schluckte. »Aber als er mich gebraucht hätte, war ich nicht fähig, etwas für ihn zu tun. Ich habe hilflos dabeigestanden und mit angesehen, wie er unterging.«

»Das haben wir alle«, flüsterte sie mit tränenerstickter Stimme, »auch ich. Ich hatte keine Ahnung, was vor sich ging, oder warum es geschah. Ich glaubte, konnte aber an seinem Unglauben nichts ändern. Ich liebte ihn, habe aber nicht gemerkt, was mit Unity geschah. Ich verstehe es nach wie vor nicht. Hat er sie geliebt oder einfach etwas gebraucht, was sie ihm geben konnte?«

»Ich weiß ebenso wenig wie Sie.« Unwillkürlich nahm er erneut ihre Hände, und seine Finger schlossen sich um ihre. »Aber ich muß Pitt sagen, daß es nicht Mallory war. Von der Schuldlosigkeit Ihres Vaters ist er ohnehin bereits überzeugt. Damit bleibe nur ich übrig, und ich kann nicht beweisen, daß ich nicht der Täter war. Möglicherweise nimmt er mich fest.«

Sie sog scharf die Luft ein und schien etwas sagen zu wollen, unterließ es dann aber.

Was blieb noch zu sagen? Ein Dutzend Dinge gingen ihm durch den Kopf. Er müßte sich für den Schmerz entschuldigen, den sie um seinetwillen ertragen hatte, für all seine Oberflächlichkeit, seine Selbstsucht und seine stummen Versprechungen, die er nicht gehalten hatte, für alles, was ihr noch bevorstand. Er wollte ihr sagen, wieviel sie ihm bedeutete, wie sehr ihm an ihrer Meinung über ihn lag, an dem, was sie für ihn empfand. Damit aber würde er sie nur zusätzlich belasten.

»Tut mir leid«, sagte er mit gesenktem Blick. »Ich wollte um so vieles besser sein, als ich war. Vermutlich habe ich einfach viel zu spät mit dem Versuch angefangen.«

»Aber Sie haben Unity nicht getötet, nicht wahr?« Es war kaum eine Frage, eher eine Feststellung. In ihrer Stimme lag nicht die geringste Unsicherheit, sie flehte nicht um Hilfe, sondern wollte eher eine Bestätigung von ihm hören.

»Nein.«

»Dann werde ich alles tun, was in meinen Kräften steht, um

zu erreichen, daß man Ihnen nicht die Schuld daran gibt. Ich werde dafür kämpfen!« gab sie entschlossen zur Antwort.

Er sah sie an.

Langsam stieg ihr die Röte in die Wangen. Ihr Blick hatte sie verraten, und sie wußte das. Sie wich dem seinen rasch aus, gab aber dann das hoffnungslose Unterfangen auf.

»Ich liebe Sie«, gestand sie. »Sie brauchen nichts zu sagen, aber seien Sie um Gottes willen nicht dankbar. Das wäre mir unerträglich!«

Er mußte lachen, weil die Befürchtung, die sie äußerte, so fern von allem war, was er empfand. Gewiß, er war dankbar, war geradezu von Dankbarkeit überwältigt, auch wenn es zu spät war und ihnen nie etwas anderes bevorstehen würde als Kampf und Kummer. Das Wissen, daß sie so für ihn empfand, war ein unschätzbarer Besitz, den ihm auch Pitt nicht würde nehmen können, ganz gleich, was er sagen, denken oder glauben mochte.

»Warum lachen Sie?« fragte sie hitzig.

Er hielt ihre Hände fest, obwohl sie sich ihm zu entziehen versuchte.

»Weil es zur Zeit so ungefähr das einzige auf der ganzen Welt ist, was mich glücklich machen könnte«, antwortete er. »Es ist das einzig Gute, Reine und Erfreuliche in dieser ganzen Tragödie. Das ist mir erst kurz bevor Sie hereinkamen aufgegangen. Man könnte glauben, daß ich kostbare Dinge immer erst dann erkenne, wenn es zu spät ist, aber auch ich liebe Sie.«

»Wirklich?« fragte sie überrascht.

»Ja. Aber ja!«

»Im Ernst?« Einen Augenblick runzelte sie die Brauen und sah forschend sein Gesicht, seine Augen und seinen Mund an. Als sie merkte, daß er die Wahrheit sagte, reckte sie sich auf die Zehenspitzen und küßte ihn sanft auf die Lippen.

Nach kurzem Zögern legte er die Arme um sie und küßte sie immer wieder. Er wollte Pitt aufsuchen und mit ihm sprechen … aber erst später. Da diese Stunde möglicherweise alles war, was sie hatten, mußte er jede Sekunde genießen, um sich für immer daran erinnern zu können.

# KAPITEL ZWÖLF

Pitt lag im Bett und dachte mit einem Gefühl der Überraschung, das ihn am Einschlafen hinderte, über den Abend nach. Dominic hatte ihn aufgesucht, um ihm mitzuteilen, daß Mallory nicht schuldig war und es auch auf keinen Fall sein konnte. Pitt kannte die Tatsachen und deren Bedeutung längst; Tellman hatte sie auf seine Anweisung hin bereits Tage zuvor ermittelt.

Was ihn verblüffte, war, daß Dominic die Beweise selbst erkannt und sie ihm ohne zu zögern mitgeteilt hatte, obwohl ihm klar sein mußte, was das für ihn selbst bedeutete. Es war ihm schwergefallen, das hatte sich auf seinem Gesicht deutlich ablesen lassen. Er hatte ausgesehen, als rechne er damit, von Pitt an Ort und Stelle festgenommen zu werden. Obwohl er die Konsequenzen fürchtete, trug er den Kopf hoch erhoben. Er hatte in Pitts Augen nach der Verachtung gesucht, die er voraussah… ohne sie aber zu finden. Sonderbarerweise empfand Pitt Hochachtung für ihn. Zum ersten Mal, seit sie einander damals im Zusammenhang mit den Morden in der Cater Street begegnet waren, hatte er tiefe und aufrichtige Bewunderung für Dominic empfunden.

Das hatte dieser gemerkt, woraufhin freudige Röte sein Gesicht überzogen hatte. Als ihm dann seine Lage erneut zu Bewußtsein kam, war die Empfindung wieder geschwunden.

Pitt hatte ihm für seine Mitteilung gedankt, ohne ihn darüber aufzuklären, daß ihm all das bereits bekannt war. Nur, daß er in der Sache weiter nachforschen werde, hatte er gesagt.

Jetzt lag er fast schon im Schlaf und war so ratlos wie am Anfang. Der Fall war alles andere als gelöst. Zwar konnte

Mallory nicht der Täter sein, und Dominic war es wohl auch nicht, obwohl er reichlich Motive und Gelegenheiten zur Tat gehabt hatte. Was Parmenter betraf, gab es zu viele Widersprüche, als daß Pitt ihn ohne weiteres hätte für schuldig halten können. War es wirklich möglich, daß Clarice die Tat begangen hatte? Zwar war das die einzige andere Lösung, doch auch sie erschien ihm nicht plausibel. Als er sie Charlotte vorgetragen hatte, war ihr dazu lediglich der Kommentar ›lachhaft‹ eingefallen. Das aber sprach nicht gegen die Möglichkeit, sondern lediglich gegen die Wahrscheinlichkeit, daß es sich tatsächlich so verhielt.

Er fiel in einen unruhigen Schlaf, aus dem er alle ein oder zwei Stunden hochfuhr, bis er schließlich kurz vor fünf nicht mehr schlafen konnte und sich erneut der Frage der zwischen Parmenter und Unity Bellwood gewechselten Liebesbriefe zuwandte. Er verstand das nicht. Die Briefe paßten zu nichts von dem, was er über die beiden wußte.

Er lag eine halbe Stunde im Dunkeln und grübelte über die Frage nach, wie sich der Sache ein Sinn abgewinnen ließ. Er versuchte, sich die Umstände vorzustellen, denen die Briefe ihre Entstehung verdanken mochten. Welche Empfindungen hätten Parmenter dazu veranlassen können, solch gewagte Worte zu Papier zu bringen? Er mußte vor Leidenschaft so lichterloh gebrannt haben, daß ihm jedes Gefühl für Gefahr abhanden gekommen war. Vor allem aber: Warum schrieb er ihr, wenn sie unter ein und demselben Dach lebten und er sie jederzeit binnen Stunden, wenn nicht Minuten, sehen konnte? Es war die Handlungsweise eines Mannes, der jegliches Maß verloren hatte, eines Mannes am Rande des Wahnsinns.

Darauf lief es immer wieder hinaus: Wahnsinn.

Hatte Parmenter den Verstand verloren? War die Lösung so einfach und zugleich so tragisch?

Als er aus dem Bett glitt und seine bloßen Füße den kalten Boden berührten, überlief ihn ein Schauer. Er mußte sich die Briefe noch einmal genau ansehen. Vielleicht fand sich darin irgendeine Erklärung.

Er wollte sich in der Küche anziehen, um Charlotte zu dieser frühen Stunde nicht zu wecken. Also nahm er seine Kleider zur Hand und schlich sich auf Zehenspitzen zur Tür. Sie quietschte beim Öffnen vernehmbar, aber es gelang ihm, sie nahezu lautlos wieder zu schließen.

Unten war es kalt. Die Wärme des Vorabends war verflogen, und nur in unmittelbarer Nähe des Herdes war noch ein Rest davon zu spüren. Zumindest hatte Gracie den Kohlenkasten gefüllt, damit sie nicht am frühen Morgen Brennmaterial herbeischleppen mußte. Er entzündete die Lampe und zog sich an, dann fuhr er mit dem Schürhaken durch die Schlackenreste, und nach einer Weile gelang es ihm, das Feuer wieder in Gang zu bringen. Sehr vorsichtig legte er Kohlen nach. Das war gar nicht so einfach. Es durften nicht zu viele sein, wollte er das Feuer nicht ersticken.

Während Flämmchen um die Kohlen emporzüngelten, füllte er den Wasserkessel und holte Teekanne samt Teedose aus dem Schrank. Er nahm die größte Tasse von ihrem Haken an der Anrichte und stellte die Untertasse darunter. Das Feuer brannte schon recht kräftig. Er legte zwei weitere Stücke Kohle nach und schloß die Herdklappe. Schon bald spürte er die Wärme. Er setzte den Kessel auf die Platte und ging dann ins Wohnzimmer, um sich noch einmal die Briefe und das Tagebuch vorzunehmen.

Mit ihnen setzte er sich an den Küchentisch und begann zu lesen.

Als er fertig war und sie erneut durchzugehen begann, drang das Geräusch des siedenden Wassers in sein Bewußtsein. Er legte Briefe und Tagebuch beiseite und machte sich Tee. Da er vergessen hatte, Milch zu holen, ging er in die Speisekammer und nahm vorsichtig das kleine Mousselindeckchen mit dem Glasperlenrand von der Kanne. Nachdem er sich eine Tasse Tee eingegossen hatte, nippte er vorsichtig daran. Er war noch zu heiß.

Nach wie vor paßten die Briefe nicht in das ihm bekannte Muster der Ereignisse. Er hatte die Papiere vor sich ausgebreitet, starrte darauf, blies in den Tee und nahm von Zeit zu Zeit einen kleinen Schluck. Er merkte bald, daß er nicht weiterkam.

Er wußte nicht, wie lange er so dort gesessen hatte, aber seine Tasse war fast leer, als er Charlotte hereinkommen hörte. Er sah sich um. Sie trug einen dicken Morgenmantel über dem Nachthemd. Zwar hatte er ihn ihr gekauft, als die Kinder noch sehr klein waren und sie nachts immer wieder aufstehen mußte, doch sah er nach wie vor weich aus und stand ihr sehr gut. Nur eine oder zwei Stellen waren geflickt, und an der Schulter, wo sich Jemima einmal hatte übergeben müssen, war der Stoff ein wenig verfärbt. Aber das konnte man nur in einem ganz bestimmten Licht sehen.

»Sind das die Liebesbriefe?« fragte sie.

»Ja. Möchtest du eine Tasse Tee? Er ist noch heiß.«

»Gern.« Sie setzte sich, während er eine weitere Tasse holte und ihr eingoß. Sie begann den ihr nächstliegenden Brief zu lesen und runzelte die Stirn.

Er stellte die Teetasse neben sie, aber sie war so in die Lektüre vertieft, daß sie es nicht merkte. Sie nahm den nächsten Brief zur Hand, einen weiteren, und schließlich den vierten und den fünften. Er sah sie aufmerksam an und merkte, wie Unglauben und Verblüffung zunahmen, während sie immer schneller las.

»Dein Tee wird kalt«, sagte er.

»Hmm ...«, gab sie abwesend zurück.

»Sind die nicht ungewöhnlich?« fuhr er fort.

»Hmm ...«

»Kannst du dir vorstellen, warum er das hätte schreiben sollen?« fragte er.

»Was?« Sie hob zum ersten Mal den Blick. Zerstreut griff sie nach der Tasse und nahm einen Schluck. Sie verzog das Gesicht. »Er ist kalt.«

»Das habe ich dir gesagt.«

»Was?«

»Daß der Tee kalt würde.«

»Ach ja?«

Geduldig stand er auf, nahm die Tasse und goß den lauwarmen Tee ins Spülbecken. Dann nahm er den Wasserkessel, brühte erneut Tee auf, wartete eine Weile und füllte ihre Tasse.

»Danke.« Lächelnd nahm sie sie entgegen.

»Von vorn und hinten bedient«, murmelte er, setzte sich wieder und goß sich selbst nach.

»Thomas ...« Sie war so tief in Gedanken, daß sie nicht einmal gehört hatte, was er sagte. Sie ordnete die Briefe paarweise auf dem Tisch an.

»Brief und Antwort?« fragte er. »Die scheinen jeweils zueinander zu gehören, nicht wahr?«

»Nein ...«, sagte sie mit zunehmender Anspannung in der Stimme. »Nein, es handelt sich nicht um Briefe und die Antwort darauf. Lies sie aufmerksam! Sieh mal, wie der hier anfängt.« Sie begann zu lesen.

»Niemand ist mir lieber als Du, wie kann ich Dir aber das Gefühl der Einsamkeit ausdrücken, das ich empfinde, sobald wir getrennt sind? Auch wenn die Entfernung zwischen uns unermeßlich ist, vermögen Gedanken sie zu überbrücken, und ich kann dich jederzeit in deinem Herzen und Sinn erreichen ...«

»Ich weiß, was da steht«, fiel er ihr ins Wort. »Lauter Unsinn. Sie waren überhaupt nicht voneinander getrennt; im ungünstigsten Fall haben sie sich in einem anderen Zimmer im selben Haus aufgehalten.«

Sie tat den Einwand mit einer ungeduldigen Kopfbewegung ab. »Und dann das hier: ›Innigst geliebtes Wesen, mein Hunger nach dir läßt sich nicht in Worte fassen. Wenn wir getrennt sind, ertrinke ich in tiefer Einsamkeit, verschlingt mich die Nacht. Die Unendlichkeit erstreckt sich zwischen uns. Dennoch brauche ich nur an dich zu denken, und weder Himmel noch Hölle vermögen mir den Weg zu versperren. Der Abgrund verschwindet, und du bist bei mir‹.« Sie hielt inne und sah ihn an. »Merkst du nichts?«

»Nein«, gab er zu. »Es ist nach wie vor widersinnig, nur dramatischer formuliert. Ihre Briefe sind immer eindringlicher als seine und drücken alles sehr viel deutlicher aus. Das habe ich dir vorher schon gesagt.«

»Darauf will ich nicht hinaus!« sagte sie mit Nachdruck und beugte sich über den Tisch. »Wohl aber darauf, daß es sich um beinahe genau denselben Gedanken handelt – nur leidenschaftlicher formuliert! All diese Briefe sind zueinandergehörige Paare, Thomas. Jeder Gedanke im einen hat seine Entsprechung im anderen, und sie treten sogar jeweils in derselben Reihenfolge auf.«

Er stellte seine Tasse auf den Tisch. »Was willst du damit sagen?«

»Ich halte das nicht für Liebesbriefe – jedenfalls nicht in dem Sinne, daß die beiden sie einander geschrieben haben«, antwortete sie eifrig. »Sie haben sich mit der Literatur der Antike beschäftigt: er ausschließlich mit theologischen Themen, aber sie mit allem möglichen. Mir scheint es sich hier um jeweils verschiedene Übersetzungen derselben Ausgangstexte zu handeln.«

»Was sagst du da?«

»Die eher trockenen stammen von ihm und sind in seiner Handschrift geschrieben.« Sie wies darauf. »Die lebendigeren und leidenschaftlicheren stammen von ihr. Sie hat die darin enthaltenen sexuellen Bezüge erkannt oder welche hineingelesen; er hat alles mehr auf metaphorischer oder geistiger Ebene dargestellt. Ich möchte wetten, daß wir das lateinische, griechische oder hebräische Original oder aus welcher Sprache auch immer diese Briefe stammen mögen, finden, wenn wir das Haus durchsuchen, wahrscheinlich sogar in seinem Studierzimmer.« Wieder wies sie mit der Hand auf die Blätter, wobei der Ärmel ihres Morgenmantels die Tasse streifte. »Wahrscheinlich stammen die von irgendeinem frühen Heiligen, der vom Glauben abgefallen ist oder den irgendein böses Weib vom Pfad der Tugend gelockt hat, das zweifellos dafür in alle Ewigkeit als Sünderin in der Hölle schmort. Aber wer auch immer dieser abtrünnige Heilige gewesen sein mag, wir werden bestimmt ein Original finden, zu dem diese Briefpaare gehören.« Mit vor Siegesgewißheit strahlendem Gesicht schob sie ihm die Papiere hinüber.

Er nahm sie langsam und legte sie nebeneinander, verglich die Stellen, auf die sie wies. In der Tat handelte es sich durchweg um die auf unterschiedliche Weise ausgedrückten gleichen Gedanken. Dahinter standen zwei Persönlichkeiten, die sich in all ihren Wahrnehmungen, Empfindungen, im Wortgebrauch und ihrer Weltsicht, grundlegend voneinander unterschieden.

»Ja ...«, sagte auch er mit zunehmender Gewißheit. »Ja ... du hast recht! Parmenter und Unity hatten kein Verhältnis miteinander. Es geht hier einfach um eine weitere Sache, über die sie sich nicht einig werden konnten. Er hat in den Texten Äußerungen zur Liebe Gottes gesehen; sie leidenschaftliche Bekenntnisse einer Liebe zwischen Mann und Frau, und so hat sie sie auch gedeutet. Er hat beide Fassungen aufbewahrt, weil die Texte zum Gegenstand seiner Arbeit gehörten.«

Sie lächelte zurück. »Genau. Es ergibt auch viel mehr Sinn. Wir können uns endgültig von der Vorstellung verabschieden, daß Parmenter der Vater ihres Kindes war.« Sie unterstrich diese Äußerung mit einer Handbewegung und hätte fast das Milchkännchen umgeworfen, wenn Pitt es nicht in Sicherheit gebracht hätte.

»Damit bleibt Mallory«, sagte sie mit gerunzelter Stirn. »Der aber schwört, daß er den Wintergarten nicht verlassen und auch nicht mit Unity gesprochen hat. Der Fleck auf ihrer Schuhsohle aber sagt uns, daß sie zur selben Zeit da drin gewesen sein muß wie er.«

»Und er hat den Wintergarten während der fraglichen Zeit nicht verlassen«, erklärte er, »denn seine Schuhsohlen haben keinen Fleck.«

»Hast du das überprüft?«

»Selbstverständlich. Tellman ebenfalls.«

»Sie ist also hineingegangen … aber er nicht hinausgegangen … Also hat er gelogen. Warum? Wenn er seine Unschuld beweisen kann, welche Rolle spielt es dann, ob sie im Wintergarten war, um mit ihm zu reden oder nicht?«

»Keine«, gab er zu. Er trank seinen Tee. Allmählich bekam er Hunger. »Ich mache uns etwas Toast.« Er stand auf.

»Du verbrennst ihn nur«, sagte sie und erhob sich gleichfalls. »Vielleicht sollte ich Frühstück machen? Möchtest du Eier?«

»Ja bitte.« Rasch setzte er sich wieder und lächelte. Nachdem sie ihm aufgetragen hatte, sich noch einmal um das Feuer zu kümmern, warf sie ihm einen Blick zu, dem er entnehmen konnte, daß sie sein Manöver voll und ganz durchschaut hatte, aber dennoch gern bereit war, das Frühstück zu machen.

Als sie etwa eine halbe Stunde später Schinken, Eier, Toast und Konfitüre verzehrten und frisch aufgegossenen Tee tranken, wandte sie sich abermals dem Thema zu.

»Sehr sinnvoll erscheint das nicht«, sagte sie, mit vollem Mund. »Wenn wir aber die Originale zu diesen Briefen finden könnten, wären wir zumindest sicher, daß zwischen Parmenter und Unity nichts war. Findest du nicht auch, daß wir das tun sollten, ganz davon abgesehen, daß wir damit der Wahrheit näherkämen? Die Angehörigen müssen todunglücklich sein. Vermutlich fühlt sich Mrs. Parmenter von ihm betrogen. Mir wäre der Gedanke unerträglich, daß du einer anderen solche Briefe schreiben könntest.«

Fast wäre ihm ein unzerkautes Stück Schinken im Halse steckengeblieben.

Sie brach in Lachen aus. »Na schön, ganz so drückst du dich nicht aus«, räumte sie ein.

»Nicht ganz so ...« Er schluckte. Es kostete ihn Mühe.

»Aber wir sollten hingehen und uns umsehen«, sagte sie und griff nach der Teekanne.

»Ja, ich werde Tellman gleich morgen hinschicken.«

»Tellman! Der würde den Liebesbrief eines Geistlichen nicht einmal dann erkennen, wenn er vor ihm auf den Frühstückstisch flatterte.«

»Wahrscheinlich nicht«, sagte er trocken.

»Ich denke, wir sollten selbst hingehen. Heute wäre eine günstige Gelegenheit.«

»Aber nein! Vergiß nicht, daß heute eine Gedenkfeier für Parmenter stattfindet, da müssen sie unbedingt dabeisein.«

Er zögerte. Falls sie andererseits die Originale der Briefe fänden, wäre bewiesen, daß Parmenter zumindest in dieser Hinsicht schuldlos war. Allerdings würde das nicht viel weiterhelfen.

Je länger er darüber nachdachte, desto richtiger schien es ihm, der Wahrheit sogleich nachzuspüren. Zwar konnte er die Suche auch auf den nächsten Tag verschieben, wenn die ganze Familie im Hause war, zwar wäre ein solches Vorgehen offener, aber auch schmerzlicher, und vor allem würde er mit dem heutigen Tag bestimmt nichts anfangen können, solange er an Ramsay Parmenter dachte und die Lösung der Frage nicht vor ihm lag.

»Ja … wahrscheinlich hast du recht«, stimmte er zu, steckte den letzten Bissen Schinken in den Mund und griff nach Toast und Konfitüre. »Wir können es auch ebensogut heute tun.«

Charlotte hatte keine Sekunde lang an die Möglichkeit gedacht, in der Keppel Street zu bleiben, während Pitt nach Brunswick Gardens hinausfuhr. Bestimmt war er ohne sie nicht imstande, die Suche mit Aussicht auf ein vernünftiges Ergebnis durchzuführen.

Sie erreichten das Haus um Viertel vor elf. Für jemanden, der keinen der Hausbewohner antreffen wollte, konnte es keine günstigere Zeit geben, denn alle waren entweder bereits in der Kirche oder auf dem Weg dorthin. Emsley ließ sie ein, von Charlottes Anblick kaum merkbar überrascht.

»Guten Morgen, Emsley«, sagte Pitt mit knappem Lächeln. »Heute morgen ist mir beim Frühstück der Gedanke gekommen, daß es für gewisse Briefe, die den Eindruck erwecken, als hätte sich Mr. Parmenter unschicklich verhalten, in Wahrheit eine ganz andere und völlig unschuldige Erklärung geben könnte.«

»Wirklich, Sir?« Das Gesicht des Butlers hellte sich auf.

»Ja. Mrs. Pitt hat mich auf den Gedanken gebracht. Da sie mit der Sache vertraut ist, habe ich sie mitgebracht, damit wir ganz sicher sind, die richtigen Texte zu finden. Wenn Sie mir gestatten, Mr. Parmenters Studierzimmer aufzusuchen, werde ich die Originale in seinen Papieren suchen, um die nötigen Beweismittel zu haben.«

»Aber selbstverständlich, Sir!« sagte Emsley eifrig. »Allerdings befinden sich gegenwärtig alle Mitglieder der Familie in der Kirche, Mr. Pitt. Dort findet der Gedenkgottesdienst für Mr. Parmenter statt, der vermutlich eine Weile dauern wird. Darf ich Ihnen inzwischen eine Erfrischung anbieten?« Er wandte sich an Charlotte. »Ma'am?«

Sie schenkte ihm ein bezauberndes Lächeln. »Nein, vielen Dank. Wir sollten uns gleich an die Aufgabe machen, um deretwillen wir gekommen sind. Sofern wir finden, was wir suchen, bevor die Angehörigen zurückkehren, dürfte das die beste Nachricht sein, die wir ihnen bringen können.«

»Gewiß, Ma'am. Ich hoffe sehr, daß Sie Erfolg haben!« Noch während er das sagte, schritt Emsley rückwärts zur Treppe, darauf bedacht, daß sie möglichst bald begannen. Dann verbeugte er sich leicht und entschuldigte sich.

Pitt ging hinauf, und Charlotte folgte ihm. Von der Treppe warf sie einen Blick in das ungewöhnliche Vestibül mit dem Mosaikfußboden, den farbenfrohen Wandfliesen und den korinthischen Säulen, die den Treppenabsatz trugen. Das Ganze war äußerst ungewöhnlich. Die riesige Kübelpalme auf dem Boden wirkte im Vergleich fast klein. Sie stand genau unter dem oberen Treppenpfosten und damit unterhalb der Stelle, von der aus Unity hinabgestoßen worden sein dürfte. Charlotte verhielt den Schritt, während Pitt über den Treppenabsatz auf das Studierzimmer zuging.

Sie drehte sich um und sah ins Vestibül. Zwar war es schön, aber heimisch würde sie sich dort auf keinen Fall fühlen. Welch glühende Leidenschaft in diesem Hause geherrscht haben mußte, daß es zu einem solch gewalttätigen Ausbruch und zwei Todesfällen gekommen war... Was für ein Übermaß an Liebe – und Haß.

Von Pitt und Dominic hatte sie viel über Unity erfahren und war ziemlich sicher, daß sie ihr nicht sympathisch gewesen wäre. Dennoch bewunderte sie gewisse Züge ihres Wesens, und sie konnte Unitys Enttäuschung über die Hochnäsigkeit und Herablassung, die sie dazu gebracht hatte zurückzuschlagen, zum Teil verstehen.

Andererseits hatte Unity Dominics Kind abtreiben lassen. Das würde sie nie verstehen können, zumal Dominic in der Nähe und offenbar bereit gewesen war, Unity zu heiraten. Mithin war die Triebfeder ihrer Handlungsweise weder Angst noch Verzweiflung oder das Gefühl gewesen, sie sei verraten worden.

Und was war mit dem Kind, das sie trug, als sie starb? Hatte sie auch das abtreiben lassen wollen? Sie war mindestens im dritten Monat schwanger und mußte sich über ihren Zustand ganz und gar im klaren gewesen sein. Charlotte erinnerte sich, wie es gewesen war, als sie Jemima und später Daniel erwartet hatte. Schlimm war es zu keiner Zeit gewesen, aber der Schwindel und die Übelkeit hatten sich doch so deutlich bemerkbar gemacht, daß sie nie daran zweifeln oder gar vergessen konnte, in welchem Zustand sie sich befand. Anfangs hatte sie nicht zugenommen, aber im dritten Monat war sie um die Hüften herum kräftiger geworden, und es hatte auch andere, intimere Veränderungen gegeben.

Pitt steckte den Kopf zur Tür des Studierzimmers heraus, offenkundig hielt er Ausschau nach ihr.

Sie legte die letzte Stufe zurück und überquerte den Treppenabsatz.

»Entschuldigung«, sagte sie rasch, folgte ihm in den Raum und schloß die Tür.

Er sah sie an. »Fehlt dir etwas?«

»Nein, es ist alles in Ordnung. Ich mußte nur daran denken, wie sich Unity wohl gefühlt hat.«

Er griff sacht nach ihrem Arm, hielt ihn fest und sah ihr in die Augen. Dann traten sie vor die Bücherregale, wo er bereits angefangen hatte, nach den Originalen der Briefe zu suchen.

Sie begann mit den unteren Reihen, schlug Buch um Buch auf und stellte es zurück, wenn sich zeigte, daß es das Gesuchte nicht enthielt.

»Ich geh mal in der Bibliothek nachsehen«, sagte sie nach einer knappen Viertelstunde. »Wenn sie da unten gearbeitet hat, können sich die Texte ebensogut dort befinden wie hier.«

»Glänzender Gedanke«, stimmte er zu. »Ich mache mit denen hier und denen hinter dem Schreibtisch weiter.«

Doch vor der Tür des Studierzimmers überlegte sie es sich anders. Nachdem sie sich umgesehen hatte, um sicher zu sein, daß niemand sie sah, eilte sie über den Gang zu den Schlafräumen und öffnete die erste Tür. Das Buch von Mary Wollstonecraft auf dem Nachttisch ließ sie vermuten, daß es sich um Tryphenas Zimmer handelte. Die Möbel waren vorwiegend in Rosatönen gehalten, das paßte zu ihrer Vorliebe für gedämpfte Farben.

Im nächsten Raum, der deutlich größer war, herrschte eine äußerst moderne und zugleich exotische Atmosphäre ähnlich der im Empfangszimmer des Hauses, mit Anklängen an arabische und türkische Elemente. Sogar eine chinesische Lacktruhe stand am Fenster. Trotz der kräftigen Farben wirkte das Zimmer ausgesprochen weiblich. Das war wohl Vitas Reich.

Charlotte trat ein und schloß die Tür. Ihr Herz schlug vor Aufregung schneller. Falls man sie hier entdeckte, gäbe es für sie keine Ausrede. Der Himmel mochte geben, daß die Dienstmädchen des Hauses mit zum Gottesdienst gegangen waren!

Auf Zehenspitzen schlich sie sich zum Frisiertisch und warf einen Blick auf die Fläschchen mit Lavendelwasser und Rosenöl, die Haarbürsten und Kämme. Dann öffnete sie die oberste Schublade. Sie enthielt mehrere kleine Pillendöschen, teils vergoldet und emailliert, eins aus Speckstein geschnitzt, ein anderes aus Elfenbein. Sie öffnete das erste: ein halbes Dutzend Pillen. Es konnte alles mögliche sein. In der zweiten Dose entdeckte sie ein Paar goldene Manschettenknöpfe mit den eingravierten Initialen D. C. – Dominic Corde!

Mit leicht zitternden Händen schloß sie das Döschen wieder. Sie suchte weiter und fand ein Taschentuch mit einem eingestickten *D*, außerdem einen mit einer Perle besetzten Kragenknopf, ein kleines Federmesser, einen einzelnen Handschuh und eine Speisekarte, auf deren Rückseite ein Einfall für eine Predigt notiert war. Dominics Handschrift hatte sich nicht verändert. Sie kannte sie von früher.

Als sie die Schublade schloß, zitterten ihre Hände so sehr, daß sie sich hinsetzen und einige Male tief durchatmen mußte, bevor sie imstande war, aufzustehen und wieder zur Tür zu gehen. Sie merkte, daß ihr Gesicht in der Erinnerung an die Zeit von vor zehn Jahren glühte. Damals war sie von Dominic besessen und so in ihn verliebt gewesen, daß sie noch nach Tagen jedes Wort wiederholen konnte, das er zu ihr gesagt hatte. Wenn er ins Zimmer getreten war, hatte sie kaum ein Wort herausgebracht. Sie kannte jede seiner Handbewegungen, jeder seiner Blicke und Gesichtsausdrücke war ihr vertraut gewesen. Auf Schritt und Tritt war sie ihm gefolgt, hatte berührt, was er berührt hatte, als hätte er eine Art Abdruck auf den Dingen hinterlassen. Sie hatte kleine Gegenstände gesammelt, die er verloren hatte oder nicht mehr haben wollte – ein Taschentuch, eine Halbschilling-Münze, eine Schreibfeder, die er fortgeworfen hatte.

Es bedurfte keiner besonderen Fähigkeiten, um zu verstehen, was Vita getan hatte, und warum.

Langsam öffnete Charlotte die Tür und sah sich um. Niemand war in der Nähe. Sie glitt hinaus, schloß die Tür und kehrte zum Treppenabsatz zurück. Abgesehen von Tryphena war Vita der einzige Mensch im Hause, der Unity keinesfalls gestoßen haben konnte. Hatte Dominic eine Vorstellung davon, was Vita für ihn empfand?

Jeder andere hätte geglaubt, daß sich so etwas unmöglich verbergen ließ. Aber Charlotte war sicher, daß er damals nicht das geringste von ihren Empfindungen geahnt hatte. Sie erinnerte sich lebhaft an sein Entsetzen und seine Ungläubigkeit, als er es erfuhr.

Eine solche Naivität war einmal möglich ... aber ein zweites Mal? Waren ihm Vitas Gefühle für ihn bekannt, und wenn ja, wie hatte er darauf reagiert? Hatte er sich geschmeichelt gefühlt, hatte es ihn erschreckt, oder war ihm die Sache peinlich gewesen? War Unity etwa dahintergekommen und hatte gedroht, publik zu machen, was sie wußte, indem sie Parmenter davon in Kenntnis setzte?

Wieder stand Charlotte oben an der Treppe und sah hinab. Im Haus herrschte Stille. Gewiß wartete Emsley irgendwo in der Nähe für den Fall, daß Pitt ihn rief. Vermutlich dort, wo die Klingelanlage angebracht war, das heißt, im Dienstbotentrakt. Vielleicht war irgendwo ein Küchenmädchen damit beschäftigt, einen kalten Mittagsimbiß vorzubereiten. Außer Pitt im Studierzimmer schien sonst niemand im Hause zu sein.

Unity hatte sich mit Parmenter gestritten, wie schon so oft zuvor. Sie war aus dem Zimmer gestürmt, den Gang entlang und über den Treppenabsatz geeilt, um nach unten zu gehen. Sie mußte genau dort gestanden haben, wo sich Charlotte jetzt befand. Vielleicht hatte sie Parmenter noch etwas zugerufen und sich dann umgewandt, um nach unten zu gehen. Wahrscheinlich hatte sie sich am Treppengeländer festgehalten. Und wenn sie nun ausgeglitten wäre?

Aber es gab nichts, worauf sie hätte ausgleiten oder worüber sie hätte stolpern können.

Und wenn einer ihrer Absätze abgebrochen war?

Das aber war nicht der Fall. Ihre Schuhe waren einwandfrei gewesen, mit Ausnahme des Flecks vom Boden des Wintergartens.

Konnte ihr schwindlig geworden sein? So schwindlig, daß sie die Treppe hinabstürzte? Immerhin war sie im dritten Monat schwanger gewesen.

Auch das war wohl nicht sehr wahrscheinlich.

Charlotte beugte sich leicht über das Geländer vor und sah hinab. Die Kübelpalme stand unmittelbar unter ihr. Sie fand sie ziemlich häßlich. Sie mochte Palmen in Gebäuden nicht. Sie wirkten immer ein wenig staubig, und bei dieser hier hatte man alte Wedel abgeschnitten, so daß ihre Enden jetzt wie Stacheln aus dem Kübel ragten. Wahrscheinlich saßen Spinnen und tote Fliegen an den Stellen. Widerlich! Aber wie ließ sich so etwas säubern?

Jetzt sah sie, daß sich etwas in den Ansatzstellen der alten Wedel verfangen hatte. Ein heller eckiger Gegenstand, etwa vier Zentimeter breit. Was das sein mochte?

Langsam ging sie nach unten, auf Zehenspitzen, ohne zu wissen, warum. Sie sah sich die Palme aus der Nähe an. Der Gegenstand saß zwischen dem Stamm und einem der Stacheln in der Blattspreite. Er war fast würfelförmig.

Sie tat einen Schritt beiseite, um den Gegenstand aus einem anderen Winkel zu betrachten. Oben sah er aus wie rohes Holz. Als sie sich aber vorbeugte, um durch die Geländerstäbe genauer hinzusehen, fiel das Licht auf die Seite, und es sah aus, als handele es sich um Satin. Was mochte das nur sein?

Sie ging ganz nach unten, zwängte sich hinter den riesigen Messingkübel und schob die Hand zwischen die Wedel. Sie biß die Zähne zusammen für den Fall, daß sie auf Spinnen stieß. Sie mußte eine ganze Weile herumtasten, bis ihre Finger den Gegenstand fanden und herauszogen. Es war der Absatz eines Damenschuhs.

Wie lange er sich schon dort befinden mochte?

Seit er bei Unitys Sturz abgebrochen war? Vielleicht war sie leicht benommen gewesen, hatte sich zu rasch umgedreht, den Absatz abgebrochen, das Gleichgewicht verloren, unwillkürlich einen Ruf ausgestoßen, als sie hinabstürzte, einen Schreckensruf, als sie merkte, was geschah.

Aber als man sie aufgefunden hatte, waren ihre Schuhe einwandfrei gewesen!

Dann fiel ihr eine Lösung ein, die alles erklärte. Mit dem Absatz in der Hand eilte sie nach oben ins Studierzimmer.

»Ich habe sie!« sagte Pitt, bevor sie den Mund öffnen konnte. Mit triumphierender Miene hielt er ein Büchlein hoch. »Hier drin.«

Sie öffnete ihre Hand und zeigte ihm den Absatz.

»Den habe ich in der Kübelpalme unten an der Treppe gefunden«, sagte sie, ohne sein Gesicht aus den Augen zu lassen. »Und das ist noch nicht alles. Ich … ich war in Vitas Schlafzimmer. Natürlich hätte ich das nicht tun dürfen, das brauchst du mir gar nicht zu sagen! Thomas … Thomas, sie hat da allerlei persönliche Gegenstände gehortet, die Dominic gehören.« Sie spürte, wie ihr Gesicht schamrot erglühte. Es wäre ihr viel lieber gewesen, ihm das nicht gestehen zu müssen, aber jetzt gab es keine andere Möglichkeit mehr. »Thomas – sie liebt ihn! Sie liebt ihn rasend.«

»Wirklich …?« fragte er langsam. »Wirklich?«

Charlotte nickte. Sie hielt ihm den Absatz hin.

Er nahm ihn und drehte ihn aufmerksam um.

»In der Palme unten an der Treppe?« fragte er.

»Ja.«

»Unmittelbar unter dem oberen Treppenpfosten?«

»Ja.«

»Willst du damit sagen, daß sich Unity einen Absatz abgebrochen hat und gestürzt ist?«

»Es ist möglich. In ihrem Zustand konnte ihr ohne weiteres schwindlig werden.«

Er sah sie unverwandt an. »Offenbar willst du sagen, daß Vita mit ihr die Schuhe getauscht hat, damit es nicht herauskam! Vita war im Wintergarten und ist in die Flüssigkeit getreten. Mallory hat die Wahrheit gesagt. Unity ist zufällig umgekommen, und Vita hat dafür gesorgt, daß es wie Mord aussah, um Parmenter die Schuld daran zuzuschieben.«

»Und Unity selbst hat sie auf den Gedanken gebracht, indem sie Parmenter zu Hilfe rief«, fügte sie hinzu.

»Möglich. Wahrscheinlicher aber ist, daß Vita selbst gerufen hat«, verbesserte er sie, »als sie Unity tot am Fuß der Treppe liegen sah.«

»Oh!« Sie war entsetzt. Wie berechnend, wie absichtsvoll grausam und kaltblütig diese Frau gewesen sein mußte, um ohne nachzudenken die günstige Gelegenheit zu nutzen, die schon im nächsten Augenblick vorüber gewesen wäre. Sie sah Pitt an. Vor ihrem inneren Auge öffnete sich eine tiefe eisige Kluft, zeigte sich eine so ungeheuerliche Selbstsucht, daß es ihr angst machte.

Er mußte begriffen haben, was sie empfand; ihr Entsetzen spiegelte sich in seinen Augen.

»Glaubst du wirklich, daß sie das getan hat?« flüsterte sie. »Sie wollte, daß man Parmenter die Schuld gab. Aber was ist mit seinen Angriffen gegen sie? Hat sie ihn soweit in die Enge getrieben, daß er vor Angst den Verstand verloren hat? Weil er seine Schuldlosigkeit nicht beweisen konnte und angenommen hat, daß ihm niemand glauben würde? Der arme Mann ... er hat den Kopf verloren und sie angegriffen. Natürlich werden wir nie erfahren, was sie gesagt und womit sie ihn bis aufs Blut gereizt hat ...« Ihre Stimme versickerte im Schweigen.

»Vielleicht ...«, sagte er langsam, die Stirn nachdenklich gekraust. »Vielleicht aber auch nicht. Wir wollen die Szene einmal nachstellen.«

»Was? Parmenters Tod?«

»Ja. Du spielst Vita und ich ihn. Ich habe vorher nie an ihrer Schilderung gezweifelt, weil es keinen Grund dazu gab. Ich setze mich hinter den Schreibtisch.« Er ließ den Worten die Tat folgen und wies zur Tür. »Du kommst da rein.«

»Was ist mit dem Brieföffner?« fragte sie.

»Der ist auf der Wache.« Er sah sich auf dem Tisch um und nahm eine Feder zur Hand. »Nimm die. Tu fürs erste so, als ob. Wir fragen das Mädchen hinterher, ob sie noch weiß, wo genau der Brieföffner gelegen hat. Jetzt bist du dran.«

Gehorsam ging sie zur Tür und tat, als wäre sie gerade erst hereingekommen. Was sollte sie am besten sagen? Was Vita wohl gesagt haben mochte? Es war gleichgültig, irgend etwas. Bis sie die Briefe sah, war es vermutlich eine normale Unterhaltung gewesen.

»Ich finde, es wäre gut, wenn du morgen mit uns allen zusammen frühstücken könntest«, begann sie.

Er sah sie verblüfft an, begriff dann aber.

»Nein, nein, ich glaube nicht. Ich habe zu tun. Ich muß noch ziemlich viel an meinem Buch arbeiten.«

»Was tust du gerade?« Sie trat an den Tisch.

»Ich übersetze Briefe«, sagte er und sah sie aufmerksam an. »Natürlich kann sich die Unterhaltung viel länger hingezogen haben.«

»Ist mir klar.« Sie nahm ein Blatt auf und sah darauf. Es war ein Notizblatt mit Einzelheiten über eine Sitzung mit dem Kirchenvorstand. Sie tat, als sei sie erstaunt und gekränkt. »Was ist das da, Ramsay?«

Pitt runzelte die Brauen. »Die Übersetzung eines Briefes, den ein früher Heiliger geschrieben hat«, gab er zur Antwort. »Daran arbeiten wir gerade. Was glaubst du denn?«

Sie versuchte, sich etwas einfallen zu lassen, was den Streit zuspitzen konnte.

»Das ist ein Liebesbrief! Solche Briefe schreiben Heilige nicht.«

»Das mußt du bildlich verstehen«, gab er zur Antwort, »nimm es um Gottes willen auf keinen Fall wörtlich.«

»Und das hier?« Sie hob ein anderes Blatt auf und wedelte wütend damit in der Luft herum. Es war ein Schreiben des Bischofs über die Verlegung des Abendgottesdienstes auf eine andere Uhrzeit. »Vermutlich ebenfalls ein rein geistlicher Brief«, sagte sie mit vor Sarkasmus triefender Stimme.

»Es ist der gleiche Brief. Allerdings hat ihn Unity übersetzt«, sagte er gleichmütig. »Ich bin mit ihrer Auffassung in keiner Weise einverstanden. Wie du meiner Übersetzung entnehmen kannst, hat sie den Sinn völlig falsch verstanden.«

»So geht das nicht«, sagte Charlotte achselzuckend. »Dagegen läßt sich nichts sagen. Das muß jeder vernünftige Mensch einsehen, denn sonst wäre es albern. Sie müssen sich über was anderes gestritten haben.«

Er stand auf. »Gut, sagen wir, es war was anderes. Vielleicht war es so persönlich, daß sie es uns nicht sagen wollte, und sie hat die Briefe vorgeschoben.«

»Das glaube ich nicht«, gab Charlotte zur Antwort.

»Ich auch nicht, aber egal, was es war, wir wollen es mal durchspielen. Stell dich jetzt am besten nahe genug an den Tisch, damit du nach dem Brieföffner greifen kannst.«

»Das geht wahrscheinlich nicht«, gab sie zu bedenken. »Du bist ein ganzes Stück größer als Parmenter.«

»Ja, eine knappe Handbreit, nehme ich an«, gab er ihr recht. »Und du bist um etwa ebensoviel größer als Vita. Das müßte sich also mehr oder weniger ausgleichen.« Er hob die Hände und legte sie ihr leicht um den Hals. Dabei schob er sie zurück, bis sie mit dem Rücken an den Schreibtisch stieß. Sie versuchte ihn von sich zu stoßen, doch war das aussichtslos, denn er war nicht nur größer und stärker als sie, sondern auch schwerer. Dabei hatte er die Hände nicht einmal fest um ihren Hals geschlossen.

»Nimm den Brieföffner«, wies er sie an.

Sie tastete mit der Hand hinter sich über die Schreibtischfläche. Sie konnte die Feder nicht finden.

Er gab sie ihr.

»Danke«, sagte sie trocken.

Er schob sie ein Stückchen weiter zurück.

Sie hob die Feder und hielt sie eine Weile drohend erhoben, damit er begriff und sie losließ. So hatte Vita ihre Haltung Parmenter gegenüber beschrieben. Dann ließ sie die Feder herabfahren, doch da sie sie ganz dicht über der Spitze hielt, streifte ihre Hand seine Wange – es hätte aber auch ohne weiteres die Kehle sein können. Er zuckte zusammen. Sie versuchte es erneut und landete diesmal unterhalb des Ohres an seinem Hals.

Er tat einen Schritt zurück und rieb sich die Stelle, wo sie ihn womöglich etwas kräftiger getroffen hatte als beabsichtigt.

»Möglich ist es«, sagte er unglücklich. »Aber das mit dem Streit stimmt so nicht. Es ergibt keinen Sinn. Glaubst du wirklich, daß er sie umzubringen versucht hat? Welchen Grund hätte er dazu gehabt? In den Briefen steht nichts, was ihn belasten könnte, wenn man erst einmal weiß, worum es sich handelt, und wer die Originale in der Hand hat, sieht das sofort. Außerdem gibt es noch weitere Exemplare, es handelt sich also gewissermaßen um etwas, das alle Welt weiß. Jeder, der sich mit der Literatur der Antike beschäftigt, könnte diese Texte finden. Er wußte also, daß er nichts zu fürchten hatte.«

»Könnte es etwas anderes gewesen sein?« fragte sie und sah ihn an.

»Ich weiß nicht«, antwortete er sehr langsam. »Vielleicht hatte sie schon längst die Absicht, ihn zu töten. Wir haben nichts als ihre Aussage darüber, daß er sie bei dieser Gelegenheit oder beim ersten Mal geschlagen hat.« Er griff nach dem Klingelzug und läutete.

»Was machst du?« Sie war überrascht.

»Ich möchte feststellen, wo der Brieföffner gelegen hat«, antwortete er. »Ausgehend von der Stelle, an der Parmenter aufgefunden wurde, muß es etwa hier innerhalb dieser Fläche gewesen sein.« Er wies auf eine Ecke des Schreibtischs. »Das ist links von ihm. Da Parmenter Rechtshänder war, würde man normalerweise nicht erwarten, daß der Brieföffner dort lag. Wenn er vor ihr stand, und das mußte er, um dorthin zu fallen, wo er lag, hat sie sich genau so über den Tisch zurückgebeugt wie du vorhin. Der Brieföffner muß gleich neben ihrer Hand gelegen haben, denn sie hatte keine Gelegenheit, sich umzudrehen und danach Ausschau zu halten. Du kannst dich nicht gut umdrehen, wenn dir jemand die Kehle zudrückt und dich umzubringen versucht. Er kann also nur hier am Rand gelegen haben, und das heißt, denkbar weit von Parmenter entfernt, wenn er auf seinem Stuhl am Schreibtisch saß. Normalerweise aber benutzt man einen Brieföffner dort, wo man sitzt.«

»Und wo hat er also gelegen?« fragte sie.

»Das weiß ich nicht, vermutlich aber nicht da, wo sie gesagt hat.«

Die Tür öffnete sich, und Emsley steckte fragend den Kopf herein. »Ja, Sir?«

»Sie kommen doch sicher regelmäßig in dies Zimmer, Emsley?«

»Gewiß, Sir, mehrfach am Tag... ich meine, als Mr. Parmenter noch lebte.« Ein Anflug von Schmerz legte sich auf seine Züge.

»Wo befand sich gewöhnlich der Brieföffner? Zeigen Sie mir die Stelle bitte genau.«

»Welcher, Sir?«

»Was?«

»Welcher, Sir?« wiederholte Emsley. »Es gibt einen unten im Vestibül, einen in der Bibliothek und einen hier.«

»Der hier«, sagte Pitt mit einer Spur Ungeduld in der Stimme.

»Auf dem Schreibtisch, Sir.«

»Und an welcher Stelle?«

Emsley wies auf die rechte Ecke. »Es war ein schönes Stück, eine Nachbildung von Excalibur... dem Schwert König Artus'.«

»Ich weiß. Mir ist er aber eher so vorgekommen wie ein französischer Kavalleriesäbel.«

»Ein französischer Kavalleriesäbel, Sir? Aber nein, verzeihen Sie; es ist eindeutig ein altes englisches Ritterschwert, gerade und mit einer Art keltischem Knauf. Es ist nichts Französisches daran.« Er war empört, zwei rote Flecken waren auf seine bleichen Wangen getreten.

»Haben Sie zwei Brieföffner in Form von Hiebwaffen im Hause?«

»Ja, Sir. Der in der Bibliothek sieht eher so aus, wie Sie ihn beschrieben haben.«

»Sind Sie Ihrer Sache sicher? Absolut sicher?«

»Ja, Sir. Ich habe als Junge viel gelesen, und »Morte D'Arthur« mehrere Male.« Unwillkürlich strafften sich seine Schultern ein wenig. »Ich kann durchaus ein englisches Ritterschwert von einem französischen Kavalleriesäbel unterscheiden.«

»Aber Sie sind sicher, daß der Säbel in der Bibliothek aufbewahrt wurde und das Ritterschwert hier oben? Konnten die nicht irgendwann einmal vertauscht worden sein?«

»Möglich wäre das, Sir, aber so war es nicht. Ich erinnere mich, daß ich die Nachbildung von Excalibur an jenem bewußten Tag hier auf dem Schreibtisch gesehen habe. Mr. Parmenter und ich haben uns sogar darüber unterhalten.«

»Und Sie sind sicher, daß es jener Tag war?« drang Pitt in ihn.

»Ja, Sir. Es war der Tag, an dem Mr. Parmenter starb. Den Tag werde ich nie vergessen. Warum fragen Sie? Hat es etwas zu bedeuten?«

»Ja, Emsley. Vielen Dank. Mrs. Pitt und ich werden jetzt gehen. Vielen Dank für Ihre Hilfe.«

»Ich danke Ihnen, Sir. Ma'am.«

Draußen auf der besonnten Straße, auf der ein leichter Wind wehte, wandte sich Charlotte an Pitt, während sie in Richtung Kirche gingen.

»Sie hat den Brieföffner mit nach oben genommen, was meinst du? Es war ihre Absicht, ihn umzubringen. Einen Streit hat es nie gegeben. Sie hat einen Zeitpunkt gewählt, zu dem alle Dienstboten bei Tisch saßen und die Familienangehörigen entweder im Wintergarten oder im Salon waren. Selbst wenn die beiden sich gegenseitig angebrüllt hätten, hätte das niemand mitbekommen.«

Er ging um sie herum, um auf der Fahrbahnseite neben ihr zu gehen. »Das vermute ich auch. Vermutlich hat die Frau den Plan gefaßt, ihren Mann zu belasten, als sie Unity am Fuß der Treppe liegen sah – noch bevor sie wußte, daß sie tot war. Sie hat alles so eingerichtet, daß es aussah, als hätte er sich nicht mehr in der Hand, bis er schließlich vollends den Verstand verlor und sie umzubringen versuchte. Dann konnte sie ihn in Notwehr töten und sich als unschuldige trauernde Witwe präsentieren. Vermutlich hat sie geglaubt, irgendwann später Dominic heiraten zu können; dann würde alles so, wie sie sich das vorstellte.«

»Aber Dominic liebt sie nicht!« wandte Charlotte ein und beschleunigte den Schritt, um mit ihm auf selber Höhe zu bleiben.

»Ich vermute, daß sie davon nichts wissen wollte.« Er warf einen kurzen Blick zu ihr hinüber. »Wer leidenschaftlich und geradezu besessen liebt, sieht, was er sehen möchte.« Er unterließ es, sie an ihre eigenen früheren Empfindungen zu erinnern.

Sie sah unverwandt geradeaus, nur der Anflug einer leichten Röte lag auf ihren Wangen.

»Das ist keine Liebe«, sagte sie ruhig. »Schon möglich, daß sie sich eingeredet hat, ihr läge Dominics Wohl am Herzen, aber das ist nicht der Fall. Sie hat ihn nie in ihre Pläne eingeweiht oder ihm Gelegenheit gegeben zu sagen, was er wollte oder nicht. Letztlich hat sie alles für sich selbst getan. Sie leidet unter einer Zwangsvorstellung.«

»Das ist mir bekannt.«

Schweigend legten sie die letzten hundert Meter bis zum Eingang der Kirche zurück.

»Mit diesem Hut kann ich da auf keinen Fall reingehen«, sagte sie mit einem Mal beunruhigt. »Wir sind für einen Gedenkgottesdienst nicht passend angezogen. Wir müßten Schwarz tragen.«

»Jetzt ist es zu spät.« Er stieg die Stufen hinauf. Charlotte folgte ihm mit raschen Schritten.

Ein Kirchendiener trat vor. Beim Anblick von Pitts unordentlichem Aufzug und Charlottes blauem Hut mit seinem Federschmuck legte sich ein leicht mißbilligender Ausdruck auf seine Züge.

»Oberinspektor und Mrs. Pitt«, sagte Pitt gebieterisch. »Ich komme in dringenden Polizeiangelegenheiten, sonst wäre ich nicht hier.«

»Ich … ich verstehe«, sagte der Kirchendiener, der offenkundig nicht verstand. Aber er trat beiseite und ließ sie durch.

Die Kirche war etwa zur Hälfte gefüllt. Allem Anschein nach waren viele Menschen daheim geblieben, die nicht recht gewußt hatten, ob sie hingehen sollten oder nicht. Selbstverständlich waren Gerüchte und Spekulationen über die Vorfälle und, mehr noch, über die möglichen Hintergründe im Umlauf. Immerhin sah Pitt mehrere der Gemeindemitglieder, die er aufgesucht hatte, unter ihnen Miss Cadwaller, die sehr aufrecht ziemlich weit hinten in einer Bank saß. Sie trug einen schwarzen Mantel und einen schwarzen Hut mit einem herrlichen Schleier – Charlotte hätte ihm mitteilen können, daß der Hut mindestens fünfzehn Jahre alt war. Auch Mr. Landells war da, und es sah ganz so aus, als sei er den Tränen nahe. Vielleicht fühlte er sich zu sehr an einen anderen Todesfall erinnert.

Bischof Underhill stand auf der Kanzel. Seine prächtigen Gewänder schienen fast in einem Glorienschein zu schimmern. Sofern er überhaupt mit sich zu Rate gegangen war, ob er den Gedenkgottesdienst für Parmenter mit allen kirchlichen Ehren ausgestalten oder wegen der damit verbundenen Schande so privat wie möglich halten sollte, hatte er sich offensichtlich für Pomp und offene Herausforderung entschieden. Seine weit über die Trauergemeinde hinhallende Stimme schien bis in die fernsten Winkel des Dachgewölbes zu dringen, doch sagte er kein persönliches Wort, nichts, was sich speziell auf Ramsay Parmenter bezog.

Isadora saß in der ersten Reihe. Sie trug ein wunderschönes Kleid und einen riesigen, mit schwarzen Federn geschmückten schwarzen Hut, dessen Krempe sich an einer Seite aufwärtsschwang. Auf den ersten Blick schien sie ernst und gefaßt, bei näherem Hinsehen aber bedrückt. Ihre Schultern waren angespannt, und ihre ganze Körperhaltung machte den Eindruck, als drohe eine innere Qual aus ihr herauszubrechen. Sie ließ die Augen nicht vom Gesicht des Bischofs, doch sah es nicht so aus, als interessiere sie, was er sagte, sondern als wage sie nicht, woanders hinzusehen.

Auf der anderen Seite des Ganges spielte das durch die hohen Fenster schräg hereinfallende Licht in allen Regenbogenfarben auf Cornwallis' Kopf. Auch er hielt den Blick starr vor sich hin gerichtet, ohne nach links oder rechts zu sehen.

Charlotte suchte Dominic. Er müßte ziemlich weit vorn sitzen und an seinen dunklen Haaren zu erkennen sein. Dann fiel ihr ein, daß er nicht zur Gemeinde gehörte, sondern zur Geistlichkeit. Vermutlich hatte er irgendeine Aufgabe im Zusammenhang mit der Feier zu erledigen. Schließlich war das seine Kirche, bis man einen Nachfolger für Parmenter berief.

Dann sah sie ihn. Verblüfft erkannte sie, daß er in den Gewändern, die zu seinem Amt gehörten, ganz natürlich wirkte, so als trage er sie ständig und nicht nur zu kirchlichen Feierstunden. In dem Augenblick ging ihr auf, welch tiefgreifende Veränderung mit ihm vorgegangen sein mußte. Das war nicht mehr der Dominic, den sie gekannt hatte und der lediglich eine neue Rolle spielte; es handelte sich um einen vollständig anderen Menschen, der sich so von Grund auf gewandelt hatte, daß er ihr fast fremd vorkam. Bewunderung für ihn und eine leuchtende Hoffnung erfüllten sie.

Auch Clarice sah zu ihm hin. Charlotte konnte ihr Gesicht lediglich von der Seite sehen. Der Schleier, den sie selbstverständlich trug, war sehr dünn, so daß das Licht hindurchfiel und sich in den Tränen auf ihren Wangen brach. Trotzig hatte sie den Kopf gehoben, und in ihrer ganzen Haltung war beträchtlicher Mut zu erkennen.

Tryphena machte einen mißmutigen Eindruck. Ihre helle Haut ließ die Trauerkleidung und den Spitzenschleier betont dramatisch erscheinen. Sie hielt den Blick starr vor sich gerichtet, zum Bischof hin, der immer noch sprach.

Vor allem aber Vita lenkte die Blicke auf sich. Wie ihre Töchter trug sie Trauer, doch ihr erstklassig geschnittenes Kleid schmeichelte ihrer schlanken Figur und war von einzigartiger Eleganz. Ihr Hut mit der übermäßig breiten Krempe saß genau im richtigen Winkel und gab Individualität, Anmut und Vornehmheit zu erkennen, ohne protzig oder auffällig zu wirken. Zwar war der Schleier unübersehbar, doch zugleich so fein, daß er ihr Gesicht eher beschattete als verbarg. Wie Clarice sah sie zu Dominic und nicht zum Bischof hin.

Endlich näherte sich letzterer dem Ende seiner Rede. Alles, was er gesagt hatte, war vorhersehbar gewesen und außerordentlich allgemein gehalten. Parmenters Namen hatte er nur ein einziges Mal am Anfang genannt. Davon abgesehen hätten seine Worte jedem beliebigen oder allen Menschen gelten können. Es ging darin um die Schwäche des Menschen allgemein und die feste Zuversicht, daß es aus dem Tod eine Auferstehung zu einem Leben in Gott gibt. Seinem nahezu ausdruckslosen Gesicht ließ sich unmöglich entnehmen, was er selbst empfand oder ob er auch nur einen Bruchteil dessen glaubte, was er da sagte.

In Charlotte machte sich eine starke Abneigung gegen ihn bemerkbar. Seine Worte, die den Ruhm Gottes hätten verkünden müssen, waren blutleer. Kein Trost lag darin und schon gar keine Zuversicht.

Als sich der Bischof setzte, erhob sich Dominic und ging zur Kanzel. Dort stand er mit hocherhobenen Kopf, ein Lächeln auf den Zügen.

»Ich habe dem bisher Gesagten nicht viel hinzuzufügen«, begann er mit wohltönender Stimme, in der Gewißheit lag. »Ramsay Parmenter war mein Freund. Er hat mir liebevoll die Hand gereicht, als ich mich in einer verzweifelten Notlage befand. Seine Liebe war ungeheuchelt und frei von jeglicher Selbstsucht oder Ungeduld, es war eine Liebe voll Nachsicht gegenüber dem Versagen, der keinerlei Freude über die Qual anderer anzumerken war. Obwohl er meine Schwächen offen beim Namen genannt hat, um mir bei ihrer Überwindung zu helfen, hat er sich nicht zum Richter über mich aufgeschwungen, sondern mich für würdig gehalten, geliebt und gerettet zu werden.«

Kein Laut drang aus der Versammlung, nicht einmal ein Kleiderrascheln.

Noch nie im Leben war Charlotte so stolz auf jemanden gewesen, und die Tränen traten ihr in die Augen.

Dominic nahm seine Stimme ein wenig zurück, dennoch war sie nach wie vor bis in die letzte Bankreihe zu vernehmen.

»Ramsay Parmenter verdient es, daß wir ihm dieselbe Art von Liebe zuteil werden lassen. Jedem von uns wird diese Liebe früher oder später selbst durch Gott zuteil – können wir da, ohne unser eigenes Seelenheil aufs Spiel zu setzen, einem anderen Menschen weniger bieten? Meine Freunde … auch wenn Ihr von Parmenter nicht in so reichem Maße Gaben empfangen habt wie ich, schließt Euch bitte meinem Gebet an, daß er Ruhe finden und ihm die ewige Freude im Himmel zuteil werden möge, wo wir Gott kennen werden, wie Er uns schon immer gekannt hat, und wo wir alles deutlich erschauen werden.« Er wartete eine Weile, senkte dann den Kopf und begann das vertraute Gebet, in das die Gemeinde mit einstimmte.

Nachdem die letzten Kirchenlieder gesungen waren, wurde der Segen erteilt, und alle erhoben sich.

»Was wirst du tun?« fragte Charlotte im Flüsterton. »Du kannst sie doch nicht hier festnehmen?«

»Das ist auch nicht meine Absicht«, murmelte er ihr halblaut zu. »Ich warte ab und folge ihr zum Haus. Aber ich werde sie nicht aus den Augen lassen. Immerhin ist es denkbar, daß sie von Emsley verlangt, er solle seine Aussage über den Brieföffner zurücknehmen oder gar die Originale der Briefe vernichten ... möglicherweise würde sie auch gern die Erinnerungsstücke an Dominic aus ihrer Schlafzimmerschublade verschwinden lassen. Ich kann nichts tun als ...«

»Ich weiß.«

Dann kam Vita hocherhobenen Hauptes und mit straffen Schultern durch den Mittelgang herbeigeschritten. Obwohl sie wie eine Witwe gekleidet war, schritt sie anmutig wie eine Braut voran. Sie wies Mallorys Arm zurück und nahm ihre Töchter, die ihr folgten, nicht im geringsten zur Kenntnis. Am Ausgang der Kirche blieb sie stehen und nahm die Beileidsbekundungen der Gottesdienstbesucher entgegen, die einzeln oder zu zweit an ihr vorübergingen.

Charlotte und Pitt standen nahe genug, um zu hören, was gesagt wurde. Vita lieferte eine erstklassige Vorstellung ab.

»Es tut mir entsetzlich leid, Mrs. Parmenter«, sagte eine ältere Dame unbeholfen und wußte nicht, was sie hinzufügen konnte. »Ihr Kummer muß unsagbar sein ... Ich weiß einfach nicht ...«

»Sie sind sehr freundlich«, erwiderte Vita mit einem Lächeln. »Natürlich war es beklemmend, aber wir alle müssen von Zeit zu Zeit durch die Finsternis schreiten, jeder auf seine eigene Weise. Ich habe das Glück, mich auf die Liebe und die Unterstützung meiner Angehörigen voll und ganz verlassen zu können, und niemand könnte sich bessere Freunde wünschen.« Sie warf einen kurzen Blick zu Dominic hin, der gerade näher kam. »Keine stärkeren, ergebeneren oder treueren Freunde, als ich sie habe.«

Die ältere Dame sah etwas verwirrt drein, war aber dankbar dafür, daß ihr Vita in dieser unangenehmen und schwierigen Situation unter die Arme griff.

»Ich bin so froh für Sie«, murmelte sie, ohne den ungläubigen Blick in Tryphenas Augen zu sehen. »Ich bin so froh, meine Liebe.« Damit eilte sie davon.

Mr. Landells trat an ihre Stelle. Er hatte seine Fassung wiedergewonnen und verstand es, seine Worte zu setzen. »Es tut mir wirklich leid, Mrs. Parmenter. Ich weiß, was es bedeutet, einen nahestehenden Menschen zu verlieren. Nichts kann einen solchen Verlust je wiedergutmachen, aber ich bin sicher, daß Sie die Kraft haben werden, Ihren Seelenfrieden zu finden. Die Zeit wird Ihnen dabei helfen.«

Vita brauchte einen oder zwei Augenblicke, um eine Antwort darauf zu finden. Sie warf einen Blick auf den Bischof, der gerade durch den Gang auf sie zukam, und sah dann erneut Mr. Landells an.

»Natürlich«, sagte sie und hob das Kinn ein wenig. »Wir alle müssen auf die Zukunft vertrauen, wie schwer auch immer uns das fallen mag. Aber ich zweifle nicht im geringsten daran, daß Gott nicht nur für alles sorgen wird, was wir brauchen, sondern alles auch so einrichten wird, daß es Seinen Absichten am besten dient.«

Überrascht riß Mr. Landells die Augen auf. »Ich bewundere Sie mehr, als ich sagen kann, Mrs. Parmenter. Sie sind für uns alle ein Beispiel an Lebensmut und Festigkeit im Glauben.«

Mit einem Lächeln dankte sie ihm. Den Rücken der Kirchentür zugekehrt, stand Tryphena neben ihr, und Clarice stand auf der anderen Seite der Mutter, näher dem Kircheninneren. Mallory hielt sich im Hintergrund. Vielleicht hatte er ein schlechtes Gewissen, weil er einem anglikanischen Gottesdienst beigewohnt hatte. Er wollte wohl die Freiheit nicht mißbrauchen, die man ihm in dieser Hinsicht eingeräumt hatte. Für ihn war das schlimmer als etwas völlig Fremdes, denn es war ihm nur allzu vertraut – und mit Erinnerungen an Unentschiedenheit, Kleingläubigkeit, Streit und lebensleeres Ritual behaftet. Charlotte glaubte auch einen gewissen Groll in den Linien um seinen Mund zu erkennen. Zwar wäre er vermutlich am liebsten gar nicht dabeigewesen, zugleich aber schien ihn zu erzürnen, daß Dominic, wenn auch nur am

Rande, dort eine Funktion ausgeübt hatte, die seiner Ansicht nach ihm zugestanden hätte. Er mußte noch einen langen Weg gehen, bis er auch nur ansatzweise die Art Liebe verstehen würde, von der Dominic gesprochen hatte. Sie überlegte, was man seinem Glauben in der Jugend angetan haben mußte, daß er jetzt so anfällig war. Wie oft hatte man ihn seiner Ansicht nach wohl im Stich gelassen?

Ein weiteres halbes Dutzend Menschen zogen vorüber, stammelten ihre Beileidsbekundungen und eilten davon, sobald es der Anstand erlaubte.

Eine weitere ältere Dame kam und nickte zuerst zu Dominic hinüber.

»Ich hätte nicht gewußt, mit welchen Worten mich jemand hätte trösten können. Sie aber, Mr. Corde, haben das in vollkommener Weise getan. Ich werde beim nächsten Mal, wenn mich die Handlungsweise anderer Menschen mit Kummer und Angst erfüllt, an Ihre Worte denken. Ich bin so froh, daß Sie da waren, um über den armen Reverend Parmenter einige Worte zu sagen.«

»Danke«, sagte Dominic und erwiderte ihr Lächeln. »Ihre Anerkennung bedeutet mir sehr viel, Mrs. Gardiner. Ich weiß, daß Reverend Parmenter Sie hoch geschätzt hat.«

Das schien ihr zu gefallen, und sie wandte sich erst Clarice und dann Tryphena zu. Mallory hielt sich weiter im Hintergrund, als wolle er nicht, daß man ihn zur Familie rechne.

Der Bischof stand in gewisser Entfernung von der Gruppe. Er nickte und sagte salbungsvoll: »Es ist sehr gütig von Ihnen zu kommen, Mrs. ... äh ...«

»Ich bin nicht aus Güte gekommen«, sagte sie trocken, »sondern um einem Mann die letzte Ehre zu erweisen, den ich um seiner Warmherzigkeit willen sehr bewundert habe. Die Art, wie er zu Tode gekommen ist, spielt dabei keine Rolle. Er hat sich mir gegenüber äußerst großzügig erwiesen, mir Zeit gewidmet und an Unterstützung angedeihen lassen, was er konnte.« Sie ließ den Bischof stehen, dessen Gesicht von Röte überzogen war. Sie bekam weder mit, daß sich Isadoras Blick aufhellte, noch daß sie zu Cornwallis hinübersah und dieser ihr erleichtert zunickte.

»Ich bedaure Ihren Verlust, Mrs. Parmenter«, fuhr Mrs. Gardiner fort und sah Vita unmittelbar an. »Ich bin sicher, daß er Sie tief getroffen hat, und ich wünschte, es gäbe eine Möglichkeit, Ihnen zu helfen. Doch ich möchte mich nicht aufdrängen und kann Ihnen nur versichern, daß er auch uns fehlen wird und wir stets an Sie denken werden.«

»Danke«, sagte Vita mit einer Stimme, die kaum lauter war als ein Flüstern. »Das ist sehr liebenswürdig von Ihnen. Wie ich schon zu anderen gesagt habe, mein einziger Trost besteht darin, daß ich so großartige Freunde habe.« Auf ihr Gesicht legte sich ein fernes, sehnsuchtsvolles Lächeln, diesmal aber sah sie nicht zu Dominic hin. »Die Zeit wird alle Wunden heilen. Wir müssen fortfahren, unsere Pflicht zu tun, und das wird uns helfen. Das weiß ich so gewiß wie nur irgend etwas.« Sie nickte. »Sie werden sehen, wir müssen immer nur weiter voranschreiten. An der Vergangenheit läßt sich nichts ändern, aus ihr kann man nur lernen. Ich habe nicht den geringsten Zweifel, daß andere große Kirchenführer kommen werden, Männer, deren Wort uns dazu veranlassen wird, fester im Glauben zu verharren. Es wird ein Mann kommen, der mit Feuer und Leidenschaft all unsere Zweifel zerstreut und uns erneut lehrt, was es heißt, der Kirche anzugehören.«

»Damit haben Sie sicherlich recht«, sagte Mrs. Gardiner aufrichtig. »Ich hoffe nur, daß sich für Sie alles zum Guten wendet.«

Vita lächelte. »Davon bin ich fest überzeugt, Mrs. Gardiner.« Die Gewißheit, die in ihrer Stimme mitschwang, veranlaßte den einen oder anderen, sich nach ihr umzuwenden.

Der Bischof sah verblüfft und ziemlich beunruhigt drein. Er schien ihr schon offen widersprechen zu wollen, doch funkelte ihn Isadora so gebieterisch an, daß er den Mund wieder schloß, weniger gehorsam als hilflos. Unter Umständen war ihr etwas aufgefallen, das ihm entgangen war.

Cornwallis sah zu Isadora hinüber, und einen Augenblick lang erkannte Charlotte in seinem Blick eine unverhüllte Zärtlichkeit, die ihr den Atem verschlug. Nur wenige Schritte entfernt gab es eine Welt von Empfindungen, der die übrigen Menschen vollständig blind gegenüberstanden.

Weitere Kondolierende defilierten an Vita vorüber, murmelten, was sich gehörte, suchten nach passenden Worten und verschwanden, wenn ihnen endlich etwas eingefallen war.

Als der letzte gegangen war, wandte sich Vita mit leuchtendem Gesicht an Dominic.

»So, nachdem dieser Teil der Tragödie in angemessener Weise abgeschlossen ist, können wir wohl heimgehen.«

»J-ja.« Dominic mißfiel ihre Wortwahl erkennbar.

Sie streckte ihre Hand aus, als wolle sie seinen Arm nehmen, doch schien er nicht so recht zu wissen, ob er ihn ihr anbieten sollte.

Er sah zu Pitt und Charlotte hin. Zwar lag in seinen Augen Furcht, doch er wich nicht zurück.

»Muß es hier sein?« fragte er mit heiserer Stimme. Unwillkürlich hatte er nach Clarices Hand gegriffen. Sie drängte sich näher an ihn, hakte sich bei ihm ein und sah Pitt an, zwar nicht herausfordernd, aber mit einem Gesichtsausdruck, der unmißverständlich anzeigte, daß sie gesonnen war, Dominic nach Kräften zu beschützen.

Vita sah die beiden stirnrunzelnd an. »Clarice, meine Liebste, du benimmst dich äußerst unpassend. Erlege dir bitte ein wenig Zurückhaltung auf.«

Sie blitzte ihre Mutter an. »Sie sind gekommen, um Dominic festzunehmen«, zischte sie durch die Zähne. »Welches Verhalten erscheint dir da passend? Ich kann es mir nicht vorstellen. Meine ganze Welt bricht zusammen. Vielleicht sollte ich einfach noch ein weißes Kreuz mit den darauf eingeschnitzten Worten ›Hier liegen meine Träume begraben‹ in den Boden stecken und mich dann ins Bett legen? Ich weiß nicht genau, wie man sich bei seinem eigenen Niedergang verhält, aber vermutlich gibt es ein Benimmbuch für junge Damen, in dem auch das genau beschrieben wird.«

»Sei nicht albern!« blaffte Vita sie an. »Du fällst nur unangenehm auf. Oberinspektor Pitt ist hier, um deinem Vater die letzte Ehre zu erweisen, nicht aber, um jemanden festzunehmen. Wir alle wissen, wer die Schuld trägt, aber daß du diesen Gedenkgottesdienst dazu nutzt, die Frage anzusprechen, erscheint mir beklagenswert – offen gestanden, fast unentschuldbar.« Sie drehte sich um und sah Pitt an. »Danke, daß Sie gekommen sind, Oberinspektor. Es ist außerordentlich liebenswürdig von Ihnen. Wenn Sie mir verzeihen wollen, das Ganze hat mich ziemlich angestrengt, und ich würde gern nach Hause gehen. Dominic?«

Dominic sah Pitt mit vor Verblüffung und Hoffnung geweiteten Augen an. Clarice stand nach wie vor an seiner Seite und ließ ihn nicht los.

»Ich bin nicht gekommen, um dich festzunehmen«, sagte Pitt ruhig. »Mir ist bewußt, daß du Unity Bellwood nicht getötet hast.«

In Clarices Augen traten Tränen der Dankbarkeit und einer nahezu unglaublichen Freude. Ohne auch nur eine Sekunde lang zu überlegen, ob sich das schickte oder nicht und ob jemand sie sehen konnte, schlang sie die Arme um Dominic und vergrub ihren Kopf an seiner Schulter, so daß ihr Hut verrutschte. Sie hielt ihn, so fest sie konnte.

»Clarice!« sagte Vita wütend. »Hast du vollständig den Verstand verloren? Hör sofort damit auf!« Sie trat einen Schritt vor, als wolle sie ihre Tochter schlagen.

Pitt streckte die Hand aus und ergriff fest ihren Arm.

»Mrs. Parmenter.«

Sie erstarrte kurz und wandte sich ihm dann empört zu, hielt aber das Hauptaugenmerk nach wie vor auf Dominic und Clarice gerichtet.

»Lassen Sie mich los, Mr. Pitt«, befahl sie.

»Nein, Mrs. Parmenter. Leider geht das nicht«, sagte er ernst. »Mir ist bekannt, daß weder Ihr Mann noch sonst jemand Unity Bellwood getötet hat. Es war ein bedauerlicher Unfall, den Sie als Vorwand genutzt haben, die Schuld Ihrem Gatten zuzuschieben. Sie liebten ihn nicht mehr und waren von ihm enttäuscht.«

Vita wurde aschfahl.

»Nicht Unity hat gerufen ›Nein, nein, Reverend!‹, sondern Sie«, fuhr Pitt fort. »Sie hat sich oben auf der Treppe einen Absatz abgebrochen. Er ist in die Kübelpalme gefallen, und dort habe ich ihn heute morgen gefunden.«

»Das ist doch Unsinn«, sagte Tryphena mit einem Mal und trat zu ihrer Mutter. »Mit Unitys Schuhen war alles in Ordnung. Ich habe sie selbst gesehen. Da war nichts abgebrochen.«

»Nicht, als Sie Unity gesehen haben«, verbesserte Pitt. »Ihre Mutter hat Unitys Schuhe gegen ihre eigenen ausgetauscht; deswegen war auch der Fleck von dem Pflanzenschutzmittel aus dem Wintergarten auf der Sohle.« Er sah zu Mallory hin. »Sie haben gesagt, daß Unity an jenem Morgen nicht in den Wintergarten gekommen ist. Aber Ihre Mutter war da, nicht wahr?«

Mallory fuhr sich mit der Zunge über die Lippen. »Ja …«

»Und die Liebesbriefe?« fragte Tryphena mit schriller Stimme und kreideweißem Gesicht. »Vermutlich hatte sich Papa auch nicht in Unity verliebt? Was war dann mit den Briefen? Falls die harmlos waren – was aber gar nicht möglich ist –, warum hat er Mama dann umzubringen versucht?«

»Es sind Übersetzungen von Liebesbriefen aus der Antike«, erläuterte Pitt. »Die in der Handschrift Ihres Vaters stammen von ihm, und die in Unitys Handschrift waren ihre Fassung – jeweils ein und desselben Briefes.«

»Unsinn!« sagte Mallory. Allerdings klang das nicht besonders überzeugt. Auch sein Gesicht war bleich. »In dem Fall hätte er doch keinen Grund gehabt, Mama anzugreifen.«

»Das hat er auch nicht getan.« Pitt schüttelte den Kopf. Er hielt Vita nach wie vor am Arm. Sie wirkte wie erstarrt. Er konnte es durch den Stoff ihres Kleides spüren. »Jetzt kommen wir zu dem Mordfall. Mrs. Parmenter hatte von Anfang an die Absicht, ihren Mann umzubringen, falls ich ihn nicht festnahm und wegen Unitys Tod an den Strang brachte. Schritt für Schritt hat sie ihn als gewalttätigen und unbeherrschten Menschen hingestellt. Die Briefe lieferten ihr einen glänzenden Vorwand, solange wir nicht wußten, was in Wirklichkeit dahintersteckte, und da Parmenter und Unity tot waren, konnten die beiden die Sache nicht aufklären.«

»Aber – aber er hat sie doch angegriffen?« begehrte Mallory auf.

»Nein«, widersprach Pitt. »Sie hat den Brieföffner mit ins Zimmer genommen und auf ihn eingestochen.«

Dominic war entsetzt. Er starrte Vita an, als hätte sie sich vor seinen Augen in ein nahezu unvorstellbares Monster verwandelt.

»Ich habe es für uns getan!« sagte sie eindringlich, ohne auf Pitt zu achten und ohne den geringsten Versuch, sich aus seinem Griff zu lösen. »Verstehst du das nicht, mein Geliebter? Damit wir zusammensein können, wie es uns vorausbestimmt ist!«

Mallory stieß ein Keuchen aus.

Tryphena taumelte gegen den Bischof.

»Sie – Sie und ich?« Dominics Stimme schien vor Entsetzen zu versagen. »Oh nein – ich …« Er schien noch näher zu Clarice zu treten. »Ich …«

»Verstell dich nicht!« sagte Vita eindringlich, und ein wissendes Lächeln legte sich auf ihre Züge. »Das ist doch jetzt nicht mehr nötig, mein Liebster. Es ist alles vorüber. Wir können der Welt offen gegenübertreten.«

Ihre Stimme war sanft und klang ganz und gar vernünftig. »Du kannst Ramsays Platz einnehmen und alles sein, was er nicht sein konnte. Es ist uns bestimmt zu führen, und ich werde stets an deiner Seite sein. Ich habe es für dich möglich gemacht.«

Dominic schloß die Augen, als könne er ihren Anblick nicht ertragen. Sein ganzer Körper verkrampfte sich.

Es sah aus, als wanke der Boden unter den Füßen des Bischofs. »Großer Gott!« murmelte er hilflos. »Großer Gott!«

»Das haben Sie nicht für mich getan …«, sagte Dominic mit erkennbarem Schmerz. »Ich wollte nie, daß Sie …«

»Aber natürlich wolltest du das«, sagte Vita beschwichtigend, als spreche sie mit einem kleinen Kind. »Ich weiß doch, daß du mich ebenso liebst wie ich dich.« Sie zuckte die Achseln, ohne darauf zu achten, daß Pitt sie nach wie vor festhielt. »Du hast es mir auf hunderterlei Weise gesagt. Du hast stets an mich gedacht, dich um mich gekümmert, um meine Behaglichkeit und mein Glück. Du hast mir so viel gegeben. Ich habe alle Andenken an dich in meinem Zimmer aufbewahrt, wo niemand sie sehen konnte. Jeden Abend nehme ich sie heraus und halte sie in der Hand, um dir nahe zu sein …«

Der Bischof gab mißbilligende Geräusche von sich.

Isadora setzte ihren Absatz auf seine Schuhspitze und trat fest zu. Er schrie leise auf, aber niemand achtete darauf.

»Sag ihm, daß er gehen soll«, forderte Vita Dominic auf und wies mit einem Rucken ihres Ellbogens auf Pitt. »Du kannst alles, was du willst, du hast die Macht dazu. Du wirst der größte Führer der Kirche in diesem Jahrhundert sein!« In ihren Augen glänzten Stolz und Eifer. »Du wirst dafür sorgen, daß sie wieder den ihr gebührenden Platz einnimmt, damit jeder auf sie und auf die Geistlichkeit sieht, wie sich das gehört. Die Kirche wird wieder Kopf und Herz einer jeden Gesellschaft sein. Du wirst es den Menschen zeigen, du wirst es erreichen. Sag diesem dummen Polizisten, daß er gehen soll. Erkläre ihm, warum das geschehen mußte. Es ist kein Verbrechen. Es mußte einfach so sein.«

»Nein, das mußte es nicht, Vita«, antwortete Dominic, öffnete die Augen und zwang sich, sie anzusehen. »Es war falsch. Ich liebe Sie lediglich auf die gleiche Weise, wie ich alle Menschen liebe, mehr nicht. Ich werde Clarice heiraten, wenn sie mich will.«

Vita sah ihn verblüfft an. »Clarice?« fragte sie, als bedeute ihr das Wort nichts. »Das kannst du nicht tun. Es ist nicht nötig. Wir brauchen uns nicht mehr zu verstellen. Außerdem wäre es völlig falsch. Du kannst das doch nicht tun, wenn du in Wirklichkeit mich liebst. Du hast immer mich geliebt, seit wir einander zum ersten Mal begegnet sind.« In ihrer Stimme lag wieder Zuversicht. »Ich weiß noch genau, wie du mich am ersten Tag in unserem Hause angesehen hast. Schon damals wußtest du, daß Ramsay schwach war, daß er seinen Glauben verloren hatte und nicht mehr imstande war, die Menschen zu führen. Ich habe gleich deine Stärke erkannt … und du wußtest, daß ich an dich glaubte. Wir haben einander verstanden. Wir …«

»Nein!« sagte Dominic mit fester Stimme. »Ich konnte Sie gut leiden. Das ist etwas völlig anderes. Sie waren seine Gattin und werden das in meinen Augen immer sein. Ich liebe Sie nicht. Ich habe Sie nie geliebt, wohl aber liebe ich Clarice.«

Allmählich veränderten sich Vitas Züge. Die Sanftheit wich aus ihnen. Ihre Augen verengten sich und wurden hart. Ihre Lippen verzogen sich haßerfüllt.

»Du Feigling!« stieß sie hervor. »Du schwacher, nichtswürdiger Feigling! Um deinetwillen habe ich getötet! Ich habe all die Gefahren, all die Schauspielerei, all die dummen Fragen und Antworten ertragen, damit du die dir vom Schicksal vorbestimmte Rolle ausfüllen kannst, damit wir zusammensein können! Ich habe mir diesen großartigen Plan einfallen lassen und ihn durchgeführt. Ich habe alles bedacht! Und jetzt sieh dich an! Du hast Angst, die Gelegenheit beim Schopf zu ergreifen! Du bist erbärmlich!« Dann wurde ihr Gesicht wieder weich und öffnete sich zu einem Lächeln. »Aber ich würde dir verzeihen, wenn ...«

Dominic wandte sich ab, unfähig, sie weiter zu ertragen. Clarice legte die Arme um ihn, und dicht aneinandergeschmiegt gingen sie zurück ins Kircheninnere.

Pitt sah zu Cornwallis hinüber, der ihm mit schmalen Lippen und von unsagbarer Trauer erfüllt zunickte.

Er faßte Vitas Arm fester. »Kommen Sie mit, Mrs. Parmenter«, sagte er ruhig. »Es gibt nichts mehr zu sagen. Es ist alles vorüber.« Sie sah Pitt an, als erinnere sie sich erst jetzt an seine Gegenwart, obwohl er sie die ganze Zeit festgehalten hatte.

»Wir gehen jetzt«, wiederholte Pitt. »Hier ist kein Platz mehr für Sie.« Er machte sich daran, mit ihr die Stufen zur Straße hinabzugehen. Cornwallis eilte an ihnen vorbei, um den Wagen zu holen.

Charlotte warf einen kurzen Blick auf den Eingang, durch den Dominic und Clarice verschwunden waren, dann folgte sie Pitt mit einem Lächeln und einem sonderbaren Gefühl inneren Friedens.